Pôle fiction

Du même auteur chez Gallimard Jeunesse :

**Le Chaos en marche**

1. La Voix du couteau
2. Le Cercle et la Flèche

Quelques minutes après minuit

Patrick Ness

# *Le Chaos en marche*

## 3. *La Guerre du Bruit*

*Traduit de l'anglais*
*par Bruno Krebs*

GALLIMARD JEUNESSE

*Who's in the bunker?*
*Who's in the bunker?*

*Women and children first*
*And the children first*
*And the children*

*I laugh until my head comes off*

*I swallow 'til I burst*

– Radiohead, « Idioteque »

*À Denise Johnstone-Burt*

– La guerre… enfin, lâche Maire Prentiss, les yeux étincelants.

– Fermez-la. Il n'y a pas de « enfin ». Vous êtes le seul à vouloir ça.

Il se tourne vers moi, avec un sourire.

– Et pourtant, nous y sommes bel et bien.

Alors je me demande déjà si j'ai pas fait la pire erreur de ma vie en le détachant pour qu'il livre cette bataille –

Mais non –

Non, elle sera en sécurité comme ça. J'avais pas d'autre solution, pour la protéger.

Et je l'obligerai à la protéger. Même si je dois le tuer pour ça.

Et donc, avec le soleil qui se couche, moi et le Maire debout sur les éboulis de la cathédrale, on regarde l'armée des Spackle qui descend toujours en zigzag la colline en face, leurs trompes de bataille vomissant un son à vous déchirer en deux –

Pendant que l'armée de Maîtresse Coyle entre dans la ville derrière nous, bombardant tout sur son passage –

*Boum! Boum!* BOUM! –

Pendant que les premiers soldats de la propre

armée du Maire arrivent du sud en formassions rapides, M. Mortard à leur tête, qui traverse maintenant la place pour recevoir ses ordres –

Pendant que les gens de New Prentissville courent affolés dans toutes les direxions, n'importe laquelle peu importe –

Pendant que le vaisseau éclaireur des nouveaux colons atterrit sur une colline quelque part près de Maîtresse Coyle, sûrement le pire endroit possible pour eux –

Pendant que Davy Prentiss est étendu mort dans les éboulis, abattu par son propre père, abattu par l'homme que je viens de libérer –

Et pendant que Viola –

*Ma* Viola –

Fuit à cheval au milieu de tout ça, les deux chevilles cassées, même pas capable de tenir debout –

Alors oui –

On y est.

À la fin de tout.

La fin de toutes les choses.

– Absolument, Todd, approuve le Maire en se frottant les mains. Oui, absolument…

Et il répète le mot, il le répète comme si son rêve le plus cher se réalisait enfin.

– *La guerre.*

## PREMIÈRE PARTIE

# *LE COMMENCEMENT*

## *01 Deux batailles*

[TODD]

– *On va frapper les Spackle en pleine face !...* hurle le Maire à ses hommes, ciblant son Bruit juste au milieu de chaque crâne.

Et même du mien.

– ... *Ils vont se regrouper au bas de la route, mais ils ne feront pas un mètre de plus !*

Je pose la main sur le flanc d'Angharrad. En moins de deux minutes, on était à cheval, Marbeth et Angharrad accourus de derrière les ruines de la cathédrale et, le temps qu'on se mette en selle, qu'on enjambe les corps toujours inconscients des hommes qui ont voulu m'aider à renverser le Maire, l'armée était là, devant nous.

Dans un état pitoyable.

Et même pas toute l'armée, peut-être à peine la moitié, le reste encore étiré sur la route sud, celle de la colline entaillée, la route où la bataille était supposée se passer.

Garçon poulain ? pense Angharrad et je sens des flèches de nerfs lui percer tout le corps. Elle est à moitié morte de trouille.

Moi aussi.

– *FORMEZ… BATAILLONS !* crie le Maire.

Immédiatement, M. Mortard, et aussi M. Tate et M. O'Hare et M. Morgan qui viennent d'arriver échangent des saluts. Les soldats commencent à glisser, avancer et reculer à l'intérieur des rangs, s'alignant si rapidement que j'en ai mal aux yeux à essayer de les suivre.

– Je sais, jubile le Maire. Beau spectacle, n'est-ce pas ?

Je pointe mon fusil sur lui, le fusil que j'ai pris à Davy.

– N'oubliez pas notre contrat. Vous allez protéger Viola, et vous n'allez pas me contrôler avec votre Bruit. Alors seulement, vous resterez en vie. C'est pour ça, et pour ça uniquement, que je vous ai libéré.

Son regard lance un éclair.

– Mais tu réalises que tu ne pourras pas me perdre de vue, même si tu dois me suivre en pleine bataille ? Tu iras jusque-là, Todd ?

– Je suis prêt. (C'est faux mais j'essaye de pas y penser.)

– Oui… J'ai le sentiment que tu sauras te comporter en homme.

– Bouclez-la. Je vous ai déjà battu une fois. Je saurai le refaire.

– Oh, je n'en doute pas un seul instant, me répond-il avec son petit sourire.

– LES HOMMES SONT PRÊTS, MONSIEUR ! crie M. Mortard du haut de son cheval, saluant d'un air farouche.

Le Maire me fixe toujours.

– Les hommes sont prêts, Todd… Et toi ? ajoute-t-il d'un ton moqueur.

– Faites ce que vous avez à faire.

Son sourire s'élargit, et il se tourne vers les hommes.

– *Deux bataillons au pied de la route ouest pour la première attaque !…* (Sa voix s'insinue à nouveau dans toutes les têtes. Impossible de l'esquiver.) – … *Le bataillon du capitaine Mortard en tête, le capitaine Morgan à l'arrière ! Capitaines Tate et O'Hare, vous rassemblerez le reste des hommes et des armes pour rejoindre la première vague ! Avec la plus grande célérité !*

*(Des armes ? Mais de quelles armes parle-t-il ?)*

– … *au cas où la bataille ne serait pas déjà terminée quand vous nous rejoindrez !…*

Les hommes rient, un rire bruyant, nerveux et agressif.

– … *alors, unis en une seule armée, nous repousserons les Spackle au sommet de cette colline, et nous leur ferons regretter* LE JOUR OÙ ILS SONT *NÉS !*

Les hommes l'acclament avec un long rugissement.

– Monsieur ! lance le capitaine Mortard. Et l'armée de la Flèche, monsieur ?

– D'abord, nous battons les Spackle ! Après quoi la Flèche ne sera plus qu'un jeu d'enfant !

Du regard il balaye son armée d'hommes, puis l'armée des Spackle qui descend toujours la colline. Alors, il lève le poing et projette le Bruit le plus énorme qui soit, et ce cri vrille la moelle de tous ceux qui l'entendent.

– *À LA BATAILLE !*

– *À LA BATAILLE !* réplique l'armée, avant de se jeter au pas de charge vers le pied de la colline.

Le Maire m'adresse un dernier coup d'œil, comme s'il avait du mal à étouffer son rire, tellement il s'amuse. Puis il éperonne violemment Marbeth et s'élance au galop derrière l'armée.

L'armée partie à la bataille.

Suivre ? demande Angharrad, qui transpire la peur.

– Il a raison. On doit pas le perdre de vue. Il doit tenir parole. Il doit gagner sa guerre. Il doit la protéger.

Pour elle, pense Angharrad.

*Pour elle*, je réponds en pensée, tous mes sentiments dans cette pensée.

Et je pense son nom.

*Viola.*

Et Angharrad se jette en avant, dans la bataille.

[VIOLA]

Todd, je pense, chevauchant Acorn à travers la mélasse des gens agglutinés sur la route, chacun essayant de fuir ces horribles coups de trompe dans une direction, puis les bombes de Maîtresse Coyle dans l'autre.

BOUM ! Encore une, qui tousse sa boule de flamme vers le ciel. Les hurlements deviennent presque insupportables. Les gens qui remontent la rue bousculent ceux qui la descendent et tous nous ralentissent.

Il faut pourtant que nous arrivions les premiers au vaisseau éclaireur.

Encore un coup de trompe, encore plus de hurlements.

– Il faut continuer, Acorn, je murmure entre ses oreilles. Peu importe ce vacarme, les gens de mon navire peuvent –

Une main me saisit par le bras et m'arrache presque de ma selle.

– *Donne-moi ton cheval!* hurle un homme, tirant plus fort. *Donne-le-moi!*

Acorn fait un écart, mais il y a trop de monde autour de nous –

– Vous allez me lâcher, oui? je crie.

– *Donne-le-moi*, rugit-t-il. *Les Spackle arrivent!*

Je suis tellement surprise qu'il arrive presque à me désarçonner.

– Les *quoi*?

Mais il n'écoute pas et, malgré le peu de lumière, je vois le blanc de ses yeux rougi par la terreur –

T'ACCROCHE! crie le Bruit d'Acorn, et j'agrippe un peu plus sa crinière et il se cabre, renversant l'homme, puis plongeant en avant dans l'obscurité. Les gens hurlent, cherchent à s'écarter, Acorn en renverse d'autres, labourant la route, et je me cramponne de toutes mes forces.

Nous arrivons devant une clairière et il accélère encore l'allure.

Les *Spackle*? Qu'est-ce qu'il voulait dire? Ils ne peuvent pas...

Spackle, pense Acorn. Armée spackle. Guerre spackle.

Je tourne la tête pour observer les lumières qui descendent en zigzag la colline au loin.

Une armée spackle.

Une armée spackle arrive.

*Todd ?* je pense, sachant que chaque battement de sabot m'éloigne un peu plus de lui et du Maire prisonnier.

Notre meilleur espoir, c'est le vaisseau. Ils sauront nous aider. Je ne sais pas comment, mais ils nous aideront, Todd et moi.

On a arrêté une guerre, on pourra bien en arrêter une deuxième.

Alors je pense son nom à nouveau, *Todd*, je lui envoie de la force. Et Acorn et moi nous filons sur la route vers la Flèche, vers le vaisseau éclaireur, et j'espère de toutes mes forces que je ne me trompe pas.

[TODD]

Angharrad galope à la poursuite de Marbeth, et l'armée dévale la route devant nous, frappant brutalement les citoyens de New Prentissville qui gênent le passage. Il y a deux bataillons : le premier conduit par M. Mortard hurlant à cheval, tandis que M. Morgan, moins bruyant, est à la tête du deuxième. Peut-être quatre cents hommes en tout, fusil au poing, visages tordus par les cris et les hurlements.

Et leur Bruit –

Leur Bruit est une chose monstrueuse, un son enroulé autour de lui-même, **reurrant** d'une seule voix, martelant la route comme un géant en colère.

J'en ai le cœur qui me sort de la poitrine.

– Reste à côté de moi, Todd ! crie le Maire en

me laissant remonter à son niveau, mais toujours au grand trot.

– Vous en faites pas pour ça, je réplique, agrippant mon fusil.

– Je veux dire, par sécurité pour toi. Et n'oublie pas non plus ta part du contrat… Il serait vraiment regrettable d'avoir des pertes occasionnées par notre propre camp.

Et il me lance un clin d'œil.

***Viola***, je pense en retour, et lui envoie le Bruit comme un coup de poing.

Il sursaute. Il a perdu son sourire, maintenant.

Nous chevauchons derrière l'armée à travers les faubourgs ouest de la ville, descendant la grand-rue, longeant des ruines, sûrement les prisons que la Flèche a incendiées durant sa plus grande attaque avant celle d'aujourd'hui. J'y suis passé qu'une fois, quand je courais dans l'autre sens avec Viola dans mes bras, la portant sur la route en zigzag quand elle agonisait, la portant vers ce que je croyais être la sécurité, mais tout ce que j'ai trouvé c'était l'homme qui chevauche maintenant à mes côtés, l'homme qui a tué un millier de Spackle pour déclencher cette guerre, l'homme qui a torturé Viola pour obtenir des informassions qu'il savait déjà, l'homme qui a assassiné son propre fils –

– Et quel autre genre d'homme voudrais-tu voir te conduire à la bataille ? questionne-t-il, lisant mon Bruit. Quel autre genre d'homme serait mieux qualifié pour la guerre ?

Un monstre, je pense, me rappelant ce que Ben m'a dit une fois. *La guerre transforme les hommes en monstres.*

– Faux, coupe le Maire. C'est la guerre qui fait de nous des hommes. Sans la guerre, nous ne sommes que des enfants.

Un nouveau coup de trompe nous submerge, si énorme qu'il nous arrache presque la tête et dérègle le pas de l'armée pendant une seconde ou deux.

Nous levons les yeux vers le pied de la colline. Les torches des Spackle se rassemblent, comme pour nous accueillir.

– Prêt à grandir, Todd ? demande le Maire en grimaçant.

[VIOLA]

*BOUM !*

Une autre explosion, juste devant nous maintenant, qui envoie des débris fumants voler très haut par-dessus les arbres. J'ai tellement peur que j'oublie mes chevilles et j'essaie d'éperonner Acorn comme je l'ai vu faire sur les vidéos de mon vaisseau. La douleur me plie en deux. Les bandages que Lee – oh, Lee, quelque part à essayer de trouver la Flèche au mauvais endroit, par pitié, faites qu'il ne lui arrive rien –, les bandages qu'il a enroulés autour de mes pieds sont très bien, mais les os restent cassés et pendant un instant la souffrance trace un long éclair à travers mon corps, jusqu'à la brûlure palpitante du cercle sur mon avant-bras. Je relève ma manche. La peau autour du cercle est rouge et bouillante, le cercle, ce mince anneau de métal impossible à enlever ni à couper, qui me marque numéro 1391 jusqu'au jour de ma mort.

C'est le prix que j'ai payé.

Le prix à payer pour le trouver.

– Et maintenant, on va tout faire pour que cela en vaille la peine, dis-je à Acorn, et son Bruit répond Fille pouliche en signe d'acquiescement.

L'air se remplit de fumée et je vois des flammes d'incendie plus loin. Des gens nous croisent encore, courant dans tous les sens, mais plus éparpillés, et les habitations aussi.

Si Maîtresse Coyle et la Flèche ont commencé par le ministère du Cercle, à l'est, pour marcher vers le centre-ville, alors elles ont déjà passé la colline où se trouvait la tour de communications. L'endroit que le vaisseau éclaireur a dû logiquement choisir pour atterrir. Maîtresse Coyle pourrait avoir rebroussé chemin, prenant une charrette rapide pour s'y rendre, être la première à leur parler, mais alors, qui aurait-elle laissé prendre les commandes ?

Acorn galope toujours, entame un virage –

Et ***BOUM !***

Un éclair de lumière, un autre cantonnement de soldats se volatilise dans les flammes, reflétant la route pendant une éblouissante seconde –

Et je les vois –

La Flèche.

Des rangées de femmes et d'hommes, flèches bleues dessinées sur leurs chemises, et même parfois peintes sur leur visage.

Chacun, chacune pointant son fusil –

Devant des chariots remplis d'armes –

Et même si j'en reconnais certaines ou certains (Maîtresse Lawson, Maîtresse Nadari, et Magnus aussi), c'est comme si je ne les connaissais pas, ils ont l'air si farouche, si effrayé et si brave en même temps, que je tire involontairement sur les rênes d'Acorn, trop effrayée pour avancer vers eux.

L'éclair de l'explosion s'éteint, les ténèbres retombent.

En avant? demande Acorn.

Je retiens ma respiration, me demande comment ils vont réagir en me voyant, s'ils vont me reconnaître ou tout simplement m'envoyer une salve de balles dans la confusion.

– On n'a pas le choix, je murmure à Acorn.

Et comme il se prépare à reprendre son galop –

J'entends une voix du fond des ténèbres –

– Viola?

[TODD]

Plus de ville maintenant, la route atteint une grande clairière bordée par le fleuve à droite, avec l'énorme craquement des chutes et la route en zigzag qui descend la colline juste devant nous. L'armée gronde dans la clairière, M. Mortard en tête, et même si je suis passé qu'une fois ici, je sais qu'il y avait des arbres avant, des arbres et des petites maisons, alors le Maire, il doit avoir fait tout nettoyer depuis, pour avoir un vrai champ de bataille –

Comme s'il savait ce qui arriverait –

Et je peux pas m'empêcher d'y penser à cause que M. Mortard a crié « HALTE ! » et que les hommes s'arrêtent en formassion et regardent de l'autre côté de la clairière –

À cause que les voilà –

Les premières troupes de l'armée spackle –

En éventail sur le terrain dégagé, une dizaine, deux dizaines, dix dizaines, déboulant de la colline comme une rivière de sang blanc, torches brandies haut, avec des arcs et des flèches et des longs bâtons blancs bizarres et il y a des Spackle à pied qui se massent autour d'autres Spackle à cheval sur ces géantes criatures blanches, bâties comme des bœufs mais plus hautes et plus larges et avec une énorme corne projetée au bout de leur mufle et les criatures sont couvertes d'une armure on dirait de l'argile et je vois qu'un tas de soldats spackle en portent une aussi, l'argile couvrant leur peau blanche –

Et nouveau coup de trompe, si fort que je sens mes oreilles saigner et je vois la trompe de mes yeux maintenant, attachée sur le dos de deux criatures à corne au sommet de la colline et soufflée par ce géant de Spackle –

Et, oh, mon Dieu –

Mon Dieu –

Leur *Bruit* –

Il dévale la colline comme une arme à lui seul, submerge la clairière comme l'écume d'un fleuve en crue, et il vient droit vers nous, avec des images de leur armée nous taillant en pièces, des images de nos soldats éventrés, des images de laideur et d'horreur qu'on pourra jamais décrire, des images –

Des images que nos propres soldats leur renvoient direct, des images montant de cette masse d'hommes devant moi, des images de têtes arrachées de leur corps, de balles déchirant les Spackle, de massacre, d'interminable interminable –

– Reste concentré, Todd, lâche le Maire, ou la bataille prendra ta vie. Quant à moi, pour commencer, je suis bien curieux de voir quelle sorte d'homme va se révéler en toi.

– FORMEZ LES RANGS ! vocifère M. Mortard.

Et les soldats s'alignent aussitôt en éventail.

– PREMIÈRE VAGUE, PRÊTE !...

Et les hommes s'immobilisent, levant leurs fusils, prêts à s'élancer au commandement pendant que la seconde vague s'aligne derrière eux.

Les Spackle se sont arrêtés eux aussi, formant une ligne aussi longue au pied de la colline. Une criature cornue divise leurs rangs par le milieu. Un Spackle la chevauche, derrière une chose en U, blanche comme un os, et attachée à un socle sur l'armure de la criature.

– Qu'est-ce que c'est que ça ? je demande.

Le Maire sourit, comme pour lui-même.

– Je pense que nous allons bientôt le savoir.

– SOLDATS, PRÊTS ! crie M. Mortard.

– Reste à mes côtés, Todd, dit le Maire. Tiens-toi en retrait autant que possible.

Mon Bruit s'alourdit, venimeux.

– Oui, je sais. Vous n'aimez pas vous salir les mains.

Il croise mon regard.

– Oh, la saleté viendra bien assez tôt, ne t'inquiète pas pour cela.

– CHARGEEEZ ! hurle M. Mortard, de toute la force de ses poumons –

Et c'est la guerre.

[VIOLA]

– Wilf !

Il conduit un char à bœufs en avant de la Flèche, de la première ligne qui continue à progresser dans la pénombre et la fumée.

– Aleurs t'es viveinte ! crie Wilf, sautant du chariot et courant vers moi. Maîtresse Coyle, é nous a dit que t'étais meurte !

La colère me remplit encore l'estomac de ce que Maîtresse Coyle a tenté de faire, de la bombe prévue pour le Maire, et comment j'aurais pu exploser avec.

– Elle se trompe sur bien des choses, Wilf.

Il lève les yeux vers moi, et dans le clair des lunes j'aperçois de la terreur dans son Bruit, de la terreur chez l'homme le plus impassible que j'aie jamais rencontré sur cette planète, un homme qui a risqué sa vie plus d'une fois pour nous sauver Todd et moi, de la terreur chez le seul homme qui n'ait jamais peur.

– Les Spackle arrivent, Viola. Feut que tu partes d'ici.

– Je vais chercher de l'aide, Wilf –

Un autre *BOUM* déchire un bâtiment de l'autre côté de la route. Le souffle déséquilibre Wilf qui doit s'accrocher aux rênes d'Acorn pour rester debout.

– Mais qu'est-ce qu'ils font ? je hurle.

– Ordre de la Maîtresse, répond Wilf. Pour sauver le corps, faut des fois couper la jeimbe.

Je tousse dans la fumée.

– Tout à fait le genre de stupidités qu'elle peut sortir. Où est-elle ?

– Partie quand ce vaisseau a volé eu-dessus de nous. Partie à cheval, vers là où il s'est peusé.

Mon cœur sursaute.

– Il s'est posé où, Wilf ? Où, exactement ?

Il fait un geste vers la route derrière lui.

– C'te colline, où c'te tour était avant.

– J'en étais sûre.

Un autre coup de trompe, au loin. Chaque fois qu'il résonne, on entend de nouveaux hurlements, les gens de la ville qui courent, affolés. J'entends même quelques gémissements étouffés, dans l'armée de la Flèche.

– Feut que tu partes, vite, répète Wilf, touchant mon bras. L'armée spackle, c'est pas bon. Feut que t'y ailles. Feut que tu partes, maintenint.

Je réprime un éclair d'inquiétude par rapport à Todd.

– Vous devez partir aussi, Wilf. Le piège de Maîtresse Coyle n'a pas marché. L'armée du Maire est déjà revenue en ville... Nous avons le Maire, et Todd essaye d'arrêter l'armée, mais si vous attaquez de front, vous serez tous massacrés.

Wilf jette un regard inquiet vers la Flèche qui avance toujours sur la route, visages graves, concentrés, mais certaines m'aperçoivent avec Wilf, me voient à cheval, et la surprise commence à les ralentir. J'entends prononcer mon nom plus d'une fois.

– Maîtresse Coyle, elle a dit de continuer à aveincer, murmure Wilf. De continuer à bombarder, de s'euccuper de rein d'eutre.

– Qui a-t-elle nommé à sa place ? Maîtresse Lawson ? (Il y a un silence, et je regarde Wilf.) Ou bien toi ?

Il fait un signe de tête.

– Elle a dit que j'étais le meilleur pour suivre les eurdres.

– Eh bien, elle s'est encore trompée. Wilf, tu dois leur faire rebrousser chemin.

Il continue à observer la Flèche, toujours en marche.

– Les autres Maîtresses, elles m'écouteront pas…

Et je l'entends penser.

– Oui, mais tous les autres, si. Tu le sais, Wilf.

Il se tourne vers moi.

– Bon, je vais leur demeinder de faire demi-tour.

– Je dois rejoindre le vaisseau. Je trouverai de l'aide, là-bas.

Wilf acquiesce, et pointe le pouce par-dessus son épaule.

– Deuxième greinde route, par là. Maîtresse Coyle a vingt minutes d'aveince sur toi.

– Merci, Wilf.

Il hoche encore la tête et se retourne vers la Flèche.

– Reuutraite ! il hurle. Reutraittte !

Je pousse Acorn, et nous dépassons Wilf et les figures stupéfaites de Maîtresses Lawson et Nadari en première ligne.

– Et d'après quelle autorité ? jette Maîtresse Nadari.

– La mienne ! clame Wilf, de la voix la plus forte que je lui aie jamais connue.

Je traverse déjà les rangs de la Flèche et je pousse Acorn au grand galop, et j'entends Wilf ajouter :

– … Et la sienne !

Mais je sais qu'il me désigne du doigt.

[TODD]

Notre première ligne fonce à travers la clairière comme une avalanche déboulant d'une pente –

Les hommes dessinant un V, M. Mortard chevauchant et hurlant en tête –

La deuxième ligne s'élance une fraction de seconde plus tard et, maintenant, elles sont deux rangées à courir à toute vitesse vers la ligne des Spackle, fusils en avant, mais –

– Pourquoi est-ce qu'ils ne tirent pas ? je demande au Maire.

Il lâche un très léger soupir.

– Un peu trop confiants, je dirais.

– Quoi ?

– Nous avons toujours combattu les Spackle au corps à corps, vois-tu. À l'époque, une option très efficace. Mais…

Ses yeux effleurent la première ligne des Spackle –

Qui ne bouge pas.

– Je pense que nous ferions peut-être bien de reculer un peu, Todd, lâche-t-il en faisant pivoter Marbeth sans attendre ma réponse.

Je jette encore un regard sur les hommes qui courent –

Et la ligne des Spackle qui ne bouge pas –

Et les hommes qui se rapprochent –

– Mais pourquoi… ?

– Todd…, appelle le Maire, maintenant à vingt bons mètres derrière moi –

Un éclair de Bruit traverse les Spackle –

Un genre de signal –

Tous les Spackle en première ligne lèvent leurs arcs –

Ou leurs bâtons blancs –

Et le Spackle à cheval sur la criature cornue prend une torche enflammée dans chaque main –

– PRÊTS ! lance M. Mortard, au galop sur son cheval, fonçant droit sur la criature cornue –

Les hommes lèvent leurs fusils –

– Vraiment, je reculerais si j'étais toi, fait le Maire –

Je tire un peu sur les rênes d'Angharrad –

Mais mes yeux ne quittent pas la bataille et les hommes qui courent dans la clairière devant moi et les hommes derrière eux prêts à faire la même chose et encore d'autres hommes derrière eux –

Et moi et le Maire attendant à l'arrière de cette masse –

– EN JOUE ! hurle M. Mortard avec sa voix et son Bruit –

Je fais volter Angharrad et rejoins le Maire –

– Pourquoi est ce qu'ils ne tirent toujours pas ? dis-je en m'approchant –

– Qui donc ? réplique le Maire en observant les Spackle. Les hommes ou l'ennemi ?

Je tourne la tête –

M. Mortard n'est plus qu'à quinze mètres de la criature cornue –

Dix –

– Les uns ou les autres…

Cinq –

– Et maintenant… voilà qui devrait être intéressant, dit-il.

Et on voit le Spackle sur la criature cornue réunir les deux torches derrière la chose en U –

Et ***VOUUUMMP!***

Une explosion, une cascade, une vague de feu écumant, comme poussée par le courant d'un fleuve sort en chuintant de la chose en U, mille fois plus grande que normal, s'étirant et grandissant et dévorant le monde comme un cauchemar –

Droit vers M. Mortard –

Qui tire violemment son cheval sur la droite –

Fait un écart pour l'éviter –

Mais trop tard –

Le feu spirale autour de lui –

Colle à M. Mortard et à son cheval comme une enveloppe –

Et ils brûlent, ils brûlent essayant de fuir les flammes –

Galopant droit vers le fleuve –

Mais M. Mortard y arrive pas –

Il tombe de la selle brûlante de son cheval brûlant –

Rebondit sur le sol dans un tas de flammes bondissantes –

Puis reste immobile alors que son cheval disparaît dans l'eau –

Hennissant, hennissant interminablement –

Je tourne les yeux vers l'armée –

Et je vois que les hommes en première ligne ils ont pas de chevaux qui pourront les sauver –

Et le feu –

Plus épais qu'un feu normal –

Les traverse comme une chute de pierres –
Dévore les dix premiers hommes touchés –
Les brûle si vite qu'on les entend à peine hurler –
Et ils ont de la chance –
Du fait que le feu s'étend –
Collant aux uniformes et aux cheveux –
Et à la peau –
Et mon Dieu la peau des soldats sur le flanc de la première ligne –
Et ils tombent –
Et ils brûlent –
Et ils hennissent comme le cheval de M. Mortard –
Et ils continuent à hennir –
Leur Bruit en fusée dépasse et recouvre le Bruit de toute autre chose –
Et puis quand le souffle du feu se dissipe enfin et que M. Morgan hurle « EN ARRIÈRE ! » aux premiers rangs de soldats et que ces soldats sont déjà en train de se retourner et de courir mais tirant en même temps à cause que les premières flèches des Spackle commencent à monter en courbe dans l'air et que d'autres Spackle lèvent leurs bâtons blancs et que des éclairs jaillissent des extrémités et les hommes touchés par les flèches dans le dos et dans l'estomac et au visage commencent à tomber et les hommes frappés par les éclairs des bâtons blancs commencent à perdre des bouts de leurs bras et de leurs épaules et de leurs têtes et tombent au sol morts, morts –
Et j'agrippe la crinière d'Angharrad assez fort pour lui arracher des crins –
Et elle est tellement terrifiée qu'elle se plaint même pas –

Tout ce que j'entends c'est le Maire à côté de moi –
Disant –
– Enfin, Todd…
Et il se tourne vers moi –
– … Un ennemi de valeur.

[VIOLA]

Acorn et moi nous avons quitté la Flèche depuis à peine une minute que voici la première route et je reconnais l'endroit où nous sommes. C'est la route qui descend à la maison de soins, là où j'ai passé mes premières semaines à New Prentissville, la maison d'où Maddy et moi on est sorties en cachette, une nuit.

La maison où nous avons ramené le corps de Maddy pour préparer l'enterrement, après que le sergent Mortard l'a abattue sans aucune raison.

Balayant cette pensée, je chuchote :

– Vas-y, continue, Acorn. La route de la tour ne doit plus être bien loin…

Le ciel s'illumine soudain derrière moi. Je tourne la tête et Acorn aussi, et même si la ville est loin maintenant et cachée par les arbres, on voit un immense éclair silencieux à l'horizon, aucun grondement d'explosion, juste une lueur terriblement vive, qui s'enfle et s'enfle avant de s'éteindre, éclairant les quelques personnes sur la route qui ont pu marcher jusqu'ici, et je me demande ce qui a bien pu se passer en ville pour produire une lumière pareille.

Et je me demande si Todd est au milieu.

## [TODD]

Le souffle de feu suivant arrive sans que personne soit préparé –

***VOOOWOMMP !***

Balayant le terrain découvert, rattrapant les soldats en retraite, fondant leurs fusils, carbonisant leurs corps, les couchant au sol dans un affreux tas de –

– Il faut qu'on se tire de là ! je crie au Maire, qui regarde la bataille comme hypnotisé, son corps immobile mais ses yeux allant et venant partout, comme pour rien manquer.

– Ces bâtons blancs, remarque-t-il tranquillement. Sûrement un genre d'arme balistique, mais tu as vu comme elles sont destructrices ?

Je le dévisage, incrédule.

– FAITES QUELQUE CHOSE ! je hurle. Ils sont en train de se faire massacrer !

Il hausse un sourcil.

– À quoi penses-tu donc que la guerre ressemble, Todd ?

– Mais les Spackle ont de meilleures armes, maintenant ! On pourra pas les arrêter !

– Ah, non ?

Il fait un signe du menton, vers la bataille. Je suis son regard. Le Spackle sur la criature cornue prépare ses torches pour un nouveau souffle de feu. Mais un homme du Maire s'est relevé, couvert de brûlures, et il ajuste son fusil, et il tire –

Et le Spackle sur la criature cornue laisse échapper une torche et plaque la main sur son cou, là où la balle est entrée, puis il glisse de côté et chute sur le sol –

Une longue acclamation monte des rangs des soldats –

– Toutes les armes ont leurs faiblesses, commente le Maire.

Et en un clin d'œil, les voilà qui se regroupent et M. Morgan pousse son cheval en avant, menant tous les hommes maintenant, et d'autres coups de feu partent, et même si les Spackle répliquent par d'autres flèches, d'autres éclairs blancs, et que de nouveaux hommes tombent, les Spackle tombent eux aussi et leurs armures en argile craquent, explosent et ils tombent sous les pieds des autres Spackle qui avancent derrière eux –

Et ils continuent à avancer –

– Ils sont beaucoup plus nombreux, dis-je au Maire.

– Oh, aisément dix fois plus nombreux.

Je montre la colline.

– Et ils en ont encore d'autres, de ces machines à feu !

– Mais pas encore prêtes, Todd.

Il a raison. Les criatures se tiennent derrière les soldats spackle sur la route en zigzag, et ils peuvent pas s'en servir ou ils balayeront la moitié de leur propre armée.

La ligne des Spackle percute la ligne des hommes de plein fouet maintenant, et le Maire a l'air de compter avec ses mains, et il jette un regard sur la route déserte derrière nous.

Il rassemble ses rênes.

– Tu sais, Todd, je crois bien que nous allons avoir besoin de chaque homme.

Il se tourne vers moi.

– Il est temps pour nous de combattre.

Et je réalise avec un coup au cœur que si le Maire lui-même va au combat –

Alors nous avons vraiment un problème.

[VIOLA]

– Là !… je crie, pointant vers ce qui doit être la route de la colline. Acorn file tout droit dans la pente, des filets d'écume et de sueur volent de ses épaules et de son encolure… Je sais, lui dis-je entre les oreilles. On y est presque.

**Fille pouliche**, il pense, et je me demande un instant s'il ne se moque pas un peu de ma tendresse. À moins qu'il n'essaie simplement de me rassurer, moi.

La route devient incroyablement sombre en passant à l'arrière de la colline. Pendant une longue minute, je me retrouve coupée de tout, du moindre son, de la moindre lumière venant de la ville, de tout Bruit qui pourrait me dire ce qui se passe. Comme si Acorn et moi on courait dans le noir vers l'au-delà du noir, ce calme étrange qui enveloppe un petit vaisseau dans l'énormité de l'espace, où votre lumière est si faible dans les ténèbres autour qu'on pourrait aussi bien n'en avoir aucune –

Et alors j'entends un son venir du sommet de la colline –

Un son que je reconnais –

De la vapeur crachée par un évent –

– Systèmes de refroidissement ! je crie à Acorn, comme si je lui disais les plus beaux mots du monde entier.

Le son de la vapeur se fait plus fort pendant

qu'on approche de la crête de la colline, et je me les représente en esprit : deux immenses ventilateurs à l'arrière du vaisseau éclaireur, juste au-dessus des moteurs, pour les refroidir après l'entrée dans l'atmosphère –

Ces mêmes ventilateurs qui ne se sont pas ouverts sur mon propre vaisseau éclaireur quand les moteurs ont pris feu –

Les mêmes qui ont provoqué le crash et la mort de mon père et de ma mère.

Acorn atteint le sommet de la colline et, pendant une seconde, je ne vois rien d'autre que le vaste espace vide où se tenait la tour de communications. La tour que Maîtresse Coyle a préféré faire sauter plutôt que de permettre au Maire d'entrer en contact le premier avec nos vaisseaux. Presque tous les débris ont été dégagés et empilés plus loin en énormes tas de ferraille. Quand Acorn entre au grand galop dans la clairière, d'abord je ne vois que ces tas dans le clair des lunes, trois grands tas, ternis et recouverts de poussière depuis que la tour est tombée, il y a plusieurs mois –

Trois piles de métal –

Et derrière, un quatrième –

En forme de faucon, ses immenses ailes déployées –

– Là !

Acorn, dans un dernier sursaut d'énergie, s'élance vers l'arrière du vaisseau éclaireur, vapeur et chaleur vomies dans le ciel par les évents, et on s'approche et je vois un pinceau de lumière sur la gauche, qui doit être la porte de sortie ouverte sous une aile du vaisseau –

Alors, ils sont vraiment là –

Mais oui, ils sont vraiment là. Je croyais presque qu'ils ne viendraient jamais et je me sens devenir plus légère et ma respiration s'accélère parce qu'ils sont là, ils sont vraiment là –

Je distingue trois silhouettes au sol, au pied de la porte de sortie, découpées dans le pinceau de lumière, et leurs ombres pivotent au bruit des sabots d'Acorn –

Et sur le côté, j'aperçois une carriole stationnée dans la pénombre, ses bœufs broutant l'herbe –

Et on se rapproche –

Et les personnages soudain grandissent quand Acorn et moi on entre dans le cercle de lumière, et qu'on s'arrête net –

Et c'est, oui, c'est exactement qui je pensais que ça serait et mon cœur fait un bond de bonheur et de nostalgie et, en dépit de tout ce qui se passe, je sens mes yeux se mouiller et ma gorge s'étrangler –

Parce que c'est Bradley Tench du *Beta* et Simone Watkin du *Gamma* et je sais qu'ils sont venus me chercher, qu'ils ont fait tout ce voyage pour venir chercher ma mère et mon père et moi aussi.

Ils font un pas en arrière, surpris par mon apparition, et puis ils mettent une bonne seconde pour me reconnaître à travers la crasse et la poussière et la longueur de mes cheveux –

Et je suis plus grande, aussi –

Bien plus grande –

Presque adulte –

Et leurs yeux s'écarquillent quand ils réalisent qui je suis –

Et Simone ouvre la bouche –
Mais ce n'est pas sa voix qui parle.
C'est la troisième personne, celle dont les yeux – maintenant que je peux les regarder – s'ouvrent encore plus grands, et elle dit mon nom, elle le dit d'un air abasourdi qui, je l'avoue, m'envoie comme un éclair de plaisir.
– *Viola!* murmure Maîtresse Coyle.
– Mais oui, je réplique en la fixant droit dans les yeux. C'est bien Viola.

[TODD]

Je réfléchis même pas quand le Maire et Marbeth se lancent derrière les soldats dans la bataille. J'éperonne Angharrad et elle me fait confiance et bondit elle aussi –
Je veux pas être là –
Je veux combattre personne –
Mais si ça la protège –
(*Viola*)
Alors oui, c'est sûr, je vais combattre.
On dépasse les soldats à pied qui continuent à charger et une vague d'hommes et de Spackle gonfle, ondule sur le champ de bataille au pied de la colline et je regarde encore la route en zigzag qui déverse toujours plus et encore plus de soldats spackle et c'est comme si j'étais une fourmi galopant vers une fourmilière et on voit à peine le sol sous les corps qui se tordent –
– Par ici! crie le Maire, obliquant sur la gauche, plus loin du fleuve.
Les hommes ont repoussé les Spackle contre le fleuve et le pied de la colline, et ils les contiennent là –

MAIS PAS POUR LONGTEMPS, dit le Maire, lisant dans ma tête.

– Faites pas *ça* ! je lui hurle, levant mon fusil.

– J'ai besoin de ton attention, et j'ai besoin d'un bon soldat ! Si tu n'en es pas capable, alors tu ne sers à rien dans cette guerre et tu me donnes beaucoup moins de raisons de t'aider !

Et je pense en moi-même, comment on a pu en arriver là maintenant, lui qui peut décider de m'aider ou non, alors que je l'avais attaché, je l'avais en mon pouvoir, j'avais gagné –

Mais c'est pas le moment de trop penser à cause que je vois où il se dirige –

Le flanc gauche, celui le plus éloigné du fleuve, c'est le plus faible, le plus dégarni, et les Spackle s'en sont aperçus et il y en a toute une vague qui monte et qui pousse en avant.

– AVEC MOI ! crie le Maire, et les soldats les plus proches de nous se retournent et le suivent –

Ils le font immédiatement, ils réfléchissent même pas –

Et ils nous suivent vers le flanc gauche et on traverse le terrain plus vite que je voudrais et je suis submergé de tous les côtés d'entendre ça si fort, les cris des hommes, les coups de feu, le choc des corps tombant à terre, et le Bruit, le Bruit, le Bruit, le Bruit –

Je chevauche dans un cauchemar.

Je sens un sifflement d'air frôler mon oreille et je me tourne aussitôt pour voir un soldat derrière moi sa joue transpercée par la flèche qui vient de manquer ma tempe –

Il hurle et tombe –

Et on l'abandonne –

HÉ, ATTENTION À TOI, TODD, lance le Maire dans mon cerveau. ON NE VOUDRAIT TOUT DE MÊME PAS TE PERDRE DÈS LA PREMIÈRE BATAILLE, N'EST-CE PAS ?

– Purain, vous allez arrêter ça, oui ! je crie, pivotant vers lui.

SI J'ÉTAIS TOI, JE POINTERAIS MON FUSIL AILLEURS, réplique-t-il dans ma pensée.

Et je me retourne –

Et –

Les Spackle sont sur nous –

[VIOLA]

– Tu es vivante !… s'écrie Maîtresse Coyle et je vois son visage changer, passer de la simple stupéfaction à un étonnement étudié, bouffi de mensonge… Dieu merci !

– Taisez-vous ! je lui hurle. Taisez-vous !

– Viola…

Je glisse déjà de ma selle, grognant de douleur quand mes pieds touchent le sol, mais j'arrive à rester debout, tout juste, et je me tourne vers Simone et Bradley.

– Ne croyez pas un seul mot de ce qu'elle vous a dit…

Simone fait un pas en avant.

– Viola ? C'est vraiment toi ?

– Elle est aussi responsable de cette guerre que le Maire. Ne faites rien de ce que…

Mais je suis arrêtée par Bradley qui me serre si fort entre ses bras que je peux à peine respirer.

– Oh, mon Dieu, Viola…, dit-il d'une voix

étranglée par l'émotion. Nous n'avions aucune nouvelle de ton vaisseau. Nous pensions…

– Que s'est-il passé, Viola ? demande Simone. Où sont tes parents ?

Et je suis tellement bouleversée de les voir que je ne peux plus parler pendant un instant, et je m'écarte un peu de Bradley et son visage prend la lumière et je le vois, vraiment, je vois ses doux yeux bruns, sa peau de la même teinte sombre que celle de Corinne, ses courts cheveux crépus, grisonnants aux tempes, Bradley qui était toujours mon préféré dans le convoi, celui qui m'apprenait les arts et les maths, et je tourne les yeux vers Simone, ses taches de rousseur, ses cheveux roux noués en queue-de-cheval, sa petite cicatrice d'enfant au bas de son menton, et je pense, après tout ce qui s'est passé, à quel point ils ont disparu au fond de mes pensées, comment le simple fait de survivre dans ce monde tellement stupide m'a fait oublier que je venais d'un endroit où j'étais aimée, où les gens s'occupaient de moi et les uns des autres, où une personne aussi belle et intelligente que Simone et aussi gentille et drôle que Bradley viendraient vraiment me chercher, essaieraient vraiment de faire au mieux.

Mes yeux se remplissent encore. C'était trop douloureux, se souvenir. Comme si cette vie était arrivée à quelqu'un d'autre qui n'est plus moi.

– Mes parents sont morts, je finis par souffler. On s'est écrasés et ils sont morts.

– Oh…, Viola, lâche doucement Bradley.

– Et j'ai été trouvée par un garçon (ma voix redevient plus forte). Un garçon courageux et merveilleux qui m'a sauvée encore et encore et maintenant il est là-bas à essayer d'arrêter une guerre qu'elle a provoquée !

– Je n'ai jamais rien fait de tel, ma fille, dit Maîtresse Coyle, qui n'essaye plus de feindre la surprise.

– Ne m'appelez surtout pas comme ça…

– Nous combattons un tyran, là-bas, un tyran qui a tué des centaines, et même des milliers de gens, qui a emprisonné et cerclé des femmes –

– Taisez-vous, je lui lance à voix basse, menaçante. Vous avez essayé de me tuer et maintenant vous n'avez plus le droit de rien dire sur rien.

– Elle a… quoi ? fait Bradley.

– Vous avez persuadé Wilf, le gentil, le bon, le paisible Wilf de marcher sur la ville et de faire sauter les maisons –

– Viola, je…

– J'ai dit, taisez-vous !

Et elle se tait.

– Savez-vous ce qui se passe en bas, maintenant ? Savez-vous où vous étiez en train d'envoyer la Flèche ?

Elle respire très fort, la tempête sur son visage.

– … Le Maire a déjoué votre piège. Il aurait réuni toute une armée, le temps que vous arriviez au centre de la ville. Vous auriez été décimés.

Et tout ce qu'elle trouve à répondre, c'est :

– Ne sous-estime pas l'esprit combatif de la Flèche.

– La Flèche… Mais qu'est-ce que c'est ? demande Bradley.

– Une organisation terroriste, dis-je, rien que pour voir la tête de Maîtresse Coyle.

Ça en vaut la peine.

– Tu prononces des mots dangereux, Viola Eade, dit-elle en faisant un pas vers moi.

– Et vous allez faire quoi ? Me faire sauter une nouvelle fois ?

– Hé… Hé, là… fait Simone, en s'interposant entre nous. Dans tous les cas, dit-elle à Maîtresse Coyle, vous ne nous avez sûrement pas dit toute la vérité.

Celle-ci pousse un soupir ulcéré.

– Je ne vous ai pas menti sur ce que cet homme a fait. (Elle se tourne vers moi.) Soutiendras-tu le contraire, Viola ?

J'affronte son regard. Pourtant, elle a raison, il a vraiment fait des choses terribles.

– Mais nous l'avons déjà battu. Todd est là-bas, en ce moment même, avec le Maire attaché, mais il a besoin de notre aide parce que…

– Nous pourrons régler nos désaccords plus tard, dit Maîtresse Coyle à Bradley et Simone. C'est ce que j'essayais de vous expliquer. Il y a une armée en bas qui doit être stoppée…

– Deux armées, je coupe.

Maîtresse Coyle se tourne vers moi, exaspérée.

– La Flèche n'a nul besoin d'être stoppée…

– Je ne parle pas de ça. Il y a une armée de Spackle qui descend de la colline le long des chutes.

– Une armée de quoi ? demande Simone.

Mais j'observe Maîtresse Coyle. Qui ouvre grande la bouche.

Et je vois la peur envahir son visage.

## [TODD]

Les voilà –

Sur cette partie de la colline, il n'y a que de la roche et de la pente, alors les Spackle peuvent pas nous foncer droit dessus, mais ils submergent la clairière vers une faille dans la ligne des hommes et les voilà –

Les voilà –

Je pointe mon fusil –

Je suis entouré de soldats, certains poussent en avant, certains reculent, se cognent contre Angharrad qui arrête pas d'appeler Garçon poulain, garçon poulain! dans son Bruit –

– Tout va bien, fifille…

Je mens, bien sûr, à cause que les voilà –

Les coups de feu éclatent de partout, comme une volée d'oiseaux affolés –

*Dzzing* –

Les flèches font vibrer l'air –

Les Spackle tirent avec leurs bâtons –

Et j'ai pas le temps de réaliser, quand un soldat en face de moi titube, bascule en arrière avec un étrange bruit de bulles –

Agrippant sa gorge –

Qu'est plus là du tout –

Et je peux pas en détacher mes yeux alors qu'il tombe sur les genoux –

Et il a du sang partout, sur tout le corps, du vrai sang, son sang, tellement que j'ai son arrière-goût de fer dans les narines –

Et il lève les yeux vers moi –

Croise, retient mon regard –

Et son Bruit –

Mon Dieu, son Bruit –

Et soudain, je suis *dedans*, à l'intérieur de ce qu'il pense, et il y a des images de sa famille, des images de sa femme et de son bébé, et il essaye de s'y cramponner, mais son Bruit se divise en petits morceaux et sa peur se déverse comme une vive lumière rouge et il va vers sa femme, il va vers son tout petit gamin –

Et alors une flèche spackle se plante dans sa cage thoracique –

Et son Bruit s'arrête –

Et me voilà rejeté en plein champ de bataille –

Rejeté en enfer –

RESSAISIS-TOI, TODD !... souffle le Maire dans ma tête.

Mais je fixe toujours le soldat mort –

Ses yeux morts me regardent –

– Bon sang, Todd ! hurle le Maire, et –

**JE SUIS LE CERCLE ET LE CERCLE EST MOI.**

Cognant la cervelle comme à coups de brique –

**JE SUIS LE CERCLE ET LE CERCLE EST MOI.**

Dans sa voix et dans la mienne –

Entortillées toutes les deux –

En plein centre de ma tête –

– Va te faire feutt..., j'essaye de crier –

Mais ma voix sonne bizarrement blanche –

Et –

Et –

Et –

Je lève les yeux et je me sens plus calme –

Comme si le monde devenait plus clair et plus lent –

Et un Spackle se force le passage, là où deux soldats se sont séparés –

Et il lève son bâton blanc vers moi –
Et je vais devoir le faire –
(tueur –)
(t'es un tueur –)
Je vais devoir le tuer avant qu'il me tue –
Et je lève mon fusil –
Le fusil de David, celui que je lui ai pris –
Et je pense, *oh, s'il vous plaît* en mettant mon doigt sur la détente –
*Oh, pitié, par pitié* –
Et –
*Clic* –
Je baisse les yeux, ébahi.
Mon fusil n'est pas chargé.

[VIOLA]

– Tu mens, me jette Maîtresse Coyle, tout en se retournant déjà, comme si elle pouvait voir quelque chose par-dessus les arbres. Mais il n'y a que les ombres de la forêt qui se découpent sur le halo de la ville au loin. La vapeur des évents fait tellement de bruit que nous pouvons à peine nous entendre parler, alors encore moins entendre quelque chose venant du côté de la ville, et puis, si elle est partie à la rencontre du vaisseau dès qu'elle l'a vu se préparer à atterrir, elle ne peut pas avoir entendu la trompe.

– C'est impossible, poursuit-elle. Ils étaient d'accord, ils ont signé un pacte.

Spackle! dit Acorn derrière moi.

– Que disais-tu ? me demande Simone.

– Oh, non, marmonne Maîtresse Coyle. Non…

– Quelqu'un aurait-il l'obligeance de nous

expliquer ce qui se passe ici, bon sang ? s'impatiente Bradley.

– Les Spackle sont une espèce indigène, je lui explique. Intelligente et astucieuse…

– Mais féroce au combat, coupe Maîtresse Coyle.

– Le seul que j'aie rencontré était doux et craignait bien plus les humains que les humains ne semblent les craindre ici…

– Tu ne les as pas connus en guerre.

– Mais je ne les ai pas mis en esclavage non plus.

– Oh, je ne vais pas continuer à tenir indéfiniment une conversation avec une enfant…

Je l'ignore, et me tourne vers Bradley et Simone.

– On ne peut quand même pas dire qu'ils viennent sans raison. Ils attaquent parce que le Maire a commis un génocide, il a massacré tous les esclaves spackle, et si nous arrivons seulement à leur parler, à leur dire que nous ne sommes pas comme le Maire…

– Ils tueront ton cher garçon, dit Maîtresse Coyle. Ils le tueront sans même y penser.

Ma respiration se bloque avec la panique qui monte à cause de ce qu'elle vient de dire, et puis j'essaie de me souvenir comme elle aimerait cela si je paniquais vraiment. Si j'avais peur, je serais plus facile à contrôler.

Mais elle ne me contrôlera pas, et nous allons arrêter cela. Nous allons tout arrêter.

C'est ce que Todd et moi nous allons faire.

– Nous avons capturé le Maire, et quand les Spackle verront cela…

– Sans vouloir offenser quiconque, dit Maîtresse

Coyle à Simone, Viola ne dispose que d'une connaissance très limitée de l'histoire de ce monde. Si les Spackle attaquent, il faut contre-attaquer !

– Contre-attaquer ? réplique Bradley en fronçant les sourcils. Mais vous nous prenez pour qui, au juste ?

– Todd a besoin de notre aide..., je coupe. On peut décoller et descendre tout arrêter avant qu'il soit trop tard.

– Il est déjà trop tard, reprend Maîtresse Coyle. Si vous me laissiez monter à bord, je vous montrerais...

Mais Simone secoue la tête.

– L'atmosphère supérieure était plus dense que nous le pensions. Il a fallu atterrir en mode refroidissement.

Oh, non. Mais bien sûr, deux évents ouverts...

– Et cela veut dire quoi ? demande Maîtresse Coyle.

– Cela veut dire que nous devons attendre au moins huit heures que les moteurs refroidissent et remplissent leurs cellules énergétiques, explique Simone.

– Huit heures ? s'exclame-t-elle en serrant le poing et en pilonnant le vide avec.

Pour une fois, je sais ce qu'elle ressent.

– Mais il faut que nous aidions Todd, j'insiste. Il ne peut pas contrôler une armée et en repousser une autre en même temps...

– Il sera bien obligé de libérer le Maire, dit Maîtresse Coyle.

– Non, je réplique un peu vite. Il ne ferait pas ça.

(Vraiment ?)
Non.
Pas après s'être aussi durement battu.
– La guerre oblige à de bien vilaines choses, dit Maîtresse Coyle. Et ton petit copain est peut-être très fort, mais il est seul contre des milliers.
Je lutte contre la panique, me retourne vers Bradley.
– Mais on doit faire quelque chose !
Il regarde longuement Simone et je sais qu'ils se demandent dans quel cataclysme ils ont atterri. Puis Bradley claque des doigts, comme si une idée lui venait soudain.
– Attendez !
Et il se précipite dans le vaisseau.

[TODD]

Je presse encore sur la détente.
Un autre *clic* – rien d'autre.
Je lève les yeux –
Le Spackle lève son bâton blanc –
(mais c'est quoi, ces machins ?)
(comment font-ils pour provoquer autant de dégâts ?)
Et je suis mort –
Je suis mort –
Je suis –
*BANG !*
Un coup de feu part juste à côté de ma tête –
Et le Spackle au bâton blanc tressaute, un filet rouge jaillit de son cou, juste au bord de l'armure –
Le Maire –
Le Maire l'a abattu du haut de Marbeth –

Et je le dévisage, oubliant la bataille qui nous enveloppe –

– Vous avez envoyé votre fils à la guerre avec un fusil vide ? je hurle, tremblant de colère et d'avoir failli mourir –

– Ce n'est vraiment pas le moment, Todd…

Et je grimace encore, du fait que le *fuuiiisk* d'une flèche passe tout près de moi et j'agrippe les rênes et j'essaye de faire volter Angharrad pour nous sortir d'ici et je vois un soldat se cogner le dos contre Marbeth, le sang sortant d'un trou de cauchemar dans son uniforme à hauteur d'estomac et il lève une main ensanglantée pour que le Maire l'aide –

Et le Maire lui arrache son fusil et me le lance –

Je l'attrape par réflexe, mes mains aussitôt gluantes du sang qui le couvre –

PAS LE MOMENT NON PLUS DE FAIRE LE DÉLICAT, crache le Maire dans ma tête. RETOURNE-TOI, ET TIRE !

Et je me retourne –

Et je tire.

[VIOLA]

– Module moniteur ! annonce Bradley qui descend la rampe avec une sorte d'énorme insecte, cinquante centimètres de long peut-être, ses ailes de métal brillant étalées au-dessus d'un mince corps en métal.

Il le montre à Simone, comme pour lui demander. Elle hoche la tête et je comprends qu'elle est commandant de mission sur ce voyage.

– Quel genre de moniteur ? demande Maîtresse Coyle.

– Ils photographient le paysage, répond Simone. Vous n'en aviez donc pas quand vous avez atterri ?

Maîtresse Coyle émet un grognement sarcastique.

– Notre vaisseau a quitté Vieux Monde vingt-trois ans avant le vôtre, ma fille. Nous avons pratiquement voyagé à la vapeur par rapport à ce que vous avez.

– Et les tiens, que leur est-il arrivé ? dit Bradley en réglant l'insecte.

– Détruits dans le crash. Comme presque tout le reste. À peine s'il me restait un peu de nourriture.

– Oui, murmure Simone, d'une voix qu'elle essaye de rendre douce et rassurante. Mais tu t'en es sortie. Tu es vivante.

Elle s'avance pour me prendre par les épaules.

– Attention. J'ai les deux chevilles cassées.

– Viola… souffle-t-elle horrifiée.

– Ne t'en fais pas, ça va aller… Mais si je suis en vie, c'est grâce à Todd, d'accord ? Et s'il est en danger là-bas, Simone, on doit absolument l'aider…

– Toujours son copain, rien d'autre ne compte, marmonne Maîtresse Coyle. Son petit univers personnel, aux dépens du monde entier.

– Et c'est parce que personne ni rien ne vous touche que vous êtes prête à faire sauter le monde en mille morceaux !

Morceaux, pense Acorn, dansant nerveusement d'un pied sur l'autre.

Simone l'observe et plisse le front, intriguée.
– Hé, attendez un peu… Qu'est-ce que… ?
– Paré ! fait Bradley en s'écartant du module, un petit appareil de télécommande dans la main.
– Comment saura-t-il où aller ? demande Maîtresse Coyle.
– Je l'ai réglé pour qu'il vole vers la plus forte source de lumière, explique Bradley. C'est juste un module éclaireur à altitude limitée, mais ça devrait suffire à explorer quelques collines.
– Et tu peux le régler pour chercher une personne en particulier ? je demande.
Mais je m'arrête parce que la nuit s'éclaire, illuminée par la même lueur que j'ai vue en venant ici. Tout le monde regarde vers la ville.
– Lance le module ! je crie. Lance-le, maintenant !

[TODD]

Je tire avant même de penser si je le veux vraiment –
*BANG !*
Je m'attends pas au recul qui me cogne la clavicule et je rattrape les rênes et on fait un tour complet quand je vois finalement –
Un Spackle –
Sur le sol en face de moi –
(avec un couteau planté dans –)
Avec une blessure par balle qui saigne de sa poitrine –
– Joli coup, dit le Maire.
– C'est vous qui l'avez fait ! je crie, me tournant vers lui. Je vous avais dit de rester hors de ma purain de tête !

– Pas même pour te sauver la vie, Todd ?

Et il tire encore, et un autre Spackle tombe.

Je me tourne, fusil pointé –

Ils arrivent toujours –

Je vise un Spackle qui abaisse son arc vers un soldat –

Je tire –

Mais je dévie sur le côté à la dernière seconde, et je le manque (fermez-la) –

Le Spackle fait un bond en arrière, pourtant, alors ça marche –

– Ce n'est pas ainsi que tu gagneras des guerres, Todd !... hurle le Maire, tirant sur le Spackle que j'ai manqué. La balle le touche au menton et l'envoie rouler au sol.

– Tu dois choisir... continue le Maire, en nous couvrant avec son fusil, cherchant la prochaine cible. Tu avais dit que tu tuerais pour elle ! Tu t'en souviens ?

Alors j'entends un nouveau *ffuiissk* –

Et un hennissement épouvantable –

Je pivote sur ma selle –

Angharrad, elle a pris une flèche à l'arrière du flanc droit –

Garçon poulain ! elle hurle. Garçon POULAIN !

Et je tends aussitôt la main pour essayer d'attraper la flèche et ne pas me faire désarçonner tellement elle danse de douleur et ça se casse en deux entre mes doigts et je laisse la pointe dans le haut de sa cuisse et Garçon poulain ! Garçon poulain ! Todd ! et j'essaye de la calmer pour qu'elle me jette pas dans cette vague de soldats qui reflue autour de nous –

Et c'est là que ça reprend –

*WOUOUMP !*

Un immense éclair et je me retourne –

Les Spackle ont amené une autre machine à feu au pied de la colline.

Les flammes se déversent du haut de la criature cornue et tranchent en plein milieu des soldats et ils crient et ils brûlent et ils crient et ils flambent et les soldats se retournent et ils courent et la ligne est rompue et Angharrad rue et elle saigne et elle hennit et on est giflés par une grande vague d'hommes en débandade et elle se cabre et –

Je lâche mon fusil –

Le feu monte et s'étend –

Les hommes courent –

La fumée est partout –

Et soudain, Angharrad pivote, elle se dégage et nous voilà maintenant au centre d'un grand vide sans plus personne debout et l'armée est derrière et les Spackle devant et j'ai plus mon fusil et je sais pas où est le Maire –

Et le Spackle sur le dos de la criature cornue avec sa machine à feu, il nous a vus –

Et il s'avance lentement vers nous.

[VIOLA]

Bradley appuie sur l'écran de la télécommande. Le module décolle légèrement du sol, à la verticale et pratiquement sans un son à part un léger *zzip*. Il reste suspendu quelques secondes, étend ses ailes, puis file en direction de la ville, tellement vite qu'on le voit à peine partir.

– Woouh… souffle Maîtresse Coyle, impressionnée.

(Elle se tourne vers Bradley.) Et nous pourrons voir ce qui se passe là-bas ?

– Et même entendre, jusqu'à un certain point.

Il tapote sur l'écran avec son pouce, puis une lumière apparaît à l'extrémité de la télécommande, projetant une image en 3-D qui s'imprime dans l'air, colorée de verts fluorescents par la vision nocturne. Des arbres passent à la vitesse du vent, la route trace un éclair, quelques silhouettes floues de gens qui courent –

– La ville est loin d'ici ? demande Bradley.

– Dix kilomètres, peut-être, dis-je.

– Alors on devrait pratiquement être...

Et voilà le module, à l'entrée de la ville, filant au-dessus des maisons en flammes, bombardées par la Flèche, filant au-dessus des ruines de la cathédrale, survolant la foule des gens qui fuient paniqués –

– Mon Dieu, chuchote Simone en se tournant vers moi. Viola...

– Il continue, commente Maîtresse Coyle.

Oui, il continue, laisse la place derrière, prend la rue principale.

– Grosse source de lumière, commente Bradley. Très grosse...

Et alors, nous voyons précisément à quoi correspond cette source de lumière.

[TODD]

Les hommes brûlent –

Partout –

Les hurlements –

Et l'odeur atroce de la viande cuite –

Je bloque ma respiration –
Et le Spackle se dirige droit vers moi –
Il se tient debout sur le dos d'une criature cornue, ses pieds et ses tibias attachés dans des espèces de bottes de chaque côté de la selle, qui le font tenir debout sans perdre l'équilibre –
Et il a une torche enflammée dans chaque main et la machine en U qui fait du feu devant lui –
Et je vois son Bruit –
Je me vois dans son Bruit –
Je nous vois Angharrad et moi seuls au milieu du vide –
Elle qui hennit et se tord, la flèche brisée dans sa cuisse –
Moi fixant le Spackle –
Moi sans fusil –
Et derrière nous la section la plus faible de notre ligne –
Et je vois le Spackle lancer le feu dans son Bruit et me balayer avec les hommes derrière moi –
Offrant aux Spackle une brèche pour se ruer dans la ville –
Leur guerre gagnée à peine commencée –
J'agrippe les rênes d'Angharrad, j'essaye de la faire bouger, mais je sens la douleur et la terreur déchirer son Bruit, elle arrête pas d'appeler Garçon poulain! Todd! et ça me broie le cœur quand elle fait ça et je pivote pour chercher le Maire, chercher quelqu'un qui puisse abattre le Spackle sur la criature cornue –
Mais le Maire je le vois nulle part –
Caché par la fumée et les hommes en panique –
Et personne qui pointe un fusil –

Et le Spackle lève ses torches pour allumer l'engin –

Et je pense non –

Je pense, non, *ça peut pas finir comme ça* –

Je pense, *Viola* –

*Viola* –

Et puis je pense – *Viola?*

Est-ce que ça marcherait sur un Spackle?

Et je me redresse le plus droit possible sur ma selle –

Et je pense à elle galopant sur le cheval de Davy –

Je pense à ses chevilles cassées –

Je pense à nous quand on disait que jamais on se séparerait plus, même pas dans nos têtes –

Je pense à ses doigts nos doigts entrelacés –

(Je pense pas à ce qu'elle dirait si elle savait que j'ai libéré le Maire –)

Je pense juste *Viola* –

Je pense ***Viola*** –

Direct vers le Spackle sur la criature cornue –

Je pense –

***VIOLA!***

Et la tête du Spackle part en arrière, il laisse tomber ses deux torches et bascule, vidé de ses bottes il tombe à la renverse, et la criature cornue se retourne, surprise par la perte de son cavalier, elle trébuche, bouscule la ligne de front des Spackle, les fauche à droite et à gauche –

Et j'entends une acclamation derrière moi –

Une ligne de soldats s'élance en avant, m'entoure, me dépasse –

Et le Maire est soudain là, aussi, à cheval près de moi.

– Excellent travail, Todd ! Je savais que tu en avais les moyens !

Et Angharrad fatigue sous moi et elle appelle –

Garçon poulain ? Garçon poulain ? Todd ?

– Pas le moment de faire une pause, dit le Maire –

Alors, levant les yeux, j'aperçois une nouvelle avalanche de Spackle qui dévale la colline, qui se précipite pour nous dévorer tout crus.

[VIOLA]

– Oh, mon Dieu, lâche Bradley.

– Est-ce qu'ils…, murmure Simone, en s'avançant vers l'image projetée, est-ce qu'ils sont… en flammes ?

Bradley appuie sur la télécommande, l'image se rapproche brusquement et –

Ils sont vraiment en *flammes* –

À travers les grands panaches de fumée nous voyons le chaos, les hommes courir partout, certains se jetant en avant, d'autres courir dans l'autre sens –

Et d'autres qui ne font que brûler –

Brûler et brûler, parfois courant vers le fleuve, parfois tombant par terre et restant là.

Et je pense – *Todd*.

– Vous avez pourtant bien dit qu'il y avait un pacte ? demande Simone à Maîtresse Coyle.

– Après une guerre sanglante qui a tué des centaines d'entre nous et des milliers d'entre eux, répond-elle.

Bradley manipule la télécommande. La caméra s'éloigne, révélant toute la route et le pied de la colline qui fourmille d'une foule invraisemblable de Spackle, en armures rougeâtre et brun et tenant ce qui ressemble à des bâtons et chevauchant –

– Mais qu'est-ce que c'est que… ça ? dis-je en pointant le doigt sur une espèce de char d'assaut animal qui descend lourdement la colline, sa grosse corne recourbée au bout du mufle.

– Des oxymares, dit Maîtresse Coyle. En tout cas, c'est ainsi que nous les appelions. Les Spackle n'ont pas de langue parlée, tout est visuel, mais peu importe maintenant ! S'ils écrasent l'armée du Maire, ils vont continuer sur leur lancée et tous nous exterminer.

– Et s'il les bat ? demande Bradley.

– S'il les bat, alors il aura le contrôle absolu sur cette planète et ce n'est pas un endroit où vous aimerez vivre.

– Et si vous aviez le contrôle absolu de cette planète ? demande Bradley, avec une surprenante intensité dans la voix. Quel genre d'endroit vous en feriez ?

Maîtresse Coyle cligne des yeux, interloquée.

– Bradley… coupe Simone.

Mais je ne les écoute plus –

Je regarde la projection –

Parce que la caméra a descendu la colline, un peu au sud –

Et le voilà –

En plein milieu de tout ça –

Entouré de soldats –

Combattant les Spackle –

– *Todd*, je chuchote –

Et alors je vois un homme à cheval près de lui –

Mon estomac se recroqueville –
Le *Maire* est à côté de lui –
Débarrassé de ses liens, libre, exactement comme Maîtresse Coyle l'avait prévu –
Todd l'a libéré –
Ou le Maire l'a obligé à le faire –
Et Todd est tout à l'avant de la bataille –
Puis une fumée s'élève, et il disparaît.
– Rapproche la caméra ! dis-je. Todd est là-bas, il est en plein dedans !…
Maîtresse Coyle me jette un regard pendant que Bradley presse sur les touches et l'image en projection cherche à travers la bataille, voyant des corps partout, des vivants et des morts, des hommes et des Spackle tellement emmêlés que sûrement ils ne peuvent plus savoir qui ils combattent, ni utiliser aucune arme sans risquer de tuer les leurs.
– … Il faut le sortir de là ! Il faut le sauver !
Simone secoue la tête.
– Huit heures… Nous ne pouvons…
– Non ! je crie, boitillant vers Acorn. Je dois le rejoindre !
Alors Maîtresse Coyle interroge Simone :
– Vous avez au moins quelques armes sur ce vaisseau, non ?
Je m'arrête.
– Vous n'auriez pas atterri sans arme, continue-t-elle.
Jamais je n'ai vu Bradley prendre un air aussi sévère.
– Ceci ne vous regarde aucunement, madame.
Mais Simone répond déjà :
– Nous avons douze missiles de précision…

– Non ! l'interrompt Bradley. Nous ne sommes pas venus pour cela. Nous sommes ici pour coloniser cette planète pacifiquement…

– … et l'éventail habituel de disperseurs, continue Simone.

– Disperseurs ? questionne Maîtresse Coyle.

– Une sorte de petite bombe, explique Simone. Lâchée en faisceaux, mais…

– Simone, coupe Bradley furieux, nous ne sommes pas venus ici pour combattre une…

– Et vous pourriez en expédier d'un vaisseau stationné au sol ? coupe Maîtresse Coyle à son tour.

[TODD]

On pousse en avant –

En avant, en avant –

Dans la ligne de front des Spackle –

Il y en a tellement –

Et Angharrad hennit de souffrance et de terreur –

Je suis désolé, fifille, désolé –

Mais on n'a pas le temps –

On n'a le temps de rien dans une guerre à part la guerre –

– Prends ! fait le Maire en me glissant un nouveau fusil dans la main –

Et nous voici en tête d'un petit groupe d'hommes à l'attaque –

Fonçant vers une vague de Spackle à l'attaque –

Et je pointe mon fusil –

Et je presse la détente –

*BANG !*

Je ferme aussitôt les yeux et je vois pas où j'ai

tiré à cause qu'il y a déjà trop de fumée dans l'air et que des Spackle tombent et que des hommes crient de tous les côtés et qu'Angharrad hennit et pousse en avant de toute façon et que les armures spackle se fendent et craquent sous les salves de balles et que les flèches sifflent et que les bâtons blancs crachent et je suis tellement terrifié que je peux même pas respirer, je fais rien que tirer et puis tirer sans voir où vont les balles –

Et les Spackle arrivent toujours, ils enjambent les corps des soldats, et leurs Bruits sont grands ouverts et le Bruit de chaque soldat pareil et c'est comme un millier de guerres à la fois, pas seulement celle que je vois mais celles qui se répètent encore et encore dans le Bruit des hommes et des Spackle autour de moi, et l'air et le ciel et mon cerveau et mon âme sont remplis de guerre et cette guerre je la saigne par les oreilles et je la crache par la bouche comme si c'était la seule chose que je savais, la seule chose que je peux me rappeler, la seule qui peut m'arriver –

Alors j'entends un *fzizz* tout près et je sens une brûlure dans mon bras. Instinctivement je m'écarte pour l'éviter, mais je vois un Spackle avec un de ces bâtons blancs pointé sur moi et je vois le tissu de mon uniforme brûler avec une odeur infecte de fer à repasser et la peau en dessous c'est comme si elle avait pris une claque et je réalise qu'à deux centimètres près j'aurais sûrement perdu mon bras et –

*BANG !*

Un coup de fusil derrière moi et le Maire est là et il a abattu le Spackle, il l'a couché à terre en disant :

– Voilà qui fait deux fois, maintenant, Todd.
Et il replonge dans la bataille.

[VIOLA]

Bradley veut répondre à Maîtresse Coyle, mais Simone le devance :

– Oui, c'est possible…

– Simone ! gronde Bradley.

– … Mais pour viser qui ? poursuit-elle. Quelle armée ?

– Mais les Spackle, voyons ! s'exclame Maîtresse Coyle.

– Cinq minutes plus tôt, vous nous demandiez notre aide pour arrêter l'armée de ce « président », reprend Bradley. Et Viola nous dit que vous avez voulu la tuer pour parvenir à votre but. Alors, dites-nous, pourquoi devrions-nous écouter votre avis ?

– Ne l'écoutez pas, dis-je.

– Même quand j'ai raison, ma fille ? rétorque Maîtresse Coyle en désignant la projection. Ils sont en train de perdre la bataille !

On distingue une faille dans la ligne plus sombre des hommes, et comme la crue d'un fleuve débordant ses berges, les Spackle qui se déversent.

*Todd. Sors de là. Je t'en prie.*

– Nous pourrions envoyer un missile sol-sol au pied de la colline, dit Simone.

Bradley se tourne vers elle, horrifié.

– Et inaugurer notre présence ici en tuant des centaines de spécimens de l'espèce locale, de spécimens intelligents avec qui, au cas où tu l'aurais oublié, nous allons devoir cohabiter durant toute notre vie ?

– Le reste de votre très courte vie, si vous ne vous dépêchez pas de faire quelque chose ! coupe Maîtresse Coyle, à moitié hystérique.

– Il nous suffit de leur montrer notre puissance de feu, dit Simone. Les obliger à reculer et puis essayer de négocier…

Maîtresse Coyle émet un gloussement rauque.

– Négocier ? Il n'y a pas de négociation qui tienne avec eux !

– C'est pourtant ce que vous avez fait, dit Bradley qui se tourne vers Simone : Écoute, on atterrit en plein milieu d'une guerre ! Sans même savoir à quel bord faire confiance ! Et on va tout faire sauter ? Comme ça ? En espérant juste que les conséquences ne soient pas trop épouvantables ?

– Des gens sont en train de mourir ! glapit Maîtresse Coyle.

– Des gens que vous venez de nous demander de TUER ! hurle Bradley. Si le Président a commis un génocide, peut-être qu'ils n'en veulent qu'à lui ! En les attaquant, on ne fera peut-être que provoquer un chaos encore plus terrible !

– Ça suffit ! coupe Simone, assumant soudain son grade de supérieure.

Puis elle enchaîne :

– Viola ?

Tous me regardent.

– … Tu en viens, toi. Alors, que devons-nous faire, d'après toi ?

[TODD]

On est en train de perdre –

Pas la peine de se voiler la face –

Même si j'ai descendu le Spackle de sa criature cornue, c'était juste un répit –

Les hommes continuent à avancer et à tirer et les Spackle à tomber et à mourir partout –

Mais il en arrive encore et encore de la colline –

Et il y en a tellement plus que nous –

La seule chose qui nous a sauvés pour l'instant, c'est qu'ils ont pas encore réussi à descendre une autre machine à feu en bas de la colline –

Mais il en arrive encore –

Et quand ils seront là –

**JE SUIS LE CERCLE ET LE CERCLE EST MOI.**

Tambourinant à travers mon crâne quand le cheval du Maire bouscule Angharrad, tellement épuisée qu'elle relève à peine la tête –

– Allez, allez, en avant ! crie-t-il. Ou tout est perdu !

– Tout est perdu ! je crie à mon tour. On peut pas gagner ça !

– Il fait toujours plus sombre avant l'aube, Todd !

Je le dévisage, stupéfait.

– Mais non ! C'est quoi ce proverbe de crétin ? On voit toujours plus *clair* avant l'aube !

SOMBRE ! Et il m'assombrit la tête et je plonge sans même y penser et une flèche traverse l'espace que ma tête remplissait.

– Et de trois ! dit le Maire.

Alors un nouveau son de trompe ébranle l'air,

si énorme qu'on peut presque le voir, courbant l'air, le tordant comme un drap, et il y a une note nouvelle dedans –

Une note de victoire –

On pivote –

Les soldats ont rompu leur ligne –

M. Morgan est tombé sous les sabots d'une criature cornue –

Les Spackle déferlent de la colline maintenant –

Ils se déversent, ils submergent le champ de bataille –

Taillant dans les derniers rangs qui résistent encore –

Rugissant comme une vague vers moi et le Maire –

– Prépare-toi ! crie le Maire.

– Il faut battre en retraite ! je réplique. Il faut sortir d'ici !

Et j'essaye de faire volter Angharrad –

Mais je regarde derrière nous –

Les Spackle nous ont pris à revers –

Nous sommes encerclés –

– Prêts ! rugit le Maire dans le Bruit des soldats qui l'entourent.

*Viola.*

*Il y en a vraiment trop –*

*Oh, aide-moi –*

– LUTTEZ JUSQU'AU DERNIER ! hurle le Maire.

[VIOLA]

– *Elle ?* lâche Maîtresse Coyle. Mais ce n'est qu'une petite fille…

– Une petite fille en qui nous avons confiance, rétorque Simone. Une fille formée à la colonisation tout comme ses parents l'avaient été.

Je rougis un peu, gênée, mais seulement un peu. Parce que c'est vrai. J'ai été formée, entraînée. Et j'en ai vu et subi plus qu'assez sur cette planète pour que mon opinion vaille d'être écoutée.

Je regarde la projection, j'examine la bataille, qui semble tourner vraiment mal, et j'essaye de penser. On peut difficilement imaginer pire, mais si les Spackle attaquent, c'est qu'ils ont une raison. Et leur cible pourrait bien être le Maire, et nous l'avons déjà battu, mais…

– Ton Todd est en plein dedans, intervient Maîtresse Coyle. Il va se faire tuer si vous ne faites rien.

– Comme si je ne le savais pas.

*Parce que c'est bien l'essentiel. Le reste est accessoire*. Je me tourne vers Bradley et Simone.

– Je suis désolée, mais il faut le sauver. Il le faut. Lui et moi nous étions si près de sauver toute cette planète, avant qu'ils fichent tout en l'air…

– Et le sauver au prix de quelque chose de… plus important ? avance Bradley d'une voix douce, mais en même temps très grave, essayant de m'ouvrir l'esprit vers autre chose. Réfléchis bien, maintenant. Ce que tu fais en premier restera dans les mémoires pour toujours. C'est tout notre avenir qui en dépend.

– Je n'ai pas très envie de faire confiance à cette femme, Viola, intervient Simone (le visage de Maîtresse Coyle entre en éruption). Mais cela ne veut pas dire qu'elle ait tort là-dessus. Si tu dis qu'il le faut, Viola, nous interviendrons.

– Si tu dis qu'il le faut, Viola, reprend sèchement Bradley, nous allons entamer notre vie ici en conquérants et semer les germes de guerres à venir pour toutes les générations qui suivront.

– Mais bon sang ! s'écrie Maîtresse Coyle exaspérée. Le pouvoir est ici, Viola ! Il est ici et nous pouvons tout changer ! Pas seulement pour moi, ma fille, mais pour Todd, pour toi ! Ici, maintenant, ce que tu décideras peut mettre fin à tout ça !

– Ou bien, ironise Bradley, déclencher quelque chose d'encore pire.

Tous me dévisagent. Je jette un coup d'œil sur la projection. Les Spackle ont percé la ligne de défense, et il en arrive encore et encore –

Et Todd en plein milieu –

– Si tu ne fais rien, dit Maîtresse Coyle, ton ami meurt.

*Todd* –

Je devrais déclencher une nouvelle guerre pour te sauver ?

Je devrais ?

– Viola ? insiste Simone. Quelle est la bonne décision à prendre ? Dis-nous !

[TODD]

Je tire mais il y a tellement de Spackle et d'hommes mélangés que je dois viser en l'air pour être sûr de toucher aucun des nôtres et à cause de ça je touche aucun Spackle non plus et en voilà un brusquement en face de moi qui pointe son bâton blanc vers la tête d'Angharrad et je balance le canon de mon fusil et je frappe le Spackle en plein derrière sa longue oreille et il tombe et un autre est déjà là et il agrippe mon bras et je pense **VIOLA** direct dans son visage et il titube en arrière et il y a un *rripp* sur mon autre manche et une flèche l'a traversée manquant de justesse le creux de ma gorge et je tire sur les rênes pour faire tourner Angharrad à cause qu'il y a pas de moyen pour sortir de là vivants et faut qu'on se tire de là et un soldat prend un tir de bâton blanc juste à côté de nous, un jet de sang m'éclabousse la figure et je me détourne voyant plus où je vais et j'entraîne Angharrad avec moi et tout ce que je pense tout ce que je peux penser au milieu d'un tel Bruit, tout ce que je pense alors que j'entends les hommes mourir et les Spackle mourir et que je les vois mourir en Bruit même les yeux fermés tout ce que je peux penser c'est –

Et c'est ça la guerre ?

C'est ça que les hommes veulent tant ?

C'est ça qui doit en faire des hommes ?

La mort courant vers soi avec un rugissement, un hurlement si rapide qu'on peut rien faire contre –

Alors j'entends la voix du Maire –

*BATTEZ-VOUS !*

Dans sa voix et dans son Bruit –

*BATTEZ-VOUS !*

Et j'essuie le sang et j'ouvre les yeux et c'est clair et aveuglant que se battre il y a rien d'autre au monde et je vois le Maire et Marbeth et lui et son cheval tous les deux ensanglantés et il se bat tellement enragé que j'entends son Bruit, et ça reste froid comme de la pierre mais ça dit **JUSQU'AU BOUT, JUSQU'AU BOUT –**

Et il croise mon regard –

Et je réalise que c'est vraiment la fin –
On a perdu –
Ils sont trop nombreux –
On a perdu –
Et je me cramponne à la crinière d'Angharrad à deux mains et je la cramponne dur et je pense *Viola* –
Et alors –

***BOUM !***

Toute la base de la colline que les Spackle descendent, elle explose dans un souffle de feu de poussière et de chair –
Soulevant et submergeant tout, projetant sur nous des pierres et de la terre et des morceaux de Spackle –
Et Angharrad hennit et on bascule fauchés tous les deux et il y a des hommes et des Spackle qui hurlent tout autour et qui courent dans tous les sens et ma jambe reste coincée sous Angharrad qui essaye désespérément de se relever quand je vois le Maire passer –
Et je l'entends rire –
– Bon sang, mais c'était quoi ? je hurle.
– UN CADEAU !...
Il me hurle en réponse et chevauchant à travers la poussière et la fumée, hurle à ses hommes :
– À L'ATTAQUE !... À L'ATTAQUE, MAINTENANT !

[VIOLA]

Notre attention revient vers l'image.
– Qu'est-ce que c'était ? je demande.

Il y a eu un grand *boum* mais le module ne montre rien, juste un bloc opaque de fumée. Bradley pianote sur la télécommande, le module s'élève, mais la fumée recouvre tout.

– Il enregistre ? demande Simone. Tu peux rembobiner ?

Bradley pianote encore et la projection revient brusquement en arrière, replonge dans la fumée, la fumée qui se concentre rapidement et –

– Là…, fait Bradley en arrêtant l'image.

Et il la fait repartir en avant, au ralenti.

La bataille est toujours aussi chaotique et terrible, les hommes sont submergés par les Spackle, quand –

***BOUM !***

Il y a une explosion au pied de la colline, une brutale et violente explosion qui envoie de la terre et de la roche et les corps des Spackle et leurs oxymares dans les airs, tournoyant dans le nuage de fumée qui très vite recouvre tout –

Bradley revient encore en arrière, il y a un petit éclair et puis toute une partie de la colline explose et se projette dans les airs et là sur l'image nous voyons les Spackle mourir –

Mourir et mourir –

Des dizaines et des dizaines –

Et je me souviens de celui sur la berge du fleuve –

Je me souviens de sa terreur –

– C'est vous ? demande Simone à Maîtresse Coyle. Est-ce votre armée qui est entrée dans la bataille ?

– Nous n'avons pas de missiles, réplique-t-elle sans quitter la projection des yeux. Si c'était le cas, je ne vous demanderais pas d'envoyer les vôtres.

– Mais alors, d'où viennent-ils ? s'interroge Simone.

Bradley manipule la télécommande. L'image devient plus grande et plus claire, et au ralenti maximum on voit quelque chose voler dans la base de colline, on voit encore plus lentement la terre jaillir, les corps des Spackle déchiquetés, peu importe quelle vie ils avaient, qui ils aimaient, comment ils s'appelaient, ni –

Juste des corps qui volent en morceaux –

Des vies qui se terminent –

Nous leur avons fait cela, nous les avons poussés à attaquer, nous les avons mis en esclavage et nous les avons tués, ou en tout cas le Maire l'a fait –

Et maintenant, nous recommençons à les tuer –

Simone et Maîtresse Coyle se disputent mais je ne les entends pas vraiment –

Parce que je sais aussi une chose.

Quand Simone m'a demandé quoi faire –

J'allais lui dire d'envoyer le missile.

Oui, j'allais provoquer ce massacre moi-même. J'allais dire oui, envoyez-les –

Tuez tous ces Spackle, ces Spackle pleins de bonnes raisons pour attaquer quelqu'un qui le mérite plus que quiconque sur cette planète –

Mais peu importe, pour sauver Todd, j'allais le faire –

J'en aurais tué des centaines, des milliers pour le sauver.

Pour Todd, j'aurais déclenché une guerre encore plus énorme.

Et maintenant que je m'en rends compte, c'est tellement dur, je tends le bras vers Acorn pour garder l'équilibre.

Alors j'entends la voix de Maîtresse Coyle couvrir celle de Simone :

– La seule explication, c'est qu'il a réussi lui-même à se créer une artillerie !

[TODD]

Dans la fumée et les cris, Angharrad roule pour se remettre sur pied, son Bruit dit plus rien maintenant, il le dit pas d'une façon qui m'effraye vraiment pour elle, et elle est debout et je tourne la tête et je le vois, je vois d'où le coup est parti –

Les autres unités de l'armée. Conduites par M. Tate et M. O'Hare, ils ont rassemblé le reste des soldats, et ils ont rassemblé des armes.

Ces armes, je savais même pas qu'elles existaient.

– Les armes secrètes ne marchent que si elles restent secrètes, ironise le Maire en arrivant à ma hauteur.

Avec un large sourire.

À cause qu'arrive une nouvelle vague de soldats par la route de la ville, des centaines de soldats frais et hurlants et prêts à combattre –

Et déjà les Spackle se retournent –

Déjà les Spackle regardent vers la colline, essayant de trouver un passage pour contourner l'endroit où la bombe a explosé –

Et il y a un autre éclair et un sifflement par-dessus nos têtes et –

*BOUM!*

Je sursaute et Angharrad hennit et un nouveau trou creuse la colline et plus de terre et de fumée et les corps spackle et les criatures spackle volent en morceaux dans les airs.

Le Maire sursaute absolument pas, il a juste l'air heureux pendant que les nouveaux soldats nous entourent en masse, que l'armée spackle s'effondre en chaos et se retourne et essaye de courir –

Et se retrouve prise à revers par nos renforts –

Et je respire très fort –

Et je regarde le flot se renverser –

Et je dois dire –

Faut que je le dise –

Je sens comme une fièvre à observer ça –

Une fièvre et de la joie et mon sang qui pulse en voyant les Spackle tomber –

(tais-toi, tais-toi, *ferme-la*)

– Tu n'étais pas inquiet, au moins, Todd ? demande le Maire.

Je le regarde, sang et poussière sur mon visage, les corps des hommes et des Spackle partout autour de nous, un nouveau fleuve de Bruit lumineux remplissant l'air encore plus fort qu'avant, quand c'était déjà si énorme –

– Allez, viens. Viens voir quel plaisir c'est, que d'être du côté du vainqueur.

Et il s'élance derrière les nouveaux soldats.

Je le suis, fusil au poing, mais sans tirer, juste à regarder et ressentir –

Ressentir le frisson –

À cause que c'est ça –

C'est le pire secret de la guerre –

Quand tu gagnes –

Quand tu gagnes c'est un purain de *frisson* –

Les Spackle remontent la colline en courant, ils escaladent les éboulis en courant –

Ils fuient –

Et je pointe mon fusil –

Je vise le dos d'un Spackle en fuite –

Et mon doigt est sur la détente –

Et il est prêt à appuyer –

Et le Spackle trébuche sur le corps d'un autre Spackle, mais ce n'est pas juste un corps, c'est deux, c'est trois –

Et alors la fumée se disperse et j'en vois plus. Je vois des corps partout, des hommes et des Spackle et des criatures cornues –

Et je me revois dans le monastère, là où les corps des Spackle s'empilaient –

Et je ne ressens plus du tout le frisson –

– *POURCHASSEZ-LES JUSQU'AU SOMMET !* crie le Maire. *FAITES-LEUR REGRETTER D'AVOIR VU LE JOUR !*

## [VIOLA]

– C'est bientôt la fin, dis-je. La bataille est presque terminée.

Bradley a reconfiguré la projection en mode normal, et nous avons tous vu l'arrivée du reste de l'armée.

Vu la seconde explosion.

Les Spackle se retourner et essayer de battre en retraite, de franchir les pierres éboulées, pulvérisées au pied de la colline, la pagaille qui en précipite certains dans le fleuve, et sur la route en contrebas, dans la bataille où ils ne survivent pas longtemps.

Cette quantité de morts me donne physiquement la nausée, mes chevilles sont en feu, et je dois m'appuyer contre Acorn pendant que tout le monde discute.

– S'il peut faire *ça*, martèle Maîtresse Coyle, alors il est encore plus dangereux pour vous que ce que j'ai dit. C'est *ça* que vous voulez voir diriger le monde où vous allez vous installer ?

– Je ne sais pas, répond Bradley. Êtes-vous notre seule alternative ?

– Bradley, dit Simone, elle n'a pas complètement tort.

– Comment ça ?

– Nous ne pouvons pas fonder une colonie en plein milieu d'une guerre. Et c'est notre dernière chance. Il n'y a plus d'autre solution pour nos vaisseaux. Il faut trouver une solution pour que ça marche ici, et si nous sommes en danger…

– Nous pourrions atterrir ailleurs sur la planète, commence Bradley.

– Vous ne feriez quand même pas ça, s'étrangle Maîtresse Coyle.

– Aucune loi ne nous oblige à rejoindre la colonie déjà présente, rétorque Bradley. N'ayant jamais reçu aucune communication de votre part, nous avons atterri en supposant que vous aviez échoué. Nous pourrions simplement vous abandonner à votre guerre. Trouver notre propre endroit où démarrer une vie nouvelle.

– Les abandonner ? s'exclame Simone, choquée.

– Mais vous finiriez par combattre les Spackle

de toute façon, reprend Maîtresse Coyle, privé de toute aide, de toute expérience.

– Alors qu'ici, nous finirions par combattre les Spackle et les hommes, ironise Bradley. Et probablement vous, pour finir.

– Bradley… intervient Simone.

– Non, je souffle, mais assez fort pour qu'ils m'entendent.

Parce que je regarde toujours la projection, et je vois des hommes et des Spackle continuer à mourir –

Et je pense encore à Todd, à toute la mort que j'aurais provoquée pour lui –

J'en ai la tête qui tourne.

Et je ne veux plus me retrouver dans cette situation, plus jamais.

– Pas d'armes. Plus de bombes. Les Spackle battent en retraite. Nous avons déjà battu le Maire une fois, et si c'est à refaire, nous le referons. Même chose pour conclure un nouveau pacte avec les Spackle…

Je dévisage Maîtresse Coyle, et détache mes mots sèchement :

– … Plus de mort. Pas par ma faute, même pas pour une armée qui le mérite, hommes ou Spackle. Nous trouverons une solution pacifique.

– Bien parlé, approuve Bradley avec chaleur.

Et il me regarde avec ce visage dont je me souviens si bien, un visage plein de gentillesse et d'amour et d'orgueil si forts que ça me picote.

Et je dois détourner les yeux parce que j'ai été si près de leur faire envoyer le missile.

– Bon, eh bien, puisque vous êtes tous si sûrs de vous…, dit Maîtresse Coyle d'une voix aussi froide que le fond d'un fleuve. Moi, j'ai des vies à sauver.

Et avant même que quelqu'un ait le temps de faire un geste pour la retenir, elle court vers sa carriole et fait claquer ses rênes et elle s'enfonce dans la nuit.

[TODD]

– TAILLEZ-LES EN PIÈCES ! hurle le Maire. DISPERSEZ-LES !

Peu importe ce qu'il hurle, d'ailleurs, il pourrait vociférer des noms de plante que les soldats continueraient à submerger la première moitié de la route en zigzag, escaladant ce qui a été pulvérisé, fauchant et mitraillant les Spackle qui tentent de fuir à quatre pattes.

M. O'Hare est à la tête du nouveau groupe, menant la charge, mais le Maire a stoppé M. Tate et l'a rappelé en bas dans la clairière où on attend.

Je saute d'Angharrad pour examiner sa blessure de plus près. Pas l'air si grave, mais elle dit toujours rien dans son Bruit, même pas des sons de cheval, juste le silence, et je sais pas ce que ça veut dire mais je suis sûr que c'est pas bon.

– Fifille ? je lui dis en essayant de lui frotter du calme dans son flanc. On va te faire recoudre, d'accord ? On va te remettre sur pied, comme avant, hein, fifille ?

Mais elle laisse tomber sa tête vers le sol, de la mousse aux lèvres et de la sueur aux flancs.

– Désolé pour le retard, monsieur, dit M. Tate au Maire derrière moi. Nous devrons encore améliorer leur mobilité.

Je jette un regard vers l'artillerie : quatre gros canons à l'arrière de chars en acier tirés par des bœufs qui tremblent sur leurs pattes. Le métal des canons noir et épais et comme s'il voulait vous décapsuler le crâne d'un coup net. Armes, armes secrètes construites quelque part en dehors de la ville, les hommes travaillant dessus séparément pour que leur Bruit s'entende pas, travaillant à des armes prévues pour être utilisées contre la Flèche, prêtes à la réduire en petits morceaux sans aucun problème et maintenant utilisées pour faire la même chose aux Spackle.

Armes laides et brutales qui le rendent encore plus fort.

– Je confie les améliorations à vos mains expertes, capitaine, dit le Maire. Pour l'instant, trouvez le capitaine O'Hare, et dites-lui de se retirer au pied de la colline.

– Se retirer ? fait M. Tate, surpris.

– Les Spackle sont en fuite, réplique le Maire, avec un signe de tête vers la route en zigzag, presque dégagée de Spackle maintenant qu'ils disparaissent derrière le sommet de la colline, dans la vallée supérieure. Mais qui sait combien de milliers d'autres attendent sur la route au-dessus ? Ils vont se regrouper et se réorganiser. Nous allons faire de même ici, et nous préparer.

– Oui, monsieur, dit M. Tate, et il éperonne son cheval.

Je m'appuie contre Angharrad, pressant ma joue contre son flanc, fermant les yeux mais ne voyant rien dans mon Bruit que les hommes, les Spackle, le combat, le feu, la mort, la mort, la mort –

– Tu t'en es bien sorti, Todd, lance le Maire en se rapprochant. Très bien, vraiment.

– C'était... je commence, puis je m'arrête.

À cause que c'était... *comment* ?

– Je suis fier de toi, poursuit-il.

Je le fixe d'un air hagard.

Il rit devant mon expression.

– Mais si, je t'assure. Tu n'as pas flanché sous la pression. Tu as gardé la tête froide. Tu as conservé ta monture alors qu'elle était blessée. Et surtout, Todd, tu as tenu parole.

Je plonge dans ses yeux, ces yeux noirs comme les rochers d'une rivière.

– Tu t'es conduit en homme, Todd, véritablement.

Et sa voix sonne juste, ses mots sonnent juste.

Comme toujours, bien sûr.

– Je ne ressens rien, dis-je. Rien que de la haine contre vous.

Il me sourit simplement.

– Tu ne réalises pas encore, Todd, mais tu en viendras à considérer ce jour comme celui où tu es finalement devenu un homme. (Son regard lance un éclair.) Celui où tu as été transformé.

[VIOLA]

– On dirait bien que c'est la fin, dit Bradley en étudiant la projection.

Une démarcation est en train de s'élargir sur la route en zigzag. Les hommes du Maire se retirent lentement et les Spackle refluent en désordre, laissant la colline désertée. On voit maintenant toute l'armée du Maire, les gros canons dont il a réussi à s'armer, on ne sait comment, ses soldats qui se regroupent peu à peu et se réorganisent au pied de la colline, se préparant à reprendre le combat sans aucun doute.

Et puis je vois Todd.

Je dis son nom tout fort et Bradley zoome là où je pointe le doigt. Mon cœur se précipite quand je vois comment il s'appuie contre Angharrad, et il est vivant, il est vivant –

– Ton ami ? demande Simone.

– Oui, c'est Todd, il…

Je m'arrête parce qu'on voit le Maire qui s'approche de lui.

S'approche de Todd pour lui parler, comme si de rien n'était.

– Mais ça ne serait pas lui, le tyran ? fait Simone.

– C'est compliqué, je soupire.

– Mmouais, grogne Bradley. J'en ai l'impression.

– Non, je coupe fermement. Si vous doutez de quoi que ce soit, si jamais vous ne savez plus que penser ni qui croire, faites confiance à Todd, d'accord ? Souvenez-vous-en.

– D'accord, réplique Bradley avec un sourire. On s'en souviendra.

– Reste la question essentielle, dit Simone. Que faire, maintenant ?

– Nous espérions des colonies éteintes et toi et tes parents au milieu de tout cela, dit Bradley. Et pour finir, nous avons un dictateur, une révolutionnaire et une armée d'envahisseurs indigènes.

– L'armée spackle, quelle taille fait-elle ? je questionne, me retournant vers la projection. Tu peux monter plus haut ?

– Pas beaucoup.

Puis il pianote un peu et le module remonte la colline, dépasse sa crête et –

– Oh, mon Dieu ! je m'exclame, et Simone étouffe un cri.

Éclairés par la lumière des deux lunes et de leurs feux de camp et de leurs torches –

Toute une nation de Spackle s'étale le long de la route et du fleuve, dans la vallée qui domine les chutes, beaucoup, beaucoup plus vaste que l'armée du Maire, assez pour la submerger en une seule vague, assez pour n'être jamais, jamais dévorée.

Des milliers de Spackle.

Des dizaines de milliers.

– Supériorité numérique, commente Bradley. Face à une puissance de feu supérieure. La recette d'un massacre sans fin.

– Maîtresse Coyle a parlé de pacte, je dis. S'il y en a eu un avant, il peut y en avoir un autre.

– Et les armées en présence ? demande Simone.

– Ce sont les généraux qui comptent, dis-je. Si nous pouvons identifier ces deux-là, ce sera bien plus facile.

– Et peut-être devrions-nous commencer par entrer en contact avec ton Todd, propose Bradley

Il appuie sur la télécommande jusqu'à ce que la vue revienne sur les hommes à cheval, sur Todd appuyé contre Angharrad.

Alors Todd lève les yeux, droit sur le module, droit dans la projection –

Droit dans mes yeux.

Et le Maire aussi a levé la tête.

– Ils se rappellent maintenant que nous

sommes là, dit Simone, qui remonte la rampe du vaisseau éclaireur. Je vais te trouver quelque chose pour tes chevilles, Viola. Puis je contacterai le convoi. Mais je me demande bien comment leur expliquer, et par quel bout commencer…

Elle disparaît à l'intérieur. Bradley s'approche de moi et, doucement, il me prend par l'épaule.

– Je suis tellement triste pour tes parents, Viola. Plus que je ne saurais dire.

Je bats des paupières sur mes yeux mouillés, pas seulement au souvenir de maman et de papa morts dans l'accident, mais aussi émue par la gentillesse de Bradley –

Et puis je me souviens, et j'en suffoque presque, que c'est Bradley qui m'avait donné en cadeau cette boîte, la boîte qui a produit le feu, la boîte qui a produit une lumière contre les ténèbres, et qui a finalement fait sauter tout un pont pour nous sauver, Todd et moi.

– Il pétille, je murmure.

– Hein ?

– Il y a longtemps, sur le convoi, tu m'as demandé de te dire à quoi ressemblait le ciel nocturne à la lumière d'un feu, parce que je serais la première à savoir. Eh bien, tu sais, il pétille.

Il se rappelle, et sourit. Puis il respire profondément par le nez.

– Alors, c'est donc ça, l'odeur de l'air frais…, dit-il, parce que bien sûr il le respire pour la première fois, il a passé toute sa vie sur un vaisseau, dans l'espace. C'est différent de ce que j'attendais. Plus fort.

– Il y a des tas de choses différentes de ce qu'on attendait.

Il me serre encore l'épaule.

– Nous sommes là, maintenant, Viola. Tu n'es plus seule.

J'avale ma salive, fixant la projection.

– Je n'étais pas seule.

Bradley soupire, regarde avec moi.

Oui, ça pétille, dit-il.

– Il faudra faire un feu pour que tu le voies par toi-même.

– Voir quoi ?

– Mais, que ça pétille.

Il me fixe, surpris.

– Mais avant, qu'est-ce que tu as dit ?

– Non, c'est toi, tu viens de dire…

De quoi est-ce qu'elle parle ? dit-il.

Mais il ne le dit pas.

Et mon estomac fait un nœud.

Non.

Oh, non.

– Tu as entendu ? dit-il en se retournant, l'air encore plus déboussolé. On aurait dit ma voix…

Mais comment cela peut-il être ma… ? il pense, et puis s'arrête.

Il me regarde.

Viola ? dit-il.

Mais il le dit dans son Bruit.

Il le dit dans son Bruit tout neuf.

[TODD]

Je plaque le bandage sur la blessure d'Angharad et j'attends que le médicament pénètre dans son réseau sanguin. Elle dit toujours rien, mais je laisse mes mains sur elle, je lui répète son nom.

Les chevaux supportent pas d'être seuls. Je dois lui dire que je fais partie de sa horde.

– Reviens, Angharrad…, je lui chuchote à l'oreille. Reviens, fifille.

Je jette un coup d'œil vers le Maire, qui parle à ses hommes, et j'essaye de comprendre comment on a pu en arriver là.

Nous l'avions battu. Battu, attaché. Et nous avions gagné.

Et maintenant ?

Maintenant, il se déplace comme si tout ici lui appartenait, comme s'il dirigeait toute cette purain de planète, une fois de plus, comme si ce que je lui ai fait et comment je l'ai battu, non ça n'a aucune importance pour lui maintenant.

Mais je l'ai quand même battu. Et je le referai.

J'ai libéré un monstre pour sauver Viola.

Et maintenant, il faut que j'arrive à le tenir en laisse.

– L'œil dans le ciel est toujours là, remarque-t-il en fixant le point de lumière.

Une sorte de robot éclaireur, il en est sûr. On l'a vu planer au-dessus de nous il y a une heure, quand le Maire donnait ses ordres aux capitaines, leur disant de construire un camp ici, au pied de la colline, et d'envoyer des espions pour voir ce qui nous attend, et d'envoyer d'autres troupes pour savoir ce qui est arrivé à l'armée de la Flèche.

Mais, pour l'instant, on a envoyé personne au vaisseau éclaireur.

– Ils nous voient déjà, poursuit le Maire, levant toujours la tête. Quand ils voudront entrer en contact, ils n'auront qu'à venir me trouver, n'est-ce pas ?

Il regarde lentement autour de nous, les soldats qui se préparent à ce qui reste de nuit.

– Tu les entends, ces voix ? chuchote-t-il d'une façon étrange.

L'air est toujours rempli du Bruit des hommes, mais à la lueur des yeux du Maire, je me demande s'il parlerait pas d'autre chose.

– Des voix ? Quelles voix ?

Il cligne des yeux, comme surpris de me trouver encore là. Il sourit et pose une main sur la crinière d'Angharrad.

– La touchez pas…, je fais, le fixant jusqu'à ce qu'il enlève sa main.

– Je sais ce que tu ressens, Todd, dit-il doucement.

– Non, vous savez rien.

– Mais si. Je me souviens de ma première bataille, durant la toute première guerre des Spackle. Tu penses que tu vas mourir, tout de suite. Tu penses que c'est la pire chose que tu aies jamais vue et comment pourrais-tu survivre quand tu l'as vue ? Comment quiconque pourrait-il survivre après l'avoir vue ?

– Sortez de ma tête, tout de suite.

– Je ne fais que bavarder, Todd. Rien de plus.

Je lui réponds pas. Je continue à chuchoter dans l'oreille d'Angharrad :

– Je suis là, fifille…

– Mais tout ira bien, reprend le Maire. Et ton cheval aussi. Vous serez tous les deux plus forts. Et vous n'en serez que meilleurs.

Je le regarde.

– Comment ça, meilleurs ? Comment quelqu'un

pourrait être meilleur, après ça? Comment deviendrait-il plus *homme* après ça?

Il se penche, tout près de moi.

– Parce que tu n'as pas trouvé cela excitant, aussi? Non?

Je réponds rien à ça.

(à cause que oui –)

(pendant un instant, là-bas –)

Et puis je me rappelle le soldat mourant, celui qui cherchait son bébé dans son Bruit, celui qui le reverra plus jamais –

– Car tu l'as bien sentie, cette excitation, quand nous les avons pourchassés sur la pente, continue le Maire. Mais oui, je l'ai vu. Comme une traînée de feu lacérant ton Bruit. Chaque homme de l'armée a ressenti la même chose, Todd. Nous ne sommes jamais plus vivants que dans la bataille.

– Et jamais plus morts après.

– Tiens, de la philosophie à présent, dit-il en souriant. Vraiment, je ne te connaissais pas sous cet angle!

Je me détourne, vers Angharrad.

Et puis je l'entends.

**JE SUIS LE CERCLE ET LE CERCLE EST MOI.**

Je ramène mon regard sur lui, et je lui gifle *VIOLA* – en pleine figure.

Il flanche, mais sans perdre le sourire.

– Exactement, Todd. Comme je te l'ai déjà dit. Contrôle ton Bruit, et tu te contrôles toi-même. Contrôle-toi...

– Et tu contrôles le monde. Oui, je connais le refrain. Mais moi-même me suffit largement, merci. J'ai aucune envie de contrôler le reste du monde.

– Oh, ils disent tous cela. Tant qu'on a pas goûté au pouvoir... (Il lève à nouveau les yeux vers le module.) Je me demande si les amis de Viola seraient capables de nous dire à quelle force numérique nous sommes réellement confrontés.

– Beaucoup trop, de toute façon. Sûrement qu'ils ont rassemblé toute la population spackle, là-haut. Vous pourrez jamais tous les tuer.

– Des canons contre des flèches, mon garçon. Même avec leurs surprenantes nouvelles machines à feu et leurs espèces de bâton, ils n'ont pas de canons. Ils n'ont pas... (Il fait un mouvement de tête vers l'horizon, là où le vaisseau éclaireur s'est posé.)... de vaisseaux spatiaux. Alors, je dirais que nous sommes à égalité.

– Raison de plus pour arrêter tout ça.

– Raison de plus pour continuer la lutte. Sur cette planète, il n'y a de place que pour un seul dominant, Todd.

– Pas si nous...

– Non, coupe-t-il plus sèchement. Tu m'as libéré pour une bonne raison. Pour assurer la sécurité de ta Viola sur cette planète...

Je réponds rien à ça.

– ... Et j'ai accepté tes conditions et maintenant tu vas me laisser accomplir ce qui doit être accompli. Tu vas me laisser sécuriser cette planète, pour elle comme pour nous tous. Et tu vas me laisser le faire à ta place, car tu ne peux le faire toi-même.

Et je me rappelle comment les soldats ont suivi le moindre de ses ordres, se jetant dans la bataille et mourant, juste à cause qu'il leur a dit de le faire.

Et il a raison, je crois pas que j'aurais jamais été capable de faire ça.

J'ai besoin de lui. C'est pas supportable, mais j'ai besoin de lui.

Je me détourne à nouveau. Je ferme les yeux et je presse mon front contre Angharrad.

*Je suis le Cercle et le Cercle est moi*, je pense.

Si je peux contrôler mon Bruit, je peux me contrôler.

Et si je peux me contrôler –

Peut-être que je peux le contrôler.

– Oui, peut-être, dit-il. J'ai toujours dit que tu avais du pouvoir...

Je le fixe.

Il sourit toujours.

– ... Et maintenant, poursuit-il, installe ton cheval pour la nuit et prends un peu de repos.

Il hume l'air, le froid devient plus sensible maintenant qu'on pense plus mourir à chaque seconde. Il regarde en haut de la colline les lueurs des feux de camp spackle qui dansent par-dessus la crête.

– Nous avons remporté la première escarmouche, Todd. Mais la guerre ne fait que commencer.

# ET DE TROIS

La terre attend. J'attends avec eux.

Et je *brûle* à force d'attendre.

Parce que notre ennemi était battu. Au pied de leur propre colline, au bord de leur propre ville, nous avions encerclé l'armée des hommes, nous les tenions à notre merci. Ils étaient brisés et perdus et prêts à être conquis.

La bataille était presque gagnée. Nous les avions *battus*.

Et puis le sol a fait éruption sous nos pieds et nos corps ont été projetés en l'air.

Et nous avons battu en retraite. Nous avons reculé, trébuchant dans la pente, sur les pierres fracturées et la route crevassée pour regagner le sommet de la colline et soigner nos blessures et pleurer nos morts.

Pourtant, nous étions près de la victoire. Nous en étions si près que j'en avais le goût sur la langue.

Et le goût est toujours là, quand je regarde la vallée en bas, où les hommes de la Clairière font leur camp, soignent leurs propres blessures et enterrent leurs morts, mais laissent les nôtres empilés n'importe comment.

Et je me souviens d'autres piles de corps, dans un autre endroit.

Et ce souvenir me brûle encore.

Puis je vois quelque chose de là où je suis assis, au bord de la crête, près de l'endroit où le fleuve bascule vers la vallée. Je vois une lumière qui flotte dans l'air de la nuit.

Elle nous observe. Observe la Terre.

Alors je me lève pour aller chercher le Ciel.

Je descends la route le long du fleuve, je m'enfonce à l'intérieur du campement, de ses feux qui repoussent la noirceur de la nuit. L'écume des rapides et de la chute projette une brume, et la lumière des feux baigne tout dans un halo. La Terre m'observe pendant que je me fraye un chemin parmi eux, leurs visages amicaux, malgré la fatigue de la bataille, leurs voix ouvertes.

*Le Ciel?* je montre avec ma voix en marchant. *Où est le Ciel?*

En réponse, ils me montrent le chemin entre les feux de camp et les bivouacs cachés, les crèches de nourrissons et les paddocks pour les oxymares –

Oxymare, j'entends chuchoter plus loin, dans le noir, chuchoter avec surprise et même dégoût, car ce mot n'est pas un mot de la langue de la Terre, c'est un mot de la langue de l'ennemi, de la Clairière, alors je rends ma voix encore plus forte pour le couvrir et je montre *Le Ciel?*

La Terre continue à me montrer le chemin.

Et derrière leur bonne volonté, je crois entendre leurs doutes.

Car qui suis-je, après tout ?

Suis-je un héros ? Suis-je un sauveur ?

Suis-je brisé ? Suis-je en danger ?

Est-ce que j'en suis au début, ou à la fin ?

Suis-je réellement de la Terre ?

Pour être honnête, je n'en sais rien. Et ils me montrent le chemin du Ciel et je continue à avancer parmi eux et je me sens comme une feuille survolant le fleuve, au-dessus, puis sur les flots.

Mais peut-être pas du fleuve.

Et ils commencent à faire courir la rumeur de mon arrivée.

Le Retour approche, ils se montrent, l'un à l'autre. Le Retour approche.

Parce que c'est leur nom pour moi. Le Retour.

Mais j'ai un autre nom, aussi.

J'ai dû apprendre comment la Terre appelle les choses, tirer des mots de leur langue sans mot, de cette grande voix unique de la Terre, pour que je puisse les comprendre. La Terre, c'est ainsi qu'ils se désignent, se sont toujours désignés. Car ne sont-ils pas la Terre de ce monde ? Avec le Ciel qui les observe ?

Les hommes ne les appellent pas la Terre. Ils ont inventé un nom d'après une première tentative ratée de communication, et ils n'ont jamais eu la curiosité de corriger leur erreur. Et c'est peut-être à partir de là que les problèmes ont commencé.

La Clairière, c'est le nom que la Terre a donné aux hommes, ces parasites venus de nulle part, qui ont voulu faire de ce monde un nulle part à eux, tuant la Terre en nombres immenses avant que le pacte n'oblige à une séparation, la Terre et la Clairière pour toujours séparés.

Excepté, pour la Terre qui a été abandonnée. La Terre qui est demeurée en esclavage chez la Clairière, en gage de paix. La Terre qui a cessé de s'appeler la Terre, la Terre qui a cessé *d'être* la Terre, obligée même de prendre la langue de la Clairière. La Terre qui a été abandonnée, une grande honte pour la Terre, une honte qui s'est ensuite appelée le Fardeau.

Et puis le Fardeau a été éradiqué par la Clairière en un seul après-midi de tuerie.

Et me voici, le Retour. Ainsi appelé, non seulement parce que je suis le seul survivant revenu du Fardeau, mais aussi parce que mon retour a poussé la Terre à revenir ici sur cette crête, après des années de pacte, installée et prête au-dessus de la Clairière, avec de meilleures armes, de meilleurs nombres, un meilleur Ciel ?

Tous ramenés ici par le Retour. Par moi.

Mais ils n'attaquent plus.

– *Le Retour approche,* montre le Ciel lorsque je le trouve, dos tourné.

Il s'adresse aux Chemins, assis en demi-cercle autour de lui. Il leur montre des messages à transmettre parmi toute la Terre, des messages qui passent si vite que j'ai du mal à les lire.

– *Le Retour réapprendra le langage de la Terre*, montre le Ciel qui en a fini avec les Chemins et vient vers moi. *En temps et en heure.*

Je montre la Terre qui m'observe pendant que je parle au Ciel.

– *Ils comprennent mes mots. Ils les utilisent eux-mêmes quand ils parlent de moi.*

– *Les mots de la Clairière restent dans la mémoire de la Terre,* montre le Ciel, me prenant par un bras pour faire quelques pas. *La Terre n'oublie jamais.*

– *Vous nous avez bien oubliés, nous,* je lui montre, avec une chaleur que je ne peux enlever à mes mots. *Nous vous avons attendus. Nous vous avons attendus jusqu'à la mort.*

– *La Terre est là, maintenant,* montre-t-il.

– *La Terre a battu en retraite,* je montre, avec une chaleur encore plus forte. *La Terre campe sur une crête alors qu'elle pourrait détruire la Clairière, maintenant, cette nuit. Nous sommes plus nombreux. Même avec leurs nouvelles armes, nous...*

– *Tu es encore jeune,* il me montre. *Tu en as vu beaucoup, beaucoup trop vu, et pourtant, tu n'es même pas encore tout à fait adulte. Tu n'as jamais vécu parmi la Terre. Le cœur de la Terre pleure d'être venu trop tard pour sauver le Fardeau...*

Je l'interromps, une impolitesse inouïe chez la Terre.

– *Vous ne saviez même pas...*

– *Mais la Terre se réjouit que le Retour ait été sauvé,* continue-t-il, comme si je n'avais rien montré. *La Terre se réjouit de pouvoir venger la mémoire du Fardeau.*

– *Personne ne peut rien venger !*

Et mes souvenirs débordent dans ma voix, et c'est seulement ici, maintenant, quand leur souffrance se fait trop grande, quand je suis incapable de parler la langue du Fardeau, c'est seulement maintenant que je parle le vrai langage sans mots de la Terre, ressenti et déversé hors de moi en même temps. Je suis incapable de m'empêcher de leur montrer ma perte, de leur montrer comment la Clairière nous a traités, comme des animaux, comment ils considéraient leurs voix et les nôtres comme des malédictions, comme une chose à soigner, et je ne peux m'empêcher de montrer à la Terre le souvenir du Fardeau mourant entre les mains de la Clairière, des balles et des lames et du hurlement silencieux, du champ de corps empilés très haut...

De celui que j'ai perdu en particulier.

Le Ciel me montre de la douceur dans sa voix, comme tous ceux de la Terre autour de nous, jusqu'à ce que je me sente nager dans un fleuve de voix qui se tend et touche la mienne pour l'apaiser et la calmer, et jamais je ne me suis senti autant appartenir à la Terre, jamais je ne me suis senti autant chez moi, rassuré, en harmonie avec l'unique voix jointe de la Terre –

Et je bats des paupières en réalisant que cela vient seulement quand je ressens tant de peine que je m'oublie moi-même.

– *Mais cela finira par passer,* montre le Ciel. *Tu grandiras et tu cicatriseras. Alors, tu trouveras plus facile d'être parmi la Terre –*

– *Plus facile, oui, quand la Clairière sera partie d'ici pour toujours.*

– *Tu parles le langage du Fardeau. Qui est aussi celui de la Clairière, des hommes que nous combattons, et même si nous t'accueillons comme un frère revenu à la Terre, la première chose que tu dois apprendre – même si je te le dis dans un langage que tu peux comprendre – c'est qu'il n'y a pas de* **je** *et pas de* **tu**. *Il n'y a rien d'autre que la Terre.*

Je ne lui montre rien en réponse.

– *Tu cherchais le Ciel ?* demande-t-il finalement.

Je regarde dans ses yeux, petits pour la Terre, mais rien comme l'hideuse petitesse des hommes de la Clairière, aux yeux mauvais qui cachent et cachent – car les yeux du Ciel sont encore assez grands pour refléter les lunes, la lumière du feu, moi qui regarde en eux.

Et je sais qu'il m'attend.

Car j'ai vécu ma vie parmi la Clairière et j'ai beaucoup, énormément appris d'eux.

Y compris comment cacher mes pensées derrière d'autres pensées, comment cacher ce que je pense et ressens. Comment couvrir ma voix pour qu'elle soit plus difficile à lire.

Seul parmi la Terre, je ne suis pas encore complètement fondu dans la voix unique de la Terre.

Pas encore.

Je le fais attendre un moment encore, puis j'ouvre ma voix pour lui montrer la lumière que j'ai vue planer, ce que je pense qu'elle est. Il comprend aussitôt.

– *Une version plus petite de ce qui a survolé la Terre quand elle était en marche vers la colline...*

– *Oui*, je montre et je me souviens.

Des lumières dans le ciel, une de leurs machines survolant la route, mais tellement haut, c'était à peine plus qu'un son.

– *Alors, la Terre donnera une réponse,* montre-t-il, et il me prend par le bras pour me raccompagner sur la crête.

Le Ciel observe la lumière suspendue au-dessus de la colline, et j'examine la Clairière qui s'installe pour la nuit. J'étudie leurs visages trop petits sur des corps courts et trapus, leur couleur malsaine, rose et sable.

Le Ciel sait ce que je cherche.

– *Tu le cherches. Tu cherches le Couteau.*

– *Je l'ai vu dans la bataille. Mais j'étais trop loin.*

– *Pour la sécurité du Retour,* montre le Ciel.

– *Il est à* ***moi*** *–*

Mais là, je m'arrête.

Parce que je le vois.

Au milieu du campement, il s'appuie contre son animal de bât, son *cheval*, dans leur langue, il lui parle, sûrement avec une grande émotion, une grande angoisse après ce qu'il a vu.

Sans doute avec beaucoup de tendresse et d'émotion et de gentillesse.

– *Et c'est précisément pourquoi le Retour hait le Couteau,* montre le Ciel.

– *Il est pire que les autres,* je montre. *Il est le pire d'entre eux... Parce que... Parce qu'il savait qu'il faisait le mal. Il sentait la souffrance de ses actes.*

– *Et il ne les a pas corrigés,* montre le Ciel.

– *Les autres ne valent pas plus que leurs animaux*

*de bât*, je montre, *mais le pire est celui qui en sait plus et qui ne fait rien.*

– *Pourtant, le Couteau a libéré le Retour*, avance le Ciel.

– *Il aurait dû me tuer. Il a déjà tué l'un de la Terre avec ce couteau dans sa voix qu'il ne peut pas lâcher. Mais il était trop lâche, même pour rendre cette faveur au Retour.*

– *S'il t'avait tué comme tu le souhaitais*, montre le Ciel d'une façon qui capte mes yeux dans les siens, *alors la Terre ne serait pas ici.*

– *Oui... Ici où nous ne faisons rien. Où nous attendons et observons au lieu de combattre.*

– *Attendre et observer font partie de la bataille. La Clairière s'est renforcée durant le pacte. Ses hommes sont plus sauvages, comme ses armes.*

– *Mais la Terre n'est-elle pas aussi sauvage ?*

Le Ciel retient mon regard un long moment, puis il se tourne et parle la voix de la Terre, lançant un message qui passe de l'un à l'autre jusqu'à ce qu'il atteigne une de la Terre qui, je vois, a préparé un arc avec une flèche en feu. Elle vise et fait partir la flèche dans la nuit, par-dessus la crête.

Toute la Terre la voit voler, soit avec ses yeux soit à travers la voix des autres, jusqu'à ce qu'elle touche la lumière qui plane, qui tombe en spirales et s'écrase dans le fleuve.

– *Aujourd'hui, il y a eu bataille*, me montre le Ciel, tandis qu'une faible rumeur monte du camp de la Clairière. *Mais une guerre est faite de nombreuses batailles.*

Puis il tend la main pour me prendre le bras, celui où je laisse pousser librement la manche de lichen, celui qui fait mal, celui qui ne guérira pas. Je me dégage, mais il me le reprend et, cette fois, je laisse ses longs doigts blancs me relever doucement le poignet, balayer doucement ma manche.

– *Et jamais nous n'oublierons pourquoi nous sommes ici*, montre le Ciel.

Et cela s'étale, dans la langue du Fardeau, la langue que la Terre redoute pour sa honte, cela s'étend parmi eux jusqu'à ce que je les entende tous, les sente tous.

Sente toute la Terre dire : *Nous n'oublierons jamais.*

Et tous voient mon bras à travers les yeux du Ciel.

Et ils voient le cercle de métal, et l'écriture dessus dans le langage de la Clairière.

Et ils voient la marque permanente sur moi, le vrai nom qui me sépare d'eux à tout jamais.

*1017.*

# DEUXIÈME PARTIE

# *SECONDES CHANCES*

## *02 Le calme*

[VIOLA]

L'intensité du Bruit de Bradley est horrible.

Fort **C'est si fort**

Simone et Viola qui me regardent comme si j'étais en train de mourir

**Suis-je en train de mourir ?**

Atterrir, en plein milieu d'une guerre

À cinquante-cinq jours du convoi

Y a-t-il autre part où aller ?

Cinquante-cinq jours avant que de vrais médicaments arrivent

cinquante-cinq jours à attendre de mourir

**Suis-je en train de mourir ?**

– Tu n'es pas en train de mourir, je le rassure, du lit où Simone me fait des piqûres pour réparer les os de mes chevilles. Bradley…

– Non, fait-il en levant les mains pour m'arrêter. Je me sens… Nu… nu… Nu… Non, je ne peux pas te dire à quel point je me sens nu.

Simone a aménagé les couchettes du vaisseau éclaireur en maison de soins improvisée. Je suis allongée sur un lit et Bradley sur l'autre, ses yeux grands ouverts, ses mains presque toujours plaquées sur ses oreilles, son Bruit qui devient de plus en plus fort –

– Tu es sûre qu'il n'a rien de grave ? me chuchote Simone.

Elle a fini les piqûres et commence à bander mes chevilles. Je perçois une tension dans sa voix.

– Tout ce que je sais, je chuchote à mon tour, c'est que les hommes ici se sont habitués à la longue et que…

– Mais il y avait un remède… Que cette espèce de Maire a fait brûler intégralement.

– Oui, mais cela prouve au moins qu'on peut en trouver un.

– Arrêtez de chuchoter sur moi, lance le Bruit de Bradley.

– Désolée, dis-je.

– De quoi ? fait-il, jetant un regard autour de lui. Vous ne pourriez pas me laisser tranquille un moment, non ?

Et son Bruit dit : Pour l'amour de Dieu, fichez-moi le camp d'ici et laissez-moi tranquille !

– Une minute, le temps que j'en termine avec Viola, balbutie Simone, la voix tremblante et essayant de ne pas le regarder.

Elle fixe le dernier bandage autour de ma cheville gauche.

– Pourrais-tu en prendre un autre ? je lui demande doucement.

– Pour quoi faire ?

– Je te le dirai dehors. Je ne veux pas le perturber encore plus.

Elle me regarde, sourcils froncés, puis sort un

bandage d'un tiroir, le Bruit de Bradley remplissant toute la cabine d'un mur à l'autre.

– Je ne comprends toujours pas, dit Simone en gagnant la porte avec moi. Je l'entends avec mes oreilles, mais je l'entends aussi dans ma tête. Des mots… (Elle jette un regard vers Bradley, horrifiée.)… et des images.

Elle a raison ; des images commencent à sortir de lui, des images qui pourraient se trouver dans notre tête ou suspendues dans l'air en face de nous.

Des images de nous à le regarder, des images de lui sur le lit –

Puis des images de ce que nous avons vu sur la projection du module, de ce qui s'est passé quand une flèche spackle enflammée l'a touché et que le signal s'est éteint –

Et puis des images du vaisseau éclaireur quittant son orbite, des images de cette planète tout en bas, un vaste océan vert bleuâtre à côté de kilomètres de forêt, sans même voir cette armée spackle confondue avec les berges du fleuve pendant que le vaisseau survolait New Prentissville –

Et puis d'autres images –

Des images de Simone –

Des images de Simone et de Bradley –

– Bradley ! s'exclame celle-ci, choquée, en reculant d'un pas.

– Par pitié ! il crie. Laissez-moi tranquille ! C'est trop insupportable !

Je suis choquée, moi aussi, parce que les images de Bradley et de Simone sont très claires et que, plus il tente de les couvrir plus elles deviennent claires, alors je prends Simone par le coude et je l'entraîne dehors, appuyant sur un panneau pour fermer la porte qui étouffe son Bruit derrière nous, mais seulement comme on étoufferait une clameur.

Nous marchons quelques mètres.

Fille pouliche ? dit Acorn, arrivant de l'endroit où il broutait son herbe.

– Alors, les animaux aussi ? dit Simone pendant que je frotte les naseaux d'Acorn. Mais où est-ce qu'on est tombés ?

– C'est de l'information, dis-je en me rappelant comment Ben avait décrit Nouveau Monde à leur arrivée, nous racontant à Todd et à moi, cette nuit-là au cimetière, et cela me semble il y a tellement, tellement longtemps maintenant.

– … De l'information, tout le temps, sans arrêt, que tu en veuilles ou non.

– Il a l'air tellement… effrayé, dit-elle, et sa voix se brise sur le terme. Et ces choses auxquelles il pensait…

Elle se détourne et je suis trop gênée pour lui demander si les images de Bradley correspondent à des souvenirs réels ou à de simples désirs.

– C'est toujours le même Bradley, dis-je. Tu ne dois pas oublier cela. Imagine un peu, si chacun entendait tout ce que tu ne veux pas dire à haute voix ?

Elle soupire, lève les yeux vers les deux lunes, hautes dans le ciel.

– Il y a deux mille colons masculins sur le convoi, Viola. Deux mille. Que va-t-il se passer quand nous les aurons tous réveillés ?

– Ils s'y habitueront. Les hommes s'habituent.

Simone se racle la gorge, mais sa voix passe mal.

– Et les femmes ?

– Oui, c'est là que les choses se compliquent.

Elle secoue la tête, puis remarque le bandage dans sa main.

– Mais que veux-tu faire de cela ?

Je me mords la lèvre.

– Simone, surtout, ne va pas te mettre dans tous tes états…

Je remonte lentement ma manche pour lui montrer le bracelet sur mon bras. La peau est encore plus rouge qu'avant, et mon numéro brille à la lumière des lunes. 1391.

– Oh, Viola, souffle Simone d'une voix dangereusement calme. Est-ce que cet homme t'a fait cela ?

– Pas à moi. Mais à presque toutes les autres femmes. (Je toussote.) Celui-ci, je me le suis fait moi-même.

– Toi-même ?

– Oui, et pour une très bonne raison. Écoute, je t'expliquerai plus tard. Mais j'aurais quand même bien besoin d'un bandage, pour l'instant.

Elle marque une pause, puis garde ses yeux dans les miens en enroulant doucement la bande autour de mon bras. La fraîcheur du médicament m'apaise presque aussitôt.

– Mon cœur ? demande-t-elle, avec une tendresse si sauvage dans la voix que j'ai du mal à ne pas baisser les yeux. Tu es vraiment sûre que ça va ?

J'esquisse un tout petit sourire pour essayer de dissiper un peu son inquiétude.

– J'ai beaucoup de choses à te raconter.

– J'ai l'impression, dit-elle en attachant la

bande. Et peut-être que tu devrais commencer maintenant.

– Non, pas maintenant. Je dois retrouver Todd.

Elle plisse le front.

– Comment cela ? Tout de suite ? (Elle se redresse, suffoquée.) Tu ne vas quand même pas aller te promener en plein milieu d'une guerre !

– Ça s'est nettement calmé. Tu l'as vu comme moi.

– J'ai vu deux immenses armées campées face à face et notre module se faire descendre ! Il n'est pas question que tu retournes là-bas !

– Todd y est. Je dois y aller.

– Non. En tant que commandant de mission, je te l'interdis, point final.

– Tu me l'interdis ? je bredouille, clignant des yeux.

Et je sens une colère très étrange qui remonte de mon ventre.

Simone observe mon visage, et sa voix se fait plus douce.

– Viola, durant ces cinq derniers mois, tu as manifestement survécu d'une manière qui dépasse l'entendement, mais nous sommes là, maintenant. Je t'aime bien trop pour te laisser replonger dans un danger pareil. Tu ne peux pas y aller. Impossible.

– Si nous voulons la paix, nous ne pouvons pas laisser la guerre prendre le dessus.

– Et comment toi et ton petit copain vous pourriez arrêter cela ?

Alors la colère commence *vraiment* à monter, et puis je me souviens qu'elle ne sait pas. Elle ne sait pas par quoi je suis passée, ce que Todd et moi nous avons fait. Elle ne sait pas que je suis à des millions de kilomètres de quiconque voudrait m'interdire quoi que ce soit.

J'attrape les rênes d'Acorn qui plie les genoux.

– Viola, non, dit Simone en s'avançant d'un pas décidé.

Obéis ! crie Acorn, surpris.

Effrayée, Simone recule d'un pas. Je balance ma jambe encore douloureuse par-dessus la selle.

– Personne ne me commande plus, Simone, dis-je doucement tout en essayant de garder mon calme, mais surprise par la force de mon sentiment. Si mes parents avaient vécu, ce serait peut-être différent. Mais ce n'est pas le cas.

Elle voudrait se rapprocher, mais elle se méfie d'Acorn, maintenant.

– Ce n'est pas parce que tes parents ne sont plus là qu'il n'y a pas des gens qui t'aiment, qui peuvent s'occuper de toi.

– S'il te plaît. Tu dois me faire confiance.

Elle me regarde, d'un air à la fois triste et déçu.

– Viola, il est bien trop tôt pour toi, tu ne peux pas avoir grandi si rapidement.

– Eh bien, c'est comme ça. Il arrive qu'on n'ait pas le choix. (Acorn se redresse, prêt à partir.) Je reviendrai aussi vite que possible.

– Viola…

– Je dois rejoindre Todd. Et puis c'est tout. Et maintenant que les combats ont cessé, il va falloir que je trouve aussi Maîtresse Coyle. Avant qu'elle ne recommence à tout faire sauter.

– Tu ne devrais pas y aller seule, au moins. Je t'accompagne…

– Bradley a plus besoin de toi que moi. Peu

importe ce que tu ne veux pas découvrir, il a besoin de toi.

– Viola…

– Ce n'est pas que je veuille absolument me promener en pleine zone de guerre, j'ajoute d'une voix un peu plus douce, désolée maintenant de la voir aussi terrifiée… (Je jette un coup d'œil vers le vaisseau éclaireur.) Tu pourrais peut-être envoyer un autre module pour me couvrir.

Simone reste pensive un moment, puis elle dit :

– J'ai une meilleure idée.

[TODD]

– Nous avons déjà réquisitionné les couvertures dans les maisons, dit M. O'Hare au Maire. De la nourriture aussi. Nous vous en apporterons dès que possible.

– Merci, capitaine. Et faites le nécessaire pour qu'il y en ait suffisamment pour Todd.

M. O'Hare sursaute.

– Nous n'avons pas trop de marge, monsieur.

– De la nourriture pour Todd, coupe le Maire, plus sèchement. Et une couverture. Le froid commence à se faire sentir.

M. O'Hare étouffe un soupir de contrariété.

– Oui, monsieur.

– Et pour mon cheval, aussi, j'ajoute.

M. O'Hare me lance un regard haineux.

– Pour son cheval aussi, capitaine, reprend le Maire.

M. O'Hare hoche la tête, puis tourne les talons, furieux.

Les hommes du Maire ont nettoyé un endroit

pour nous, à la lisière du campement. Il y a un feu et un espace pour s'asseoir devant, et une paire de tentes plantées pour lui et ses officiers. Je suis assis un peu à l'écart, mais assez près pour surveiller. J'ai gardé Angharrad avec moi, tête toujours penchée, Bruit toujours silencieux. J'arrête pas de la caresser et de la dorloter, mais elle dit rien, absolument rien.

Pour l'instant, il n'y a pas eu beaucoup de paroles échangées avec le Maire non plus. Juste une série de rapports, M. Tate et M. O'Hare qui le mettent au courant de ceci et cela. Et de simples soldats, aussi, qui viennent tout timides pour le féliciter de sa victoire, comme s'il était pas le premier responsable de cette horreur.

J'appuie ma joue contre Angharrad, murmurant :

– Et maintenant, je fais quoi, fifille ?

À cause que oui, je fais quoi, maintenant ? J'ai libéré le Maire et il a gagné la première bataille, sécurisant le monde pour Viola, exactement ce que je lui avais fait promettre.

Mais il a une armée qui fera tout ce qu'il veut, qui mourra pour lui. Quelle importance que je puisse le battre, avec tous ces hommes qui me laisseront même pas essayer ?

– Monsieur le Président ? (C'est M. Tate qui apporte un bâton spackle.) Premier rapport sur les nouvelles armes.

– Ah, dites-moi tout, fait le Maire avec une lueur de curiosité.

– On dirait bien une sorte de fusil à acide, dit M. Tate. Il y a une chambre avec ce qui ressemble à un mélange, deux substances, sans doutes végétales. (Il montre un trou taillé dans le bâton.) Et puis une sorte de mécanisme oxygène la dose et la mixe avec une troisième substance aussitôt transformée en un gel via un petit foyer, ici… (M. Tate montre l'extrémité du bâton.) qui la vaporise jusqu'à sa cible, étape où elle…

– Étape où elle devient un acide suffisamment corrosif pour vous arracher le bras, conclut le Maire. Superbe travail au vu du temps imparti, capitaine.

– J'ai encouragé nos chimistes à travailler rapidement, monsieur, répond M. Tate avec un sourire pas du tout agréable.

– Il voulait dire quoi, exactement, je demande, après le départ de M. Tate.

– Tu n'as donc pas fait de chimie à l'école ?

– Vous avez fait fermer l'école et brûler tous les livres.

– Ah, oui, c'est vrai.

Il regarde la crête, la lueur qui monte audessus, dans le brouillard des chutes, la lueur des feux de camp de l'armée spackle.

– Ce n'étaient que des chasseurs et des cueilleurs, Todd, avec quelques connaissances agricoles très succinctes… Sûrement pas des scientifiques.

– Ce qui veut dire quoi ?

– Ce qui veut dire que notre ennemi a passé les treize années qui ont suivi la dernière guerre à nous écouter, à apprendre de nous, sans aucun doute, sur cette planète d'informations. (Il se tapote le menton.) Je me demande comment ils apprennent. S'ils font tous partie d'une grande voix unique…

– Si vous n'aviez pas tué tous ceux de la ville, vous auriez peut-être pu le leur demander.

Il m'ignore.

– ... Tout ceci confirme le fait que notre ennemi devient chaque jour plus redoutable.

Je fronce les sourcils.

– On dirait que ça vous fait plaisir.

Le capitaine O'Hare revient vers nous, les bras chargés et la mine renfrognée.

– Couvertures et nourriture, monsieur.

Le Maire fait un signe de tête, l'obligeant à me les donner lui-même. Il obéit, puis repart à grandes enjambées. Comme chez M. Tate, on entend pas son Bruit ni ce qui le rend si furieux.

J'étale la couverture sur Angharrad. Elle dit toujours rien. Sa blessure se cicatrise déjà, alors c'est pas ça. Elle se tient juste là, tête penchée, à fixer le sol, sans manger, sans boire, sans répondre à rien de ce que je fais.

– Tu pourrais l'attacher avec les autres chevaux, Todd, propose le Maire, au moins elle aurait plus chaud.

– Elle a besoin de moi. Je dois rester auprès d'elle.

Il hoche la tête.

– Ta loyauté est admirable. Une qualité que j'ai toujours admirée en toi.

– Oui, sachant qu'elle vous a toujours manqué.

En réponse, il ne fait que sourire, ce sourire qui vous donne envie de lui arracher la tête.

– Tu devrais manger et dormir pendant qu'il en est encore temps, Todd. La bataille ne prévient pas avant d'appeler.

– Une bataille que vous avez déclenchée. On n'en serait pas là si vous...

– Et voilà le refrain qui recommence, coupe-t-il sèchement. Il serait temps que tu cesses de larmoyer sur ce qui aurait pu arriver et que tu commences à réfléchir à ce qui *est*.

Là, il est en train de me faire sortir de mes gonds –

Alors je le fixe –

Et je pense à ce qui est –

Je pense à lui tombant dans les éboulis de la cathédrale, foudroyé quand je lui ai balancé le nom de Viola. Je pense à lui abattant son propre fils sans même prendre le temps d'y réfléchir –

– Todd…

Je pense à lui regardant Viola se débattre sous l'eau, torturée par M. Mortard au ministère du Cercle. Je pense à maman parlant de lui dans son journal quand Viola me l'a lu et à ce qu'il a fait aux femmes de New Prentissville –

– … Ce n'est pas la vérité, Todd. Les choses ne se sont pas passées comme tu le crois…

Je pense aux deux hommes qui m'ont élevé, qui m'aimaient, et comment Cillian est mort dans notre ferme pour que j'aie le temps de m'enfuir, et comment Davy a tué Ben sur la route pour exactement la même raison. Je pense à Manchee, mon super crétin de petit chien, mort après m'avoir sauvé, lui aussi –

– Je n'ai rien à voir avec tout ça…

Je pense à la chute de Farbranch. Je pense aux gens abattus dans le dos pendant que le Maire regardait. Je pense à –

**JE SUIS LE CERCLE ET LE CERCLE EST MOI.**

Il me l'envoie très fort, direct en plein milieu du crâne.

– *Arrêtez ça !* je hurle, avec un bond en arrière.

– Tu en dévoiles trop, Todd Hewitt, crache-t-il, presque en colère, finalement. Comment espères-tu mener des hommes si tu affiches ton moindre sentiment au grand jour ?

– J'ai pas l'intention de mener des hommes ! je crache en retour.

– Mais tu avais bien l'intention de conduire cette armée, quand tu m'as attaché, et si ce jour devait revenir, tu serais bien obligé de garder tes pensées pour toi, non ? As-tu au moins continué à pratiquer ce que je t'ai enseigné ?

– Je veux rien de ce que vous pourriez m'enseigner.

– Oh, mais si. (Il se rapproche d'un pas.) Je te le répéterai autant de fois qu'il le faudra pour que tu le croies : il y a du pouvoir en toi, Todd Hewitt, un pouvoir qui pourrait diriger cette planète.

– Un pouvoir qui pourrait *vous* diriger.

Il sourit encore. Un sourire au fer rouge.

– Sais-tu comment j'empêche mon Bruit de se faire entendre, Todd ? me souffle-t-il d'une voix très basse et complètement tordue. Sais-tu comment j'empêche tout le monde d'entendre le moindre de mes secrets ?

– Non…

Il se penche.

– Avec le plus petit effort possible.

Et je veux crier « En arrière ! » mais –

C'est là de nouveau en plein dans ma tête, **JE SUIS LE CERCLE ET LE CERCLE EST MOI** –

Mais là c'est différent –

Il y a une légèreté –

Une sensation d'asphyxie –

Une absence de poids qui soulève mon estomac –

– Je te fais un cadeau, dit-il, sa voix volant à travers ma tête comme un nuage en feu. Le même cadeau que j'ai donné à mes capitaines. Utilise-le. Utilise-le pour me vaincre. Je te mets *au défi*.

Je plonge dans ses yeux, dans la noirceur de ses yeux, la noirceur qui m'avale tout entier –

**JE SUIS LE CERCLE ET LE CERCLE EST MOI.**

Et c'est tout ce que j'entends dans le monde tout entier.

## [VIOLA]

La ville est étrangement calme sur notre passage, parfois même complètement silencieuse, les gens de New Prentissville ayant fui quelque part, ailleurs dans la nuit froide. J'imagine leur terreur, incapables qu'ils sont de comprendre ce qui se passe ni ce qui va bien pouvoir leur arriver.

Je regarde derrière moi, traversant la grande place déserte devant les ruines de la cathédrale. Suspendu là-haut dans le ciel, au-dessus du clocher encore debout, un nouveau module, hors de portée des flèches spackle, mais sur mes traces, en observation.

Mais j'ai autre chose en réserve, aussi.

Acorn et moi nous quittons la place pour descendre la route qui mène au champ de bataille, de plus en plus près de l'armée. Assez près pour que je puisse les voir maintenant, postés en attente. Ils m'observent également, des soldats assis sur leur couchage, serrés autour des feux. Traits tirés, en état de choc, ils me contemplent comme si j'étais un fantôme surgissant des ténèbres.

– Hé, Acorn, je murmure nerveusement. Tu sais, je n'ai pas vraiment de plan, maintenant.

Un soldat debout pointe son fusil sur moi.

– Halte-là, dit-il.

Un jeune aux cheveux sales, une blessure toute fraîche au visage, recousue grossièrement à la lueur des flammes.

– Je veux voir le Maire, dis-je, essayant de raffermir ma voix.

– Le quoi ?

– C'est qui ? demande un autre soldat qui se relève, tout aussi jeune, peut-être aussi jeune que Todd.

– Une de ces terroristes, dit le premier. Sûrement venue poser une bombe.

– Je ne suis pas une terroriste, je réplique, regardant au-dessus de leurs têtes, essayant de localiser Todd, essayant d'entendre son Bruit dans ce Revur qui monte –

– Descends de ton cheval, fait le premier soldat. Tout de suite.

Acorn danse nerveusement sous moi.

– Je m'appelle Viola Eade. Le Maire, votre Président, il me connaît.

– Je me fiche de ton nom. Descends du cheval.

Fille pouliche, avertit Acorn –

– J'ai dit, à bas du cheval !

J'entends un fusil s'armer, et je commence à hurler :

– *Todd !*

– Je te le dirai pas une deuxième fois ! dit le soldat, d'autres déjà debout, maintenant.

– TODD ! je crie encore.

Le second soldat attrape les rênes, et les autres s'avancent.

*Obéis!* grogne Acorn, montrant les dents, mais le soldat le frappe à la tête avec son fusil.

– *TODD!*

Des mains m'agrippent et Acorn hennit *Obéis, obéis!* mais les soldats me tirent hors de ma selle et je me retiens comme je peux –

– Laissez-la, tranche une voix à travers tous ces cris, sans paraître si forte pour autant.

Les soldats me lâchent immédiatement, et je récupère mon équilibre en selle.

– Bienvenue, Viola! lance le Maire, tandis qu'un espace s'ouvre entre nous.

– Où est Todd? Qu'avez-vous fait de lui?

Alors j'entends sa voix :

– Viola?

Un pas en arrière du Maire et, le bousculant d'un grand coup d'épaule, il se force un passage vers moi, les yeux écarquillés et voilés, mais le voilà –

– Viola..., dit-il en me rejoignant et il sourit et je m'élance vers lui, moi aussi –

Mais le temps d'une seconde, juste une seconde, je sens quelque chose de bizarre dans son Bruit, quelque chose de léger, quelque chose d'insaisissable –

Le temps d'une seconde, je l'entends à peine –

Et puis ses sentiments balayent tout, et c'est bien Todd à nouveau qui m'agrippe très fort et –

– Viola.

[TODD]

– Et alors Simone a dit : « J'ai une meilleure idée », dit Viola qui ouvre le rabat de son sac.

Elle en sort deux choses plates en métal, pas plus grandes que des pierres à ricochet, recourbées, brillantes, parfaitement adaptées au creux de la main.

– Un « comm », dit-elle. Avec ça on peut se parler toi et moi, n'importe où.

Elle m'en place un dans la main.

Et je sens ses doigts, là, une seconde, et je sens le même soulagement une fois de plus, le soulagement de la voir, le soulagement de l'avoir ici, juste ici devant moi, même dans la façon qu'il a, son silence, de me tirer, même dans la façon qu'elle a de me regarder un peu bizarrement –

C'est mon Bruit qu'elle regarde, je sais.

*Je suis le Cercle et le Cercle est moi.* Il me l'a mis dans la tête, léger, insaisissable. Il m'a dit que c'était une « teknique », quelque chose que je pourrais pratiquer pour être aussi silencieux que lui et ses capitaines.

Et pendant une minute, oui, une minute, j'ai pensé que j'étais –

– Comm numéro un, dit-elle dans son comm et, soudain, le métal dans ma paume se transforme en un écran rempli par le visage souriant de Viola.

Comme si je la tenais là dans ma main.

Elle me montre son comm avec un petit rire et je vois mon visage à moi, mon air surpris.

– Le signal est relayé par le module..., dit-elle en me montrant la ville où un point lumineux plane au-dessus de la route. Simone le retient à l'écart, pour qu'il ne se fasse pas descendre.

– Bien joué, dit le Maire qui se tenait pas loin. Puis-je voir… ?

– Sûrement pas, réplique Viola, sans même le regarder. Si tu fais comme ça…, me dit-elle en pressant son comm sur le bord, tu peux parler au vaisseau éclaireur, aussi. Simone ?

– *Je suis là*, dit une femme, surgissant à côté de Viola sur l'écran dans ma main. *Tout va bien là-bas ? Il y a eu un moment où…*

– Pas de problème, je suis avec Todd. Au fait, c'est lui.

– *Ravie de te connaître, Todd*, dit la femme.

– Ah, je fais. Salut…

– Je reviens dès que possible, dit Viola à la femme.

– *Je te surveille. Eh, Todd ?*

– Oui ? je dis, fixant le petit visage.

– *Tu fais bien attention à Viola, d'accord ?*

– Vous en faites pas, je grogne.

Viola appuie sur son comm et le visage disparaît. Elle respire un grand coup, puis me lance un sourire fatigué.

– Alors, je te laisse cinq minutes et tu pars en guerre ? dit-elle, comme pour plaisanter mais je me demande –

Je me demande si toute cette mort la fait pas me regarder différemment. Plus réel, plus là, comme si c'était la plus incroyable chose au monde qu'on soit tous les deux encore vivants et je sens ma poitrine devenir toute bizarre et serrée et je pense, *elle est là, juste là, ma Viola, elle est venue pour moi, oui, elle est là –*

Et je me retrouve à penser comme je voudrais lui prendre la main encore une fois et jamais la laisser, sentir sa peau, sa chaleur, la tenir contre ma main à moi et –

– Ton Bruit est bizarre, dit-elle avec un drôle de regard. Il est flou. Je vois les sentiments… (Et elle détourne les yeux et je deviens tout rouge sans aucune raison.) mais c'est difficile à lire nettement.

Je vais pour lui parler du Maire, comment j'ai eu une sorte de blanc pendant une minute, et puis quand j'ai rouvert les yeux, mon Bruit était plus léger, plus faible –

Je vais pour lui dire –

Mais elle baisse le ton et se penche tout près.

– C'est comme ton cheval ? dit-elle, à cause qu'elle a remarqué comment Angharrad s'est tenue tranquille quand elle est arrivée, et Acorn qu'a même pas reçu d'elle le salut de la horde. C'est à cause de ce que tu as vu ?

Et ça suffit pour faire que la bataille se précipite au-devant de mes pensées, se précipite avec toute son horreur, et même si mon Bruit est flou, elle doit pouvoir deviner à cause qu'elle prend ma main et c'est juste de l'affection et du calme et je me sens soudain comme si je voulais me blottir dedans jusqu'à la fin de ma vie et juste pleurer là pour toujours et mes yeux se mouillent et elle le voit et elle souffle « *Todd* » avec toute sa tendresse et je dois détourner encore les yeux et on se retrouve tous les deux à regarder vers le Maire, debout de l'autre côté du feu, qui épie tous nos gestes.

J'entends Viola soupirer.

– Pourquoi l'as-tu laissé partir, Todd, chuchote-t-elle.

– J'avais pas le choix… (Je chuchote aussi.) Les Spackle arrivaient et l'armée aurait suivi que lui à la guerre.

– Mais c'est sans doute lui que les Spackle veulent, justement. Ils n'attaquent qu'à cause du génocide…

– Oui, peut-être… Mais j'en suis pas si sûr.

Et pour la première fois, je laisse mon esprit repenser vraiment à 1017, à moi lui cassant le bras de colère, l'extirpant de la pile des Spackle, au fait que peu importe ce que je faisais, bien ou mal, toujours il voudrait ma mort.

Je relève la tête.

– On fait quoi, maintenant, Viola ?

– On arrête la guerre, voilà ce qu'on fait. Maîtresse Coyle dit qu'il y avait un pacte, alors on va essayer d'en obtenir un autre. Peut-être que Bradley et Simone peuvent parler aux Spackle. Leur dire que nous ne sommes pas tous comme ça.

– Mais s'ils attaquent avant ?

On jette un coup d'œil vers le Maire, qui nous fait un signe de tête.

– … Il va bien falloir les empêcher de nous tuer, en attendant.

Viola fronce les sourcils.

– Alors il s'en tire une nouvelle fois, après tous ces crimes ? Parce qu'on a besoin de lui ?

– Il a l'armée avec lui. Ils le suivent, lui. Pas moi.

– Et il te suit ?

– Oui, c'est le but, je soupire. Et pour l'instant, il a tenu parole.

– Pour l'instant, dit-elle doucement.

Puis elle bâille et se frotte les yeux.

– Je ne me rappelle même pas quand j'ai dormi la dernière fois.

Je regarde ma main, qui ne tient plus la sienne, et je me souviens de ce qu'elle a dit à Simone :

– Alors, tu repars ?

– Oui. Je dois retrouver Maîtresse Coyle pour qu'elle n'aggrave pas la situation.

– Bon, je soupire encore. Mais souviens-toi de ce que je t'ai dit. Je te laisse plus. Même pas dans ma tête.

Alors elle reprend ma main et elle dit plus rien mais c'est pas grave à cause que je la connais, et qu'elle me connaît et on reste assis un moment encore, et puis on peut rien y faire, elle doit partir. Elle se redresse péniblement sur ses pieds. Acorn donne un dernier coup de nez à Angharrad, puis revient prendre Viola.

– Je te dirai comment ça se passe, dit-elle en montrant le comm. Je te dirai où je suis. Je reviens dès que je peux.

– Viola ? appelle le Maire qui s'avance alors qu'elle grimpe en selle.

– Oui, quoi, Viola ? réplique-t-elle sèchement.

– S'il te plaît, je me demandais… (On croirait qu'il demande du sel.) Je me demandais si tu pourrais avoir la gentillesse de dire aux gens de ton vaisseau que je serais très heureux de les rencontrer aussitôt qu'ils le souhaiteront.

– Mais bien sûr que je le ferai. Et en échange, laissez-moi vous dire une bonne chose (Elle pointe le doigt vers le module, toujours suspendu au loin dans la nuit) : nous vous surveillons. Vous posez la main sur Todd, et il y a des armes sur ce vaisseau qui vous feront exploser en mille miettes, au premier signal de ma part.

Là, je jure que le sourire du Maire s'élargit encore.

Viola me lance un dernier, long regard, et puis la voilà partie, vers la ville, pour retrouver Maîtresse Coyle, où qu'elle se cache.

– Un sacré brin de fille, vraiment…, murmure le Maire, un pas derrière moi.

– Je vous autorise pas à parler d'elle. Jamais.

Il laisse glisser.

– C'est bientôt l'aube. Tu devrais prendre un peu de repos. La journée a été rude.

– Une journée que je veux pas revivre.

– Je crains que nous n'y puissions pas grand-chose.

– Oh, mais si, dis-je, me sentant mieux depuis que Viola m'a parlé d'un moyen pour en sortir. On peut passer un nouvel accord avec les Spackle. Il vous suffira de les repousser en attendant.

– Ah, vraiment ? réplique-t-il d'un air amusé.

– Vraiment, j'insiste fermement.

– Mais les choses ne fonctionnent pas exactement de la sorte, vois-tu, Todd. Ils ne vont pas se donner la peine de discuter avec vous s'ils se sentent en position de force. Pourquoi voudraient-ils la paix, s'ils sont certains de pouvoir nous annihiler ?

– Mais…

– Ne t'inquiète pas, Todd. Je connais cette guerre. Je sais comment la gagner. Il faut montrer à ton ennemi que tu peux le battre. Alors, tu obtiens la paix que tu veux, quand tu veux.

J'aimerais pouvoir répondre quelque chose mais je me sens finalement trop fatigué pour discuter. Moi non plus, je me rappelle pas la dernière fois que j'ai dormi.

– Tu sais quoi, Todd ? Je jurerais que ton Bruit est un peu moins fort.

Et –

**JE SUIS LE CERCLE ET LE CERCLE EST MOI.**

Il me l'envoie de nouveau dans la tête, avec la même légèreté, la même sensation de flottement –

Cette même sensation qui fait disparaître mon Bruit –

Cette sensation, j'en ai pas parlé à Viola –

(à cause que ça fait aussi disparaître le hurlement de la guerre, ça fait que j'ai pas à revoir toute cette mort encore et encore)

(et est-ce qu'il y aurait quelque chose d'autre)

(un genre de *hmm*… derrière cette légèreté)

– Restez en dehors de ma tête. Je vous l'ai déjà dit, si vous essayez de me contrôler, je…

– Je ne suis pas dans ta tête, Todd, répond-il. Et c'est cela le plus beau. C'est uniquement toi. Un cadeau que je t'offre.

– Je veux aucun cadeau de vous.

– Mais j'en suis absolument convaincu, réplique-t-il, toujours souriant.

– Monsieur le Président, coupe M. Tate.

– Ah, oui, capitaine. Alors, avons-nous quelque chose de nos agents de renseignements ?

– Pas encore, répond-il. Nous les attendons juste après l'aube.

Le Maire lève les yeux vers la colline.

– Et ils nous diront qu'il y a peu de mouvement

au nord du fleuve, trop large pour que les troupes spackle puissent le franchir, ni au sud sur la crête des collines, trop éloignée pour leur être vraiment utile. Non, ils vont attaquer de là-haut. Je n'en doute pas une seule seconde.

– Je suis venu pour une autre raison, monsieur, dit M. Tate en tendant un tissu plié sur son bras. Il nous a fallu du temps pour le retrouver dans les ruines de la cathédrale, mais, curieusement, il est en excellent état.

– Excellent, capitaine, dit le Maire qui prend le paquet avec une vraie note de plaisir dans la voix. Tout à fait admirable, vraiment.

– Qu'est-ce que c'est? je demande.

D'un geste vif, le Maire déplie le tissu et le tend. Une veste très élégante, et le pantalon qui va avec.

– Mon uniforme de général, dit-il.

M. Tate et moi et tous les soldats devant leurs feux de camp on le regarde enlever sa veste civile tachée de poussière et de sang pour enfiler une jaquette bleu sombre très chic, avec une bande dorée sur chaque manche. Il la lisse du plat de la main, et puis il me jette un regard, son habituelle lueur d'amusement dans l'œil.

– Et que la bataille pour la paix commence.

[VIOLA]

Acorn et moi on remonte la route, puis on traverse la place. Le ciel à l'horizon prend une teinte rose. L'aube approche.

J'ai regardé Todd en partant, jusqu'à ce que je ne le voie plus. Il m'inquiète. Son Bruit m'inquiète.

Même quand je suis partie, il avait encore ce flou étrange, où j'avais du mal à distinguer les détails, dans un brouillard agité de sentiments –

(– même ces sentiments-là, ceux qui étaient là pendant une seconde avant qu'il soit gêné, les sentiments physiques, ceux qui n'ont pas de mot, ceux qui se concentraient sur ma peau, de comment il voulait la toucher plus, ces sentiments qui me faisaient vouloir le –)

– et je me demande encore s'il est dans le même état de choc qu'Angharrad, si ce qu'il a vu pendant la bataille était tellement terrible qu'il en est devenu incapable de le voir, même dans son Bruit, et mon cœur se brise juste d'y penser –

Une autre raison pour en finir avec la guerre.

Je tire sur les bords du manteau que Simone m'a donné. Il fait froid et je frissonne, mais je sens aussi que je transpire, ce qui veut dire que j'ai de la fièvre. Je retrousse ma manche gauche et regarde sous le bandage. La peau autour du bracelet reste rouge colère.

Et maintenant il y a des stries rouges qui gagnent le poignet.

Des stries qui signifient infection. Grave infection.

Une infection que le bandage ne va pas arrêter.

Je recouvre mon bras et j'essaye de ne pas y penser. J'essaye de ne pas penser que je n'ai pas dit à Todd à quel point c'était grave.

Parce que je dois encore trouver Maîtresse Coyle.

– Bon, dis-je à Acorn. Elle parle toujours de l'océan. Je me demande si c'est vraiment aussi loin que…

Je sursaute. Le comm a bipé dans ma poche.

– Todd ?

Mais non, c'est Simone.

– *Tu ferais mieux de revenir tout de suite*, dit-elle.

– Pourquoi ? je m'écrie, inquiète. Que s'est-il passé ?

– *J'ai trouvé ta Flèche*.

# AVANT

Le soleil va bientôt se lever, je prends un peu de nourriture sur les feux de cantine. Les membres de la Terre me regardent prendre une gamelle et la remplir de bouillon. Leurs voix sont ouvertes – ils ne peuvent pas les fermer et rester membres de la Terre – alors je les entends parler de moi, leurs pensées voyagent de l'un à l'autre, forment une opinion, puis une contraire, et le contraire encore, à une telle vitesse que j'arrive à peine à les suivre.

Enfin, ils aboutissent à une décision. L'une de la Terre se dresse et m'offre une grande cuiller en bois pour que je n'aie pas à boire le bouillon directement dans la gamelle et, derrière elle, j'entends les voix de la Terre, leurs *voix*, qui me l'offrent par amitié.

Je tends la main pour la prendre.

*Merci*, dis-je, dans la langue du Fardeau –

Et la revoici, cette vague gêne devant la langue que je parle, ce dégoût face à quelque chose de si étranger, si *individuel*, si représentatif d'une honte.

C'est rapidement évacué et combattu dans la voix tourbillonnante, mais c'était vraiment là, pendant une seconde.

Je ne prends pas la cuiller. Je m'éloigne, et j'entends leurs voix m'appeler pour s'excuser, mais je ne me retourne pas. Je trouve un chemin et je remonte la colline rocheuse qui borde la route.

La Terre a installé son campement principal le long de la route, mais j'en aperçois d'autres sur la colline en montant, d'autres venus des zones où certains de la Terre vivent dans les montagnes, plus à l'aise en hauteur. Et en bas, il y a ceux de la Terre qui vivent près des rivières et qui dorment dans des bateaux vite construits.

Mais la Terre ne fait qu'une, n'est-ce pas ? La Terre ne connaît pas les « autres », ni « ils », ni « eux ».

Il n'y a qu'une Terre.

Et je suis celui qui me tient en dehors.

J'atteins un point où la pente devient si raide que je dois me hisser avec les bras. Je vois une saillie où je peux m'asseoir et regarder la Terre en dessous, tout comme la Terre peut regarder par-dessus la corniche de la colline et voir la Clairière.

Un endroit où je peux être seul.

Je ne devrais pas être seul.

Mon un en particulier devrait être là avec moi, nous devrions prendre notre repas ensemble pendant que l'aube s'illumine, repoussant le sommeil, attendant côte à côte la prochaine phase de guerre.

Mais mon un en particulier n'est pas là.

Parce que mon un en particulier a été tué par la Clairière quand le Fardeau a été regroupé, arraché des arrière-cours et des sous-sols, des quartiers de domestiques et de leurs cellules verrouillées. Mon un en particulier et moi nous logions dans un abri de jardin, et quand ils ont ouvert la porte de l'abri cette nuit-là, mon un en particulier s'est battu. Battu pour les empêcher de m'emmener.

Et il est tombé, frappé par une lourde lame.

J'ai été traîné au-dehors, produisant ce cliquetis stupide que nous avait laissé la Clairière après nous avoir obligés à prendre son « remède » : un son qui ne dit rien sur ce que ça fait d'être arraché de son un en particulier puis d'être jeté parmi une bande du Fardeau regroupée, qui a dû me maintenir par terre pour m'empêcher de retourner à l'abri en courant.

Pour m'empêcher de me faire moi-même trancher sur place.

J'ai haï le Fardeau. Je les ai haïs de ne pas m'avoir laissé mourir là-bas, à ce moment-là, quand ma peine n'était pas tout à fait assez forte pour me tuer. Je les ai haïs pour leur manière de –

Pour notre manière d'accepter notre destin, notre manière d'aller là où on nous l'ordonnait, de dormir là où on nous le commandait. Durant tout ce temps nous avons combattu une fois, une seule fois. Contre le Couteau et l'autre avec lui, sa voix et son corps apparemment plus forts, mais qui semblait plus jeune. Nous les avons combattus quand l'ami du Couteau a attaché un cercle autour de l'un de nos cous, juste par cruauté, juste pour s'amuser.

Pendant un instant de silence, tous ceux du Fardeau se sont compris. Pendant un instant, nous formions de nouveau un tout.

Et nous avons combattu.

Et certains sont morts.

Et nous n'avons plus combattu.

Plus combattu quand un groupe de la Clairière est revenu avec des fusils et des lames. Pas quand ils nous ont mis en ligne et qu'ils ont commencé à nous tuer. Nous tirer dessus, nous trancher, produisant ce bégayement aigu qu'ils appellent rire. Tuant les jeunes et les vieux, les mères et les bébés, les pères et les fils. Si on essayait de résister, on était tué. Si on ne résistait pas, on était tué. Si on essayait de fuir, on était tué. Si on ne fuyait pas, on était tué.

L'un après l'autre et après l'autre et après l'autre.

Sans aucun moyen de partager notre peur. Aucun moyen de nous organiser pour nous protéger. Aucun moyen d'être réconforté en mourant.

Alors nous sommes morts seuls. Chacun d'entre nous.

Chacun sauf un.

Chacun sauf 1017.

Avant le début de la tuerie, ils ont vérifié nos bracelets, et quand ils m'ont trouvé, ils m'ont entraîné vers un mur et m'ont obligé à regarder. Regarder pendant que les clic du Fardeau devenaient de plus en plus rares, que l'herbe devenait plus collante de sang, pendant qu'à la fin je suis devenu le seul du Fardeau encore vivant sur ce monde.

Alors ils m'ont frappé à la tête. Et je me suis réveillé dans une pile de corps que je reconnaissais, des mains qui avaient touché les miennes par affection, des bouches qui avaient partagé la même nourriture, des yeux qui avaient essayé de partager leur terreur.

Je me suis réveillé, seul parmi les morts, et ils me pressaient, me suffoquaient.

Et le Couteau était là.

Il est là maintenant – il me tire de sous les corps du Fardeau –

Et on roule sur le sol et je tombe loin de lui –

On se dévisage, nos souffles forment des nuages dans le froid –

Sa voix grande ouverte de peine et d'horreur devant ce qu'il voit –

La peine et l'horreur qu'il ressent chaque fois –

La peine et l'horreur qui menacent chaque fois de le renverser –

Mais sans jamais le renverser.

– T'es vivant, dit-il. Et il est *tellement soulagé, tellement heureux* de me voir au milieu de toute cette mort où je suis seul et seul et seul pour toujours, il est tellement heureux que je fais le serment de le tuer –

Et alors il me demande si j'ai vu sa une en particulier, si au milieu de toute cette tuerie de ma propre espèce, j'en ai vu une de la *sienne* –

Et mon serment devient irrévocable –

Je lui montre que je vais le tuer –

Dans la faiblesse de ma voix qui revient, je lui montre que je vais le faire –

Et je vais le faire –

Je vais le faire maintenant, le faire *tout de suite* –

– *Tu es en sécurité*, fait une voix.

Je suis debout, poings serrés frappant le vide.

Le Ciel, ses mains plus grandes les bloquent facilement, et alors que je cherche à échapper au choc du rêve, je manque tomber du promontoire. Il me rattrape, mais ses doigts agrippent le bracelet et je pousse un cri quand il me redresse, sa voix entourant aussitôt ma douleur dans la sienne, l'enveloppant, l'atténuant, la retenant pendant que le feu de mon bras s'apaise.

– *C'est toujours aussi douloureux ?* demande doucement le Ciel, dans la langue du Fardeau.

Je respire fort, surpris d'avoir été réveillé, surpris de trouver le Ciel près de moi, surpris par la douleur.

– *Oui, toujours*, je montre.

Et c'est tout ce que je peux montrer sur le moment.

– *Je suis désolé que nous n'ayons pas pu te guérir. La Terre va redoubler d'efforts.*

– *Les efforts de la Terre seront plus utiles ailleurs. Ceci est un poison de la Clairière, conçu pour leurs bêtes. Ils sont sûrement les seuls à pouvoir le soigner.*

*– La Terre en apprend beaucoup sur les coutumes de la Clairière. Nous entendons leur voix même quand ils n'entendent pas la nôtre. Et nous apprenons. (*Sa propre voix monte avec une vraie chaleur.*) Nous sauverons le Retour.*

*– Je n'ai pas besoin d'être sauvé.*

*– Tu ne* **veux** *pas être sauvé, ce qui est un autre problème. Un problème dont la Terre s'occupera aussi.*

La douleur dans mon bras s'atténue et je frictionne mon visage, essayant de me réveiller.

*– Je n'avais pas l'intention de dormir... Je voudrais ne jamais plus dormir tant que la Clairière ne sera pas partie d'ici.*

*– Et alors seulement, tes rêves connaîtront la paix ?* montre le Ciel, perplexe.

*– Vous ne comprenez pas. Vous ne pouvez pas.*

Une nouvelle fois, je sens sa chaleur encercler ma voix.

*– Le Retour se trompe. Le Ciel peut partager le passé dans la voix du Retour. C'est la nature de la voix de la Terre que toute expérience soit comme une seule, que rien n'est oublié, que toutes choses sont...*

*— Ce n'est pas la même chose que d'y être,* je coupe, conscient de mon impolitesse. *Se souvenir n'est pas avoir vécu.*

Il marque une pause, mais la chaleur persiste.

*– Peut-être pas,* montre-t-il finalement.

*– Mais qu'est-ce que vous voulez, au juste ?* je lâche un peu trop brusquement, gêné par sa gentillesse.

Il pose une main sur mon épaule et nous observons la Terre étalée en bas sur la route, à droite de la crête qui domine la Clairière, et à gauche beaucoup plus loin, jusqu'à un méandre du fleuve, et sûrement plus loin encore.

– *La Terre repose,* montre le Ciel. *La Terre attend. Elle attend le Retour.*

Je ne montre rien.

– *... Tu appartiens à la Terre. Même si tu te sens tellement séparé pour l'instant. Mais ce n'est pas tout ce que la Terre attend de ce jour.*

– *Il y a du changement ? Nous allons attaquer ?*

– *Pas encore. Et il y a plusieurs façons de livrer une guerre.*

Alors il ouvre sa voix et me montre ce qui apparaît dans les yeux de la Terre –

Dans la lumière du soleil neuf qui atteint la vallée la plus profonde –

Et je vois.

Je vois ce qui va venir.

Et je sens pétiller ma propre chaleur.

## *03 Orage*

[VIOLA]

– Pourrait-on imaginer un endroit plus sûr, ma fille ? dit Maîtresse Coyle.

Après l'appel de Simone, Acorn et moi nous avons remonté tout droit au sommet de la colline.

Où la Flèche campe maintenant.

Le soleil froid se lève sur un espace dégagé, rempli de charrettes, de gens et des premiers préparatifs des feux. Ils ont déjà planté une grande tente où Maîtresses Nadari et Lawson s'affairent à gérer les provisions et le rationnement de la nourriture. Ils portent toujours les flèches bleues dessinées sur leurs habits et sur quelques visages. Magnus et un autre plantent des piquets et j'envoie un salut à Wilf, qui s'occupe des bêtes. Sa femme Jane est avec lui, et elle me renvoie des signaux à s'en décrocher les bras.

– Tes amis ne souhaitent peut-être pas se retrouver impliqués dans une guerre, dit Maîtresse Coyle, qui prend son petit déjeuner à l'arrière de la carriole où elle a installé son lit, devant les portes du vaisseau éclaireur. Mais si le Maire ou les Spackle décident d'attaquer, j'imagine qu'ils souhaiteront se protéger eux-mêmes.

– Vous ne manquez pas d'audace, je réplique, furieuse, toujours sur Acorn.

– Oui, j'ai effectivement de l'audace, poursuit-elle en reprenant une cuillerée de porridge. Parce que l'audace, c'est exactement ce qu'il va falloir pour maintenir mes gens en vie.

– Avant de les envoyer une nouvelle fois au massacre.

Ses yeux jettent des étincelles.

– Tu crois me connaître, hein ? Tu me crois mauvaise, diabolique et tyrannique ? Eh bien oui, j'ai pris des décisions très dures. Mais ces décisions n'avaient qu'un seul but, Viola. Nous débarrasser de cet homme et retrouver le Haven que nous connaissions. Pas le massacre pour le massacre. Pas le sacrifice de braves gens sans raison. En fait, le même but que le tien, ma fille. La paix.

– Vous avez des façons plutôt guerrières de vous y prendre.

– J'ai une façon *adulte* de m'y prendre. Une façon qui n'a rien de gentil ni de joli, mais qui permet de faire le travail. (Elle regarde quelqu'un derrière moi.) Bonjour !

– Bonjour ! lance Simone en descendant la rampe du vaisseau.

– Comment va-t-il ? je lui demande.

– Il parle au convoi pour essayer d'obtenir un avis médical. Sans succès pour l'instant.

– Il ne me reste plus de remède, dit Maîtresse Coyle. Mais il existe des traitements naturels capables d'atténuer le problème.

– Je ne vous laisserai pas l'approcher, dis-je.

– Je suis une guérisseuse, Viola. Que tu le veuilles ou non. Et j'aimerais bien te soigner aussi, à voir comme tu es fiévreuse.

Simone me jette un regard inquiet.

– Elle a raison, Viola. Tu n'as pas l'air bien.

– Cette femme ne me touchera pas. Plus jamais.

Maîtresse Coyle pousse un lourd soupir.

– Pas même pour me faire pardonner, ma fille ? Pas même en premier signe de paix entre nous ?

Je la dévisage, perplexe. Je me rappelle comme elle soignait bien, comment elle s'est battue pour sauver la vie de Corinne, comment elle a réussi, par la seule force de sa volonté, à transformer un groupe de guérisseuses et de déserteurs en une armée qui aurait pu renverser le Maire, si les Spackle n'étaient pas arrivés.

Mais je me souviens des bombes, aussi.

Je me souviens de la dernière bombe.

– Vous avez essayé de me tuer.

– J'ai essayé de le tuer, *lui*. Il y a une différence.

– Vous avez encore un peu de place, là-haut ? fait une voix derrière nous.

Tout le monde se retourne. L'homme porte un uniforme en haillons et couvert de poussière, mais je reconnais ce regard en coin.

– Ivan ?

– Je me suis réveillé dans la cathédrale et c'était la guerre partout.

Je vois d'autres hommes derrière lui, qui se dirigent vers la cantine, les hommes qui ont tenté de nous aider, Todd et moi, à renverser le Maire, ceux que le Bruit du Maire a frappés, Ivan le dernier d'entre eux à tomber.

Je ne peux pas vraiment dire que je sois ravie de le voir.

– Todd a toujours dit que vous alliez là où était le pouvoir, Ivan.

Son regard lance un éclair.

– C'est ce qui me tient en vie.

– Vous êtes tout à fait le bienvenu, dit Maîtresse Coyle, comme si la colline lui appartenait.

Ivan hoche la tête et part se trouver à manger. Je la regarde maintenant, et je la vois sourire, de ce que j'ai dit sur le pouvoir.

Car c'est bien vers elle qu'il est venu.

[TODD]

– C'est très bien pensé, dit le Maire. Exactement ce que j'aurais fait à sa place. Elle essaye de mettre nos nouveaux résidents de son côté.

Viola m'a appelé tout de suite pour me dire que la Flèche était sur la colline. J'ai cherché à voir si je pouvais le cacher au Maire, essayant de garder mon Bruit léger, essayant de le faire sans le moindre effort.

Il m'a quand même entendu.

– Nous sommes tous du même bord, maintenant, dis-je. Tous contre les Spackle.

Pour toute réponse, il sort un *Hmm*... du fond de sa gorge.

– Monsieur le Président ?

C'est M. O'Hare, avec un nouveau rapport. Le Maire le parcourt d'un œil vorace.

À cause qu'il se passe toujours rien. Je crois qu'il attendait une bataille aux premières lueurs de l'aube, mais le soleil froid s'est levé et rien n'est arrivé et maintenant on s'approche du midi et toujours rien. Comme si tous ces combats d'hier avaient jamais existé.

(sauf que si –)

(sauf que ça se déroule encore dans ma tête –)

(*Je suis le Cercle et le Cercle est moi*, je pense, aussi léger que possible –)

– Pas particulièrement éclairant, jette le Maire à M. O'Hare.

– Nous avons des rapports sur de possibles mouvements au sud…

Le Maire coupe M. O'Hare en lui rendant brutalement ses papiers :

– Sais-tu, Todd, que s'ils décident de nous attaquer avec toutes leurs forces, nous ne pourrons absolument rien faire ? Nos armes tomberaient finalement à court de munitions, nos hommes finiraient par tous mourir, et il en resterait encore assez pour nous balayer. (Il fait claquer ses dents, agacé.) Alors, pourquoi ne descendent-ils pas ? (Il se tourne vers M. O'Hare.) Dites aux hommes de se rapprocher de l'ennemi.

– Mais, monsieur, balbutie M. O'Hare, surpris.

– Il faut qu'on sache.

M. O'Hare le fixe une seconde, puis articule un « Oui, monsieur » avant de tourner les talons, manifestement contrarié.

– Peut-être que les Spackle ne voient pas les choses comme vous, dis-je. Peut-être que leur but, ce n'est pas que la guerre.

Il rit.

– Pardonne-moi, Todd, mais tu connais bien mal notre ennemi.

– Mais peut-être que vous aussi. En tout cas, moins que vous ne le pensez.

Il ne rit plus.

– Je les ai déjà vaincus. Je les vaincrai à nouveau, même s'ils sont meilleurs, même s'ils sont plus malins. (Il époussette son pantalon de général.) Ils attaqueront, crois-moi… Et alors, je les vaincrai.

– Et alors, nous ferons la *paix*, dis-je en appuyant sur le mot.

– Mais oui, Todd. Comme tu voudras.

– Monsieur ? (M. Tate, cette fois.)

– Qu'est-ce que c'est ? jette le Maire en se retournant.

Mais M. Tate ne nous regarde pas. Il regarde derrière nous, derrière l'armée, où le Reurr des hommes se transforme quand ils voient ça.

Le Maire et moi nous suivons son regard.

Et pendant une seconde, je n'en crois pas mes yeux.

[VIOLA]

– Vraiment, je crois que Maîtresse Coyle devrait jeter un coup d'œil là-dessus, Viola, fait Maîtresse Lawson en renouant mon bandage d'une main nerveuse.

– Mais non, vous vous en sortez très bien, dis-je.

Nous sommes dans notre petite chambre de soins improvisée, à l'intérieur du vaisseau éclaireur. J'ai commencé à me sentir vraiment pas bien, alors j'ai été chercher Maîtresse Lawson, qui s'est mise dans tous ses états en me voyant.

Prenant à peine le temps de demander l'autorisation à Simone, elle m'a traînée à bord et s'est aussitôt mise à lire les notices de tous les médicaments emportés.

– Ce sont les antibiotiques les plus puissants que j'ai pu trouver, dit-elle en terminant le nouveau bandage.

Je sens pénétrer la fraîcheur du produit, mais les stries rouges s'étendent maintenant des deux côtés du bracelet.

– … Bien, tout ce qu'on peut faire maintenant, c'est attendre.

– Merci…

Elle m'entend à peine, replongée dans l'inventaire de la pharmacie. Elle a toujours été la plus gentille des guérisseuses, cette petite bonne femme rondouillette qui s'occupait des enfants de Haven, celle qui désirait plus que tout arrêter la souffrance des autres.

Je la laisse à son travail et je redescends la rampe. Le campement de la Flèche a déjà presque pris une allure permanente, dominé par les ailes du vaisseau éclaireur : des haies de tentes et de feux bien alignés, avec zones de ravitaillement et points de rendez-vous. En à peine une matinée, on se croirait presque au camp de la mine, lorsque je les ai rejoints la première fois. Quelques-unes m'avaient gentiment saluée, mais d'autres ne me parlaient même pas, se demandant ce que je faisais là.

Et je ne suis pas bien sûre non plus de ce que je fais ici, maintenant.

J'ai demandé à Maîtresse Lawson de me soigner parce que je vais redescendre voir Todd, mais je me sens si fatiguée, j'espère que je ne vais pas m'endormir en selle. Je lui ai déjà parlé deux fois ce matin. Sa voix sur le comm me paraît toute petite et distante, et son Bruit étouffé, submergé par le Bruit de l'armée autour de lui.

Mais c'est bon de voir son visage.

– Et ce sont tous des amis à toi, alors ? dit Bradley, qui descend derrière moi.

– Hé, je fais, tombant dans ses bras. Comment te sens-tu ?

*Fort*, dit son Bruit, et il m'adresse un petit sourire, mais un peu plus calme aujourd'hui, moins paniqué.

– Tu vas t'y faire, Bradley. Je te promets.

– Je ne suis pas trop sûr d'en avoir envie.

Il balaye une mèche de mes yeux. *Tellement grandie*, fait son Bruit. *Et si pâle*. Il me montre une image de moi l'année dernière ; j'apprends un théorème de maths dans la classe où il enseigne. J'ai l'air si petite, si propre, je ne peux m'empêcher de rire.

– Simone a parlé avec le convoi, dit-il. Ils sont d'accord sur l'option pacifique. On va essayer de rencontrer ces Spackle et leur proposer de l'aide humanitaire. Mais nous ne voulons surtout pas nous impliquer dans une guerre qui n'a rien à voir avec nous. (Il me presse l'épaule.) Tu as eu raison de vouloir nous tenir à l'écart, Viola.

– Si seulement je savais quoi faire maintenant, dis-je en refusant le compliment, sachant combien j'étais près de choisir l'autre option. J'ai voulu demander à Maîtresse Coyle de me parler du premier pacte, mais…

Je m'arrête, car nous voyons quelqu'un courir

sur le plateau, regardant d'un côté puis de l'autre, scrutant les visages et, quand il voit le vaisseau, il m'aperçoit et il court plus vite –

– Qui est-ce ? demande Bradley –

Mais je me dégage déjà –

Parce que c'est –

– LEE ! je crie et me mets à courir vers lui –

Viola, dit son Bruit, Viola, Viola, Viola, et il me rejoint et il me fait tournoyer, m'étouffe contre lui et me fait mal au bras.

– Dieu merci !

– Tu vas bien, Lee ? D'où...

– Le fleuve ! lâche-t-il hors d'haleine. Qu'arrive-t-il au fleuve ?

Il jette un regard vers Bradley, puis moi. Son Bruit se fait plus fort, et sa voix aussi.

– Vous n'avez donc pas vu le fleuve ?

[TODD]

– Mais comment... ?

Je fixe les chutes. De plus en plus silencieuses.

Je les regarde disparaître complètement.

Les Spackle détournent le fleuve.

– Très astucieux, lâche le Maire pour lui-même. Vraiment très astucieux.

– Comment ça ? (Je hurle presque.) Qu'est-ce qu'ils font ?

Chaque homme de l'armée regarde, maintenant, REURRant à un point inimaginable, regardant les chutes qui se réduisent en filet comme si quelqu'un avait fermé le robinet, et le fleuve en bas qui diminue aussi, des mètres de vase remplaçant l'eau des berges.

– Toujours aucune nouvelle de nos agents, capitaine O'Hare ? demande le Maire d'une voix cassante.

– Aucune, monsieur. S'il y a un barrage, il doit se trouver plutôt loin.

– Eh bien, nous devons être fixés.

– Maintenant, monsieur ?

Le Maire lui balance un regard foudroyant. M. O'Hare salue et s'éloigne rapidement.

– Que se passe-t-il ? je demande.

– Ils veulent un siège, Todd. Au lieu d'une bataille, ils nous enlèvent notre eau. Quand nous serons suffisamment affaiblis, ils n'auront plus qu'à nous piétiner. Ce n'est pas ce qu'ils étaient supposés faire, Todd. (J'entends presque de la colère dans sa voix.) Et nous ne les laisserons pas s'en tirer ainsi... Capitaine Tate !

– Oui, monsieur, répond M. Tate, qui se tenait près de nous.

– Formez les rangs en ordre de bataille.

Le capitaine a l'air surpris.

– Pardon, monsieur ?

– Vous avez un problème, capitaine ?

– La bataille, sur la colline, monsieur. Vous disiez vous-même...

– C'était avant que l'ennemi ne refuse de jouer selon les règles.

Ses mots commencent à remplir l'air, à tournoyer et à remplir les têtes des soldats en lisière du camp –

– ... Chaque homme fera son devoir, dit le Maire. Chaque homme combattra jusqu'à la victoire. Ils ne s'attendent pas à ce que nous leur tombions dessus. La surprise nous donnera l'avantage. C'est bien clair ?

– Oui, monsieur ! réplique M. Tate.

Il rejoint les hommes, crie des ordres, tandis que les soldats les plus proches s'arment déjà et forment les rangs.

– Prépare-toi, Todd, dit le Maire en le regardant s'éloigner. C'est aujourd'hui que tout va se régler.

[VIOLA]

– Mais comment ? dit Simone. Comment ont-ils fait cela ?

– Vous pouvez renvoyer le module en amont du fleuve ? demande Maîtresse Coyle.

– Ils l'abattraient à nouveau, dit Bradley, pianotant sur la télécommande.

Nous sommes réunis autour de l'image en 3-D, orientée sous l'ombre projetée par l'aile du vaisseau. Moi, Simone, Bradley, Lee, Maîtresse Coyle et de plus en plus de gens de la Flèche, car la nouvelle se propage.

– Là, fait Bradley.

Et il agrandit la projection.

La foule retient son souffle. Le fleuve est pratiquement à sec. Et la chute ne coule presque plus. L'image s'élève un peu, mais tout ce qu'on voit, c'est le fleuve en train de mourir également au-dessus des chutes, l'armée des Spackle massée blanche et ocre, sur la route parallèle.

– Y a-t-il d'autres sources d'eau ? demande Simone.

– Très peu, dit Maîtresse Coyle. Quelques mares, un ou deux ruisseaux, mais…

– Là, nous avons un problème, murmure Simone. Non ?

Lee se tourne vers elle, interloqué.

– Parce que vous croyez que nos problèmes datent d'aujourd'hui ?

– Je vous avais bien dit de ne pas les sous-estimer, lance Maîtresse Coyle à Bradley.

– Non, vous nous avez demandé de les éradiquer jusqu'au dernier, sans même essayer la paix d'abord.

– Et vous estimez que j'avais tort ?

Bradley manipule sa télécommande, et le module monte plus haut dans le ciel, révélant les milliers de Spackle qui s'étirent tout au long de la route. Une nouvelle rumeur parcourt les gens autour de nous quand ils découvrent pour la première fois la taille de l'armée spackle.

– Jamais nous ne pourrons tous les tuer, commente Bradley. Nous ne ferions que sceller notre propre fin.

– Et que fait le Maire ? je demande d'une voix serrée.

Bradley change l'angle de la projection, et nous découvrons l'armée qui forme ses bataillons.

– Non, chuchote Maîtresse Coyle. Il ne peut pas…

– Pas quoi ? je m'écrie. Qu'est-ce qu'il ne peut pas ?

– Attaquer, elle répond. Ce serait du suicide.

Mon comm bipe.

– Todd ?

– *Viola ?* dit-il, son visage inquiet dans ma paume.

– Que se passe-t-il, Todd ? Tu vas bien ?

– *Le fleuve, Viola. Le fleuve...*
– On le voit. On est juste en train de regarder...
– *Les chutes ! Ils sont dans les chutes !*

[TODD]

Il y a une traînée de lumière dans les ombres derrière les chutes presque taries, elle descend le sentier que Viola et moi on avait pris quand on fuyait Aaron, un chemin humide et glissant derrière la muraille d'eau qui nous avait conduits jusqu'à une chapelle abandonnée, de l'autre côté d'une corniche. La paroi intérieure était marquée d'un cercle blanc et de deux cercles plus petits en orbite, cette planète et ses deux lunes, et on la voit se refléter d'ici, maintenant, avec ces lumières alignées sur ce qui n'est plus qu'une face rocheuse miroitante.

– Tu les vois ? dis-je à Viola.

– Attends...

– Tu as toujours ces jumelles, Todd ? demande le Maire.

J'avais oublié. Je cours vers Angharrad, toujours silencieuse, près de mes affaires.

– T'inquiète pas..., je lui chuchote en fouillant mon sac. Il t'arrivera rien. Je suis là.

Je trouve les jumelles mais, sans m'occuper du Maire, je les porte à mes yeux, et actionnant le zoom –

– Nous les voyons maintenant, Todd..., dit Viola sur le comm dans mon autre main. Il y a une bande de Spackle sur cette corniche que nous avons descendue...

– Oui, je les vois, moi aussi.

– Que vois-tu donc, Todd ? demande le Maire qui s'approche.

– Qu'est-ce qu'ils tiennent ? demande Viola.

– Une sorte d'arc. Mais ça ressemble pas…

– Todd ! s'écrie-t-elle.

Je quitte les jumelles et lève les yeux –

Un point de lumière quitte la ligne des chutes, sous le symbole de l'église, file en arc le long de la rivière –

– Qu'est-ce que c'est ? demande le Maire. C'est trop grand pour une flèche…

Je reprends les jumelles, cherche, essaye de suivre la lumière qui se rapproche –

La voilà –

On dirait une flamme tremblotante –

Tout le monde se tourne pour la regarder prendre une courbe, traverser les derniers filets d'eau –

– Todd ? questionne Viola.

– Qu'y a-t-il, Todd ? grince le Maire.

Et je vois à travers les jumelles –

Son trajet s'incurver dans l'air –

Et commencer à revenir vers l'armée –

Vers nous –

Mais ça ne tremblote pas du tout –

Ça tournoie –

Et cette lumière, c'est pas que de la lumière –

C'est du feu –

– Il faut reculer, dis-je, les yeux toujours collés aux jumelles. Il faut reculer jusqu'en ville.

– Ça se dirige droit sur toi, Todd ! hurle Viola.

Le Maire n'y tient plus. Il essaie de m'arracher les jumelles de la main.

– Hé ! je crie.

Je lui envoie un coup de coude en pleine mâchoire –

Il titube en arrière, la surprise plus que la douleur –

Quand un hurlement nous fait nous retourner –

La flamme tournoyante a atteint l'armée –

La foule des soldats essaye de s'écarter, essaye d'échapper à la toupie qui vole vers eux –

Vole vers *nous* –

Vole vers *moi* –

Mais il y a trop de soldats, trop de monde sur son passage –

Et la toupie enflammée y pénètre –

Et les premiers soldats qu'elle frappe explosent pratiquement en deux –

Et ça ne *s'arrête pas* –

*Purain ça veut pas s'arrêter* –

La toupie ralentit même pas –

Elle déchire et enflamme les soldats comme des allumettes –

Elle les détruit sur son chemin –

Elle souffle sur les autres un feu blanc et collant –

Et elle vole toujours –

Toujours aussi vite –

Filant droit vers moi –

Droit vers moi et le Maire –

Et il y a nulle part où courir –

– *Viola !* je hurle.

[VIOLA]

– Todd, je hurle dans le comm alors qu'on voit la flamme se ployer dans l'air et gifler tout un groupe de soldats –

Déchirer tout un groupe de soldats –

Des cris montent de derrière nous, chez les gens qui regardent la projection –

Le feu tranche l'armée aussi facilement qu'une lame brûlante au travers d'un carton, il s'incurve en chemin, fait voler les soldats en morceaux, recouvre de flammes tout ce qu'il approche –

– *Todd!* je crie dans le comm, *fiche le camp de là!*

Mais je ne vois plus son visage, juste le feu qui se taille un chemin sur l'image, tuant tout sur son passage, et puis –

Et puis il s'élève –

– Bon sang, qu'est-ce que… ? murmure Lee à côté de moi.

Il se lève au-dessus de l'armée, au-dessus de la foule et des hommes qu'il était en train de tuer –

– Il vire à nouveau, fait Bradley.

– Qu'est-ce que c'est, demande Simone à Maîtresse Coyle.

– Je n'ai jamais vu ça, répond celle-ci sans quitter la projection des yeux. Manifestement, les Spackle n'ont pas chômé.

– *Todd?* j'appelle sur mon comm.

Mais il ne répond pas.

Avec son pouce, Bradley dessine un carré sur la télécommande et une boîte apparaît à l'image, et la chose en feu apparaît en incrustation agrandie. Il pianote encore pour passer en mode ralenti. La chose brûle en hélice, si lumineuse et tranchante qu'elle fait mal rien qu'à la regarder –

– Elle revient aux chutes! dit Lee, pointant du doigt l'image principale.

La machine en feu s'est élevée au-dessus de

l'armée, toujours aussi rapide. Nous la regardons monter plus haut, négocier un grand cercle complet, s'élever au-dessus de la pente, se diriger vers la corniche sous les chutes maintenant à sec, toujours tournoyant et brûlant. On aperçoit les Spackle maintenant, des dizaines d'autres avec d'autres hélices au bout de leurs arcs. Ils ne bronchent pas quand la flamme volante revient droit vers eux, et on voit un Spackle et son arc vide, celui qui a tiré le premier –

On le voit relever son arc, un crochet attaché au bout, et avec un rythme parfait il attrape l'hélice en plein vol, la retourne avec un geste entraîné, et la voilà remise en place, prête à repartir.

Dans les reflets du feu, on voit que les mains, les bras, tout le corps du Spackle sont couverts d'une argile épaisse mais souple, qui l'empêche de brûler.

– *Todd* ? j'appelle dans le comm. Tu es là ? Tu dois fuir ! Tu dois…

Sur la grande image, nous voyons tous les Spackle lever leurs arcs –

– Todd ! je hurle. Réponds-moi !

Et tous ensemble –

Les Spackle tirent.

## [TODD]

– VIOLA ! je hurle –

Mais je n'ai plus le comm, ni les jumelles –

Je les ai perdus dans la vague de soldats qui nous a bousculés en hurlant –

En brûlant –

La toupie de feu a déchiré une courbe dans les

hommes juste devant moi, les tuant si vite qu'ils ont à peine compris ce qui se passait et les embrasant sur deux ou trois rangs de chaque côté –

Et juste au moment où elle allait enflammer ma propre tête –

Elle a remonté –

En courbe –

Et elle a volé jusqu'à la corniche d'où elle était partie –

Je pivote pour voir où je peux courir –

Et par-dessus les cris des soldats –

J'entends Angharrad hurler –

Et je repousse les hommes et je les bouscule et les frappe pour rejoindre mon cheval –

– Angharrad ! je hurle. ANGHARRAD !

Et je la vois pas –

Mais je l'entends hennir de terreur –

Je pousse encore plus fort en avant –

Et je sens une main me prendre par le cou –

– Non, Todd ! crie le Maire, en me tirant en arrière –

– Je dois la rejoindre ! je clame et me dégage –

– Il faut fuir ! il hurle –

Et ça, c'est tellement quelque chose que le Maire dirait jamais, je pivote et le dévisage –

Mais ses yeux sont sur les chutes –

Et je regarde aussi –

Et –

Et –

Dieu tout-puissant

Un arc de feu jaillit de la corniche et s'élargit –

Les Spackle ont tiré toutes leurs flèches –

Des dizaines –

Des dizaines qui réduiront l'armée à rien que des cendres et des corps –

– Allez! hurle le Maire, en m'agrippant à nouveau. À la ville!

Mais je vois une cassure dans les rangs –

Je vois Angharrad se cabrer de frayeur –

Ses yeux fixant agrandis les mains qui la cramponnent –

Et je plonge vers elle –

Loin du Maire –

Les soldats remplissent l'espace entre nous –

– Je suis là, fifille! je crie, en me forçant un chemin.

Mais elle hurle et hurle –

Je l'atteins, je renverse un soldat qui essaie de monter en selle –

Et les toupies enflammées se rapprochent –

S'incurvant des deux côtés, cette fois –

Arrivant des deux côtés –

Et les hommes courent dans toutes les direxions –

Sur la route de la ville, dans le lit du fleuve, et même vers la colline –

Alors je dis :

– Va falloir foncer, maintenant, fifille!

Et les toupies enflammées nous atteignent –

[VIOLA]

– Todd! je hurle encore, et je vois les feux qui zooment par-dessus le fleuve et certains qui prennent par l'autre bord, virant le long des versants de la vallée –

Prenant l'armée en tenailles –

– Où est-il ? Vous le voyez ?

– Je ne vois rien, dans cette pagaille, répond Bradley.

– Il faut faire quelque chose ! je hurle.

Maîtresse Coyle capte mon regard. Elle scrute mon visage, le scrute intensément.

– Todd ? je dis dans le comm. Réponds-moi, s'il te plaît !

– Ils ont atteint l'armée ! s'écrie Lee.

Et tous on regarde l'image –

Où les feux tournoyants sabrent l'armée en fuite dans toutes les directions –

Ils vont atteindre Todd –

Ils vont le tuer –

Ils vont tuer tout le monde là-bas, jusqu'au dernier –

– Il faut arrêter cela ! je m'écrie.

– Viola..., avertit Bradley.

– L'arrêter, mais comment ? dit Simone, et je vois qu'elle y repense.

– Oui, Viola ? lâche Maîtresse Coyle, plongeant ses yeux dans les miens. L'arrêter, et comment ?

Je ramène mon regard sur l'image, l'armée qui brûle et qui meurt –

– Ils vont tuer ton Todd, poursuit Maîtresse Coyle, comme si elle lisait dans mon esprit. Tu n'as plus le choix, cette fois.

Et elle me dévisage –

Me voit y penser –

Y penser encore –

Penser à toute cette mort.

– Non, je murmure. On ne peut pas...

Vraiment pas ?

## [TODD]

*WHOOUCH !*

Une toupie enflammée vole juste sur notre gauche, souffle la tête d'un soldat qui essayait de plonger –

Je tire sur les rênes d'Angharrad, mais elle se cabre encore, paniquée, roulant des yeux blancs, son Bruit réduit à un hennissement suraigu, à peine supportable –

Et une autre toupie *WHOOUCHE* sur le chemin devant nous, vomissant des flammes partout, et Angharrad est si terrifiée qu'elle me soulève de terre accroché aux rênes, et nous retombons au milieu des soldats –

– PAR ICI ! j'entends crier derrière nous.

Le Maire, alors qu'une toupie transforme les soldats derrière moi et Angharrad en un mur de flammes –

Et quand il crie c'est comme si quelqu'un me tirait par le pied, m'obligeant à me retourner vers lui –

Mais je résiste, me raccroche à Angharrad –

– Allez, fifille ! je hurle, essayant de la faire bouger peu importe où, ni comment –

– À LA VILLE ! il ordonne aux soldats –

Il le plante dans leur Bruit –

Il le plante dans le mien –

Pulsant avec un grondement sourd –

Et je le repousse encore dans ma tête –

Mais les soldats près de lui courent encore plus vite –

Et je lève les yeux et je vois les toupies

enflammées qui tranchent le ciel comme des rapaces en vol –

Mais elles retournent à la corniche –

Il y a des hommes qui brûlent partout, mais l'armée encore en vie remarque aussi que les flammes repartent –

Qu'ils ont quelques secondes avant qu'elles reviennent –

Et les hommes atteignent la ville maintenant, les premiers remontant la route, courant là où le Maire crie –

– TODD ! IL FAUT FUIR !

Mais Angharrad hurle toujours, cherche toujours à m'échapper, dansant de terreur –

Et mon cœur se déchire en deux –

– ALLEZ, FIFILLE !

– TODD ! crie le Maire.

Mais je laisserai pas Angharrad –

– JE LA LAISSERAI PAS !

Purain, non –

J'ai laissé Manchee –

Et jamais je le referai –

– *TODD !*

Et je regarde en arrière –

Et il s'éloigne, filant vers la ville –

Avec le reste des hommes –

Et moi et Angharrad on est tout seuls sur le champ de bataille qui se vide –

[VIOLA]

– On ne tirera pas de missile, martèle Bradley, avec un Bruit orageux. Cette décision a déjà été prise.

– Vous avez des *missiles* ? s'écrie Lee. Mais, bon sang, pourquoi ne pas les envoyer ?

– Parce que nous voulons faire la paix avec cette espèce ! rétorque Bradley. Si nous tirons, les conséquences seront catastrophiques !

– Ah, parce qu'elles ne le sont pas déjà ? ironise Maîtresse Coyle.

– Catastrophiques pour une armée que vous nous avez demandé de combattre. Catastrophiques pour l'armée qui a déclenché cette agression !

– Bradley..., intervient Simone.

Il pivote aussitôt vers elle, son Bruit rempli de mots incroyablement grossiers :

– Nous avons la responsabilité de près de cinq mille personnes. Tu veux vraiment qu'ils se réveillent pour découvrir que nous les avons plongés dans une guerre sans fin ?

– Mais vous y êtes déjà ! clame Lee.

– Non, absolument pas ! réplique Bradley encore plus fort. Et parce que nous n'y sommes pas, nous pourrions peut-être encore vous en sortir !

– Tout ce que vous avez à faire, c'est leur montrer qu'ils ont plus que des canons en face d'eux, dit Maîtresse Coyle, mais bizarrement, en s'adressant plus à moi qu'à Bradley ou à Simone. Nous avons négocié la paix avec eux une première fois, ma fille, parce que nous étions en position de force. C'est ainsi que fonctionnent les guerres, et c'est ainsi que les accords de paix fonctionnent. Nous leur montrons que nous avons plus de puissance qu'ils ne l'imaginent, et ils seront plus que prêts à faire la paix.

– Et ils reviendront cinq ans plus tard, encore plus forts, et ils extermineront tous les humains de cette planète, réplique Bradley.

– Cinq ans pendant lesquels nous établirons des passerelles avec eux jusqu'à rendre toute guerre inutile, répond Maîtresse Coyle.

– Ce en quoi vous avez merveilleusement réussi !

– Qu'est-ce que vous attendez ? Expédiez le missile ! crie Ivan dans la foule, et d'autres voix l'accompagnent.

– Todd, je murmure en moi-même, et je tourne les yeux vers la projection –

Les engins de feu reviennent aux chutes, où ils sont attrapés et rechargés –

Et alors je le vois –

– Il est seul ! je crie. Ils l'abandonnent !

L'armée fuit sur la route de la ville, se bousculant par paquets, les derniers laissant Todd derrière eux et atteignant la ligne des arbres –

– Il essaye de sauver son cheval ! dit Lee.

Je clique sur le comm, encore et encore.

– Bon sang, Todd ! Réponds-moi !

– Ma fille, coupe Maîtresse Coyle pour capter mon attention. Nous voici ramenés au même moment crucial. Toi et tes amis, vous avez une deuxième chance. Décidez-vous !

Bradley émet un Bruit grinçant et il se tourne vers Simone, cherchant son appui, mais elle, ses yeux balayent la foule autour de nous, cette foule qui demande que nous tirions.

– Je ne vois pas quel choix nous avons, dit-elle. Si nous ne faisons rien, ces gens vont mourir.

– Et si nous faisons quelque chose, ces gens

mourront aussi, rétorque Bradley, plein d'éclairs. Et nous aussi et tous ceux qui débarqueront des vaisseaux. Ce n'est pas notre guerre !

– Elle le sera un jour, dit Simone. Nous ne ferions que montrer notre force. De quoi les encourager à négocier avec nous, et tout de suite.

– Simone ! s'écrie Bradley, et son Bruit lâche un vrai gros mot. Le convoi veut une colonisation pacifique et…

– Le convoi ne voit pas ce que nous voyons, coupe-t-elle.

– Là ! Ils tirent encore ! je m'exclame –

Un nouvel arc de feu tournoyant jaillit de la corniche –

Et je pense en moi-même – Todd, que voudrait-il ?

Il me voudrait en sécurité, avant toute chose –

Todd voudrait un monde sûr pour moi –

Oui, je sais qu'il le voudrait –

Même s'il n'était pas dedans –

Mais il est toujours là-bas, en pleine bataille –

Là-bas, tout seul, et le feu descend sur lui –

Et ce que je ne peux pas ôter de ma tête, paix ou pas, c'est aussi ce que je pense être vrai –

Vrai mais pas bon –

Vrai mais si dangereux –

Le fait que s'ils le tuent –

S'ils lui font du mal –

Alors il n'y aura pas assez d'armes sur ce vaisseau pour tous les Spackle qui devront payer.

Je lance un regard vers Simone, qui lit aussitôt sur mon visage –

– Je prépare un missile, annonce-t-elle.

– Allez, fifille, *s'il te plaît*...

Partout autour de nous il y a des corps qui brûlent en tas, et certains hurlent encore –

– Allez ! je crie.

Mais elle me résiste, elle balance sa tête d'un côté, puis de l'autre, cherche à fuir le feu et la fumée, les cadavres, les quelques soldats qui courent encore –

Et alors elle tombe –

En arrière puis sur le flanc –

M'entraînant dans sa chute –

J'atterris près de sa tête –

– Angharrad ! j'appelle, au creux de son oreille. *PAR PITIÉ, relève-toi !*

Et son cou se tord

Ses oreilles se tordent –

Ses yeux roulent vers moi –

Roulent droit dans les miens pour la première fois –

Et –

Garçon poulain ?

Et mon cœur bondit d'espoir –

– Allez, fifille ! Debout, debout, debout –

Et je m'agenouille, plié en arrière, je tire sur les rênes –

S'il te plaît, s'il te plaît, par pitié –

Et elle relève la tête –

Et ses yeux retournent aux chutes –

Garçon poulain ! elle crie –

Et je regarde –

Un nouvel arc de toupies enflammées descend droit sur nous –

– Allez !

Elle se roule, se redresse, vacille sur ses jambes, trébuchant sur un corps en feu –

Garçon poulain ! elle crie toujours –

– Allez, fifille ! et j'essaye de l'aborder par le flanc –

De monter en selle –

Mais voilà les toupies –

Qui virent comme des aigles en feu –

J'en vois une piquer directement sur nous –

Juste là où ma tête serait si j'étais monté sur elle –

Alors, elle plonge en avant, submergée par la panique –

Je m'agrippe aux rênes et cours avec elle –

Trébuchant, à moitié courant, à moitié tiré –

Et les toupies enflammées arrivent de toutes les direxions autour de nous –

Comme si le ciel tout entier était en feu –

Et mes mains sont entortillées dans les rênes –

Et Angharrad hurle Garçon poulain !

Et je tombe –

Les rênes m'échappent –

Garçon poulain !

– Angharrad !

Et puis j'entends OBÉIS !

Crié par une voix différente –

Et sur le sol j'entends d'autres sabots, un autre cheval –

Le Maire, sur Marbeth –

Lance une toile sur la tête d'Angharrad –

Couvre ses yeux, lui masque le déluge de feu qui rugit autour de nous –

Puis il se penche et m'attrape par le bras –

Me soulève et me décolle du sol –

Et m'écarte violemment d'une flamme tournoyante qui brûle le sol où je viens de tomber –

– ALLEZ ! il hurle.

Et je crapahute jusqu'à Angharrad, cramponne ses rênes pour la guider –

Et le Maire chevauche en cercle autour de nous –

Évitant les feux du ciel –

Me surveillant –

Veillant à ce qu'il m'arrive rien –

Il est revenu me sauver –

Me sauver moi –

– À LA VILLE, TODD ! il hurle. LEUR RAYON EST LIMITÉ ! ILS NE PEUVENT PAS ATTEINDRE...

Et il disparaît quand une toupie enflammée vient frapper le poitrail de Marbeth –

[VIOLA]

– Pense à ce que tu fais, dit Bradley derrière Simone assise dans la cabine, et son Bruit rugit *Pauvre conne, pauvre petite conne égoïste...* Désolé, ajoute-t-il aussitôt, mais on ne devrait pas faire ça !

Nous sommes tous entassés là-dedans, Bradley et Maîtresse Coyle se marchant sur les pieds derrière Lee et moi.

– J'ai la télémétrie, dit Simone.

Un petit panneau s'ouvre, exposant un bouton bleu et carré. On ne peut pas envoyer une arme en effleurant un simple écran. Il faut un contact plus physique, une vraie pression. Il faut le vouloir.

– Cible enregistrée, poursuit Simone.

– Le champ se dégage ! s'exclame Bradley, désignant l'écran de contrôle au-dessus des instruments. On dirait que les feux ne peuvent aller *plus loin* !

Simone ne répond pas, mais son doigt hésite sur le bouton bleu –

– Ton copain est toujours là-bas, ma fille, intervient Maîtresse Coyle qui s'adresse toujours à moi, comme si j'étais aux commandes –

Mais elle a raison, il est toujours là-bas, il essaye de remettre Angharrad sur ses jambes, on le distingue plus ou moins au milieu des panaches de fumée et des flammes, une silhouette isolée qui ne répond pas à mon comm –

– Je sais ce que tu ressens, Viola, dit Bradley, essayant de calmer sa voix alors que son Bruit bouillonne. Mais c'est une vie contre des milliers.

– Assez parlé ! hurle Lee. Envoyez-le donc, ce foutu missile !

Mais, sur l'écran de contrôle, je vois bien que le champ de bataille se vide, se dégage totalement à part Todd et quelques traînards, et je pense, s'il y arrive, s'il peut y arriver, alors peut-être que le Maire réalisera à quel point il est dominé face à des armes aussi puissantes, car qui oserait combattre de telles machines ?

Mais Todd *doit* y arriver –

Et son cheval trotte maintenant, il l'entraîne avec lui –

Et les feux –

*Whoouch* –

*Non, non* –

Les doigts de Simone hésitent toujours au-dessus du bouton –

– *Todd !* je m'écrie à haute voix –

– Viola, lance Bradley d'une voix forte, pour attirer mon attention –

Je me tourne vers lui –

– … Je sais ce qu'il doit représenter pour toi, poursuit-il, mais on ne peut pas, il y a tellement d'autres vies en jeu –

– Bradley…

– Pas pour une seule personne. Tu ne peux pas faire la guerre pour toi seule –

– REGARDEZ ! crie Maîtresse Coyle –

Et je me retourne vers l'écran de contrôle –

Et je vois –

Une hélice de feu percuter de plein fouet un cheval au galop –

– Non ! je hurle. *NON !*

Une étoile de feu envahit l'écran –

Et hurlant à pleins poumons, je plonge par-dessus l'épaule de Simone et balance mon poing sur le bouton bleu –

[TODD]

Marbeth n'a même pas le temps de crier –

Ses jambes se dérobent quand l'éclair de feu le traverse –

Je m'écarte d'un bond, tirant sur les rênes d'Angharrad, l'éloignant de l'impact –

Le feu rugit au-dessus de nous –

Elle obéit plus facilement maintenant les yeux masqués, son Bruit essayant de deviner où elle met les pieds –

Et l'éclair de feu poursuit sa route, vomissant partout des flammes –

Mais une autre boule de feu s'en sépare –

Roulant sur le côté –

Le Maire, qui roule furieusement vers moi –

J'attrape la toile d'Angharrad, je la jette sur son corps, étouffe les flammes qui lèchent son uniforme de général –

Il roule encore plusieurs fois sur lui-même et je sautille autour de lui, gifle les pointes de feu qui se rallument –

Je réalise vaguement que les toupies remontent vers la corniche –

Que nous avons encore quelques secondes pour fuir –

Le Maire se relève en titubant, il fume toujours, le visage noir de suie, les cheveux un peu brûlés, mais presque indemne –

Pas Marbeth, masse noire carbonisée à peine reconnaissable –

– Ils vont le payer très cher, crache le Maire, la voix cassée par la fumée –

– Venez ! je crie. On peut y arriver, mais vite, venez !

– Cela ne devait pas se passer ainsi, Todd..., marmonne-t-il haineusement, alors que nous atteignons la route.

Mais ils ne peuvent pas toucher la ville, et je pense qu'ils sont également limités en hauteur, d'où leur positionnement plus bas, sur la corniche –

– Bouclez-la et courez ! je crie, entraînant Angharrad à mon côté, jamais on pourra y arriver avant le prochain tir –

– Je te dis cela car tu ne dois pas croire que nous sommes battus ! hurle-t-il. Ce n'est pas une vraie défaite. Juste un contretemps ! Nous allons bientôt repartir à l'attaque ! Nous allons…

Alors un crissement déchire l'air au-dessus de nous, à la vitesse d'une balle, et –

BOOUM !

– tout le versant de la colline explose comme un volcan de poussière et de feu et l'onde de choc nous renverse moi, le Maire et Angharrad puis une grêle de pierres s'abat sur nous en crépitant, des rochers qui auraient pu nous aplatir atterrissent tout près –

– Qu'est-ce que… ? fait le Maire en levant les yeux.

La chute tarie s'effondre complètement dans le bassin, emportant tous les Spackle lanceurs de feu avec elle, la poussière et la fumée montent dans le ciel et la route en zigzag a disparu aussi, toute la face de la colline s'écroulant sur elle-même, laissant une cicatrice déchiquetée au sommet –

– C'étaient vos hommes ? je crie, assourdi par le tintement qui crève mes tympans. C'était l'artillerie ?

– Jamais de la vie ! répond-il en observant l'étendue des ravages. Jamais nous n'avons eu pareille puissance de feu !

Les premiers panaches de fumée commencent à s'éclaircir, découvrant une trouée béante sur la crête, des rochers pulvérisés partout, une entaille évidée dans la pente –

Alors, *Viola*, je pense –

– Très certainement, acquiesce le Maire, qui comprend lui aussi, sa voix teintée d'un brusque et ignoble plaisir.

Et devant un champ couvert de soldats morts, un champ couvert par les restes brûlés d'hommes que j'ai vus marcher et parler il n'y a pas dix minutes, des hommes qui ont combattu, qui sont morts pour lui, dans une bataille qu'il a déclenchée –

Devant tout ça –

Le Maire dit :

– Tes amis nous ont rejoints dans la guerre.

Et il sourit.

# ARMES DE GUERRE

L'explosion nous frappe tous.

La colline qui surplombe la vallée est arrachée de la terre. Les archers de la Terre sont tués instantanément, comme tous ceux de la Terre proches de la crête quand elle a explosé, le Ciel et moi sauvés par une ou deux longueurs de corps seulement.

Et le souffle continue à s'étendre, à faire écho dans la voie de la Terre, à s'étendre en amont du fleuve, à s'amplifier encore et encore comme s'il explosait toujours et toujours, sa secousse rugissant continuellement à travers nous, et la Terre étourdie, assourdie comme une seule voix se demande ce qu'une telle explosion peut signifier.

Se demande ce qui va suivre.

Se demande si ce sera assez puissant pour nous tuer tous.

Le Ciel a arrêté le fleuve peu après le lever du soleil. Par les Chemins, il a envoyé un message à ceux qui construisaient le barrage loin en amont du fleuve, il leur a dit de monter leur dernier rang de pierres, et d'obliger le fleuve à se tourner contre lui-même. Le fleuve a commencé à baisser, lentement d'abord, puis de plus en plus vite, et les arcs lumineux projetés par l'écume des chutes ont disparu, et le vaste lit du fleuve s'est transformé en plaine boueuse. Tandis que le son de la chute s'évanouissait, on entendait les voix de la Clairière, qui montaient stupéfaites, terrifiées au pied de la colline.

Puis est venue l'heure des archers, et nos yeux les ont suivis. Profitant de la nuit, ils s'étaient glissés sous les chutes, attendant que le soleil se lève et que les eaux se tarissent.

Alors ils ont armé leurs arcs et ils ont tiré.

Tous les groupes de la Terre ont regardé, voyant à travers les yeux des archers les hélices brûlantes éventrer la Clairière, et la Clairière hurler et mourir. Nous avons vu notre victoire prendre forme, nous avons vu leur impuissance à répondre.

Quand, soudain, il y a eu ce grand déchirement de l'air, le crissement de quelque chose, si rapide qu'on le sentait plus qu'on le voyait, un éclair final et foudroyant qui a rempli l'esprit et l'âme et la voix de chaque membre de la Terre, annonçant que notre victoire apparente aurait un prix, que la Clairière avait des armes plus vastes qu'on ne le croyait, que maintenant elle les utiliserait pour nous détruire tous.

Mais il n'y a pas eu d'autres explosions.

– *Le vaisseau qui volait au-dessus de nous,* je montre au Ciel quand la Terre a commencé à se remettre péniblement sur pied.

Il m'aide moi aussi à me relever, l'un comme l'autre indemnes à part quelques coupures, mais le terrain et les pierres autour de nous jonchés de corps de la Terre.

– *Le vaisseau,* acquiesce le Ciel.

Pas une seconde à perdre, une autre explosion peut nous

frapper à tout moment. Le Ciel envoie un ordre de regroupement immédiat, et je l'aide à transporter les blessés aux crèches de soins, un nouveau campement déjà formé plus en amont du lit du fleuve, comme prévu par le Ciel, un endroit où la Terre peut se reconstituer, redevenir une.

Mais pas trop loin en amont, pourtant. Le Ciel veut garder la Clairière en point de mire, même si la colline est trop ravagée maintenant pour qu'une armée puisse la descendre, à moins de s'engager sur une seule file.

– *Il y a d'autres chemins*, me montre-t-il.

Et déjà j'entends ses messages transmis aux Chemins, des messages qui déplacent les lieux de repos de la Terre, des messages qui lui commandent de suivre des routes que la Clairière ne connaît pas.

– *C'est étrange...*, montre-t-il, plusieurs heures plus tard, quand nous faisons enfin halte pour manger. *Tirer une fois, et une fois seulement.*

– *Peut-être n'avaient-ils qu'une arme. À moins qu'ils n'estiment leurs armes impuissantes face à un fleuve entravé. S'ils nous détruisent, nous le libérerons, et nous les détruirons.*

– *Destruction mutuelle assurée,* dit le Ciel, avec des mots qui accrochent bizarrement, comme des éléments étrangers.

Sa voix se retourne sur elle-même pendant un long moment, fouillant profond dans la voix de la Terre, cherchant des réponses.

Puis il se lève.

– *Le Ciel doit quitter le Retour, pour l'instant.*

– *Comment?* je montre. *Mais il y a encore à faire...*

Mon étonnement le laisse froid.

– *Et il y a des choses que le Ciel doit d'abord faire seul. Rejoins-moi près de ma monture au crépuscule.*

– *Votre monture ?*

Mais il s'éloigne déjà.

Alors que l'après-midi touche à sa fin, je fais ce que demande le Ciel et je remonte le lit du fleuve. Je longe les feux de cuisine et les crèches de soins, je dépasse les soldats de la Terre qui se remettent de l'explosion, s'occupent de leurs armes, se préparent à la prochaine attaque et pleurent les morts de la Terre.

Mais la Terre doit continuer à vivre. En remontant plus loin, du site de l'explosion, je vois des membres de la Terre qui régurgitent les matériaux utilisés pour les nouveaux bivouacs, et plusieurs huttes commencent déjà à pointer dans le soir encore enfumé. Je vois les gardiens d'oisoblancs et de scribeaux, notre ressource en volaille. Je longe les dépôts de céréales et les hangars à poissons, remplis maintenant que le fleuve est à sec. Je passe devant la Terre qui creuse de nouvelles fosses pour les latrines. Un groupe de tout-petits chante les chansons qui leur apprennent comment distinguer l'histoire de la Terre de toutes les voix, comment tourner, tordre et tisser la masse des sons en une seule voix qui leur dira qui ils sont, toujours et pour toujours.

Un chant dont je peine encore à parler la langue, même quand la Terre me parle encore plus lentement qu'à leurs enfants.

Je traverse les chants et j'arrive bientôt au paddock des oxymares.

Les oxymares.

Pour moi, ils ont toujours été des créatures de légende juste entraperçues dans la voix du Fardeau durant mon enfance, dans les rêves et les contes et les histoires de la guerre qui nous a laissés avec la Clairière. J'y voyais des inventions, des monstres exagérés qui n'existaient pas, ou me décevraient beaucoup dans la réalité.

J'avais tort. Ils sont magnifiques. Immenses et blancs, sauf quand ils portent leur cuirasse en argile. Et même sans cela, leur cuir est épais et formé de plaques dures. Ils sont presque aussi larges que je suis grand, avec un dos puissant où l'on peut facilement se tenir debout, la Terre utilisant les selles traditionnelles à bottes pour se tenir en équilibre.

La monture du Ciel est la plus grande de toutes. La corne qui lui part du nez est plus longue que mon corps entier. Elle possède aussi une corne secondaire, très rare, qui ne pousse que chez le chef de la horde.

– *Retour*, il montre, alors que je m'approche de la clôture.

Le seul mot du Fardeau qu'il connaisse, enseigné par le Ciel, sûrement.

– *Retour*, il montre, et c'est doux, accueillant.

Je tends une main, la pose sur l'espace entre les deux cornes, le gratte doucement avec mes doigts. Il ferme les yeux de plaisir.

– *Ça, c'est une faiblesse de la monture du Ciel...*, montre le Ciel arrivé derrière moi. *Non, ne t'arrête pas.*

Je retire ma main.

– *Des nouvelles ? Vous avez pris une décision ?*

Il soupire devant mon impatience.

– *Les armes de la Clairière sont plus fortes que les nôtres. S'il y en a d'autres, la Terre mourra par vagues.*

– *Ils en ont déjà tué des milliers, ces dernières années. Ils en tueront encore des milliers si nous ne faisons rien.*

— *Nous nous en tiendrons à notre plan de départ. Nous avons fait la démonstration de notre force nouvelle et nous les avons repoussés. Nous contrôlons le fleuve, ce qui les prive d'eau et leur fait savoir que nous pouvons les noyer à tout moment si nous ouvrons le barrage d'un coup. Maintenant, attendons de voir comment ils vont répondre.*

*– Voir comment ils vont répondre ?* (Ma voix monte.) *Mais quel intérêt… ?*

Je m'arrête, car une pensée me vient, une pensée qui arrête toutes les autres.

*– Vous voulez dire, attendre de voir s'ils proposent une solution pacifique ?*

Il détourne la tête.

*– Jamais le Ciel n'a montré cela.*

*– Vous aviez* **promis** *qu'ils seraient détruits ! Le massacre du Fardeau ne signifie-t-il donc rien pour vous ?*

*– Calme-toi.* (Pour la première fois, sa voix me commande.) *J'écouterai ton avis et ton expérience, mais je ferai ce qui est le mieux pour la Terre.*

*– Le mieux, oui, comme lorsque vous avez abandonné le Fardeau ! Abandonné en esclavage !*

*– Nous étions une Terre différente, alors. Sous un Ciel différent, avec des techniques et des armes différentes. Nous sommes meilleurs, maintenant. Nous avons beaucoup appris.*

*– Mais vous feriez tout de même la paix… – Je n'ai pas montré cela non plus, mon jeune ami.* (Sa voix se fait plus calme, apaisante.) *Mais d'autres vaisseaux arrivent, n'est-ce pas ?*

Je plisse le front, sans comprendre.

*– Tu nous l'as dit toi-même. Tu l'as entendu dans la voix du Couteau. Un convoi de vaisseaux arrive avec d'autres armes comme celle d'aujourd'hui. Ces éléments doivent être pris en compte pour la survie de la Terre à long terme…*

Je ne réponds pas. Je garde ma voix pour moi-même.

*– Et donc, pour l'instant, nous allons déplacer le corps de la Terre en position avantageuse et attendre.* (Le Ciel s'approche de sa monture et se gratte le nez.) *Ils vont bientôt réaliser qu'ils ne peuvent pas vivre sans eau. Alors, ils vont bouger. Et si cela implique une autre arme comme celle d'aujourd'hui, nous y serons préparés.* (Il me lance un regard.) *Et le Retour ne sera pas déçu.*

Le crépuscule vire à la nuit. Nous revenons au campement du Ciel. Et alors que la Terre et le Ciel basculent vers le sommeil, et que la Clairière en bas ne manifeste aucun signe de nouvelle attaque, j'enfouis ma voix pour l'obscurcir comme je l'ai appris d'une vie passée avec la Clairière. Et en secret, j'examine deux choses.

*Destruction mutuelle assurée,* a montré le Ciel.

*Convoi,* a montré le Ciel.

Des mots du langage du Fardeau, des mots de la langue de la Clairière.

Mais une phrase que je ne connais pas. Des mots que je n'ai jamais utilisés.

Des mots qui ne sont pas de la longue mémoire de la Terre.

Des mots nouveaux. Leur fraîcheur, j'arrive presque à la sentir.

Tandis que la nuit s'installe et que commence le siège de la Clairière, c'est ce que je garde caché dans ma voix.

Le Ciel m'a laissé aujourd'hui, pour être seul, comme il le fait parfois. C'est un besoin du Ciel, de tout Ciel.

Mais il est revenu avec des mots nouveaux.

Alors, où les a-t-il entendus ?

# TROISIÈME PARTIE

# *CONTRÔLE-TOI*

## *04 Dans la vallée*

[VIOLA]

– Je croyais que tu étais touché, dis-je en me tenant la tête dans les mains. J'ai vu l'une de ces choses frapper un cheval et son cavalier, alors j'ai pensé que c'était toi…

Je lève les yeux, épuisée, fiévreuse.

– Je croyais qu'ils t'avaient tué, Todd.

Il ouvre les bras et je me presse contre lui et il me tient contre lui, me tient simplement pendant que je pleure. Nous sommes assis près d'un feu que le Maire a allumé sur la place, là où l'armée installe son nouveau campement – il en reste à peine la moitié après l'attaque des feux tournoyants.

L'attaque que j'ai arrêtée après avoir envoyé un missile.

Je suis montée en selle aussitôt après l'explosion, traversant la place au galop, criant, appelant Todd jusqu'à ce que je le trouve. Et il était là, son Bruit encore secoué et encore plus flou après cette nouvelle bataille, mais vivant.

Vivant.

Et j'ai transformé toute la planète pour ça.

– J'aurais fait la même chose, murmure Todd dans ma tête.

Je m'écarte un peu.

– Non, tu ne comprends pas. S'ils t'avaient fait du mal, s'ils t'avaient tué… Je les aurais tous tués, jusqu'au dernier.

– Je ferais la même chose, Viola. Sans même y réfléchir.

Je m'essuie le nez sur ma manche.

– Je sais, Todd. Mais est-ce que cela nous rend dangereux ?

Même à travers le flou, je sens de la confusion dans son Bruit.

– Quoi ? Comment ça ?

– Bradley n'arrête pas de dire qu'une guerre ne peut pas être personnelle. Mais je les ai entraînés dans cette guerre, à cause de toi.

– Ils auraient dû faire quelque chose de toute façon, même s'ils étaient moitié moins bien que tu le dis.

Ma voix monte.

– Mais je ne leur ai pas laissé le choix…

– Arrête, chuchote-t-il en me reprenant dans ses bras.

– Tout va bien ? dit le Maire qui s'est approché.

– Fichez le camp, réplique Todd.

– Laisse-moi au moins remercier Viola…

– J'ai dit…

– Elle nous a sauvé la vie, Todd, poursuit-il, un peu trop près maintenant. En une seule action, elle a tout changé. Viola, je ne saurais te dire combien j'apprécie.

Dans les bras de Todd, je me pétrifie.

– Laissez-nous tranquilles, dit Todd. Tout de suite.

Le Maire marque une pause, puis :

– Très bien, Todd. Je suis là-bas, si tu as besoin de moi.

Je dévisage Todd pendant que le Maire s'éloigne.

– « *Si tu as besoin de moi ?* »

Todd hausse les épaules.

– Il aurait pu me laisser mourir. Ça aurait été plus facile pour lui, sans moi. Mais non. Il m'a sauvé.

– Il doit avoir une raison. Et pas une bonne.

Todd ne répond pas, il lance juste un long regard vers le Maire qui parle à ses soldats, mais nous observe aussi.

– Ton Bruit est toujours difficile à lire, je remarque. Encore plus qu'avant.

Les yeux de Todd ne croisent pas franchement les miens.

– C'est la bataille… Tous ces hurlements…

Et j'entends quelque chose tout au fond de son Bruit, une histoire de cercle –

– … Mais toi, tu vas comment ? Tu n'as pas l'air très bien, Viola.

Et maintenant c'est moi qui détourne la tête, tirant inconsciemment sur la manche de ma chemise.

– Le manque de sommeil, c'est tout.

Mais il y a quelque chose de bizarre, de pas tout à fait sincère qui traîne dans l'air entre nous.

Je fouille dans mon sac, et lui tends mon comm.

– Pour remplacer le tien. J'en prendrai un autre en revenant.

– Tu retournes là-bas ? fait-il surpris.

– Il le faut. C'est la guerre totale maintenant, et c'est ma faute. C'est moi qui ai tiré le missile. Il faut que j'arrange les choses.

Et je me sens mal parce que je n'arrête pas de revoir ça dans mon esprit. Todd sain et sauf sur l'écran, pas mort après tout, et l'armée qui se retire hors de portée des feux tournoyants.

L'attaque était terminée.

Mais j'ai tiré quand même.

Et j'ai entraîné Simone et Bradley et tout le convoi dans la guerre, une guerre qui maintenant pourrait devenir dix fois pire.

– J'aurais fait pareil, Viola, répète Todd.

Et je sais qu'il ne dit rien d'autre que la vérité.

Mais comme il me serre encore dans ses bras avant que je parte, je ne peux pas m'empêcher d'y penser, encore et encore.

Si c'est ce que Todd et moi nous ferions l'un pour l'autre, est-ce juste pour autant ?

Ou bien cela nous rend-il dangereux ?

## [TODD]

Les jours qui suivent sont calmes à faire peur.

Une nuit et un jour se passent après l'attaque des toupies enflammées et rien ne se passe. Rien des Spackle sur la colline, même si on voit leur campement se refléter dans la nuit. Rien du vaisseau éclaireur non plus. Viola leur a tout dit sur le Maire, quel genre d'homme c'est. Ils vont attendre qu'il vienne à eux, je pense, et faire passer leurs messages par moi. Mais le Maire semble pas pressé. Pour quoi faire ? Il a eu ce qu'il voulait sans même avoir à demander.

Il a juste placé une garde fortement armée autour du seul grand réservoir de New Prentissville, dans une rue secondaire qui donne sur la place. Des soldats ont également commencé à réquisitionner la nourriture de la ville pour l'entreposer dans une vieille écurie près du réservoir. Le tout sous son contrôle, bien sûr, et au bord du nouveau camp.

Sur la place.

Je pensais qu'il allait occuper des maisons à proximité, mais il a dit qu'il préférait une tente et un feu, que ça sentait plus la vraie guerre à l'air libre avec le REURR de l'armée tout autour de lui. Il a même pris l'un des uniformes de M. Tate et l'a fait retailler à ses mesures pour redevenir un super général en chef.

Et il a fait dresser une tente pour moi, face à la sienne et à celle des capitaines. Comme si je faisais partie de ses hommes les plus importants. Comme si je valais la vie qu'il était revenu sauver. Il m'a même fait installer un lit de camp pour que je puisse dormir, enfin dormir après être resté éveillé pendant deux jours continus de bataille. C'était presque gênant de dormir, pratiquement impossible en plein milieu d'une guerre. Mais j'étais si fatigué, j'ai dormi quand même.

Et j'ai rêvé d'elle.

D'elle quand elle est venue après l'explosion et comment je l'ai tenue quand elle était bouleversée et comment ses cheveux sentaient un peu mauvais et comment ses habits sentaient la sueur et comme elle était à la fois brûlante et glacée, mais c'était elle, c'était elle dans mes bras –

– Viola, je prononce en me réveillant, mon haleine faisant de la buée dans le froid.

Je respire très fort pendant une seconde ou deux, puis je me lève et sors de la tente. Je me dirige tout droit vers Angharrad et presse mon visage contre son flanc chaud de cheval.

– Bonjour, j'entends.

Je lève les yeux. C'est le jeune soldat qui nourrit Angharrad depuis que nous campons, il lui apporte de l'avoine.

– Bonjour, je réponds.

Il me regarde pas vraiment, plus âgé que moi mais timide. Il passe une musette sur les oreilles d'Angharrad, et une autre sur celles de Jolly Juliet, le cheval que le Maire a pris à M. Morgan en remplacement de Marbeth, une jument autoritaire qui cherche à mordre tout ce qui passe.

Obéis ! dit-elle au soldat.

– Obéis toi-même, je l'entends bougonner.

Et ça me fait ricaner, à cause que c'est ce que je lui dis, moi aussi.

Je caresse le flanc d'Angharrad, renoue sa couverture pour qu'elle ait assez chaud.

Garçon poulain, dit-elle. Garçon poulain.

Elle est toujours pas bien. Elle lève presque plus la tête et j'ai même pas essayé de la monter depuis qu'on est revenus en ville. Mais, au moins, elle reparle. Et son Bruit hurle plus.

Hurle plus la guerre.

Je ferme les yeux.

(*Je suis le Cercle et le Cercle est moi*, je pense, léger comme une plume –)

(à cause qu'on peut faire taire son Bruit pour soi-même, aussi –)

(faire taire le hurlement, faire taire l'agonie –)

(faire taire tout ce qu'on a vu et qu'on veut plus jamais revoir –)

(et ce *hmm* – toujours en arrière-plan, senti plus qu'entendu –)

– Tu penses que quelque chose va bientôt arriver ? demande le soldat.

Je rouvre les yeux.

– Si rien ne se passe, personne ne meurt.

Il hoche et détourne la tête.

– James, lâche-t-il.

Et à travers son Bruit, je sens qu'il me dit son nom pour offrir son amitié, celle de quelqu'un dont les amis sont morts.

– Todd, je réponds.

Il capte mon regard un instant, puis se retourne et part très vite, comme appelé par une nouvelle tâche.

À cause que le Maire sort de sa tente.

– Bonjour, Todd, lance-t-il, étirant ses bras.

– Bon en quoi ? je rétorque, exaspéré par son sourire stupide.

– Je sais, l'attente est pénible. Surtout quand un fleuve pourrait tous nous noyer.

– Alors, pourquoi on partirait pas ? Viola m'a dit une fois qu'il y avait d'anciennes colonies sur l'océan. On pourrait se regrouper là-bas, et…

– Parce que c'est *ma* ville, Todd, répond-il en se versant une tasse du café qui chauffe sur le feu. La quitter voudrait dire qu'ils ont gagné. C'est ainsi que se joue ce jeu. Ils ne vont pas ouvrir leur barrage parce qu'ils savent que d'autres missiles viendraient en réponse. Alors chacun va chercher un autre moyen de livrer cette guerre.

– Ce sont pas vos missiles.

– Non, mais ce sont les missiles de Viola, ricane-t-il. Et nous savons maintenant jusqu'où elle peut aller pour te protéger.

– Monsieur le Président ?

C'est M. Tate qui revient de sa patrouille de nuit et s'avance avec un vieil homme que j'ai jamais vu.

– Un représentant demande audience.

– Un représentant ? ironise le Maire, d'un air faussement impressionné.

– Oui, monsieur, dit le vieil homme, qui tient son chapeau entre ses mains et ne sait trop où poser les yeux. De la ville.

Moi et le Maire on regarde automatiquement les bâtiments qui entourent la place et les rues qui en rayonnaient. La ville a été désertée depuis la dernière attaque spackle. Et pourtant. Dans la grand-rue, passé les ruines de la cathédrale, il y a une file de gens au loin, des vieux surtout, mais aussi une ou deux jeunes femmes, avec une qui tient un enfant par la main.

– Nous ne savons pas vraiment ce qui s'est passé, continue le vieillard. Nous avons entendu les explosions de la bataille et nous avons couru…

– La guerre, voilà ce qui se passe, dit le Maire. L'événement qui définit l'avenir de tous, voilà ce qui se passe.

– Ah, oui…, bredouille le vieil homme. Mais alors le fleuve s'est asséché…

– Et maintenant vous vous demandez si la ville ne serait pas plus sûre, après tout, non ? Et comment t'appelles-tu donc, représentant ?

– Shaw.

– Eh bien, monsieur Shaw, nous vivons des heures extraordinairement graves, où ta ville et ton armée ont besoin de toi.

Les yeux de M. Shaw ricochent nerveusement entre moi, M. Tate et le Maire.

– Nous sommes bien certainement prêts à aider nos braves dans la bataille, dit-il en tortillant son chapeau.

Le Maire acquiesce, comme pour l'encourager.

– Mais il n'y a plus d'électricité, n'est-ce pas ? Plus depuis que la ville a été abandonnée ? Plus de chaleur ? Plus moyen de faire cuire de la nourriture ?

– Non, monsieur.

Le Maire reste silencieux un instant, puis :

– Alors je vais vous dire, monsieur Shaw. Je vais demander à mes hommes de redémarrer la centrale énergétique, voir si nous pouvons rallumer la lumière, au moins dans un secteur de la ville.

M. Shaw paraît stupéfait.

– Oh, merci, monsieur le Président. Je voulais seulement demander s'il serait possible de...

– Non, non, ne me remerciez pas. Après tout, pour qui croyez-vous que nous nous battons, sinon pour vous ? En revanche, je me demande si nous pouvons compter sur votre aide, sur l'aide des habitants, pour qu'ils fournissent l'approvisionnement indispensable à nos premières lignes. Je parle de nourriture, essentiellement, mais aussi du rationnement de l'eau. Nous sommes tous sur le même navire, monsieur Shaw. Et l'armée n'est rien sans un soutien efficace à l'arrière.

M. Shaw est tellement surpris qu'il a du mal à articuler :

– Euh, bien sûr, monsieur le Président. Merci, merci.

– Capitaine Tate ? Pourriez-vous envoyez une équipe du génie avec M. Shaw pour qu'ils empêchent ces gens que nous protégeons de mourir de froid ?

Je dévisage le Maire, abasourdi, tandis que M. Tate emmène M. Shaw.

– Comment vous pouvez leur donner du chauffage quand on a juste des feux de camp ? Et ces soldats, vous en avez besoin !

– Parce que, mon cher Todd, nous avons plus d'une bataille à livrer.

Il regarde M. Shaw apporter la bonne nouvelle aux autres.

– ... Et j'ai bien l'intention de toutes les gagner.

[VIOLA]

– Bien, dit Maîtresse Lawson en refaisant mon bandage. Nous savons que le bracelet doit pousser dans la chair de l'animal qui le porte et y rester définitivement, et que si nous l'ôtons, ses composants chimiques nous empêcheront d'arrêter le saignement. Mais si nous ne touchons pas au bracelet, il est aussi supposé guérir et ce n'est pas du tout ce qui t'arrive.

Je suis couchée dans la chambre de soins du vaisseau éclaireur, un endroit où j'ai passé bien plus de temps que je ne l'aurais voulu depuis mon retour. Les remèdes de Maîtresse Lawson empêchent l'infection d'empirer, mais c'est tout. J'ai toujours de la fièvre, et le bracelet brûle toujours, suffisamment pour me ramener sur ce lit.

Comme si ces deux jours n'avaient pas été assez durs.

J'ai été surprise par l'accueil qui m'a été fait sur la colline. Il commençait à faire sombre, mais les gens de la Flèche m'ont vue arriver à la lueur des feux de camp.

Et ils m'ont acclamée. Des gens que je connais comme Magnus et Maîtresse Nadari et Ivan sont venus caresser les flancs d'Acorn et dire des choses comme : « Ça leur apprendra ! » ou « Bien joué ! » Pour eux, tirer le missile, c'était le meilleur choix possible. Même Simone m'a dit de ne pas m'en faire.

Et Lee aussi.

– Ils ne s'arrêteront jamais si on ne leur montre pas qu'on peut les repousser, me dit-il plus tard, assis près de moi sur une souche d'arbre pendant que nous prenions notre dîner.

Je l'ai observé, ses blonds cheveux raides touchant le col de son manteau, ses grands yeux bleus réfléchissant le clair des lunes, la douceur de sa peau à la base de son cou –

Enfin, bon.

– Mais ils pourraient bien recommencer, et pire encore, dis-je un peu trop fort.

– Tu devais le faire. Tu devais le faire pour Todd.

Et dans son Bruit aussi, j'ai senti qu'il aurait voulu passer son bras autour de moi.

Mais il ne l'a pas fait.

Bradley, en revanche, ne voulait même plus me parler. Il n'en avait pas besoin. Petite égoïste et la vie de milliers de gens et laisser un enfant nous entraîner dans une guerre et toutes sortes de choses bien plus grossières dans son Bruit qui me giflent chaque fois que je m'approche de lui.

– Je suis juste furieux, dit-il. Je suis désolé que tu doives entendre tout cela.

Mais il n'a pas dit qu'il était désolé de le penser et il est resté cloîtré tout le lendemain dans le cockpit pour informer le convoi sur ce qui était arrivé.

Ce jour-là je suis restée couchée bien plus que je ne l'aurais souhaité, et je n'ai même pas pu parler à Maîtresse Coyle. Simone est sortie à sa recherche et finalement elle a passé l'après-midi avec elle à organiser des équipes pour trouver de l'eau, et aménager un secteur toilettes, utilisant les incinérateurs chimiques du vaisseau éclaireur, prévus pour les premiers colons.

Typique de Maîtresse Coyle. Mettre la main sur tout ce qui peut lui être utile.

Et cette nuit la fièvre a empiré, et je suis encore là ce matin, alors qu'il y a tellement à faire dehors, tellement à faire pour essayer de remettre ce monde sur la bonne voie.

– Vous ne devriez pas perdre tout ce temps avec moi, Maîtresse Lawson, dis-je. J'ai choisi de porter ce bracelet. Je savais qu'il y avait un risque et…

– Si cela t'arrive à toi, réplique-t-elle, tu imagines la situation de ces femmes qui se cachent encore et n'ont pas eu de choix ?

Un frisson me traverse.

– Vous ne pensez pas… ?

VIOLA, j'entends dans le couloir. Viola MISSILE Viola SIMONE Bruit stupide –

Bradley passe la tête par la porte.

– Je crois que vous feriez mieux de sortir, dit-il. Toutes les deux.

Je m'assieds sur le lit, mais j'ai tellement le vertige que je dois attendre un peu avant de pouvoir me lever. Bradley entraîne déjà Maîtresse Lawson hors de la chambre.

– Ils ont commencé à remonter la colline il y a une heure environ, dit-il. Par deux et par trois d'abord, mais maintenant…

– Qui donc ? je demande, les suivant sur la rampe pour rejoindre Lee, Simone et Maîtresse Coyle en bas.

Sur le plateau, il y a maintenant trois fois plus de monde qu'hier. Des groupes de tous les âges, dans un état pitoyable. Certains, sortis du lit quand les Spackle ont attaqué, sont en pyjama ou en chemise de nuit.

– Y en a-t-il qui nécessitent des soins ? demande Maîtresse Lawson, et sans attendre une réponse, elle se dirige aussitôt vers le groupe le plus important.

– Mais pourquoi viennent-ils ici ? je demande.

– J'ai parlé à certains d'entre eux, dit Lee. Les gens ne savent pas qui les protégera le mieux, le vaisseau éclaireur, ou l'armée en ville. (Il jette un regard vers Maîtresse Coyle.) Quand ils ont su que la Flèche était ici, beaucoup se sont décidés à venir.

– Combien ? je demande, front plissé.

– Il doit bien y en avoir cinq cents, dit Simone. Nous n'avons absolument pas les ressources suffisantes, ni en eau, ni en nourriture.

– La Flèche les a, pour l'instant du moins, dit Maîtresse Coyle. Mais vous pouvez être sûrs qu'il va en arriver d'autres. (Elle se tourne vers Bradley et Simone.) Je vais avoir besoin de votre aide.

*Comme si fallait nous le demander*, grésille le Bruit de Bradley, qui réplique aussitôt :

– Le convoi estime également que notre mission est d'abord humanitaire.

Il nous fixe, Simone et moi, et son Bruit grésille encore plus fort.

Maîtresse Coyle acquiesce.

– Nous devrions sans doute nous réunir pour discuter des meilleures solutions à trouver. Je vais appeler les guérisseuses et…

– Et nous inclurons dans ces discussions le moyen de signer un nouveau pacte avec les Spackle, je coupe.

– Sujet épineux, ma fille. Tu ne peux pas juste aller faire un petit tour là-bas et demander à faire la paix.

– Et vous ne pouvez pas non plus vous contenter de ne rien faire en attendant que la guerre s'aggrave.

– Des idéaux, ma fille. Toujours plus facile d'y croire que de les vivre.

– Mais si vous n'essayez même pas, intervient Bradley, auquel cas, ce n'est plus la peine de vivre.

– Encore un idéal, ironise Maîtresse Coyle.

– Excusez-moi, dit une femme en s'approchant du vaisseau. (Elle nous dévisage nerveusement, avant de poser son regard sur Maîtresse Coyle.) Vous êtes la guérisseuse, n'est-ce pas ?

– C'est exact, réplique celle-ci.

– Une guérisseuse, je corrige, parmi d'autres.

– Pouvez-vous m'aider ? demande la femme.

Et elle retrousse sa manche, révélant un

bracelet tellement infecté que même moi je sais qu'elle a déjà perdu son bras.

[TODD]

– *Toute la nuit, ils n'ont pas cessé d'arriver,* me dit Viola sur le comm. *Ils sont trois fois plus nombreux, maintenant.*

– Même chose ici, je réponds.

L'aube va se lever, M. Shaw a parlé hier au Maire, et les gens de la ville sont arrivés sur la colline de Viola au même moment, et il y en a encore bien plus qui ressurgissent de partout. Mais plutôt des hommes en ville, et des femmes sur la colline. Pas seulement, mais surtout.

– *Alors le Maire a eu ce qu'il voulait*, soupire Viola, et même sur ce tout petit écran, je vois bien comme elle est encore pâle. *Hommes et femmes séparés.*

– Tu vas bien ?

– *Ça va, oui,* répond-elle un peu vite. *Je te rappellerai plus tard, Todd. La journée ne s'annonce pas facile.*

On raccroche, et je sors de ma tente et je trouve le Maire qui m'attend déjà avec deux tasses de café. Il m'en tend une. J'hésite, puis la prends. Nous restons tous les deux debout à boire, à essayer de faire descendre un peu de chaleur en nous. Le ciel devient plus rose. Même si tôt, on voit quelques lumières dans plusieurs grands bâtiments où les hommes du Maire ont remis de l'énergie, pour que les gens de la ville puissent se réchauffer.

Le Maire scrute le sommet de la colline

spackle, toujours dans la moitié sombre du ciel, cachant une armée invisible plus loin. Et je me rends compte seulement maintenant, pendant ces quelques minutes où l'armée du Maire dort encore, qu'on entend quelque chose d'autre que leur REURR endormi, quelque chose de faible et de lointain.

Les Spackle ont un REURR, eux aussi.

– Leur voix..., dit le Maire. Et à mon avis, il s'agit vraiment d'une seule et grande voix, développée pour s'adapter parfaitement à ce monde, pour les garder tous connectés entre eux. (Il avale une petite gorgée de café.) On l'entend parfois, quand la nuit est calme. Tous ces individus, parlant comme un seul. Comme la voix du monde tout entier, à l'intérieur de ta tête.

Il continue à examiner la colline d'une façon étrange, inquiétante.

– Et vos espions, ils savent rien de nouveau ?

Il reprend une gorgée mais ne répond pas.

– ... Ils peuvent pas trop s'approcher, hein ? Sinon, les autres entendront nos propres plans ?

– Oui, c'est bien le problème, Todd.

– Mais M. Tate et M. O'Hare, ils ont pas de Bruit, eux.

– J'ai déjà perdu deux capitaines. Je ne peux pas me permettre d'envoyer les deux derniers.

– Vous avez pas détruit tout le remède ? Vous pourriez en donner aux espions ?

Il reste silencieux. Et soudain, je réalise.

– Quoi ? Vous avez tout... ?

Il dit toujours rien.

– Mais pourquoi ? je demande, regardant les soldats autour de nous qui se réveillent, et le

REURR commence déjà à monter. Les Spackle peuvent nous entendre. Vous auriez pu avoir un avantage ?

– J'ai d'autres avantages. Par ailleurs, il en est un autre parmi nous qui pourrait bientôt se montrer fort utile en matière d'espionnage.

Je fronce les sourcils.

– Jamais je travaillerai pour vous. Jamais.

– Mais tu travailles déjà pour moi, mon garçon. Et depuis plusieurs mois, si je ne m'abuse.

Je sens la colère bouillir en moi, mais je me contiens à cause que James arrive avec la musette d'avoine d'Angharrad.

– Je m'en occupe, dis-je, en reposant mon café.

Il me tend la musette et je la passe doucement sur la tête d'Angharrad.

Garçon poulain ? elle demande.

– Tout va bien, je chuchote dans son oreille, la caressant du bout des doigts. Mange, fifille.

Ça prend encore une bonne minute, et puis ses mâchoires commencent à bouger.

– Bonne fille, je dis.

James est toujours là, il me regarde fixement, la main toujours tendue après m'avoir donné la musette.

– Merci, James, dis-je.

Mais il reste là, les yeux fixes, sans ciller.

– J'ai dit, merci. Et alors je l'entends.

C'est difficile à capter dans le REURR de tous les autres Bruits, même celui de James, qui pense à sa vie en amont du fleuve avec son père et son frère et comment il a rejoint l'armée quand elle est passée à cause que c'était ça ou mourir en la combattant et le voilà, dans une guerre contre les Spackle, mais il est heureux maintenant, heureux de combattre, heureux de servir le Président –

– N'est-ce pas, soldat ? dit le Maire, en sirotant une autre gorgée de café.

– Oui, monsieur, fait James, sans ciller. Très heureux.

À cause que là-dessous il y a un petit *bzzz*, le Bruit du Maire qui se glisse dans celui de James, s'y entortille comme un serpent, le transforme en quelque chose de pas trop désagréable pour lui, mais qui lui appartient quand même pas.

– Vous pouvez disposer, dit le Maire.

– Merci, monsieur, fait James, en clignant des yeux et en laissant retomber son bras.

Il me jette un petit sourire bizarre et retourne au milieu du camp.

– Mais vous pouvez pas… je souffle. Pas tous ! Vous avez dit que vous veniez juste d'apprendre à contrôler les gens. C'est bien ce que vous avez dit, non ?

Il répond pas, se retourne vers la colline.

Je le dévisage, essayant de mieux comprendre.

– Mais vous devenez plus fort, je murmure. Et s'ils sont guéris…

– Le remède masquait tout, en fait. Il les rendait, comment dire, plus difficiles à atteindre. Il faut un bon levier, pour manipuler un homme. Et le Bruit fait un excellent levier, finalement.

Je regarde autour de nous.

– Mais vous en avez pas besoin. Ils vous suivent de toute façon.

– Oui, bien sûr, Todd. Mais cela n'empêche pas qu'ils soient ouverts à la suggestion. Tu as certainement remarqué avec quelle rapidité ils ont obéi à mes ordres durant la bataille.

– Vous travaillez à contrôler toute une armée... Tout un monde !

Il sourit. Son sourire.

– À t'entendre, on imaginerait je ne sais quelle sinistre entreprise. Rassure-toi, je ne m'en servirai que pour notre bien à tous.

Un bruit de pas résonne derrière nous, des pas précipités. C'est M. O'Hare, tout essoufflé, le visage en feu.

– Ils ont attaqué nos agents ! halète-t-il. Un homme seulement est rentré de chaque mission, au nord et au sud. Sûrement épargné pour nous dire ce qui s'est passé. Les Spackle ont massacré les autres.

Le Maire fait la grimace et se retourne vers la crête.

– Alors, marmonne-t-il, c'est ainsi qu'ils jouent leur partie.

– Et ça veut dire quoi ? je demande.

– Attaques par la route nord et les collines sud. Première étape vers l'inéluctable.

– *L'ilénuctable* quoi ?

Il hausse les sourcils.

– Ils nous encerclent, c'est évident.

## [VIOLA]

Fille pouliche, salue Acorn, et je lui donne une pomme que j'ai volée dans la tente de cantine. Il est cantonné en lisière des bois, là où Wilf a parqué tous les animaux de la Flèche.

– Il ne t'embête pas trop, Wilf ?

– Nan, m'dame, fait-il, attachant des musettes de nourriture pour les bœufs à côté d'Acorn.

Wilf, ils disent en mangeant. Wilf, Wilf.

Wilf, dit Acorn, flairant ma poche à la recherche d'une autre pomme.

– Où est Jane ? je demande, regardant autour de moi.

– Avec les Maîtresses, à distribuer la neurriture.

– Bon, ça, c'est bien elle. Mais tu n'aurais pas vu Simone ? J'ai besoin de lui parler.

– Partie chasser avec Magnus. J'einteindu Maîtresse Coyle lui dire d'eu l'faire.

Depuis que les gens de la ville sont apparus, la nourriture est devenue notre problème le plus urgent. Maîtresse Lawson, comme d'habitude, est en charge de l'inventaire. Elle a organisé des relais pour nourrir les gens qui arrivent, mais les stocks de la Flèche ne vont pas durer éternellement. Magnus a pris la tête d'expéditions de chasse pour compenser.

Maîtresse Coyle, pendant ce temps-là, ne quitte plus les tentes médicales, soignant les femmes aux bras infectés. Leur état varie énormément. Certaines sont tellement malades qu'elles tiennent à peine debout. Pour d'autres, ce n'est rien de plus qu'une grosse crise d'eczéma. Mais toutes les femmes ont l'air touchées. Todd dit que le Maire fait donner des soins aux femmes en ville aussi, s'inquiétant des bracelets qu'il a fait poser lui-même, disant qu'il fera tout son possible pour les aider, n'ayant absolument pas voulu cela.

De quoi me donner encore plus la nausée.

– Je devais être dans la chambre de soins quand elle est partie, dis-je en sentant la brûlure de mon bras, et la fièvre qui revient peut-être. Bon, je suppose que je vais devoir parler à Bradley.

Je prends la direction du vaisseau éclaireur, et j'entends Wilf dire « Beunne chaince ».

Je guette le Bruit de Bradley, toujours plus fort que celui de n'importe quel homme ici, quand j'aperçois ses pieds qui dépassent de l'avant du vaisseau, un panneau sur le sol et des outils partout.

Moteur, il pense. Moteur et guerre et missile et manque de nourriture et Simone me regarde même pas et Y a quelqu'un ?

– Quelqu'un ? demande-t-il, s'extrayant de sous le fuselage.

– Oui, c'est juste moi.

Viola, il pense.

– Quelque chose que je puisse faire pour toi ? dit-il bien trop sèchement à mon goût.

Je lui répète ce que Todd m'a dit à propos des Spackle et des espions du Maire, et que les Spackle ont peut-être commencé à bouger.

– Je vais voir ce que je peux faire pour rendre les modules plus efficaces, soupire-t-il avec un regard sur le camp qui entoure maintenant le vaisseau éclaireur par tous les côtés, les tentes de fortune qui se dressent aussi après la ligne des arbres. Nous devons les protéger. C'est notre devoir, maintenant que nous sommes entrés dans l'escalade.

– Je suis désolée, Bradley. Mais je ne pouvais vraiment pas faire autrement.

Il me regarde durement.

– Bien sûr que si, lâche-t-il.

Puis, se remettant sur pied :

– Oui, tu le pouvais. Certaines décisions sont terriblement difficiles, jamais impossibles.

– Et si cela avait été Simone, au lieu de Todd, là-bas ?

Et Simone remplit tout son Bruit, ses sentiments profonds pour elle, des sentiments probablement pas réciproques.

– Tu as raison... Oui, je ne sais pas. J'espère que j'aurais fait le bon choix. Mais, Viola, c'est un choix. Dire que tu n'as pas le choix, c'est nier ta responsabilité, et ce n'est pas ainsi que doit agir une personne intègre.

Une enfant, dit son Bruit. UNE ENFANT, et sa voix s'adoucit.

– Et je pense que tu es quelqu'un d'intègre.

– Vraiment ?

– Bien sûr. Ce qui importe, c'est d'assumer ses responsabilités. Et d'en tirer la leçon. Et de s'en servir pour rendre les choses meilleures.

Et je me souviens de Todd disant : *ce n'est pas comment nous tombons. C'est comment nous nous relevons.*

– Je sais, Bradley. J'essaye de rendre les choses meilleures.

– Je te crois. J'essaye, moi aussi. Tu as tiré le missile, mais nous t'avons permis de le faire. (Et j'entends de nouveau Simone dans son Bruit, avec des piquants de difficulté tout autour.)... Demande à Todd de dire au Maire que nous ne ferons rien sauf pour sauver des vies, que nous travaillons pour la paix, rien d'autre.

– C'est ce que je lui ai déjà dit.

J'ai l'air tellement sincère qu'il sourit. Enfin. Et j'attendais tellement ce sourire que je sens comme une pierre bondir dans ma poitrine. Parce que son Bruit sourit, lui aussi. Un tout petit peu.

Nous regardons Maîtresse Coyle sortir d'une tente de soins, du sang sur son tablier.

– Malheureusement, dit Bradley, je crois que le chemin de la paix passe par elle.

– Oui, mais elle a toujours l'air tellement occupé. Trop pour parler.

– Peut-être que tu devrais t'y mettre aussi, alors. Si tu t'en sens la force.

– Peu importe ce que je sens. Je dois le faire. (Je regarde vers l'enclos aux animaux.) Et je crois que je sais à qui demander de l'aide.

[TODD]

*Mon fils bien-aimé*, je lis. *Mon fils bien-aimé.*

Les mots que maman utilise au début de chaque page de son journal, mots écrits pour moi juste avant et après ma naissance, qui disent tout ce qui leur est arrivé, à elle et à papa. Je suis dans ma tente, et j'essaye de les déchiffrer.

*Mon fils bien-aimé.*

Mais ce sont à peu près les seuls mots que j'arrive à lire dans tout ce charabia. Je descends mes doigts jusqu'au bas de la page, et même chose pour la suivante, fixant le serpent de mots qui se déroule indéfiniment.

Maman, qui parle et qui parle.

Et je ne l'entends pas.

Je recognais mon nom, par-ci, par-là. Et celui de Cilian. Et celui de Ben. Et mon cœur commence à faire un peu mal. Je veux entendre maman parler de Ben, de Ben qui m'a élevé, de

Ben que j'ai perdu, deux fois, et je veux entendre encore sa voix.

Mais je peux pas –

(feuttu crétin)

Et puis Manger? j'entends.

Je repose le journal, passe ma tête hors de la tente.

Angharrad, qui me regarde.

Manger, Todd?

Je me lève aussitôt et je la rejoins, hochant la tête.

À cause que c'est la première fois qu'elle dit mon nom depuis –

– Bien sûr, fifille. Je vais te chercher ça, tout de suite.

Elle pousse son nez contre ma poitrine, comme pour jouer, et mes yeux se mouillent de soulagement.

– Je reviens tout de suite.

Je regarde autour de moi, mais je vois James nulle part. Je passe devant le feu de camp, où le Maire fronce les sourcils en écoutant les nouveaux rapports de M. Tate.

Il a plus trop d'hommes disponibles, mais après l'attaque subie par les espions ce matin, il a dit plus avoir le choix, qu'il devait envoyer des petites escouades au nord et au sud avec ordre de continuer jusqu'à ce qu'ils entendent le REURR des Spackle, puis de camper là, assez loin pour que les Spackle sachent qu'on les laisserait pas débouler sur la ville et nous écraser par surprise. Au moins, ils nous préviendront si l'invasion est en marche, même s'ils peuvent rien pour l'arrêter.

Je pénètre dans le campement, jetant un coup

d'œil de l'autre côté de la place où le réservoir dépasse du magasin d'alimentation, des bâtiments que j'avais jamais remarqués avant qu'ils prennent sens de vie ou de mort.

Je vois James en sortir.

– Hé ! je l'appelle. Angharrad a besoin d'un peu plus d'avoine.

Il me regarde, surpris.

– Plus ? Mais elle a déjà eu sa ration, aujourd'hui.

– Oui, mais elle sort à peine du choc de la bataille et tout ça. En plus, j'ajoute en me grattant l'oreille, c'est la première fois qu'elle demande.

Il me jette un sourire entendu.

– Tu dois faire attention, Todd. Les chevaux savent en profiter. Tu commences à la nourrir chaque fois qu'elle demande, et elle va demander tout le temps.

– Oui, mais…

– Tu dois lui montrer qui est le patron. Dis-lui qu'elle a déjà eu sa pitance aujourd'hui, et qu'elle en aura une autre demain matin, comme tout le monde.

Il sourit toujours, son Bruit est toujours amical, mais le mien commence à gratter un peu.

– Montre-moi où c'est et je lui donnerai moi-même.

Il fronce légèrement les sourcils.

– Todd…

– Elle en a *besoin*, j'insiste, plus fermement. Elle se remet d'une blessure…

– Moi aussi. (Il relève le bord de sa chemise. Une brûlure lui traverse tout le ventre.) Et je n'ai mangé qu'une fois, ce matin.

Et je comprends ce qu'il dit et je vois bien qu'il

n'y a rien de méchant là-dedans, mais il y a aussi Garçon poulain? dans mon Bruit et je me rappelle comment elle a hurlé quand elle a été touchée et le silence qui a suivi et les quelques mots que j'ai réussi à obtenir d'elle et encore c'est pratiquement rien par rapport à avant et si elle veut manger alors purain je vais lui donner à manger et ce petit pisseux va aller me chercher ça à cause que je suis le Cercle et le Cercle est moi –

– Je vais t'en chercher, dit-il –

Et il me regarde –

Et il cille pas –

Et je sens quelque chose qui se tord, sinue et s'enroule invisible dans l'air –

Et c'est entre mon Bruit et son Bruit –

Et il y a un léger *bzzz* –

– … J'y vais tout de suite, dit-il, les yeux fixes. Je vous le rapporte.

Et il se retourne et part vers le magasin.

J'entends toujours le *bzzz* rebondir à travers mon Bruit, difficile à suivre, difficile à saisir, comme une ombre qui vient chaque fois de quitter l'endroit où je la cherche –

Mais peu importe –

Je voulais qu'il le fasse, je voulais que ça se fasse –

Et voilà.

Je l'ai contrôlé. Juste comme le Maire.

Je le regarde marcher, vers le magasin, comme si c'était son idée à lui.

Mes mains tremblent.

Purain.

– Vous êtes celle ici qui en sait le plus sur le pacte, dis-je. Vous étiez une dirigeante de New Prentissville alors, et il n'y a pas…

– J'étais une dirigeante de Haven, ma fille, corrige Maîtresse Coyle, sans lever les yeux du comptoir où nous distribuons de la nourriture à toute une file de gens. Je n'ai absolument rien à voir avec New Prentissville.

– Et veuala ! s'exclame Jane à côté de nous, nous perçant les tympans chaque fois qu'elle a déposé la petite ration de légumes et de viande séchée dans les récipients que les gens lui tendent.

La queue s'allonge à travers le plateau, où il reste à peine de quoi étendre un mouchoir. Une ville en plein air, pratiquement, affamée et terrifiée.

– Mais vous avez dit que vous aviez connaissance d'un pacte, j'insiste.

– Évidemment que j'en ai connaissance. J'ai aidé à le négocier.

– Mais alors, vous pourriez le refaire. Dites-moi au moins par quoi vous avez commencé.

– Un brin trop de parleute ! vocifère Jane soucieuse, penchée vers nous. Cé pas de parler qui va les neurrir !

– Désolée, dis-je.

Jane se tourne vers la personne suivante, une mère qui tient sa petite fille par la main.

– Ben ouais, mais c'é que les Métraisses ça met en keulère quand on parle treup ! Et ça retambe tout le teimps sur moi, évidemment !

Maîtresse Coyle soupire et baisse le ton.

– On a commencé par administrer une telle raclée aux Spackle qu'ils étaient obligés de négocier, ma fille. C'est ainsi que marchent les choses.

– Mais…

– Viola, coupe-t-elle en se tournant vers moi, tu te rappelles la terreur de tous ces gens quand ils ont compris que les Spackle attaquaient ?

– Oui, évidemment…

– C'est parce que nous avons été si près d'être exterminés, la dernière fois. Pas quelque chose que l'on puisse un jour oublier.

– Raison de plus pour empêcher que cela se reproduise. Nous avons montré aux Spackle notre réserve de puissance…

– Compensée par le pouvoir qu'ils ont de libérer le fleuve et de détruire la ville. De quoi nous mettre à la merci d'une invasion. C'est l'impasse.

– Mais on ne peut pas se contenter de rester assises là et d'attendre une nouvelle bataille. On ne fait que donner plus d'avantages aux Spackle, et plus au Maire également.

– Ce n'est pas le cas, ma fille.

Sa voix a pris une résonance étrange.

– Comment cela ?

J'entends Jane pousser un gémissement. Elle me souffle bruyamment, l'air catastrophé :

– On va vraimeint avoir des einnuis, tu sais…

– Excuse-moi, Jane, mais je suis sûre que j'ai le droit de parler avec Maîtresse Coyle.

– Mais c'est justemeint elle que ça énerve le plus…

– Oui, Viola, dit-elle, c'est moi que ça énerve le plus.

– Mais que vouliez-vous dire ? poursuis-je à mi-voix pour tranquilliser Jane. Il y a quelque chose de nouveau par rapport au Maire ?

– Patiente, réplique Maîtresse Coyle. Patiente et tu verras.

– Patienter, pendant que les gens meurent ?

– Les gens ne meurent pas…

Elle fait un geste vers la file des visages affamés qui nous dévisagent, surtout des femmes, mais des hommes aussi, et des enfants, tous hagards et comme gênés par leur propre saleté, mais Maîtresse Coyle a raison, ils ne sont pas en train de mourir.

– Au contraire, continue-t-elle. Ces gens vivent, ils survivent ensemble, ils dépendent les uns des autres. Exactement ce dont le Maire a besoin.

Je plisse les yeux.

– Qu'est-ce que vous dites ?

– Regarde autour de toi. La moitié de la planète humaine est ici, la moitié qui n'est pas en bas avec lui.

– Et donc ?

– Évidemment qu'il ne va pas nous laisser ici. Il a besoin de nous pour obtenir une victoire complète. Pas seulement des armes de ton vaisseau, mais de tout le monde, et sans doute du reste du convoi aussi, pour nous gouverner tous, par la suite. En tout cas, c'est ce qu'il pense. Pour l'instant, il campe en bas, il attend que nous venions à lui. Mais un jour viendra, un jour viendra bientôt où c'est lui qui montera nous chercher, ma fille.

Elle sourit et reprend la distribution.

– Et quand viendra ce jour, je serai prête.

## [TODD]

Il fait nuit. J'en ai assez de me tourner et de me retourner sur mon lit, et je sors me réchauffer près du feu de camp. Je peux pas dormir, je pense sans arrêt à ces trucs bizarres qui se sont passés avec James.

Je l'ai contrôlé.

Pendant une minute, oui.

Je sais absolument pas comment.

(mais c'était –)

(c'était puissant –)

(c'était *bon* –)

(ferme-la)

– Tu ne dors pas, Todd ?

Je pousse un grognement, tends mes mains vers le feu. Je le vois de l'autre côté qui m'observe.

– Vous pouvez pas me laisser un peu tranquille ?

Il glousse.

– Et ne pas profiter de ce que mon fils a reçu ?

Mon Bruit grince, surpris.

– Ne me parlez pas de Davy. N'essayez même pas.

Il lève les mains en signe de bonne volonté.

– Je voulais seulement parler de la façon dont tu l'as racheté.

Je suis toujours aussi furieux, mais le mot m'arrête.

– Racheté ?

– Tu l'as changé, Todd Hewitt. Autant et plus même qu'il semblait possible. D'un bon à rien, tu as presque fait un homme.

– On le saura jamais, je gronde. À cause que vous l'avez tué.

– C'est la guerre. Il y a des décisions impossibles à prendre.

– Vous aviez vraiment pas besoin de prendre celle-là.

Il me fixe dans les yeux.

– Peut-être pas. Mais en ce cas, c'est toi qui me l'enseignes. (Il sourit.) Tu me le transmets par ton seul contact, Todd.

Je fronce les sourcils.

– Y a rien sur cette terre, rien qui pourra jamais vous racheter.

Et c'est juste à ce moment-là que toutes les lumières de la ville s'éteignent.

De là où on est, on les voyait groupées de l'autre côté de la place, comme un signal de sécurité pour les habitants –

Et en une seconde elles virent au noir.

Puis on entend un coup de feu qui part d'une autre direxion –

Un seul fusil, tout seul on sait pas comment –

*Bang* et puis *bang* encore –

Et le Maire attrape déjà son fusil et je me retrouve tout de suite derrière lui, à cause que ça vient de la centrale énergétique, d'une route secondaire près du fleuve à sec, et quelques soldats courent déjà dans cette direxion-là, avec M. O'Hare, et il fait plus sombre du fait qu'on s'éloigne du campement, plus sombre et on entend plus rien non plus –

Et on y arrive.

Il y avait seulement deux gardes devant la centrale, plutôt des ingénieurs en fait, à cause que qui voudrait la centrale quand toute l'armée se trouve entre elle et les Spackle –

Mais il y a deux cadavres spackle devant la porte. À côté d'un garde, son corps détaché en trois morceaux, soufflés par les fusils à acide. À l'intérieur, c'est plus rien qu'une ruine, le matériel fondu par l'acide, aussi efficace sur les choses que contre les gens.

On trouve le deuxième garde à une centaine de mètres, au milieu du fleuve, il devait tirer sur les Spackle qui s'enfuyaient.

Il a perdu tout le haut de son crâne.

Le Maire est très mécontent.

– Ce n'est pas ainsi que nous sommes supposés combattre, crache-t-il tout bas. Ils se glissent comme des rats de cave. Ils préfèrent les raids de nuit à une honnête bataille.

– Je vais recevoir le rapport des escouades que nous avons envoyées là-haut, annonce M. O'Hare. On saura où se situe la brèche.

– Faites cela, capitaine, réplique le Maire. Mais je doute qu'ils aient deviné le moindre mouvement.

– Ils voulaient attirer notre attention ailleurs, dis-je. Vers l'extérieur au lieu de l'intérieur. C'est pour ça qu'ils ont tué les espions.

Il m'observe longuement, attentivement.

– Tu as parfaitement raison, Todd.

Puis il se tourne vers la ville obscurcie. Des gens sont sortis en pyjama pour voir ce qui se passe.

— Très bien, murmure le Maire. Si c'est le genre de guerre qu'ils veulent, alors c'est le genre de guerre que je vais leur donner.

# L'ÉTREINTE DE LA TERRE

– *La Terre a perdu une partie d'elle-même,* montre le Ciel, ouvrant les yeux. *Mais le travail est fait.*

Je sens le creux faire écho à travers la Terre, la perte de ceux qui ont mené la petite attaque contre le cœur de la Clairière, ceux qui sont partis sachant qu'ils ne reviendraient probablement pas, mais que par leurs actes la voix de la Terre pourrait peut-être continuer à les chanter.

– *Je donnerais ma propre vie,* je montre au Ciel, tandis que le feu de camp nous réchauffe dans la nuit froide, *si la fin de la Clairière était à ce prix.*

– *Mais quelle perte serait le silence du Retour qui a fait un si long voyage pour nous rejoindre.*

Un si long voyage, oui.

Car j'ai voyagé loin.

Après que le Couteau m'a retiré des corps du Fardeau, après que je lui ai montré mon serment de le tuer, après qu'on a entendu l'approche des chevaux sur la route et qu'il m'a supplié de courir –

J'ai couru.

La ville était alors dans une tourmente de feu, la confusion et la fumée m'ont permis de traverser son extrémité sud sans être vu. Puis je me suis caché jusqu'à la tombée de la nuit, et j'ai remonté la route tortueuse qui sort de la ville. À l'abri des taillis, j'ai grimpé, rampé, zig après zag, et puis comme il n'y avait plus de couvert à gauche j'ai dû me mettre debout et courir, complètement exposé pendant le dernier tronçon, guettant à tout moment le coup de feu qui partirait de la vallée et la balle qui me frapperait à l'arrière du crâne.

Une fin que j'espérais et craignais si fort en même temps.

Mais j'ai atteint la crête.

Et j'ai couru.

J'ai couru vers une rumeur, une légende qui vivait dans la voix du Fardeau. Nous étions de la Terre, mais certains d'entre nous ne l'avaient jamais vue, certains jeunes comme moi, nés pendant la guerre qui a laissé le Fardeau là où la Terre avait promis de ne jamais revenir. Et la Terre, comme ses oxymares, se résumait à des ombres et des fables, des contes et des chuchotements, des rêves du jour où la Terre reviendrait nous libérer tous.

Certains abandonnèrent cet espoir. Certains ne l'avaient même jamais eu, et n'avaient jamais pardonné à la Terre de nous avoir abandonnés.

Certains, et mon un en particulier, plus vieux que moi seulement de quelques lunes et n'ayant donc jamais vu la Terre, il m'avait doucement montré que je devais oublier tout espoir de sauvetage, de toute autre vie que celle que nous pourrions nous forger parmi les voix de la Clairière, me disant cela quand la nuit j'avais peur, me disant que notre jour viendrait, à coup sûr, mais que ce serait notre jour à nous et non celui d'une Terre qui nous avait manifestement oubliés.

Et puis mon un en particulier m'a été enlevé.

Comme le reste du Fardeau.

Me laissant seul pour tenter ma chance.

Alors que faire d'autre, à part courir vers la rumeur ?

Je n'ai pas dormi. J'ai couru à travers les plaines et les forêts, escaladé et descendu les collines, traversé les ruisseaux et les rivières. J'ai couru à travers les colonies de la Clairière, brûlées et abandonnées, cicatrices laissées sur le monde chaque fois que la Clairière le touche. Le soleil se levait et se couchait mais je ne dormais toujours pas, je ne m'arrêtais jamais, même quand mes pieds ont été couverts d'ampoules et de sang.

Mais je n'ai vu personne. Personne de la Clairière, personne de la Terre.

Personne.

J'ai commencé à imaginer que je n'étais pas juste le seul du Fardeau mais le seul de la Terre aussi, que la Clairière avait atteint son but et balayé la Terre de la surface du monde.

Que j'étais vraiment seul.

Et le matin où cette idée m'est venue, un matin où j'étais assis sur la berge d'une rivière, où je regardais partout encore et ne voyais que moi-même, numéro 1017 et sa marque permanente qui lui brûlait le bras –

J'ai pleuré.

Je me suis recroquevillé sur le sol, et j'ai pleuré.

Et c'est là qu'on m'a trouvé.

Ils sont sortis des arbres, de l'autre côté de la route. D'abord quatre, puis six, puis dix. J'ai entendu leurs voix d'abord, mais ma propre voix commençait juste à revenir, juste à me dire qui j'étais, après que la Clairière me l'avait enlevée : je croyais que c'était moi-même qui m'appelais à ma propre mort.

Je l'aurais rejointe sans hésiter. Et puis je les ai vus. Ils étaient plus grands que le Fardeau ne l'a jamais été, ils portaient des javelots et j'ai su aussitôt que c'étaient des guerriers, des soldats qui m'aideraient à me venger de la Clairière, qui redresseraient tous les torts faits au Fardeau.

Et puis ils m'ont envoyé des saluts que j'ai eu du mal à comprendre, mais qui semblaient dire que leurs armes n'étaient que des harpons de pêche, et eux de simples pêcheurs.

Des pêcheurs.

Pas du tout des guerriers. Pas venus chasser la Clairière. Pas venus venger la mort du Fardeau. Des pêcheurs, venus sur le fleuve parce que la Clairière avait abandonné cette partie-là.

Alors je leur ai dit qui j'étais. Je leur ai parlé dans la langue du Fardeau.

Il y a eu un grand choc, un recul stupéfait, et plus que ça aussi –

Il y a eu du dégoût pour le son perçant de ma voix, et le langage que je parlais.

Il y a eu de l'horreur et de la honte pour ce que je représentais.

Et il y a eu un minuscule temps d'arrêt avant qu'ils traversent la route, qu'ils s'avancent pour m'offrir leur aide et leur assistance. Mais ils sont venus, ils m'ont aidé à me remettre sur mes pieds et ils m'ont demandé mon histoire, que je leur ai racontée dans la langue du Fardeau, et ils m'ont écouté avec inquiétude, ils m'ont écouté avec horreur et indignation, m'ont écouté tout en se demandant où ils allaient m'emmener et ce qui se passerait ensuite, mais en m'assurant tout le temps que j'étais l'un d'eux, que j'étais revenu maintenant, que j'étais en sécurité.

Que je n'étais pas seul.

Mais avant qu'ils me disent tout cela, il y avait eu le choc, le dégoût, la terreur et la honte.

Enfin, j'avais trouvé la Terre. Et elle avait peur de me toucher.

Ils m'ont emmené à un campement, loin au sud, à travers une épaisse forêt et par-dessus une crête de collines. Ils étaient des centaines à vivre là dans leurs bivouacs cachés en forme d'oignon, si nombreux et si bruyants et si curieux que j'ai failli repartir en courant.

Je ne leur ressemblais pas ; j'étais plus petit, plus mince, ma peau d'un blanc différent, et ma fourrure de lichen d'un aspect différent aussi. Je ne connaissais pratiquement rien des aliments qu'ils mangeaient ni des chants qu'ils partageaient, ni de leur façon communautaire de dormir. Des souvenirs lointains venus des voix du Fardeau essayaient de me rassurer, mais je me sentais différent. J'étais différent.

Différent surtout par le langage. Le leur était à peine parlé, ils le partageaient si rapidement entre eux que je ne pouvais presque jamais le suivre, comme s'il constituait différentes parties d'un seul esprit.

Ce qu'ils étaient. Un seul esprit, appelé la Terre.

Le Fardeau ne parlait pas ainsi. Obligé d'interagir avec la Clairière, obligé de leur obéir, nous avions adopté leur langue et, encore plus, nous avions adopté leur capacité à déguiser leur voix, à la garder séparée, privée. Une bonne chose pour joindre les autres quand l'intimité n'est plus nécessaire.

Mais il n'y avait plus de Fardeau à joindre.

Et je ne savais pas comment joindre la Terre.

Pendant que je me reposais, m'alimentais et faisais soigner toutes mes blessures sauf la douleur rouge du bracelet 1017, un message passa par la voix de la Terre pour atteindre un Chemin, qui accéléra la transmission jusqu'au Ciel.

Quelques jours plus tard, il est arrivé au campement,

perché sur son oxymare, une centaine de soldats avec lui et plus encore qui allaient le rejoindre.

– *Le Ciel est ici pour voir le Retour*, montra-t-il, me donnant aussitôt mon nom et affirmant ma différence avant même de m'avoir vu en chair et en os.

Puis il posa les yeux sur moi, et c'étaient les yeux d'un guerrier, d'un général et d'un chef.

C'étaient les yeux du Ciel.

Qui me regardaient comme s'ils me connaissaient.

Nous sommes entrés dans un bivouac spécialement isolé pour notre rencontre, ses murs incurvés se rejoignant haut par-dessus nos têtes. J'ai raconté au Ciel l'histoire telle que je la connaissais, jusqu'au moindre détail, de ma naissance dans le Fardeau au massacre de tous, sauf un.

Et pendant que je parlais, sa voix m'entourait d'un chant triste de larmes et de chagrin qui fut repris par tous ceux de la Terre dehors au campement, et peut-être bien dans chaque partie de la Terre sur toute cette planète. Et j'étais dedans, la Terre me plaçant au centre de leurs voix, de leur voix unique, et pendant un instant, un bref instant –

Je ne me suis plus senti seul.

– *Nous te vengerons,* me montra le Ciel.

Et cela, c'était encore plus doux.

– *Et le Ciel tient parole,* me montre-t-il maintenant.

– *C'est vrai. Merci.*

– *Ce n'est qu'un commencement. D'autres événements vont suivre, et ils plairont au Retour.*

– *Et je pourrai peut-être rencontrer le Couteau sur le champ de bataille ?*

Il me dévisage un instant.

– *Toutes choses viendront en temps voulu.*

En l'observant, une part de moi se demande encore

s'il laisse la porte ouverte à une négociation pacifique, une solution qui éviterait un massacre direct de la Clairière. Mais sa voix refuse de répondre à mes doutes et j'ai presque honte d'y avoir pensé, surtout après l'attaque qui nous a privés d'une partie de la Terre.

– *... Le Retour s'est également demandé si j'avais une autre source d'informations...*

Je le fixe, surpris.

– *... Tu observes beaucoup. Mais le Ciel fait de même.*

– *Où cela ? Comment le reste de la Terre n'en sait-il rien ? Comment la Clairière... ?*

– *Le Retour doit maintenant faire entière confiance au Ciel...*

Je sens comme une trace de malaise dans sa voix. Mais aussi une menace.

– *... Et ce lien ne pourra être rompu. Tu dois promettre de faire confiance au Ciel, quoi que tu voies ou entendes. Tu dois comprendre qu'il existe un plan plus vaste et peut-être invisible pour toi. Un but plus large qui implique le Retour.*

J'entends sa voix sonner plus profond.

J'ai l'expérience de toute une vie avec les voix de la Clairière, des voix qui cachent, des voix qui s'entortillent en nœuds alors que la vérité est toujours plus nue qu'ils ne croient, et c'est pourquoi j'ai bien plus d'expérience que le reste de la Terre pour découvrir le caché.

Et dans les profondeurs de sa voix, je vois non seulement que le Ciel, comme le Retour, peut cacher sa voix, mais je distingue aussi une partie de ce qu'il cache –

– *Tu dois me faire confiance*, répète-t-il, en me montrant ses plans pour les jours à venir –

Mais il ne me montre pas sa source d'informations.

Car il sait combien je me sentirai trahi quand il le fera.

## 05 *L'étau*

[TODD]

Du sang partout.

Sur l'herbe du jardin, sur l'allée qui mène à la maison, sur tout le plancher à l'intérieur, bien plus de sang qu'on pourrait imaginer couler de vrais gens.

– Todd ? demande le Maire. Tout va bien ?

– Non, je fais, en contemplant tout ce sang. Qui pourrait aller bien devant ça ?

*Je suis le Cercle et le Cercle est moi*, je pense.

Les attaques spackle, elles arrêtent pas. Chaque jour depuis le premier sur la centrale énergétique, huit jours d'affilée, sans arrêt. Ils attaquent et ils tuent les soldats qui partent forer des puits pour trouver l'eau dont on a tellement besoin. Ils attaquent la nuit et tuent des sentinelles au hasard, en lisière de la ville. Ils ont même fait brûler toute une rue. Personne est mort, mais ils ont mis le feu à une autre rue pendant que les hommes du Maire essayaient d'éteindre le premier incendie.

Et pendant tout ce temps, toujours aucun

renseignement des escouades envoyées au nord et au sud, les deux restent à se tourner les pouces, à rien entendre des mouvements spackle, vers la ville ou revenant d'une nouvelle attaque. Rien non plus des modules de Viola, les Spackle sont jamais là où on les cherche.

Et maintenant, ils ont inventé un nouveau truc.

Des groupes d'habitants, généralement encadrés par un ou deux soldats, sont allés fouiller dans les maisons les plus isolées pour essayer de ramener un peu de nourriture à l'entrepôt.

Ce groupe-là a rencontré des Spackle.

En plein jour.

– Ils nous testent, Todd, commente le Maire qui plisse le front, debout sur le seuil de la maison, un peu à l'est des ruines de la cathédrale. Tout cela relève d'un plan mûrement réfléchi. Crois-moi.

Les cadavres de treize Spackle s'éparpillent dans la maison et la cour. De notre côté, il y a un soldat mort dans la pièce principale et j'aperçois les restes de deux habitants, deux vieux, par la porte de l'arrière-cuisine, et une femme et un garçon morts dans la baignoire où ils se cachaient. Un deuxième soldat est étendu dans le jardin, un médecin s'occupe de lui, mais il a perdu une jambe et il a sûrement plus longtemps à passer sur cette planète.

Le Maire s'avance vers lui et s'agenouille.

– Qu'avez-vous vu, caporal ? demande-t-il de cette voix basse et presque tendre que je connais si bien. Dites-moi ce qui s'est passé.

Le caporal respire par saccades. Ses yeux sont grands ouverts et son Bruit est insupportable à regarder, rempli de Spackle qui l'attaquent, rempli de soldats et d'habitants, rempli surtout de comment il lui manque une jambe et comment il y a pas de retour possible en arrière, plus jamais, jamais.

– Calmez-vous, dit le Maire.

Et j'entends le *bzzz*. Il se glisse dans le bruit du caporal, essaye de l'apaiser, essaye de l'aider à se concentrer.

– Il en arrivait tout le temps, lâche le caporal, cherchant sa respiration entre chaque mot. On tirait. Et ils tombaient. Et il en arrivait un autre.

– Mais vous avez bien dû les entendre arriver, non ?

– Partout, crache le caporal, pliant la nuque en arrière, comme brûlé par un fer rouge.

– Partout, fait le Maire d'une voix toujours calme, mais le *bzz* résonne plus fort. Que voulez-vous dire ?

– Partout, répète le caporal.

Il manque vraiment d'air maintenant, semble parler contre sa volonté, et c'est sans doute le cas.

– Ils sont arrivés. De partout. Trop vite. Courant vers nous. À toute vitesse. Tirant avec leurs bâtons. Ma jambe. MA JAMBE !

– Caporal, reprend le Maire, en durcissant le *bzzz* –

– Il en arrivait tout le temps ! Il en arr…

Et le voilà qui s'en va, son Bruit s'évanouit très vite avant de s'arrêter tout à fait. Il meurt là, sous nos yeux.

(Je suis le Cercle –)

Le Maire se relève, soucieux. Il jette un long regard sur la scène, les cadavres, ces attaques qu'il arrive ni à prévoir ni à arrêter. Il a des hommes autour de lui, qui attendent ses ordres, des hommes qui semblent de plus en plus nerveux, jour après jour, et pas de bataille en face où ils puissent combattre.

– Viens, Todd, lance le Maire, sèchement.

Et il part à grandes enjambées vers les chevaux et je cours derrière lui avant de m'arrêter, réalisant qu'il a aucun droit de me commander.

[VIOLA]

– T'es sûre que t'as rien ? demande Todd sur le comm.

Il monte Angharrad derrière le Maire, quittant le site d'une attaque contre une maison en sortie de ville, la huitième de suite, et je devine l'inquiétude et la fatigue sur son visage, malgré la petite taille de l'écran.

– Ils sont durs à pister, dis-je, encore couchée dans la chambre de soins, avec encore de la fièvre, si souvent que je n'ai même pas pu aller voir Todd. On arrive parfois à en distinguer quelques-uns, mais ils disparaissent aussitôt, on ne peut pas les suivre. Et puis… (Je baisse la voix.) Simone et Bradley gardent les modules plus près du plateau maintenant. Les gens de la ville, ça les rassure.

Et ils en ont besoin. Le plateau est tellement encombré qu'on peut à peine circuler. Des tentes misérables, en couvertures, en sacs-poubelle, en n'importe quoi, elles s'étendent jusqu'en bas sur la grand-route, le long du fleuve à sec. Et nous commençons à manquer de tout. Il y a des cours d'eau pas très loin, où Wilf va remplir les citernes deux fois par jour, et nos problèmes d'eau sont donc moins inquiétants que pour les autres, ceux qui sont restés en ville. Mais nous avons uniquement la nourriture que la Flèche avait prévue pour elle-même, des réserves pour deux cents personnes qui doivent maintenant en alimenter mille cinq cents. Lee et Magnus partent régulièrement en chasse, mais c'est bien peu de chose par rapport aux provisions entreposées à New Prentissville et gardées par des troupes fortement armées.

Ils ont assez de nourriture mais pas assez d'eau.

Nous avons assez d'eau mais pas assez de nourriture.

Mais ni le Maire, ni Maîtresse Coyle ne songeraient à quitter l'endroit où ils se sentent les plus forts.

Pire, les rumeurs se propagent très vite dans un groupe aussi étroitement uni. Après le début des attaques contre la ville, les gens ont commencé à penser que les Spackle allaient bientôt s'en prendre à nous, qu'ils encerclaient déjà le plateau, prêts à refermer l'étau et à tous nous massacrer. Ce n'est pas le cas, et rien n'indique qu'ils se rapprochent de nous, mais les gens n'arrêtent pas de nous demander ce qu'on fait pour les protéger, ils disent que c'est notre responsabilité de protéger tout le monde ici, avant ceux de la ville.

Certains se sont même assis en une sorte de demi-cercle près des portes du vaisseau éclaireur, sans rien dire, juste à observer ce qu'on fait, pour le rapporter aux autres.

Ivan généralement devant. Il a même trouvé un surnom pour Bradley : l'Humanitaire.

Dans la bouche d'Ivan, rien de très amical.

– *Oui, j'imagine très bien*, dit Todd. *L'ambiance est pas meilleure ici.*

– Je te préviendrai s'il se passe quelque chose.

– *Moi aussi.*

– Des nouvelles ? demande Maîtresse Coyle en entrant dans la chambre de soins après que Todd a raccroché.

– Vous n'avez pas à écouter les conversations privées.

– Sur cette planète, il n'existe rien de privé, ma fille. C'est d'ailleurs bien le problème… Et comment va ton bras ? ajoute- t-elle en m'examinant du regard.

Mon bras me fait mal. Les antibiotiques ne font plus d'effet, et les stries rouges recommencent à s'étendre. Maîtresse Lawson m'a fait un nouveau bandage, mais j'ai bien remarqué son air soucieux.

– Ne vous inquiétez pas pour moi. Maîtresse Lawson fait un travail formidable.

Maîtresse Coyle fixe ses pieds.

– Tu sais, j'ai traité les infections avec un certain succès. Il suffirait de…

– Je suis sûre que Maîtresse Lawson s'en tirera très bien. Vous désiriez autre chose ?

Elle pousse un long soupir, manifestement déçue par ma réaction.

Et c'est comme ça depuis ces huit derniers jours. Maîtresse Coyle refuse de faire autre chose que ce qu'elle a décidé de faire. Elle se laisse tellement accaparer par l'organisation du campement – trier la nourriture, soigner les femmes, passer un temps fou avec Simone – que jamais je ne trouve un moment pour lui parler de la paix. Quand par hasard j'arrive à la coincer, les rares fois où je ne suis pas clouée sur ce fichu lit, elle dit qu'elle attend, que la paix ne peut venir qu'au moment voulu, que les Spackle vont finir par bouger et le Maire aussi, et qu'alors seulement nous pourrons intervenir et faire la paix.

Mais on dirait bien que la paix de certains ne correspond pas forcément à la paix de tout le monde.

– Je voulais te parler, ma fille, dit-elle en me fixant droit dans les yeux, peut-être pour voir si je vais éviter son regard.

Au lieu de cela, je réponds :

– Moi aussi, je veux vous parler.

– Alors, laisse-moi commencer.

Et alors, elle dit quelque chose que jamais je n'aurais imaginé, non, jamais.

[TODD]

– Des incendies, monsieur, dit M. O'Hare, une minute après que j'ai raccroché avec Viola.

– Je ne suis pas tout à fait aveugle, capitaine, rétorque le Maire, mais grand merci d'attirer notre attention sur une évidence aussi aveuglante.

On s'est arrêtés sur la route de la ville, à cause que des incendies enflamment l'horizon. Plusieurs fermes abandonnées brûlent au nord de la colline.

Enfin, j'espère qu'elles le sont vraiment, abandonnées.

M. O'Hare nous a rejoints avec une vingtaine de soldats. Ils ont l'air aussi épuisé que moi. Je les observe en lisant leur Bruit. Il y en a de tous les âges mais, jeunes ou vieux, tous ont un regard de vieux, maintenant. Dans ce groupe, j'en vois pas un qui ait vraiment voulu être soldat. Ils y ont été obligés par le Maire, enlevés à leurs familles, leurs fermes, leurs magasins et leurs écoles.

Et ils ont commencé à croiser la mort, tous les jours.

*Je suis le Cercle et le Cercle est moi.*

Je fais ça tout le temps maintenant, cherchant le silence, forçant les pensées et les souvenirs à s'éloigner, et la plupart du temps ça marche vers l'extérieur aussi. Les gens n'entendent pas mon Bruit, je les *entends* ne pas m'entendre, comme M. O'Hare et M. Tate, et je commence à me dire que si le Maire me l'a appris, c'est pour me faire penser que je suis l'un de ses hommes.

Comme si ça pouvait arriver un jour.

J'en ai pas parlé à Viola, pourtant. Je sais pas pourquoi.

Peut-être à cause que je l'ai pas vue. Et ça, c'est ce que j'ai le plus *détesté* pendant ces huit derniers jours. Elle est restée sur le plateau pour surveiller Maîtresse Coyle, mais chaque fois que j'appelle je la trouve couchée sur ce lit, chaque fois plus pâle et plus faible et je sais qu'elle est malade et de plus en plus malade et qu'elle veut pas m'en parler, sûrement pour que je m'inquiète pas, mais je m'inquiète encore plus à cause que si quelque chose va pas, s'il lui arrive quelque chose –

*Je suis le Cercle et le Cercle est moi.*

Et tout se calme un peu.

Je lui dis pas. Je veux pas qu'elle s'en fasse. Je maîtrise.

Garçon poulain ? demande Angharrad, nerveuse.

– Tout va bien, fifille. On sera bientôt à la maison.

Je l'aurais pas sortie si j'avais su ce qui nous attendait, tout ce sang. Ça fait deux jours seulement qu'elle me laisse la monter, et elle sursaute encore au moindre craquement de brindille.

– Je peux envoyer des hommes éteindre ces incendies, propose M. O'Hare.

– Aucun intérêt, répond le Maire. Laissez brûler.

Obéis ! grince Jolly Juliet, sans raison particulière.

– Il me faut absolument un autre cheval, marmonne le Maire, agacé.

Brusquement, il relève la tête d'une manière qui attire mon attention.

– Qu'est-ce qui se passe ? je fais.

Il se tourne, d'abord vers le sentier qui mène à la maison sanglante, puis vers la ville. Rien n'a changé.

Sauf le visage du Maire.

– Eh bien, quoi ? je reprends.

– Tu n'entends pas ?

Il s'arrête encore.

Et là je l'entends.

Le Bruit –

Un Bruit pas humain –

Qui vient de tous les côtés –

De *partout* – avait dit le soldat.

– Non, ce n'est pas possible, murmure le Maire, les mâchoires serrées de colère. Ils n'oseraient pas.

Mais je l'entends nettement, maintenant –

Nous sommes encerclés.

Les Spackle arrivent droit sur nous.

Et voici ce que me dit Maîtresse Coyle :

– Je ne me suis jamais excusée pour la bombe, à la cathédrale…

Je ne trouve rien à répondre.

Je suis trop sidérée.

– Je n'ai pas essayé de t'assassiner. Et je ne pensais pas non plus que ta vie valait moins qu'une autre.

Je ravale ma salive.

– Sortez, dis-je, surprise par ma propre réaction, sûrement la fièvre. Sortez immédiatement.

– J'espérais que le Président fouillerait ton sac, poursuit-elle sans m'écouter. Il aurait sorti la bombe et cela aurait mis fin à tous nos problèmes. Mais je savais que cela ne marcherait que si tu étais capturée. Et si tu étais capturée, tu étais pratiquement morte.

– Ce n'était pas à vous de prendre une telle décision.

– Si, ma fille.

– Si vous me l'aviez demandé, je vous aurais peut-être même…

– Tu n'aurais rien fait qui puisse mettre en danger ton copain.

Elle attend que je la contredise. Je me tais.

– Les chefs doivent parfois prendre des décisions monstrueuses. Puisque tu allais sans doute perdre la vie dans une démarche que tu avais seule décidée, alors je voulais saisir cette chance, si infime soit-elle, de donner un sens à ta mort.

Je sens mon visage devenir très rouge. Je tremble de fièvre et de colère en même temps.

– Oui cela aurait pu se passer de cette façon. Ou de tas d'autres façons complètement différentes, mais toutes finissant par nous faire sauter en petits morceaux, Lee et moi.

– Alors tu aurais été une martyre de la cause, et nous aurions combattu en ton nom. (Elle me jette un regard appuyé.) Tu n'imagines pas le pouvoir d'une martyre.

– Un terroriste parlerait tout à fait de la même façon.

– Peu importe maintenant, Viola. Je voulais te dire que tu avais raison.

– J'en ai plus qu'assez…

– Laisse-moi finir. C'était une erreur, cette bombe. J'avais peut-être de bonnes raisons, je voulais tellement me débarrasser de lui, mais ce n'était pas une raison suffisante pour prendre un tel risque avec une vie qui n'était pas la mienne…

– Ça, vous pouvez le dire.

– Et j'en suis désolée.

Il y a un silence pendant qu'elle prononce ces mots, un silence lourd qui se prolonge, et puis qui dure encore, et puis elle se prépare à sortir.

– Que voulez-vous vraiment ? je demande en l'arrêtant. Vous voulez réellement la paix, ou seulement vaincre le Maire ?

Elle hausse les sourcils.

– Je ne vois pas trop bien comment l'un irait sans l'autre.

– Et si vous n'obteniez ni l'un ni l'autre ?

– Ce doit être une paix valable, Viola. Si c'est pour en revenir à la situation d'avant, quel intérêt ? Qui aurait voulu mourir pour cela ?

– Un convoi de près de cinq mille personnes

va bientôt débarquer. Ce ne sera jamais comme avant.

– Je sais tout cela, ma fille.

– Et pensez au pouvoir qui serait le vôtre si vous nous aidez à négocier un nouveau pacte. Si vous contribuez à leur offrir un monde pacifique.

Elle semble pensive un instant, puis laisse courir sa main sur l'encadrement de la porte, comme pour ne pas avoir à me regarder.

– Je t'ai déjà dit à quel point tu m'impressionnais. Tu t'en souviens ?

Je sursaute, parce que ce souvenir implique Maddy, qui s'est fait tuer en essayant de m'aider à « impressionner ».

– Oui.

– Eh bien, c'est toujours le cas. (Elle ne me regarde toujours pas.) Je n'ai jamais été petite fille, ici. J'étais déjà adulte quand nous avons atterri, et j'ai aidé à fonder le village de pêcheurs avec quelques autres. (Elle fait une grimace.) Et nous avons échoué. Les poissons nous ont plus mangés que l'inverse.

– Vous pourriez réessayer. Avec les nouveaux colons. Vous m'avez dit que l'océan n'est pas si loin, à deux jours d'ici.

– Un jour, en fait. Pas plus de deux heures avec un cheval rapide. Je t'ai dit deux jours, parce que je ne voulais pas que tu me suives.

Je fronce les sourcils.

– Encore un mensonge.

– Mais j'avais tort sur ce point également, ma fille. Tu serais venue même s'il t'avait fallu un mois. C'est cela qui m'impressionne tant, chez toi. Comment tu as survécu, comment tu as réussi à préserver ton influence, comment tu essayes à toi toute seule de gagner ta paix.

– Alors, aidez-moi.

Elle tambourine sur le cadre de la porte, comme pour réfléchir encore.

– Je me demande seulement, ma fille, si tu es prête.

– Prête pour quoi?

Mais elle se retourne subitement et sort sans ajouter un mot.

– Prête pour quoi ? je répète en criant, et je me balance hors du lit, posant les pieds par terre pour me redresser –

Et je retombe aussitôt sur l'autre lit, prise de vertige.

Je respire deux ou trois fois à fond pour que le sol cesse de danser –

Puis je me remets debout et pars à sa poursuite.

[TODD]

Les soldats ont relevé leurs fusils et regardent autour d'eux, mais le REURR des Spackle semble arriver de partout, il se rapproche très vite, de toutes les directions.

Le Maire a pris son fusil, et moi également, une main sur les rênes pour calmer Angharrad, mais je vois rien, toujours rien –

Puis un soldat posté en avant sur la route tombe par terre, il se tient la poitrine en hurlant –

– Là !... crie le Maire –

Et, soudain, tout un peloton de Spackle surgit

des bois, des dizaines de Spackle éclairés, ils tirent avec leurs bâtons blancs sur les soldats qui commencent à tomber même quand ils ripostent –

Et le Maire me dépasse, tirant et plongeant sous une flèche qui le visait –

Garçon poulain! hurle Angharrad, et je veux l'emmener, la sortir de tout ça –

Et il y a des Spackle qui tombent partout sous les balles des fusils –

Mais à peine il en tombe un qu'un autre prend sa place –

– RABATTEZ-VOUS ! j'entends dans mon Bruit –

Le Maire –

– RABATTEZ-VOUS VERS MOI !

Sans même le crier, sans même le buzzer, juste là, en plein dans notre crâne –

Et je le vois –

J'ai du mal à le croire, d'abord –

Tous les soldats encore debout, environ douze, maintenant, ils se déplacent tous ensemble –

– RABATTEZ-VOUS VERS MOI !

Comme un troupeau de moutons rabattu par l'aboiement d'un chien –

TOUT LE MONDE !

Ils se déplacent, toujours tirant, mais reculant vers le Maire, leurs pas au même rythme, tous ces hommes différents comme un seul homme, le même homme, marchant sur les corps de leurs camarades comme s'ils existaient pas –

– VERS MOI ! VERS MOI !

Même *moi,* je sens mes mains sur les rênes ramener Angharrad vers le Maire –

Me déplacer comme les autres –

Garçon poulain?

Je me traite de tous les noms et je l'éloigne de la ligne de tir –

Mais les soldats reculent toujours ensemble, même quand l'un puis l'autre tombent, ils sont là maintenant, sur deux rangées, tirant à l'unisson –

Et les Spackle meurent sous les balles, tombent à terre –

Et les hommes reculent encore –

Et M. O'Hare est à côté de moi sur son cheval, tirant lui aussi exactement en même temps que les autres, et je vois un Spackle sortir des arbres les plus proches, lever son bâton droit vers la tête de M. O'Hare et –

*PLONGE!* je pense –

Pense mais ne le dis pas –

Et un *bzzz* vole de moi à lui, plus rapide qu'une balle –

Et il plonge la tête et le tir du Spackle lui passe juste au-dessus –

M. O'Hare se redresse, abat le Spackle, puis se retourne vers moi –

Mais, au lieu de me dire merci, ses yeux sont remplis d'une colère blanche –

Et puis soudain tout est silence –

Les Spackle sont partis. On les a même pas vus fuir. Ils sont juste partis et l'attaque est terminée et il y a des soldats morts et des Spackle morts et tout ça en pas plus d'une minute –

Et les deux rangs de soldats survivants se tiennent parfaitement alignés, leurs fusils tous pointés de manière identique, tous fixant l'endroit d'où est sorti le premier Spackle, tous prêts à tirer encore –

Tous attendant l'ordre du Maire.

Je vois son visage qui brûle d'une concentrassion, d'une violence insupportables à regarder.

Et je sais pourquoi.

Son contrôle s'améliore.

Il devient plus rapide, plus fort, plus précis.

(*Mais le mien aussi, le mien aussi*)

– En effet, Todd, dit le Maire. En effet.

Et je mets une seconde à comprendre que même si mon Bruit était silencieux, il m'entendait encore.

– Rentrons en ville, Todd, fait-il, souriant depuis la première fois depuis des jours. L'heure est venue pour moi, je pense, d'expérimenter quelque chose de nouveau.

[VIOLA]

– C'est génial, Wilf, dit Bradley alors que je descends du vaisseau éclaireur, cherchant Maîtresse Coyle partout.

Wilf fait avancer une charrette chargée d'immenses cuves d'eau fraîche, prêtes à être distribuées.

– C'est rien, répond-il. Queind y feut, y feut.

– Oui, mais heureusement qu'on a quelqu'un comme toi…, dit Lee, qui revient de la chasse quotidienne.

– Tu n'aurais pas vu où est passée Maîtresse Coyle ? je lui demande.

– Bonjour quand même, réplique-t-il en riant, deux perdrix à la ceinture. Je garde la plus grosse pour nous. Simone et l'Humanitaire peuvent prendre l'autre…

– Ne l'appelle pas comme ça, Lee, je coupe en fronçant les sourcils.

Lee jette un regard vers Bradley qui rentre dans le vaisseau. Le demi-cercle de gens assis devant les portes s'est encore agrandi depuis hier. Ils marmonnent entre eux, et dans le Bruit de quelques hommes, Ivan compris, j'entends à nouveau ce mot – l'Humanitaire.

– Il essaye de nous sauver, je leur dis. Il essaye de faire en sorte que tous les gens qui viennent ici puissent vivre en paix. Oui, en paix, et *avec* les Spackle.

– Ouais, rétorque Ivan à voix haute. Et pendant ce temps, il ne comprend pas que ses armes ramèneraient la paix sacrément plus vite que tous ses efforts *humanitaires*.

– Ses efforts humanitaires pourraient bien prolonger ta vie, Ivan. Et commence donc par te mêler de ce qui te regarde.

– Ah, oui ? Parce que notre survie nous regarde pas ?

Une femme à côté de lui approuve vigoureusement, un sourire sournois sur sa figure sale et cendreuse, et elle a beau présenter les mêmes symptômes de fièvre que moi, porter le même bracelet que moi, j'ai pourtant bien envie de la gifler et de la gifler encore et encore pour qu'elle ne me regarde plus jamais de cette façon.

Mais Lee me prend déjà par le bras. Il m'emmène à l'écart, de l'autre côté du vaisseau, près des moteurs toujours éteints, toujours froids, le seul endroit sur le plateau où personne n'a encore osé planter sa tente.

– Pauvres imbéciles, esprits bornés… j'enrage.

– Je suis désolé, Viola, dit Lee. Mais tu sais, je suis un peu d'accord avec eux.

– Lee…

– Le Président Prentiss a tué ma mère et ma sœur. Tout ce que nous pourrons faire pour arrêter les Spackle et lui aussi, franchement, je suis pour.

– Tu ne vaux pas mieux que Maîtresse Coyle, et elle a essayé de te tuer, je te signale.

– Tout ce que je dis, c'est que nous avons les armes, et qu'il faut donc leur montrer notre force.

– Et jeter les bases d'un massacre qui durera des années ?

– On croirait entendre Bradley, répond-il avec un petit rire qui m'exaspère. C'est le seul ici qui parle comme ça.

– Ah, oui ? Parce que ces gens effrayés et affamés vont vraiment proposer une solution rationnelle ?

Je m'arrête d'un coup parce que Lee me fixe. Il fixe mon nez, je le sais, je me vois dans son Bruit, je me vois crier et en colère, je vois mon nez se retrousser comme quand je suis vraiment furieuse, et je vois la chaleur de ses sentiments autour de ce nez plissé –

Et, en éclair, il y a une image de lui et moi dans son Bruit, serrés l'un contre l'autre, sans vêtements nulle part, et je vois les poils blonds sur sa poitrine que je n'ai jamais vus en vrai, le duvet doux, incroyablement épais qui descend jusqu'à son nombril et plus bas et –

– Oh, bon sang, lâche-t-il en reculant d'un pas.

– Lee ?

Mais il se retourne déjà et s'éloigne rapidement,

son Bruit tout ruisselant d'une gêne lumineuse, disant à haute voix :

– Je repars avec le groupe de chasse.

Et il accélère encore le pas –

Et en me remettant à la recherche de Maîtresse Coyle, je réalise que ma peau est brûlante, comme si je rougissais partout.

[TODD]

Garçon poulain ? répète Angharrad sur tout le chemin du retour après l'attaque spackle, galopant plus vite que je lui demande. Garçon poulain ?

– On y est presque, fifille.

J'entre au campement derrière le Maire, le Maire encore irradié du plaisir d'avoir contrôlé ainsi ses hommes sur la route. Il se laisse glisser de Jolly Juliet, lance les rênes à James qui nous attend. Je descends d'Angharrad.

– J'ai besoin de nourriture pour elle, dis-je rapidement. Et d'eau.

– J'ai préparé l'avoine, répond James pendant que je la mène vers ma tente. Mais l'eau est tellement rationnée…

– Non, dis-je, en la débarrassant de sa selle. Tu ne comprends pas. Elle a besoin d'eau maintenant. Nous venons de…

– Alors, elle te commande encore ? dit-il.

Je me retourne vers lui, les yeux exorbités. Il me sourit, sans comprendre ce qu'on vient de vivre, croyant que je me fais avoir par ma jument alors que je sais ce qu'il lui faut, je sais qu'elle a besoin de moi –

– C'est une beauté, dit-il, défaisant un nœud

dans sa crinière. Mais c'est quand même toi le patron.

Et je le vois penser, penser à sa ferme, penser aux chevaux qu'ils avaient, lui et son père, trois chevaux, tous bais avec un nez blanc, penser au jour où l'armée les a emmenés, et qu'il les a plus revus depuis, et qu'ils sont sûrement morts à la bataille –

Garçon poulain ? fait Angharrad, de nouveau pas rassurée du tout –

Et ça me met encore plus en colère –

– Va me chercher de l'eau pour elle, tout de suite, dis-je.

Et sans même m'en rendre compte, je le fixe durement, poussant avec mon Bruit pour aller agripper le sien –

En prendre possession –

Et je suis le Cercle et le Cercle est moi –

– Qu'est-ce que tu fais, Todd ? dit-il en balayant son visage comme pour chasser une mouche.

– De l'eau. *Maintenant*.

Et je sens le *bzzz* arriver, je le sens vrombir dans l'air –

Je transpire, malgré le froid –

Et je le vois transpirer, aussi –

Transpirer, l'air déboussolé –

Il plisse le front –

– Todd ?

Et il le dit d'une voix si triste, d'une voix qui sonne, je sais pas, mais tellement trahie, perdue, que je m'arrête presque. J'arrête presque de me concentrer, j'arrête presque de le cramponner –

Mais seulement presque.

– Je vais lui chercher plein d'eau, dit-il, l'œil vague. J'y vais tout de suite.

Et le voilà parti vers la citerne.

Il me faut une seconde pour reprendre mon souffle.

Je l'ai fait.

Et j'ai recommencé.

Et c'était *bon*.

Et je me suis senti *fort*.

– Oh, pitié… je chuchote, et je tremble tellement que je dois m'asseoir.

[VIOLA]

Je retrouve Maîtresse Coyle dans un groupe de femmes près des tentes de soins, elle me tourne le dos.

– Hé ! je fais, avançant à grandes enjambées.

Je parle très fort après ma dispute avec Lee, mais je me sens également plus faible que je n'aurais cru et j'espère que je ne vais pas m'étaler de tout mon long.

Maîtresse Coyle se retourne et je vois trois femmes avec elle. Maîtresse Nadari et Maîtresse Braithwaite, ni l'une ni l'autre n'ayant daigné m'adresser la parole depuis que la Flèche s'est installée sur le plateau. Mais je ne m'intéresse pas à elles.

J'observe Simone.

– Tu devrais être couchée, ma fille, dit Maîtresse Coyle.

Je la foudroie du regard.

– Vous n'aviez pas à me demander si j'étais prête, et puis me planter là.

Maîtresse Coyle jette un coup d'œil vers les autres, Simone comprise, qui hoche la tête.

– Très bien, ma fille. Puisque tu tiens tant à savoir…

J'ai toujours du mal à respirer, et je réalise à son intonation que je ne vais probablement pas apprécier, quand elle tend sa main comme pour me demander si elle peut me prendre le bras. Je ne la laisse pas faire, mais je m'éloigne des tentes avec elle, les deux autres maîtresses et Simone suivant à distance, comme des gardes du corps.

– Nous avons réfléchi à une théorie… annonce Maîtresse Coyle.

– Nous ?

Je me retourne vers Simone, qui ne dit toujours rien.

– Une théorie qui devient plus évidente chaque jour, j'en ai peur, continue-t-elle.

– Vous pourriez en venir au fait, s'il vous plaît ? La journée a été longue et je ne me sens pas très bien.

Elle hoche la tête.

– Très bien, ma fille. (Elle s'arrête.) Nous commençons à penser qu'il n'y aura pas de remède pour les bracelets.

Inconsciemment, je caresse mon bras.

– Comment ça ?

– Nous connaissons ces bracelets depuis des lustres. Nous les avions sur Vieux Monde, et bien sûr qu'il y a eu des exemples de cruauté ou de jeux stupides où des humains ont été cerclés. Mais nous n'avons pu retrouver un seul cas d'infection aussi grave, même pas Simone dans ses bases de données.

– Mais comment… ?

Et alors, je m'arrête. J'ai compris où elle veut en venir.

– Vous pensez que le Maire y a ajouté quelque chose ?

– Pour lui, c'était le moyen de faire du mal à toute une population de femmes sans que personne connaisse ses vraies intentions.

– Mais nous aurions su… Avec tout le Bruit des hommes, il y aurait eu des rumeurs…

– Réfléchis, ma fille. Et rappelle-toi, l'extermination des femmes à l'ancienne Prentissville.

– Il a dit que c'était un suicide, je balbutie, sans trop y croire moi-même.

– Viola, nous avons découvert des produits chimiques que même moi je n'arrive pas à identifier, dit Simone. Il y a un vrai danger, là. Des incidences concrètes.

Je sens la nausée me retourner l'estomac à sa façon de prononcer le mot « incidences ».

– Depuis quand tu suis l'avis des maîtresses ? je demande.

– Depuis que j'ai découvert que toi et toutes les femmes cerclées, vous pouviez être réellement menacées par cet homme, répond-elle.

– Méfie-toi, Simone. Elle a le chic pour mener les gens par le bout du nez. (Je fixe Maîtresse Coyle.) Le chic pour amener les gens à s'asseoir en demi-cercle et à juger les autres.

– Ma fille, je n'ai pas…

– Mais que voulez-vous de moi ? Que voulez-vous que j'y fasse ?

Maîtresse Coyle pousse un soupir exaspéré.

– Ton Todd sait peut-être quelque chose, lui, quelque chose qu'il ne nous dit pas.

Je secoue déjà la tête.

– Non, il m'en aurait parlé. À la seconde même où il a vu mon bras.

– Mais il pourrait le découvrir, ma fille. Il pourrait nous aider à le savoir, non ?

Il me faut un instant avant de comprendre.

– Ah, ça y est maintenant, j'y suis.

– Comment cela ? demande Maîtresse Coyle.

– Vous avez besoin d'un espion, n'est-ce pas ? (Ma voix monte, en même temps que ma rage.) Toujours les mêmes ficelles, hein ? La même bonne Maîtresse Coyle ! Toujours à chercher un nouveau levier pour gagner plus de pouvoir !

– Non, non, ma fille, nous avons trouvé des nouveaux produits chimiques...

– Vous manigancez quelque chose. Depuis tout ce temps, à refuser de me dire comment vous aviez conclu un pacte avec les Spackle, à attendre que le Maire fasse le premier pas, et maintenant vous essayez d'utiliser Todd comme vous avez utilisé...

– C'est mortel, ma fille, dit-elle. L'infection est mortelle.

## [TODD]

– La honte disparaît, Todd, dit le Maire, surgissant derrière moi à sa manière habituelle, alors que je regarde James traverser le campement pour aller chercher de l'eau.

– Vous m'avez fait ça, je dis toujours tremblant. Vous me l'avez mis dans la tête, et vous m'avez fait...

– Je n'ai rien fait de tel. Je t'ai simplement montré la voie. Tu l'as prise tout seul.

Je dis rien à cause que je le sais, c'est vrai.

(à cause que ce *hmm* que j'entends –)

(ce *hmm* que je fais semblant de pas entendre –)

– Je ne te contrôle pas, Todd. Cela faisait partie de notre accord, et je m'y tiens. Il se trouve seulement que tu as découvert le pouvoir qui était en toi, comme je te l'ai toujours répété. C'est le désir, vois-tu. Le fait de le *désirer*. Voilà toute la clé du mystère.

– Non. Tout le monde a le désir. Et tout le monde ne s'amuse pas à contrôler les gens comme ça.

– Parce que le désir de la plupart des gens, c'est de faire ce qu'on leur demande…

Il balaye la place du regard, les tentes et les soldats et les gens de la ville, tous agglutinés.

– Les gens disent qu'ils désirent la liberté, mais ce qu'ils désirent vraiment, c'est être libérés de leurs soucis. On s'occupe de leurs problèmes, et alors ils acceptent de faire tout ce qu'on leur demande.

– Certains. Pas tous.

– Non, effectivement. Pas toi. Ce qui, paradoxalement, te rend d'autant plus apte à contrôler les autres. Il existe deux catégories de gens en ce monde, Todd. Eux… (Il désigne l'armée d'un geste.) Et nous.

– Me mettez pas dans votre *nous*.

Ça le fait sourire.

– En es-tu bien certain ? Je pense que les Spackle sont reliés par leur Bruit, tous unis en une seule voix. Qu'est-ce qui te fait croire que les hommes ne le sont pas ? Et ce qui nous relie, toi et moi, Todd, c'est que nous savons comment utiliser cette voix.

– Je serai jamais comme vous. *Jamais*.

– Non, fait-il avec un éclair dans les yeux. Tu seras *meilleur*.

Soudain, une gerbe de lumière apparaît –

Plus brillante que toutes les lumières électriques qu'on peut avoir –

Comme une flamme au-dessus de la place –

Comme en plein milieu de l'armée, mais pas tout à fait –

– Le réservoir, dit le Maire, qui bouge déjà. Ils ont attaqué le réservoir !

[VIOLA]

– Mortel ? je répète.

– Quatre femmes déjà, précise Maîtresse Coyle. Et sept autres qui ne tiendront pas la semaine. Nous gardons le secret pour ne pas provoquer de panique.

– Cela ne fait jamais qu'une dizaine sur un millier. Sans doute déjà affaiblies et malades.

– Et tu serais prête à le parier, au risque de ta propre vie ? Et de celle de chaque femme cerclée ici ? Même l'amputation n'a pas marché, Viola. Et ce serait une infection normale, d'après toi ?

– Je parierais surtout que vous êtes prête à n'importe quel mensonge pour obtenir ce que vous voulez de moi.

Maîtresse Coyle pousse un très long soupir, comme pour essayer de garder son calme.

– Je suis la meilleure guérisseuse ici, ma fille, dit-elle d'une voix grave. Et je n'ai pas pu empêcher ces femmes de mourir. (Son regard désigne mon bras.) Peut-être que je ne peux rien faire pour aucune de celles qui portent le bracelet.

J'effleure prudemment mon bras, et je sens la pulsation de la fièvre.

– Viola, dit Simone doucement. Les femmes sont réellement très mal.

Mais non, je pense. Non...

– Tu ne comprends pas, je fais en secouant la tête. C'est comme ça qu'elle fonctionne. Elle transforme une petite vérité en gros mensonge pour obtenir ce qu'elle veut de nous.

– *Viola*, lance Maîtresse Coyle.

– Non! (Je hausse la voix, car je réfléchis en même temps.) Je ne peux pas prendre le risque d'avoir tort, n'est-ce pas? Parce que si ce n'est pas un mensonge, si jamais je me trompe, nous mourrons toutes, hein? Alors d'accord, je vais voir ce que je peux obtenir de Todd.

– *Merci beaucoup*, crache Maîtresse Coyle, le visage en feu.

– Mais je ne lui demanderai pas d'espionner pour vous et vous allez faire quelque chose pour moi, en échange.

Elle me scrute avidement, cherchant à deviner la suite.

– Faire quoi? demande-t-elle finalement.

– Vous allez arrêter de me mener en bateau, vous allez me dire, étape par étape, tout ce que vous avez fait pour conclure la paix avec les Spackle. Et puis vous m'aiderez à reprendre le processus. Plus d'attente, plus de faux prétextes. On commence dès demain.

Je peux voir son cerveau bouillir, chercher quel avantage elle pourrait bien en retirer.

– Je vais te dire, ma fille…

– Non, pas de marchandage. Vous faites ce que je demande ou vous n'aurez rien.

Une petite pause, infime, puis elle lâche :

– D'accord.

Alors, on entend un cri sortir du vaisseau. Bradley descend la rampe en courant, son Bruit déchaîné.

– Il se passe quelque chose en ville !

[TODD]

On court vers la citerne, les soldats devant nous qui nous laissent le passage, même dos tourné –

Et j'entends le Maire travailler dans leurs têtes, leur dire d'avancer, leur dire de s'écarter –

Et en arrivant, on le voit –

Le réservoir qui vacille –

Un pied déjà presque arraché par une explosion, peut-être par une de ces toupies tirées de très près, à cause que les flammes blanches, collantes, s'étendent sur le bois, comme un liquide –

Et il y a des Spackle partout –

Les balles sifflent dans toutes les direxions, et les Spackle tirent avec leurs bâtons blancs et les hommes tombent et les Spackle tombent mais c'est pas ça le plus grave –

– LE FEU ! hurle le Maire en le martelant dans le crâne de tous ceux qui l'entourent. ÉTEIGNEZ-MOI CE FEU !

Et les hommes commencent à bouger –

Et puis il se passe quelque chose de pas normal, quelque chose de vraiment pas normal –

Les soldats en première ligne ont lâché leurs fusils pour aller prendre des baquets d'eau –

Des soldats en pleine action, juste en face des Spackle –

Ils se retournent comme aveuglés, comme oubliant où ils se trouvent –

Mais les Spackle sont pas aveugles et les hommes commencent à mourir en plus grand nombre, sans même regarder qui les tue –

ATTENDEZ ! j'entends le Maire penser. CONTINUEZ LE COMBAT !

Mais il y a quelque chose qui coince là-dedans, maintenant, certains soldats qui ont lâché leurs fusils les ramassent, mais d'autres restent comme pétrifiés, sans savoir quoi faire –

Et puis ils tombent eux aussi, abattus par les armes spackle –

Et je vois le visage du Maire, je le vois pratiquement se déchirer de concentrassion, essayer de demander une chose aux uns, et autre chose à d'autres, mais le résultat c'est que personne fait plus rien et que les hommes meurent plus nombreux et que le réservoir va s'écrouler –

– Monsieur le Président ! hurle M. O'Hare qui débarque avec son fusil, puis s'arrête net, abasourdi par le chaos –

Et les Spackle voient que l'armée sait plus où elle en est, qu'on fait pas ce qu'on devrait faire, que seuls quelques soldats tirent et que les autres restent juste là debout et que le feu va gagner l'entrepôt à provisions –

Et je le sens dans le Bruit des Spackle, même si je connais pas les mots, ils flairent une victoire plus importante que prévu, peut-être la victoire finale –

Et pendant tout ce temps, je suis pas pétrifié –

Je sais pas pourquoi, mais on dirait que je suis le seul à pas rester paralysé sous le contrôle du Maire –

Peut-être qu'il est pas dans ma tête, finalement –

Mais j'ai pas le temps de réfléchir à ce que ça peut signifier –

Et j'attrape mon fusil par le canon et je balance la crosse en plein contre l'oreille du Maire –

Il pousse un cri et titube de côté –

Les soldats hurlent presque, eux aussi, comme si quelqu'un les avait frappés en pleine figure –

Le Maire fléchit sur un genou, le sang coule entre ses doigts plaqués contre sa tempe, son Bruit jette un hennissement dans l'air –

Mais je me tourne déjà vers M. O'Hare en hurlant :

– En formation de tir, maintenant, maintenant. MAINTENANT !

Et je sens vaguement le *bzzz* mais je sais pas si c'est mes mots qui font de l'effet ou s'il comprend quoi faire, en tout cas il bondit déjà, crie aux soldats les plus proches de s'aligner, de pointer leurs purain de fusils, et de TIRER –

Et alors que les balles recommencent à déchirer l'air et que les Spackle recommencent à tomber et à reculer, trébuchant les uns sur les autres, je vois M. Tate qui court vers nous et je le laisse même pas ouvrir la bouche.

– Éteignez ce FEU ! je hurle.

Et il regarde le Maire, toujours agenouillé, toujours en sang, et il m'adresse un signe de tête, puis se met à vociférer vers un autre groupe de soldats, il leur ordonne de prendre des baquets, de sauver notre eau et nos provisions –

Et le monde décolle autour de nous, cris, hurlements et déchirures en mille morceaux et une ligne de soldats pousse en avant, repousse, éloigne les Spackle du réservoir –

Et moi debout au-dessus du Maire, agenouillé là, il se tient la tête, son sang perlant comme de la sève mais je m'agenouille pas près de lui, je vérifie pas s'il va bien, je fais rien pour l'aider.

Mais je le quitte pas non plus.

– Tu m'as frappé, Todd…, il articule péniblement, d'une voix aussi épaisse que son sang.

– Vous l'avez bien mérité, crétin ! Vous alliez nous faire tous massacrer !

Il lève les yeux, une main toujours sur la tempe.

– C'est vrai… Tu as eu raison de m'arrêter.

– Non, sans blague !

Il respire bruyamment.

– Oui, tu l'as fait, Todd. Pendant un instant, là, quand c'était le moment… Tu t'es montré un meneur d'hommes, un vrai…

Alors le réservoir s'effondre.

[VIOLA]

– Il vient d'y avoir une grosse attaque, dit Bradley.

Je saisis aussitôt mon comm.

– Un éclair énorme sur l'un des modules, et puis…

Il s'arrête parce que nous entendons un autre son.

Des hurlements en lisière de la forêt.

– Et là ? demande Simone.

Des voix résonnent sous les arbres, et on voit des gens se lever devant leurs feux de camp et on entend d'autres cris –

Et Lee –

*Lee* –

Titubant à travers la foule –

Couvert de sang –

Mains plaquées sur son visage –

– LEE !

Et je cours de toutes mes forces, mais la fièvre me ralentit et je n'arrive pas à récupérer mon souffle, et Bradley et Maîtresse Coyle me dépassent, et ils attrapent Lee et ils l'allongent par terre, et Maîtresse Coyle doit lui enlever de force les mains de son visage en sang –

Et une autre voix glapit dans la foule –

Et nous voyons –

Les yeux de Lee –

*Partis* –

Juste une plaie sanglante –

Brûlés comme par de l'acide –

– Lee ! je dis, agenouillée près de lui. Lee ! Tu m'entends ?

– Viola ? il répond, tendant ses mains sanglantes. Je ne te vois pas ! Je ne vois rien !

J'agrippe ses mains, je les tiens serrées.

– Je suis là !

– Que s'est-il passé, Lee ? dit Bradley d'une voix basse et calme. Où sont les autres chasseurs ?

– Ils sont morts. Oh, mon Dieu ! Ils sont morts. Magnus est mort.

Et nous savons ce qu'il va dire ensuite, parce qu'on le voit dans son Bruit –

– Les Spackle… Les Spackle arrivent.

[TODD]

Les pieds du réservoir cèdent et l'immense citerne en métal bascule, tellement lentement, c'en est presque irréel.

Elle se fracasse contre le sol, écrasant un soldat au moins –

Et toute l'eau qui nous restait à boire se déverse jusqu'au dernier litre en une muraille liquide –

Se précipitant droit sur nous –

Le Maire toujours dans la purée, les jambes toujours cotonneuses –

– COUREZ ! je crie, l'envoie dans mon Bruit, agrippe son précieux uniforme et le traîne avec moi –

Le mur d'eau s'abat, remonte la rue, puis la place derrière nous, renverse soldats et Spackle, balaye tentes et lits en une énorme soupe –

Éteignant le feu de l'entrepôt, mais avec nos derniers litres d'eau –

Et je traîne le Maire pratiquement sur ses talons pour nous mettre hors de portée, et je crie aux soldats « ALLEZ ! ALLEZ ! »

Et c'est bon, ils bougent –

On grimpe les marches d'une maison –

Et l'eau passe en trombe devant nous, monte lécher nos genoux mais poursuit sa course et redescend à chaque seconde, avalée par le sol –

Emmenant notre avenir avec elle –

Et aussi vite qu'elle est venue elle repart, abandonnant une place détrempée, couverte de débris et de corps –

Et je reprends mon souffle et je contemple tout ce chaos, le Maire qui se remet peu à peu –

Et puis je vois –

Oh, non –

Là, sur le sol, roulé sur le côté par le flot –

Non –

James –

James, les yeux grands ouverts tournés vers le ciel –

Un trou dans la gorge.

J'ai lâché mon fusil je crois, courant vers lui, pataugeant dans l'eau puis tombant sur les genoux à côté de lui.

James que j'ai contrôlé. James que j'ai envoyé par ici sans autre raison que mon *désir* –

James que j'ai envoyé tout droit à la mort.

Oh, non.

Par pitié, non.

– Oui, c'est vraiment triste, dit le Maire derrière moi, d'une voix douce, presque sincère. Je suis vraiment désolé pour ton ami. Mais tu m'as sauvé, Todd. Deux fois. D'abord, de ma propre stupidité, et ensuite, de ce mur d'eau.

Je dis rien. Je peux pas décoller mes yeux du visage de James, qui reste aussi innocent, aussi gentil et ouvert et amical, même si plus un son sort de lui.

La bataille s'éloigne, maintenant. Les fusils de M. O'Hare crépitent, là-bas dans les rues. Mais à quoi bon ?

Ils ont eu le réservoir.

Ils nous ont tués.

J'entends à peine le Maire soupirer.

– Il est temps que je rencontre tes amis colons, Todd. Et je crois qu'il est finalement temps d'avoir une longue, longue conversation avec Maîtresse Coyle.

Du bout des doigts, je ferme les yeux de James, en me rappelant quand je l'ai fait pour Davy Prentiss, et je ressens le même creux dans mon Bruit, et je peux même pas penser combien je suis désolé à cause que ça paraît vraiment pas assez, pas du tout assez, même si je le répéterais pendant tout le restant de mes jours.

– Les Spackle sont devenus des terroristes, Todd, continue le Maire, sans que je l'écoute vraiment. Et peut-être faut-il une terroriste pour combattre des terroristes.

Alors on l'entend tous les deux. Par-dessus le chaos de la place, un autre REURR, mais un reurr complètement différent dans un monde né du reurr.

On regarde vers l'est, au-dessus des ruines de la cathédrale, derrière le clocher branlant, toujours debout, toujours prêt à tomber sans tomber.

Au loin, le vaisseau éclaireur monte dans le ciel.

# EN SURPLOMB

Je suis submergé dans la voix de la Terre.

J'attaque la Clairière, je sens les armes tirer dans mes mains, je vois de mes yeux les soldats mourir, j'entends les rugissements et les hurlements dans mes oreilles. Je suis sur la colline, sur la crête déchiquetée qui surplombe la vallée en bas, mais je suis aussi dans la bataille, je la vis à travers les voix de ceux qui combattent, de ceux qui donnent leur vie pour la Terre.

Et je regarde le réservoir basculer, et ceux de la Terre assez proches pour le voir tomber qui meurent de la main de la Clairière, chaque mort une terrible déchirure dans la voix de la Terre, une soudaine absence qui tire et qui fait mal –

Mais est nécessaire –

– *Nécessaire en petits nombres seulement,* me montre le Ciel qui regarde aussi. *Nécessaire pour sauver le corps entier de la Terre.*

– *Et nécessaire pour terminer cette guerre avant que le « convoi » arrive,* je réplique, articulant ce mot étrange que je ne lui ai pas appris.

– *Il reste du temps,* montre le Ciel, toujours concentré sur la ville en dessous, toujours avec les voix qui nous atteignent de là-bas, plus rares maintenant, et en fuite.

– *Du temps ?* je demande surpris, me demandant comment il peut en être si sûr –

Mais je laisse mes questions de côté, car la voix du Ciel s'ouvre pour me rappeler ce qui reste à venir ce soir, maintenant que l'effondrement du réservoir, notre premier objectif, est atteint.

D'une façon ou d'une autre, ce soir la guerre changera.

Leur eau était la première étape.

L'attaque finale est la seconde.

La Terre n'est pas restée inactive, ces derniers jours. Des groupes ont attaqué la Clairière sans prévenir, de différentes directions à différents moments, frappant fort et par surprise et dans des lieux isolés. La Terre est bien plus dans son élément que la Clairière, parmi les plantes et les arbres, et elle peut se déguiser facilement, et les lumières flottantes de la Clairière n'osent pas trop s'approcher ou bien la Terre les abat.

La Clairière aurait pu tirer ses armes puissantes le long du fleuve, bien sûr, jusqu'à toucher même le Ciel, mais ils ne peuvent pas deviner qu'il les observe de si près.

Et s'ils tiraient, alors le fleuve libéré les noierait.

Et il y a peut-être une autre raison. Car pourquoi la Clairière n'utilise-t-elle pas une arme si puissante ? Pourquoi se sont-ils laissé attaquer, encore et encore, de plus en plus gravement, et sans répliquer ?

À moins (mais ça, jamais on ne l'aurait espéré) qu'ils n'aient plus d'armes.

– *J'aimerais tant être là-bas,* je montre pendant que nous écoutons la voix de la Terre. *J'aimerais tant avoir un fusil. Tirer sur le Couteau.*

– *Non,* montre le Ciel à voix basse, pensive. *Ils sont acculés, maintenant. Si nous avons pu progresser autant, c'est parce qu'ils n'ont pas réagi de manière organisée.*

– *Et c'est ce que vous voulez, alors.*

– *Oui, le Ciel veut que la Clairière se découvre.*

– *Nous pouvons attaquer, maintenant,* je montre avec impatience. *Ils sont en plein chaos. Si nous agissons maintenant...*

– *Nous allons attendre. Attendre les voix du plateau lointain.*

Le plateau lointain. Nos voix distantes, les parties de la Terre qui vont recueillir des informations, nous ont montré comment la Clairière s'est divisée en deux camps. Un dans la ville en bas, l'autre sur le plateau lointain. Ceux-là, jusqu'à maintenant, nous les avons laissés en paix, car ils semblent avoir fui la bataille, ne pas être intéressés par le combat. Mais nous savons aussi que le vaisseau a atterri là-bas, et que les armes puissantes ont sûrement été tirées de là-bas.

Nous n'avons pas pu nous rapprocher suffisamment pour voir s'ils avaient d'autres armes.

Mais cette nuit nous saurons.

– *La Terre est prête,* je reprends fiévreusement. *La Terre est prête à attaquer.*

– *Oui, elle est prête.*

Et dans sa voix, ils sont là.

Les corps de la Terre massés au nord de la ville et au sud aussi, lentement regroupés pendant ces derniers jours, sur des sentiers que la Clairière ne devine pas, juste assez loin pour que la Clairière ne puisse pas les entendre.

Et dans la voix de la Clairière il y a une autre masse, cachée mais prête et guettant près du plateau lointain.

Maintenant, en ce moment même, la Terre est prête à marcher avec toutes ses forces sur la Clairière.

Et à les massacrer tous.

– *Nous attendrons des nouvelles du plateau lointain,* répète le Ciel, plus fermement cette fois. *Le guerrier qui frappe trop tôt est un guerrier perdu.*

– *Et si les voix nous montrent ce que nous attendons qu'elles montrent ?*

Il m'observe, avec un éclat dans le regard, un éclat qui s'étend à sa voix, qui s'enfle à la taille du monde autour de moi, montrant ce qui arrivera, montrant tout ce que je veux qu'il arrive.

– *Si les voix du plateau découvrent que la Clairière n'a vraiment plus de grandes armes...*

– *Alors la guerre se termine aujourd'hui. Par la victoire.*

Il me presse l'épaule, m'enveloppe dans sa voix, m'enveloppe avec elle, m'attire dans la voix de la Terre entière.

– *Si et seulement si,* ajoute-t-il.

– *Si et seulement si,* j'acquiesce.

Et d'une voix basse, que peut-être moi seul j'entends, il poursuit :

– *Le Retour fait-il confiance au Ciel, à présent ?*

– *Oui,* je réplique sans hésitation. *Je suis désolé si j'ai douté de vous.*

Et là, je sens quelque chose dans mon estomac, comme un chatouillement plein de prophétie et d'avenir, le sentiment que cela doit arriver ce soir, que c'est pour ce soir, que tout ce que je désire de destin pour la Clairière est ici et maintenant, en face de moi, en face de nous tous, que le Fardeau sera vengé, que le mien en particulier sera vengé, que *Je* serai vengé –

Et alors un rugissement soudain déchire la nuit en deux.

Je sens la voix du Ciel qui fouille, elle aussi, s'étend vers la nuit, scrute avec ses yeux aussi, cherche le son, sentant la terreur montante qu'il y a une autre arme, que nous nous étions trompés, que –

– *Là,* il montre.

Au loin, très loin, tout petit, sur le plateau lointain –

Leur vaisseau monte dans les airs.

Nous le regardons osciller et grimper dans la nuit, comme un cygne avec les premiers battements de ses lourdes ailes –

– *Pouvons-nous le voir de plus près ?* envoie le Ciel au loin et partout. *N'y a-t-il pas une voix plus proche ?*

Le vaisseau, à peine plus gros qu'une lumière, entame un lent cercle au-dessus du plateau lointain, penchant pour virer, et nous apercevons des petits éclairs sous lui qui plongent dans la forêt en dessous, des éclairs soudain plus lumineux dans les arbres, accompagnés quelques secondes plus tard par des bruits de tonnerre qui résonnent à travers la vallée jusqu'à nous.

Et les voix du plateau, on les entend –

Le Ciel pousse un cri, et nous voici d'un coup sous les éclairs lâchés par le vaisseau, sous les grandes explosions qui déchirent les arbres, les éclairs jaillissant partout de tous les côtés, impossibles à fuir, et le monde entier explose, les yeux de la Terre voient les éclairs et sentent la douleur et puis s'éteignent comme une flamme étouffée –

Et j'entends le Ciel envoyer l'ordre immédiat de retraite.

– *Non !* je crie.

Le Ciel me jette un regard perçant.

– *Tu voudrais les faire massacrer ?*

– *Ils sont prêts à mourir. Et nous tenons notre chance…*

Le Ciel me frappe au visage du revers de la main.

Je trébuche en arrière, stupéfait, alors que la douleur résonne dans toute ma tête.

– *Tu n'avais pas dit que tu faisais confiance au Ciel?* montre- t-il, et la colère de sa voix m'agrippe à me faire mal.

– *Vous m'avez frappé...*

– *TU NE L'AVAIS PAS DIT?*

Sa voix balaye toute pensée hors de ma tête.

Je le fixe, et ma propre colère monte. Mais...

– *C'est vrai,* je réponds.

– *Alors fais-moi confiance, maintenant.*

Il se tourne vers les Chemins qui attendent en arc derrière lui.

– *Retirez la Terre du plateau lointain. La Terre au nord et au sud attendra mes instructions.*

Les Chemins partent aussitôt délivrer les ordres du Ciel.

Des ordres donnés dans la langue du Fardeau, pour être sûr que je les comprenne bien.

Des ordres de retraite.

Pas d'attaque.

Le Ciel ne me regarde pas, il me tourne le dos, mais je le lis mieux qu'aucun membre de la Terre, et peut-être mieux, même, que la Terre n'est supposée lire son Ciel.

– *Vous vous y attendiez,* je montre. *Vous attendiez d'autres armes.*

Il ne me regarde toujours pas, mais un changement dans sa voix me montre que j'ai raison.

– *Le Ciel n'a pas menti au Retour. S'il n'y avait pas eu d'autres armes, nous serions en train de les écraser, en ce moment même.*

– *Mais vous le saviez qu'ils auraient d'autres armes. Et vous m'avez laissé croire...*

*– Tu as cru ce que tu voulais croire. Rien de ce que j'aurais pu te dire n'aurait pu te faire changer d'avis.*

Ma voix résonne encore de la douleur de sa gifle.

*– ... Je suis désolé de t'avoir frappé.*

Et dans son excuse, je la vois. Pendant la plus infime seconde, je la vois.

Comme le soleil à travers les nuages, un éclair de lumière qui ne trompe pas.

Je vois sa nature essentiellement paisible.

*– Vous espérez faire la paix avec eux, n'est-ce pas ? Vous espérez conclure un pacte ?*

Sa voix durcit.

*– N'ai-je pas prouvé tout le contraire ?*

*– Vous gardez cette porte ouverte.*

*– Aucun chef n'agirait autrement. Et tu vas* **devoir** *l'apprendre.*

Je cligne des yeux, décontenancé.

*– Mais pourquoi ?*

Il se détourne simplement vers la vallée, vers le plateau toujours survolé par le vaisseau.

*– Nous avons réveillé la bête. Attendons de voir jusqu'où ira sa colère.*

# QUATRIÈME PARTIE

# *ALLIANCE*

## *06 Parler avec l'ennemi*

[VIOLA]

Mon comm bipe et je sais que Todd m'appelle, mais je suis dans la chambre de soins, dans le vaisseau éclaireur, et je tiens la tête de Lee sur mes genoux et je ne peux penser à rien d'autre pour l'instant.

– Tiens-le bien, Viola, dit Maîtresse Coyle en s'accrochant car le vaisseau vire de nouveau.

– Encore un passage et nous atterrissons, annonce Simone dans le réseau de comm.

Nous entendons les boums graves vibrer à travers le plancher, et les disperseurs, petits faisceaux de bombes liés magnétiquement qui se déploient en tombant, couvrent la forêt de flammes et d'explosions.

Une fois de plus, nous bombardons les Spackle.

Quand Lee nous a dit qu'ils arrivaient, j'ai aidé à le transporter dans le vaisseau éclaireur où Maîtresse Coyle et Maîtresse Lawson se sont tout de suite occupées de lui. Dehors, même à travers les portes du vaisseau, on entendait les cris des gens sur le plateau. On entendait leur terreur, mais aussi leur colère. Je pouvais imaginer le demi-cercle des observateurs, menés par Ivan, se demandant ce que Simone et Bradley allaient faire, maintenant qu'ils étaient directement attaqués.

– Ils peuvent être *N'IMPORTE OÙ* ! criait Ivan.

Alors, pendant que Maîtresse Coyle administrait un calmant à Lee et que Maîtresse Lawson lavait le sang qui coulait sans arrêt de ses orbites ravagées, nous avons entendu Simone et Bradley grimper à bord en se disputant. Simone s'est rendue dans la cabine, et Bradley est entré dans la chambre de soins pour dire :

– Nous décollons.

– Je suis en train d'opérer, a lâché Maîtresse Coyle sans lever les yeux.

Bradley a ouvert un panneau et a sorti un petit outil.

– Scalpel gyroscopique. Il restera toujours bien droit même si le vaisseau fait la culbute.

– Ah, c'était donc ça !... s'est exclamée Maîtresse Lawson.

– Des problèmes, dehors ? j'ai demandé.

Bradley a juste plissé le front, son Bruit plein d'images de gens l'agressant, le traitant d'Humanitaire.

Certains lui crachant dessus.

– Bradley...

– Cramponnez-vous, c'est tout, m'a-t-il coupée.

Mais il a préféré rester avec nous plutôt que de rejoindre Simone dans le cockpit.

Maîtresse Coyle et Maîtresse Lawson ont

continué à travailler. J'avais oublié ce que c'était que de voir Maîtresse Coyle soigner. Féroce et concentrée, toute son attention dévouée au sauvetage de Lee, même quand nous avons senti les machines s'allumer et prendre vie, le vaisseau monter lentement dans les airs, s'incliner en faisant le tour du plateau, puis quand nous avons senti les premières bombes exploser loin en dessous de nous.

Et Maîtresse Coyle a continué.

Maintenant, Simone achève son dernier passage, et je sens de la chaleur dans le Bruit de Bradley, sur ce que nous découvrirons quand nous aurons ouvert les portes.

– Mauvais à ce point ? marmonne Maîtresse Coyle en nouant soigneusement le dernier point de suture.

– Ils n'ont même pas essayé de récupérer les corps des gens tués, dit Bradley. La force, c'est tout ce qu'ils voulaient, et ils la voulaient *tout de suite*.

Maîtresse Coyle se nettoie les mains dans un petit lavabo en métal.

– Ils seront satisfaits. Vous avez fait votre devoir.

– Ah, parce que c'est notre devoir, maintenant ? ironise Bradley. Bombarder un ennemi qu'on ne connaît même pas ?

– Vous avez fait un nouveau pas dans cette guerre, réplique- t-elle. Vous ne pouvez plus faire machine arrière, maintenant. Il y a trop de vies en jeu.

– Et c'est précisément ce que vous vouliez, dès le départ…

– Bradley, je coupe, et mon comm bipe encore

mais je ne peux toujours pas lâcher Lee. Ils nous ont attaqués…

– Après que nous les avons attaqués. Après qu'ils nous ont attaqués, après qu'on les a attaqués, et ainsi de suite, et ainsi de suite, jusqu'à ce qu'on soit tous morts.

Je contemple le visage de Lee, enfin, ce que j'en distingue sous les bandages, le bout de son nez qui dépasse tout juste, sa bouche ouverte qui respire bruyamment, ses cheveux blonds dans mes mains, collés de sang. Sous mes doigts, la chaleur blessée de sa peau, tout le poids de son corps inconscient.

Il ne sera plus jamais le même, plus jamais. Ma gorge se serre, ma poitrine me fait mal.

C'est ce que fait la guerre. Là, entre mes mains. C'est la guerre.

Dans ma poche, le comm bipe encore une fois.

[TODD]

– Terrain neutre ? questionne le Maire en haussant les sourcils. Et où donc, si ce n'est pas trop demander ?

– L'ancienne maison de soins de Maîtresse Coyle, je réponds. C'est ce que Viola m'a dit. Maîtresse Coyle et les gens du vaisseau éclaireur vous y attendront à l'aube.

– Pas précisément neutre, hmm ? Mais astucieux, je dois le reconnaître.

Il semble pensif pendant un instant, puis se replonge dans les rapports de M. O'Hare et de M. Tate.

Des rapports assez catastrophiques.

La place ne ressemble plus à rien. La moitié des tentes a été balayée par l'eau du réservoir. Heureusement, la mienne était assez à l'écart et Angharrad n'a pas souffert non plus. Mais tout le reste baigne dans la boue. Un mur de l'entrepôt s'est effondré, et le Maire a envoyé des hommes voir ce qu'il y avait de récupérable, jusqu'à quand on pourrait tenir – sûrement pas bien longtemps.

– Ils ont vraiment décroché la timbale, Todd. En une seule attaque, ils ont réduit nos provisions d'eau de quatre-vingt-quinze pour cent. Même en rationnant au strict minimum, nous n'avons plus que quatre jours, et il reste encore presque six semaines avant l'arrivée des vaisseaux.

– Et la nourriture ?

– Là, nous avons un peu plus de chance. Juges-en par toi-même.

Je scrute les feuilles dans sa main, les gribouillis de M. Tate et de M. O'Hare, des signaux et des points qui se tortillent comme les microrats noirs qu'on avait dans la grange, se tournant et se glissant si vite quand on soulevait une planche, à peine si on arrivait à les distinguer. Je regarde les pages et je me demande comment on peut lire quelque chose quand les lettres ont l'air de machins tellement différents à différents endroits et en même temps toujours pareils –

– Désolé, Todd, fait le Maire en reposant les papiers. J'oubliais…

Je me retourne vers Angharrad. Impossible que le Maire oublie quelque chose, non, j'y crois pas.

– Tu sais, dit-il, et sa voix n'est pas méchante. Je pourrais t'apprendre à lire.

Et ça, c'est des mots qui me font brûler encore

plus rouge, de gêne et de honte et de colère, à vouloir arracher la tête de quelqu'un –

– C'est peut-être plus facile que tu ne penses… J'ai travaillé sur la façon d'utiliser le Bruit pour apprendre et…

– Quoi, parce que je vous ai sauvé la vie ? Vous aimez pas trop les dettes, hein ?

– Je crois que nous en sommes à égalité, sur ce point précis, Todd. Par ailleurs, ceci n'est rien dont tu puisses avoir honte…

– Fermez-la, d'accord ?

Il me regarde un long moment.

– D'accord, lâche-t-il enfin, doucement. Je ne voulais pas t'ennuyer. Dis à Viola que je les rencontrerai comme ils le souhaitent. (Puis il se lève.) Autre chose… Je ne viendrai qu'à une condition, c'est que tu m'accompagnes.

[VIOLA]

– J'ai du mal à le croire, dis-je à Todd sur le comm.

– *Je sais*, répond-il. *Je croyais qu'il allait discuter. Mais il a tout accepté.*

– Maîtresse Coyle a toujours dit qu'il finirait par venir à elle. Je suppose qu'elle avait raison.

– *Formidable. Je suis bien content pour elle…*

Je ris un peu, ce qui me fait tousser.

– *Tu vas bien ?* demande Todd.

– Mais oui, je réponds rapidement. C'est Lee qui m'inquiète.

– *Il va comment ?*

– Stable, mais toujours assez mal. Maîtresse Lawson ne le réveille que pour le nourrir.

– *Aïe... Dis-lui bonjour de ma part*. (Je le vois jeter un coup d'œil de côté.)... *Ouais, une minute, purain !* (Puis, revenant vers moi :)... *Faut que j'y aille. Le Maire veut discuter de demain.*

– Maîtresse Coyle également, j'imagine. On se verra dans la matinée.

Il sourit timidement.

– Ce sera bien de te voir. En vrai, je veux dire. Ç'a été vraiment long. Beaucoup trop long.

Je lui dis au revoir, et on raccroche.

Lee est dans le lit à côté de moi, profondément endormi. Maîtresse Lawson reste assise dans un coin, vérifiant son état toutes les cinq minutes sur l'écran de contrôle. Elle me surveille aussi, testant les traitements multithérapeutiques de Maîtresse Coyle contre l'infection de mon bras. On dirait que ça se déplace vers les poumons, maintenant.

Mortelle, avait dit Maîtresse Coyle, parlant de l'infection.

Mortelle.

Et si elle disait la vérité. Si elle n'exagérait pas pour m'obliger à l'aider.

C'est pour cela, je crois, que je n'ai pas dit à Todd à quel point je suis malade. Parce que s'il se faisait du souci (et il s'en ferait), alors je finirais par penser que c'est peut-être vrai –

Maîtresse Coyle entre.

– Comment te sens-tu, ma fille ?

– Mieux. (Je mens.)

Elle hoche la tête et se détourne pour examiner Lee.

– Tu as des nouvelles ?

– Le Maire est d'accord sur tout, dis-je en toussant. Il viendra seul. Juste lui et Todd.

Maîtresse Coyle émet un rire sarcastique.

– L'arrogance de cet homme… Tellement certain qu'on ne lui fera pas de mal qu'il en fait tout un plat.

– J'ai dit que nous ferions la même chose. Juste vous, moi, Simone et Bradley. Nous verrouillerons le vaisseau et nous descendrons à cheval.

– Excellent plan, ma fille…, réplique-t-elle en jetant un coup d'œil aux écrans. Mais avec quelques femmes armées de la Flèche en couverture, évidemment.

Je fronce les sourcils.

– Alors, nous n'allons même pas commencer avec de bonnes intentions ?

– Quand apprendras-tu un jour ? Les bonnes intentions ne valent rien si elles ne s'appuient pas sur la force.

– C'est la voie d'une guerre sans fin.

– Peut-être. Mais c'est aussi la seule voie vers la paix.

– Je n'y crois pas.

– Oui, tu continues à ne pas y croire, hein ? (Elle se dirige vers la porte.) Mais nous verrons bien demain, ma fille.

Et dans sa voix, je sens à quel point elle l'attend, ce lendemain.

Ce jour où le Maire viendra à elle.

[TODD]

Juste avant l'aube, le Maire et moi on remonte à cheval vers la maison de soins, passant devant les arbres et les bâtiments que je longeais chaque jour avec Davy, sur la route du monastère.

C'est la première fois que je reviens ici sans lui.

**Garçon poulain**, pense Angharrad, et je vois Acorn dans son Bruit, Acorn le cheval que montait Davy et qu'il essayait d'appeler Deadfall. Acorn que Viola monte maintenant et il sera sûrement là, lui aussi.

Mais Davy sera pas là. Davy sera plus jamais nulle part.

– Tu penses à mon fils, dit le Maire.

– Ne parlez pas de lui… je réponds, presque par réflexe. Et puis, comment vous arrivez encore à me lire ? Personne d'autre y arrive.

– Je ne suis pas vraiment les autres, Todd.

*Ça, tu peux le dire*, je pense, pour voir s'il l'entend.

– Mais tu as parfaitement raison, dit-il en tirant sur les rênes de Jolly Juliet, tu t'en es admirablement sorti. Tu as appris infiniment plus vite que mes capitaines. Qui sait ce dont tu seras capable un jour ?

Dans le sourire qu'il m'envoie, il y a presque de la fierté.

Le soleil n'est pas encore levé au bout de la route, juste une vague teinte rose dans le ciel. Le Maire a insisté pour qu'on y soit les premiers, les premiers sur place quand ils arriveraient.

Lui et moi, et la compagnie d'hommes qui nous suit.

On atteint les deux granges qui marquent l'embranchement vers la maison de soins, puis on descend vers le fleuve à sec. Le ciel est encore très sombre quand nous l'apercevons après un virage.

C'est pas ce qu'on attendait. Au lieu d'une maison où entrer et faire notre réunion, on distingue juste une structure en bois brûlé, sans toit, ses débris carbonisés sur la pelouse. D'abord je pense aux Spackle, et puis je me rappelle que la Flèche a tout incendié pendant sa marche sur la ville, même ses propres bâtiments. De toute façon, le Maire en avait fait une prison, et plus personne aurait voulu s'y faire soigner.

L'autre surprise, c'est qu'ils sont déjà là, à nous attendre dans l'allée. Viola sur Acorn, à côté d'un char à bœufs conduit par un homme à la peau sombre, et une femme à l'air costaud, sûrement Maîtresse Coyle. Le Maire, il était apparemment pas tout seul à vouloir arriver le premier.

Je le sens se hérisser derrière moi, mais il le cache aussitôt quand on s'arrête devant eux.

– Bonjour, dit-il. Je connais Viola, et bien sûr la fameuse Maîtresse Coyle, mais je ne crois pas avoir eu le plaisir de rencontrer ce monsieur…

– Nous avons des femmes armées dans les arbres, dit Viola sans même répondre à son salut.

– Viola ! se récrie Maîtresse Coyle.

– Nous avons cinquante hommes plus haut sur la route, je réplique. Soi-disant une protexion contre les Spackle.

Viola désigne Maîtresse Coyle de la tête.

– Nous étions supposés ne rien dire.

– Ce qui aurait été difficile, intervient le Maire, puisque je les vois très nettement dans le Bruit de ce monsieur qui, je le répète, ne m'a pas été présenté.

– Bradley Tench, dit l'homme.

– Président David Prentiss, dit le Maire. À votre service.

– Et tu es donc Todd, fait Maîtresse Coyle.

– Et vous êtes donc celle qui a essayé de nous tuer, Viola et moi, je réplique en soutenant son regard.

Elle me répond par un sourire.

– Je ne crois pas être la seule personne ici présente à mériter une telle accusation.

Elle est plus petite que je pensais. Ou peut-être que je suis juste plus grand. Après tout ce que j'ai entendu d'elle par Viola, dirigeant des armées, faisant sauter la moitié de la ville et se préparant à prendre le pouvoir en ville, j'attendais une géante, ou presque. Elle est baraquée, bien sûr, comme un tas de gens sur cette planète, qui doivent travailler dur pour survivre. Mais il y a ses yeux aussi ; ils vous fixent et ils acceptent pas la discussion, ils ont pas l'air de pouvoir douter, même quand ils devraient. Peut-être bien les yeux d'une géante, finalement.

Je guide Angharrad vers Acorn pour dire vraiment bonjour à Viola, envahi déjà par le torrent de chaleur qui m'envahit chaque fois que je la vois, mais remarquant aussi comme elle a l'air malade, pâle et –

Elle me regarde, étonnée, la tête inclinée.

Et je réalise qu'elle essaye de me lire.

Et qu'elle peut pas.

## [VIOLA]

Je fixe Todd. Je le regarde et le regarde.

Et je l'entends pas.

Du tout.

Je pensais que c'était juste l'horreur de la guerre qui l'avait traumatisé, l'avait plongé dans le flou, mais là, non, c'est différent. C'est presque du silence.

C'est comme le Maire.

– Viola ? il chuchote.

– J'avais cru comprendre que votre groupe compterait un quatrième membre… dit le Maire.

– Simone a décidé de rester à bord du vaisseau, explique Bradley.

Et même si je garde les yeux fixés sur Todd, j'entends son Bruit rempli d'Ivan et des autres, qui ont menacé d'utiliser la violence si nous les laissions sans protection. Simone a finalement accepté de rester là-bas. C'est Bradley qui aurait dû rester, évidemment, avec son Bruit tonitruant à chaque seconde, mais les gens du plateau, menés par Ivan, jamais ils n'auraient accepté la protection de l'Humanitaire.

– Tout à fait regrettable, dit le Maire. Les gens de la ville semblent avoir besoin d'un authentique pouvoir dirigeant.

– C'est une façon comme une autre de voir les choses, ironise Bradley.

– Ainsi, nous voici donc réunis, poursuit le Maire, pour changer la face de ce monde.

– En effet, acquiesce Maîtresse Coyle. Alors autant commencer tout de suite.

Et elle parle. Et ses mots sont suffisamment forts pour me distraire de Todd.

– Vous êtes un criminel et un assassin, assène-t-elle au Maire, d'une voix froide comme une pierre. Vous avez commis un génocide contre les Spackle, et vous avez provoqué cette guerre. Vous avez emprisonné, mis en esclavage, puis marqué à jamais toutes les femmes que vous avez pu prendre. Vous vous êtes montré incapable d'arrêter les attaques spackle, qui vous ont coûté la moitié de votre armée, et ce n'est qu'une question de temps avant que vos hommes se soulèvent contre vous et décident de se rallier à la puissance de feu supérieure du vaisseau éclaireur, au moins histoire de survivre durant les quelques semaines qui nous séparent de l'arrivée du convoi.

Elle sourit tout au long de son discours, malgré la façon dont Bradley et moi nous la regardons, malgré la façon dont Todd la regarde –

Mais je vois que le Maire sourit, lui aussi.

– … Alors expliquez-nous au juste pourquoi, conclut-elle, nous ne vous abandonnerions pas à votre triste sort.

[TODD]

Après une longue minute de silence, le Maire répond à Maîtresse Coyle :

– Vous êtes une criminelle et une terroriste. Plutôt que de collaborer avec moi pour faire de New Prentissville un paradis accueillant pour les nouveaux colons, vous avez préféré tout faire sauter, vous avez préféré détruire la ville plutôt que de la voir devenir ce que vous n'aviez pas voulu. Vous avez tué des soldats et des civils innocents, sans parler de votre tentative sur la jeune Viola ici présente, ne cherchant qu'à me renverser pour vous faire le chef incontesté de je ne sais quel New Coyleville. (Il désigne Bradley.) Manifestement, l'équipage du vaisseau éclaireur ne vous soutient qu'à contrecœur, après que vous avez sans aucun doute poussé Viola à envoyer ce missile. Mais combien d'armes ont-ils, finalement ? Assez pour vaincre les centaines de milliers, les millions de Spackle qui viendront vague après vague jusqu'à ce que nous soyons tous morts ? Vous avez autant à vous reprocher que moi, Maîtresse.

Et ils continuent à se sourire, lui et Maîtresse Coyle.

Bradley pousse un gros soupir.

– Bien, maintenant que vous vous êtes suffisamment amusés tous les deux, pourrions-nous s'il vous plaît en venir au but de cette réunion ?

– Et ce but, quel pourrait-il être au juste ? demande le Maire comme s'il parlait à un enfant.

– Éviter l'éradication complète, rétorque Bradley. Créer une planète où il y aurait suffisamment de place pour tout le monde, y compris vous deux. Le convoi n'est plus qu'à quarante jours, pourquoi ne pas leur préparer un monde en paix ? Chacun de nous en a le pouvoir. Maîtresse Coyle, avec un groupe entièrement dévoué à sa cause, quoique inférieur en nombre et en matériel que votre armée. Notre position est plus facile à défendre que la vôtre, mais elle manque d'espace pour accueillir une population qui devient plus rétive chaque jour. Pendant ce temps, vous êtes soumis à des attaques que vous ne pouvez combattre.

– Oui, intervient le Maire. La sagesse militaire veut que nous combinions nos forces, c'est évident…

– Je ne parle pas de cela, coupe Bradley d'une voix plus tranchante, et son Bruit tellement cru et heurté, jamais j'en ai vu de pareil, mais *buzzant* du sentiment d'être dans le vrai, de sa certitude absolue de faire ce qui est bon, et de la moelle qui le soutient.

Je crois que je l'aime bien, finalement.

– … Je ne parle absolument pas de *combinaisons militaires*. Je dis que moi, j'ai les missiles, moi, j'ai les bombes, et je dis que là maintenant, je vous laisserais bien volontiers à votre petite guéguerre, si vous n'acceptez pas de discuter d'un moyen de combiner nos forces pour arrêter cette guerre, et non pour la gagner.

Là, pendant une infime seconde, le Maire ne sourit plus.

– Ce n'est pas si compliqué, intervient Viola en toussant. Nous avons l'eau, vous avez la nourriture. Nous échangeons ce que nous avons contre ce qu'il nous faut. Nous montrons aux Spackle que nous sommes unis, et que nous voulons la paix.

Mais moi, tout ce que je vois, c'est comme elle tremble de froid.

– Parfait, lance Maîtresse Coyle, apparemment ravie par la tournure de la discussion. Et comme premier point de négociation, le Président pourrait-il avoir l'amabilité de nous montrer comment renverser l'effet des bracelets qui, comme il l'a toujours souhaité, j'en suis persuadée, sont en train de tuer toutes les femmes qui en portent un.

[VIOLA]

– Quoi ? s'écrie Todd.

– J'ignore totalement de quoi elle parle, réplique rapidement le Maire, mais le visage de Todd est déjà en éruption.

– C'est seulement une théorie, je dis. Elles n'ont rien prouvé.

– Ah, parce que tu te sens en pleine forme ? ironise Maîtresse Coyle.

– Non, mais je ne suis pas à l'agonie.

– Oui, tu es jeune et forte. Toutes les femmes n'ont pas cette chance.

– Les bracelets proviennent d'un troupeau tout à fait normal que vous aviez à Haven, intervient le Maire. Si vous êtes en train de dire que je les ai modifiés pour tuer les femmes cerclées, alors vous vous trompez lourdement et je me sens profondément offensé...

– Ne le prenez pas sur ce ton avec moi, coupe Maîtresse Coyle. Vous avez tué toutes les femmes du vieux Prentissville.

– Les femmes du vieux Prentissville se sont suicidées, martèle le Maire, parce qu'elles étaient en train de perdre une guerre qu'elles avaient provoquée.

– Quoi ? répète Todd, pivotant sur ses talons pour regarder le Maire, et maintenant je réalise qu'il n'a jamais entendu cette version des événements.

– Je suis désolé, Todd, réplique le Maire. Mais je te l'avais déjà dit, ce que l'on t'a appris n'est pas la vérité.

– Ben m'a dit ce qui s'était passé ! hurle Todd. N'essayez pas de m'entortiller maintenant ! J'ai rien oublié du genre d'homme que vous êtes, et si vous faites du mal à Viola...

– *Je n'ai pas fait de mal à Viola*, martèle le Maire. Je n'ai délibérément fait du mal à aucune femme. Rappelle-toi que j'ai seulement commencé à les cercler *après* le début des attaques terroristes de Maîtresse Coyle, *après* qu'elle a tué des gens innocents, *après* qu'il nous a fallu garder trace de celles qui nous attaquaient. Si quelqu'un est à blâmer pour la pose de ces bracelets d'identité…

– *Bracelets d'identité* ? s'écrie Maîtresse Coyle.

– … Alors, prenez-vous-en à elle. Si j'avais voulu tuer les femmes, ce qui n'est absolument pas le cas, j'aurais pu le faire dès l'entrée de l'armée en ville, mais ce n'est pas ce que je voulais alors, et ce n'est certainement pas ce que je veux maintenant !

– Et pourtant, dit Maîtresse Coyle. Je suis la meilleure guérisseuse de cette planète, et je suis incapable de soigner cette infection. Cela vous semble-t-il vraisemblable ?

– Très bien, lâche le Maire en la fixant droit dans les yeux. Ce sera donc notre premier accord. Je vous offre un accès plein et entier à toutes les informations dont je dispose sur les bracelets et sur la manière dont nous traitons les femmes en ville, même si elles ne sont nullement, je dois dire, dans l'état catastrophique que vous semblez décrire.

Je regarde Todd, mais il ignore manifestement jusqu'à quel point on peut croire le Maire. J'entends un peu de son Bruit maintenant, surtout de l'inquiétude et du sentiment pour moi, mais toujours rien de clair, toujours rien qui ressemble à avant.

Presque comme si le Todd que je connais n'était pas du tout là.

– Tu es sûre que ça va ? je demande à Viola, en m'approchant tout près, ignorant les autres qui continuent à discuter. Tu es vraiment sûre ?

– Il n'y a pas de quoi s'inquiéter, répond-elle, mais je vois bien qu'elle ment pour me rassurer et que c'est évidemment tout le contraire.

– Viola, si ça ne va pas, si quelque chose allait t'arriver…

– Maîtresse Coyle essaye juste de m'effrayer pour que je collabore, rien de plus.

Mais je regarde dans ses yeux et je vois que c'est pas toute la réalité et je sens mon estomac s'effondrer à cause que si quelque chose lui arrivait, si je la perdais, si elle…

*Je suis le Cercle et le Cercle est moi*, je pense.

Et ça part, ça s'en va, ça se tranquillise, et je réalise que j'ai fermé les yeux à cause que quand je les ouvre, Viola me fixe, horrifiée.

– Qu'est-ce que tu viens de faire ? elle demande. Le petit bout de Bruit que j'entendais vient de disparaître.

– Quelque chose que je sais faire, maintenant, dis-je en détournant les yeux. Me tranquilliser.

Son front se plisse, perplexe.

– Et c'est ce que tu veux vraiment ?

– C'est une bonne chose, Viola. (Mon visage brûle.) Je peux enfin garder un ou deux secrets pour moi.

Mais elle secoue la tête.

– Je pensais que tu avais vu quelque chose d'assez terrible pour faire taire ton Bruit. Je ne pensais pas que tu le faisais exprès.

Je ravale ma salive.

– J'ai vraiment vu des choses terribles. Ça les fait s'arrêter.

– Mais où as-tu appris ? C'est *lui* qui sait comment faire, hein ?

– T'en fais pas. Je contrôle.

– Todd…

– C'est juste un instrument. Tu te répètes des mots et ça te concentre et tu le combines avec ton désir et…

– On croirait l'entendre parler. (Elle baisse la voix.) Il pense que tu es spécial, Todd. Il l'a toujours pensé. Il pourrait t'entraîner dans quelque chose que tu ne voudrais pas, quelque chose de dangereux.

– Et tu crois pas que je sais déjà tout ça ? je réponds, assez brusquement. Il peut pas me contrôler, Viola. Je suis assez fort pour le repousser…

– Tu peux contrôler les gens ? réplique-t-elle aussi sec. Si tu peux rester silencieux, n'est-ce pas l'étape suivante ?

Et voilà qu'elle revient dans ma tête, cette image, l'image de James étendu mort sur la place et, pendant un instant, j'arrive pas à la balayer et ma honte déborde encore comme si j'allais vomir et je suis le Cercle et le Cercle est moi –

– Non, je peux pas faire ça encore, dis-je. C'est mal, de toute façon. Je voudrais pas le faire.

Elle pousse Acorn pour rapprocher nos visages.

– Tu ne peux pas le sauver, Todd, dit-elle un peu plus doucement, mais je grimace au mot « sauver ». Tu ne *peux* pas. Parce qu'il ne le veut pas.

– Je sais. (Je ne la regarde toujours pas tout à fait.) Je le sais bien.

Pendant un moment, nous observons Maîtresse Coyle et le Maire qui bataillent.

– Vous détenez bien plus que cela ! dit-elle. Les modules nous donnent la taille de votre entrepôt…

– Et vos modules vous en donnent-ils aussi le contenu, Maîtresse ? Pareille technologie me surprendrait, même moi !

Viola tousse dans sa main.

– Tu vas vraiment bien, Todd ?

En réponse, je demande :

– Et tu risques vraiment rien à cause du bracelet ?

Et on répond ni l'un ni l'autre.

Et le matin devient encore un peu plus froid.

[VIOLA]

Les discussions continuent encore pendant des heures, toute la matinée même, jusqu'à ce que le soleil soit haut dans le ciel. Todd ne dit pas grand-chose. Chaque fois que j'essaye de participer, la toux m'arrête presque aussitôt. Alors Bradley et le Maire et Maîtresse Coyle continuent à discuter et discuter sans fin.

Tout de même, plusieurs décisions sont prises. En plus de l'échange d'informations médicales, les transports vont démarrer deux fois par jour, l'eau dans un sens, la nourriture dans l'autre, le Maire fournissant des véhicules supplémentaires qui s'ajouteront aux charrettes de la Flèche. Bien sûr, ce serait infiniment plus logique que tout le monde se rassemble en un seul endroit, mais le Maire refuse de quitter la ville et Maîtresse Coyle de descendre du plateau. Nous sommes donc condamnés à acheminer l'eau et la nourriture sur dix kilomètres.

C'est déjà un début, je suppose.

Tous les jours, Bradley et Simone partiront en patrouille volante au-dessus de la ville et du plateau, dans l'espoir de tenir en respect les Spackle par la seule menace. Et par un accord final au bout de cette journée interminable, quelques-uns de meilleurs éléments de la Flèche aideront le Maire à combattre les attaques surprises des Spackle contre la ville.

– Mais seulement pour se défendre, j'insiste. Vous devrez tous deux leur faire des ouvertures de paix. Sans quoi, tout cela ne servira qu'à empirer les choses.

– Tu ne peux pas te contenter d'arrêter de combattre et appeler cela la paix, ma fille. La guerre continue même quand on négocie avec l'ennemi.

Et elle regarde le Maire.

– Tout à fait, acquiesce aussitôt ce dernier. C'est ainsi que les choses se sont toujours faites.

– Et que vous les ferez, cette fois ? demande Bradley. Nous avons votre parole !

– Pour un marchandage de paix, réplique le Maire avec son sourire habituel, ce n'est pas un mauvais marchandage. Et quand la paix sera conclue, qui sait où nous en serons, les uns et les autres ?

– Surtout si vous avez réussi à vous transformer en responsable de la paix avant l'atterrissage du convoi…, ricane Maîtresse Coyle. Ils seront sûrement très impressionnés.

– Tout autant que par vous, Maîtresse Coyle, qui aurez réussi à m'attirer à la table de négociations.

– S'ils doivent être impressionnés par quelqu'un, intervient Todd, ce sera plutôt par Viola…

– Ou Todd, coupe Bradley avant que je ne le dise moi-même. Sans eux, il n'y aurait rien eu de possible. Mais, franchement, si vous voulez jouer un rôle dans le futur, vous feriez mieux de vous y mettre tout de suite parce que, pour l'instant, pour un observateur impartial, le Président est un criminel de guerre et Maîtresse Coyle une terroriste.

– Je suis général, corrige le Maire.

– Et je lutte pour la liberté, ajoute Maîtresse Coyle.

Bradley esquisse un sourire désabusé.

– Bien, je crois que nous en avons réellement terminé. Nous sommes d'accord sur ce qui se met en œuvre aujourd'hui et sur ce qui suivra demain. Si nous arrivons à nous y tenir pendant quarante jours de plus, alors il reste peut-être un espoir pour cette planète.

[TODD]

Maîtresse Coyle rassemble les rênes et les fait claquer sur les bœufs, qui font Wilf ? en réponse.

– Tu viens ? dit-elle à Viola.

– Partez devant quelques minutes, répond-elle. Je veux parler à Todd.

Maîtresse Coyle ne semble pas surprise.

– Contente d'avoir enfin fait ta connaissance, Todd, dit-elle en me fixant longuement avant que la charrette démarre.

Le Maire les salue.

– Quand tu veux, Todd, fait-il en poussant lentement Jolly Juliet sur la route pour me laisser seul avec Viola.

– Tu crois que cela va marcher ? me demande-t-elle en toussant très fort contre son poing serré.

– Six semaines avant que les vaisseaux arrivent. Même pas. Disons cinq et demie.

– Cinq semaines et demie et tout va encore changer.

– Cinq semaines et demie et on pourra être ensemble.

Mais elle répond rien.

– Tu es sûr de savoir ce que tu fais avec lui, Todd ?

– Il est différent avec moi, Viola. C'est plus le démon cinglé d'avant. Je crois que je peux le tenir en laisse, juste assez pour qu'il nous tue pas tous.

– Ne le laisse pas entrer dans ta tête, dit-elle, plus sérieuse que je l'ai jamais vue. C'est là qu'il fait le plus de mal.

– Il est pas dans ma tête. Et je fais attention à moi. Alors, toi aussi, fais attention à toi.

J'essaye de sourire. Je n'y arrive pas.

– … Reste en vie, Viola Eade. Si Maîtresse Coyle est capable de te soigner, fais tout ce que tu peux pour qu'elle le fasse.

– Je ne suis pas en train de mourir, Todd. Je te le dirais, sinon.

On reste muets un instant, puis elle ajoute :

– Tu es tout ce qui compte pour moi, Todd. Sur cette planète entière, tu es la seule chose qui compte.

– Toi aussi, Viola, j'articule, la gorge serrée.

Et on sait bien tous les deux qu'on est sincères. Mais quand on se sépare et qu'elle s'éloigne d'un côté sur Acorn, et moi de l'autre sur Angharrad, je parierais que chacun se demande si l'autre a menti sur des choses importantes.

– Eh bien, eh bien, lance le Maire quand je le rattrape sur la route de la ville. Que penses-tu de tout cela, Todd ?

– Si l'infexion du bracelet emporte Viola, vous me supplierez de vous achever après ce que je vous aurai fait.

– Je te crois, dit-il, pendant que le REURR de la ville monte peu à peu. Et c'est pourquoi tu dois me croire quand je dis que jamais je n'aurais pu commettre pareille chose.

Et là, je jure qu'il parle comme si ça pouvait être vrai.

– Et vous allez devoir tenir parole sur ces accords. Nous visons la paix, à présent. *Pour de bon*.

– Crois-tu vraiment que je veuille la guerre pour la guerre, Todd ? Mais non. Je veux la victoire. Et parfois, la victoire passe par la paix, n'est-ce pas ? Le convoi pourrait ne pas apprécier tout ce que j'ai fait, mais j'ai le sentiment qu'ils écouteront un homme qui a gagné la paix en dépit de tous les obstacles.

*Des obstacles que tu as toi-même créés*, je pense.

Mais je le dis pas.

À cause que, encore une fois, il a l'air de dire la vérité.

Peut-être que je déteins sur lui.

– Et maintenant, dit-il, allons voir si nous pouvons construire un monde pacifique.

## LE TERME DES CHEMINS

Je caresse le lichen fraîchement poussé sur le bracelet, je l'effleure doucement à la fin d'une autre journée et je m'assieds, seul, sur mon rocher. La douleur est toujours là, souvenir quotidien de qui je suis, d'où je viens.

Je ne prends plus les médicaments de la Terre.

Ce n'est pas logique, mais j'en suis dernièrement venu à croire que la douleur ne s'arrêtera que lorsque la Clairière sera partie d'ici.

– *Ou peut-être seulement quand le Retour se laissera guérir,* montre le Ciel en surgissant derrière moi. *Viens, il est temps.*

– *Temps pour quoi ?*

Il soupire devant mon ton hostile.

– *Temps de te montrer pourquoi nous allons gagner cette bataille.*

Sept nuits ont passé depuis que le vaisseau de la Clairière a bombardé la Terre et que le Ciel a donné l'ordre de retraite. Sept nuits, et nous n'avons rien fait qu'observer, quand nos voix distantes nous rapportaient que les deux groupes de la Clairière étaient de nouveau en contact, qu'ils commençaient à échanger du ravitaillement pour s'entraider, que le vaisseau sur le plateau lointain avait encore décollé pour survoler la vallée très haut par-dessus les armées de tout le monde, et chaque jour depuis.

Sept nuits, et le Ciel a laissé la Clairière se renforcer.

Sept nuits, et il a attendu la paix.

– *Ce que le Retour ne sait pas,* me montre-t-il pendant que nous progressons à travers la Terre, *c'est que le Ciel règne seul.*

J'observe les visages de la Terre en passant, leurs voix qui se connectent l'une à l'autre pour former la voix unique, ce lien facile qui demeure encore si difficile pour moi.

– *Oui,* je montre. *Je savais cela.*

– *Non.* (Il s'arrête.) *Tu ne le savais pas. Tu ne le sais pas.*

Et il ouvre sa voix, me montrant plus qu'il ne dit, me montrant qu'être appelé le Ciel, c'est le même exil qu'être appelé le Retour, et en plus, pas un exil décidé, car il n'était qu'un membre de la Terre comme les autres avant qu'ils le choisissent pour Ciel.

Et il a été séparé de la voix pour le devenir.

Je vois combien il était heureux avant, heureux dans sa connexion avec ses proches, sa famille, ses compagnons de chasse, sa une en particulier avec qui il avait prévu d'agrandir la voix de la Terre. Et puis, je le vois arraché à elle, à eux tous, séparé, élevé, et je vois comme il était jeune, à peine plus vieux –

– *Que le Retour ne l'est maintenant...,* enchaîne-t-il, me surplombant de toute sa taille, son armure cuite au soleil, son heaume pesant sur sa nuque et ses larges épaules, soutenu par leurs muscles. *La Terre fouille à l'intérieur d'elle-même pour trouver un nouveau Ciel et l'élu ne peut refuser. La vie passée est finie et doit être oubliée, car la Terre a besoin de son Ciel pour veiller sur elle, et le Ciel ne peut rien avoir d'autre au monde que la Terre.*

Et il est là dans sa voix, assumant les atours de sa fonction quand il a pris le nom de Ciel et qu'il s'est détaché de ceux qu'il devait diriger.

– *Vous régnez seul*, je montre, et je sens ce poids.

– *Mais je n'ai pas toujours été seul. Pas plus que le Retour.*

Sa voix se tend soudain vers moi, et avant que j'en prenne conscience –

Me revoici avec –

*– avec mon un en particulier dans la cabane où nous habitons, enfermés la nuit par notre maître de la Clairière, le maître dont nous nettoyons la pelouse, soignons les fleurs, cultivons les légumes. Je n'ai jamais connu ceux qui m'ont parenté, ayant été donné à notre maître avant d'avoir des souvenirs, et je n'ai même jamais vraiment connu mon un en particulier, pas beaucoup plus âgé que moi, mais qui me montre comment faire notre travail suffisamment bien pour n'être pas trop souvent battus, qui me montre comment allumer un feu de cuisine, frotter ensemble les éclats de pierre pour produire notre seule source de chaleur –*

*– mon un en particulier qui me laisse rester silencieux quand nous emportons les légumes de notre maître au marché et croisons les autres membres du Fardeau dont les voix se tendent en saluts amicaux qui me plongent dans l'embarras, mon un en particulier attirant leur attention et me laissant rester timide aussi longtemps que j'en ai envie –*

*– mon un en particulier blotti contre mon estomac, toussant, malade d'une infection, rempli de fièvre, le pire signe de maladie chez ceux du Fardeau, celle qui nous fait traîner chez le vétérinaire de la Clairière et ne plus jamais en revenir. Je presse mon corps contre mon un en particulier, suppliant la boue, les rochers, la cabane, les suppliant tous par pitié de faire baisser la température, pitié qu'elle baisse –*

*– mon un en particulier et moi par une soirée d'été après un moment de jeunesse ensemble, nous lavant dans le baquet d'eau que notre maître nous fournit une fois par semaine, nous lavant l'un l'autre, et faisant cette découverte surprenante qu'un autre genre de proximité est possible –*

*– mon un en particulier silencieusement avec moi depuis que nos voix nous ont été volées par la Clairière, depuis que tous nous avons été coupés l'un de l'autre et placés sur des rives séparées, nous appelant de chaque côté d'un abîme trop large pour nous entendre, mon un en particulier qui lentement, doucement, par gestes et claquements de langue, essaye de me faire comprendre –*

*– mon un en particulier se levant quand s'ouvre la porte de la cabane et que la Clairière est là avec ses fusils et ses lames, mon un en particulier se tenant une fois de plus devant moi, me protégeant une dernière fois –*

Le Ciel me laisse appeler, l'horreur à nouveau vivante dans ma voix, vivante comme si elle survenait là maintenant, une fois de plus –

– *Il te manque*, montre le Ciel. *Tu l'aimais.*

– *Ils ont tué mon un en particulier*, je montre, brûlant et mourant et brûlant encore. *Ils me l'ont pris.*

– *C'est pourquoi je t'ai reconnu dès le premier jour. Nous sommes les mêmes, le Ciel et le Retour. Le Ciel parle pour la Terre, et le Retour parle pour le Fardeau. Et pour accomplir cela, nous devons être seuls tous les deux.*

Je respire toujours bruyamment.

– *Pourquoi me faites-vous me rappeler tout cela, maintenant ?*

– *Parce qu'il est important que tu comprennes qui est le Ciel. Parce qu'il est important de se souvenir.*

Je lève la tête.

– *Pourquoi ?*

Mais tout ce qu'il montre, c'est :

– *Suis-moi.*

Nous traversons le campement jusqu'à atteindre un petit sentier presque invisible sous les arbres. Un peu plus loin, il y a deux gardes du Chemin qui inclinent la tête respectueusement devant le Ciel et nous laissent passer. Après un brusque virage à angle droit, le sentier remonte dans des taillis qui nous cachent presque aussitôt. Nous grimpons et grimpons encore, vers ce qui doit sûrement être le plus haut point de la vallée, par un sentier seulement assez large pour une personne.

– *C'est une difficulté nécessaire : la Terre doit parfois se ménager des secrets pour elle-même*, montre le Ciel. *C'est le seul moyen de rendre l'espoir possible.*

– *Est-ce pour cela qu'ils font le Ciel ?* je demande, en le suivant par un escalier de rochers. *Pour porter le poids de ce qui doit être fait ?*

– *Oui. C'est exactement cela. Et un autre élément*

*qui nous rend semblables.* (Il me jette un coup d'œil.) *Les secrets que nous avons appris à garder.*

Nous atteignons un rideau de lierre suspendu aux branchages. Le Ciel utilise son long bras pour l'écarter et dévoiler l'ouverture.

Un cercle de Chemins se tient dans une clairière. Les Chemins sont des membres de la Terre aux voix particulièrement ouvertes, choisis jeunes pour être les messagers les plus rapides du Ciel à travers tout le vaste corps de la Terre. Tous se tournent vers l'intérieur, concentrant leurs voix l'une vers l'autre, chacun créant un lien dans le cercle fermé.

– *Le Terme des Chemins,* me montre le Ciel. *Ils passent toute leur vie ici, leurs voix entraînées dans ce but depuis leur naissance. Une fois à l'intérieur, un secret peut être pris d'une voix et gardé en sécurité tout le temps nécessaire. C'est ici que le Ciel laisse les pensées trop dangereuses pour être diffusées...*

Il se tourne vers moi.

– *Et autre chose.*

Il lève la voix vers le Terme des Chemins, et le cercle se déplace légèrement, créant une ouverture.

Et je vois ce qui est à l'intérieur.

Au centre du cercle, il y a un lit en pierre.

Et sur le lit en pierre, un homme est allongé.

Un homme de la Clairière, inconscient.

Et qui rêve.

– *Votre Source,* je montre doucement, et nous entrons dans le cercle, et il se referme.

– *Un soldat. Trouvé sur le côté de la route, mort de ses blessures, pensions-nous. Alors est venue sa voix, non gardée et ouverte à l'extrême limite du silence. Nous l'avons empêchée de disparaître complètement.*

*– Empêchée ?*

J'observe l'homme, sa voix couverte par les voix des Chemins, qui l'enlèvent à la grande voix pour que ses secrets ne quittent jamais ce cercle.

*– Toute voix qui peut être entendue peut être soignée, même si elle se trouve loin du corps. Et elle se trouvait vraiment très loin. Nous avons traité ses blessures, et nous avons commencé à rappeler sa voix, à le rappeler à lui-même.*

*– À le rappeler à la vie…*

*– Oui. Et pendant tout ce temps, sa voix nous a dit des choses, des choses qui nous ont donné un grand avantage sur la Clairière, des choses qui sont devenues encore plus précieuses après que le Retour est revenu à la Terre.*

Je lui jette un regard.

*– Vous pensiez déjà à une attaque contre la Clairière avant que je revienne ?*

*– C'est un devoir du Ciel de se préparer à toute menace éventuelle contre la Terre.*

Je regarde la Source.

*– Et voici donc pourquoi vous avez dit que nous allions gagner.*

*– La voix de la Source nous dit que le chef de la Clairière est un homme qui ne forme pas de vraies alliances. Qu'il voudra toujours régner seul, malgré toutes les mesures temporaires qu'il peut prendre avec le plateau lointain. Qu'au besoin, il trahira l'autre bord sans hésitation. C'est là une grande faiblesse que la Terre peut exploiter. Nos attaques reprendront à l'aube. Nous verrons comment cette alliance résiste à la pression.*

*– Mais vous feriez tout de même la paix avec eux,* je lui montre dans un éclair. *Je le vois en vous.*

*– Si cela peut sauver la Terre, oui, le Ciel le ferait. Et le Retour aussi.*

Il ne me demande pas. Il me dit que je le ferais.

*– Mais voici pourquoi je t'ai mené ici*, montre-t-il en dirigeant sa voix vers l'homme. *Si la paix advient, si les choses se règlent ainsi, alors je te donnerai la Source tout entière. Tu en feras ce que tu voudras.*

Je le regarde, médusé.

*– Vous me le... donnerez ?*

*– Il est presque guéri. Nous le gardons endormi pour entendre sa voix non gardée, mais nous pourrions le réveiller à tout moment.*

Je me tourne vers l'homme.

*– Mais en quoi cela me donnerait-il une vengeance ? Pourquoi...*

Le Ciel fait un grand geste vers le Terme des Chemins, écartant leurs voix pour laisser place à la voix de l'homme –

Pour que je puisse l'entendre.

Sa voix –

Je marche vers la table en pierre et me penche vers le visage épuisé de l'homme, couvert par les poils qui défigurent la moitié de ceux de la Clairière. Je vois les onguents de la Terre sur sa poitrine, les vêtements en lambeaux.

Et je l'entends, continuellement.

*Maire Prentiss*, dit-il.

Et *armes.*

Et *moutons.*

Et *Prentissville.*

Et *un matin tôt.*

Et puis il dit –

Il dit –

*Todd.*

Je me tourne vers le Ciel.

– *Mais c'est...*

– *Oui.*

– *Je l'ai vu dans la voix du Couteau...*

– *Oui,* répète le Ciel.

– *Cet homme s'appelle Ben,* je montre, voix grande ouverte d'étonnement. *Le Couteau y accorde presque autant de valeur qu'à sa une en particulier.*

– *Et si la paix est notre issue, alors en paiement pour tout ce que la Clairière t'a fait subir, il est à toi.*

Je me retourne vers l'homme.

Vers Ben.

Il est à moi. S'il y a la paix, il est à moi.

Et je le tue.

## *07 Processus de paix*

[TODD]

On les entend arriver à travers les arbres, loin encore, mais ils montent vite.

– Attends voir, chuchote le Maire.

– Ils viennent droit sur nous, dis-je.

Les premiers rayons brumeux de l'aube ricochent sur son visage quand il se tourne vers moi.

– C'est le risque de servir d'appât, Todd.

Garçon poulain? dit nerveusement Angharrad sous moi.

– Tout va bien, fifille, je réponds, mais peut-être pas très convaincant. Obéis! pense Jolly Juliet à côté de nous.

– Ferme-la, lance le Maire, en même temps que moi.

Il me sourit.

Je souris, le temps d'un éclair.

La semaine a été presque bonne, par rapport à ce qui s'est passé avant. Les échanges d'eau et de nourriture ont bien fonctionné, pas d'entourloupes de la part du Maire ou de Maîtresse Coyle, et c'est un mode de vie qui vous rend automatiquement plus heureux quand vous avez plus à vous soucier de trouver à boire. Les choses se sont calmées dans les deux camps, la ville commence presque à reprendre l'allure d'une vraie ville et Viola dit que le plateau est plus tranquille aussi, presque normal. Elle dit même qu'elle se sent mieux, même si je peux pas vérifier par le comm à cause qu'elle trouve chaque jour des raisons pour qu'on se voie pas et je peux pas m'empêcher de m'inquiéter. Je peux pas m'empêcher de penser –

*(Je suis le Cercle et le Cercle est moi)*

Mais j'ai été occupé aussi, avec le Maire. Qui est devenu tout *amical*. Il a pris l'habitude de se rendre auprès des soldats, de les questionner sur leurs familles et leurs anciennes maisons et ce qu'ils comptent faire après la guerre, et quand les nouveaux colons arriveront et ainsi de suite. Même chose avec les gens de la ville.

Et pour moi aussi, il a fait toutes sortes de trucs bien, comme obliger M. O'Hare à rendre ma tente bien plus confortable, avec un lit plus douillet et des tas de couvertures contre le froid. Il vérifie toujours qu'Angharrad ait plus que sa ration d'eau et de nourriture. Et chaque jour, il me raconte ce que ses médecins font pour essayer de guérir les bracelets, pour être sûr que Viola ne court aucun danger.

C'est bizarre.

Mais bon.

Faut dire aussi que les Spackle ont pas attaqué de la semaine. Ce qui nous pas empêchés de nous préparer. En utilisant les modules, Bradley et Simone ont repéré deux itinéraires qui permettent aux Spackle de s'infiltrer en ville et le Maire y a installé des leurres. Et avec l'aide de nos nouveaux alliés qu'ont pas de Bruit et qui peuvent se faufiler à travers les bois sans être entendus, ils ont préparé des trucs en douce.

Et là, on dirait bien que toute cette préparassion était une bonne idée.

On est face à une piste qui coupe à travers bois, au sud de la ville, et on entend les Spackle arriver, exactement de la direxion prévue.

Et ils sont de plus en plus Bruyants.

– Aucun souci à se faire, chuchote le Maire en jetant un coup d'œil à travers les branches vers le module suspendu dans le ciel derrière nous. Tout fonctionne comme prévu.

Le Bruit des Spackle monte d'un cran, plus régulier, mais trop rapide pour se laisser déchiffrer.

Todd, dit Angharrad, plus nerveuse. Todd !

– Calme ton cheval, Todd, dit le Maire.

– Tout va bien, fifille, je chuchote en lui caressant le flanc. Mais je tire aussi sur les rênes pour nous déplacer un peu plus derrière l'équipement de forage qu'on est supposés garder.

Je prends mon comm.

– Tu vois quelque chose sur le module ?

– *Rien de net,* répond Viola. *Des mouvements, mais tellement flous, ça pourrait être le vent.*

– C'est pas le vent.

– *Je sais…* (Elle tousse dans sa main.) *Cramponne-toi.*

Le Bruit spackle devient encore plus fort –

Et puis plus fort –

– Ça y est, Todd, dit le Maire. Ils sont là.

– *Nous sommes prêts,* dit le comm, mais c'est pas Viola. C'est Maîtresse Coyle.

Et les Spackle jaillissent hors des ténèbres, comme une crue éclair –

Sur la piste et courant droit vers nous –

Leurs armes prêtes à tirer –

– Attends, fait le Maire, fusil en joue –

Ils continuent à débouler –

Vingt, trente, quarante Spackle –

Moi et le Maire tout seuls –

– Attends, il répète –

Et ils continuent à arriver –

Maintenant à portée de tir –

Et il y a un *fizz* quand un bâton blanc fait feu –

– Viola ! je crie –

– *Maintenant !* j'entends Maîtresse Coyle dans le comm –

***BOUM !***

De chaque côté de la piste, les arbres explosent en un million d'échardes enflammées, déchirant les Spackle, nous projetant en arrière, et j'ai bien du mal à empêcher Angharrad de se cabrer et de me jeter par terre –

Quand je pivote à nouveau, la fumée se dissipe déjà et on voit les arbres abattus et les troncs en feu –

Et pas un signe de Spackle –

Juste des corps sur la route –

Des tas de corps.

– Purain, c'est quoi, ce travail ? je crie dans le comm. C'est bien plus gros que vous aviez dit !

– *Une erreur de mélange, sans doute,* dit

Maîtresse Coyle. *Je vais en discuter avec Maîtresse Braithwaite.*

Mais je la vois sourire sur l'écran.

– Un peu trop enthousiaste, peut-être, commente le Maire qui s'approche de moi, lui aussi avec un grand sourire. Mais le processus de paix a commencé !

Puis nous entendons un autre son derrière nous. Le groupe de soldats qui guettait plus loin sur la piste au cas où quelque chose tournerait mal et qu'on aurait eu besoin d'aide. Ils marchent vers nous maintenant, d'un pas rapide, joyeux –

Et ils nous acclament.

Le Maire chevauche triomphal parmi eux, comme s'il avait prévu ça depuis longtemps.

[VIOLA]

– C'était un massacre, gronde Bradley, furieux. Et vous appelez cela une ouverture de paix ?

– Nous avons un peu forcé sur les doses, réplique Maîtresse Coyle en haussant les épaules. Mais c'était notre premier essai. Une bonne leçon pour la prochaine fois.

– La prochaine fois… s'étrangle Bradley. Mais Maîtresse Coyle sort déjà de la cabine où nous regardions tout sur l'écran principal.

Simone est dehors avec la télécommande, projetant l'image en trois dimensions pour la foule du plateau.

Il y a eu une grande acclamation après le bruit de l'explosion. Les acclamations redoublent quand Maîtresse Coyle sort du vaisseau.

– Elle l'a fait exprès, dit Bradley.

– Bien évidemment, je lui réponds. C'est tout à fait son style. Donne-lui une pomme et elle dévore la branche et l'arbre avec.

Je me lève de ma chaise –

Et me rassois immédiatement parce que ma tête tourne trop vite.

– Ça va ? demande Bradley, son Bruit bourdonnant d'inquiétude.

– Comme d'habitude, je murmure.

Mais c'est faux. Les traitements multithérapeutiques de Maîtresse Coyle ont bien marché un temps, et puis la fièvre est revenue encore plus violente ce matin, et elle ne me lâche plus. Six nouvelles femmes sont mortes, aussi, toutes plus âgées et en mauvaise santé, mais il y en a beaucoup dont l'état empire. On devine parfois si une femme porte le bracelet, rien qu'à observer son visage.

– Elle n'a rien trouvé dans les informations fournies par le Maire ? demande Bradley.

Je secoue la tête en toussant.

– S'il a vraiment fourni quelque chose...

– Encore trente-trois jours, et le convoi arrivera avec une infirmerie complète. Tu pourras tenir ?

Je hoche la tête. De toute façon, je tousse trop pour parler.

La semaine s'est étrangement bien passée. Wilf descend la route avec ses citernes pleines et il revient avec des charrettes de provisions, sans aucun problème. Le Maire a même envoyé des soldats pour le protéger et des ingénieurs pour améliorer la collecte de l'eau. Il a également accepté la présence de Maîtresse Nadari et Maîtresse Lawson qui font l'inventaire de la nourriture et supervisent la distribution.

Quant à Maîtresse Coyle, je ne l'ai jamais vue aussi joyeuse. Elle commence même à parler du moyen de faire la paix. Apparemment, le processus implique toute une série d'explosions. Maîtresse Braithwaite, qui a dirigé mon entraînement militaire (cela me paraît à des années-lumière, maintenant), pose des bombes dans les arbres, espérant prouver aux Spackle que nous pouvons être plus rusés qu'eux, et aussi en capturer un qui ne serait pas mort dans l'explosion. Alors nous le renverrons dire que nous continuerons à tout faire sauter s'ils ne veulent pas parler de paix.

Maîtresse Coyle jure que les choses se sont passées ainsi la dernière fois.

Mon comm bipe, c'est Todd qui appelle après l'attaque.

– Aucun survivant, hein ? je demande en toussant un peu plus.

– *Non. Viola, est-ce que… ?*

– Ça va bien. Juste une petite toux. (J'essaye de l'étouffer.)

Cette semaine, depuis notre grande réunion à la maison de soins, je ne l'ai vu que sur le comm. Je ne suis pas descendue là-bas et il n'est pas monté. Trop à faire. Enfin, c'est ce que je me dis.

Je me dis aussi que non, ce n'est pas qu'un Todd sans Bruit me rende –

Rende les choses comme –

– On va réessayer demain, dis-je. Et encore et encore. Jusqu'à ce que cela marche.

– *Oui. Plus tôt on pourra démarrer ces pourparlers de paix, plus vite tout ça sera terminé. Plus vite on pourra te remettre en forme.*

– Et plus vite tu seras loin de lui, dis-je en réalisant trop tard que je l'ai dit à haute voix.

Fichue fièvre.

Todd plisse le front.

*– Je vais bien Viola, je te jure. Il est devenu vraiment gentil.*

– Gentil ? Lui, gentil ?

*– Viola…*

– Trente-trois jours. Il ne reste plus que trente-trois jours et on en aura fini.

Mais j'avoue que cela me paraît une éternité.

[TODD]

Les attaques spackle continuent. Et on continue à les arrêter.

Obéis ! on entend Jolly Juliet crier sur la route. OBÉIS !

Et on entend rire le Maire.

Des sabots martèlent les ténèbres, les dents du Maire luisent au clair des lunes. On voit même briller les fils d'or sur la manche de son uniforme.

– Maintenant, MAINTENANT ! il crie.

Et avec un claquement dégoûté de la langue, Maîtresse Braithwaite presse le bouton d'une télécommande, et la route derrière le Maire s'embrase en un ouragan de flammes, carbonisant aussitôt les Spackle lancés à sa poursuite. Des Spackle qui croyaient avoir débusqué un soldat égaré, loin du piège évident qu'on avait installé sur une autre piste.

Sauf que le piège était pas un piège, mais le soldat égaré, si.

C'est la cinquième attaque que nous avons

stoppée en cinq jours, et chaque fois on devient plus malins, avec des faux pièges et des faux faux pièges sur différents itinéraires et ainsi de suite.

Ça fait vraiment du bien, comme si on agissait enfin, comme si on était en train de –

(gagner –)

(gagner la guerre –)

(c'est feutrement excitant –)

(ferme-la)

(mais quand même –)

Jolly Juliet arrive tout essoufflée à l'endroit où Angharrad et nous autres observons les flammes qui montent en nuage à travers les arbres et se dispersent dans le ciel froid de la nuit.

– En avant ! ordonne le Maire, et son *buzz* tourbillonne dans le Bruit des soldats rassemblés derrière nous, et ils se ruent en formassion, courant sur la piste vers tout Spackle qui serait encore en vie.

Mais vu la taille des flammes, on dirait bien qu'il en restera plus un seul de vivant, cette fois encore. Le sourire du Maire disparaît quand il voit toute la quantité de destruxion sur la route.

– Une fois de plus, lance-t-il à Maîtresse Braithwaite, votre explosif est bizarrement trop puissant pour laisser le moindre survivant.

– Vous auriez préféré qu'ils vous tuent ? réplique-t-elle d'un ton lui-même assez meurtrier.

– Vous ne voulez pas que nous capturions un Spackle, c'est tout, je dis. Vous réservez le premier à Maîtresse Coyle.

On pourrait facilement s'éclairer à la lueur du regard qu'elle me jette.

– Je te serais reconnaissante de ne pas t'adresser ainsi à tes aînés, mon garçon.

Le Maire éclate de rire.

– Je vous parlerai comme ça me chante, Maîtresse, je rétorque. Je commence à connaître votre chef, et faut être aveugle pour pas voir qu'elle mijote quelque chose.

Maîtresse Braithwaite se tourne vers le Maire, sans changer d'expression.

– Charmant, dit-elle.

– Mais judicieux, réplique-t-il. Comme à l'accoutumée.

Je sens mon Bruit rosir un peu sous cet éloge inattendu.

– Veuillez faire part à Maîtresse Coyle du succès habituel de l'opération, poursuit le Maire. Et de son échec, tout aussi habituel.

Maîtresse Braithwaite réplique par une grimace, et elle reprend le chemin de la ville avec Maîtresse Nadari.

– Je ferais la même chose à sa place, dit le Maire pendant que les soldats reviennent du feu, sans avoir trouvé un seul Spackle. Empêcher mes adversaires de glaner le moindre avantage.

– Mais nous sommes supposés collaborer, non ? Nous sommes supposés travailler à la paix…

Ça n'a pas l'air de le travailler beaucoup. Il regarde les soldats nous dépasser, riant et plaisantant de ce qu'ils considèrent comme une nouvelle victoire, après tant de défaites. Et ils seront encore plus nombreux à le féliciter une fois sur la place.

Viola me dit que Maîtresse Coyle, elle aussi, est fêtée comme une héroïne.

Ils font la guerre pour voir qui sera le plus pacifique.

– Mais tu as peut-être raison, après tout, lâche le Maire.

– Raison sur quoi ?

– Sur le fait que nous devrions travailler ensemble. (Il se tourne vers moi, avec son sourire habituel.) Peut-être le temps est-il venu d'essayer une approche différente.

[VIOLA]

– Qu'est-ce qui se passe, maintenant ? demande Lee en se grattant sous son bandage.

– Arrête, dis-je en lui tapotant gentiment la main, malgré la douleur qui m'élance dans tout le bras.

Nous sommes dans la chambre de soins du vaisseau éclaireur. Sur le mur, des écrans de contrôle montrent les modules dispersés au-dessus de la vallée. Après l'attaque explosive menée hier par Maîtresse Braithwaite, le Maire nous a tous surpris en suggérant que Simone conduise la mission suivante. Maîtresse Coyle a accepté, et Simone s'est mise au travail, concentrée sur un seul but, capturer un Spackle et le renvoyer avec un message de paix.

Ce qui peut paraître étrange après en avoir tué autant, mais la logique de la guerre est manifestement absurde. Vous tuez des gens pour leur dire que vous voulez arrêter de les tuer.

*Monstres d'hommes*, je pense. *Et de femmes.*

Alors aujourd'hui, Simone a préparé une tactique de diversion encore plus compliquée, positionnant les modules en plein jour pour faire croire qu'on attend les Spackle sur une certaine piste au sud, où Maîtresse Braithwaite a posé des bombes en appât, réglées pour exploser trop tôt comme si nous avions commis une erreur, tout en laissant un chemin ouvert au nord, un chemin où des femmes armées de la Flèche, commandées par Simone, attendront cachées pour capturer un Spackle, en espérant que leur absence de Bruit les surprendra.

– Tu ne me racontes rien du tout, dit Lee en se grattant à nouveau.

– Ce serait plus facile si Bradley venait s'asseoir près de toi. Tu pourrais voir ce qui se passe à travers lui.

– Je préfère que ce soit toi.

Et je me vois dans son Bruit, rien de trop intime, juste une version améliorée de moi, propre et lavée et en forme, au lieu de la fille fiévreuse et trop maigre et d'une saleté qui semble ne jamais pouvoir partir.

Il n'a pas parlé de sa cécité, sauf pour lancer des blagues, et quand arrive quelqu'un d'autre avec du Bruit, il réussit quand même à y voir, disant que c'est presque aussi bien que des yeux. Mais je passe beaucoup de temps avec lui, tous deux enfermés dans cette fichue chambre de soins, et je vois en lui, je vois comment presque toute sa vie a disparu d'un seul coup, que brusquement tout ce qu'il distingue, ce sont ses souvenirs et une version du monde communiquée par d'autres gens.

Et il ne peut même pas pleurer, les brûlures sont trop terribles.

– Quand tu restes là silencieuse, murmure-t-il, je sais que tu me lis.

– Excuse-moi, dis-je en toussant un peu. Je suis juste inquiète. Il *faut* que ça marche.

– Mais tu dois arrêter de penser que tu es responsable. Tu protégeais Todd, c'est tout. S'il avait fallu une guerre pour sauver ma mère et ma sœur, je n'aurais pas hésité.

– Mais on ne peut pas faire sa petite guerre personnelle. On ne ferait jamais les bons choix.

– Et si tu ne faisais pas des choix personnels, tu ne serais pas une personne. Toute guerre est un peu personnelle, non ? Sauf qu'il s'agit généralement de haine.

– Lee…

– Je dis simplement qu'il a de la chance d'avoir quelqu'un qui l'aime assez pour combattre le monde entier…

Son Bruit est gêné, il se demande quelle tête je fais, comment je réagis.

– … Et puis voilà, c'est tout.

– Il le ferait aussi pour moi, je réponds doucement.

*Je le ferais aussi pour toi*, dit le Bruit de Lee.

Et je sais qu'il le ferait.

Mais ces gens qui meurent à cause de ce qu'on fait, n'ont-ils pas aussi des gens qui tueraient pour eux ?

Alors, qui a raison ?

Je me prends la tête entre les mains. Elle pèse si lourd. Chaque jour, Maîtresse Coyle essaie une nouvelle approche pour traiter l'infection, et chaque jour je me sens mieux pendant un moment, et puis ça revient, en pire.

Mortel.

Et encore des semaines avant l'arrivée du convoi, à supposer qu'ils puissent nous aider –

Un grésillement sur le comm du vaisseau nous fait sursauter.

– *Ils ont réussi*, annonce Bradley d'une voix étonnée.

Je lève les yeux.

– Réussi quoi ?

– *Ils en ont un. Au nord.*

– Mais… C'est trop tôt. Il n'y a pas eu…

– *Ce n'est pas Simone*, réplique Bradley, l'air aussi embêté que moi. *C'est Prentiss. Il a capturé un Spackle avant qu'on ait eu le temps de mettre le plan en action.*

[TODD]

– Maîtresse Coyle doit être dans un de ces états…, je ricane, pendant que le Maire échange des poignées de main avec les soldats venus le congratuler.

– Cette perspective me laisse étonnamment indifférent, Todd, glousse le Maire, savourant sa victoire.

À cause qu'en fait on avait aussi cet escadron de soldats au nord. À se tourner les pouces pendant que les Spackle se moquaient d'eux, s'infiltrant très régulièrement pour attaquer la ville.

Maîtresse Coyle les avait oubliés. Comme Simone et Bradley. Comme moi.

Mais pas le Maire.

Il a regardé sur le comm le super plan préparé par Simone pour cette nuit, il a accepté l'heure et l'endroit où Maîtresse Braithwaite poserait ses leurres, au sud. On avait tout fait pour que les Spackle croient qu'on les attendait là – laissant une partie de la vallée vulnérable, au nord. Et ils ont envoyé un petit groupe d'infiltration comme d'habitude, comme ils l'avaient fait déjà une dizaine de fois –

Sauf que cette fois, on s'est pas montrés si accommodants.

Le Maire a posté ses hommes à cet endroit précis, et ils ont surgi dans un mouvement d'encerclement, coupant la route des Spackle et les mitraillant avant qu'ils comprennent ce qui leur arrivait.

Ils ont tous été tués sauf deux, et ces deux-là ont été conduits dans la ville jusqu'au REURR de l'armée en observation. M. O'Hare et M. Tate les ont emmenés aux écuries derrière la cathédrale, pendant que le Maire recevait les congratulations de tout New Prentissville.

Je l'accompagne dans cette marche à pied à travers la foule, ahuri par les poignées de main, acclamations et tapes dans le dos.

– Vous auriez pu me prévenir, je dis, haussant ma voix par-dessus la clameur.

– Tu as raison, Todd, fait-il en s'arrêtant un instant pour me regarder au milieu de cette marée humaine. J'aurais dû, excuse-moi. La prochaine fois, je le ferai.

Et c'est curieux, mais il a l'air sincère.

On continue à fendre la foule pour gagner les étables.

Où un duo de maîtresses très en colère nous attend.

– J'exige que vous nous laissiez entrer là-dedans ! s'exclame Maîtresse Nadari, et Maîtresse Lawson hoche la tête en groufflant.

– Sécurité d'abord, mesdames, lance le Maire avec un grand sourire. Nous ignorons totalement à quel point un prisonnier Spackle peut être dangereux.

– Écoutez ! glapit Maîtresse Nadari.

Mais le Maire sourit toujours.

Et il est suivi par toute une ville de soldats souriants.

– Je veux simplement m'assurer d'abord que la situation est sous contrôle.

Et il s'écarte des maîtresses, aussitôt bloquées par une rangée de soldats pendant qu'il entre et que je le suis.

Et mon estomac se recroqueville en un poing serré.

À cause qu'à l'intérieur il y a les deux Spackle attachés à des chaises, les bras liés dans le dos d'une façon que je connais trop bien.

(mais aucun n'est 1017 et je sais pas si je suis soulagé ou déçu –)

L'un d'eux a du sang rouge sur toute sa peau blanche et nue, son lichen arraché et répandu par terre. Sa tête reste droite, pourtant, ses yeux grands ouverts et purain son Bruit montre plein d'images de nous payant pour ce qu'on a fait.

Mais le Spackle à côté de lui –

Le Spackle à côté ressemble plus trop à un Spackle.

Je vais pour hurler mais –

– *Bon sang mais qu'est-ce que c'est que ça ?* crie le Maire avant moi, me coupant la parole.

Il a surpris tout le monde.

– Questionnement, monsieur ! répond M. O'Hare, les mains et les poings en sang. On en a appris vraiment pas mal en très peu de temps. (Il fait un geste vers le Spackle désarticulé.) Avant que celui-ci ne succombe malencontreusement aux blessures reçues durant…

Un *whoouch* siffle comme j'en ai pas entendu depuis longtemps, une gifle, une balle de Bruit envoyée par le Maire, et la tête de M. O'Hare part en arrière et il s'effondre, pris de spasmes violents.

– Nous sommes supposés chercher la paix ! beugle le Maire aux autres hommes, qui le regardent comme un troupeau de moutons stupéfaits. Jamais je n'ai *autorisé* la torture !

M. Tate se racle la gorge.

– Celui-ci s'est montré plus résistant au questionnement, marmonne-t-il, désignant le Spackle survivant. C'est un spécimen très endurant.

– Une chance pour vous, capitaine, souffle le Maire d'une voix encore très râpeuse.

– Je vais faire entrer les maîtresses, dis-je. Elles peuvent le soigner.

– Non, coupe le Maire. Nous le laissons partir.

– Quoi ?

– Comment ? fait M. Tate.

Le Maire passe derrière le Spackle.

– Nous devions capturer un Spackle et le laisser partir pour qu'il rapporte que nous voulons la paix. (Il sort son couteau.) Et c'est ce que nous allons faire.

– Monsieur le Président…

– Ouvrez la porte de derrière, capitaine.

– La porte de… derrière ?

– Pressons, capitaine.

M. Tate va ouvrir la porte au fond de l'écurie, celle qui donne à l'arrière de la place –

Loin des maîtresses.

– Hé, je m'écrie. Vous pouvez pas faire ça ! Vous avez conclu un accord !

– Auquel je me tiens, Todd.

Il se penche, approchant sa bouche de l'oreille du Spackle.

– … Je suppose que la voix parle notre langue ?

Et je pense –

*La voix ?*

Mais il y a déjà un papillonnement grave de Bruit entre le Maire et le Spackle, quelque chose de profond et de noir et de dur qui s'écoule si vite entre eux que personne dans la pièce arrive à le suivre.

– Qu'est-ce que vous dites ? je demande, avançant d'un pas. Qu'est-ce que vous êtes en train de lui raconter ?

Le Maire relève les yeux.

– Je lui dis à quel point nous voulons la paix, Todd. (Il incline légèrement la tête.) Tu ne me fais pas confiance ?

J'avale ma salive.

Je sais que si le Maire veut la paix, c'est pour en retirer tout le bénéfice.

Je sais qu'il est moins mauvais depuis que je l'ai sauvé, après l'explosion du réservoir.

Je sais aussi qu'il est pas racheté.

Je sais qu'il est pas rachetable.

(n'est-ce pas ?)

Mais il fait comme si.

– Tu peux parfaitement le lui dire, toi aussi, ajoute-t-il.

Gardant les yeux fixés sur moi, il fait un mouvement brusque avec son couteau. Le Spackle plonge en avant, surpris, ses bras soudain libérés. Il regarde un instant autour de lui, se demandant ce qui va lui arriver, puis ses yeux croisent les miens –

Et en une seconde, j'essaye de rendre mon Bruit lourd, de le rendre sonore, et ça fait mal, comme un muscle pas utilisé depuis longtemps, mais j'essaye de le frapper fort avec tout ce qui est vrai de ce que nous voulons, peu importe ce que lui a dit le Maire, lui transmettre que moi et Viola on veut vraiment la paix, qu'on veut que tout ça finisse et –

Le Spackle m'arrête avec un sifflement –

Je me vois dans son Bruit –

Et j'entends –

Je reconnais ?

Des mots –

Des mots dans ma langue –

J'entends –

*Le Couteau.*

– Le Couteau ? je répète, stupéfait.

Mais le Spackle siffle encore et il fonce sur la porte, il s'enfuit et s'enfuit et s'enfuit –

Emportant je sais pas quel message vers son peuple.

[VIOLA]

– Ce culot, grince Maîtresse Coyle entre ses dents. Et son armée qui écumait autour de lui. Comme aux pires jours de sa dictature.

– J'aurais bien aimé avoir au moins une chance

de parler aux Spackle, ajoute Simone, qui revient furieuse de la ville avec les deux maîtresses. Leur dire que tous les humains ne lui ressemblent pas.

– Todd dit qu'il a réussi à transmettre ce que nous voulons réellement, dis-je entre deux quintes de toux. Reste à espérer que le message passe.

– S'il passe, gronde Maîtresse Coyle, c'est Prentiss qui en recevra tout le crédit.

– On ne joue pas à savoir qui marquera le plus de points, lâche Bradley.

– Ah, non ? réplique Maîtresse Coyle. Parce que vous voulez vraiment que cet homme soit en position de force quand le convoi arrivera ? C'est ça, la colonie que vous attendez ?

– Vous parlez comme si nous avions les moyens de le démettre de ses fonctions, dit Bradley. Comme si nous pouvions atterrir ici et imposer notre volonté d'un coup de baguette magique.

– Et qu'est-ce qui vous en empêche ? intervient Lee. Prentiss est un assassin. Il a tué ma mère et ma sœur.

Bradley reste silencieux, et Simone prend le relais :

– Je serais assez de leur avis, acquiesce-t-elle, encaissant le Bruit foudroyant de Bradley. Si ses actes mettent en danger la vie de chacun…

– Nous sommes *ici* pour fonder une colonie de presque cinq mille personnes qui méritent quand même de ne pas se réveiller en plein milieu d'une guerre, coupe sèchement Bradley.

Maîtresse Coyle pousse un énorme soupir, comme si elle n'écoutait pas.

– Mieux vaut y aller et essayer d'expliquer aux gens pourquoi ce n'était pas nous, dit-elle, sortant de la petite chambre de soins. Et si cet Ivan ose dire quelque chose, je le giflerai avec grand plaisir.

Bradley lance un regard à Simone, son Bruit plein de questions et de désaccords, plein de choses qu'il attend qu'elle lui dise, d'images d'elle explosant comme des bulles, des images de combien il voudrait pouvoir la toucher –

– Tu veux bien arrêter, Bradley? dit-elle en détournant les yeux.

– Désolé, grommelle-t-il, reculant d'un pas, puis d'un autre, et il quitte la pièce sans rien ajouter.

– Simone, dis-je, atterrée.

– C'est juste que je ne peux pas m'y faire. Je sais que je devrais. Je sais qu'il va bien falloir, mais c'est juste…

– Il peut en sortir quelque chose de bon… (Je pense à Todd.) Cette espèce de proximité…

(mais je ne l'entends plus –)

(et je ne le sens plus proche du tout –)

Je tousse encore, ramenant d'horribles trucs verts de mes poumons.

– Tu as l'air épuisée, Viola, dit Simone. Rien contre un petit sédatif pour t'aider à te reposer?

Je hoche la tête. Elle part ouvrir un tiroir, en sort un patch et me le colle doucement sous la mâchoire.

– Donne-lui une chance, je murmure tandis que le médicament commence à faire de l'effet. C'est un homme bon.

– Je sais, murmure-t-elle, et mes paupières s'alourdissent. Je sais…

Je plonge dans un brouillard, les ténèbres du sédatif, sans rien sentir pendant un long moment, savourant tout ce vide, juste les ténèbres comme celles de l'au-delà –

Et puis le vide cesse –

Et je dors toujours –

Et je rêve –

Je rêve de Todd –

Juste là, hors de portée –

Et je ne l'entends pas –

Je n'entends pas son Bruit –

Je n'entends pas ce qu'il pense –

Il me fixe comme un récipient vide –

Comme une statue sans personne à l'intérieur –

Comme un mort –

Comme, oh, mon Dieu non –

Il est mort –

Il est *mort* –

– Viola ?

J'ouvre les yeux.

Lee tend la main pour me réveiller, son Bruit plein d'inquiétude, mais de quelque chose d'autre aussi –

– Qu'est-ce qui se passe ? je dis, sentant la sueur qui ruisselle hors de moi, mes vêtements et mes draps trempés –

(Todd, glissant, s'éloignant de moi –)

Je vois Bradley debout au pied de mon lit.

– Elle a fait quelque chose, dit-il. Maîtresse Coyle. Elle est partie et elle a fait quelque chose.

[TODD]

Un petit son de rien et je devrais pas pouvoir l'entendre, pas à travers le Bruit de presque tout un campement endormi.

Mais c'est un son que je recognais.

Un hennissement.

Dans l'air.

Garçon poulain ? bronche nerveusement Angharrad quand je sors de ma tente, émergeant dans ce crépuscule chaque jour plus froid.

– C'est un traceur, je lui explique, frissonnant un peu, cherchant le son autour de moi, voyant les hommes encore éveillés le chercher eux aussi, puis entendant la poussée de leur Bruit quand ils le voient décrire un arc dans le ciel obscurci, sa ligne cotonneuse, tremblotante, partie du fleuve à sec près des chutes. Il se dirige vers le nord, là où certaines unités Spackle se cachent sans doute dans les collines –

– Bon sang, mais qu'est-ce qu'ils s'imaginent faire ?

C'est le Maire, qui se découpe soudain à mon côté, les yeux fixés sur le traceur. Il se tourne vers M. O'Hare, tiré hors de sa tente, les yeux brouillés de sommeil.

– Allez me chercher Maîtresse Braithwaite. Sur-le-champ.

M. O'Hare part en courant, à moitié habillé.

– Un traceur est trop lent pour causer de réels dégâts, poursuit-il. Sûrement une diversion. (Ses yeux se déplacent vers les débris de la route en zigzag.) Pourrais-tu appeler Viola, s'il te plaît, Todd ?

Je retourne à ma tente prendre le comm quand en ressortant j'entends le BOUM lointain du traceur qui a frappé des arbres quelque part au nord. Mais le Maire a raison, même des bœufs pourraient échapper à un traceur. Il doit y avoir une autre raison.

Distraire l'attention des Spackle.

Mais de quoi ?

Le Maire scrute toujours les bords déchiquetés de la colline d'où les Spackle sont descendus, une pente qu'une armée ne peut plus descendre –

Ni remonter –

Mais une personne le pourrait –

Une personne pourrait escalader les éboulis –

Une personne sans Bruit –

Les yeux du Maire s'écarquillent et je vois qu'il pense la même chose.

Et c'est alors que ça se produit –

***BOUM !***

Sur la crête de la colline.

[VIOLA]

– Comment a-t-elle pu faire cela ? s'écrie Bradley, tandis que nous regardons le traceur s'incurver dans le ciel, sur les écrans de la chambre de soins, Lee regardant à travers le Bruit de Bradley. Comment a-t-elle pu le faire sans qu'on le sache ?

Mon comm bipe. Je réponds aussitôt.

– Todd ?

Mais ce n'est pas Todd.

– *Je pointerais un module sur la colline, si j'étais vous*, dit Maîtresse Coyle en me souriant à l'écran.

– Où est Todd ? je dis en toussant. Qu'est-ce que c'est que ce comm ?

Un grincement dans le Bruit de Bradley me fait détourner les yeux. Je le vois se souvenir de Simone fouillant dans l'armoire aux pièces de rechange, et manipulant deux autres comm, disant qu'elle faisait juste l'inventaire.

– Impossible, dit-il. Et elle ne me l'aurait pas dit ?

– On devrait jeter un coup d'œil sur la colline, Bradley.

Il appuie sur un écran de contrôle, puis dirige un module au-dessus du plateau. Avec la vision nocturne, tout devient noir et vert.

– Et nous sommes supposés voir quoi ?

– Je ne sais pas… Attends, je vérifie à la chaleur humaine.

Il appuie encore sur l'écran.

– Là, Bradley !

On distingue une figure solitaire qui se glisse en bas de la colline, à couvert sous les broussailles, mais très rapidement, comme si elle se moquait en fait d'être repérée.

– C'est sûrement une maîtresse. Elle aura vu les hommes se déplacer de cette façon.

Bradley fait monter le module pour que nous voyions le bord de la colline. Des Spackle se tiennent le long de la crête déchiquetée, regardant vers le nord, la forêt frappée par le traceur.

Pas vers la pente, où la maîtresse s'échappe.

Puis l'écran s'emplit d'un seul éclair, les capteurs de chaleur saturent, et une demi-seconde plus tard nous entendons le boum résonner et vibrer dans les micros du module.

En même temps, une immense acclamation retentit à l'extérieur du vaisseau.

– Ils *regardaient* ? demande Lee, interloqué.

Je vois Simone réapparaître dans le Bruit de Bradley, saluée par un chapelet d'injures. Je reprends mon comm.

– Eh, qu'est-ce que vous avez fait ?

Mais Maîtresse Coyle n'est plus là.

Bradley pianote sur l'écran pour diffuser dehors par le comm. Son Bruit gronde maintenant, de plus en plus fort et autoritaire à chaque seconde.

– Bradley, qu'est-ce que tu… ?

– Dégagez la zone ! lance-t-il à travers le comm, et j'entends sa voix tonner sur tout le plateau. Décollage immédiat !

[TODD]

– La chienne ! jette le Maire en écho aux soldats qui l'entourent.

La place est plongée dans le chaos. Personne ne comprend ce qui est arrivé. J'essaye sans arrêt d'appeler Viola, mais le signal passe pas.

– D'habitude, quand un homme traite une femme de chienne, c'est qu'elle a tapé dans le mille, fait une voix.

Maîtresse Coyle, dans sa charrette, elle s'approche de nous en lisière du campement. Elle nous toise en souriant, comme si elle avait gagné à la tombola.

– Nous avions envoyé un message de paix, rugit le Maire. Comment osez-vous ?

– Et c'est vous qui me parlez d'oser ? rugit-elle à son tour. J'ai simplement montré aux Spackle que ceux d'entre nous qui n'ont pas de Bruit peuvent attaquer à tout moment, même sur leur propre terrain.

Le Maire prend quelques secondes pour calmer sa respiration, puis sa voix se fait terriblement soyeuse.

– Et vous êtes venue ici toute seule, Maîtresse Coyle ?

– Pas seule, oh, non, répond-elle en désignant le module qui plane au-dessus du campement. J'ai des amis très haut placés.

Alors, on entend un grondement lointain sur le plateau à l'est. Le vaisseau éclaireur monte lentement dans le ciel, et Maîtresse Coyle tarde une seconde avant d'effacer la surprise de sa figure.

– Tous vos amis étaient-ils vraiment au courant de votre petit plan, Maîtresse ? glisse le Maire, qui retrouve le sourire.

Mon comm bipe, et cette fois le visage de Viola apparaît.

– Viola…

– *On arrive, Todd.*

Elle raccroche et j'entends une vague secouer l'armée autour de nous. M. O'Hare entre sur la place par la grand-rue, poussant Maîtresse Braithwaite d'une façon qu'elle a pas l'air d'apprécier du tout. Au même moment, M. Tate arrive au coin de l'entrepôt avec Maîtresse Nadari et Maîtresse Lawson. Il brandit un sac à dos.

– Dites à vos hommes d'enlever leurs pattes de ces femmes, ordonne Maîtresse Coyle. Immédiatement.

– Oh, ne voyez là rien d'autre qu'un peu de précipitation, je vous assure, ironise le Maire. Après tout, nous sommes tous alliés, n'est-ce pas ?

– On l'a prise au pied de la colline, crie M. O'Hare en s'approchant. Sur le fait !

– Et ces deux-là cachaient des explosifs sur elles ! ajoute M. Tate en tendant le sac au Maire.

– Des explosifs utilisés pour vous aider, imbécile, crache Maîtresse Coyle.

– Atterrissage en vue, j'annonce, protégeant mes yeux du vent à cause que le vaisseau amorce sa descente.

Le seul endroit où il peut se poser, c'est la place encombrée par les soldats qui s'écartent déjà en désordre. Il y a pas trop de chaleur ni rien qui en sorte, mais c'est quand même feutrement énorme. Je détourne mon visage du souffle quand il entre en contact avec le sol –

Et en même temps, mon regard accroche la colline en zigzag –

Où des lumières se regroupent –

La porte du vaisseau éclaireur s'ouvre avant même qu'il ait terminé sa manœuvre. Viola apparaît aussitôt, cramponnée au cadre. Elle a l'air malade, plus malade que jamais, plus malade que j'aurais jamais cru, faible et maigre et tenant à peine debout et sans utiliser son bras cerclé et j'aurais pas dû la laisser, j'aurais pas dû la laisser là-haut toute seule, c'était trop long, et je m'élance, le Maire essaye de m'arrêter mais j'esquive son geste –

Et j'atteins Viola –

Et ses yeux croisent les miens –

Et elle dit –

Elle dit quand je l'atteins –

– Ils arrivent, Todd. Ils descendent la colline.

# LES SANS-VOIX

– *Ce* n'est pas ce que l'on croit, montre le Ciel, alors que nous observons le projectile étrangement fragile qui monte lentement dans les airs, se dirige vers le côté nord de la vallée, où la Terre s'écarte déjà rapidement de l'endroit où il pourrait tomber.

— *Soyez vigilants*, montre le Ciel à la Terre. *Tous les yeux, soyez vigilants.*

La Clairière avait commencé à dévoiler sa force. Le matin même où nous avons repris les attaques, ils ont brusquement su d'où nous arrivions. Nous avons tous observé cette attaque par les yeux de la Terre, observant comment la Clairière s'était regroupée en une nouvelle unité, pour voir où était sa force.

Et puis, toutes ces voix ont été coupées par un éclair de feu et d'échardes.

– *Il n'y a qu'une explication possible*, montra le Ciel durant les heures qui suivirent.

– *La Clairière sans voix*, ai-je répliqué.

Alors, le Ciel et moi nous sommes retournés au Terme des Chemins.

Le Terme des Chemins lie les voix de ceux qui en pénètrent le cercle.

Savoir qui était la Source, le père du Couteau en tout sauf par le sang, celui qui lui manquait le plus dans sa voix quand personne n'écoutait, l'homme qui avait été à ma portée tout le temps, le moyen de frapper le Couteau en plein cœur –

Ces souvenirs flamboyaient en moi, si lumineux et directs que jamais je n'aurais pu les cacher à la Terre. Mais le Ciel a ordonné au Terme des Chemins de parler comme un seul, d'encercler nos voix, de s'assurer que nos pensées sur ce sujet resteraient uniquement sur ce Chemin. Le Terme laisserait nos voix identiques aux autres, mais jamais leurs pensées n'entreraient dans la voix de la Terre. Elles reviendraient aussitôt ici, au Terme des Chemins.

– *Nous avons compris que les Sans-Voix ont été oppressés il y a peu, mais maintenant ils se sont joints à la bataille,* montra le Ciel, la nuit de la première contre-attaque.

Je me tenais face à lui, de l'autre côté de la Source.

– *Ils sont dangereux,* répliquai-je, pensant à mon ancien maître qui nous surveillait en silence et nous battait sans prévenir. *La Clairière à voix ne leur faisait pas confiance, même s'ils vivaient ensemble.*

Le Ciel posa sa main à plat sur la poitrine de la Source.

– *Et maintenant nous devons savoir.*

Sa voix s'élança, entourant celle de la Source.

Et la Source, dans son sommeil sans fin, s'est mise à parler.

Nous étions silencieux quand nous avons quitté le Terme des Chemins cette nuit-là, silencieux en redescendant la pente pour rejoindre le campement de la colline qui domine la Clairière.

– *Cela n'est pas ce que j'attendais,* montra finalement le Ciel.

– *Non ? Mais il a dit qu'elles étaient de dangereuses combattantes, qu'elles avaient aidé à soumettre la Terre durant la dernière grande guerre.*

– *Il a également dit qu'elles étaient des agents de paix,* lâcha le Ciel en se caressant le menton. *Qu'elles ont été trahies par la Clairière à voix, entraînées à leur propre mort.* (Il me regarda.) *Je ne sais trop quoi en penser.*

– *Il faut penser que la Clairière est plus dangereuse que jamais. Penser que c'est maintenant le temps de les achever une fois pour toutes, que nous devrions libérer le fleuve et les effacer de cet endroit comme s'ils n'avaient jamais existé.*

– *Et la Clairière qui est en route ? La Clairière qui arrivera certainement après ? Parce que là où il y en a déjà eu deux, il y en aura plus.*

– *Eh bien, nous pouvons leur montrer ce qui leur arrivera s'ils ne respectent pas la Terre.*

– *Et ils utiliseront leurs armes supérieures pour nous tuer du haut des airs, là où nous ne pouvons pas les atteindre.* (Le Ciel tourna son regard vers la Clairière.) *Le problème demeure sans solution.*

Alors nous avons lancé de nouveaux raids chaque nuit, de nouveaux tests pour connaître ces nouvelles forces.

Nous avons été trompés et battus à chaque fois.

Et aujourd'hui, la Terre a été capturée par la Clairière.

Puis rendue. Avec deux messages différents.

Le vide.

C'est ce que la Terre de retour nous a montré, celui qui

a été torturé par eux, obligé de regarder l'autre qui a été tué devant lui, puis renvoyé par le chef de la Clairière avec un message de ce qu'il voulait exactement.

Le vide, le silence, l'étouffement de toutes les voix.

– *Il t'a montré cela ?* demanda le Ciel en l'observant attentivement.

Le un nous a montré le message une fois de plus.

Montré le vide complet, son complet, absolu silence.

– *Et c'est ce qu'il veut vraiment ? demanda le Ciel. Ou se montrait-il lui-même ?* (Il se tourna vers moi.) *Tu as dit qu'ils considéraient leurs voix comme une malédiction, comme quelque chose qui doit être « soigné ». Peut-être est-ce là tout ce qu'il veut vraiment.*

— *Il veut notre annihilation. C'est ce que cela veut dire. Nous devons les attaquer. Nous devons les vaincre avant qu'ils ne deviennent trop forts...*

– *Tu oublies délibérément l'autre message.*

J'ai froncé les sourcils. L'autre message, celui délivré par le Couteau, qui, manifestement, a déjà commencé à prendre le « remède » de la voix et se cache, en poltron qu'il est. Le Ciel a demandé à la Terre de retour de nous montrer encore une fois le message du Couteau et c'était –

Son horreur pour la façon dont la Terre avait été traitée, une horreur ancienne, une horreur inutile que je connaissais trop bien, et comment lui, et d'autres aussi, y compris ceux du vaisseau et la une en particulier du Couteau, comment ils ne voulaient absolument pas la guerre, comment ils voulaient d'abord et avant tout un monde où tous seraient accueillis, où tous pourraient vivre.

Un monde en paix.

– *Le Couteau ne parle pas pour eux. Il ne peut pas...*

Mais j'ai vu l'idée fermenter dans la voix du Ciel.

Alors il s'en est allé, il m'a dit de rester en arrière quand j'ai voulu le suivre.

Pendant des heures, j'ai écumé, sachant qu'il s'était évidemment rendu au Terme des Chemins pour réfléchir au moyen de nous mener à la paix par traîtrise. Quand il est revenu dans le froid de la nuit, sa voix fermentait encore.

– *Eh bien, que faisons-nous maintenant ?* je lui ai montré, en colère.

Alors est venu ce hennissement dans l'air, émis par la fusée si étrangement lente.

– *Tous les yeux restent attentifs,* montre le Ciel.

Et nous regardons la fusée faire un arc et retomber vers le sol. Nous regardons aussi l'air au-dessus de la vallée, guettant un missile plus gros, ou le retour du vaisseau éclaireur. Nous surveillons les routes qui partent de la vallée, nous guettons une armée en marche, guettant, attendant, nous demandant si c'est un accident, un signal ou une attaque.

Nous regardons partout sauf vers la pente à nos pieds.

L'explosion submerge tous nos sens, elle secoue les yeux et les oreilles et les bouches et les nez et la peau de chaque portion de la Terre, car une part de nous meurt en elle, déchirée en morceaux, tandis que la crête de la colline se soulève –

Des membres de la Terre mourant voix grandes ouvertes, nous envoyant à tous la nouvelle de leur mort, et ainsi mourons-nous tous avec eux, tous blessés avec eux, tous recouverts de la même fumée, des mêmes avalanches de poussière et de pierres, avalanches qui me renversent moi et –

*Le Ciel,* j'entends –

*Le Ciel ?* qui se met à pulser dans mon corps. *Le Ciel ?*

Une pulsation qui se transporte à travers la Terre entière, car pendant un instant, le plus bref des instants –

La voix du Ciel reste muette.

*Le Ciel ? Le Ciel ?*

Et mon cœur se soulève et ma propre voix monte rejoindre les autres et je titube sur mes pieds et je me bats contre la fumée, je me bats contre la panique, appelant *Le Ciel ! Le Ciel !*

Quand –

– *Le Ciel est là*, il montre.

Je me précipite sur les rochers qui le recouvrent, et d'autres mains arrivent aussi, creusant dans les éboulis, le sang ruisselant sur son visage et ses mains, mais son armure l'a sauvé, et il se redresse, la fumée et la poussière tourbillonnant autour de lui –

– *Amenez-moi un messager,* il montre.

Le Ciel envoie un messager à la Clairière.

Pas moi, et je l'ai supplié, pourtant.

Il envoie celui qui a été capturé et retourné. Nous le regardons tous pendant que les Chemins le suivent par la face rocheuse de la falaise, s'arrêtant par intervalles pour que la voix de la Terre puisse atteindre la Clairière comme une langue, parlant au travers de l'élu.

Nous regardons à travers ses yeux quand il s'avance dans la Clairière, nous regardons les visages de la Clairière qui reculent, ouvrent un chemin sans l'agripper, sans hurler comme la dernière fois, et dans leurs voix j'entends l'ordre donné par leur chef de le laisser approcher sans lui faire de mal.

– *Nous devrions libérer le fleuve,* ***maintenant,*** je montre.

Mais la voix du Ciel repousse la mienne.

Et la Terre marche dans leurs rues, laissant le dernier

Chemin derrière elle, accomplissant les derniers pas sur leur place centrale, vers leur chef, un homme appelé Prentiss dans le langage du Fardeau, qui se tient et nous reçoit comme s'il était le Ciel de la Clairière.

Mais il y en a d'autres aussi. Trois de la Clairière sans voix, où je remarque la une en particulier du Couteau, et le Couteau pensait à son visage si souvent que je la connais presque aussi bien que lui. Le Couteau se tient à son côté, silencieux comme toujours, mais sa vaine inquiétude tellement évidente.

– Bienvenue, sonne une voix –

Pas celle du chef –

Une voix des Sans-Voix. À travers les cliquetis qu'ils font avec leurs bouches, elle s'est avancée devant le chef de la Clairière, main tendue, tendue vers notre messager. Mais le chef de la Clairière lui agrippe le bras, et ils luttent un instant.

Puis le Couteau fait deux pas en avant, les dépasse.

Il s'avance vers le messager.

Le chef et la Sans-Voix l'observent, chacun retenu par l'autre.

Et le Couteau dit avec sa bouche :

– Paix. Nous voulons la paix. Qu'importe ce que te diront ces deux-là. Nous ne voulons que la paix. –

Et je sens le Ciel à côté de moi, je sens sa voix absorber ce qu'a dit le Couteau, comment il le dit, et alors je le sens se tendre encore plus loin que le messager, se tendre vers la Clairière, se tendre au plus profond de la voix silencieuse du Couteau.

Le Couteau suffoque.

Et le Ciel écoute.

La Terre n'entend pas ce que le Ciel entend.

– *Qu'est-ce que vous faites ?* je montre.

Mais le Ciel expédie déjà une réponse par les Chemins –

Il expédie la voix de la Terre parlant comme une seule en bas de la colline et le long de la route et à travers la place et dans la voix du messager –

Si rapidement, le Ciel ne peut que l'avoir préparée depuis longtemps –

Un seul mot –

Un mot qui catapulte ma voix dans une rage incontrôlable –

– *Paix*, montre le Ciel à la Clairière. *Paix*.

Le Ciel leur offre la paix.

En furie je quitte le Ciel, et toute la Terre, je marche, et puis j'escalade en courant la colline jusqu'à mon rocher –

Mais comment s'éloigner de la Terre ? La Terre est le monde et mon seul moyen de la quitter serait de quitter le monde entier.

Je regarde le bracelet sur mon bras, cette chose qui me rend à jamais séparé, et je fais un serment.

Tuer le Ben du Couteau ne sera pas assez, même si je sais que je le ferai et que je préviendrai le Couteau que je l'ai fait –

J'irai plus loin.

J'empêcherai cette paix, je l'empêcherai même si je dois en mourir.

Le Fardeau sera vengé.

Je serai vengé.

Il n'y aura pas de paix.

# CINQUIÈME PARTIE

# *L'ÉMISSAIRE*

## 08 *La délégation*

[TODD]

– Si quelqu'un doit y aller, c'est moi, dit le Maire.

– Il faudra passer sur mon cadavre, crache Maîtresse Coyle.

– Je pourrais éventuellement accepter ce préambule, ricane-t-il.

Nous sommes tous entassés dans une minuscule cabine du vaisseau éclaireur. Moi, le Maire, Maîtresse Coyle, Simone et Bradley, Lee sur un lit, son visage couvert de bandages effrayants, et Viola sur l'autre, l'air presque aussi terrifiant. C'est ici que nous tenons la conférence la plus importante de toute l'histoire de Nouveau Monde, dans une chambre qui sent la maladie et la sueur.

***Paix***, nous a dit le Spackle, ***Paix*** énoncé haut et fort, comme un fanal, comme un ordre, comme une réponse à ce qu'on demandait.

***Paix***.

Mais il y avait autre chose aussi, quelque chose qui me tournait dans la tête depuis un instant, un peu comme fait le Maire, mais en plus rapide, en plus insinuant, et c'était pas comme si ça venait non plus du Spackle en face de nous mais comme d'une sorte d'esprit derrière le sien, le traversant, me lisant, lisant ma vérité, malgré mon silence –

Comme s'il y avait une seule voix dans le monde entier et qu'elle me parlait à moi seul –

Comme si elle m'entendait dire vrai.

Alors le Spackle a dit : *Demain matin. Sur la colline. Envoyez deux hommes.* Et il nous a tous regardés, s'arrêtant une seconde sur le Maire, qui lui a planté son regard dans les yeux, puis il s'est retourné et il est parti sans même attendre une réponse.

Et les discussions ont démarré.

– Vous savez parfaitement, *David*, lance Maîtresse Coyle, qu'un membre du vaisseau éclaireur doit y aller. À partir de quoi, il ne reste de place que pour l'un de nous…

– Et ce ne sera certainement pas vous, coupe le Maire.

– Peut-être que c'est un piège, gronde le Bruit de Lee. Auquel cas, je vote des deux mains pour le Président.

– Peut-être Todd devrait-il y aller, fait Bradley. C'est à lui qu'ils ont parlé.

– Non, dit le Maire. Todd reste.

Je pivote sur mes talons.

– Vous n'avez pas à me dire ce que je dois faire.

– Mais si tu n'es plus là, Todd, peux-tu me dire ce qui empêchera Maîtresse Coyle de poser une bombe dans ma tente ?

– Tiens, je n'y avais pas pensé, lâche celle-ci avec un sourire carnassier.

– Assez de chamailleries, intervient Simone. Maîtresse Coyle et moi ferions un parfait…

– J'irai, coupe Viola d'une voix posée qui laisse tout le monde muet.

On la regarde tous.

– Pas question…, je commence à dire, mais elle secoue la tête.

– Ils ne veulent que deux d'entre nous, souffle-t-elle de son lit. Et nous savons bien que ni le Maire, ni Maîtresse Coyle ne feront l'affaire.

Le Maire pousse un soupir.

– Pourquoi continuez-vous tous les deux à m'appeler… ?

– Et cela ne peut être toi non plus, Todd, poursuit-elle. Quelqu'un doit rester pour les empêcher, elle et lui, de nous tuer tous.

– Mais tu es malade…, je balbutie.

– Je suis celle qui a envoyé le missile sur la colline, coupe- t-elle calmement. Je suis responsable.

Je ravale ma salive, mais je vois bien à son expression qu'elle est bien décidée.

– Je ne suis pas contre, lâche finalement Maîtresse Coyle. Viola fera un bon symbole de l'avenir pour lequel nous luttons tous. Et Simone l'accompagnera pour mener les pourparlers.

Simone se redresse, mais Viola crache, entre deux quintes de toux :

– Non. Bradley.

Le Bruit de Bradley lance des étincelles de surprise. Simone en ferait autant si elle le pouvait.

– La décision ne t'appartient pas, Viola, dit-elle. Je suis le commandant de la mission et je suis celle qui…

– Ils liront son Bruit…, dit Viola.

Bien vu, je pense.

– ... Si nous envoyons deux personnes sans Bruit, de quoi aurons-nous l'air ? Ils liront Bradley et alors ils verront la paix, pour de vrai. Todd peut rester ici avec le Maire. Par sécurité, Simone et Maîtresse Coyle resteront dans le vaisseau éclaireur stationné en permanence au-dessus des pourparlers, et Bradley et moi nous grimperons sur cette colline...

Elle tousse encore.

– ... Et maintenant, laissez-moi me reposer un peu jusqu'à demain matin.

Il y a un silence, pendant qu'on réfléchit tous à cette idée.

Une idée que je déteste.

Mais même moi, je vois bien qu'elle est pleine de bon sens.

– Bien, dit Bradley. Voilà qui est réglé, je suppose.

– Parfait, donc, acquiesce le Maire. Il ne reste plus qu'à trouver un endroit pour mettre au point les conditions.

– Eh bien, allons-y, alors, dit Maîtresse Coyle.

Et ils sortent à la queue leu leu, le Maire jetant un dernier coup d'œil autour de lui.

– Un bien beau vaisseau, lâche-t-il avant de disparaître par la porte.

Lee sort également, utilisant le Bruit de Bradley. Viola veut lui dire de rester, mais je crois que c'est exprès qu'il nous laisse seuls.

– Tu es sûre de ce que tu fais ? je lui demande. Tu ne sais pas ce qui t'attend, là-haut.

– Cela ne me plaît pas trop non plus, mais on ne peut pas faire autrement.

Elle le dit un peu sèchement, et elle me fixe, et elle dit rien.

– Quoi ? Qu'est-ce qu'il y a ?

Elle secoue la tête.

– Quoi ? je répète.

– Ton Bruit, Todd. Je le déteste. Je suis désolée, mais je le déteste.

[VIOLA]

Il me regarde, désorienté.

Mais je ne l'entends pas, désorienté. Je ne l'entends pas du tout.

– C'est une bonne chose que je sois silencieux, Viola. Ça va nous aider, ça va m'aider, à cause que si je peux…

Il cherche ses mots, distrait par l'expression de mon visage.

Je me détourne.

– … Je suis toujours moi, poursuit-il doucement. Je suis toujours Todd.

Mais ce n'est pas vrai. Il n'est plus le même Todd, le Todd dont les pensées se déversaient partout en un grand chaos de couleurs, le Todd qui jamais n'aurait pu dire un mensonge même au prix de sa vie, qui jamais n'a dit un mensonge même quand sa vie en dépendait, le Todd qui m'a sauvé la vie plus d'une fois, de plus d'une façon, le Todd dont j'entendais toutes les pensées les plus gênantes, le Todd sur qui je pouvais compter, que je connaissais –

Que je –

– J'ai pas changé, dit-il. Je suis juste un peu

plus comme toi, comme tous les êtres que tu as connus, comme Bradley était avant.

Je ne le regarde toujours pas, espérant qu'il ne voie pas combien je me sens épuisée, combien mon bras m'élance à chaque respiration, combien la fièvre me vide.

– Je suis vraiment fatiguée, Todd. C'est demain matin, tu sais. Je dois me reposer.

– Viola…

– Tu dois y aller, en plus. Veiller à ce que le Maire et Maîtresse Coyle ne prennent pas le pouvoir par intérim.

Il me dévisage, les yeux écarquillés.

– Je sais pas ce que ça veut dire, intérim.

Là, je retrouve le Todd que je connais, et cela suffit à m'arracher un sourire, un tout petit sourire.

– Tout ira bien. J'ai juste besoin de sommeil.

Il continue à me fixer.

– T'es pas en train de mourir, Viola ?

– Quoi ? Mais non, bien sûr que non.

– T'es en train de mourir, et tu me le dis pas ?

Ses yeux me vrillent, maintenant, remplis d'inquiétude.

Mais je l'entends toujours pas.

– Je ne vais pas mieux, Todd. Mais cela ne veut pas dire que je vais mourir, ni demain, ni plus tard. Maîtresse Coyle va forcément trouver quelque chose. Sinon, le convoi apportera toutes sortes de médicaments bien plus avancés que ceux du vaisseau éclaireur.

Il me fixe toujours. Sa voix rauque quand il parle.

– À cause que je supporterai pas si… Je pourrai pas, Viola. Je pourrai pas.

Et le voilà.

Son Bruit, encore bien trop silencieux, mais là, brûlant sous sa peau, brûlant de tout ce qu'il ressent et de comme c'est sincère et comme il est inquiet pour moi, et je l'entends, très faiblement mais je l'entends –

Et alors j'entends, Je suis le Cercle –

Et il replonge dans le silence, un silence de pierre.

– Je ne suis pas en train de mourir, je te le répète.

Et je détourne les yeux.

Todd reste là un instant debout, puis il dit enfin :

– Je serai dehors. Appelle-moi si tu as besoin de quelque chose. Appelle-moi et je te l'apporterai.

– D'accord.

Il hoche la tête, les lèvres serrées. Hoche encore la tête.

Puis il sort.

Je reste assise tranquille pendant un moment, écoutant le REURR de l'armée sur la place et les voix distinctes du Maire et de Maîtresse Coyle et de Simone et de Bradley et de Lee qui discutent toujours.

Mais je n'entends pas Todd.

[TODD]

Bradley pousse un long soupir, après ce qui m'a paru des heures de chamailleries autour du feu, à frissonner dans la partie la plus frigidifiante de la nuit.

– Nous sommes bien d'accord, n'est-ce pas ?

reprend-il. Nous offrons le cessez-le-feu immédiat des deux côtés, en tirant un trait sur toutes les actions passées. Après quoi, le problème du fleuve, et ensuite nous commencerons à préparer le terrain sur la meilleure façon de vivre tous ensemble.

– Parfait, dit le Maire, qui n'a même pas l'air fatigué.

– Excellent, grogne Maîtresse Coyle en se remettant difficilement debout. L'aube est proche. Il est temps de rentrer.

– Rentrer ? je m'étonne.

– Les gens du plateau doivent savoir ce qui se passe, Todd. De plus, je dois trouver Wilf pour qu'il apporte un cheval à Viola. Elle ne va certainement pas monter là-haut à pied. Pas avec cette fièvre.

Je jette un regard vers le vaisseau éclaireur, espérant au moins que Viola s'est endormie, espérant qu'elle se sente vraiment mieux quand elle se réveillera.

Me demandant si elle a menti, si elle va pas mourir.

– Elle va comment, vraiment ? je demande à Maîtresse Coyle, en me levant à mon tour. Elle est très malade ?

Maîtresse Coyle me fixe pendant un long, long moment.

– Elle ne va pas bien, Todd, dit-elle d'un ton grave. J'espère seulement que tout le monde fait vraiment le maximum pour l'aider.

Et elle me plante là. Je tourne les yeux vers le Maire, qui la regarde s'éloigner. Il s'avance vers moi.

– Tu ne t'inquiètes pas pour Viola, n'est-ce pas ? Mais j'avoue que je l'ai déjà vue mieux.

– Si quelque chose lui arrive à cause de ce bracelet, dis-je à voix basse, je jure devant Dieu que je…

Il lève la main pour m'arrêter.

– Je sais, Todd. Et encore plus que tu ne le crois…

Sa voix, toujours plus sincère que jamais.

– Je vais demander à mes médecins de redoubler leurs efforts. Ne t'en fais pas. Jamais je ne permettrai qu'il lui arrive quelque chose.

– Moi non plus, lance Bradley, qui nous a entendus. C'est une battante, Todd, et si elle estime être assez forte pour gravir cette colline demain, il faut la croire. Et je serai là pour m'assurer qu'il ne lui arrive rien, fais-moi confiance…

Et j'entends dans son Bruit qu'il en pense chaque mot. Il soupire.

– Enfin, j'imagine qu'il va me falloir un cheval, à moi aussi… Même si je ne sais pas monter à cheval, ajoute son Bruit, un peu inquiet.

– Je demanderai à Angharrad de vous emmener, dis-je en la regardant manger un peu de foin. Elle saura veiller sur vous deux.

Il sourit.

– Tu sais, Viola nous a dit une fois que si on avait un doute sur ce qui se passe ici, nous pourrions compter sur toi par-dessus tout.

Je sens mon visage chauffer.

– Ah… Très bien.

Il me balance une claque amicale sur l'épaule.

– On sera de retour à l'aube, dit-il. Et qui sait ? Peut-être qu'on aura la paix à la fin de la journée ? (Il me jette un clin d'œil.) Et peut-être pourras-tu m'apprendre comment tu gardes si bien le silence ?

Lui, Simone, Maîtresse Coyle et Lee montent à bord du vaisseau, Maîtresse Coyle laissant sa charrette sur place pour Wilf. Bradley lance une annonce par haut-parleurs pour que les soldats s'écartent. Les moteurs ronflent, et l'engin se soulève sur son coussin d'air.

J'entends la voix du Maire avant même que le vaisseau soit à mi-chemin de son parcours.

– Messieurs ! crie-t-il, et sa voix tourbillonne et s'enroule bien serrée parmi les soldats proches et ricoche à travers chaque homme sur la place.

– Je vous annonce... la *VICTOIRE* !

Alors les acclamations retentissent. Et elles durent très, très longtemps.

[VIOLA]

Je m'éveille au choc du vaisseau qui heurte le plateau et à l'ouverture des portes.

J'entends Maîtresse Coyle crier à la foule :

– Nous sommes VICTORIEUX !

Et j'entends une immense acclamation à travers l'épaisse carlingue du vaisseau.

– Ça commence plutôt mal, murmure Lee dans l'autre lit, son Bruit imaginant Maîtresse Coyle les bras levés, les gens qui la soulèvent sur leurs épaules et la portent en triomphe.

– Oui, et elle s'avance peut-être un peu, je plaisante avec un petit rire qui déclenche aussitôt une quinte de toux.

La porte s'ouvre devant Simone et Bradley.

– Tu vas manquer la fête, ironise celui-ci.

– Elle mérite bien son petit moment de gloire, dit Simone. C'est une femme remarquable, par bien des côtés.

Je veux répondre mais la toux repart, si violente que Bradley prend un patch et me le colle sur la gorge. Sa fraîcheur m'apaise aussitôt et je respire lentement pour en aspirer les vapeurs dans mes poumons.

– Quel est le plan ? je demande en haletant. Combien de temps avons-nous ?

– Deux heures environ, répond Bradley. Nous allons redécoller pour la ville, et Simone mettra en place les projections qui fonctionneront à la fois là-bas et ici, que tout le monde voie ce qui se passe. Puis elle maintiendra le vaisseau en vol, tout le temps que durera la réunion.

– Je veillerai sur vous, dit Simone. Sur vous deux.

– C'est toujours bon à entendre, dit Bradley tranquillement, mais chaleureusement, puis, se tournant vers moi : Wilf va descendre Acorn pour toi, Todd me donne son cheval.

Je souris.

– Vraiment ?

– Une preuve de confiance, je suppose ? réplique Bradley en me renvoyant mon sourire.

– Alors, il est sûr que tu vas revenir, acquiesce Simone.

On entend deux pas différents gravir la rampe, et les acclamations aussi, mais plus autant qu'avant. Et les voix qui approchent se disputent :

– Je trouve ceci inacceptable, Maîtresse,

vocifère Ivan tandis que Maîtresse Coyle entre devant lui.

– Et en quoi pensez-vous que votre idée de l'acceptable puisse avoir la moindre valeur ? répond-elle d'un ton cinglant, avec cette sauvagerie qui dompte à peu près tout le monde.

Mais pas Ivan, ou pas tout à fait, du moins.

– Je parle au nom du peuple.

– Non, *je* parle au nom du peuple, et certainement pas vous.

Ivan nous jette un coup d'œil, à moi et Bradley.

– Vous envoyez une petite fille et l'Humanitaire traiter avec un ennemi assez fort pour nous annihiler tous. Je ne pense pas que ce serait le choix d'une grande majorité de gens, Maîtresse.

– Le peuple ne sait pas toujours ce qui est bon pour lui, Ivan. Il faut parfois convaincre le peuple de ce qui est nécessaire. Et non pas hurler avec le vent chaque fois que le vent tourne.

– J'espère que vous êtes dans le vrai, Maîtresse. Dans votre propre intérêt.

Il nous jette un dernier regard, puis disparaît.

– Tout va bien, dehors ? demande Simone.

– Mais oui, réplique Maîtresse Coyle d'un air vague, l'esprit manifestement ailleurs.

– Ils recommencent à acclamer, dit Lee.

Et nous les entendons tous.

Mais ce n'est pas Maîtresse Coyle qu'ils acclament.

[TODD]

Garçon poulain, dit Angharrad, en frottant son nez contre moi. Puis elle ajoute, Garçon poulain, oui.

– C'est pour elle, en fait, je dis. S'il arrive quelque chose, je veux qu'il la sorte de là, même s'il doit la porter, d'accord?

Garçon poulain, répète-t-elle, en me poussant encore.

– Mais tu es sûre, fifille? Tu es sûre que ça ira? À cause que je t'enverrai nulle part si t'es pas...

Todd. Pour Todd.

Ma gorge se serre, et je déglutis deux fois avant de pouvoir articuler «Merci, fifille», essayant de pas penser à la dernière fois où j'ai demandé à un animal d'être brave pour moi.

– Tu es un jeune homme vraiment remarquable, le sais-tu? j'entends derrière moi.

Je soupire. Le revoilà.

– Je suis en train de parler à ma jument.

– Non, Todd, dit le Maire, sorti de sa tente. Il y a des choses que je voudrais te dire et j'aimerais bien que tu me laisses les dire avant que ce monde ne change.

– Le monde change tout le temps, je réplique, remontant les rênes d'Angharrad. Pour moi, en tout cas.

– Écoute-moi un peu Todd, reprend-il d'un ton grave. Je voudrais te dire à quel point j'en suis venu à te respecter. Respecter comment tu as combattu à mes côtés, oui, comment tu as toujours répondu présent à chaque défi, à chaque danger, mais aussi comment tu t'es opposé à moi quand personne ne l'aurait osé, comment tu as réellement conquis cette paix, quand, tout autour de toi, le monde perdait la tête.

Il pose la main sur Angharrad, lui caresse doucement le flanc. Elle bouge un peu les pieds, mais le laisse faire.

Alors je le laisse faire.

– Je crois que tu es celui à qui les colons vont vouloir parler, Todd. Oublie-moi, oublie Maîtresse Coyle. C'est toi qu'ils vont considérer comme le chef, ici.

– Mais oui, bien sûr, si ça vous amuse. Mais attendons déjà d'avoir la paix, d'accord ?

Il inspire une vapeur d'air froid par le nez.

– Je voudrais te donner quelque chose, Todd…

– Je ne veux rien de vous.

Mais il tend déjà un morceau de papier.

– Tiens, c'est pour toi.

J'hésite une seconde et puis je le prends. Il y a une ligne de mots écrite en travers, dense et noire et inconnaissable.

– Lis, dit-il.

D'un coup, je m'énerve. J'explose.

– C'est mon poing dans la figure que vous voulez ? Parce que…

– S'il te plaît, dit-il d'un ton tellement doux et sincère que même furieux je rejette un coup d'œil sur le papier. Toujours des mots, écrits de la main du Maire je pense, un sombre taillis en ligne, comme un horizon qu'on peut pas approcher.

– Regarde les mots. Dis-moi ce qu'ils disent.

Le papier frissonne dans la lumière des flammes. Aucun mot a l'air trop long et j'en recognais au moins deux, c'est mon nom –

Même un demeuré comme moi arrive à lire son propre nom –

Et la première phrase c'est –

*Je m'appelle Todd Hewitt et je suis un homme de New Prentissville.*

Je cligne des yeux.

C'est ce que ça dit, d'un bout à l'autre de la page, chaque mot brûlant clair comme un soleil.

Je m'appelle Todd Hewitt et je suis un homme de New Prentissville.

Je relève la tête. Le visage du Maire est en pleine concentrassion, plongé au fond de moi, pas un *buzz* de contrôle, juste un léger *hmm*.

(le même *hmm*, celui que j'entends quand je pense *Je suis le Cercle* –)

– Alors, qu'est-ce que cela dit ? questionne-t-il.

Je regarde –

Et je lis –

Je le lis à voix haute :

– Mon nom est Todd Hewitt et je suis un homme de New Prentissville.

Il laisse échapper un long soupir et le *hmm* s'évanouit.

– Et maintenant ?

Je regarde encore les mots. Ils sont toujours sur la page, mais ils m'échappent, ils s'échappent de leur sens –

Mais pas tout du long.

*Je m'appelle Todd Hewitt et je suis un homme de New Prentissville.*

C'est ce que ça dit.

C'est ce que ça dit encore.

– Je m'appelle Todd Hewitt… je lis, articulant

plus lentement à cause que j'essaye encore de le voir. Et je suis un homme de New Prentissville.

– Ce que tu es, très clairement, dit le Maire.

Je lève les yeux sur lui.

– Non, c'est pas de la vraie lecture. C'est juste vous qui mettez des mots dans ma tête.

– Absolument pas, Todd. J'ai réfléchi à la façon d'apprendre des Spackle, comment ils se transmettent les informations. Ils n'ont pas d'écriture, mais comme ils sont connectés en permanence, ils n'en ont pas besoin. Ils se contentent d'échanger leur savoir, en direct. Ils transportent ce qu'ils sont et ce qu'ils connaissent à travers leur Bruit, et ils le partagent en une seule voix. Qui est peut-être même la seule voix de ce monde…

Une seule voix. Le Spackle qui est venu sur la place. La voix unique qui semblait parler pour le monde entier. Me parlant à moi.

– Je ne t'ai pas donné des mots, Todd. Je t'ai donné ma connaissance de la lecture, et tu as été capable de me la prendre, de la même façon que je t'ai fait partager ma connaissance sur le silence. Je crois que c'est l'ouverture d'une connexion plus vaste que je ne l'aurais imaginé, une connexion similaire à celle des Spackle. Pour l'heure, le processus reste grossier et malhabile, mais il devrait pouvoir s'affiner. Pense un peu à ce que nous pourrions faire si nous arrivions à le maîtriser, Todd, quel savoir nous pourrions partager, et avec quelle facilité.

Une fois encore, j'étudie la feuille.

– Je m'appelle Todd Hewitt, je lis posément, et je distingue encore presque chaque mot.

– Si tu me le permets, dit-il d'une voix ouverte et apparemment honnête, je crois que je pourrais te donner assez de savoir pour que tu parviennes à lire le journal de ta mère avant l'arrivée des colons.

Le journal de maman. Toujours lacéré par le couteau d'Aaron, toujours caché, et seulement lu par la voix de Viola –

Je lui fais pas confiance, jamais, il est pas rachetable –

Mais je le vois un peu différent, je vois un homme, plus un monstre.

À cause que si nous sommes plus ou moins connectés, connectés en une seule voix –

(ce *hmm* –)

Peut-être que c'est à double sens –

Peut-être qu'il me montre des choses –

Et peut-être que je le rends meilleur en retour.

On entend un boum lointain, celui du vaisseau éclaireur qui décolle. Dans le ciel à l'est, le vaisseau et le soleil apparaissent en même temps.

– Nous devrons reprendre cette discussion plus tard, Todd. Il est temps à présent d'aller faire la paix.

## [VIOLA]

– C'est un grand jour, ma fille, annonce Maîtresse Coyle dans la chambre de soins où nous sommes réunis, Simone pilotant le vaisseau vers la ville. Pour toi comme pour nous tous.

– Vous n'avez pas besoin de me le dire, je réponds calmement.

Bradley observe les écrans pour surveiller notre

vol. Lee est resté sur le plateau, toute la journée il écoutera comment les choses évoluent, avec Ivan.

J'entends Maîtresse Coyle rire en elle-même.

– Qu'y a-t-il ? je demande.

– Oh, juste le paradoxe de placer tous mes espoirs entre les mains de la fille qui me hait le plus.

– Je ne vous hais pas, dis-je, réalisant qu'elle n'est pas loin de la vérité.

– Peut-être pas, ma fille, mais tu ne me fais certainement pas confiance…

Je ne vais pas la contredire.

– Fais la paix, Viola, ajoute-t-elle plus gravement. Fais une bonne paix. Si bonne que tout le monde saura que c'est toi qui l'as faite et non cet homme. Je sais que tu ne veux pas d'un monde dirigé par moi, mais on ne peut pas le laisser s'en charger non plus. Voilà le but, peu importe le reste.

Je sens des nœuds dans mon estomac.

– Je ferai ce que je pourrai.

Elle secoue la tête, lentement.

– Tu as de la chance, tu sais. Si jeune. Tant de possibilités devant toi. Tu pourrais te révéler une meilleure version de moi-même. Une version qui ne sera jamais obligée de se montrer aussi brutale.

Je ne sais pas trop quoi répondre.

– Maîtresse Coyle…

– Ne t'en fais pas, ma fille, dit-elle en se redressant car le vaisseau va atterrir. Tu n'as pas besoin d'être mon amie. (Ses yeux s'allument d'une petite flamme.) Il suffit que tu sois *son* ennemie.

Et nous sentons le léger *bump* de l'atterrissage.

C'est l'heure.

Je m'extirpe du lit pour gagner les portes. La

première chose que je distingue quand elles s'ouvrent sur la place, c'est Todd devant une marée de soldats, et le Maire qui nous regarde, aussi, son uniforme repassé impeccable et sa tête à claques, et les modules dans le ciel qui relaient les images pour la foule rassemblée sur le plateau, et tout le monde derrière moi sur le seuil, tous prêts à se lancer dans cette énorme chose –

Au milieu de tout cela, Todd qui m'aperçoit et dit : « Viola. »

Et c'est seulement maintenant que je sens vraiment le poids de tout ce que nous allons faire.

Je descends la rampe, les yeux du monde humain posés sur nous, et peut-être aussi ceux du monde spackle, qui sait, et j'ignore la main tendue du Maire et je le laisse saluer les autres.

Je vais directement vers Todd, posté entre les chevaux.

– Salut, me lance-t-il avec son sourire de travers. T'es prête ?

– Autant qu'on peut l'être.

Les chevaux bavardent au-dessus de nous, *Garçon poulain, fille pouliche, mène, suis*, avec toute la chaleur qu'un animal de troupeau peut ressentir pour un autre membre de son troupeau, deux murs heureux qui nous enveloppent, nous protègent un moment de la foule.

– Viola Eade, dit Todd. Émissaire de paix.

Je lâche un rire nerveux.

– J'ai tellement peur que j'arrive à peine à respirer.

Il reste un peu timide, j'ai l'impression, depuis notre dernière conversation. Mais il me prend la main. Juste la main.

– Tu t'en sortiras très bien.
– Comment peux-tu en être sûr ?
– Parce que, tu t'en es toujours sortie. Chaque fois, tu as toujours fait pour le mieux.
Pas quand j'ai envoyé le missile, je pense. Et il a dû le voir sur mon visage parce qu'il me presse encore la main et brusquement c'est pas assez, même si je déteste toujours autant ne pas voir en son intérieur, même si c'est comme parler à une photo du Todd que je connaissais, je me presse contre lui et il m'enveloppe de ses bras. Il presse son visage dans mes cheveux, qui sentent je ne sais quelle horreur de sueur et de fièvre, mais juste être contre lui, sentir ses bras autour de moi et être entourée par tout ce que je connais de lui, même si je l'entends pas –
Je dois juste y croire, que c'est bien toujours Todd, là-dedans.
Et alors, quelque part dans le monde proche, le Maire commence sa saloperie de discours.

[TODD]

Le Maire a grimpé sur une charrette près du vaisseau éclaireur, debout au-dessus de la foule.
– Ce jour marque à la fois une apothéose et un commencement, lance-t-il d'une voix qui tonne à travers le Bruit des soldats rassemblés sur la place, et des hommes non combattants de la ville rassemblés ici également, un Bruit qui amplifie sa voix, et il y a personne qui l'entende pas, tout le monde le regarde, des yeux fatigués mais pleins d'espoir, même les femmes, quelques-unes plus loin portent même des enfants que d'habi-

tude elles font de leur mieux pour cacher, mais chaque visage, jeune ou vieux, voulant que les paroles du Maire soient la vérité.

– Nous avons combattu notre ennemi avec beaucoup de ruse et de bravoure. Et nous l'avons mis *à genoux* !

Des acclamations accueillent la formule, même si les choses se sont passées un peu différemment.

Maîtresse Coyle l'observe, les bras croisés, puis elle s'avance à grands pas vers la charrette du Maire.

– Mais... Qu'est-ce qu'elle fait ? demande Bradley qui s'approche de moi et de Viola.

Nous la voyons se hisser sur la charrette et se redresser à côté du Maire, qui lui lance un regard de tueur mais continue son discours :

– Ce jour s'inscrira dans la mémoire de vos enfants et des enfants de vos enfants !

– BONNES GENS ! vocifère alors Maîtresse Coyle pour couvrir sa voix. (Et elle ne regarde pas la place, mais le module qui relaie les images jusqu'au plateau.) NOUS NOUS RAPPELLERONS CE JOUR POUR LE RESTE DE NOTRE VIE !

Le Maire hausse le ton pour se faire entendre.

– PAR VOTRE COURAGE ET VOTRE SACRIFICE...

– DES TEMPS DIFFICILES QUE VOUS AVEZ ENDURÉS AVEC COURAGE... hurle Maîtresse Coyle.

– NOUS AVONS RÉALISÉ L'IMPOSSIBLE, s'égosille le Maire.

– LES COLONS QUI ARRIVENT VERRONT LE MONDE QUE NOUS AVONS CRÉÉ POUR EUX...

– NOUS AVONS FORGÉ CE NOUVEAU MONDE AVEC NOTRE PROPRE VOLONTÉ, NOTRE PROPRE SANG...

– Je crois qu'on devrait y aller, dit Viola.

Je la regarde, surpris, et Bradley aussi, et puis je distingue un éclair amusé dans son Bruit. Je demande à Angharrad et à Acorn de s'agenouiller, et j'aide Viola à monter sur le dos d'Acorn. Wilf donne un coup de main à Bradley, qui n'a pas l'air trop sûr de lui.

– Vous en faites pas, je le rassure. Elle saura prendre soin de vous.

Garçon poulain, dit-elle.

– Angharrad, je réponds.

– Todd, dit Viola, comme en écho.

Je la regarde et je dis :

– Viola.

C'est tout, juste son nom.

Et on réalise que voilà.

C'est parti.

– UN EXEMPLE ÉTINCELANT DE PAIX POUR NOTRE TEMPS...

– JE VOUS AI CONDUITS À UNE GRANDE VICTOIRE...

Les chevaux s'avancent, dépassent la charrette des orateurs, fendent le flot des soldats qui s'écartent, se dirigent vers la route, celle qui mène à la colline des Spackle.

La voix du Maire vacille un peu quand il réalise ce qui se passe. Maîtresse Coyle continue à mugir à cause qu'elle regarde vers le module et les voit pas encore, pas avant que le Maire enchaîne très vite :

– ET NOUS ENVOYONS NOS AMBASSADEURS

DE PAIX PLEINS D'ASSURANCE ET DE FERMETÉ !

La foule acclame, coupant Maîtresse Coyle à mi-chemin, et elle a pas l'air franchement ravie.

– Tout ira bien, dit Wilf alors que leurs silhouettes diminuent sur la route, Viola, elle s'ein seurt toujours.

La foule continue à applaudir mais le Maire a sauté de la charrette pour nous rejoindre, moi et Wilf.

– Alors, les voilà partis, lance-t-il d'une voix un peu dépitée. Mais plus tôt que prévu, non ?

– Vous auriez continué à bavasser toute la matinée, dis-je. Et il y a du danger qui les attend là-haut, sur cette colline.

– Monsieur le Président, salue Maîtresse Coyle avec une grimace saumâtre, et elle remonte rapidement la rampe du vaisseau.

Je continue à observer Viola et Bradley jusqu'à ce qu'ils disparaissent, puis je tourne les yeux vers la grande projexion qu'a montée Simone alors que tout le monde bavassait. Elle plane, immense, au-dessus des ruines de la cathédrale, la même image diffusée sur le plateau : Viola et Bradley remontant la route, se dirigeant vers la zone mortelle du champ de bataille.

– Je ne m'inquiéterais pas trop, si j'étais toi, Todd, dit le Maire.

– Je sais. Au moindre signe de danger, le vaisseau éclaireur enverra tous les Spackle au ciel.

– Parfaitement, acquiesce-t-il d'un ton qui me fait sursauter, ce ton qu'il prend quand il en sait plus qu'il veut en dire.

– Quoi ? Qu'est-ce que vous avez fait ?

– Pourquoi me soupçonnes-tu toujours d'avoir préparé un mauvais coup, Todd ?

Mais il y a ce sourire, le sourire habituel.

[VIOLA]

Nous avons dépassé la lisière de la ville. Nous traversons un champ de corps brûlés, toujours là depuis l'attaque des flèches enflammées, éparpillés partout comme des branchages noirs.

– Dans un endroit d'une telle beauté, d'un tel potentiel, murmure Bradley en regardant autour de lui, nous ne faisons que répéter les mêmes erreurs. Faut-il que nous haïssions tant le paradis pour vouloir à ce point le transformer en dépotoir ?

– C'est ça, le briefing que tu m'as préparé ? je demande.

Il rit.

– Non, mais penses-y comme à un serment de faire mieux.

– Bradley, regarde. Ils nous ont dégagé un chemin.

Nous approchons du pied de la colline qui mène au campement spackle. Ils ont déblayé les pierres et les rochers, leurs cadavres et les dépouilles de leurs montures, déchiquetés par l'artillerie du Maire, mon missile et la bombe de Maîtresse Coyle. Nous y avons tous pris part.

– Plutôt un bon présage, dit Bradley. Petit signe de bienvenue, ils nous facilitent le chemin.

– Le chemin d'un piège, peut-être, dis-je en agrippant nerveusement les rênes d'Acorn.

Bradley veut s'engager le premier dans le sentier, mais Acorn prend le pas sur Angharrad, il sent son hésitation, essaye de la rassurer en montrant sa confiance. Suis, dit son Bruit, presque gentiment. Suis.

Ce qu'elle fait. Et l'escalade commence.

En grimpant, on entend le bourdonnement des moteurs dans la vallée d'où Simone décolle. Le vaisseau va nous surveiller comme un faucon planant sur une colonne d'air, prêt à piquer avec ses armes si quelque chose devait mal tourner.

Mon comm bipe. Je le sors de ma poche, le visage de Todd apparaît.

– *Tu vas bien ?*

– On commence tout juste à monter. Et Simone arrive.

– Oui, on vous voit, plus grands que nature. Comme si t'étais la star de ta propre vidéo.

J'essaye de rire, mais la toux me coupe aussitôt.

– *Au premier signe de danger*, ajoute-t-il plus sérieusement, *au plus petit signe de danger, tu dégages de là, et tout de suite.*

– T'en fais pas, je réponds.

Puis j'ajoute :

– Todd ?

Il me regarde dans le comm, devinant ce que je vais dire.

– *Tout ira bien*, dit-il.

– S'il m'arrive quelque chose…

– *Il t'arrivera rien.*

– Mais si jamais…

– *Non.* (Il le dit presque avec colère) *Je te dis pas au revoir, Viola, alors essaye même pas. Tu vas monter là-haut, faire la paix, et tu vas redescendre pour qu'on puisse te remettre sur pied.* (Il se penche plus près du comm.) *Alors, à tout à l'heure, d'accord?*

– D'accord, je fais, la gorge serrée.

Il raccroche.

– Tout va bien? demande Bradley.

Je hoche la tête.

– Allons-y, maintenant.

Nous gravissons le sentier, approchant du sommet de la colline. Le vaisseau est assez haut maintenant pour voir ce qui nous attend.

– *On dirait un comité d'accueil*, dit Simone sur le comm de Bradley. *Terrain découvert avec ce qui doit être leur chef, assis sur un de leurs machins oxymares.*

– Une menace quelque part? demande Bradley.

– Pas apparemment. Mais ils sont une sacrée foule.

Nous continuons et, entre les éboulis, je reconnais l'endroit où Todd et moi nous avons couru pour échapper à Aaron, sautant jusqu'à la corniche sous la cascade, la même corniche où les Spackle se sont alignés et ont lancé leurs flèches enflammées, la corniche qui n'est plus là, depuis que je l'ai fait exploser –

Nous dépassons l'endroit où j'ai reçu une balle et où Todd a démoli David Prentiss Jr. –

Et nous approchons de la dernière pente, à peine quelques rochers encore debout, mais assez près du dernier endroit où Todd et moi on croyait enfin se trouver en sécurité, contemplant cette ville que nous appelions Haven –

Pour finalement en arriver là.

– Viola? fait Bradley à voix basse. Ça va?

– Je crois que la fièvre remonte. J'étais en train de partir un peu.

– On y est presque, dit-il doucement. Je vais les saluer. Je suis sûr qu'ils nous salueront aussi.

*Et alors on verra bien ce qui se passera*, dit son Bruit.

Nous gravissons le dernier tronçon de route écroulée, franchissant la crête –

Pénétrant dans le campement des Spackle.

[TODD]

– Ils y sont presque, j'annonce.

Moi et Wilf et le Maire et tout le monde sur la place on regarde la grande image projetée au-dessus des ruines de la cathédrale, on regarde Viola et Bradley et les deux chevaux brusquement tout petits entrer dans le demi-cercle des Spackle qui les attendent.

– Ce doit être leur chef, dit le Maire en désignant celui qui se tient sur le plus grand des oxymares alignés là.

On regarde Viola et Bradley franchir la crête à cheval, le demi-cercle des Spackle ne leur laissant aucune issue de secours sauf rebrousser chemin.

– Ils vont d'abord échanger des salutations, continue le Maire sans quitter l'image des yeux. C'est ainsi que les choses doivent commencer. Puis les deux parties vont déclarer à quel point elles sont fortes et, finalement, ils dévoileront un petit aperçu de leurs intentions. Tout cela est très formel, à vrai dire.

Nous observons Bradley sur l'image, et il semble faire exactement ce que le Maire a prévu.

– Le Spackle descend, je souffle.

Lentement, dignement, le chef des Spackle balance une jambe au-dessus de l'animal. Il atterrit sur ses pieds, et enlève l'espèce de casque qu'il portait, le remet à un Spackle à côté de lui.

Puis il s'avance dans la clairière.

– Viola, é desceind de son jeval, bafouille Wilf.

Acorn s'est agenouillé pour l'aider. Elle se laisse gentiment glisser au sol, puis se détourne, prête à rencontrer le chef des Spackle qui avance toujours vers elle, lentement, main tendue –

– Tout cela est excellent, Todd, dit le Maire. Vraiment excellent...

– Arrêtez vos idioties, je grommelle.

– Hé... ! s'exclame soudain Wilf en se penchant.

Et je le vois –

Un grondement agite la foule des soldats quand ils le voient, eux aussi –

Un Spackle a surgi du demi-cercle –

Rompant les rangs, il court vers le chef des Spackle –

Court droit sur lui –

Et le chef se retourne –

Comme surpris –

Et dans le froid soleil du matin on distingue –

Le Spackle qui court a une épée –

– Il va tuer le chef ! je m'écrie, debout maintenant.

Et le REURR de la foule s'enfle –

Et le coureur spackle atteint son chef, épée levée –

Il l'atteint –

Et le dépasse –

Dépasse son chef qui tend les bras pour l'arrêter –

Mais il l'esquive –

Et continue à courir –

Courir vers Viola –

Et c'est alors que je le recognais –

– Non, je murmure. *Non!*

C'est 1017 –

Il court droit vers Viola –

Brandissant une épée –

Il va la tuer –

Il va la tuer pour me punir moi –

– Viola! je crie –

VIOLA!

## LA UNE EN PARTICULIER

– *L'AUBE VIENT*, montre le Ciel. *Ils seront bientôt là.*

Il se tient devant moi en armure complète, l'argile sculptée couvrant sa poitrine et ses bras, bien trop belle et décorée pour être portée à la bataille. Le casque de cérémonie oscille, encombrant, sur sa tête, assorti d'une épée en pierre tout aussi cérémonielle à son côté.

– *Vous avez l'air ridicule...* je montre.

– *J'ai l'air d'un chef,* réplique-t-il sans manifester aucune colère.

– *Nous ne savons même pas s'ils viendront.*

– *Ils viendront, ils viendront.*

Il a entendu mon serment de saboter la paix. Je le sais. J'étais trop en colère pour essayer de le cacher, mais il l'aurait entendu de toute façon. Et pourtant il m'a gardé à son côté, il me tient pour quantité si négligeable qu'il ne fait même pas semblant de me considérer comme une menace.

– *Ne pense pas que je braderais la paix sans contrepartie. Ne pense pas qu'ils auront les mains libres pour modeler ce monde à leur idée. La tragédie du Fardeau ne se répétera pas, tant que je serai le Ciel.*

Et je devine quelque chose dans sa voix, quelque chose de très profond, l'étincelle de quelque chose.

– *Vous avez un plan...*, je ricane.

– *Disons que je ne m'engage pas dans ces pourparlers sans m'être préparé à toute éventualité.*

– *Vous dites cela uniquement pour me faire tenir tranquille. Ils prendront tout ce qu'ils pourront, et le reste, ils le prendront par la force. Ils ne s'arrêteront pas tant qu'ils ne nous auront pas tout pris.*

Il soupire.

– *Une fois de plus, le Ciel demande un peu de confiance au Retour. Et pour le prouver, le Ciel aimerait beaucoup que le Retour soit à ses côtés quand la Clairière viendra à nous.*

Je le regarde, surpris. Sa voix est sincère –

(– et ma propre voix aspire à toucher la sienne, aspire à savoir qu'il agit pour mon bien, pour le bien de la Terre, pour celui du Fardeau, je veux tellement, si ardemment le croire, c'est comme une douleur dans ma poitrine –)

– *La promesse que je t'ai faite tient toujours*, montre-t-il. *La Source sera tienne, et tu pourras en faire ce que tu voudras.*

Je continue à le fixer, lisant sa voix, lisant tout en elle : la terrible, la gigantesque responsabilité qu'il endosse pour la Terre pesant sur lui à chaque seconde, éveillé ou endormi ; le souci qu'il éprouve pour moi, la façon dont la haine et la vengeance me dévorent vivant ; son inquiétude pour les jours à venir et les semaines et les mois après cela, comment, quoi qu'il se passe aujourd'hui, la Terre sera changée à tout jamais, comment elle change déjà à tout jamais ; et je vois bien que, s'il y est obligé, il agira sans moi, qu'il me laissera de côté au besoin, pour le bien de la Terre.

Mais je vois aussi combien cela lui ferait de la peine.

Et je vois aussi, sans doute caché dans le Terme des Chemins, qu'il a un plan.

– *Je viendrai*, je montre.

Le soleil commence à rosir l'horizon lointain. Le Ciel se tient sur la selle de son oxymare. Ses meilleurs soldats, également en habit de cérémonie, également armés d'épées en pierre de cérémonie, s'alignent en un large demi-cercle qui englobe la crête déchiquetée de la colline. La Clairière y est autorisée, mais pas plus loin.

La voix de la Terre est ouverte, tous observant le bord de la colline à travers leur Ciel.

– *Nous parlons comme un seul,* leur envoie le Ciel. *Nous sommes la Terre et nous parlons comme un seul.*

La Terre reprend l'hymne, s'unissant en un seul lien indissoluble face à l'ennemi :

*Nous sommes la Terre et nous parlons comme un seul.*

Sauf le Retour, je pense, car le bracelet vient de me brûler à nouveau. Je repousse le lichen pour l'examiner, la peau tellement déformée qu'elle colle au métal, noircie et ridée, douloureuse dès qu'on me l'a posé.

Mais la souffrance physique n'est rien comparée à ce qui habite ma voix.

Car c'est la Clairière qui m'a fait cela. Le *Couteau* l'a fait. C'est la chose qui me marque comme le Retour, qui me maintient pour toujours séparé de la Terre, cette Terre qui chante autour de moi, élevant sa voix unique en une langue que la Clairière comprendra.

*Nous sommes la Terre et nous parlons comme un seul.*

Sauf le Retour, qui parle seul.

– *Tu ne parles pas seul,* montre le Ciel du haut de sa monture. *Le Retour est la Terre et la Terre est le Retour.*

*La Terre est le Retour,* entonne l'hymne autour de nous.

– *Dis-le,* poursuit le Ciel. *Dis-le en sorte que la Clairière sache à qui elle a affaire. Dis-le en sorte que nous parlions ensemble...*

Il tend la main comme pour me toucher mais, perché sur son oxymare, il est trop haut pour atteindre la mienne.

– *... Dis-le en sorte que tu sois la Terre.*

Et sa voix se tend vers moi, aussi, elle m'entoure, me demande de me joindre, de me joindre à la Terre, de me laisser devenir partie de quelque chose de plus grand, de plus vaste, de quelque chose qui pourrait –

Soudain, le vaisseau de la Clairière s'élève dans les airs en face de nous, puis se maintient là, en attente.

Le Ciel l'observe, l'hymne continuant derrière nous.

– *Allons, l'heure est venue. Ils arrivent.*

Tout de suite je la reconnais. Ma surprise est si forte que le Ciel me fixe un instant.

– *Alors, c'est elle qu'ils ont envoyée,* je montre.

Ils ont envoyé la une en particulier du Couteau.

Ma voix monte. Serait-il venu avec elle ? Est-ce que... ?

Mais non. C'est un autre de la Clairière, sa voix aussi bruyante et chaotique que le pire d'entre eux. Chaotique de paix. Son souhait le baigne tout entier, son espoir, sa peur, et son courage aussi.

– *Ils souhaitent la paix,* montre le Ciel, et il y a de l'amusement dans la voix de la Terre.

Mais quand je lève les yeux vers le Ciel, j'y vois de la paix, aussi.

La Clairière pousse ses montures dans le demi-cercle mais s'arrête à une certaine distance. Ils nous regardent, nerveux, sa voix forte et pleine d'espoir, la sienne à elle le silence des Sans-Voix.

– Je m'appelle Bradley Tench, lance-t-il à travers sa bouche et sa voix. Et voici Viola Eade.

Il attend de voir si nous comprenons son langage, puis après un bref hochement de tête du Ciel, il continue :

– Nous sommes venus conclure la paix entre nous, mettre fin à cette guerre sans autre bain de sang, et voir si nous pouvons corriger le passé et construire un avenir où nos deux peuples pourront vivre côte à côte.

Le Ciel ne montre rien pendant un long moment, l'hymne continuant à rouler sans cesse derrière lui.

– *Je suis le Ciel,* montre le Ciel, dans le langage du Fardeau.

L'homme de la Clairière paraît surpris, mais on devine à sa voix qu'il comprend. J'observe la une en particulier du Couteau. Elle nous observe aussi, pâle et frissonnante dans le matin froid. Le premier son qu'elle produit, c'est une vague de toux dans son poing. Puis elle parle :

– Nous avons le soutien de tout notre peuple, dit-elle, en faisant cliquer les mots par sa bouche, et le Ciel ouvre sa propre voix pour être sûr de bien la comprendre.

Elle désigne le vaisseau qui plane au-dessus de la colline, sans doute prêt à tirer d'autres armes au moindre signe de menace de notre part.

– Un soutien pour ramener la paix, ajoute-t-elle.

*La paix,* je mâche amèrement. Une paix qui fera de nous des esclaves.

– *Silence,* montre le Ciel. Un ordre chuchoté, mais réel.

Alors il descend de son oxymare. Il projette sa jambe en arrière, atterrissant avec un bruit pesant. Il retire son casque, le tend au soldat le plus proche, et s'avance lentement vers la Clairière. Vers l'homme qui, maintenant que je peux lire sa voix de plus près, n'est arrivé que récemment, un avant-coureur de tous ceux qui vont bientôt venir. Venir repousser la Terre hors de son propre monde. Venir faire de nous tous un nouveau Fardeau. Et d'autres sans doute viendront ensuite. Et puis d'autres encore.

Et je pense : *Mieux vaut mourir que de laisser une telle chose arriver.*

L'un des soldats proches de moi se tourne, choqué dans sa voix, dans le langage de la Terre il me dit de me tenir tranquille.

Mes yeux tombent sur son épée cérémonielle.

Le Ciel avance lentement, pesamment, *comme un chef*, vers la Clairière.

Vers la une en particulier du Couteau.

Le Couteau, qui même s'il s'est sans doute inquiété et soucié de paix, même s'il souhaitait sans doute bien faire, a envoyé sa une en particulier à sa place, bien trop effrayé à l'idée de se confronter à nous en personne –

Et je me le rappelle quand il m'a tiré des cadavres du Fardeau –

Je me rappelle mon serment de l'abattre –

Et je pense alors – *Non*.

Je sens la voix de la Terre peser sur moi, je la sens se tendre pour me calmer, en cet instant crucial.

Mais je pense – *Non*.

*Non, ce n'est pas possible*.

La une en particulier glisse de sa monture pour saluer le Ciel.

Et je m'élance, avant même de m'en rendre compte.

J'attrape l'épée cérémonielle du soldat près de moi, si vite qu'il n'offre aucune résistance, pousse juste un jappement surpris, et je la brandis haut en courant. Ma voix sonne étrangement clair, ne s'intéresse qu'aux pierres sur mon chemin, au lit du fleuve à sec, à la main du Ciel tendue pour m'arrêter, mais trop lentement dans sa lourde armure –

Je traverse le terrain qui me sépare d'elle –

Ma voix s'enfle, un hurlement en émerge, sans mot dans le langage du Fardeau ni de la Terre –

Je sais qu'on nous observe, du haut du vaisseau, des lumières qui scintillent sur ses flancs –

Et j'espère que le Couteau m'observe –

M'observe tandis que je cours tuer sa une en particulier –

La lourde épée brandie dans mes deux mains –

Elle me voit arriver, trébuche en arrière vers sa monture –

L'homme de la Clairière crie quelque chose, sa propre monture essayant de se déplacer entre moi et la une en particulier du Couteau.

Mais je cours trop vite, l'espace trop réduit maintenant –

Et le Ciel crie derrière moi, aussi –

Sa voix, la voix de la Terre entière, tonne derrière moi, tendue pour m'arrêter –

Mais une voix ne peut pas arrêter un corps –

Et elle recule un peu plus –

Tombe entre les jambes de sa monture, qui essaye de la protéger aussi, mais embarrassée par elle –

Et il n'y a plus de temps –

Il n'y a que moi –

Que ma vengeance –

Épée dressée –

Épée en arrière –

Prête et lourde et mourant d'envie de tomber –

J'accomplis mes derniers pas –

Et je mets tout mon poids derrière l'épée pour commencer la fin –

Et elle lève le bras pour se protéger –

## *09 Marchandage*

[VIOLA]

L'attaque est venue de nulle part. Le chef des Spackle, le Ciel, comme il s'appelle lui-même, nous approche avec des saluts –

Quand, soudain, il y en a un autre qui court vers lui, une affreuse épée en pierre dans la main, lourde et polie –

Et il va tuer le Ciel –

Il va tuer son propre chef –

En pleins pourparlers de paix –

Le Ciel se retourne, il voit arriver celui à l'épée, il tend le bras pour l'arrêter –

Mais celui à l'épée l'esquive sans difficulté –

L'esquive et court vers Bradley et moi –

Court vers *moi* –

– *Viola* ! crie Bradley.

Et il manœuvre Angharrad pour la placer entre nous, mais ils sont au moins deux pas en arrière –

Et le terrain est vide entre moi et celui qui court –

et je bascule entre les jambes d'Acorn –

*Fille pouliche!* dit Acorn –

Et je tombe à la renverse –

Et je n'ai plus le temps –

Le Spackle est là –

Son épée se dresse –

Et je lève le bras dans une tentative désespérée pour me protéger –

Et –

L'épée ne retombe pas –

L'épée ne retombe pas –

Je lève les yeux.

Le Spackle fixe mon bras.

Ma manche a glissé, mon bandage s'est dénoué quand je suis tombée et il fixe le bracelet –

Le bracelet infecté, maladie, gravé du numéro 1391 –

Et alors je le vois –

À mi-chemin sur son propre avant-bras, aussi rougeâtre et noirâtre que le mien –

Un bracelet inscrit 1017 –

Et c'est donc le Spackle de *Todd*, celui qu'il a libéré du génocide au monastère avec son bracelet manifestement infecté lui aussi –

Il s'est pétrifié dans son élan, son épée suspendue en l'air, prête à retomber mais sans retomber, tandis qu'il fixe mon bras –

Quand une paire de sabots lui percute la poitrine de plein fouet, et l'envoie voler en arrière.

## [TODD]

– VIOLA !

Je hurle à m'en dévisser la tête, cherchant un

cheval, une voiture à fission, n'importe quoi qui m'emmène sur cette feuttue colline –

– C'est bon, Todd ! crie le Maire en regardant la projexion, c'est bon, ta jument l'a envoyé promener !

Je me retourne vers l'image pour voir 1017 atterrir à plusieurs mètres de là où il se tenait, effondré à plat ventre, les pattes arrière d'Angharrad retombant au sol.

– Oh, bonne fifille ! je crie. Bon cheval !

Et j'attrape mon comm, vociférant :

– Viola ! Viola, tu es là ?

Et maintenant je vois Bradley s'agenouiller au-dessus de Viola et le chef spackle qui agrippe 1017, et le balance brutalement à un autre Spackle qui le traîne à l'écart, et je vois Viola chercher le comm dans sa poche –

– *Todd ?* souffle-t-elle.

– Ça va ?

– *C'était ton Spackle, Todd ! Celui que tu as laissé partir !*

– Je sais. Si jamais je le retrouve, je...

– *Il s'est arrêté dès qu'il a vu mon bracelet.*

– *Viola ?* coupe Simone à bord du vaisseau éclaireur.

– *Ne tirez pas !* dit Viola. *Ne tirez surtout pas !*

– *On va te sortir de là, tout de suite*, crie Simone.

– *Non ! Vous avez bien vu, ils ne s'y attendaient absolument pas !*

– Laisse-la te sortir de là, Viola ! je hurle. Il y a danger ! Jamais j'aurais dû...

– *Écoutez-moi, vous deux*, dit-elle, *c'est fini maintenant, pouvez-vous seulement...*

Elle se tait brusquement, et sur la projexion le

chef se rapproche à nouveau, mains tendues en signe de paix.

– *Il dit qu'il est désolé*, chuchote Viola, *que ce n'est pas ce qu'ils voulaient*… (Puis après une pause :) *Son Bruit fait plus d'images que de mots, mais il a l'air de dire que quelqu'un est fou ou quelque chose du genre.*

Un choc me percute la poitrine. 1017 fou. 1017 rendu fou.

Évidemment qu'il l'est. Qui le serait pas après ce qui lui est arrivé ?

Mais ça veut pas dire qu'il peut s'en prendre à Viola –

– *Il dit qu'il veut continuer les pourparlers de paix*, continue Viola, *et oh !*

Sur la projexion, le chef des Spackle lui prend la main et l'aide à se relever. Il fait signe aux Spackle du demi-cercle et d'autres apportent des bandes de bois tressées en chaises, une pour chacun.

– Hé, qu'est-ce qui se passe, je dis dans le comm.

– *Je crois qu'ils*…

Elle s'arrête, et le demi-cercle s'ouvre à nouveau, et un autre Spackle en sort, les bras chargés de fruits et de poissons et un autre Spackle porte une table en bois tressé.

– *Ils nous offrent de la nourriture*, souffle Viola, et en même temps la voix de Bradley dit « Merci » à l'arrière-plan.

– *Je crois que les pourparlers reprennent pour de bon.*

– Viola…

– *Non, je t'assure, Todd. Combien d'autres chances crois-tu qu'on aura ?*

Je bouillonne une seconde, mais il y a ce ton têtu dans sa voix.

– Bon, mais tu laisses le comm ouvert, d'accord ?

– *D'accord*, lance Simone sur l'autre canal. *Mais dis bien à leur chef à quel point ils ont failli se transformer en vapeur et poussière, là, tout de suite.*

Une pause, et sur la projexion, le chef des Spackle se redresse sur sa chaise.

– *Il dit qu'il sait*, murmure Viola. *Et que…*

Et alors on les entend, les mots qui passent et dans notre langue, dans une voix qui résonne comme la nôtre mais comme faite d'un million de voix disant exactement la même chose.

*La Terre regrette l'acte du Retour*, dit-elle.

Je me tourne vers le Maire.

– Et ça veut dire quoi, au juste ?

[VIOLA]

– La vérité, honnêtement, c'est que nous ne pouvons plus repartir. C'était un voyage sans retour, et depuis des décennies. Nos ancêtres ont vu cette planète comme un parfait candidat à la colonisation, et nos éclaireurs de l'espace…

Bradley marque une pause, il se racle la gorge, un peu embarrassé, mais on voit déjà ce qu'il va dire à travers son Bruit.

– … nos éclaireurs ne nous ayant montré aucun signe de vie intelligente…

– *Ainsi, la Clairière ne peut donc repartir*, dit le Ciel en fixant le vaisseau éclaireur qui plane au-dessus de nous.

– Pardonnez-moi, dit Bradley. La quoi ?

*– Mais la Clairière a pourtant beaucoup à se reprocher*, continue le Ciel, et son Bruit montre celui qui courait avec une épée, celui qui porte un bracelet, celui que Todd connaissait –

Et il y a du sentiment derrière, communiqué tout entier comme sentiment, en dehors du langage, un sentiment de tristesse terrible, pas pour nous, pas pour l'interruption des pourparlers, mais pour celui qui nous a agressés, une tristesse qui arrive maintenant avec des images du génocide des Spackle, des images de 1017 survivant et retrouvant le reste des Spackle, des images de ce qu'il est devenu, de ce que nous l'avons fait devenir –

– Je ne peux pas excuser cela, dis-je. Mais ce n'était pas nous.

Le Ciel arrête son Bruit et me regarde. Et c'est comme si tous les Spackle sur la face de cette planète me regardaient aussi.

Je choisis soigneusement mes mots.

– Bradley et moi, nous sommes nouveaux ici. Et nous voulons *à tout prix* éviter les erreurs des premiers colons.

*– Les... erreurs* ? dit le Ciel et son Bruit s'ouvre sur des images de la première guerre des Spackle, sans aucun doute –

Des images de mort à une échelle que jamais je n'aurais imaginée –

Des images de Spackle mourant par milliers –

Des images d'atrocités perpétrées par des hommes –

Des images d'enfants, de bébés –

– Nous ne pouvons rien par rapport au passé, dis-je, essayant de détourner les yeux, mais son

Bruit est partout. Nous pouvons seulement faire en sorte que cela ne se reproduise plus jamais.

– À commencer par un cessez-le-feu immédiat, ajoute Bradley, l'air accablé par le poids des images. C'est la première chose sur laquelle on puisse se mettre d'accord. Nous n'engagerons plus d'attaques contre vous, et vous ne lancerez plus d'attaques contre nous.

Le Ciel se contente de rouvrir son Bruit, montrant un mur d'eau dix fois haut comme un homme, se déversant dans le lit du fleuve où nous sommes assis, balayant tout devant lui, avant d'écraser la vallée, rayant New Prentissville de la carte.

Bradley soupire, puis il ouvre son propre Bruit sur les missiles du vaisseau éclaireur carbonisant la colline, puis sur d'autres missiles jaillissant de leur orbite, tombant d'une hauteur que les Spackle ne peuvent espérer atteindre, détruisant tous les Spackle dans une fournaise de flammes.

Le Bruit du Ciel émet un étrange sentiment de satisfaction, comme si nous ne faisions que confirmer ce qu'il savait déjà.

– Oui, nous en sommes là, je fais en toussant. Et maintenant, nous allons faire quoi ?

Une longue pause suit, et puis le Bruit du Ciel se rouvre.

Et nous commençons à parler.

[TODD]

– Ils y sont depuis des heures, je murmure, les yeux collés à la projexion. Qu'est-ce qui peut bien leur prendre autant de temps ?

– Silence, s'il te plaît, Todd, lâche le Maire qui essaye de capter chaque mot sur mon comm. Il est capital de comprendre tout ce dont ils discutent.

– Mais il y a quoi à discuter ? On s'arrête tous de se battre et on fait la paix, non ?

Le Maire me jette un regard impatient.

– Bon, d'accord, je poursuis. Mais Viola, elle est pas bien. Elle peut pas rester assise là dans le froid toute la journée.

On est assis autour du feu maintenant, moi et le Maire, avec M. Tate et M. O'Hare qui regardent aussi. Tout le monde en ville regarde la projexion, mais avec moins d'intérêt maintenant à cause que regarder des gens discuter pendant des heures c'est pas si passionnant, malgré l'importance du moment. Wilf a fini par dire qu'il devait rejoindre Jane et il a pris la charrette de Maîtresse Coyle pour remonter sur le plateau.

– *Viola ?* appelle Simone sur le comm.

– *Oui*, répond-elle.

– *Juste pour te mettre au courant sur nos réserves, ma chérie. Les cellules peuvent tenir jusqu'en début de soirée, mais après, on ne pourra revenir que demain matin.*

J'appuie sur mon comm.

– Pas question de la laisser là-haut ! (Je vois le chef spackle et Bradley sur l'image, tous les deux ont un air étonné.) Pas question de la perdre de vue un seul instant !

Mais c'est Maîtresse Coyle qui répond :

– *Ne t'en fais donc pas, Todd. Ils connaîtront notre force et notre détermination avant que ce vaisseau tombe en panne.*

Je jette un regard désorienté vers le Maire.

– Un petit speech à l'intention des gens sur le plateau, n'est-ce pas, Maîtresse ? lance-t-il en haussant la voix pour se faire capter par le comm.

– *Vous allez vous taire, oui ?* s'exclame Viola. *Ou je vais couper ce machin.*

Ça lui déclenche une nouvelle quinte de toux et je vois comme elle a l'air pâle et maigre et petite sur l'image. C'est sa petitesse surtout qui fait mal. Même si question taille, elle a toujours été un peu plus petite que moi.

Mais quand j'y pense, je la trouve grande comme le monde.

– Tu m'appelles si tu as besoin de quelque chose, je lui dis. D'accord ?

– *Bien sûr, Todd.*

Et il y a un bip et on entend plus rien.

Le Maire observe la projexion, surpris. Bradley et Viola reprennent leur conversation avec le chef des Spackle mais on entend rien de ce qu'ils racontent. Elle a vraiment coupé le son.

– *Eh bien, merci infiniment, Todd*, grince Maîtresse Coyle dans le comm.

– C'est pas pour moi qu'elle a coupé, je réplique. C'est vous tous, à force de mettre votre grain de sel.

– Stupide petite garce, marmonne M. O'Hare, de l'autre côté du feu.

– Hein ? Vous avez dit QUOI ? je m'écrie, debout, en le fusillant des yeux.

M. O'Hare se redresse aussi, il souffle comme un phoque, cherchant la bagarre.

– Alors bravo, on entend plus ce qui se passe,

maintenant ? Voilà ce qui arrive quand on envoie une gamine pour…

– Fermez-la ! j'aboie.

Ses narines palpitent, il serre les poings.

– Et tu comptes faire quoi, mon garçon ?

Je vois le Maire qui veut intervenir –

Mais –

– Un pas en avant ! je dis –

Ma voix calme, mon Bruit léger –

*Je suis le Cercle* –

Et M. O'Hare fait un pas en avant, sans hésiter –

En plein dans les flammes.

Il reste là une bonne seconde, sans rien remarquer. Puis il pousse un cri de douleur et saute en l'air, ses bas de pantalon en feu, et il se précipite, cherchant de l'eau, et j'entends le Maire et M. Tate rire et rire encore.

– Ma foi, Todd, quelle démonstration ! s'exclame le Maire.

Je cligne des yeux. Je tremble de partout.

J'aurais vraiment pu lui faire du mal.

J'aurais pu, juste en y pensant.

(et ça ferait presque du *bien* –)

(ferme-la –)

– Maintenant que nous avons manifestement du temps à tuer pendant que les négociations se poursuivent, reprend le Maire toujours riant, que penserais-tu d'un peu de lecture légère ?

Je récupère tout juste mon souffle, et il me faut encore une bonne minute avant de comprendre ce qu'il veut dire.

[VIOLA]

– Non, dit Bradley en secouant la tête une fois de plus, son haleine vaporisée par le froid du soleil couchant. Nous ne pouvons commencer par punir. De notre façon de commencer dépendra tout ce qui va suivre.

Je ferme les yeux. Je me rappelle quand il m'avait dit exactement la même chose, et j'ai l'impression que c'était il y a des siècles. Et il avait raison. Nous avons démarré par un désastre, et le désastre a continué pratiquement tout du long.

Je me prends la tête entre les mains. Je suis si fatiguée. Je sais que la fièvre a remonté, malgré tous les médicaments que nous avons emportés, malgré le feu allumé par les Spackle près de nous, je continue à frissonner et à tousser.

Pourtant, la journée s'est vraiment bien passée, mieux qu'on ne l'espérait. Nous sommes tombés d'accord sur toutes sortes de choses : un cessez-le-feu complet pendant les négociations, la création d'un conseil pour régler tous les problèmes, et même peut-être le début d'un accord sur le territoire où les colons pourraient s'installer.

Mais toute la journée, nous nous sommes heurtés au même mur.

– *Crimes*, dit le Ciel dans notre langue. *Crimes est le mot dans la langue de la Clairière. Crimes contre la Terre.*

Nous avons compris que la Terre, c'est eux, et que la Clairière, c'est nous. Et que pour eux, notre nom à lui seul constitue déjà un crime. Mais c'est plus précis. Ils veulent que nous leur livrions le Maire et ses acolytes, pour les punir des crimes commis contre cette partie de la Terre qu'ils appellent le Fardeau.

– Mais vous avez tué des hommes, vous aussi. Vous en avez tué des centaines, dis-je.

– *La Clairière a commencé cette guerre*, répond-il.

– Mais les Spackle ne sont pas innocents, j'insiste. Il y a eu des exactions des deux côtés.

Et tout de suite, des images du génocide réapparaissent dans le Bruit du Ciel –

Y compris celle de Todd marchant entre les piles de cadavres vers 1017 –

– NON ! je m'écrie, et le Ciel recule, surpris. Il n'avait rien à voir avec ça. Vous ne savez pas...

– Bien, bien, dit Bradley en levant la main. Il se fait tard. Ne pourrions-nous pas simplement conclure que cette journée a été très productive ? Regardez tout le chemin parcouru. Assis à la même table, partageant la même nourriture, travaillant vers le même but.

Le Bruit du Ciel s'apaise un peu, mais j'ai de nouveau ce sentiment de tous les yeux spackle fixés sur nous.

– Nous nous retrouverons demain, poursuit Bradley. Nous allons parler à nos gens, et vous parlerez aux vôtres. Nous aurons tous un regard plus neuf.

Le Ciel reste un moment pensif.

– *La Clairière et le Ciel resteront ici cette nuit*, dit-il. *La Clairière sera notre invité.*

– Comment cela ? je coupe, inquiète. Non, nous ne pouvons...

Mais d'autres Spackle ont déjà apporté trois tentes. Ils ont manifestement tout prévu depuis le début.

Bradley pose une main sur mon poignet.

– Peut-être que nous devrions rester…, chuchote-t-il. C'est sans doute une marque de confiance.

– Mais le vaisseau…

– Le vaisseau n'a pas besoin de stationner en l'air pour tirer ses armes, dit-il un peu plus fort pour que le Ciel entende, et je devine à son Bruit qu'il a entendu.

Je plonge dans les yeux de Bradley, dans son Bruit. J'y vois la gentillesse et l'espoir qui ont toujours été là, bafoués par cette planète et le Bruit et la guerre et tout ce qui s'est passé jusqu'ici. Et pour qu'il conserve cette gentillesse, même si je ne suis pas vraiment de son avis, j'acquiesce.

Les tentes, tissées bien serré en une espèce de mousse, sont dressées en quelques instants. Le Ciel nous adresse une longue et formelle salutation de bonne nuit avant de disparaître dans la sienne. Bradley et moi nous allons nous occuper des chevaux, qui nous accueillent à grands coups de tête.

– Tout s'est plutôt bien passé, dis-je.

– Je pense que l'agression contre toi a joué en notre faveur. Elle les a rendus plus conciliants. (Il baisse la voix.) Mais tu as senti ? Comme si on était observés par chaque Spackle sans exception ?

– Oui, je chuchote. Je n'ai pas arrêté d'y penser.

– Je crois que leur Bruit dépasse la simple communication, poursuit Bradley, son murmure plein d'émerveillement. Je crois que c'est ce qu'ils sont. Je crois qu'ils sont leur voix. Et si on pouvait apprendre à parler à leur manière, si nous pouvions vraiment apprendre à *rejoindre* leur voix…

Il marque une pause, son Bruit tout vibrant et scintillant.

– Eh bien ? dis-je.

– Eh bien alors, je me demande si nous n'aurions pas déjà fait la moitié du chemin pour devenir un même peuple.

[TODD]

Je regarde Viola dormir, sur la projexion. J'avais dit non à ce qu'elle passe la nuit là-haut, comme Simone et Maîtresse Coyle. Mais elle est restée quand même, et le vaisseau éclaireur est rentré à la tombée de la nuit. Elle a laissé la porte de sa tente ouverte face au feu et je peux la voir à l'intérieur, toussant, se tournant et se retournant. Et mon cœur se tend vers elle, il se tend et veut être là.

Je me demande à quoi elle pense. Je me demande si elle pense à moi. Je me demande combien de temps tout ça va prendre avant qu'on puisse commencer à vivre tranquilles et qu'elle se remette et que je prenne soin d'elle et qu'elle me parle en personne et pas juste sur un comm et qu'elle me lise encore le cahier de maman.

Ou que je puisse lui lire.

– Todd ? demande le Maire. Je suis prêt, si tu l'es.

Je hoche la tête et j'entre dans ma tente. Je prends le cahier de maman dans mon sac, je passe les mains sur sa couverture comme je le fais toujours, là où le couteau d'Aaron l'a transpercé, cette nuit où il m'a sauvé la vie. Je l'ouvre pour regarder l'écriture, l'écriture de la main de maman, tracée pendant les jours après ma naissance et avant qu'elle soit tuée dans la guerre des Spackle ou par le Maire ou par le suicide, mensonge qu'il essaye de faire croire et je bouillonne contre lui, je bouillonne contre cette fourmilière de lettres qui débordent des pages, serrées et sautillantes, et déjà je change d'avis, prêt à refuser son aide et –

« *Mon très cher fils* », je lis, les mots soudain là sur la page, clairs et limpides. « *Pas encore un mois, et la vie te prépare déjà ses défis !* »

J'avale ma salive, mon cœur bat vite, ma gorge se serre et se bloque, mais je ne décolle pas les yeux de la page, à cause qu'elle est là, elle est là –

« *La récolte de maïs a été mauvaise, mon fils. Pour la seconde année consécutive, un coup dur, car le maïs nourrit les moutons de Ben et de Cillian et que les moutons de Ben et de Cillian nous nourrissent tous –*

Je sens le *hmm* sourd, je sens le Maire derrière moi à l'entrée de la tente, qui met sa tête à l'intérieur de ma tête, partage ça avec moi –

« *et comme si ce n'était pas assez dur, mon fils, le Prêcheur Aaron a commencé à blâmer les Spackle, les timides petites criatures qui n'ont jamais l'air de manger à leur faim. On a eu des nouvelles de Haven, ils auraient des problèmes avec les Spackle là-bas aussi, mais notre homme militaire, David Prentiss, dit que nous devons les respecter, que nous ne devons pas chercher un bouc émissaire pour une récolte manquée –*

– Vous avez vraiment dit ça ? je dis sans lever les yeux.

– Si ta mère le dit, Todd, lâche-t-il d'une voix

tendue. Je ne pourrai pas continuer comme ça très longtemps, Todd. Je suis désolé mais cela demande un tel effort…

– Juste une seconde encore.

*« mais c'est toi qui te réveilles encore dans la chambre à côté. C'est drôle que ce soit toujours toi qui m'appelles de là-bas et m'arrêtes de te parler ici. Mais cela veut dire que je me retrouve toujours à parler avec toi, mon fils, alors comment pourrais-je être plus heureuse ? Comme toujours, mon petit homme fort, tu as –*

Et puis les mots glissent hors de la page, hors de ma tête, et j'en suffoque, désorienté, et même si je vois ce qui vient ensuite (*« tout mon amour »*, dit-elle, elle dit que j'ai tout son amour), ça devient plus dur, plus noueux et plus épais, la forêt de mots se refermant sur moi.

Je me tourne vers le Maire. Il a de la sueur sur son front et je me rends compte que moi aussi.

(mais ça me dérange pas, non, pas du tout –)

– Désolé, Todd, souffle-t-il. Je ne peux pas le faire plus longtemps. (Il sourit.) Mais je me sens déjà mieux.

Je dis rien. Ma respiration oppressée et ma poitrine aussi et les mots de maman s'écrasent sur ma tête comme une cascade et elle était là, elle était là à me parler, me parler à moi, elle disait ses espoirs pour moi, son amour –

J'avale ma salive.

Je la ravale encore.

– Merci, j'articule finalement.

– Eh bien, c'est parfait, Todd, répond le Maire à voix basse. C'est excellent.

Et je réalise, alors qu'on se tient là debout dans ma tente, comme je suis devenu grand –

Je peux le regarder presque droit dans les yeux –

Et une fois de plus, je vois l'homme en face de moi –

(un très léger *hmm*, presque agréable –)

Pas le monstre.

Il toussote.

– Tu sais, Todd, je pourrais…

– Monsieur le Président ? appelle une voix.

Le Maire sort de la tente à reculons. Je le suis pour voir ce qui se passe.

– C'est l'heure, dit M. Tate, planté au garde-à-vous.

Je jette un coup d'œil à la projexion, mais il y a rien de changé. Viola dort toujours dans sa tente, et le reste c'est comme avant.

– L'heure de quoi ? je demande.

– L'heure, dit le Maire en cambrant les reins, l'heure de gagner le débat.

– Quoi ? Comment ça, gagner le débat ? Si Viola est en danger…

– Elle l'est, Todd, réplique-t-il en souriant. Mais je vais la sauver.

[VIOLA]

– Viola, j'entends, et j'ouvre les yeux, et juste un instant je me demande où je suis.

La lumière d'un feu brille devant mes pieds, elle me réchauffe doucement, joyeusement. Je repose sur un lit qui semble tissé de copeaux de bois mais d'une douceur que je serais bien incapable de décrire –

– Viola, répète Bradley en chuchotant. Il se passe quelque chose.

Je me suis redressée trop vite, ma tête tourne. Je dois me plier en avant et fermer les yeux pour reprendre mon souffle.

– Le Ciel s'est levé il y a quelques instants. Et il n'est pas revenu.

– Peut-être qu'il est juste parti aux toilettes, je blague. (Ma tête commence à pulser.) Je suppose qu'ils en ont besoin, eux aussi.

Le feu nous éblouit un peu, face au demi-cercle des Spackle plus loin, la plupart allongés pour la nuit. Je m'enveloppe plus étroitement dans les couvertures. Elles semblent tissées en lichen, comme celui qui habille leur peau, mais comme un vrai tissu, plus lourd et très chaud.

– Il y a autre chose, reprend Bradley. J'ai vu quelque chose dans leur Bruit. Pas plus qu'une image. Rapide et fugitive, mais nette.

– Et c'était quoi ?

– Un groupe de Spackle, armés jusqu'aux dents, qui se glissait en ville.

– Bradley, le Bruit ne fonctionne pas tout à fait comme ça. Il englobe toutes sortes de fantasmes et de souvenirs et de souhaits, choses réelles ou fausses. Il faut beaucoup d'expérience pour distinguer ce qui pourrait être vrai de ce que la personne veut être vrai. Le plus souvent, je t'assure, c'est du n'importe quoi.

Il ne répond rien, mais l'image qu'il a vue se répète dans son propre Bruit. Exactement comme il l'a décrite. Et elle gagne le monde extérieur, le demi-cercle des Spackle, et au-delà des Spackle.

– Je suis certaine que ce n'est rien. Il y avait

celui qui nous a agressés, non ? Peut-être n'était-il pas le seul à s'opposer à la paix…

Un bip strident nous fait sursauter. J'attrape le comm sous les couvertures.

– *Viola !* crie Todd. *T'es en danger ! Tu dois sortir de là, tout de suite !*

[TODD]

Du revers de la main, le Maire fait voler mon comm.

– Tu la mets encore plus en danger de cette façon ! s'écrie-t-il alors que je crapahute pour le récupérer.

Il a pas l'air cassé, mais la liaison a été coupée et je clique furieusement sur les boutons pour la récupérer.

– Je ne plaisante pas, Todd, poursuit-il, assez fermement pour que je m'arrête et le dévisage.

– S'ils ont le moindre soupçon sur ce qui se prépare, alors je ne peux plus garantir sa sécurité !

– Eh bien, dites-moi plutôt ce que vous mijotez ! Et si elle est vraiment en danger…

– Elle l'est. Nous le sommes tous. Mais si tu me fais confiance, Todd, alors je peux nous sauver tous.

Il se tourne vers M. Tate qui piétine toujours.

– Tout est prêt, capitaine ?

– Oui, monsieur.

– Prêt pour quoi ? je m'exclame, mes yeux ricochant de l'un à l'autre.

– Quelque chose, Todd, dont tu n'as pas idée.

Le comm vibre dans ma main.

– *Todd ? Todd, tu es là ?*

– Me fais-tu confiance, Todd ? coupe le Maire.
– Dites-moi ce qui se passe, je réplique.
Mais il ne fait que répéter :
– Me fais-tu confiance ?
– *Todd ?* appelle Viola.

[VIOLA]

– *Viola ?* j'entends, enfin.
– Todd, qu'est-ce qui se passe ? je réponds, jetant un regard inquiet vers Bradley. Ça veut dire quoi, nous sommes en danger ?
– *Attends…* (Et il y a un silence.) *Attends une seconde.*
Et ça raccroche.
– Je vais chercher les chevaux, dit Bradley.
– Non, il a dit d'attendre.
– Il a dit aussi que nous étions en danger. Et si ce que j'ai vu est vrai…
– Et tu crois qu'on irait loin, s'ils voulaient vraiment nous faire du mal ?
Dans le demi-cercle spackle, nous distinguons maintenant quelques visages qui nous observent, reflétant la danse des flammes. Je ne sens rien de menaçant, mais je serre mon comm, espérant que Todd sait ce qu'il fait.
– Et si c'était leur plan depuis le début ? murmure Bradley. Nous attirer dans ces négociations puis démontrer de quoi ils sont capables ?
– Jamais le Ciel ne m'a donné le sentiment que nous courions le moindre danger. Pas un seul instant. Et pourquoi agirait-il autrement ? Pourquoi prendre un tel risque ?
– Pour gagner plus de poids.

Je réfléchis un instant, puis :
– Les châtiments.
Bradley hoche la tête.
– Peut-être qu'ils cherchent à atteindre le Président.
Je me redresse encore, avec le souvenir des images du génocide envoyées par le Ciel.
– Et donc à atteindre Todd.

[TODD]

– Finalisez les préparatifs, capitaine.
– Oui, monsieur, dit M. Tate en saluant.
– Et réveillez le capitaine O'Hare, je vous prie.
– Oui, monsieur, acquiesce M. Tate avec un sourire avant de pivoter sur ses talons.
– Vous allez me dire ce qui se passe, je lance, ou bien j'y vais moi-même et je la ramène. Je vous fais confiance pour l'instant, mais ça va pas durer…
– J'ai les choses en main, Todd. Et tu seras plus que satisfait en découvrant à quel point.
– Quelles choses ? Comment pouvez-vous savoir quoi que ce soit sur ce qui se passe ?
– Alors, pour résumer, dit-il (et son regard lance des étincelles), sache que le Spackle capturé nous en a dit plus que nous n'espérions.
– Quoi ? Que vous a-t-il dit ?
Il sourit, comme s'il avait du mal à y croire lui-même.
– Ils viennent nous chercher, Todd. Ils viennent nous chercher, toi et moi.

[VIOLA]

– *Mais qu'est-ce qu'on est supposés chercher ?* demande Simone à bord du vaisseau éclaireur toujours stationné sur le plateau.

– Juste quelque chose de pas normal sur les modules. Bradley pense avoir vu un groupe d'attaque dans leur Bruit.

– *Une manifestation de force*, dit Maîtresse Coyle. *Ils essayent de prouver qu'ils gardent encore la main.*

– Nous pensons qu'ils pourraient vouloir capturer le Maire, dis-je. Ils ont expressément demandé qu'on le leur livre, pour qu'il paie ses crimes.

– *Où serait le mal ?* persifle Maîtresse Coyle.

– S'ils mettent la main sur le Président, dit Bradley, Todd sera à ses côtés.

– *Ah, je comprends, et là les choses se compliquent un peu pour tout le monde, n'est-ce pas ?* réplique Maîtresse Coyle.

– Nous ne sommes absolument sûrs de rien, dis-je. Il peut s'agir d'un malentendu. Leur Bruit n'est pas comme le nôtre, il est…

– *Attends*, lance Simone. *Je vois quelque chose.*

Levant les yeux, j'aperçois un module qui vole vers le sud de la ville. J'entends dans le Bruit des Spackle qu'ils le voient eux aussi.

– Simone ?

– *Des lumières*, dit-elle. *Quelque chose est en marche.*

[TODD]

– Monsieur ! bredouille M. O'Hare, la figure toute bouffie comme s'il venait de se réveiller. Des lumières ont été observées au sud de la ville ! Les Spackle avancent sur nous !

– Vraiment ? rétorque le Maire, l'air faussement surpris. Alors vous feriez bien d'envoyer des troupes contre notre ennemi, n'est-ce pas, capitaine ?

– J'ai déjà ordonné à des escadrons de se préparer, monsieur, claironne M. O'Hare en me jetant un regard sarcastique.

– Excellent, approuve le Maire. J'attends votre rapport avec impatience.

– Oui, monsieur !

M. O'Hare salue et part rejoindre ses escadrons au grand trot pour les mener à la bataille.

Je fronce les sourcils. Quelque chose tourne vraiment pas rond.

La voix de Viola retentit sur mon comm :

*– Todd ! Simone dit qu'il y a des lumières sur la route au sud ! Les Spackle arrivent !*

– Je sais, je dis en fixant toujours le Maire. Le Maire envoie des troupes pour les repousser. Et toi, ça va ?

*– Les Spackle restent tranquilles, mais on n'a pas vu leur chef depuis un moment.* (Elle parle plus bas.) *Simone s'apprête à décoller, et elle prépare les armes aussi.* (J'entends la déception casser sa voix.) *On dirait bien que la paix est remise à plus tard, finalement.*

Je vais pour lui répondre, quand j'entends le Maire dire :

– Maintenant, capitaine !... à M. Tate qui attendait patiemment.

Celui-ci prend une torche dans le feu de camp.

– Qu'est-ce que... ? je dis, surpris.

M. Tate brandit la torche au-dessus de sa tête.

– Mais qu'est-ce que... ?

Et le monde explose en deux.

[VIOLA]

***BOUM !***

Une explosion retentit à travers la vallée, rebondissant d'écho en écho, roulant comme un tonnerre. Bradley m'aide à me relever. Les lunes découpent leurs fins croissants dans la nuit, et on ne voit pas grand-chose d'autre que les feux de camp de la ville.

– Qu'est-ce qui s'est passé ? souffle Bradley. C'était quoi, ce machin ?

J'entends une vague de Bruit et je tourne la tête. Tous les Spackle du demi-cercle sont réveillés maintenant, et ils se redressent, ils s'avancent et se rapprochent de nous, du bord de la colline, pour regarder vers la vallée, eux aussi –

Où nous voyons tous monter de la fumée.

Le Ciel a surgi de derrière la ligne des Spackle. Nous l'entendons avant de le voir, son Bruit est un torrent de sons et d'images et –

De surprise –

Il est *surpris* –

– *Viola* ? appelle Simone sur le comm.

– C'était vous ? je demande.

– *Mais non, nous n'étions pas prêts...*

– Qui a tiré, alors ? coupe Maîtresse Coyle.

– *Et où ça ?* lance Bradley.

Parce que la fumée ne vient pas du sud, où même maintenant on distingue des lumières à travers les arbres et un autre groupe de lumières qui sort de la ville pour les rejoindre.

La fumée et l'explosion venaient du nord de la ville, sur la colline aux vergers abandonnés.

Et puis en voilà une autre.

[TODD]

***BOUM !***

La deuxième est aussi forte que la première. Elle éclaire la nuit au nord et à l'ouest de la ville, et les soldats sortent de leurs tentes et ils regardent, stupéfaits, la fumée qui commence à monter.

– Je crois qu'une encore devrait suffire, capitaine, dit le Maire.

M. Tate hoche la tête et relève sa torche. Il y a un autre homme dans le clocher branlant de la cathédrale, je l'aperçois maintenant, il allume sa torche après M. Tate, passant le message aux hommes postés sur la berge du fleuve –

Les hommes et l'artillerie dont dispose toujours le Maire –

L'artillerie retirée de la bataille quand nous avons brusquement eu un vaisseau éclaireur pour nous protéger avec ses armes plus puissantes et plus efficaces –

Mais une artillerie qui fonctionne encore très bien, merci beaucoup –

***BOUM !***

Je rapproche mon comm, saturé de croassements, de toutes sortes de voix y compris celle de Viola essayant de comprendre ce qui se passe –

– C'est le Maire ! je lui crie.

*– Mais où est-ce qu'il tire ? Ça ne vient pas des lumières…*

Et là le comm m'est arraché des mains par un Maire triomphant, luisant de plaisir à la lueur du feu –

– Oui, mais c'est bien de là que nous arrivent les Spackle, ma chère amie ! claironne-t-il en manœuvrant pour m'empêcher de reprendre le comm. Pose donc la question à ton ami le Ciel, veux-tu ? Il te le dira !

J'arrive à lui reprendre le comm, et le sourire qui tranche sa figure est si répugnant que j'ai du mal à le regarder.

Un sourire comme s'il avait gagné quelque chose. Comme s'il avait gagné le plus important.

[VIOLA]

– *Qu'est-ce qu'il veut dire ?* demande Maîtresse Coyle, paniquée, sur le comm. *Viola, il a voulu dire quoi ?*

Le Ciel se tourne vers nous maintenant, et son Bruit brasse un tel tourbillon d'images et de sentiments, impossible d'y lire quelque chose.

Mais il n'a pas l'air franchement heureux.

– J'ai les modules sur l'endroit où le Président a tiré ! dit Simone. Oh, mon Dieu !

– Donne, fait Bradley en me prenant le comm

des mains. Il presse sur quelques touches et soudain le comm projette une image en 3-D, mais plus petite qu'en bas sur la place –

Et là, flottant dans la nuit, éclairés par mon tout petit comm –

Des corps.

Des Spackle. Avec toutes les armes que Bradley a vues dans l'éclair de Bruit. Des dizaines, assez pour mettre la ville à feu et à sang –

Assez pour prendre le Maire et Todd, pour les tuer tous les deux si nécessaire –

Et aucune lumière en vue nulle part.

– Si ces corps sont sur les collines nord, je demande, à quoi correspondent les lumières au sud ?

## [TODD]

– Rien, crie M. O'Hare en revenant essoufflé au campement. Il n'y a rien, là-bas ! Quelques torches plantées dans le sol, et rien d'autre !

– Oui, capitaine, dit le Maire. Je sais.

M. O'Hare s'arrête net.

– Vous… vous saviez ?

– Bien évidemment.

Le Maire se tourne vers moi.

– Puis-je utiliser le comm, Todd ?

Il tend la main. Je le lui donne pas.

– J'avais promis de sauver Viola, non ? À ton avis, que lui serait-il arrivé si nous avions laissé les Spackle remporter leur petite victoire cette nuit ? Et à ton avis, que nous serait-il arrivé, *à nous* ?

– Comment saviez-vous qu'ils attaqueraient ? Comment saviez-vous que c'était un piège ?

– Comment nous ai-je tous sauvés, veux-tu dire ? (Il garde sa main tendue.) Je te le demande encore une fois. Me fais-tu confiance ?

Je contemple son visage, totalement indigne de confiance, définitivement pas rachetable.

(et j'entends le *hmm*, juste un peu –)

(et d'accord, je *sais* –)

(je sais qu'il est dans ma tête –)

(je suis pas stupide –)

(mais il nous a vraiment sauvés –)

(et il m'a donné les mots de maman –)

Je lui tends le comm.

[VIOLA]

Le Bruit du Ciel tournoie comme un orage. Nous avons tous vu ce qui s'est passé sur la projection. Nous entendons tous les acclamations des soldats en ville. Nous sentons tous le grondement lointain du vaisseau éclaireur qui s'élève et retraverse la vallée.

Je me demande ce qui va nous arriver, à Bradley et à moi. Je me demande si ce sera rapide.

Mais Bradley continue à discuter.

– Vous nous avez attaqués. Nous sommes venus ici en toute bonne foi et vous...

Le comm bipe, beaucoup plus fort que d'habitude.

*– Je crois qu'il serait temps que ma voix se fasse entendre, Bradley.*

C'est le Maire, et son visage aussi, énorme et radieux sur la projection. Il se tourne même comme pour faire face au Ciel.

Et il le fixe droit dans les yeux.

– *Vous pensiez avoir appris quelque chose, n'est-ce pas ? Vous pensiez que votre soldat prisonnier avait vu en moi et compris que je pouvais lire le Bruit aussi loin que vous, n'est-il pas vrai ? Alors vous vous êtes dit, voilà quelque chose que je peux exploiter.*

– *Comment fait-il ?* lance Maîtresse Coyle sur une ligne à un canal. *Il diffuse jusque sur le plateau…*

– *Alors vous nous l'avez renvoyé comme émissaire*, poursuit le Maire comme s'il ne l'avait pas entendue. *Et il m'en a montré juste assez pour me faire croire que j'avais découvert votre plan d'attaque au sud. Mais il y avait un autre plan là-dessous, n'est-ce pas ? Enterré trop profond pour être lu par la…* (il marque une pause pour préparer son effet) « *Clairière* ».

Le Bruit du Ciel flamboie.

– *Retirez-lui ce comm des mains !* glapit Maîtresse Coyle. *Coupez le son !*

– *Mais vous avez mal évalué mes capacités*, continue le Maire. *Vous n'imaginiez pas que je pouvais lire plus profond peut-être même qu'aucun Spackle, assez profond pour déchiffrer votre vrai plan.*

Le visage du Ciel reste sans expression, mais son Bruit est fort et ouvert et balayé de colère.

– *J'ai regardé dans les yeux de votre émissaire… J'ai regardé dans vos yeux et j'y ai tout lu. J'ai entendu la voix parler et je vous ai vus arriver.* (Il approche le comm et son visage grossit un peu plus.) *Alors, sachez-le, et souvenez-vous-en. Si nous devons en revenir à la bataille, la victoire sera* ***mienne***.

Et il disparaît. Sa figure et l'image s'éclipsent en même temps. Il n'y a plus que le Ciel qui nous regarde. Nous entendons les moteurs du vaisseau éclaireur, mais ils sont encore à mi-chemin de la vallée. Les Spackle présents sont lourdement armés, ce qui n'a d'ailleurs pas grande importance car le Ciel à lui seul pourrait en finir avec nous deux s'il le décidait.

Mais le Ciel reste immobile. Son Bruit tournoie en nuages sombres, comme si chaque œil de Spackle était en lui, nous observant et réfléchissant à ce qui vient d'arriver –

Et décidant.

Alors, il fait un pas en avant.

Je recule sans m'en rendre compte, percute Bradley qui pose une main sur mon épaule.

– *Qu'il en soit ainsi*, dit le Ciel.

Puis il ajoute :

– *Paix*.

[TODD]

*Paix*, on entend, dans le propre Bruit du chef spackle, tonné à travers la place, tout comme la voix du Maire le fait, et son visage emplit la projexion –

Et les acclamations autour de nous résonnent aussi fortes que le monde.

– Comment avez-vous fait ? je demande, fixant mon comm.

– Il faut bien que tu dormes de temps en temps, Todd, réplique le Maire. Ne m'en veux donc pas si je me montre curieux des nouvelles technologies.

– Félicitations, monsieur, dit M. Tate en serrant la main du Maire. Ça leur apprendra.

– Merci, capitaine.

Le Maire se tourne vers M. O'Hare, qui n'apprécie pas trop d'avoir été envoyé pour rien à l'autre bout de la ville.

– Vous avez fait de l'excellent travail, dit le Maire. Nous devions absolument paraître convaincants. C'est pourquoi je n'ai rien pu vous dire.

– Parfait, monsieur, acquiesce M. O'Hare, sans avoir vraiment l'air de trouver ça si parfait.

Et puis les soldats déboulent autour de nous, chacun voulant serrer la main du Maire, chacun lui disant comme il a bien eu les Spackle, que c'est lui et lui seul qui a gagné la paix, qu'il l'a fait sans l'aide du vaisseau éclaireur, qu'il leur a donné une sacrée leçon, pas vrai ?

Et le Maire boit leurs paroles, il en savoure chaque mot.

Chaque parole de louange pour sa victoire.

Et pendant un instant, un tout petit instant –

Je me sens presque fier.

# JE LÈVE MON COUTEAU

Je lève mon couteau, celui que j'ai volé dans les huttes de cantine en venant ici, un couteau qui sert à découper le gibier, long et lourd, aiguisé et brutal.

Je le lève au-dessus de la Source.

J'aurais pu rendre la paix impossible, j'aurais pu rendre cette guerre sans fin, j'aurais pu arracher la vie et le cœur même du Couteau –

Mais je ne l'ai pas fait.

J'ai vu son bracelet.

Vu la souffrance évidente même chez une Sans-Voix de la Clairière.

Elle a été marquée, elle aussi, comme ils ont marqué le Fardeau, et avec apparemment le même effet.

Et je me suis rappelé la douleur du cerclage, la douleur pas seulement dans mon bras mais aussi dans la façon dont le bracelet a cerclé mon *être* en même temps, m'a pris ce qui était moi et l'a rendu plus petit, pour que la Clairière ne voie plus que le bracelet et non moi, mon visage, ma voix qui m'a été elle aussi enlevée –

Enlevée pour nous rendre comme les Sans-Voix de la Clairière.

Et je ne pouvais pas la tuer.

Elle était comme moi. Elle était cerclée comme moi.

Alors la bête a soulevé ses jambes arrière et elle m'a projeté sur le sol, brisant sûrement plus d'un os dans ma poitrine, des os qui font mal même encore maintenant, ce qui n'a pas empêché le Ciel de m'attraper et de me balancer dans les bras de la Terre, montrant :

– *Si tu ne parles pas avec la Terre, alors c'est parce que toi tu en as décidé ainsi.*

Et j'ai compris. J'étais tout simplement banni. Le Retour ne retournerait plus.

La Terre m'a sorti du terrain de paix, elle m'a emmené dans les profondeurs du campement, puis m'a rudement poussé sur la route.

Mais je n'allais pas m'en aller sans accomplir la dernière promesse faite par le Ciel.

J'ai volé un couteau et je suis venu ici –

Où je me tiens prêt à tuer la Source.

Je lève les yeux alors que la nouvelle des tentatives secrètes lancées par le Ciel contre la Clairière traverse en éclair le Terme des Chemins. Ainsi c'était cela, son plan, montrer à la Clairière quel ennemi efficace nous formions, comment nous pouvions pénétrer dans leur place forte en pleins pourparlers de paix, prendre les ennemis que nous avions choisis et leur rendre la justice qu'ils méritaient. La paix qui en découlerait, si on peut parler de paix, serait celle que nous aurions dictée.

Voilà pourquoi il m'avait demandé de lui faire confiance.

Mais il a échoué. Il a admis sa défaite. Et il a demandé la paix. Et la Terre va s'aplatir devant la Clairière, et la paix ne sera pas une paix de force pour la Terre, non, ce sera une paix de faiblesse –

Et je me tiens au-dessus de la Source avec mon couteau. Je me tiens prêt à exercer la vengeance qui m'a été trop longtemps refusée.

Je me tiens prêt à le tuer.

– *Je savais bien que tu viendrais ici,* montre le Ciel en entrant derrière moi dans le Terme des Chemins.

– *N'avez-vous pas une paix à faire ?* je réplique sans bouger. *N'avez-vous donc pas une Terre à trahir ?*

– *Et n'aurais-tu pas un homme à tuer ?*

– *Vous me l'avez promis. Vous avez promis que je pourrais en faire ce qui me plaît. Alors je vais le faire et puis je partirai.*

– *Et le Retour sera perdu pour la Terre. Et il sera perdu pour lui-même.*

Je le fixe, désignant mon bracelet de la pointe du couteau.

– *J'ai été perdu pour moi-même quand ils m'ont posé cette chose. J'ai été perdu pour moi-même quand ils ont massacré un par un tous les membres du Fardeau. J'ai été perdu quand le Ciel a refusé de me venger.*

– *Alors, prends la Source, maintenant. Je ne t'en empêche pas.*

Je le fixe lui, sa voix, son *échec*.

Et je vois, ici au Terme des Chemins où vivent les secrets, je vois combien c'est un échec encore mille fois pire.

– *Vous alliez me livrer le Couteau !* je m'écrie, sidéré. *C'était donc cela, votre surprise ! Vous m'auriez donné le Couteau...*

Ma voix brûle sous le choc. J'aurais pu avoir le Couteau, j'aurais pu l'avoir en personne –

– *Et vous avez échoué, même là,* je lance, furieux.

*– Et tu auras donc ta revanche sur la Source. Je te le répète, je ne t'en empêcherai pas.*

*– Oh, ça non !* je crache presque.

Et je me retourne vers la Source –

Et je lève mon couteau –

Il est allongé là, et sa voix clapote sur le chemin des rêves. Elle a donné tous ses secrets au Terme des Chemins, allongée là depuis des semaines et des mois, ouverte et utile, revenant du bord du silence, immergée dans la voix de la Terre. La Source. Le père du Couteau.

Comme il pleurera, le Couteau, quand il saura. Comme il gémira, se plaindra et se blâmera et me haïra, moi qui lui enlève quelqu'un qu'il aime –

(Et je sens la voix du Ciel derrière moi qui me montre mon un en particulier, mais pourquoi maintenant ?)

J'aurai ma vengeance –

Je ferai autant de mal au Couteau que j'ai mal –

Je le ferai –

Je vais le faire, maintenant

Et –

Et –

Et je me mets à rugir –

Montant à travers ma voix et surgissant au monde, un rugissement de tout mon être, de toute ma voix, de chaque sentiment et cicatrice, blessure et douleur, un rugissement de mes souvenirs et de mon abandon, un rugissement pour mon un en particulier –

Un rugissement pour moi-même –

Un rugissement pour ma faiblesse –

Parce que –

Je ne peux pas le faire –
Je ne peux pas le faire –
Je suis aussi mauvais que le Couteau.
Je ne peux pas le faire.

Je m'effondre par terre, le rugissement résonne autour du Terme des Chemins, résonne dans la voix du Ciel, résonne qui sait même peut-être à travers la Terre là-bas pour revenir par le vide ouvert en moi, un vide assez grand pour m'avaler tout entier –

Et alors je sens la voix du Ciel sur moi, doucement –

Je le sens me prendre sous le bras, me redresser doucement sur mes jambes –

Je sens de la chaleur autour de moi. Je sens de la compréhension.

Je sens de l'amour.

Je me dégage brusquement, et je m'écarte d'un pas.

– *Vous saviez*, je montre.

– *Non, le Ciel ne savait pas. Mais le Ciel espérait.*

– *Vous avez fait cela pour me torturer avec mon propre échec.*

– *Ce n'est pas un échec. C'est un succès.*

Je lève les yeux.

– *Un succès ? Comment cela ?*

– *Parce que ton retour est maintenant complet. Maintenant, ton nom est vrai au moment précis où il devient un mensonge. Tu es retourné à la Terre. Tu n'es plus le Retour.*

Je le regarde avec méfiance.

– *Mais de quoi parlez-vous ?*

– *La Clairière seule tue par haine, elle seule entre en guerre pour des raisons personnelles. Si tu avais fait cela, tu serais devenu l'un d'entre eux. Et tu ne serais jamais retourné à la Terre.*

*– Vous avez tué la Clairière, pourtant. Vous les avez tués par centaines.*

*– Jamais si la vie de la Terre n'était pas en jeu.*

*– Mais vous avez accepté leur paix.*

*– Je veux ce qui est le mieux pour la Terre. C'est ce que le Ciel doit toujours vouloir. Quand la Clairière nous a tués, je les ai combattus parce que c'était la meilleure chose pour la Terre. Quand la Clairière a voulu la paix, je leur ai donné la paix, parce que c'était la meilleure chose pour la Terre.*

*– Mais vous les avez attaqués, cette nuit.*

*– Pour te ramener le Couteau, pour te ramener leur chef, pour faire justice des crimes commis contre le Fardeau. Et cela aussi, toujours dans l'intérêt de la Terre.*

Je le regarde.

*– Mais la Clairière pourrait encore livrer son chef. Vous avez vu leurs désaccords. Ils pourraient encore vous le livrer pour ses crimes.*

Le Ciel réfléchit.

*– Oui, peut-être.*

*– Mais le Couteau,* je montre. *Ils se seraient battus pour lui. Si vous l'aviez amené ici...*

*– Tu ne l'aurais pas tué. Tu l'as montré.*

*– Mais* **je l'aurais pu**. *Et alors, la guerre aurait été sans fin. Pourquoi risquer autant pour moi ? Pourquoi* **tout** *risquer pour moi ?*

*– Épargner le Couteau aurait montré notre pardon à la Clairière. Aurait montré que nous pouvions décider de ne pas tuer, même quand nous avions des raisons de le faire. Nous aurions démontré notre puissance.*

– *Mais vous ne savez absolument pas ce que j'aurais fait !*

Le Ciel jette un regard sur la Source qui dort toujours, toujours en vie.

– *Je crois que tu ne l'aurais pas fait.*

– **Mais pourquoi ? j'insiste.** *Et en quoi ce que je fais vous importe-t-il autant ?*

– *Parce que,* montre-t-il, *c'est un savoir dont tu auras besoin quand tu seras le Ciel.*

– *Vous avez dit quoi ?* je montre, après un long et lourd silence.

Mais il se déplace à présent vers la Source, il pose ses mains sur les oreilles de la Source et il plonge ses yeux dans le visage de la Source.

– *Quand serai-je le Ciel ? Que voulez-vous dire ?* je m'exclame.

– *Je pense que la Source a joué son rôle... Et je crois que l'heure est venue de l'éveiller.*

Il se tourne vers moi, une étincelle dans le regard.

– *Mais vous êtes le Ciel,* je balbutie. *Où voulez-vous aller ? Êtes-vous malade ?*

– *Non,* fait-il en reportant son regard sur la Source. *Mais je m'en irai un jour.*

Ma bouche s'ouvre béante.

– *Et quand vous...*

– *Réveille-toi,* montre le Ciel, en plongeant sa voix dans la Source comme une pierre dans l'eau –

– *Attendez !* je m'écrie.

Mais déjà les paupières de la Source se mettent à battre et il aspire une longue bouffée d'air. Sa voix s'accélère et s'accélère encore, s'éclairant d'un éveil épais. Il cligne encore des yeux, nous regarde le Ciel et moi avec surprise –

Mais sans crainte.

Il se redresse, puis retombe de faiblesse. Alors le Ciel l'aide à s'accouder et il nous regarde plus longuement. Il pose une main sur la blessure de sa poitrine, sa voix chantonnant des souvenirs brouillés, puis il nous regarde encore.

– *J'ai fait un rêve très étrange*... montre-t-il.

Et même s'il nous le montre dans la langue de la Clairière –

Il le montre sans erreur ni hésitation dans la voix de la Terre.

# SIXIÈME PARTIE

# *TEMPS DE PAIX*

## 10 Jours de gloire

[VIOLA]

– Écoute-les, dit Bradley, car même à cette distance, le REURR de la ville est assez fort pour l'obliger à hausser la voix. Enfin ils acclament quelque chose de bon.

– Tu crois qu'il va neiger ? je demande, en selle sur Acorn et levant les yeux vers les nuages qui s'amoncellent, spectacle rare pour cet hiver jusqu'ici limpide et froid. Je n'ai jamais vu de neige.

– Moi non plus, tu sais, dit Bradley en souriant, et son Bruit sourit aussi, amusé par ma bourde.

– Excuse-moi… C'est la fièvre.

– On y est bientôt. Tout le monde va s'occuper de toi et te mettre au chaud.

Nous redescendons la colline, vers la route qui mène à la ville.

De retour après les tirs d'artillerie de cette nuit.

De retour après avoir conclu la paix. Pour de bon, cette fois.

On y est arrivés. Même si c'est l'action du

Maire qui a emporté le morceau (de quoi mettre Maîtresse Coyle en rage), on y est finalement arrivés. Dans deux jours, le premier conseil spackle-humain va s'occuper de tous les détails. Pour l'instant, un conseil composé de Bradley, Simone, Todd, le Maire, Maîtresse Coyle et moi, nous six obligés d'une manière ou d'une autre de travailler ensemble pour créer un nouveau monde avec les Spackle.

Obligés de travailler *ensemble*.

J'aimerais bien me sentir plus en forme, quand même. La paix est là, une vraie paix, tout ce que je désirais, mais ma tête m'élance tellement et ma toux me secoue tellement –

– Viola ? questionne Bradley d'une voix inquiète.

Alors, sur la route, j'aperçois Todd qui court vers nous. Ma fièvre est si forte, j'ai l'impression qu'il flotte sur une vague d'acclamations et le monde se fait lumière le temps d'une seconde, et je dois fermer les yeux, et Todd est là à côté de moi, tendant les mains –

– Je ne t'entends pas, dis-je.

Et je bascule de ma selle, glissant dans ses bras.

[TODD]

– *En ce jour neuf et glorieux*, tonne la voix du Maire, *ce jour où nous avons vaincu notre ennemi pour ouvrir toute grande la porte d'une ère nouvelle !*

Et la foule l'acclame à nos pieds.

– J'en ai plus qu'assez de tout ce bazar, je marmonne à Bradley, tenant Viola contre moi sur le banc où nous sommes assis. Dans une charrette, face à l'esplanade bondée de gens, le visage du Maire pas seulement sur la projexion suspendue derrière nous, mais aussi sur les côtés de deux bâtiments. Encore une astuce qu'il aura manigancée tout seul. Bradley fronce les sourcils pendant que le Maire continue à déblatérer. Maîtresse Coyle et Simone, de l'autre côté, tirent une mine encore plus sinistre.

Viola tourne légèrement la tête.

– T'es réveillée ? je dis.

– Je dormais ? Pourquoi personne ne m'a mise au lit ?

– Le Maire a demandé que tu sois là. Mais deux minutes encore et je…

– *Notre porteuse de paix se sent mieux !* clame le Maire en nous jetant un regard.

Il a un micro devant lui, mais je crois pas qu'il en ait vraiment besoin.

– *Offrons-lui les remerciements qu'elle mérite pour avoir sauvé nos vies et terminé cette guerre !*

Et la foule nous submerge d'un REURR gigantesque.

– Qu'est-ce qui se passe ? demande Viola. Pourquoi parle-t-il de moi comme ça ?

– Parce qu'il a besoin d'une héroïne qui ne soit pas moi, siffle Maîtresse Coyle.

– *Sans oublier bien sûr la très formidable Maîtresse Coyle,* embraye le Maire. *Qui m'a tant aidé dans ma campagne contre l'insurrection spackle !*

On pourrait faire frire des œufs sur la figure de Maîtresse Coyle.

– *Aidé ?* s'étrangle-t-elle.

Mais on l'entend à peine derrière la voix du Maire.

– *Et avant de vous remettre aux bons soins de notre guérisseuse, j'ai une déclaration à faire. Une déclaration que je voulais expressément faire entendre à Viola !*

– Quelle déclaration ? balbutie celle-ci.

– Aucune idée, je dis.

Et j'en sais vraiment rien.

– *Nous avons fait une avancée,* poursuit le Maire. *Ce jour même, nous avons fait une avancée sur ce terrible et imprévisible problème des bracelets d'identification.*

Je serre Viola plus fort, sans m'en rendre compte. La foule est devenue silencieuse, aussi silencieuse qu'une foule peut l'être. Les modules relaient son discours sur le plateau, également. Tous les humains de cette planète écoutent le Maire. Et il dit :

– *Nous avons découvert un remède !*

– QUOI ? je m'écrie, ma voix déjà noyée dans le ROARR.

– *Quel bonheur que cette nouvelle survienne en ce jour de paix,* claironne-t-il. *Quelle bénédiction, qu'au seuil d'une ère nouvelle je puisse également vous annoncer que la maladie des bracelets est terminée !*

Il parle tourné vers les modules à présent, il s'adresse directement aux femmes malades, ces femmes que les maîtresses n'ont pu soigner.

– *Il n'y a pas de temps à perdre,* enchaîne-t-il. *Et nous commencerons par notre propre porteuse de paix !*

– Il s'est attribué tout le mérite ! vocifère Maîtresse Coyle, piétinant dans la chambre de soins du vaisseau qui vole vers le plateau. Il les fait tout simplement manger dans sa main !

– Et vous n'allez même pas essayer son remède ? demande Bradley.

Maîtresse Coyle le regarde comme s'il lui demandait de se mettre toute nue.

– Parce que vous croyez vraiment qu'il vient de le découvrir ? Il l'a toujours gardé en réserve ! Du moins, si c'est un remède et pas une nouvelle bombe à retardement !

– Mais pourquoi agirait-il ainsi, puisque guérir les femmes le rendra encore plus populaire ?

– C'est un génie, halète Maîtresse Coyle. Même moi, je dois l'admettre. Sanguinaire, sauvage et brutal, mais un génie.

– Et toi, tu en penses quoi ? questionne Lee, allongé à côté de moi.

Je me contente de tousser. Maîtresse Coyle s'est interposée quand le Maire a essayé de me donner le nouveau bandage. Elle a refusé qu'il me touche avant qu'elle et les autres guérisseuses le testent d'abord.

Et la foule l'a huée, vraiment huée.

Surtout quand le Maire a fait amener trois femmes cerclées. Trois femmes qui ne montraient aucun signe d'infection.

– Nous n'avons pas encore trouvé le moyen de retirer les bracelets en toute sécurité, a-t-il déclaré, mais les premiers résultats se montrent plus qu'encourageants.

Après quoi, les choses se sont pour ainsi dire télescopées et même Maîtresse Coyle n'a pas réussi à placer son discours, et d'ailleurs ils auraient continué à la huer de toute façon. Quand on est descendus de la charrette, Todd m'a dit qu'il n'en savait pas plus que nous :

– Maîtresse Coyle n'a qu'à mener ses tests, je vais voir de mon côté si je peux découvrir quelque chose.

Mais il me serrait très fort, d'espoir ou de crainte, je ne sais pas.

Parce que je ne l'entendais pas.

Nous sommes finalement rentrés au vaisseau, Maîtresse Lawson nous accompagnant pour aider aux tests.

– Je ne sais pas trop que croire, dis-je maintenant. Seulement que c'est son intérêt de nous sauver.

– Alors, nous devons baser nos décisions sur ce qui l'arrange ? gronde Maîtresse Coyle. Eh bien, bravo. Vraiment, bravo.

– Atterrissage en vue, fait la voix de Simone sur le comm intérieur.

– Je vais vous dire une chose, lâche Maîtresse Coyle, quand nous siégerons ensemble au conseil, il apprendra pour sa gouverne que ses petites manœuvres ont vécu.

Une légère secousse annonce que nous avons atterri.

– Et maintenant, poursuit-elle d'une voix brûlante, j'ai mon propre discours à délivrer.

Avant même que les moteurs ne soient vraiment éteints, elle quitte la chambre, passe les portes et descend face à la foule qui nous attend, une foule que je vois sur les écrans.

Quelques acclamations la saluent.

Mais très peu.

Rien de comparable à celles qui ont accueilli le Maire en ville.

Et une partie de la foule, menée par Ivan et par d'autres, commence à la huer.

[TODD]

– Pourquoi devrais-je faire du mal aux femmes ? me demande le Maire devant le feu de camp, alors que la nuit tombe sur son jour de gloire.

– Et même si tu persistes à croire que j'ai l'intention de les exterminer, pourquoi le ferais-je précisément à l'heure de mon plus grand triomphe ?

– Mais alors, pourquoi vous me l'avez pas dit, que vous étiez si près de trouver un remède ?

– Parce que je ne voulais pas risquer de te décevoir, si par malheur j'échouais.

Il me regarde un bon moment, essayant de me lire, mais je suis devenu trop bon à ce petit jeu, et je pense même pas qu'il arrive à *m'entendre*.

– Puis-je essayer de deviner ce que tu penses ? lâche-t-il finalement. Je pense que tu veux obtenir ce remède pour Viola dès que possible. Je pense que tu es inquiet, au cas où Maîtresse Coyle n'avancerait pas assez vite dans ses tests parce qu'elle ne supporterait pas que j'aie raison.

Et, bien sûr, c'est ce que je pense.

Je veux tellement que le remède marche, ça m'étouffe presque.

Mais c'est le Maire.

Mais il pourrait sauver Viola.

Mais c'est le *Maire*.

– Je pense aussi que tu veux me croire, Todd, croire que je le ferais vraiment. Sinon pour elle, du moins pour toi.

– Moi ?

– Je crois que j'ai compris ton talent très particulier, Todd Hewitt. Quelque chose qui aurait dû me paraître évident à voir le comportement de mon fils.

Mon estomac se noue, de colère, de chagrin, comme toujours quand on mentionne Davy.

– Tu l'as rendu meilleur, poursuit le Maire d'une voix douce. Tu l'as rendu plus intelligent et plus gentil et plus conscient du monde et de sa place dans le monde.

Il repose sa tasse de café.

– Et que je le veuille ou non, tu as fait de même pour moi.

Et il y a ce léger *hmm* –

Qui nous relie –

(mais je le sais et ça me touche pas –)

(pas du tout –)

– Je regrette ce qui s'est passé avec David, murmure-t-il.

– Vous l'avez tué. C'est vraiment pas rien, *ce qui s'est passé*.

Il hoche la tête.

– Chaque jour je le regrette un peu plus. Chaque jour que je passe en ta compagnie, Todd. Car, chaque jour, tu me rends meilleur. Sachant que je t'ai pour surveiller ce que je fais. (Il pousse un soupir.) Même aujourd'hui, jour de ma plus grande victoire peut-être, ma première pensée a été : « Et Todd, qu'en pense-t-il, lui ? »

Il désigne le ciel qui s'obscurcit au-dessus de nous.

– Ce monde, Todd, ce monde et comment il parle, et d'une voix si forte… (Il marque une pause, et ses yeux vagabondent.) Quelquefois, c'est tout ce qu'on entend, et ça veut vous faire disparaître dedans, vous réduire à rien… (Il murmure, presque.) Et puis j'entends ta voix, Todd, et elle me ramène.

Je vois pas trop où il veut en venir, alors je questionne :

– Et vous l'aviez depuis toujours, le remède pour les bracelets ? Vous l'avez simplement gardé en réserve ?

– Non, Todd. J'ai fait travailler mes hommes jour et nuit pour sauver Viola, pour toi, Todd. Pour te prouver tout ce que tu es devenu pour moi.

Sa voix paraît plus hachée, presque sentimentale.

– Tu m'as racheté, Todd Hewitt. Tu m'as racheté quand personne n'aurait imaginé une telle chose possible. (Il sourit.) Ni même désirable.

Je dis toujours rien. À cause qu'il est pas rachetable. Même Viola l'a dit.

(Mais –)

– Elles vont le tester, continue-t-il. Elles comprendront que c'est un vrai remède, et tu verras alors que je dis vrai. Et c'est tellement important pour moi, je ne te demande même pas de me croire maintenant.

Il attend que je dise quelque chose. Mais je dis toujours rien.

– Et maintenant, lance-t-il en se frappant les cuisses, il est temps de préparer notre premier conseil.

Il me jette un dernier regard, puis se dirige vers sa tente. Je me relève lentement et je rejoins Angharrad attachée avec Jolly Juliet devant ma propre tente, se régalant de pommes et de foin.

Elle a sauvé Viola, sur la colline. Je l'oublie pas.

Et maintenant le Maire propose la même chose ici.

Et j'aimerais tant le croire. Je *veux* le croire.

(*racheté* –)

(mais à quel point –?)

Garçon poulain, dit Angharrad, frottant son nez contre ma poitrine.

Obéis! lance Jolly Juliet, les yeux exorbités.

Et avant que je dise quelque chose, Angharrad lance en retour Obéis! mais encore plus fort.

Et Jolly Juliet courbe l'encolure.

– Fifille! je fais, stupéfait. Ça, c'est une bonne fille!

Garçon poulain, dit-elle, et je me plaque contre sa joue, sa chaleur, son haleine moussue de cheval chatouillant mes narines.

Je me plaque contre elle et je pense à la rédemption.

[VIOLA]

– Vous n'irez certainement pas participer au conseil avec les Spackle, tempête Maîtresse Coyle, poursuivie par Ivan sur la rampe du vaisseau éclaireur. Et vous n'êtes pas autorisé ici non plus!

Nous sommes revenus de la ville hier, et je suis toujours couchée, plus mal que jamais, ma fièvre indifférente à la nouvelle combinaison d'antibiotiques concoctée par Maîtresse Lawson.

Ivan se tient là, il jette un regard de défi à Maîtresse Coyle, à moi, à Lee, allongé à côté, et à Maîtresse Lawson qui lui retire ses derniers bandages.

– Vous vous comportez encore comme si vous étiez aux commandes, Maîtresse, lâche-t-il.

– Mais je *suis* aux commandes, ici, monsieur Farrow, siffle-t-elle. Pour autant que je sache, personne ne vous a encore nommé au poste de nouvelle maîtresse.

– Et c'est pour cela que les gens retournent à la ville par troupeaux entiers ? Que la moitié des femmes prennent déjà le nouveau remède du Maire ?

Maîtresse Coyle se retourne brusquement vers Maîtresse Lawson.

– *Comment ça ?*

– Je l'ai seulement donné aux mourantes, Nicola, bredouille celle-ci, un peu gênée. S'il faut choisir entre une mort certaine et une mort possible, le choix est vite fait.

– Ce n'est plus seulement les mourantes, maintenant, ajoute Ivan. Surtout depuis que les autres ont vu que ça marchait.

Maîtresse Coyle fait semblant de ne pas l'entendre.

– Et vous ne m'avez rien dit ?

Maîtresse Lawson baisse la tête.

– Je savais que cela vous mettrait en colère. J'ai essayé d'en dissuader les autres…

– Vos propres guérisseuses doutent de votre autorité, ricane Ivan.

– Vous, Ivan Farrow, bouclez-la, aboie Maîtresse Lawson.

Ivan crispe la bouche, nous toise tous une fois encore puis s'en va rejoindre la foule dehors.

Tout de suite, Maîtresse Lawson tente de s'excuser.

– Non, l'arrête Maîtresse Coyle. Vous aviez raison, bien sûr. Les plus mal en point, celles qui n'avaient rien à perdre… (Elle se passe la main sur le front.) Et tous les gens retournent vraiment en ville ?

– Pas autant qu'il le dit… Mais un certain nombre.

Maîtresse Coyle secoue la tête.

– Il est en train de gagner.

– Nous avons encore le conseil, dis-je. Vous y serez plus convaincante que lui.

Elle secoue encore la tête.

– Il est sûrement déjà en train de nous préparer quelque chose.

Elle pousse un long soupir puis s'en va, elle aussi, sans ajouter un mot.

– Je crois bien qu'elle aussi va nous préparer un petit plan à sa manière, fait Lee.

– Et avec le taux de réussite habituel, j'ironise tristement.

– Taisez-vous, tous les deux, coupe Maîtresse Lawson. Bien des gens sont encore en vie grâce à elle.

Elle arrache le bandage des yeux de Lee avec un peu plus de nervosité que nécessaire. Puis elle se mord la lèvre inférieure et me jette un regard. Au-dessus du nez de Lee, là où étaient ses yeux, il n'y a plus qu'une cicatrice rose vif, les orbites reçouvertes par une peau livide, ses yeux bleus disparus pour toujours.

Lee entend notre silence.

– C'est si grave que ça ?

– Lee... je commence, mais son Bruit dit qu'il n'est pas prêt et il change de sujet.

– Tu vas prendre le remède ? demande-t-il.

– Je n'en sais rien.

Et c'est vrai, je n'en sais rien. Je ne vais pas mieux, au contraire, et le convoi est encore à des semaines de distance, à supposer qu'ils puissent m'aider. *Mortel*... et quand j'y repense, ce n'est plus comme si Maîtresse Coyle cherchait à m'effrayer. Je me demande si je suis l'une de ces femmes dont Maîtresse Lawson a dit qu'elles devaient choisir entre une mort certaine et une mort possible.

– Non, je n'en sais rien, je répète.

– Viola ? fait Wilf en apparaissant sur le seuil.

– Ah !... lâche Lee, son Bruit rejoignant celui de Wilf et voyant presque malgré lui ce que voit Wilf –

Voyant ses propres yeux sans yeux.

– Pfff... siffle-t-il entre ses dents.

Mais on sent la tension, la fausse bravoure.

– C'est pas si mal, après tout. Moins pire qu'un Spackle, en tout cas...

– J'ai ramené Akeurn de la ville, me dit Wilf. Mis à l'étable avé mes bœufs.

– Merci, Wilf.

Il hoche la tête.

– Et jeune Lee, hein, si jeumais t'an besoin que je voéille pour toi, t'an qu'à juste à demeinder.

Un flot de sentiment surpris et touché inonde

le Bruit de Lee, assez lumineux pour que Wilf voie la réponse.

– Hé, Wilf ? dis-je, agitée par une idée qui me paraît meilleure à chaque seconde.

– Oui ?

– Ça te plairait de participer au conseil ?

[TODD]

– Ça c'est une purain de super idée, dis-je en regardant le visage de Viola sur mon comm. Chaque fois qu'ils voudront faire quelque chose de stupide, Wilf dira même pas non, il dira juste ce qu'on devrait faire à la place.

– *C'est ce que j'ai pensé,* dit-elle avant de se plier en deux pour tousser.

– Comment se passent les tests, Viola ?

– *Pour l'instant, les femmes qui les ont pris n'ont pas eu de problème, mais Maîtresse Coyle veut en faire plus.*

– Elle va jamais accepter le remède, hein ?

– *Hmm... Et toi, qu'en penses-tu ?*

Je prends une longue inspiration.

– Je ne lui fais pas confiance. Même s'il arrête pas de dire qu'il s'est racheté.

– *Il dit cela ?*

Je hoche la tête.

– *... Évidemment. C'est tout à fait son type de discours.*

– Oui.

Elle attend que j'en dise plus.

– *Mais ?*

Je plonge dans ses yeux, par le comm, là-bas

sur le plateau, sur la même planète que moi, mais si loin.

– On dirait qu'il a besoin de moi, Viola. Je sais pas pourquoi, mais c'est comme si j'étais devenu important pour lui, d'une certaine manière.

*– Il t'a déjà appelé son fils une fois, quand on le combattait. Il a dit que tu avais du pouvoir.*

– Je crois pas qu'il ferait tout ça juste par la bonté du cœur qu'il a pas. Non, mais… (J'hésite.) En fait, je pense qu'il le ferait plutôt pour m'avoir de son côté.

*– Et tu crois que ça suffit pour prendre le risque ?*

– Tu es en train de mourir, je dis, et je continue même si elle répond déjà quelque chose. Tu es train de mourir et de me mentir. Alors, s'il t'arrivait quelque chose, Viola, s'il arrivait quelque chose…

Ma voix s'étouffe complètement, je peux plus respirer.

Et pendant un instant je peux plus rien dire.

*(Je suis le Cercle –)*

*– Todd ?* lâche-t-elle finalement, et pour la première fois, elle nie plus qu'elle est vraiment très malade. *Todd, si tu me dis de le prendre, je le prendrai. Je n'attendrai pas la permission de Maîtresse Coyle.*

– Mais je sais pas… je dis, les yeux encore trempés.

*– Nous venons demain matin. Pour monter jusqu'au conseil.*

– Ah, oui ?

*– Si tu me dis de le prendre, Todd, alors je veux que tu me poses les bandages toi-même.*

– Viola…

*– Si c'est toi qui le fais, il ne peut rien m'arriver. Si c'est toi, je sais que je ne risque rien.*

Je reste silencieux un long moment.

Je sais pas quoi dire.

Et je sais pas quoi faire.

[VIOLA]

– Alors, tu vas le prendre, toi aussi ? me lance Maîtresse Coyle du seuil de la porte, après que j'ai raccroché.

J'aimerais la prier de ne pas écouter les conversations privées, mais elle l'a fait si souvent que je m'en moque un peu.

– Ce n'est pas encore décidé.

Je suis seule avec elle. Simone et Bradley se préparent pour la réunion de demain, et Lee est sorti avec Wilf, pour apprendre à connaître les bœufs, car il peut voir leur Bruit.

– Que donnent les tests ? je demande.

– C'est excellent, réplique-t-elle en croisant les bras. Des antibiotiques agressifs combinés à un aloès que Prentiss prétend avoir découvert dans les armes des Spackle et qui permet une dispersion dix ou quinze fois plus rapide qu'avec notre méthode. L'action est si rapide que les germes n'ont pas le temps de se regrouper. C'est assez remarquable, je dois dire. (Elle me regarde droit dans les yeux, et je jure que j'y devine de la tristesse.) Une réelle avancée.

– Mais vous vous méfiez encore…

Elle s'assied à côté de moi, avec un gros soupir.

– Comment ne pas se méfier ? Après tout ce qu'il a fait ! Comment ne pas désespérer, quand je vois toutes les femmes descendre chercher son traitement, sachant qu'il les attire sûrement dans un piège ? (Elle se mord la lèvre.) Et maintenant, c'est ton tour.

– Peut-être, dis-je.

Elle prend une longue respiration.

– Toutes les femmes ne le prennent pas, tu sais. Il y en a un bon nombre qui préfèrent attendre que je leur trouve un meilleur remède. Et j'y arriverai, vois-tu, j'y arriverai.

– Je vous crois. Mais… à temps ?

Son visage prend une expression tellement inhabituelle qu'il me faut un instant pour réaliser.

Elle a presque l'air vaincue.

– Tu es si malade, poursuit-elle, prisonnière de cette petite chambre, tu ne te rends pas compte de l'héroïne que tu es devenue pour eux, dehors.

– Je n'ai rien d'une héroïne, dis-je, stupéfaite.

– Allons, s'il te plaît, Viola. Tu as fait face aux Spackle et tu as gagné. Tu es tout ce qu'ils rêveraient d'être. Un parfait symbole pour l'avenir. (Elle fait grincer le lit en bougeant.) Pas comme nous autres, enchaînés au passé.

– Je ne crois pas que ce soit vrai…

– Cent fois par jour, on me demande comment va la porteuse de paix.

Et c'est seulement maintenant que je saisis l'importance de ce qu'elle dit.

– Si je prends le remède, alors, vous pensez que tout le monde fera la même chose, n'est-ce pas ?

Elle ne répond rien.

– Et il aura eu complètement gain de cause. C'est ce que vous pensez, non ?

Elle reste toujours muette, les yeux fixés sur le sol. Puis elle relève la tête.

– L'océan me manque, murmure-t-elle. Avec un cheval rapide, en partant maintenant, je pourrais y être au coucher du soleil. Je ne l'ai pas vu depuis l'abandon de notre village de pêche. Je suis arrivée à Haven et je n'ai jamais regardé en arrière…

Sa voix a pris une douceur étrange, une douceur que je ne lui ai jamais connue.

– Je croyais que cette vie-là était finie. Je croyais qu'il y avait à Haven des choses qui méritaient de se battre.

– Mais vous pouvez encore vous battre pour elles.

– Je crois que je suis peut-être déjà vaincue, Viola.

– Mais…

– Non. J'ai déjà senti le pouvoir m'échapper auparavant, ma fille. Je sais ce que c'est. Mais je savais toujours que je reviendrais. (Elle se tourne vers moi, le regard triste, mais indéchiffrable.) Mais toi, tu n'es pas vaincue, ma fille, n'est-ce pas ? Pas encore.

Elle hoche la tête comme pour elle-même, puis une deuxième fois et se lève.

– Où allez-vous ? je m'écrie.

Mais elle sort sans se retourner.

[TODD]

Je lui montre le cahier de maman.

– Je veux lire la fin.

Le Maire lève le nez de ses rapports.

– La fin ?

– Je veux savoir ce qui lui est arrivé. Avec ses propres mots.

Le Maire se redresse.

– Et tu penses que j'ai peur que tu l'entendes ?

– Parce que vous avez peur ?

– Seulement de la tristesse que cela pourrait provoquer en toi, Todd.

– Quelle tristesse ?

– Nous avons vécu des heures terribles, Todd. Et aucune version de cette histoire, ni la mienne, ni celle de Ben, ni celle de ta mère, n'a une fin heureuse.

Je continue à le fixer.

– … Bon, très bien alors. Ouvre-le à la fin.

Je le dévisage encore un instant, puis j'ouvre le cahier, feuilletant les pages jusqu'au dernier chapitre, et mon cœur dérape un peu à l'idée de ce que je vais y découvrir. Les mots forment le gribouillis habituel, débordant partout comme une chute de pierres (mais j'arrive mieux à en détacher certains, quand même) et mes yeux filent droit vers la fin, les tout derniers paragraphes, les toutes dernières choses qu'elle m'a écrites –

Et soudain, avant même que je sois prêt –

« *Cette guerre, mon très cher fils* –

(ça y est, la voilà –)

« *Cette guerre que je hais parce qu'elle menace tous tes jours à venir, Todd, cette guerre déjà suffisamment horrible quand on ne faisait que combattre les Spackle, mais maintenant des divisions ont vu le jour, des divisions entre David Prentiss, le chef de notre petite armée, et Jessica Elizabeth, notre Maire, qui a rallié les femmes et beaucoup d'hommes de son côté, Ben et Cillian compris, sur la façon de conduire cette guerre.*

– Vous divisiez la ville ?

– Je n'étais pas le seul, répond le Maire.

« *Et mon Dieu, comme j'en ai le cœur malade, Todd, de nous voir déchirés comme ça, déchirés avant même d'avoir fait la paix, et je me demande comment ce monde pourrait être nouveau alors que nous y amenons nos vieilles querelles.*

Le Maire respire doucement, et je sens bien qu'il fait moitié moins d'efforts qu'avant.

(et le léger *hmm* est là, lui aussi –)

(le *hmm* qui me connecte à lui –)

« *Mais enfin, il y a toi, mon fils, aujourd'hui de plein droit le plus jeune garçon de la ville, et peut-être de ce monde tout entier, et tu seras celui qui le redressera, tu entends ? Tu es un natif de Nouveau Monde, alors tu n'as pas à répéter nos erreurs. Tu peux balayer le passé et peut-être, qui sait, peut-être sauras-tu ramener le paradis dans cet endroit.*

Et mon estomac se noue un peu à cause qu'elle a souhaité ça dès la toute première page.

« *Mais voilà qui fait assez de responsabilités pour une journée, non ? Je dois te quitter maintenant pour me rendre à la réunion secrète convoquée par le Maire Elizabeth.*

« *Et, oh, mon beau garçon, j'ai peur de ce qu'elle va nous suggérer.* »

Et c'est tout.

Après ça, juste un blanc.

Rien d'autre ?

Je lève les yeux sur le Maire.

– Le Maire Elizabeth, elle a suggéré quoi ?

– Elle a suggéré une attaque contre moi et mon

armée, Todd, dit-il. Une bataille qu'elles ont perdue, même si nous avons tout fait pour limiter les pertes. Alors, elles se sont suicidées pour sceller notre destin. Je suis désolé, mais c'est ce qu'elles ont fait.

– Non, je rétorque, et je commence à bouillir. Ma mère m'aurait jamais fait ça. Ben a dit…

– Je ne puis te convaincre, Todd, dit-il en fronçant les sourcils d'un air peiné. Jamais rien de ce que je te dirai n'y parviendra, j'en suis parfaitement conscient. Et je suis persuadé que j'ai commis des erreurs alors, peut-être même des erreurs aux conséquences plus dramatiques que je ne l'imaginais. Peut-être, et même sûrement. (Il se penche vers moi.) Mais c'était avant, Todd. Ce n'était pas maintenant.

Mes yeux sont encore humides, je pense à maman, à ses derniers mots.

Craignant ce qui allait arriver ?

Et qui sait maintenant ce qui est arrivé ?

À cause que la réponse est pas là. Ce qui s'est réellement passé, c'est pas là. Et j'en sais pas plus qu'avant sur le Maire.

– Je suis un homme mauvais, Todd, murmure-t-il. Mais je m'améliore.

J'effleure avec le bout de mes doigts le journal de maman, je suis la marque du couteau. Je crois pas à sa version de l'histoire. J'y crois pas et j'y croirai jamais.

Mais je crois qu'il y croit.

Je crois même qu'il est peut-être sincèrement désolé.

– Si jamais vous faites du mal à Viola, vous savez que je vous tuerai.

– Une raison parmi bien d'autres pour laquelle je ne le ferai jamais.

Ma voix se fait râpeuse.

– Et le remède la soignera ? Il lui sauvera la vie ?

– Oui, Todd, sans aucun doute.

Et il ajoute rien.

Je lève les yeux vers le ciel, une nouvelle nuit glaciale, nuageuse toujours, mais toujours pas de neige. Une autre nuit sans sommeil ou presque, la nuit avant la première réunion du conseil. La nuit avant qu'on commence à créer un nouveau monde pour de bon.

Juste comme maman l'a écrit.

– Apportez-moi les bandages. Je les lui poserai moi-même.

Il émet un son grave, comme au fond de son Bruit, et son visage retient un sourire, un vrai sourire sincère, ému.

– Merci, Todd, dit-il.

Et sa voix sonne vrai.

J'attends un bon moment avant de sortir ça –

Mais finalement je le lâche :

– Je vous en prie.

– Monsieur le Président ?

C'est M. O'Hare, debout devant nous, il osait pas nous interrompre.

– Qu'est-ce que c'est, capitaine ? fait le Maire sans me quitter des yeux.

– Nous avons un homme ici, répond-il. Toute la nuit il a harcelé les hommes pour obtenir un entretien avec vous. Comme quoi il voudrait nous apporter son soutien.

Le Maire cherche même pas à cacher son impassiance.

– Si je dois écouter tous les hommes de cette planète qui veulent m'apporter leur soutien...

– Il m'a prié de vous dire que son nom est Ivan Farrow, insiste M. O'Hare.

Le Maire lui jette un coup d'œil surpris.

Puis un autre genre de sourire lui creuse la figure.

Ivan Farrow. Celui qui va là où se trouve le pouvoir.

## [VIOLA]

– Regardez, comme c'est beau ! s'écrie Simone sur le circuit intérieur tandis que le vaisseau éclaireur monte lentement dans le ciel. Un cliquetis, et tous les écrans de la chambre de soins montrent le soleil qui se lève tout rose au-dessus de l'océan lointain.

Juste un instant, puis les nuages le recouvrent.

– Lever de soleil, dit Bradley, envoyant son Bruit à Lee pour lui montrer.

– Bon présage, acquiesce ce dernier, quand le soleil perce au travers d'une matinée grise.

– Nous allons atterrir pour créer un nouveau monde, lance Bradley très excité. Un *véritable* nouveau monde, cette fois.

Il sourit, et son sourire remplit toute la chambre.

Seul Wilf n'est pas avec nous, car il emmène Acorn en ville pour moi et il nous y accueillera. Maîtresse Coyle est assise sur une chaise près de mon lit. Elle a disparu toute la nuit, sans doute pour réfléchir au meilleur moyen de reprendre l'avantage sur le Maire.

À moins qu'elle n'accepte sa défaite.

Ce qui me rend triste, bizarrement.

– As-tu décidé si tu prendras le remède, Viola ? me chuchote- t-elle doucement.

– Je n'en sais rien. Je vais en parler avec Todd. Mais ce ne sera pas contre vous. Cela ne doit pas changer quoi que ce soit…

– Bien sûr que si, ma fille. Mais comprends-moi bien. Je me suis fait une raison. Être un chef, c'est aussi savoir quand on doit rendre les rênes.

J'essaye de me redresser.

– Je n'ai pas l'intention de reprendre les rênes à qui que ce soit.

– Tu as le soutien du peuple, Viola. Avec un peu d'habileté, tu pourrais facilement t'en faire une force.

Je tousse avant de pouvoir répondre.

– Je ne me sens vraiment pas à la hauteur de…

– Ce monde a besoin de toi, ma fille. Si tu représentes le visage de l'opposition, j'en serai heureuse. L'opposition a besoin d'un visage.

– J'essaie simplement de créer le meilleur monde possible.

– Eh bien, continue ainsi, et tout ira bien.

Elle n'ajoute rien, et nous atterrissons bientôt. La rampe s'abaisse sur la place, et le REURR de la foule qui nous acclame enfle comme une vague.

– Les Spackle nous attendent pour midi, précise Simone sur le seuil, Bradley me soutenant par le bras. Le Président nous a tous promis des chevaux et un temps de parole suffisant pour discuter de l'ordre du jour.

– Selon Todd, le Maire est d'accord pour réduire son discours au minimum, dis-je en me tournant vers Maîtresse Coyle. Et vous laisser une chance de parler un peu, cette fois.

– Merci infiniment, ma fille, réplique-t-elle. Mais tu devrais aussi réfléchir à ce que tu vas dire.

– Moi ? Mais je…

– Tiens, le voilà, coupe-t-elle en jetant un regard au pied de la rampe.

Todd se fraie un chemin à travers la foule pour venir vers nous.

Il porte un rouleau de bandages sous le bras.

Et j'entends Maîtresse Coyle murmurer d'une voix étouffée :

– Qu'il en soit ainsi.

[TODD]

– Je sais vraiment pas comment je dois faire, je dis en déroulant les bandages que m'a donnés le Maire.

– Tu les enroules juste comme un tissu, dit Viola. Serrés, mais pas trop.

On est dans ma tente, assis sur mon lit de camp, et le monde au-dehors se confond dans un énorme REURR. Le Maire et Maîtresse Coyle, et Bradley et Simone et Wilf et Lee qui s'est comme qui dirait invité au conseil lui aussi, tous discutent sur qui parlera le premier aux Spackle et qu'est-ce qu'ils vont dire et bla bla bla.

– À quoi penses-tu ? fait Viola en me fixant.

Je souris vaguement.

– Je pense que *je sais vraiment pas ce que je fais*.

Elle me renvoie un petit sourire.

– Bon, si t'es comme ça maintenant, je suppose que je devrai m'y faire.

– Alors, ça te met moins mal à l'aise ?

– Si, mais c'est mon problème, pas le tien.

– Je suis toujours moi. Je suis toujours Todd.

Elle détourne les yeux vers ses bandages.

– Tu es sûr de ce truc ? Tu es sûr qu'il ne nous ment pas ?

– Il sait que je le tuerais s'il te faisait du mal. Et vu son comportement actuel…

Elle lève la tête.

– Mais ce n'est probablement qu'une façade…

– Je crois que je suis en train de le changer, Viola. Et en tout cas, suffisamment pour le pousser à te sauver, même si c'est pour moi.

Elle continue à me fixer, à essayer de me lire.

Je sais pas ce qu'elle voit.

Au bout d'un moment, elle me tend le bras.

– Très bien, je lâche. On y va.

Je commence à défaire les vieux bandages de sa blessure. J'en retire un, puis un autre, et voilà le bracelet. 1391, à l'air libre. C'est pas beau du tout, bien pire que ce que je pensais. La peau juste autour rouge et à vif et horriblement tendue et plus loin violet sombre et jaune et avec une odeur aussi, une odeur de maladie et de mort.

– Bon Dieu, Viola, je chuchote.

Elle dit rien mais je l'entends ravaler sa salive. Alors, je prends le premier bandage neuf et je l'enroule par-dessus le bracelet. Elle lâche un hoquet quand le médicament pénètre dans son système.

– Ça fait mal ? je m'inquiète.

Elle se mord les lèvres mais me fait signe de continuer. Je déroule le deuxième bandage, puis le troisième, les superpose sur les bords du premier comme le Maire me l'a dit, et elle suffoque encore.

– Regarde, Todd, souffle-t-elle, sa respiration courte et rapide.

Les marques et les bleus de son bras s'atténuent déjà, on voit même le médicament circuler en elle, batailler contre l'infection juste sous sa peau.

– Ça te fait quoi ? je demande.

– Comme des pointes brûlantes, dit-elle, et des larmes lui coulent de chaque œil.

Et je tends la main –

Et j'effleure sa joue avec mon pouce –

Juste très, très doucement –

Effaçant une larme –

Sa peau sous mes doigts –

Sa chaleur, sa douceur –

Et je sens que je voudrais la toucher éternellement –

Et je suis gêné de penser ça –

Et puis je réalise qu'elle peut pas l'entendre –

Et je commence à penser comme ça doit être horrible pour elle –

Et alors je la sens presser sa joue contre mes doigts –

Tournant la tête, au contact de ma paume –

Qui la tient là –

Et une autre larme roule –

Et elle se tourne un peu plus –

Se tourne et ses lèvres se pressent contre ma paume –

– Viola, je murmure.

– On est prêts à y aller ! lance Simone en passant sa tête dans la tente.

Je retire ma main aussitôt, même si on fait rien de mal.

Et après un long moment de gêne, Viola déclare :

– Je me sens mieux, déjà.

[VIOLA]

– On y va ? dit le Maire, un large sourire barrant tout son visage, son uniforme galonné d'or et comme flambant neuf.

– Puisqu'il le faut, lâche Maîtresse Coyle.

Wilf nous a rejoints et nous sommes réunis devant les ruines de la cathédrale, derrière une charrette avec un micro pour que Maîtresse Coyle puisse se faire entendre. La projection est relayée sur le plateau et sur les pignons de deux bâtiments, et dans le ciel au-dessus des éboulis.

La foule applaudit déjà.

– Viola ? fait le Maire en tendant la main pour me conduire sur la scène.

Todd se lève pour me suivre.

– Si personne n'y voit d'inconvénient, dit Maîtresse Coyle, je me demande si nous ne pourrions pas abréger, le Président Prentiss et moi, pour ce matin ?

Le Maire semble surpris, mais je réplique aussitôt :

– Excellente idée. Tout ira plus vite, comme ça.

– Viola… lance le Maire.

– Et j'aimerais bien m'asseoir un moment, le temps de laisser le remède faire un peu plus d'effet.

– Merci, dit Maîtresse Coyle en hochant la tête. Tu feras un excellent chef, Viola Eade. (Puis, comme pour elle-même) Assurément.

Le Maire cherche encore à emporter le morceau, mais comme Simone et Bradley ne bronchent pas, il finit par accepter.

– Très bien, dit-il en poussant Maîtresse Coyle du coude. Et à présent, peut-être pourrions-nous nous adresser à la populace, qu'en dites-vous ?

Celle-ci ignore le jeu de coude et s'avance vers la scène. Le Maire lui emboîte le pas assez vite pour que la foule le voie la laisser passer devant lui.

– Ça veut dire quoi, ce micmac ? questionne Todd en les observant.

– Hmm… fait Bradley, perplexe. Depuis quand laissez-vous Maîtresse Coyle faire comme bon lui semble ?

– Un peu plus de respect pour elle, intervient Simone. Je crois comprendre où Viola veut en venir.

– C'est-à-dire ? interroge Todd.

– *Bonnes gens de Nouveau Monde !* tonne la voix de Maîtresse Coyle dans les haut-parleurs. *Nous en avons fait du chemin !*

– Elle pense que ses jours de chef touchent à leur fin, commente Simone. C'est sa façon à elle de leur dire au revoir.

Wilf la regarde, médusé.

– Eu revoère ?

– *Ce chemin où le Président nous a emmenés tous ! En des endroits que nous n'imaginions même pas !*

– Et elle reste un chef, dit Lee, assis derrière nous. Il y a encore un tas de gens, un tas de femmes…

– Mais le monde change, dis-je. Et ce n'est pas elle qui l'a changé.

– Et elle part comme elle décide, ajoute Simone, émue. Je l'admire pour ça. Elle sait quand quitter la scène.

– *Nous emmenant du bord d'un abîme*, poursuit

Maîtresse Coyle, *pour nous conduire au bord d'un autre.*

– Un eu revoère ? répète Wilf, plus fermement.

Je me tourne vers lui, entendant l'inquiétude de sa voix.

– Quoi, qu'y a-t-il, Wilf ?

Mais Todd commence à comprendre maintenant, écarquillant les yeux.

– *Lui qui a tué pour nous protéger*, clame Maîtresse Coyle. *Lui qui a tué et tué, et tué encore !*

Un murmure embarrassé monte de la foule, il monte et s'enfle.

– Elle pense que c'est la fin, Viola, dit Todd, sa voix pénétrée d'angoisse. Elle pense *vraiment* que c'est la fin.

Et je me retourne vers la scène.

Et je comprends, mais trop tard, ce qu'a fait Maîtresse Coyle.

[TODD]

Je cours avant même de savoir trop pourquoi, juste que je dois atteindre la scène, y arriver avant –

– Todd ! j'entends Viola crier derrière moi, et tout en courant je me retourne pour voir Bradley lui agripper l'épaule et la retenir et Simone et Wilf qui courent après moi, courent vers la scène –

Courant vers Maîtresse Coyle et son discours qui passe pas très bien auprès de la foule –

– *Une paix baignée de sang,* poursuit-elle dans le micro. *Une paix pavée de cadavres de* ***femmes*** *!...*

La foule hue maintenant, quand j'atteins l'arrière de la plate-forme –

Le Maire sourit à Maîtresse Coyle et c'est un

sourire dangereux, un sourire que je connais trop bien, un sourire qui va la laisser continuer et rendre les choses encore pires pour elle –

Mais c'est pas l'idée qui là tout de suite me vient à l'esprit –

Et je saute sur la plate-forme, Maîtresse Coyle à droite, le Maire à gauche –

Et Simone se hisse après moi, sur ma droite, Wilf derrière elle –

– *Une paix,* hache Maîtresse Coyle, *qu'il a saisie avec ses deux poings sanglants !...*

Le Maire me jette un regard étonné –

Juste quand elle se tourne vers lui en disant –

– *Mais nous sommes encore quelques-uns qui tenons trop à ce monde pour laisser faire...*

Et elle déboutonne son manteau –

Exposant la bombe qu'elle s'est attachée autour de la taille.

[VIOLA]

– Lâche-moi ! je hurle, essayant d'échapper à Bradley alors que Todd saute sur la plate-forme, Simone et Wilf derrière lui.

Parce que j'ai compris, moi aussi –

«Tu n'imagines pas le pouvoir d'une martyre... », m'avait dit Maîtresse Coyle un jour –

« Avec quelle rage les gens peuvent se battre au nom des morts » –

Et j'entends la rumeur horrifiée de la foule quand elle découvre sur la projection –

Et Bradley et moi nous la voyons aussi –

Maîtresse Coyle, grandeur nature, le visage aussi lisse qu'une assiette de lait, ouvrant son manteau pour montrer la bombe qu'elle porte, enserrant son torse comme un corset, assez d'explosifs pour la tuer, tuer le Maire –

Tuer Todd –

– TODD ! je hurle.

[TODD]

– TODD ! hurle Viola derrière nous –

Mais on est encore trop loin de Maîtresse Coyle –

Encore trop de mètres à courir sur la plate-forme pour l'arrêter –

Et sa main s'approche d'un bouton sur la bombe –

– SAUTEZ ! je hurle. SAUTEZ DE LA CHARRETTE !

Et je saute en même temps –

Sur le côté –

Agrippant la veste de Simone pour l'entraîner avec moi.

– Pour un nouveau monde, tonne Maîtresse Coyle. Pour un avenir meilleur !

Et elle appuie sur le bouton.

[VIOLA]

# BOUM

Des flammes volent de Maîtresse Coyle dans toutes les directions, à une vitesse telle que la chaleur me catapulte sur Bradley qui siffle de douleur quand mon crâne percute son menton, mais je reste debout et je me penche en avant contre l'onde de choc, je vois les cascades de feu et je hurle « *TODD !* » parce que je l'ai vu sauter de la charrette, traînant quelqu'un avec lui, oh pitié, pitié, pitié, et l'explosion projette un panache de fumée et de feu dans l'air, et la charrette est en flammes, et les gens hurlent avec le Bruit qui en sort et je m'arrache à Bradley et je crie –

– TODD !

## [TODD]

– TODD !...

Ça tinte dans mes oreilles, mes habits chauffent et brûlent –

Mais je pense à Simone –

Je l'ai attrapée et on a basculé par le côté de la charrette en même temps que les flammes *whoousshaient* autour de nous ; mais on a roulé en tombant et maintenant elle se prend tout le feu en plein corps et je tape sur ses vêtements pour l'éteindre et la fumée m'aveugle et je hurle –

– Simone, ça va ? Simone !

Et une voix crache, brisée par la douleur :

– Todd ?

Et –

C'est pas la voix de Simone.

La fumée commence à se dissiper.

C'est pas Simone.

– Tu m'as sauvé la vie, Todd, articule péniblement

le Maire, des brûlures sur tout le visage et les mains, son uniforme fumant comme un feu de broussailles. Tu m'as sauvé…

Et il cligne des yeux, comme s'il pouvait pas y croire –

Que dans la panique de l'explosion j'aie choisi de le sauver, lui –

L'aie choisi sans même y penser –

(sans même qu'il ait eu le temps de me contrôler –)

(pas le temps pour lui de me pousser à le faire –)

Choisi le Maire.

– TODD ! crie Viola.

Et je me retourne –

Wilf essaye de se remettre sur ses pieds, en bas de la charrette –

Et Viola court vers moi –

Elle me regarde, elle regarde le Maire sur le sol, qui respire encore, qui parle encore –

– Je crois que… j'ai besoin d'une guérisseuse…, murmure-t-il.

Mais Simone, je la vois nulle part –

Elle se tenait juste devant Maîtresse Coyle quand la bombe a explosé –

Elle était à ma portée –

– Todd ? questionne Viola, s'arrêtant un peu loin encore, Wilf toussant mais ouvrant de grands yeux lui aussi, Bradley qui arrive en courant –

Tout le monde voyant que j'ai sauvé le Maire –

Et pas Simone –

Et Viola répète –

– Todd ?

Et jamais elle a paru si loin de moi.

# LA SOURCE

À travers le cercle du Terme des Chemins qui nous entoure, un bref éclat de soleil rose perce à l'est, puis il disparaît derrière la couverture de nuages, ces nuages gris amoncelés sur nous depuis deux jours.

Pesant sur moi et la Source, pendant que nous attendons le conseil de paix.

C'est ce que le Ciel a souhaïté pendant qu'il prépare la réunion : que je reste ici, que je nourrisse la Source pour qu'il reprenne des forces et puisse se remettre sur pied après son long sommeil, que je le lave et l'habille et le rase à la façon de la Clairière, et que je lui montre tout ce qui s'est passé pendant qu'il servait de Source pour la Terre.

Pendant qu'apparemment il est *devenu* la Terre.

Il ouvre sa voix, il me montre d'autres levers de soleil qu'il a vus, où les champs se transformaient en or, quand la Source et son un en particulier se levaient avec lui, partaient travailler en même temps que lui, un souvenir aussi simple que cela, mais couvert de joie et de perte, et d'amour et de chagrin –

Et d'espoir.

Tout cela parfaitement montré dans la voix de la Terre

et toujours avec la même joie étrange qu'il exprime depuis son réveil.

Et puis sa voix montre pourquoi il est plein d'espoir. La Source sera rendue à la Clairière aujourd'hui, comme un geste surprise de bonne volonté.

Il va revoir le Couteau.

Il me regarde, la chaleur débordant de sa voix, une chaleur que je ne peux pas m'empêcher de ressentir avec lui.

Je me lève rapidement pour y échapper.

– *Je vais chercher le petit déjeuner*, je montre.

– *Merci*, répond-il en me regardant partir au feu de cantine.

Je n'ajoute rien.

– *Nous avons écouté sa voix pendant ces derniers mois*, m'a montré le Ciel, *la nuit où nous avons réveillé la Source. Il a dû nous écouter, lui aussi, apprendre à parler notre voix, s'y adapter, et finalement la faire sienne.* (Le Ciel, sa propre voix a changé de forme autour de moi.) *Un peu comme le Ciel espérait que le Retour le ferait.*

– *Je l'ai faite mienne. Autant que je le pouvais.*

– *La Source parle le langage de la Terre comme le sien, mais tu parles toujours la langue du Fardeau.*

– *C'est mon premier langage*, je montre, puis détourne le regard. *C'était le langage de mon un en particulier.*

J'étais au feu de cantine, alors, préparant le premier vrai repas de la Source, nourri depuis des mois avec des liquides distillés dans sa gorge.

– *Ce n'est pas parce qu'il parle avec notre voix qu'il est l'un des nôtres.*

– *Vraiment ? Et qu'est-ce que la Terre, alors, sinon sa voix ?*

Je le regarde.

– *Vous n'êtes pas en train de suggérer que…*

– *Je suggère simplement que si lui peut s'immerger si profondément dans la Terre et avec une compréhension si évidente au point de se sentir lui-même appartenir à la Terre…*

– *Mais cela ne le rend-il pas plus dangereux ? Cela n'en fait-il pas une menace pour nous ?*

– *Ou bien un allié… En nous donnant plus d'espoir pour l'avenir que nous ne l'aurions jamais imaginé. Car s'il peut le faire, pourquoi pas d'autres ? N'y aurait-il pas là plus de compréhension possible ?*

Je n'ai rien trouvé à répondre, et il s'apprêtait à partir quand je l'ai interpellé :

– *Vous vouliez dire quoi, quand vous m'avez parlé de moi devenant le Ciel ? Pourquoi moi, entre tous ceux de la Terre ?*

J'ai d'abord cru qu'il ne répondrait pas. Mais il l'a fait.

– *Parce que toi, entre tous ceux de la Terre, tu comprends la Terre. Toi, entre tous ceux de la Clairière, tu comprends le plus pleinement ce que cela signifierait de les inviter dans notre voix, si ce jour-là devait arriver. Et entre tous ceux de la Terre, tu es celui qui choisirait le plus facilement la guerre. Et donc, quand tu choisiras la paix (sa voix se fait plus forte), elle aura encore plus de sens.*

J'apporte à la Source son petit déjeuner, un bouillon de poisson comme j'ai jamais vu la Clairière en manger, mais la Source ne se plaint pas.

Il ne se plaint de rien.

Ni pour avoir été retenu prisonnier et endormi pendant tout ce temps, nous remerciant même, me remerciant comme si je l'avais fait personnellement, de lui avoir soigné sa blessure à la poitrine, une balle logée là, à ma grande stupéfaction, par l'ami Bruyant du Couteau, le même qui m'a cerclé le bras.

Ni de ce que nous avons lu sa voix pour en tirer tous les avantages possibles. Même s'il s'attriste de savoir que tant d'autres humains sont morts dans cette guerre, il est heureux d'avoir fait quelque chose pour aider à vaincre le chef de la Clairière, et encore plus heureux d'avoir ainsi contribué à la paix.

– *Je ne me plains pas parce que j'ai été transformé*, montre-t-il alors que je lui tends son petit déjeuner. *J'entends la voix de la Terre. C'est très étrange, parce que je suis toujours moi, l'individu, tout en appartenant à quelque chose de plus grand.* (Il prend un peu de bouillon.) *Je crois que je pourrais constituer la prochaine étape de l'évolution de mon peuple. Exactement comme toi.*

Je me redresse, surpris.

– **Comme moi ?**

– *Tu appartiens à la Terre, mais tu peux cacher et brouiller tes pensées comme un homme. Tu appartiens à la Terre, mais tu parles mieux ma langue que moi, mieux que n'importe quel homme que j'aie connu. Nous formons des ponts entre nos deux peuples, toi et moi.*

Je me hérisse.

– *Il y a des ponts qui ne devraient jamais être franchis.*

Il sourit, pourtant.

– *C'est justement cette pensée qui nous a maintenus si longtemps en guerre.*

– *Cesse d'être si heureux, c'est énervant.*

– *Oui, mais tu sais, aujourd'hui je vais revoir Todd.*

Le Couteau. Il m'a montré le Couteau, encore et encore,

tellement souvent que c'est comme une tierce personne maintenant qui se tiendrait avec nous dans le Terme des Chemins. Et comme il étincelle dans la voix de la Source, comme il paraît jeune et frais et fort. Et aimé.

J'ai raconté à la Source tous les détails de l'histoire jusqu'à son réveil, y compris tout ce que le Couteau a fait et n'a pas fait. Mais au lieu d'être déçu, la Source est *fier*. Fier de la façon dont le Couteau a surmonté les difficultés. Comprenant et sympathisant avec tout ce que le Couteau a souffert, toutes les erreurs qu'il a commises. Et chaque fois que la Source pense au Couteau, une étrange mélodie de Clairière l'accompagne, un chant chanté au Couteau quand il était jeune, un chant qui lie le Couteau à la Source –

– *Appelle-moi Ben, si tu veux bien,* dit la Source à travers sa bouche. *Et le Couteau, il s'appelle Todd.*

– La Terre n'utilise pas de noms, je montre. Si tu nous comprends, alors tu dois comprendre aussi cela.

– *Et c'est vraiment ce que pense le Retour?* montre-t-il avec un sourire, en mâchant un morceau de poisson.

Là encore, ma voix s'emplit de chaleur et d'aigreur quand je ne le voudrais pas.

– *Tu es bien décidé à ne pas m'aimer, n'est-ce pas?* montre- t-il.

Ma voix s'endurcit.

– *Vous avez massacré mon peuple. Vous l'avez massacré et réduit en esclavage.*

Il se tend vers moi avec sa voix, d'une manière douce que je n'ai jamais connue chez la Clairière.

– *Seule une partie d'entre nous a agi de cette manière. L'homme que vous combattez a tué mon un en particulier. Voilà pourquoi je le combats avec vous.*

Je me lève pour partir, mais il montre :

*– S'il te plaît, attends... Nous, mon peuple, nous vous avons causé un immense tort, je le sais, et n'importe qui dirait que vous m'avez causé du tort en me gardant ici tout ce temps. Mais je ne vous ai personnellement causé aucun mal. Et tu ne m'as fait aucun mal.*

J'essaye de ne pas laisser entrer dans ma voix le couteau que j'ai levé au-dessus de lui.

Et puis non, je lui montre quand même ce que j'aurais pu lui faire. Ce que je *voulais* lui faire –

*– Mais tu t'es arrêté. Et ce qui se passe ici, cette compréhension entre nous deux, une voix unique d'homme rejoignant une voix unique de la Terre, je suis sûr que c'est le début de la paix véritable.*

*– En effet*, montre le Ciel qui vient d'entrer dans le Terme des Chemins. *Et c'est le meilleur début possible.*

La Source repose son bol.

*– Il est temps ?*

*– Il est temps,* acquiesce le Ciel.

La Source lâche un soupir de bonheur et, une fois de plus, le Couteau emplit sa voix.

– Todd, dit-il, dans le cliquetis de la Clairière.

Et c'est alors que nous entendons l'explosion au loin.

Nous nous tournons aussitôt face à l'horizon, même s'il n'y a aucune chance que nos yeux physiques nous permettent de voir quelque chose.

*– Que s'est-il passé ?* demande la Source. *Sommes-nous attaqués ?*

*– Nous ?* je réplique surpris.

*– Attendez*, montre le Ciel. *Ce ne sera pas long.*

Et en effet, un moment plus tard, les voix des Chemins relaient les voix de la Terre plus bas, nous montrant l'explosion en plein cœur de la ville, devant une grande foule de la Clairière, même si les yeux à travers quoi nous l'observons perchent très haut, sur la crête de la colline, même si tout ce que nous voyons vraiment c'est un éclair de feu et une colonne de fumée.

– *Est-ce la Terre ?* demande la Source. *Est-ce la Terre qui a fait cela ?*

– *Non*, répond le Ciel, et il sort rapidement du Terme des Chemins, nous enjoignant de le suivre.

Nous abordons le chemin abrupt et je vais devoir aider la Source à descendre, et j'entends la voix de la Source remplie d'une chose –

La peur.

Pas pour lui-même, pas pour le processus de paix –

Mais pour le Couteau. Tout ce que sa voix montre, c'est à quel point il a peur de perdre le Couteau, le matin même où ils devaient être réunis, peur que le pire ne soit arrivé, qu'il ait perdu son fils, son être le plus cher, et je sens son cœur se déchirer d'inquiétude, se déchirer d'amour et d'angoisse –

Une déchirure que je connais, que j'ai ressentie –

Une déchirure que la Source me transmet pendant que nous descendons –

Le Couteau –

Todd –

Sculpté dans ma voix, aussi réel et fragile et digne de vie qu'un autre –

Et je ne le veux pas.

Je ne le veux pas.

## *11 Séparations*

[TODD]

Une très légère inspiration, c'est la seule réaction du Maire quand Maîtresse Lawson presse les bandages sur l'arrière de sa tête, et pourtant, les blessures sont horribles à voir.

– Sévères, dit la guérisseuse, mais superficielles. L'éclair a été trop rapide pour brûler en profondeur. Vous garderez des cicatrices, mais vous guérirez.

– Merci, Maîtresse, murmure le Maire pendant qu'elle étale un gel transparent sur les brûlures de son visage, moins sérieusement touché que son crâne.

– Je ne fais que mon travail, rétorque-t-elle sèchement. Et maintenant, si vous le permettez, il y en a d'autres à soigner.

Elle quitte la chambre de soins du vaisseau, emportant une pile de bandages avec elle. Je suis assis près du Maire, les mains enduites de gel moi aussi. Wilf est couché sur l'autre lit, tout le devant brûlé, mais encore en vie à cause qu'il tombait déjà quand la bombe a explosé.

Dehors, c'est une autre affaire. Utilisant le Bruit de la foule, Lee aide les dizaines de gens brûlés et blessés dans l'attentat suicide de Maîtresse Coyle.

Et tués. Au moins cinq hommes et une femme dans la foule.

Et Maîtresse Coyle, bien sûr.

Et Simone.

Viola ne m'a pas adressé la parole depuis. Elle et Bradley sont partis faire je sais pas quoi.

Sans rien me dire.

– Tout va s'arranger, Todd, articule le Maire qui me voit sans cesse guetter la porte. Ils vont bien comprendre que tu as dû prendre une décision au quart de seconde et que j'étais le plus proche…

– Non, vous ne l'étiez pas, je réplique en serrant les poings, grimaçant de douleur à cause des brûlures. J'ai dû faire un pas de plus pour vous attraper.

– Oh, ça oui, et comment tu m'as attrapé, s'émerveille-t-il.

– Mais oui, mais oui, d'accord.

– Tu m'as *sauvé*… murmure-t-il presque pour lui seul.

– Oui, je sais…

– Non, Todd, poursuit-il en se redressant sur le lit malgré la souffrance évidente. Tu m'as *sauvé*. Quand tu n'y étais pas obligé. Je ne saurais comment t'exprimer ce que cela signifie pour moi.

– En tout cas, vous faites le maximum.

– Je n'oublierai jamais que tu m'estimes comme valant la peine d'être sauvé. Et tu as raison, Todd. Et c'est toi qui m'as rendu ainsi.

– Arrêtez de déblatérer. D'autres gens sont morts. D'autres gens que j'ai pas sauvés.

Il hoche juste la tête et ça me fait encore plus crever de honte pour n'avoir pas sauvé Simone. Puis il lâche :

– Elle ne sera pas morte pour rien. Nous allons y veiller.

Et il a l'air sincère, comme d'habitude.

(tellement sincère –)

(mais ce léger *hmm* –)

(qui reluit de *joie* –)

Je me tourne vers Wilf. Il fixe le plafond, quelques lanières de peau noircie apparaissant entre ses bandages.

– J'crois ben que tu m'as p't-être seuvé, moi eussi. Tu m'as dit, « seute ». Tu m'as dit, « seute de la cheurrette ».

Je me racle la gorge.

– C'est pas vraiment sauver, ça, Wilf. Et j'ai pas sauvé Simone.

– T'étais dans ma tête. T'étais dans ma tête à hurler « Seute ! » et mes jeimbes elles ont seuté avant même que je leur dise. (Il plisse les paupières.) Queummeint qu't'as fait ça ? Hein ?

Je détourne la tête en y pensant. Oui, c'est sans doute ce que j'ai fait, le rejoindre et le contrôler, et comme Simone n'avait pas de Bruit, elle a pas pu m'entendre.

Mais le Maire, peut-être que si. Peut-être que j'ai même pas eu *besoin* de l'attraper.

Le Maire pose ses deux pieds sur le sol et lentement, douloureusement, parvient à se mettre debout.

– Et vous croyez aller où, là ? je demande.

– M'adresser à la foule. Nous devons leur annoncer que le processus de paix ne peut mourir du seul fait d'une maîtresse. Nous devons leur montrer que je suis encore en vie, et que Viola aussi…

Il se passe la main derrière le crâne, l'effleure avec précaussion.

– La paix est fragile. Le *peuple* est fragile. Nous devons leur dire qu'il n'y a aucune raison de perdre espoir.

Ce dernier mot me perce comme une aiguille.

M. Tate entre, chargé d'un tas de vêtements.

– Comme demandé, monsieur, fait-il en les tendant au Maire.

– Vous vous changez ? je demande.

– Oui, et toi aussi, dit-il en me donnant la moitié de la pile. Nous n'allons quand même pas nous présenter en haillons.

Je jette un coup d'œil sur mes habits, ce qu'il en reste après que la guérisseuse a retiré les lambeaux brûlés de ma peau.

– Enfile-les, insiste le Maire. Tu n'imagines pas comme on se sent mieux, après.

(et le léger *hmm* –)

(son éclair joyeux –)

(ça m'aide à me sentir moins horrible –)

Et je commence à enfiler mes nouveaux habits.

[VIOLA]

– Là… fait Bradley, désignant l'écran de la cabine. Todd est effectivement plus proche de Simone, mais Prentiss est plus près du bord de la plate-forme.

Il ralentit l'enregistrement et l'arrête au moment précis où Maîtresse Coyle s'apprête à appuyer sur le détonateur de la bombe. Le moment où Simone se précipite vers elle et où Wilf recule et va bientôt sauter de la charrette.

Et où Todd tend déjà le bras vers le Maire.

– Il n'a pas eu le temps de réfléchir, articule Bradley d'une voix rauque. Encore moins de choisir…

– Il s'est rué droit sur le Maire, je coupe. Il *n'avait pas* à réfléchir.

Nous revoyons l'explosion, une image déjà relayée sur la place et sur le plateau, vers les gens qui pensent Dieu sait quoi maintenant.

Nous revoyons le sauvetage du Maire.

Et pas celui de Simone.

Le Bruit de Bradley est tellement triste, tellement cassé, je n'arrive pas à le regarder.

– Tu m'as dit, murmure-t-il, les yeux fermés, que si je devais faire confiance à une seule personne sur cette planète, c'était Todd. Tu l'as dit, Viola. Et chaque fois, tu étais dans le vrai.

– Mais pas cette fois, je réponds, lisant dans le Bruit de Bradley, lisant ce qu'il pense réellement. Toi aussi, tu le juges responsable.

Il détourne les yeux, et je vois son Bruit lutter en lui-même.

– Manifestement, Todd s'en veut. On le voit partout sur son visage.

– Mais on ne peut pas l'entendre. Pas dans son Bruit. Pas la vérité.

– Parce que tu lui as demandé ?

Je relève les yeux sur l'écran, le feu et le chaos après que Maîtresse Coyle s'est fait sauter.

– *Viola*…

– Mais pourquoi a-t-elle fait une chose pareille ? je m'écrie soudain, essayant de combler l'énorme vide creusé dans le monde par Simone. Pourquoi, quand nous tenions la paix ?

– Peut-être qu'en emportant le Maire avec elle, dit tristement Bradley, peut-être qu'elle espérait que la planète se rassemblerait autour de quelqu'un comme toi.

– Je ne veux pas de cette responsabilité. Je ne l'ai jamais demandée.

– Mais tu pourrais sûrement la prendre. Et tu saurais l'utiliser avec sagesse.

– Et qu'en sais-tu ? Moi-même, je n'en sais absolument rien. Tu as dit que la guerre ne devrait jamais être personnelle, mais c'est tout ce qu'elle a toujours été pour moi. Si je n'avais pas tiré ce missile, nous n'en serions pas là. Et Simone serait toujours…

– Hé, souffle Bradley, parce que je suis en train de m'effondrer. Écoute, Viola, je dois contacter le convoi, leur dire ce qui est arrivé. (Son Bruit se recroqueville de chagrin.) Leur dire que nous l'avons perdue.

Je hoche la tête, mes yeux encore plus trempés.

– Et toi, ajoute-t-il, tu dois parler avec ton copain. (Il me soulève le menton.) Et s'il faut le sauver, alors tu dois le sauver. Tu ne m'avais pas dit que vous l'aviez fait l'un pour l'autre ? Non ?

Je laisse encore une ou deux larmes couler, puis j'acquiesce :

– Oh, oui, et tellement de fois.

Il me serre dans ses bras, fermement, tristement, et puis il s'en va prévenir le convoi. Je prends le petit couloir qui mène à la chambre de soins, traînant la jambe aussi lentement que possible, comme déchirée en deux. Je ne peux pas croire que Simone soit morte. Je ne peux pas croire que *Maîtresse Coyle* soit morte.

Et je ne peux pas croire que Todd ait sauvé le Maire.

Mais c'est Todd. Todd, à qui j'ai confié toute ma vie. Que j'ai laissé me poser ces bandages. Et, franchement, je ne me suis jamais sentie mieux depuis des mois.

Et s'il a sauvé le Maire, eh bien, il doit y avoir une raison. Il y en a une, forcément.

Je respire un grand coup avant d'entrer dans la chambre de soins.

Parce que la raison ne serait-elle pas sa bonté ? Todd n'est-il pas ainsi, fondamentalement ? Malgré les erreurs, malgré le meurtre du Spackle au bord du fleuve, malgré le travail qu'il a fait pour le Maire, Todd est fondamentalement bon. Je le sais, je l'ai vu, je l'ai senti dans son Bruit –

Mais je ne le sens plus.

*Mais non*, je me répète. *C'est Todd. Oui, c'est toujours Todd.*

J'appuie sur la touche pour ouvrir la porte.

Et je vois Todd et le Maire. Je les vois qui portent les mêmes uniformes.

## [TODD]

Je la vois sur le seuil, je vois comme elle a l'air mieux –

Je la vois découvrir les habits que le Maire et

moi on porte, les mêmes jusqu'aux galons dorés sur les manches des vestes.

– C'est pas ce que tu penses, je bredouille. Mes vêtements étaient tout brûlés…

Mais déjà elle fait un pas en arrière, elle recule –

– Viola, lance le Maire, assez fort pour l'arrêter. Je sais que tu vis une rude épreuve, mais nous devons nous adresser au peuple. Nous devons le rassurer, lui assurer que le processus de paix va se poursuivre comme prévu. Et dès que nous le pourrons, nous devons envoyer une délégation aux Spackle pour leur assurer la même chose.

Viola le fixe droit dans les yeux.

– Vous avez une image plutôt personnelle du devoir.

Le Maire essaie de sourire malgré ses brûlures.

– Si nous ne parlons pas au peuple maintenant, Viola, tout va s'écrouler. La Flèche risque de vouloir continuer l'œuvre de Maîtresse Coyle en exploitant cet interlude chaotique. Les Spackle pourraient très bien nous attaquer pour des motifs similaires. Mes propres hommes pourraient même se mettre dans la tête que je ne suis plus bon à rien et décider de monter un coup d'État. Je suppose que tu ne veux pas voir pareilles éventualités se produire.

Et je vois qu'elle est d'accord.

Et je vois aussi cette joie étrange qui rayonne de lui.

– Qu'allez-vous leur dire ? questionne-t-elle.

– Qu'aimerais-tu que je leur dise ? Dis-le-moi, et je le répéterai mot pour mot.

Elle plisse les paupières.

– Hé, vous jouez à quoi, là ?

– Je ne joue à rien. J'aurais pu mourir aujourd'hui et je ne suis pas mort. Parce que Todd m'a sauvé la vie. (Il fait un pas en avant, hachant chaque mot, chaque syllabe.) Ce n'est peut-être pas ce que tu voulais, mais si Todd m'a sauvé, alors c'est que j'en valais la peine, vois-tu ? Et si je mérite d'être sauvé, alors nous le méritons tous, oui, cet endroit, ce monde tout entier !

Viola me jette un regard désorienté.

– Je crois qu'il est en état de choc, je dis.

– Tu as peut-être raison, poursuit le Maire. Mais j'ai raison aussi de vouloir parler à la foule. Il faut le faire. Et vite.

Viola me regarde, elle regarde l'uniforme que je porte, elle cherche une vérité. J'essaye d'alourdir mon Bruit, pour lui faire sentir ce que je ressens, lui montrer comment tout m'a échappé, comment je ne voulais pas que les choses se passent comme ça, mais maintenant que c'est comme ça, peut-être que –

– Je ne t'entends pas, dit-elle doucement.

Et j'essaye de m'ouvrir encore, mais on dirait que quelque chose me bloque –

Elle jette un coup d'œil sur Wilf, et son visage se grefrogne encore plus.

– Très bien, lâche-t-elle sans me regarder. Allons parler aux gens.

[VIOLA]

– Viola, lance Todd derrière moi au pied de la rampe. Viola, je suis désolé. Est-ce que tu peux au moins entendre ça ?

Je m'arrête, essayant de le lire.

Mais c'est toujours le silence.

– Désolé, vraiment ? Et si tu avais à choisir, maintenant, tu es bien sûr que tu ne referais pas la même chose ?

– Comment tu peux même poser la question ? répond-il en fronçant les sourcils.

– Mais tu as vu ce que tu portes, maintenant ?

Je tourne la tête vers le Maire qui s'avance lentement, péniblement sur la rampe, mais souriant toujours à travers le gel de son visage brûlé, toujours sanglé dans son uniforme incroyablement immaculé.

Comme Todd.

– Vous pourriez être père et fils.

– Dis pas ça !

– C'est la vérité, pourtant. Regardez-vous.

– Viola, tu me connais. De tous ceux qui ont survécu sur cette planète, t'es la seule qui me connaît.

Je secoue la tête.

– Peut-être plus. Depuis que je n'arrive plus à t'entendre…

Il roule vraiment des yeux noirs, maintenant.

– Alors, hein, c'est comme ça ? Tout va bien tant que tu entends tout ce que je pense, mais pas dans l'autre sens ? On est amis tant que tu gardes le pouvoir ?

– Ce n'est pas une question de pouvoir, Todd. C'est une question de confiance.

– Et j'en ai pas fait assez pour que tu me fasses confiance ? (Il montre le Maire du doigt.) Il se bat pour la paix maintenant, Viola. Et il le fait à cause de moi. À cause que je l'ai changé.

– Mais oui, bien sûr, dis-je en balayant d'une pichenette le galon doré sur sa manche. Et toi, il ne t'a pas changé, peut-être ? Suffisamment pour que tu le sauves, lui, et pas Simone ?

– Il m'a pas *changé*, Viola…

– Est-ce que tu as contrôlé Wilf pour qu'il saute de la charrette ?

Ses yeux s'écarquillent.

– … Mais oui, je l'ai vu dans son Bruit. Et si Wilf s'en est inquiété, c'est qu'il n'y avait rien de bon là-dedans.

– Je lui ai sauvé la vie ! s'exclame-t-il. Je l'ai fait pour son bien !

– Alors, c'est parfait ? C'est parfait, et pourtant tu avais bien dit que tu ne pouvais pas le faire ? Que tu ne le ferais jamais ? Et combien d'autres personnes as-tu donc contrôlées pour leur bien ?

Il cherche ses mots un moment, et je vois un vrai regret dans ses yeux, le regret de quelque chose qu'il ne m'a pas dit, mais que je peux voir malgré son absence complète de Bruit.

– Je fais tout ça pour toi ! il s'écrie finalement. J'essaye de rendre ce monde sûr pour toi !

– Et moi, je l'ai fait aussi pour toi, Todd ! je crie à mon tour. Pour découvrir que peut-être tu n'es plus toi !

Son visage est tellement en colère mais aussi tellement horrifié, tellement perturbé et blessé par ce que je suis en train de dire, je peux presque –

Pendant un instant je peux presque –

– C'EST LUI !

Une seule voix tranche dans le REURR de la foule amassée autour du vaisseau éclaireur.

– C'EST LE PRÉSIDENT !

D'autres voix suivent, une dizaine, puis une centaine, puis un millier, et le REURR monte et monte encore, jusqu'à nous plonger dans un océan de Bruit qui lèche la rampe et soulève le Maire de sa vague. Il descend lentement, la tête droite, le visage comme un phare, rejoignant la foule pour lui dire que oui, il va bien, qu'il a survécu et qu'il reste à leur tête.

Leur chef victorieux.

– Viens, Viola, dit-il. Le monde attend.

[TODD]

– Le monde attend, dit le Maire en me prenant par le bras, me séparant de Viola, ses yeux fixés sur la foule qui l'acclame, REURRE pour lui, et les projexions marchent encore, les modules toujours programmés pour nous suivre, le suivre lui, et nous voici projetés sur les murs des immeubles autour de la place, le Maire en avant, qui me traîne derrière lui, Viola toujours sur la rampe avec Bradley et Wilf –

– Écoute-les, Todd..., souffle le Maire.

Et là encore je sens le *hmm* –

Ce *hmm* de plaisir –

Je le sens même malgré le REURR de la foule –

– Nous pouvons vraiment y parvenir..., dit-il alors que la foule se divise devant nous, pour nous laisser monter sur une nouvelle plate-forme. Nous pouvons vraiment régner sur ce monde, et le rendre meilleur.

– Lâchez-moi ! je chuchote.

Mais il me laisse pas.

Il me regarde même pas.

Je me retourne, je cherche Viola. Elle a pas bougé de la rampe. Lee a traversé la foule vers elle, et ils me regardent tous me laisser entraîner par le Maire, lui et moi portant le même uniforme –

– Lâchez-moi, je répète.

Le Maire se retourne, il m'agrippe par l'épaule, et la foule referme le passage entre moi et Viola –

– Todd, dit le Maire, comme illuminé par son *hmm* de joie. Todd, tu ne vois donc pas ? Tu as réussi ! Tu m'as conduit sur le chemin de la rédemption ! Et nous sommes arrivés !

La foule REURRE toujours, plus fort que jamais, maintenant qu'elle a son Maire. Il se redresse, balaye du regard les soldats et les habitants, et même les femmes qui applaudissent autour de nous. Avec un grand sourire, il murmure :

– Silence, s'il vous plaît !

[VIOLA]

– Hé, mais, bon sang…, je m'exclame, alors que le REURR de la foule s'étale en cercles puis s'évanouit, jusqu'à ce que les applaudissements s'arrêtent, en voix et en Bruit, aussi proche du silence que cet endroit peut l'être.

– Je l'ai entendu, murmure Bradley.

– Je l'ai eintindu, moi eussi, chuchote Wilf.

– Entendu quoi ? je m'écrie, trop fort dans ce nouveau silence, car dans la foule des têtes se tournent vers moi pour me faire « chut ».

– Juste les mots, « silence, s'il vous plaît », chuchote Bradley. En plein milieu de ma tête. Et je te jure que mon Bruit à moi est plus faible, lui aussi.

– Et moi, dit Lee, c'est comme si j'étais redevenu aveugle de partout.

– Mais comment ? je m'étonne. Comment peut-il avoir autant de pouvoir ?

– Y a quelque cheuse de bizarre chez lui depuis la bombe..., dit Wilf.

– Viola, dit Bradley en me prenant doucement le bras. S'il peut faire cela à des milliers de gens en même temps...

Je lève la tête et je vois le Maire devant Todd. Et il le regarde droit dans les yeux.

Je m'avance dans la foule.

[TODD]

– Toute ma vie j'ai attendu ce moment, me dit le Maire.

Et je réalise que j'arrive pas à détourner les yeux. Je réalise que je le veux pas vraiment

– Je ne le savais même pas, Todd. Tout ce que je voulais, c'était mettre cette planète à mes pieds, et sinon, la détruire complètement. Si je n'avais pas réussi, alors je n'aurais laissé ce soin à personne d'autre.

Le Bruit autour de moi s'est presque éteint.

– Comment vous faites ça ?

– Mais j'avais tort, tu comprends ? poursuit-il sans me répondre. Quand j'ai réalisé ce qui allait arriver à Maîtresse Coyle, quand j'ai réalisé que je n'avais pas réussi à le prévoir, mais que toi tu l'avais prévu, Todd, et que tu m'avais sauvé...

Il s'arrête. Et sa voix a l'air vraiment trop chargée d'émossion pour continuer.

– Quand tu m'as sauvé, Todd, c'est là que tout a changé. Que tout s'est éclairé.

(et le *hmm*, brillant comme un phare dans ma tête –)

(cette *joie* –)

(c'est si *bon* –)

– Nous pouvons rendre ce monde meilleur, Todd. Toi et moi, nous pourrions *ensemble* le rendre meilleur. Avec ta bonté, avec tout ce qui ressent en toi et blesse et regrette et refuse de tomber quoi que tu aies fait, Todd, si nous combinons tout cela avec ma capacité à mener les hommes, à les contrôler…

– Mais ils veulent pas être contrôlés…

Ses yeux, j'arrive pas à m'en détacher –

– Pas ce genre de contrôle, Todd. Un contrôle pacifique, un contrôle bienveillant…

Et la joie –

Je la sens –

– Comme celui qu'exerce le chef des Spackle sur son propre peuple, continue le Maire. C'est la voix que j'ai entendue. La voix *unique*. Ils sont lui, et je suis eux, et c'est ainsi qu'ils survivent, c'est ainsi qu'ils apprennent et grandissent et *existent*.

Sa respiration se fait lourde maintenant, et avec le gel sur sa figure, on dirait qu'il remonte de sous l'eau.

– … Je peux être cela pour les gens d'ici, Todd. Je peux être leur voix. Et tu peux m'aider. Tu peux m'aider à être meilleur. Tu peux m'aider à être bon.

Et je pense –

Je pourrais l'aider –

Oui, je pourrais –

(mais non –)

– Lâchez-moi, je murmure.

– Depuis Prentissville, je savais déjà que tu étais spécial. Mais c'est seulement aujourd'hui, seulement depuis que tu m'as sauvé, que je comprends véritablement pourquoi.

Il me serre plus fort.

– Tu es mon âme, Todd, dit-il, et la foule autour de nous s'ébahit tellement il le dit fort, et le Bruit de la foule le confirme et lui répond. Tu es mon âme, et je t'ai longtemps cherché sans le savoir. (Il me sourit, émerveillé.) Et je t'ai trouvé, Todd. Je t'ai trouvé…

Alors, on entend un son, un son différent, qui vient de quelque part au bord de la foule, un murmure dans son Bruit, qui gronde à l'extrémité de la place et roule vers nous.

– Un Spackle…, chuchote le Maire, quelques secondes avant que je le voie, incroyablement net dans le Bruit de la foule.

Un Spackle remonte la grand-rue sur son oxymare.

– Et… fait le Maire, plissant légèrement le front et se redressant.

– Et quoi ?

Et alors je le vois dans le Bruit de la foule, aussi –

Le Spackle est pas seul –

Il y a deux oxymares –

Et alors je l'entends –

J'entends le son qui retourne le monde entier à l'envers.

[VIOLA]

Je pousse de plus en plus fort à travers la foule, et peu importe si je marche sur des pieds ou si je les bouscule, et d'ailleurs la plupart n'ont même pas l'air de s'en rendre compte. Même les femmes semblent complètement absorbées, le visage rempli d'un étrange sentiment d'attente –

– *Dégagez*, je siffle entre mes dents.

Parce que je réalise maintenant, trop tard, trop tard, que bien sûr le Maire est entré à l'intérieur de Todd, que bien sûr il l'a fait, et que peut-être Todd l'a changé, changé en mieux, sans aucun doute, mais que le Maire est toujours resté le plus fort, le plus rusé, et changer en mieux ne veut pas forcément dire qu'il atteindra le bien, et bien sûr qu'il a changé Todd, évidemment, comment ai-je pu être assez stupide pour ne pas le voir, ne pas lui parler, ne pas le *sauver* –

– Todd ! j'appelle.

Mais la foule noie mon cri dans une vague de Bruit, des images venant de l'autre bout de la place, quelque chose qui se transmet à travers le Bruit des gens qui le voient, le diffusant à travers la foule –

Deux Spackle sur leurs oxymares, l'un d'eux plutôt assis que debout –

Et avec un sursaut, je reconnais celui qui est debout, c'est le Spackle qui m'a agressée –

Mais je n'ai pas le temps d'y penser, parce que le Bruit se corrige soudain lui-même –

Et le Spackle assis n'est pas un Spackle –

C'est un homme –

Et dans le Bruit de la foule, relayé comme un bâton pendant une course, je l'entends –
L'homme chante.

[TODD]

Mon estomac tombe dans un puits sans fond et je trouve plus d'air et mes jambes bougent et je m'arrache des mains du Maire qui me fait mal tellement il veut me garder –

Mais j'y vais –

Oh, bon sang oui, si j'y vais –

– *Todd !* il appelle derrière moi, sa voix étranglée par une vraie souffrance de me voir le quitter –

Mais je cours –

Et rien pourra m'empêcher de courir –

– *DÉGAGEZ !* je crie –

Et les soldats et les hommes devant moi s'écartent aussitôt, comme s'ils l'avaient pas décidé eux-mêmes –

À cause que non –

Oh, bon sang, j'y crois pas j'y crois pas j'y –

– *DÉGAGEZ, ALLEZ, ALLEZ !*

Et j'essaye d'écouter, j'essaye d'entendre le son une fois encore, d'entendre la *chanson* –

Et la foule s'écarte toujours sur mon passage, comme si j'étais une flamme capable de l'incendier –

Et le Spackle arrive dans son Bruit, aussi –

C'est 1017 –

Le Spackle, c'est 1017 –

– NON ! je crie et je cours plus vite encore –

À cause que je sais pas pourquoi il est là, 1017 –

Pourtant bien là dans le Bruit de la foule –
Plus lumineux et plus net à chaque foulée –
Bien plus clair qu'un Bruit normal –
– Todd ! j'entends derrière moi –
Mais je m'arrête pas –
À cause qu'en m'approchant, même le Bruit montant de la foule peut pas la couvrir –
La chanson –
Claire comme l'air –
Déchirant mon cœur en deux –
La chanson, *ma* chanson –
***Après un long sommeil, il se levait, le soleil…***
Et mes yeux se mouillent et la foule s'éparpille et le chemin qu'ils m'ouvrent rejoint le chemin qu'ils ouvrent au Spackle –
Encore quelques personnes –
Et encore un peu –
Et la foule s'écarte complètement –
Et le voilà –
Le voilà devant mes yeux –
Et je dois m'arrêter –
Je dois m'arrêter à cause que j'ai l'impression de plus tenir sur mes jambes –
Et quand je dis son nom, ça sort à peine plus haut qu'un murmure –
Mais il l'entend –
Je sais qu'il l'entend –
– *Ben*.

[VIOLA]

C'est *Ben*.

Je le vois aussi clairement par le Bruit de la foule que s'il se tenait juste en face de moi. Il y a ce Spackle qui a essayé de me tuer, 1017, il monte un oxymare et Ben également, mais assis, la chanson qu'il chante nette et claire : *Quand j'entendis une jeune fille appeler de la vallée...*

Mais ses lèvres ne bougent pas –

Probablement une erreur dans le Bruit de la foule –

Mais le voilà, remontant la route, et puisque personne ici ne peut le connaître, ce visage doit être le sien, c'est forcément Ben –

Et je sens le médicament du Maire me rafraîchir, et j'utilise ma nouvelle force pour écarter les gens encore plus brutalement de mon chemin –

Parce que dans leur Bruit, je vois le Maire qui progresse devant, lui aussi –

Et je vois que Todd a atteint Ben –

Je le vois comme si j'y étais –

Je le sens comme si j'y étais, parce que le propre Bruit de Todd s'est ouvert, en s'éloignant du Maire et en se rapprochant de Ben, son propre Bruit s'ouvre aussi large qu'avant, s'ouvre de stupeur et de joie et de tant d'amour qu'on peut à peine le regarder, et ses sentiments refluènt vers la foule comme une vague, et la foule titube sous la pression, elle titube sous le sentiment que Todd lui transmet –

Exactement comme le Maire.

[TODD]

Je peux même rien dire. Je peux pas, y a pas de mots pour ça, je cours vers lui, je dépasse 1017, et Ben descend de son oxymare et son Bruit s'enfle pour m'accueillir avec tout ce que je sais de lui, tout depuis que j'étais bébé, tout ce qui signifie que c'est vraiment lui, Ben –

Et il ouvre les bras et je me jette dans ses bras et je le cogne tellement fort qu'on bascule contre la bête et –

– *Comme tu as grandi,* il dit.

– *Ben !* je suffoque. Oh, bon sang, *Ben* –

– *T'es aussi grand que moi, maintenant. Grand comme un homme.*

Et je me rends à peine compte qu'il le dit un peu bizarre à cause que je le serre simplement et que mes yeux ruissellent et que j'arrive pas à parler en le sentant là, vraiment là, en chair et en os, et vivant, vivant, vivant –

– Comment ? je souffle enfin, m'écartant un peu mais toujours cramponné à lui et je peux pas dire plus mais il voit bien ce que je veux dire –

– *Les Spackle m'ont trouvé. Davy Prentiss m'a tiré dessus...*

– Oui, je sais...

Et ma poitrine se recroqueville et se replie et mon Bruit s'alourdit aussi, lourd comme il a pas pesé depuis bien longtemps, et Ben le voit et il dit –

– *Montre-moi.*

Et je le fais, là, tout de suite, avant même de pouvoir sortir les mots justes. Je lui montre toute la terrible histoire de ce qui s'est passé après qu'on l'a quitté, et je jurerais qu'il m'aide à le faire, qu'il m'aide à lui montrer la mort d'Aaron, la blessure de Viola, notre séparation, les attaques de la Flèche, le cerclage des Spackle, le cerclage des femmes, la mort des Spackle, et je regarde 1017 toujours sur son oxymare, et je montre ça aussi à

Ben, et tout ce qui a suivi, Davy Prentiss redevenu plus humain et puis mourant, tué par son père, et la guerre et bien d'autres morts –

*– Tout va bien, Todd. C'est terminé, maintenant. La guerre est finie.*

Et je devine –

Je sais qu'il me pardonne.

Il me pardonne tout, me dit que j'ai même pas besoin d'être pardonné, que j'ai fait du mieux que je pouvais, avec des erreurs, mais c'est ça qui me rend homme et c'est pas mes erreurs mais ma façon d'y répondre qui compte et je le sens, je le sens dans son Bruit qui me dit que ça va maintenant, que tout ira bien maintenant –

Alors, je réalise qu'il le dit pas avec des mots. Il me l'envoie en plein dans la tête, oui, et en fait non, en fait il m'entoure avec, il me laisse au milieu, sachant que c'est vrai, ce pardon, cette – un mot que je connaissais pas mais que je comprends d'un coup – *absolussion*, l'absolussion il me la donne si je la veux, une absolussion de tout –

– Ben ? je dis, totalement désorienté. Qu'est-ce qui se passe ? Ton *Bruit*...

*– Il y a un tas de choses dont nous devons parler,* dit-il, toujours sans ouvrir la bouche, et c'est de plus en plus étrange pour moi, mais la chaleur de ça m'enveloppe complètement, tout Ben est dedans, et mon cœur se brise et s'ouvre encore et je souris au sourire qu'il me donne –

– Todd ? fait une voix derrière nous.

On se retourne.

Le Maire se tient au bord de la foule et il nous observe.

– Todd ? lance le Maire alors que je m'arrête juste à côté de lui.

Parce que c'est Ben, je ne sais pas comment, mais c'est lui, vraiment –

Todd et lui se retournent, un nuage aveuglé de bonheur tourbillonne autour d'eux, il s'étend partout, jusqu'au Spackle debout sur son oxymare à côté d'eux, et je m'élance vers Ben, mon cœur tout gonflé –

Mais je jette un coup d'œil au Maire en passant –

Et j'y vois de la souffrance, juste une seconde, un éclair de souffrance sur ses traits luisants de gel, et puis tout disparaît, remplacé par l'expression habituelle, l'expression distante, ironique, d'un Maire et d'un chef.

– Ben ! je crie, et il ouvre les bras pour m'accueillir.

Todd fait un pas en arrière, mais les sentiments dégagés par Ben sont si bons, si forts, qu'au bout d'un instant Todd nous serre tous les deux dans ses bras et je me sens tellement heureuse que je me mets à pleurer.

– Monsieur Moore !… jette le Maire à distance. Les rumeurs de votre mort semblent avoir été quelque peu exagérées…

– *Tout comme les rumeurs sur la vôtre,* réplique Ben, mais d'une manière très étrange, sans bouger les lèvres, et utilisant le Bruit plus directement que j'ai jamais entendu le faire.

– Voici qui est tout à fait inattendu, poursuit le Maire, lançant un regard vers Todd. Mais très heureux, bien sûr. Infiniment heureux, à n'en pas douter.

Pourtant, je ne vois pas beaucoup de bonheur dans son sourire.

Todd n'a même pas l'air de réaliser sa présence.

– Qu'est-ce qui est arrivé à ton Bruit ? demande-t-il à Ben. Pourquoi est-ce que tu parles comme ça ?

– Je crois que j'ai ma petite idée, fait le Maire.

Mais Todd ne l'écoute pas.

– Je t'expliquerai tout ça, dit Ben, utilisant sa bouche pour la première fois, d'une voix qui sonne éraillée et hachée, comme s'il ne s'en était pas servi depuis des siècles. *Mais laisse-moi te dire d'abord,* enchaîne-t-il avec son Bruit, atteignant le Maire et toute la foule derrière, *que la paix est toujours avec nous. La Terre veut toujours la paix. Un véritable nouveau monde reste ouvert pour nous tous. C'est ce que je suis venu te dire.*

– Ah, vraiment ? fait le Maire, toujours figé dans son sourire glacial.

– Alors, qu'est-ce qu'il fabrique ici, lui, questionne Todd, désignant 1017. Il a essayé de tuer Viola. Il se fiche éperdument de la paix.

*– Le Retour a commis une erreur que nous devons tous lui pardonner.*

– Qui ça, et il a fait quoi ? reprend Todd, interloqué.

Mais 1017 fait déjà pivoter son oxymare sur la route, comme si on n'existait pas, fendant la foule pour sortir de la ville.

– Eh bien, maintenant..., intervient le Maire, son sourire toujours plaqué en plein visage.

Ben et Todd se penchent l'un contre l'autre, leurs sentiments s'échappent comme des vagues, des vagues qui me soulèvent et m'euphorisent malgré tous mes soucis.

– Bien, maintenant..., répète le Maire, un peu plus fort, pour être sûr qu'on l'écoute. J'aimerais beaucoup, vraiment beaucoup, entendre ce que Ben va nous raconter.

– *J'en suis persuadé, David*, réplique Ben à travers son Bruit étrange. *Mais d'abord, j'ai bien des choses encore à rattraper avec mon fils.*

Et une avalanche d'émotion s'échappe de Todd –

Et il ne voit pas l'éclair de souffrance qui lacère les traits du Maire.

[TODD]

– Là, j'y comprends rien, je dis, et pas pour la première fois. Est-ce que ça fait de toi un Spackle ou quoi ?

– *Non,* réplique Ben à travers un Bruit bien plus net que le Bruit normal. *Les Spackle parlent la voix de cette planète. Ils vivent en dedans. Et maintenant, parce que j'ai vécu si longtemps immergé dans cette voix, je fais la même chose. Je suis connecté avec eux.*

Et revoilà ce mot, « connecté ».

On est dans ma tente, juste lui et moi. Angharad attachée dehors d'une façon qui bloque l'ouverture. Je sais que le Maire et Viola et Bradley et d'autres attendent qu'on sorte de là pour leur expliquer le pourquoi du comment.

Eh bien, qu'ils attendent.

J'ai retrouvé Ben et je vais plus le quitter des yeux.

Je me racle la gorge et réfléchis un moment.

– J'y comprends rien, je répète finalement.

– Je crois que ça pourrait être l'avenir pour nous tous, prononce-t-il avec ses lèvres, d'une voix rauque et croassante. (Il s'étrangle un peu et laisse son Bruit prendre le relais.) *Si nous pouvions tous apprendre à parler de cette manière, alors il n'y aurait plus de divisions entre nous et les Spackle, il n'y aurait plus aucune division entre les humains. C'est le secret de cette planète, Todd. La communication, vraie et ouverte, pour qu'on puisse se comprendre, une bonne fois pour toutes.*

– D'accord… Mais les femmes, elles ont pas de Bruit. Elles vont devenir quoi ?

Il marque une pause.

– *C'est vrai, j'avais oublié. Tu sais, ça fait si longtemps maintenant, pour moi.* (Puis son visage s'éclaire.) *Mais les femmes spackle, elles ont le Bruit. Et s'il y a un moyen pour arrêter le Bruit des hommes, alors il doit bien y en avoir un pour relancer celui des femmes.*

– Vu comment les choses se passent ici, je crois pas que tu auras beaucoup de succès avec ce genre de discours.

On reste assis tranquilles un moment. Enfin, pas tout à fait tranquilles, à cause que le Bruit de Ben arrête pas de brasser l'air autour de nous, prenant mon propre Bruit et le mixant comme si c'était la chose la plus évidente du monde, et à tout instant je peux savoir tout et rien sur lui. Par exemple comment, après que Davy lui a tiré dessus, il a basculé, agonisant, dans les broussailles, allongé là pendant un jour et une nuit, quand un groupe de chasseurs spackle l'a découvert et ce qui a suivi c'était des mois de rêves alors qu'il était presque mort, pendant des mois perdu dans un monde de voix étranges, apprenant les savoirs et les histoires de tout ce que connaissaient les Spackle, apprenant de nouveaux noms et sentiments et comprendements.

Et puis il s'est réveillé et il était changé.

Mais il était encore Ben, aussi.

Et je lui dis, utilisant au mieux mon Bruit, ouvert et libre comme je l'ai pas senti depuis des mois, je lui dis tout ce qui s'est passé ici et comment je comprends toujours pas pourquoi je suis arrivé à porter cet uniforme –

Et tout ce qu'il répond, c'est :

*– Mais pourquoi Viola n'est-elle pas ici avec nous ?*

## [VIOLA]

– Tu ne te sens pas quelque peu exclue ? ricane le Maire qui fait les cent pas autour du feu de camp.

– Pas vraiment. C'est quand même son père.

– Non, pas son vrai père, siffle-t-il, front plissé.

– Mais son père quand même…

Il continue à marcher, le visage dur et glacé.

– Enfin, tout dépend de ce que vous entendez par là…

Il fait un signe de tête vers la tente où Ben et Todd discutent, où on entend et voit un nuage de Bruit s'entortiller, plus dense que n'importe quel Bruit humain.

– Quand ils daigneront en sortir, peux-tu m'envoyer Todd, s'il te plaît ?

Et le voilà parti, les capitaines O'Hare et Tate lui emboîtant le pas.

– Qu'est-ce qui lui arrive ? demande Bradley.

C'est Wilf qui répond :

– Y croit qu'il a peurdu son fiston.

– Son quoi ? fait Bradley.

– Le Maire s'est fichu dans la tête que Todd remplace Davy, j'explique. Vous avez bien vu comment il lui parle.

– Oui, j'en ai entendu un peu à travers le Bruit de la foule, dit Lee, assis près de Wilf. Comme quoi Todd l'aurait transformé.

– Et maintenant, voilà que le vrai père de Todd déboule, dis-je.

– Au pire moment, commente Lee.

– Ou au meilleur, je réplique.

La toile de tente s'ouvre et Todd passe sa tête dehors.

– Viola ? dit-il.

Et je me tourne pour le regarder –

Et alors j'entends tout ce qu'il pense.

Absolument tout.

Plus clair qu'avant, incroyablement plus clair.

Et je suis pas sûre que je devrais, mais je le regarde droit dans les yeux et je vois –

Au milieu de tout ce qu'il pense –

Même après qu'on s'est heurtés –

Même après que j'ai douté de lui –

Même après que je l'ai blessé –

Je vois à quel point il m'aime.

Et je vois autre chose, aussi.

# [TODD]

– Alors, il va se passer quoi, maintenant ? demande Viola, assise à côté de moi sur mon lit de camp.

Je lui ai pris la main. J'ai rien dit, je l'ai juste prise, et elle m'a laissé faire, et on est assis côte à côte.

*– La paix, voilà ce qui va se passer, répond Ben. Le Ciel m'a envoyé me renseigner sur l'explosion, voir si la paix restait possible...*

Il sourit, par son Bruit, nous enveloppant si fort qu'on peut pas s'empêcher de sourire aussi.

*– Et la paix est possible. C'est ce que le Retour est en train de dire au Ciel, en ce moment.*

– Mais comment peut-on faire confiance à 1017 ? je m'étonne. Il a attaqué Viola.

Je serre la main de Viola.

Elle serre la mienne.

*– Parce que je le connais. J'entends sa voix, j'entends le conflit à l'intérieur, le bien qui veut en sortir. Il est comme toi, Todd. Il ne peut pas tuer.*

Je baisse la tête.

– Ben, il faudrait que tu parles au Maire, dit Viola. Je crois qu'il n'est pas trop heureux de ton retour.

*– Oui, j'ai eu cette impression aussi. Mais il est très difficile à lire, hein ?*

Il se relève, puis continuant avec sa voix éraillée :

– Enfin, je dois lui annoncer que la guerre est finie.

Il nous regarde, assis là, tous les deux, nous envoie un autre petit sourire, puis nous laisse seuls à l'intérieur de la tente.

On dit rien pendant un moment.

Et puis encore un autre moment.

Et puis je lui dis l'idée qui me trotte dans la tête depuis que j'ai revu Ben.

[VIOLA]

– Je veux retourner à Old Prentissville, dit Todd.

– Quoi ? je fais, interloquée, même si j'avais vu ça tournoyer dans son Bruit.

– Enfin, pas forcément Old Prentissville. En tout cas, pas rester ici.

– Mais Todd, nous venons à peine de…

– Mais tout va aller très vite, maintenant, dit-il en me tenant toujours la main. Les vaisseaux vont arriver, les colons vont se réveiller et il y aura une nouvelle ville. Avec des gens tout nouveaux. (Il détourne les yeux.) Après avoir vécu un bon moment en ville, je crois pas que j'aime vraiment ça.

Son Bruit s'est fait plus léger depuis le départ de Ben, mais je le vois quand même imaginer la vie après l'arrivée du convoi, les choses qui retournent à la normale, les gens s'étalant le long du fleuve.

– Et tu veux vraiment partir, alors ?

Il me regarde.

– Je veux que tu viennes avec moi. Et Ben, aussi. Et Wilf et Jane, peut-être. Bradley aussi, c'est comme il voudra. Et puis cette Maîtresse Lawson, elle a l'air gentille. Pourquoi on n'en ferait pas une petite ville ? Une ville loin de tout ça. (Il soupire.) Une ville loin du Maire.

– Mais il a besoin d'être surveillé…

– Il y aura cinq mille personnes nouvelles qui sauront toutes qui il est. (Il fixe le sol à nouveau.) Et puis, je crois que j'ai fait tout ce que je pouvais pour lui. Je suis fatigué.

La manière dont il le dit me fait réaliser à quel point je suis fatiguée, moi aussi. Combien je suis fatiguée de tout ça, et comme il doit être fatigué, comme il a l'air fatigué, épuisé, usé par tout ça, et ma gorge se serre en y pensant.

– Je veux partir d'ici, répète-t-il. Et je veux que tu viennes avec moi.

Nous restons assis là en silence pendant un bon moment.

– Il est dans ta tête, Todd. Je l'ai vu dedans. Comme si vous étiez connectés, d'une certaine façon.

Todd pousse un nouveau soupir au mot « connecté ».

– Je sais, Viola. C'est pour ça que je veux partir. J'ai failli, mais j'ai pas vraiment oublié qui je suis. Ben m'a rappelé tout ce que j'avais besoin de savoir. Et, d'accord, je suis connecté au Maire aussi, mais je l'ai extirpé de toute cette purain de guerre.

– Mais tu as vu ce qu'il a fait avec la foule ?

– C'est presque fini, Viola. On va avoir la paix, il aura sa victoire et il aura plus besoin de moi, même s'il croit ça. Le convoi va arriver, il sera le héros mais les autres seront bien plus nombreux et on fichera le camp d'ici, d'accord ?

– Todd…

– C'est presque fini. Il faut juste patienter encore un peu.

Et il me regarde d'une façon différente.

Son Bruit s'affaiblit, mais je le vois quand même –

Je vois comme il sent la peau de ma main contre la sienne, comme il veut la prendre et la presser contre sa bouche, comme il veut respirer dans l'odeur de moi et comme il me trouve belle, et forte, après toute cette maladie, et comme il veut juste toucher mon cou, juste là, et comme il veut me prendre dans ses bras et –

– Oh, Viola, souffle-t-il en détournant brusquement les yeux. Je suis désolé, je voulais pas...

Mais je pose ma main sur sa nuque –

Et il dit –

– Viola ?

Et je me penche vers lui –

Et je l'embrasse.

Et c'est comme un –

*Enfin.*

## [TODD]

– Je suis en complet accord avec vous, dit le Maire.

– *Vraiment ?* fait Ben, surpris.

Nous sommes tous rassemblés autour du feu de camp, Viola à côté de moi.

Elle me tient encore la main.

Comme si elle la lâchera plus jamais.

– Mais bien entendu, poursuit le Maire. Comme je l'ai répété à maintes reprises, je ne désire rien d'autre que la paix. C'est tout ce que je désire, sincèrement. Et, croyez-moi, d'abord et avant tout pour mon propre intérêt.

*– Excellent, alors. Nous allons réunir le conseil comme prévu. Enfin, si vos blessures vous permettent d'y prendre part.*

Les yeux du Maire lancent deux étincelles.

– Mais de quelles blessures parlez-vous donc, monsieur Moore ?

Il y a un silence, tout le monde fixant le gel qui lui couvre la figure et les bandages à l'arrière de son crâne et sur sa nuque.

Mais non, il fait comme si tout était normal.

– … Dans l'intervalle, continue-t-il, certaines choses doivent être faites immédiatement, certaines garanties doivent être prises.

– Des garanties contre qui ? demande Viola.

– Les gens du plateau, d'abord. Ils ne sont peut-être pas encore en train de former l'armée de la Martyre, mais je ne serais aucunement surpris si Maîtresse Coyle avait laissé des instructions à Maîtresse Braithwaite en cas d'échec. Quelqu'un doit aller là-bas et régler les choses.

– J'irai, dit Maîtresse Lawson en plissant le front. Les guérisseuses m'écouteront.

– Moi aussi, lance Lee, éloignant son Bruit de Viola et de moi.

– Et notre ami Wilf vous conduira donc, conclut le Maire.

Tout le monde lui jette un regard surpris.

– Mais non, je les emmène avec le vaisseau, dit Bradley.

– Pour rester absent toute la nuit ? questionne le Maire en le fixant (et je me demande si j'entends le *hmm* –). Et ne pas revenir avant le matin, nous privant de votre unité de soins pour brûlés ? Par ailleurs, Bradley, je crois que vous devriez rejoindre les Spackle aujourd'hui, tout de suite, avec Ben et Viola.

– Comment cela ? s'étonne Viola. Mais nous étions d'accord pour demain...

– Demain, la décision tant souhaitée par Maîtresse Coyle pourrait avoir gagné du terrain. Ne serait-il pas plus profitable que toi, héroïne des premiers pourparlers, tu reviennes cette nuit porteuse de bonnes nouvelles ? Comme, par exemple, un fleuve s'écoulant paisiblement entre ses berges ?

– Je veux accompagner Ben, dit Todd. Je ne...

– Je suis désolé, Todd, vraiment. Mais tu dois rester ici avec moi, comme d'habitude, pour t'assurer que je ne fasse rien de contraire aux principes de chacun...

– *Non*, lance Viola, d'une voix étrangement forte.

– Et c'est maintenant que tu t'inquiètes ? dit le Maire en souriant. Il ne s'agit que de quelques heures, Viola, et depuis que Maîtresse Coyle est partie, le mérite de la victoire me revient à moi seul. J'ai toutes les raisons de bien me comporter, crois-moi. Après tout, le convoi pourrait même me couronner roi.

Un long silence, et tout le monde se jette des regards.

– Je dois dire que tout cela semble assez raisonnable, dit finalement Ben. En dehors de votre histoire de roi, évidemment.

Et j'observe le Maire pendant que tout le monde se met à en discuter. Il me fixe dans les yeux. Je m'attends à y voir de la colère.

Mais tout ce que je vois, c'est de la tristesse.

Et je me rends compte –
Qu'il me dit au revoir.

[VIOLA]

– Ce Bruit de Ben, c'est pas croyable, dit Lee pendant que je l'aide à monter dans la charrette qui les ramène au plateau. Il y a comme le monde entier dedans, et tout est tellement limpide !

Après en avoir longuement discuté, nous avons décidé de suivre le plan du Maire. Moi, Bradley et Ben nous allons monter au campement spackle. Lee, Wilf et Maîtresse Lawson vont rejoindre le plateau pour calmer les choses là-bas. Todd et le Maire resteront en ville, histoire de garder les choses en main. Et nous allons tous essayer de revenir le plus vite possible.

D'après Todd, le Maire veut juste lui dire au revoir en privé, maintenant que Ben est revenu, et ce serait sans doute plus dangereux pour Todd de ne pas être là. Je n'étais toujours pas d'accord, mais Ben a fini par approuver Todd, disant que nous n'avions plus que quelques heures avant la vraie paix, et que si Todd avait une bonne influence sur le Maire, alors c'est maintenant qu'elle serait le plus utile.

Mais je ne suis pas tranquille.

– Ben dit que tous les Spackle parlent de cette façon, je réponds à Lee. Qu'ils sont comme ça, qu'ils ont évolué comme ça. Pour s'adapter parfaitement à la planète.

– Et nous, pas vraiment, alors ?

– Il dit que nous pourrions apprendre, puisqu'il l'a fait.

– Et les femmes ? demande encore Lee.

– Et le Maire ? Lui non plus n'a plus de Bruit.

– Ni Todd, d'ailleurs, remarque Lee.

Il a raison. Plus Todd s'éloigne de Ben, plus il redevient silencieux. Alors je vois Todd dans le Bruit de Lee, je nous vois, Todd et moi, dans sa tente, je nous vois –

– Hé ! je m'écrie en rougissant. Ce n'est pas ce qui s'est passé !

– Pourtant, il s'est bien passé quelque chose, marmonne-t-il. Vous y êtes restés pendant des heures.

Je ne dis rien, je regarde simplement Wilf harnacher les bœufs devant la charrette et Maîtresse Lawson s'affairer avec les provisions qu'elle veut rapporter au plateau.

– Il m'a demandé de partir avec lui, je lâche finalement.

– Quand ? s'inquiète Lee. Et *où* ?

– Quand tout sera fini. Dès que nous pourrons.

– Et tu vas le faire ?

Je ne réponds pas.

– Il t'aime, petite bécasse, lance-t-il, mais pas méchamment. Même pour un aveugle, c'est évident.

– Je sais, dis-je en regardant Todd seller Angharad pour Bradley, de l'autre côté du feu.

– On est prêts, annonce Wilf en s'approchant.

Je l'embrasse.

– Bonne chance, Wilf. Et à demain.

– Beunne cheince à toi eussi, Viola.

J'embrasse Lee également qui me chuchote à l'oreille :

– Tu vas me manquer, quand tu seras partie.

Je m'écarte, puis je serre Maîtresse Lawson dans mes bras.

– Tu as l'air en pleine forme, se réjouit-elle. Toute neuve.

Wilf fait claquer ses rênes et la charrette s'avance le long des ruines de la cathédrale, contournant le clocher solitaire, encore debout malgré tout.

Je les regarde jusqu'à ce qu'ils disparaissent.

Alors un flocon de neige atterrit sur le bout de mon nez.

[TODD]

Je souris comme un imbécile heureux en tendant la main pour cueillir les flocons. Ils atterrissent comme de parfaits petits cristaux avant de fondre dans mes paumes, où la peau brûlée reste rouge.

– C'est la première fois depuis des années, s'étonne le Maire en levant la tête comme tout le monde vers la neige qui descend comme un duvet blanc, partout et partout et partout.

– C'est quelque chose, hein ? je dis en souriant. Hé !... Ben !

Je vais pour le rejoindre alors qu'il présente son oxymare à Angharrad.

– Attends une minute, Todd, coupe le Maire.

– Quoi ? je dis un peu énervé à cause que j'aimerais bien mieux partager la neige avec Ben plutôt qu'avec le Maire.

– Je crois que je sais ce qui lui est arrivé, continue-t-il, et nous regardons tous les deux Ben qui parle à Angharrad et aux autres chevaux.

– Il lui est rien arrivé. C'est toujours Ben.

– Vraiment ? Mais il a été ouvert par les Spackle. Nous ne savons pas vraiment ce qu'ils peuvent faire à un homme.

Je fronce les sourcils et je sens un tiraillement dans mon estomac. C'est de la colère.

Mais avec un peu de crainte, aussi.

– Il va très bien, je dis.

– Je dis cela pour toi, Todd. Je vois bien comme tu es heureux de le retrouver. Tout ce que cela signifie pour toi de retrouver ton père.

Je le dévisage, essayant de le comprendre, gardant mon propre Bruit très léger. Nous sommes comme deux pierres qui ne se donnent rien l'une à l'autre.

Deux pierres lentement recouvertes par la neige.

– Vous pensez qu'il pourrait être en danger ? je souffle finalement.

– Cette planète n'est qu'information. Tout le temps, sans arrêt. De l'information qu'elle veut te donner, de l'information qu'elle veut te prendre pour la partager avec quelqu'un d'autre. Et je pense que tu peux répondre à cela de deux façons. Tu peux contrôler combien tu donnes, comme toi et moi l'avons fait en refermant notre Bruit…

– Ou bien on peut s'ouvrir à elle complètement, je dis en tournant la tête vers Ben qui croise mon regard et me sourit.

– Enfin, nous verrons bien quelle est la bonne méthode. Mais je garderais l'œil sur ton Ben, si j'étais toi. Pour son bien.

– Vous en faites pas pour ça. Je garderai un œil sur lui tout le restant de sa vie.

Et je souris en disant ça, encore tout réchauffé par le sourire de Ben, mais je capte un éclair dans le regard du Maire, un éclair fugitif, mais je l'ai bien vu.

Et c'est un éclair de souffrance.

Et puis c'est parti.

– J'espère que tu resteras dans les parages pour veiller sur moi aussi, dit-il en reprenant son sourire habituel. Pour me garder sur les rails.

Je m'étrangle un peu.

– Vous vous en sortirez très bien. Avec ou sans moi.

La souffrance revient, encore une fois.

– Oh, je suppose que oui...

[VIOLA]

– On dirait que tu t'es roulé dans la farine !

– Toi aussi, me répond Todd.

Je secoue la tête et des flocons tombent autour de moi. Je suis déjà en selle sur Acorn et j'entends les chevaux qui accueillent Todd, surtout Angharrad, qui porte Bradley.

– C'est une vraie beauté, dit Ben, à côté de nous sur son oxymare. Et je crois qu'elle a un amoureux.

Garçon poulain, dit Angharrad, baissant l'encolure et détournant les yeux de l'oxymare.

– Je suggère que votre discussion commence par les garanties, lance le Maire en s'approchant. Dites aux Spackle que nous désirons la paix plus que jamais. Et voyez alors si vous pouvez obtenir un geste immédiat de leur part.

– Comme la libération du fleuve, dit Bradley. Je

suis d'accord. Montrer aux gens que leurs espoirs ne sont pas vains.

– Nous ferons de notre mieux, dis-je.

– J'en suis persuadé, Viola. Tu l'as toujours fait.

Mais je remarque qu'il garde les yeux fixés sur Todd et Ben qui se disent au revoir.

– *Il n'y en a que pour quelques heures,* dit Ben, son Bruit lumineux, chaud et rassurant.

– Fais attention à toi, lui dit Todd. J'ai pas envie de te perdre une troisième fois.

– *Alors là, ce serait vraiment pas de chance, non ?* plaisante Ben.

Et ils s'embrassent, chaleureusement, vigoureusement, comme un père et son fils.

J'observe toujours le visage du Maire.

– Bonne chance, Viola, fait Todd en s'approchant de ma selle. (Il baisse la voix.) Réfléchis à ce que je t'ai dit. Réfléchis au futur. (Il sourit timidement.) Maintenant qu'on en a un, pour de vrai.

– Tu es bien sûr de toi ? je réplique, inquiète. Parce que je peux rester. Bradley peut…

– Je te l'ai dit. Tout ce qu'il veut, c'est me dire au revoir. C'est pour ça qu'il a l'air si bizarre. On risque plus rien.

– Alors, tu es sûr que tout ira bien ?

– Mais oui. Je m'en suis bien sorti après tout ce temps passé avec lui, alors je peux bien encore tenir quelques heures.

Et nos mains se serrent, un bon moment.

– Je viendrai, Todd, je chuchote. Je viendrai avec toi.

Il n'ajoute rien, il serre juste ma main plus fort. Puis il la porte à son visage, comme s'il voulait me respirer à travers.

[TODD]

– La neige tombe plus épaisse, je remarque.

Viola et Ben et Bradley sont en route depuis un petit moment maintenant, et je les vois sur la projexion grimper la colline des Spackle, ralentis par la neige. Viola m'a dit qu'elle m'appellerait une fois arrivée, mais j'aime autant surveiller leur progression.

– Les flocons sont trop gros pour vraiment poser problème, dit le Maire. Il faut seulement s'inquiéter quand ils sont petits et tombent comme de la pluie. Alors on peut avoir un vrai blizzard. (Il époussette sa manche.) Là, nous avons juste un semblant de mauvais temps.

– C'est quand même de la neige, dis-je en observant les chevaux et l'oxymare brouillés au loin.

– Allez, viens, Todd, j'ai besoin de ton aide.

– De mon aide ?

Il désigne son visage d'un geste vague.

– Je peux bien dire que je n'ai pas de blessures, mais le gel facilite quelque peu les choses.

– Et Maîtresse Lawson…

– Elle est retournée au plateau. Tu pourras en mettre sur tes mains en même temps. C'est efficace.

Je regarde mes mains, qui recommencent à piquer.

– Bon, d'accord.

Nous nous dirigeons vers le vaisseau éclaireur, stationné dans un angle de la place. Nous prenons la rampe, puis nous entrons dans la chambre de soins où le Maire s'allonge sur un lit, après avoir ôté et soigneusement plié son uniforme près de lui. Il commence à décoller les bandages de sa nuque et de l'arrière de son crâne.

– Vous devriez les garder, je dis. Ils sont encore bons.

– Ils me serrent trop. J'aimerais que tu m'en poses d'autres, mais un peu moins serrés, s'il te plaît.

– Bon, très bien, je soupire.

J'ouvre les tiroirs à médicaments, en sors des bandages pour brûlures, et une bouteille de gel. Je défais les emballages et lui dis de se pencher, plaçant les bandages sur l'horrible brûlure qui lui entame l'arrière de la tête.

– C'est pas très joli, je dis en les enroulant le plus doucement possible.

– Ce serait pire si tu ne m'avais pas sauvé, Todd.

Il pousse un long soupir de soulagement quand le médicament gagne la brûlure, circulant à travers son système. Il s'assied pour le gel, m'offrant un visage souriant, d'un sourire presque triste.

– Tu te rappelles quand je t'ai posé les pansements, Todd ? C'était il y a bien des mois, maintenant.

– Je risque pas de l'oublier, je dis en étalant le gel sur son front.

– Je crois que c'est la première fois que nous nous sommes réellement compris. Quand tu as vu que peut-être je n'étais pas que mauvais.

– Peut-être, je marmonne, confus, utilisant deux doigts pour enduire ses pommettes enflammées.

– C'est là que tout a commencé.

– Tout a commencé feutrement plus tôt, pour moi.

– Et maintenant, tu me soignes à ton tour. Au moment où tout se termine.

Je suspends mon geste en l'air.

– Où tout se termine ?

– Ben est revenu, Todd. Je réalise parfaitement ce que cela signifie.

– Et ça signifie quoi ? je demande en le fixant avec méfiance.

Il sourit encore et, cette fois, la tristesse gagne même son sourire.

– Je peux encore te lire. Personne d'autre ne le peut, mais existe-t-il quelqu'un comme moi, sur toute cette planète ? J'arrive à te lire, même quand tu es aussi silencieux que le noir au-delà…

J'ai un mouvement de recul.

– Tu veux accompagner Ben, dit-il avec un léger haussement d'épaules. Je le comprends parfaitement. Quand tout ceci sera fini, tu veux emmener Ben et Viola et commencer une nouvelle vie loin d'ici. (Il grimace un peu.) Loin de moi.

Ses paroles n'ont rien de menaçant, et c'est bien l'au revoir que j'attendais, mais une impression plane dans la chambre, une impression bizarre –

(et le *hmm* –)

(je m'en rends compte pour la première fois –)

(il m'est complètement sorti de la tête –)

(et c'est presque plus inquiétant que de l'avoir –)

– Je suis pas votre fils.

– Tu aurais pu l'être, murmure-t-il. Et quel fils tu aurais fait. Quelqu'un à qui j'aurais pu tout transmettre. Quelqu'un avec du *pouvoir* dans son Bruit.

– Je suis pas comme vous. Je serai jamais comme vous.

– Non, c'est vrai. Pas avec ton vrai père ici. Et pourtant, nos uniformes sont les mêmes, non, Todd ?

Je me regarde. Il a raison. Et presque la même taille que celle du Maire. Alors il tourne légèrement la tête, jetant un regard derrière moi.

– Vous pouvez vous montrer, soldat. Je sais que vous êtes là.

– Qu'est-ce… ? et je me tourne aussi vers la porte.

À temps pour voir Ivan franchir le seuil d'un air gêné.

– La rampe était descendue… Je voulais juste m'assurer qu'il n'y avait aucune personne non autorisée à l'intérieur.

– Toujours à chercher où se trouve le pouvoir, hein, soldat Farrow ? dit le Maire avec son sourire triste. Mais j'ai bien peur que le pouvoir ne soit plus ici.

Ivan me lance un coup d'œil inquiet.

– Bon, eh bien je vais y aller, alors…

– Oui, acquiesce le Maire. C'est aussi ce que je crois.

Et calmement, il tend la main vers sa veste d'uniforme soigneusement pliée sur le lit, et moi et Ivan on reste là à le regarder quand il sort un pistolet de sa poche et, sans changer d'expression, abat Ivan d'une balle en plein front.

[VIOLA]

Nous sommes en haut de la colline, et nous avançons déjà vers le campement spackle, le Ciel et 1017 prêts à nous accueillir, quand on l'entend.

Je me retourne dans ma selle, regarde vers la ville.

– C'était un coup de feu ? je demande.

[TODD]

– Vous êtes devenu dingue ? je balbutie, les mains levées, gagnant la porte où le corps d'Ivan baigne dans son sang.

Il a pas bougé, pas bronché quand le Maire a pointé son pistolet sur lui, il a rien fait pour empêcher sa propre mort.

Et je sais pourquoi.

– Vous pouvez pas me contrôler. Vous pouvez pas. Je lutterai et je gagnerai.

– Vraiment, Todd ? dit-il, toujours à voix basse. Arrête-toi, tout de suite.

Et je m'arrête net.

Mes pieds sont comme coulés dans le ciment. Mes mains paralysées en l'air, et je peux aller nulle part.

– Pendant tout ce temps, tu as vraiment cru que tu avais les cartes en main ?

Il s'est levé du lit, sans lâcher son arme.

– C'est touchant, vraiment… (Il en rit, comme d'une bonne blague.) Et sais-tu ? Eh bien, tu les avais en main, ces cartes. Mais oui, vraiment. Quand tu agissais comme mon propre fils, j'aurais fait tout ce que tu demandais, Todd. J'ai sauvé

Viola, j'ai sauvé cette ville, j'ai lutté pour la paix, tout cela parce que tu me l'as demandé.

– Restez où vous êtes, je dis.

Mais mes pieds bougent toujours pas, je peux toujours pas les décoller de ce purain de sol.

– Et puis tu m'as sauvé la vie, Todd, poursuit-il en se rapprochant. Tu m'as sauvé au lieu de cette femme et alors j'ai pensé : « Il est avec moi. Il est vraiment avec moi. Il est vraiment tout ce que j'ai toujours voulu chez un fils. »

– Laissez-moi partir, je dis, mais j'arrive même pas à me coller les mains sur les oreilles.

– Et puis ton Ben débarque ici, dit-il avec un éclair de feu dans la voix. Au moment même où tout devait se conclure. Ce moment où toi et moi nous avions la destinée de ce monde au creux de nos mains. (Il ouvre sa propre paume comme pour me montrer le destin du monde.) Et alors, tout a fondu comme de la neige.

VIOLA ! je pense, visant sa tête.

Il sourit.

– Pas aussi fort qu'avant, hein ? Pas si facile, maintenant que ton Bruit est silencieux.

Mon estomac se déchire quand je réalise ce qu'il a fait.

– Pas ce que *moi* j'ai fait, Todd… (Il avance encore d'un pas.) Ce que *tu* as fait. Le vrai problème, c'est ce que *tu* as fait.

Il lève son arme.

– Tu m'as brisé le cœur, Todd Hewitt. Tu as brisé le cœur d'un père.

Et il me frappe violemment à la tempe avec la crosse de son pistolet et le monde plonge dans le noir.

## LE FUTUR ARRIVE

Le Ciel s'approche de moi et la glace tombe doucement des nuages, elle descend comme des feuilles blanches, étalant sa couverture sur le sol, nous enveloppant nous aussi, sur nos oxymares.

– *C'est un message des choses à venir,* montre le Ciel avec joie. *Le signe d'un nouveau commencement, d'un passé entièrement balayé pour que nous puissions entrer dans le futur.*

– *Ou peut-être juste le temps qu'il fait...*

Il rit.

– *C'est exactement ainsi que le Ciel doit penser. Est-ce un signe ou juste le temps ?*

Je m'avance vers la crête, d'où je distingue plus nettement le groupe de trois qui traverse la dernière prairie avant de grimper. Ils arrivent, maintenant, ils n'ont pas attendu demain, impatients sans doute d'obtenir de nouveaux signes de paix pour calmer les dissensions qui les déchirent. Le Ciel a déjà préparé la Terre là où nous avons bloqué le fleuve, car nous savons bien qu'ils demanderont qu'on le libère, lentement, pour qu'il reprenne son cours naturel.

Et nous accéderons à leur demande. Après négociation, mais nous accepterons.

– *Comment savez-vous que je serai le Ciel ?* je demande. *Vous ne pouvez dicter son choix à la Terre. Je l'ai vu dans leurs voix. La Terre ne décide qu'après la mort du Ciel.*

– *Exact,* montre le Ciel, en serrant plus étroitement son manteau de lichen. *Mais je ne vois guère quel autre choix ils pourraient faire.*

– *Je ne suis pas qualifié. Je suis toujours en colère contre la Clairière, et pourtant je ne peux pas les tuer, même s'ils le méritent.*

– *Mais c'est précisément le conflit qui fait le Ciel. La recherche d'une troisième voie, quand les deux premières semblent impraticables. Toi seul sais ce que cela représente, de porter un tel poids. Toi seul as déjà dû faire de tels choix.*

Regardant en bas, je vois qu'en plus de la Source, il y a les deux de la Clairière qui sont déjà venus, l'homme bruyant à la peau sombre –

Et la une en particulier du Couteau.

– *Et que penses-tu du Couteau,* demande le Ciel, *maintenant que tu l'as revu ?*

Parce qu'il était là.

Courant vers la Source, me voyant mais ne ralentissant même pas, accueillant la Source avec tant de joie, tant d'amour que j'ai failli m'en aller aussitôt. Et la voix de la Source s'est ouverte tellement large, avec les mêmes sentiments, qu'elle a enveloppé tout le monde à proximité.

Y compris le Retour.

Car pendant un instant, je me suis trouvé plongé dans cette joie. Dans cet amour et ce bonheur, dans la réunion et la reconnexion. Et j'ai revu le Couteau comme la Clairière qu'il était, et comment la Source pardonnait au Couteau, comment la Source donnait l'absolution à tout ce que le Couteau avait fait –

À tout ce que Todd avait fait –

J'ai senti ma voix la donner aussi, j'ai senti ma voix se joindre à celle de la Source et offrir mon propre pardon, offrir de lâcher prise et d'oublier tous les torts qu'il m'avait faits, tous les torts qu'il avait faits à notre peuple –

Parce que je voyais à travers la voix de la Source combien le Couteau se punit lui-même pour ses crimes, bien plus que je ne le pourrai jamais –

– *Il est juste l'un de la Clairière,* je montre au Ciel. *Aussi peu remarquable que n'importe lequel d'entre eux.*

– *Non,* réplique doucement le Ciel. *Il est aussi remarquable parmi eux que le Retour l'est parmi la Terre. Et c'est pourquoi tu n'as pu lui pardonner quand tu es arrivé ici. C'est pourquoi ton pardon maintenant, même s'il ne passe que par la voix de la Source...*

– *Je ne lui pardonne pas personnellement...*

– *Mais tu as vu que c'était possible. Et cela seul, en soi, fait de toi quelqu'un de remarquable.*

– *Je ne me sens pas remarquable. Je me sens seulement fatigué.*

– *La paix est là, enfin,* montre le Ciel en posant sa main tendue sur mon épaule. *Tu vas te reposer. Tu vas être heureux.*

Sa voix m'entoure maintenant, et j'ai un sursaut –

Car le futur est dans la voix du Ciel, un futur dont il parle rarement, car si sombre ces derniers temps –

Mais là, il est aussi lumineux que les flocons de glace –

Un futur où la Clairière tient parole et reste dans ses frontières et où le corps de la Terre qui nous entoure ici sur cette colline peut vivre sans guerre –

Un futur où la Clairière peut apprendre à parler la langue de la Terre, aussi, où la compréhension n'est pas seulement nécessaire, mais désirée –

Un futur où je travaille aux côtés du Ciel, apprenant ce que c'est d'être chef –

Un futur où il me guide et m'enseigne –

Un futur de soleil et de repos –

Un futur où il n'y aura plus de mort –

La main du Ciel me presse l'épaule, très doucement.

– *Le Retour n'a pas de père. Le Ciel n'a pas de fils.*

Et je comprends ce qu'il veut dire, ce qu'il demande –

Et il voit mon indécision –

Parce que si je le perdais comme mon un en particulier –

– *C'est un futur possible*, montre-t-il d'une voix encore pleine de chaleur. *Il peut y en avoir d'autres.* (Il lève les yeux.) *Et en voici un qui arrive maintenant.*

La Source les conduit, l'optimisme et le bonheur de sa voix le précèdent et nous accueillent quand ils franchissent la crête. L'homme de la Clairière chevauche en second, Bradley dans leur langage, sa propre voix beaucoup plus forte et dure, mais elle porte beaucoup moins que celle de la Source.

Et puis elle. La une en particulier du Couteau.

Viola.

Elle apparaît sur la colline, sa monture laissant des empreintes de sabot sur le tapis de glace blanche. Elle semble en bien meilleure santé qu'avant, et je m'étonne un instant de ce changement, je me demande s'ils ont trouvé un remède pour le bracelet, ce bracelet qui me pique et brûle encore ma chair –

Mais avant que je puisse poser la question, avant que le Ciel les accueille comme il convient, un *crac !* résonne dans la vallée, étrangement étouffé par la couverture blanche.

Un *crac !* qui se reconnaît aussitôt.

La une en particulier du Couteau se tourne rapidement sur sa selle.

– C'était un coup de feu ? demande-t-elle.

Un nuage descend immédiatement sur la voix de la Source, et sur celle de l'homme de la Clairière aussi.

Et sur celle du Ciel.

– *Ce n'est peut-être rien,* il montre.

– Depuis quand un coup de feu ne signifie-t-il rien, là-bas ? lance l'homme de la Clairière.

La Source se tourne vers le Ciel.

– *Vos yeux peuvent-ils le voir ? Sommes-nous assez près pour voir ?*

– Que voulez-vous dire ? demande l'homme de la Clairière. Voir quoi ?

– *Attendez un instant*, dit le Ciel.

La une en particulier tient une petite boîte qu'elle a sortie de sa poche.

– Todd ? dit-elle dedans. Todd, tu es là ?

Mais il n'y a pas de réponse.

Pas avant qu'on entende tous un son familier –

– C'est le vaisseau, s'écrie l'homme de la Clairière en faisant pivoter sa monture pour voir le vaisseau monter du fond de la vallée.

– Todd ! hurle la une en particulier dans la boîte métallique –

Mais toujours pas de réponse.

– *Que se passe-t-il, dites-moi ?* montre le Ciel sur le

ton du commandement. *Nous pensions que la pilote du vaisseau avait été tuée...*

– Mais oui..., réplique l'homme de la Clairière. Et je suis le seul à savoir le faire voler...

Et le voilà pourtant qui s'élève laborieusement dans le ciel au-dessus de leur ville –

Et se dirige maintenant vers nous –

De plus en plus vite –

– Todd ! répète la une en particulier du Couteau, de plus en plus paniquée. Réponds-moi !

– *C'est Prentiss,* montre la Source au Ciel. *Ce ne peut être que lui.*

– Mais comment ? demande l'homme de la Clairière.

– *Peu importe à présent,* montre la Source. *Si c'est le Maire...*

– *Il faut fuir,* achève le Ciel qui se tourne vers la Terre et envoie l'ordre instantanément, *fuyez, fuyez, FUYEZ* –

Un sifflement jaillit du vaisseau, le vaisseau presque sur nous déjà, un feulement suraigu qui nous fait tous lever la tête alors que nous fuyons déjà –

Le vaisseau a tiré ses armes les plus puissantes –

Il les a tirées droit sur nous.

## SEPTIÈME PARTIE

# *LA FIN DE NOUVEAU MONDE*

## *12 La bataille finale*

[TODD]

– *RÉVEILLE-TOI, TODD !* fait la voix du Maire dans le système de comm. *Ah, il faut vraiment que tu voies ça !*

Je pousse un grognement, roule sur moi-même –

Et je bute contre le corps d'Ivan, des rigoles de son sang coulant sur le sol avec les embardées du vaisseau –

Et le vaisseau bouge vraiment –

Je jette un regard vers les écrans. On est en vol. Purain, on est en vol.

– Bon sang, mais qu'est-ce que... ? je hurle –

Le visage du Maire surgit sur un écran.

– *Comment trouves-tu mon pilotage ?*

– Quoi ? je balbutie en me relevant péniblement. Mais comment savez-vous... ?

– *L'échange de savoir, Todd !* glousse-t-il, et je le vois manipuler des boutons. *N'as-tu rien écouté de ce que je t'ai dit ? Une fois connecté à la voix, tu sais tout ce qu'elle sait !*

– Bradley, je murmure. Vous avez plongé en lui et vous avez appris à piloter le vaisseau.

– *Absolument*, réplique-t-il avec son éternel sourire. *Et c'est incroyablement facile. Il suffit de piger le truc.*

– Atterrissez ! je crie. Atterrissez immédiatement !...

– *Ou bien quoi, Todd ? Tu as fait ton choix. Tu l'as exprimé on ne peut plus clairement.*

– C'est pas une question de *choix* ! Ben est le seul père que j'aie jamais eu...

J'aurais pas dû dire ça, je m'en rends compte dès que c'est sorti de ma bouche, à cause que les yeux du Maire deviennent plus noirs que je les ai jamais vus, et quand il parle, c'est comme le noir au-delà qui descend et jaillit de sa propre bouche.

– *J'étais ton père, moi aussi. Je t'ai formé, je t'ai tout enseigné, et sans moi, tu ne serais pas ce que tu es devenu aujourd'hui, Todd Hewitt.*

– J'ai pas voulu vous blesser. J'ai voulu blesser personne...

– *Les intentions ne comptent pas, Todd. Seuls les actes importent. Comme celui-ci, par exemple...*

Il se penche et appuie sur un bouton bleu.

– *Regarde, maintenant.*

– Non ! je crie.

– *Regarde la fin de Nouveau Monde !*

Et sur les autres écrans –

Je vois deux missiles fuser des flancs du vaisseau éclaireur –

Fuser tout droit vers le sommet de la colline –

Juste là où elle est –

– Viola ! je hurle. VIOLA !

## [VIOLA]

Il n'y a aucun endroit où fuir, nulle part où nous pouvons aller pour éviter les missiles qui fusent sur nous à une vitesse impossible, sillages de vapeur à travers la neige qui tombe –

Il me reste un quart de seconde pour penser –

Todd –

Et puis ils frappent en deux énormes crac et le Bruit des Spackle hurle et des débris volent –

Et –

Et –

Et nous sommes toujours là –

Ni vague de chaleur ni de mort, ni désintégration de la colline où nous sommes encore –

– *Bon sang, mais... Que s'est-il passé ?* s'écrie Ben alors que nous relevons tous la tête.

Il y a une faille creusée dans le lit du fleuve et un peu de fumée, mais –

– Il n'a pas explosé, dis-je.

– Et celui-là non plus, lance Bradley, désignant le flanc de la colline où une saignée de broussailles et d'arbustes a été ouverte, mais où l'on voit aussi la chemise du missile brisée en plusieurs fragments.

Brisée par l'impact sur la roche, mais pas par une explosion.

– Ils n'ont pas pu rater, pas tous les deux, dis-je.

Puis, regardant Bradley, j'ai une illumination.

– Tu as déconnecté les têtes !

– Pas moi, rétorque-t-il, tournant la tête vers le vaisseau éclaireur. Mais Simone, oui. (Puis, me regardant.) Nous n'avons jamais vraiment surmonté le fait que j'aie le Bruit, et je la trouvais trop proche de Maîtresse Coyle, mais... Elle a dû anticiper... le danger potentiel... (Son Bruit s'étrangle.) Viola, elle nous a sauvés.

Le Ciel et 1017 ont l'air médusé, eux aussi, ils se demandent pourquoi les missiles n'ont pas tué tout le monde.

– *Et ce sont les seules armes du vaisseau ?* questionne Ben.

Je lève les yeux sur le vaisseau éclaireur qui négocie un virage.

– Non, il reste encore les diffuseurs, je murmure.

[TODD]

– *Mais pourquoi* DIABLE *?* gronde le Maire –

Sur les écrans, je regarde la colline –

Où les missiles n'ont pas explosé –

Ils se sont juste écrasés et c'est tout, sans faire plus de mal que pulvériser un rocher vraiment énorme –

– *Todd !* crie le Maire dans le comm. *Tu sais quoi, là-dessus ?*

– Vous avez tiré sur *VIOLA* ! je crie à mon tour. Votre vie vaut plus rien, vous m'entendez ? PLUS RIEN !

Il pousse un autre grognement et je cours vers la porte de la chambre de soins, mais bien sûr c'est verrouillé, et puis le sol bascule quand il relance les moteurs à plein régime. Je dérape sur le sang d'Ivan, m'affale sur un lit, sans quitter les écrans des yeux, essayant de la voir quelque part au sommet de la colline –

Avec une main je palpe mes poches pour y chercher le comm mais évidemment il me l'a pris –

Et puis j'observe plus attentivement la chambre à cause que Simone nous parlait à partir du vaisseau, et que si le système de comm descend ici du cockpit, alors peut-être qu'il en sort aussi –

J'entends deux autres *vwouff* –

Sur les écrans, deux nouveaux missiles partent vers la colline, de plus près cette fois, et tous les deux frappent en plein dans la foule des Spackle qui fuient par le lit du fleuve –

Mais toujours pas de vraies explosions –

– *Très bien. En ce cas...*, lâche le Maire de cette voix posée qu'il prend quand il est vraiment fou furieux.

Et nous survolons le gros des Spackle –

Et purain, ce qu'ils sont nombreux –

Comment est-ce qu'on a pu imaginer lutter contre une armée aussi feutrement énorme ?

– Je suis intimement persuadé qu'il existe un autre type d'armes sur ce vaisseau, poursuit le Maire –

Et, une minute plus tard, les écrans me montrent le faisceau de bombes lâchées sur les Spackle en fuite –

Lâchées, tombées mais pas explosées non plus –

– *SACRÉ BON SANG !...* hurle le Maire.

Je me roule jusqu'au panneau de comm d'où sort sa voix. Je touche l'écran derrière, et toute une liste de mots clignote –

*Qu'il en soit ainsi,* écume-t-il sur l'écran derrière moi. *Nous allons donc en revenir aux bonnes vieilles méthodes.*

Et j'étudie les mots sur l'écran et je force ma concentrassion, j'y applique tout ce que le Maire m'a appris –

Et lentement, très lentement, ils commencent à prendre un sens.

[VIOLA]

– Nous voulions la paix ! crie Bradley vers le Ciel alors que nous regardons tomber les diffuseurs sans autre effet sauf pour les malheureux Spackle qui se trouvent juste en dessous. Ceci est l'acte d'un seul homme !

Mais le Bruit du Ciel n'a pas de mots, juste de la colère, la colère d'avoir été dupé, la colère de voir sa position affaiblie parce qu'il a proposé la paix, la colère d'avoir été trahi.

– Nous ne vous avons pas trahi ! je m'exclame. Il essaye de nous tuer, nous aussi !

Et mon cœur me déforme la poitrine d'inquiétude sur ce que le Maire a pu faire à Todd –

– Pouvez-vous nous aider ? demande Bradley au Ciel. Pouvez-vous nous aider à l'arrêter ?

Le Ciel lui jette un regard surpris. Les Spackle fuient toujours, mais les arbres des berges masquent peu à peu leur nombre tandis que le vaisseau éclaireur a cessé de lâcher ses diffuseurs désarmés, mais reste à planer, menaçant, dans le ciel enneigé.

– Vos espèces de flèches enflammées, dis-je, ces choses que vos archers ont envoyées.

– Elles auraient un effet contre un vaisseau blindé ? demande le Ciel.

– En grand nombre, peut-être, dit Bradley. Tant que le vaisseau vole assez bas pour être touché.

Le vaisseau vire maintenant, toujours à la même hauteur, et nous entendons ses moteurs changer de régime.

Bradley lève brusquement la tête.

– Qu'y a-t-il ? je demande.

Il secoue la tête.

– Il a permuté le mélange énergétique...

Et son Bruit se tend, perplexe et inquiet comme si brusquement il se souvenait d'autre chose, mais plus loin, trop vague –

– Il est le dernier obstacle à la paix, dis-je au Ciel. Si nous arrivons à l'arrêter...

– *Alors quelqu'un d'autre prendra sa place,* répond le Ciel. *C'est le mal de la Clairière, depuis toujours.*

– Alors il faudra faire encore plus d'efforts ! Si nous avons réussi à lutter si longtemps contre cet homme, vous voyez bien à quel point cela compte pour certains d'entre nous !

Le Ciel relève les yeux vers le vaisseau et je vois des échos d'accord y vaciller, des échos sur la vérité de mes paroles contre cette autre vérité, le vaisseau suspendu dans les airs –

Et celle des autres vaisseaux à venir –

Le Ciel se tourne vers 1017.

– *Envoie un message par les Chemins. Ordonne de préparer les armes.*

(1017)

– *Moi ?*

– *La Terre doit apprendre à t'écouter,* montre le Ciel. *Elle doit s'y mettre tout de suite.*

Et il m'ouvre sa voix, et j'envoie ses ordres dans la langue de la Terre avant de savoir que je le fais –

Je les laisse s'écouler de moi, comme si je n'étais qu'un canal –

S'écouler de moi vers les Chemins, vers les soldats et la Terre qui attendent autour de nous, et ce n'est pas ma voix, même pas celle du Ciel qui parle à travers moi, mais une voix du plus grand Ciel, le Ciel qui existe en dehors de tout individu qui porte son nom, le Ciel qui est l'accord de la Terre, la voix de nous tous accumulée, la voix de la Terre se parlant à elle-même, la voix qui la garde en vie et en sécurité et prête à affronter le futur, oui, c'est cette voix qui parle à travers moi –

C'est la voix du Ciel –

Et elle pousse les soldats à la bataille, pousse le reste de la Terre à se battre aussi, à rassembler le feu tournoyant et les armes sur le dos des oxymares quand l'heure est venue –

– *Voilà*..., montre la Source aux gens de la Clairière. *L'aide arrive*...

Alors on entend un sifflement là-haut et tout le monde relève la tête –

Pour voir une cascade de feu se déverser des moteurs du vaisseau –

Se déverser comme le sang d'une plaie, la fumée et la vapeur tourbillonnant dans l'air glacé, se déverser sur la Terre et la mettre en feu tandis que le vaisseau entame un large cercle autour de nous, et des murs de flammes s'élèvent du sol et rugissent, brûlant tout ce qu'ils peuvent brûler, arbres, huttes cachées, la Terre, le monde –

– Combustible à fusée..., dit l'homme de la Clairière.

– Il est en train de nous piéger ici, dit la une en particulier du Couteau, tournoyant sur sa bête paniquée par les flammes qui nous encerclent de tous côtés.

Le vaisseau s'élève plus haut, élargit son cercle, déversant toujours le feu –

– *Il est en train de tout ravager*, dit la Source. *Il va incendier toute la vallée.*

[TODD]

Le vaisseau bascule dans tous les sens et j'ai du mal à tenir debout devant le panneau de comm.

Et sur les écrans, c'est le feu partout –

– Qu'est-ce que vous FABRIQUEZ ? je m'écrie, en essayant de résister à la panique alors que je transpire sur les mots inscrits devant moi.

– *Un vieux truc de pilotage enseigné par le grand-père de Bradley, et qu'il avait oublié*, jubile le Maire. *On change le mélange de combustible, on l'oxygène, et ça brûle, et ça brûle, et ça brûle...*

Je lève les yeux et je nous aperçois plus haut dans le ciel, virant sur le bord de la vallée supérieure, virant en large cercle et déversant une pluie de feu sur les arbres, et ce feu est collant et bouillant, un peu comme les flèches enflammées spackle, et malgré la neige qui tombe, les arbres explosent dans la chaleur, enflammant d'autres arbres, et le feu fuse à travers, bien plus vite que les Spackle peuvent espérer courir, et les écrans montrent la gigantesque muraille de flammes qui s'étend et nous suit, encerclant la vallée, les encerclant au creux de la vallée –

Il est en train de feutre le feu au monde entier.

Je me reconcentre sur le panneau de comm. Il y a un groupe de carrés que je pourrais presser, mais j'essaye encore de lire celui du dessus. *Revent*, je crois que ça dit. *Comms Revent*. Je respire à fond, ferme les yeux, essaye d'alléger mon Bruit, pour essayer de le sentir comme quand le Maire était là en moi –

– *Regarde le monde brûler, Todd ! Regarde le début de notre dernière guerre !*

*Comms récents.* C'est ça, *récents.*

J'appuie.

– *Todd ?* demande le Maire. *Tu regardes ?*

Je regarde son visage sur l'écran, et je réalise qu'il peut pas me voir. Sur le carré de comm, il y a un rond rouge en bas qui dit Visuels Éteints.

Et que je lis du premier coup.

– Vous vous fichez de la victoire, maintenant, hein ?

Il dessine un large cercle autour de New Prentissville maintenant, arrosant les forêts au sud et au nord avec un incendie qui finira forcément par gagner la ville. J'en vois déjà une langue se projeter parmi un groupe de maisons isolées.

– *Tu sais, Todd,* dit-il. *Finalement, je me rends compte que je n'y attache plus beaucoup d'importance. C'est curieux, non ? Du moment qu'on en finisse. Une bonne fois pour toutes.*

– On pouvait en finir autrement. Par la paix.

Le panneau de comm me déroule la liste des comms récents, je suppose, et je les déchiffre un par un –

– *La paix, nous aurions pu la faire ensemble,* poursuit le Maire. *Mais tu n'en as pas voulu.*

*Comm,* je lis, *communi* –

– *Ce en quoi je te remercie pour m'avoir rendu à ma nature véritable.*

*Communicator 1.* Mais oui, *Communicator 1.* C'est toute une liste de communicateurs. De un à six, mais pas dans l'ordre. Un en haut, puis trois (je crois bien que c'est un trois), puis deux peut-être, et puis, bon, le reste –

– Vous disiez que vous étiez transformé, je dis, ruisselant de sueur. Vous disiez que vous étiez devenu différent.

– J'avais tort. On ne change pas les hommes. Je serai toujours qui je suis. Et tu seras toujours Todd Hewitt, le garçon qui ne peut pas tuer.

– Mais si, je réplique avec force. Les hommes changent.

Il rit.

*– Tu n'as donc pas écouté ? Ils ne changent pas, Todd. Ils ne changent jamais.*

Le vaisseau vire brutalement et fait un nouveau passage, embrasant le monde sous ses ailes. Je transpire toujours devant le panneau de comm. Je sais pas quel est le numéro de Viola, mais logiquement ça devrait être un ou trois à cause que –

*– Qu'est-ce que tu manigances là-dedans, Todd ?* s'écrie le Maire.

Et le panneau s'éteint.

## [VIOLA]

Nous distinguons à peine le vaisseau éclaireur à travers la fumée qui monte de partout, maintenant. Nous sommes en sécurité pour l'instant, au milieu du lit rocheux de la rivière, mais impossible d'en sortir. Le Maire a arrosé toute la vallée qui brûle tellement fort que les yeux font mal rien qu'à observer l'incendie.

*– Mais comment est-ce que ça peut prendre de telles proportions ?* demande Ben en regardant

l'incendie ravager les forêts et se propulser à une vitesse hallucinante.

– Quelques gouttes nous ont suffi à faire sauter un pont, dis-je. Alors imagine ce que les réserves d'un vaisseau peuvent provoquer.

– *Ne pouvez-vous pas entrer en contact avec le vaisseau?* demande le Ciel.

Je montre mon comm.

– Pas de réponse, dis-je. Et je n'arrête pas d'essayer.

– *Alors, puisque le vaisseau est hors de portée de nos armes,* montre le Ciel, son Bruit atteignant une décision, *il ne nous reste plus qu'un moyen d'action.*

Nous le dévisageons tous un instant avant de comprendre ce qu'il veut dire.

– Le fleuve… je murmure.

Quand un rugissement dans les airs nous fait sursauter –

– Il revient encore une fois! hurle Bradley –

Et dans une déchirure de fumée, le vaisseau éclaireur surgit au-dessus de la crête, éventrant le ciel comme une scie –

Arrivant droit sur nous –

## [TODD]

Les écrans ne sont plus que feu, du feu partout, encerclant la vallée, encerclant New Prentissville, embrasant le haut de la colline où se trouve encore Viola, quelque part dans toute cette fournaise –

– Je vous tuerai! je crie. Vous m'entendez? JE VOUS TUERAI!

– *Mais j'espère bien que oui, au bout du compte, Todd,* répond-il avec un sourire étrange sur l'écran qu'il s'est gardé pour lui. *Tu auras attendu suffisamment longtemps.*

Déjà je cherche un autre moyen de contacter Viola (s'il vous plaît, s'il vous plaît). Le panneau de comm ne veut pas se rallumer mais je suis sûr que j'ai vu Maîtresse Lawson faire quelque chose sur un des écrans au-dessus des lits. Je me penche et j'en presse un.

Il s'allume aussitôt avec un tourbillon de mots.

Et l'un d'eux, c'est *comm.* quelque chose.

– *Je devrais sans doute te dire ce qui va se passer maintenant, Todd,* poursuit le Maire. *Il est important que tu le saches.*

– Bouclez-la ! je grommelle, appuyant sur le boîtier comm de l'écran.

Un autre groupe de carrés apparaît. J'inspire profondément pour placer mon Bruit en situation de lecture. Si le Maire peut voler du savoir, alors, purain moi aussi.

– *J'ai donné l'ordre au capitaine O'Hare d'engager une petite troupe contre les Spackle qui vont inévitablement attaquer la ville,* continue le Maire. *Mission suicide, bien évidemment, mais le capitaine O'Hare n'a jamais été irremplaçable.*

*Contre Commnicasions,* je lis. Je plisse les yeux et relis. Pitié, pitié. *Contre Communicassions.* Aucune idée de ce que ça veut dire. Je respire un grand coup encore et ferme les yeux (*Je suis le Cercle et le Cercle est moi.*) Je les rouvre. Non, *Centre Communications.* C'est ça, c'est ce que ça dit. J'appuie dessus.

– *Le capitaine Tate sera déjà en train de conduire*

*l'armée contre la Flèche, sur le plateau*, continue à délirer le Maire. *Pour étouffer les derniers germes de rébellion…*

– Quoi ?

– *Mais oui, nous ne pouvons tout de même pas courir le risque de voir l'une de ces terroristes me faire sauter une nouvelle fois, non ?*

– Vous êtes qu'un feuttu monstre !

– *Après quoi, le capitaine Tate mènera l'armée à l'océan.*

Je relève la tête, interloqué.

– L'océan ?

– *Où nous livrerons notre ultime bataille, Todd*, explique le Maire avec un large sourire. *L'océan derrière nous, l'ennemi devant. Quelle meilleure guerre pourrait-on souhaiter ? Aucune alternative, sauf combattre et mourir.*

Je fixe l'écran de comm. *Comms Récents*. J'appuie dessus. D'autres carrés apparaissent.

– … *Mais nous devons commencer par la mort du chef des Spackle. Et j'en suis sincèrement désolé, mais cela concerne aussi tous ceux qui se trouvent près de lui.*

Je relève les yeux. On est presque au bord de la colline, on passe la crête et on descend le lit de la rivière vers les Spackle en fuite –

Vers Viola –

Que je vois sur les écrans maintenant –

Je la vois à cheval sur Acorn, Bradley et Ben à côté d'elle, le chef spackle derrière, poussant tout le monde –

– NON ! je hurle. NON !

– *Je suis bien triste de la perdre*, dit le Maire, alors que nous piquons sur eux, une traînée de feu dans notre sillage. *Quoique infiniment moins de perdre Ben, pour être vraiment honnête.*

J'appuie sur le bouton du haut, celui qui dit Communicateur 1 et je hurle VIOLA ! dedans, je me casse la voix en hurlant VIOLA !

Mais sur les écrans nous sommes déjà sur eux –

(1017)

Le Ciel oblige son oxymare à tourner, poussant les bêtes de la Clairière sur le côté, les écartant du chemin du vaisseau, vers les arbres qui brûlent sur la berge –

Mais les bêtes de la Clairière résistent –

*Feu,* je les entends appeler paniquées. *Feu !*

– Le vaisseau arrive ! je montre, pas seulement au Ciel, mais aussi à la Terre autour de moi, faisant rayonner mon avertissement dans toutes les directions, et je fais reculer ma propre bête vers les arbres en feu, où je vois un petit espace qui pourrait nous abriter –

– *VA !* j'entends par la voix du Ciel, et mon oxymare répond, pivotant vers le feu tandis que les bêtes de la Clairière font la même chose, et voici la Source, l'homme de la Clairière, et la une en particulier du Couteau –

Ben et Bradley et Viola –

Leurs bêtes galopant vers moi maintenant, vers le petit espace dans les arbres en feu, où nous ne pourrons pas rester longtemps, mais peut-être juste assez pour éviter le vaisseau qui déchire l'air en plongeant –

Et tout autour, la peur de la Terre circule à travers moi, sa terreur, ses *morts*, et je sens plus que je ne vois ceux qui courent à côté de mon oxymare au galop, je les sens tous, je sens les soldats restés au nord de la vallée et les soldats au sud qui essayent de sauver leur vie dans une forêt où chaque arbre est en flammes, où le feu saute de branche en branche, même sous la glace qui tombe, avançant, bondissant plus vite que n'importe lequel d'entre nous ne peut courir, et je sens la Terre en amont du fleuve aussi, loin de cet enfer, qui le regarde rugir vers elle, dépasser certains fuyards, et je le vois aussi, je le vois à travers chaque œil de la Terre –

Je vois les yeux de cette planète qui se regardent brûler –

Et moi aussi je brûle –

– DÉPÊCHEZ-VOUS! lance le cri de la une en particulier du Couteau, et je me retourne encore et je vois qu'elle appelle le Ciel dont l'oxymare traîne deux ou trois foulées en arrière tandis qu'il envoie des ordres à la Terre pour qu'ils sauvent leurs vies –

Le vaisseau vole directement au-dessus de nos têtes –

Crachant sa pluie de feu sur le lit du fleuve –

Et les yeux du Ciel croisent les miens –

Ils croisent les miens à travers la fumée et le feu et la glace qui tombe –

– *Non,* je montre –

*Non!*

Et il disparaît dans un mur de flammes.

## [VIOLA]

Les chevaux bondissent en avant terrifiés par le *vwoush* qui embrase le lit du fleuve derrière nous –

Et nulle part où fuir, les arbres devant nous sont en flammes et les rochers sur la pente au-dessus semblent brûler eux aussi, même les flocons s'évaporent dans l'air, laissant de petites plumes de vapeur là où ils planaient, et nous avons évité la première attaque mais, s'il revient, alors nous n'avons plus nulle part où aller –

– Viola ! hurle Bradley, projetant Angharrad contre Acorn et ils échangent des hennissements terrifiés –

– Comment est-ce qu'on sort d'ici ? je demande en toussant dans la fumée, puis me tourne pour contempler le mur de feu qui se dresse sur dix mètres, remontant le lit du fleuve où nous étions il y a un instant –

– Où est le Ciel ? demande Bradley.

Je regarde Ben, et pour la première fois je n'entends pas son Bruit, concentré loin de nous, tous les Spackle à proximité également silencieux, comme pétrifiés, un spectacle horriblement étrange au milieu de cet enfer où nous sommes tous enfermés –

– Ben… ? j'appelle.

Mais il fixe le mur de flammes plus bas dans le lit du fleuve –

Et alors on l'entend –

Un son déchirant, comme la foudre crevant l'air, qui s'élève derrière nous –

1017 –

Descendu de son oxymare, à pied –

Il court vers les flammes qui déjà s'affaiblissent sur les rochers nus –

Abandonnent des tas de cendre –

Comme sur le champ de bataille quand les Spackle avaient tiré leurs toupies enflammées –

Mais là, deux tas seulement –

1017 se précipite vers eux, et son Bruit produit un son plus horrible, plus rempli de rage et de chagrin que tout ce que j'ai jamais entendu dans ma vie –

Quand il se précipite vers les cadavres calcinés du Ciel et de son oxymare.

(1017)

Je cours –

Sans pensée dans la tête –

Sans rien dans ma voix sauf la plainte que j'entends à peine –

Une plainte implorant qu'il me soit ramené –

Une plainte refusant de croire ce que j'ai vu, refusant d'accepter ce qui s'est passé –

Je réalise à peine la présence de la Clairière et de la Source en passant devant eux –

Vaguement conscient du *reurr* qui monte dans mes oreilles, dans ma tête, dans mon cœur –

Dans ma voix –

Les rochers du fleuve brûlent encore, mais le feu se dissipe déjà, et cette attaque était donc ratée si elle cherchait à aggraver l'incendie –

Mais pas si ratée parce qu'elle n'avait manifestement qu'une cible –

Je plonge dans les dernières flammes qui font gonfler ma peau, certains rochers aussi rouges que des charbons –

Mais je m'en moque –

J'arrive là où le Ciel montait sa bête –

Là où il est tombé parmi les pierres –

Où lui et sa bête continuent à brûler –

Et je lutte contre les flammes, j'essaie de les éteindre à mains nues, ma plainte montant plus fort, au-delà de moi, hors de moi, vers le monde, vers la Terre, essayant d'effacer ce qui vient d'arriver –

Et j'agrippe le Ciel sous ses bras brûlants et je l'arrache à sa monture brûlante –

Et je le montre dans un cri –

– *Non !*

Et ma peau brûle sur les rochers, mon lichen fume et noircit dans la chaleur –

*NON !*

Mais c'est un poids mort entre mes mains –

Et –

Et –

Et alors je *l'entends* –

Et je me pétrifie –

Je ne peux plus bouger, plus du tout –

Le corps du Ciel est entre mes mains –

Mais sa voix –

*Retirée* de son corps –

Suspendue dans l'air en abandonnant son corps –

Mais dirigée sur moi –

Montrant –

*Le Ciel* –

Il me montre –

*Le Ciel* –

Et il s'en va –

Et au même moment je les entends –

J'entends les voix de toute la Terre –

Chacune d'elles gelée –

Gelée même si beaucoup brûlent –

Gelée même si beaucoup meurent –

Gelée comme moi, tenant le corps du Ciel –

Sauf que ce n'est plus le corps du Ciel –

*Le Ciel...* j'entends –

Et c'est la Terre qui parle maintenant –

La voix de la Terre qui s'enroule en une seule voix –

Le Ciel est la voix de la Terre et pendant un instant elle a été coupée, libérée d'elle-même, perdue, évanouie sans une bouche pour la parler –

Mais seulement pour un instant –

*Le Ciel...* j'entends –

Et c'est la Terre –

Qui me parle –

Sa voix qui entre en moi –

Son savoir qui entre en moi, le savoir de toute la Terre, de tous les Ciels qui ont existé –

Son langage pénétrant en moi comme un torrent, aussi, ce torrent auquel je sais que j'ai toujours résisté, *voulant* toujours me tenir à part, mais en un instant je connais tout –

Je les connais tous –

Je *nous* connais tous –

Et je sais que c'est lui –

Il me l'a transmis –

Le Ciel est élu par la Terre –

Et en temps de guerre, il ne peut y avoir aucun délai –

*Le Ciel,* a-t-il dit à la Terre en mourant –

Et... *Le Ciel,* me dit la Terre en moi –

Et je réponds –

Je réponds :

*La Terre* –

Et je me redresse, laissant le vieux Ciel derrière moi, laissant attendre mon chagrin –

Parce que le fardeau me tombe dessus *aussitôt* –

La Terre est en péril –

Et le bien de la Terre *doit* être la chose qui vient en premier –

Et il y a donc une seule chose à faire –

Je me tourne vers la Terre, vers la Source qui m'appelle *Le Ciel* aussi, vers l'homme de la Clairière et la une en particulier du Couteau, tous ces yeux fixés sur moi, toutes ces voix sur moi –

Et je suis le Ciel –

Et je parle le langage de la Terre –
(mais ma propre voix est là, également –)
(ma propre voix, pleine de *rage* –)
Et je dis à la Terre de libérer le fleuve –
Tout le fleuve, et tout de suite.

[VIOLA]

– La ville va être entièrement détruite ! s'exclame Bradley avant même que Ben nous dise ce qui se passe –

Parce que nous l'avons vu dans le Bruit autour de nous, nous avons vu 1017 ordonner de libérer le fleuve –

– Il y a encore des gens innocents là-bas, poursuit Bradley. La puissance d'un fleuve retenu aussi longtemps va les effacer de la planète !...

*– C'est déjà fait,* dit Ben. *Le Ciel a parlé et c'est déjà commencé...*

– Le Ciel ? je coupe.

*– Le nouveau Ciel,* dit-il en jetant un coup d'œil derrière nous –

Lentement, 1017 émerge de la brume tremblante qui baigne le lit carbonisé du fleuve. Son regard a complètement changé.

– C'est lui, le nouveau Ciel, demande Bradley ?

– Et, merde... je lâche malgré moi.

*– Je peux lui parler,* dit Ben. *Essayer de l'orienter dans le bon sens, mais je ne peux pas empêcher le fleuve de se déverser...*

– Il faut prévenir la ville, dit Bradley. Combien de temps avons-nous ?

Les yeux de Ben se déconcentrent un instant et dans son Bruit nous voyons les barrages spackle retenir une gigantesque quantité d'eau, étalée sur la plaine où Todd et moi nous avons croisé ce troupeau de créatures qui meuglaient *Ici*, *Ici*, couvrant tout l'espace d'un horizon à l'autre, cet espace maintenant rempli d'eau, toute une mer intérieure.

– *C'est très loin,* réfléchit Ben, *et il faut du temps pour le libérer.* (Il plisse les yeux.) *Enfin, disons vingt minutes, au maximum.*

– Ça ne suffira pas, dit Bradley.

– *Mais vous n'aurez pas plus...*

– Ben... je murmure.

– *Todd est là-haut,* dit-il en me fixant droit dans les yeux, son Bruit comme plongeant en moi et je l'entends d'une façon dont jamais je n'ai entendu un homme sur cette planète. *Todd est là-haut et il se bat toujours pour toi, Viola.*

– Qu'en sais-tu ?

– *J'entends sa voix.*

– Quoi ?

– *Pas clairement, et...* (Il a l'air aussi étonné que moi.) *Rien de très net, en fait, mais je l'ai senti. J'ai senti* ***tout le monde*** *quand nous avons choisi le Ciel.* (Ses yeux s'élargissent.) *Et j'ai entendu Todd. Je l'ai entendu qui se battait pour toi.* (Il se rapproche sur son oxymare.) *Alors, tu dois aussi te battre pour* ***lui****.*

– Mais les Spackle sont en train de mourir. Et les gens de la ville...

– *Si tu te bats pour lui, tu te bats pour nous tous.*

– Mais la guerre ne peut être personnelle, dis-je, et c'est presque une question.

– *S'il est celui qui mettra fin à la guerre, alors ce n'est pas personnel. C'est universel.*

– Il faut y aller, s'écrie Bradley. Et tout de suite !

Je marque une pause, le temps de hocher la tête vers Ben, et puis nous tournons les chevaux pour essayer de trouver un chemin à travers l'incendie.

Mais 1017 nous barre la route.

– Laissez-nous y aller, dit Bradley. L'homme du vaisseau est notre ennemi à tous. C'est l'ennemi de toute créature vivante sur cette planète.

Et comme en écho, on entend le rugissement du vaisseau éclaireur qui revient vers nous, prêt à un autre passage –

– S'il vous plaît, je supplie.

Mais 1017 ne bouge pas –

Et je nous vois dans son Bruit –

Je nous vois *mourir* dans son Bruit –

– **Non**, lance Ben en s'avançant. *Ce n'est pas l'heure de la vengeance. Tu dois éloigner la Terre du cours du fleuve* –

Mais on voit le conflit qui déchire 1017, son Bruit partagé entre ceci et cela, désirant la revanche mais désirant sauver son peuple, aussi –

Prise d'une inspiration soudaine, je retrousse ma manche, exposant le bracelet, rose et en cours de guérison, mais qu'on n'enlèvera jamais –

Je sens la surprise dans le Bruit de 1017, mais il ne bouge toujours pas –

– Je hais autant que vous l'homme qui a tué le Ciel, dis-je. Je ferai *tout* pour l'arrêter.

Il nous observe encore un instant, les feux tournoyant au-dessus des arbres, le vaisseau éclaireur revenant par la vallée –

– *Allez-y,* dit-il. *Allez-y avant que le Ciel ne change d'avis.*

[TODD]

– VIOLA ! je hurle. Mais toujours aucune réponse, ni sur le Communicateur 1 ni sur le 3, alors que le plancher plonge sous mes pieds. Sur les écrans, je nous vois virer après avoir laissé un sillage flamboyant dans le lit du fleuve.

Mais il y a trop de fumée et je ne les aperçois pas, ni elle, ni Ben –

(s'il vous plaît, par pitié –)

– *Regarde les Spackle,* lance le Maire sur le comm, d'un ton perplexe. *Ils ne courent même pas.*

Je le tuerai. Je vais le *tuer*, ça, je le jure –

Et alors je pense –

*Si l'arrêter c'est ce que je veux, si c'est ce que je* ***désire*** *par-dessus tout et si tout est question de désir –*

*Arrêtez l'attaque !* je pense, essayant de me concentrer de toutes mes forces malgré les embardées du vaisseau, essayant de le trouver là-haut dans le cockpit. *Arrêtez l'attaque et posez le vaisseau !*

– *C'est toi qui frappes à ma porte, Todd ?* ricane le Maire.

Un éclair traverse ma tête, un éclair de brûlure blanche et puis les mots qu'il utilise depuis le début, T'ES RIEN T'ES RIEN T'ES RIEN, et je titube en arrière, les yeux flous, le cerveau flou –

– *Tu n'avais même pas besoin d'essayer, d'ailleurs. Il semble que ta Viola ait survécu, finalement.*

Je cligne des yeux, et là, sur les écrans, je nous vois revenir vers deux personnages à cheval, et c'est Viola –

(Dieu merci, Dieu merci –)

Galopant vers la crête comme des fous furieux, évitant les flammes quand ils peuvent, sautant à travers mais –

– *Ne t'inquiète pas, Todd. Mon travail s'arrête ici. Si je ne m'abuse, le fleuve va bientôt ressurgir et nous irons attendre notre destin sur les rives de l'océan.*

J'ai encore du mal à récupérer mon souffle, mais je titube vers le panneau de comm.

Peut-être que mon comm était le 1, mais c'était Maîtresse Coyle, le 3 –

J'appuie sur le 2.

– Viola ?

Et sur l'écran je la vois, toute minuscule sur Acorn et ils atteignent la crête de la colline en feu et ils volent sur le chemin défoncé en contrebas –

Je la vois sursauter, stupéfaite, je vois Acorn trébucher et s'arrêter, et elle fouille dans son manteau –

– *Todd ?* j'entends, très clair, limpide.

– Qu'est-ce que c'est ? coupe la voix du Maire –

Mais je garde le bouton enfoncé –

– L'océan, Viola ! je hurle. On va à l'océan !

Un nouveau souffle de Bruit me renverse.

[VIOLA]

– L'océan ? je hurle dans le comm. Todd, ça veut dire quoi ?

– Regardez ! s'écrie Bradley un peu plus bas sur la route.

Il désigne le vaisseau éclaireur –

Qui s'engouffre dans la vallée et s'éloigne de nous, vers l'est –

En direction de l'océan –

– Todd ? j'appelle encore, mais pas de réponse. Todd ?

– Viola, il faut y aller, maintenant ! dit Bradley en faisant piquer Angharrad droit dans la pente.

Toujours aucun son dans le comm, mais Bradley a raison. Un mur d'eau va bientôt s'abattre sur la vallée et il faut prévenir un maximum de gens –

Mais tandis qu'Acorn dévale la colline, je sais bien que nous pourrons sauver très peu de vies –

Et peut-être même pas les nôtres.

## [TODD]

Je pousse un gémissement, puis me redresse juste assez pour trébucher sur le corps d'Ivan. Je lève les yeux vers les écrans, mais je vois rien que je recognais maintenant, je vois même pas de feux, juste des collines et des arbres verts en dessous –

Alors c'est bien ça, on est en route vers l'océan –

Vers la fin de tout –

J'essuie le sang d'Ivan sur ma veste, cette stupide veste d'uniforme pareille que celle du Maire, et l'idée qu'on se ressemble tous les deux me remplit de dégoût –

*– Déjà vu un océan, Todd ?*

Et je peux pas m'empêcher de regarder –

À cause que le voilà –

L'océan –

Pendant un long moment, je peux pas en décoller mes yeux –

Sur tous les écrans en même temps, partout et partout une étendue d'eau si immense qu'elle a pas de fin, juste la plage au début, couverte de sable et de neige, puis de l'eau partout et toujours jusqu'à l'horizon nuageux –

Ça me flanque tellement le vertige que je finis par détourner le regard –

Je retourne à l'écran de comm où j'ai pu parler pendant une seconde avec Viola, mais bien sûr le Maire a tout éteint, ça et tout ce que je pourrais encore utiliser pour lui parler.

On est juste lui et moi maintenant, volant en direction de l'océan –

Juste nous deux pour le règlement de comptes final –

Il s'en est pris à Viola. Il s'en est pris à Ben. Si le feu ne les a pas tués, la crue peut encore le faire, et alors oui, ce sera un purain de règlement de comptes –

Ça oui –

Et je commence à penser son nom. Je commence à penser son nom bien nettement, bien fort, pour m'entraîner, pour le chauffer dans mon esprit, dans mon *Bruit* –

Avec toute ma colère, toute l'angoisse que je ressens pour elle –

Il m'a peut-être rendu la bataille plus difficile en rendant mon Bruit silencieux, mais s'il peut encore me frapper avec son Bruit, alors moi aussi –

*Viola*, je pense.

***VIOLA.***

(LE CIEL)

Je dois envoyer la Terre à travers le feu pour la sauver. Je dois les envoyer grimper sur les pentes brûlantes de la vallée, à travers les arbres enflammés, entre les huttes cachées qui s'effondrent et explosent, je dois les envoyer à travers un si grand péril pour qu'ils échappent au péril encore plus grand qui s'engouffre maintenant dans le lit du fleuve –

Un péril plus grand auquel je les ai condamnés –

Un péril plus grand que *le Ciel* a estimé nécessaire –

Parce que ce sont les choix du Ciel, les choix que le Ciel doit faire pour le bien de la Terre. Un nombre considérable d'entre nous brûleraient carbonisés si nous laissions le feu continuer à courir et ravager la forêt, et un nombre considérable d'entre nous mourront encore en fuyant –

Mais au moins, dans le deuxième cas, nous entraînerons des centaines de ceux de la Clairière avec nous –

– *Non...,* montre la Source, qui gravit lentement la pente derrière moi.

Nous sommes sur nos oxymares, essayant de trouver un chemin à travers l'incendie pour grimper suffisamment loin du lit de la rivière avant que les eaux n'arrivent. Les oxymares souffrent, mais nous devons les presser, espérant que leurs armures les sauveront.

– *Le Ciel ne peut penser de cette façon,* continue la Source. *La guerre contre la Clairière ne fera que détruire la Terre. La paix doit rester possible.*

Je me tourne debout sur ma selle, je l'observe assis sur la sienne, comme un *homme*.

– La **paix** ? je montre, indigné. *Parce que tu espères encore la paix après ce qu'ils ont fait ?*

– *Après ce que* **l'un d'eux** *a fait. La paix n'est pas seulement possible. Elle est vitale pour notre avenir.*

– *Notre avenir ?*

Il poursuit sans répondre :

– *La seule alternative, c'est une complète et mutuelle destruction.*

– *Et en quoi cela te pose-t-il un problème ?*

Mais sa voix brille déjà de colère.

– *Jamais le Ciel n'aurait posé pareille question.*

– *Et que sais-tu du Ciel ? Que sais-tu de l'un quelconque d'entre nous ? Tu n'as parlé dans notre voix qu'une petite fraction de ta vie. Tu n'es pas nous. Tu ne seras jamais nous.*

– *Tant qu'il y aura un nous et un eux, jamais la Terre ne sera en sécurité.*

Je vais répondre quand la voix de la Terre appelle de la vallée à l'ouest pour nous prévenir. Nos montures grimpent encore plus vite. Je regarde à travers la glace qui tombe toujours, les feux qui brûlent de chaque côté de la vallée, la fumée qui monte dans les nuages –

Et au loin dans le lit du fleuve, un épais banc de brouillard se forme, courant au-devant du fleuve comme le sifflement d'une flèche –

Le brouillard passe et remonte devant nous, couvrant le monde de blancheur.

Je lance un dernier regard à la Source –

Et puis j'ouvre ma voix.

Je l'ouvre à toute la Terre qui peut l'entendre, cherchant les Chemins pour qu'ils la transmettent, jusqu'à ce que je sache que je parle à *toute* la Terre, partout –

Et je les entends, les échos de mon premier ordre, l'ordre de rassembler les armes –

Je les entends postés là comme un destin à remplir –

Je m'en empare et je reprends la voix et je l'expédie plus loin et plus large qu'auparavant –

Préparez-vous, dis-je à la Terre.

Préparez-vous à la guerre –

*NON !* s'écrie encore la Source –

Mais ses paroles se perdent alors qu'une muraille d'eau plus haute qu'une ville s'écrase dans la vallée en dessous, avalant tout sur son passage.

[VIOLA]

Nos sabots labourent la route, Acorn galopant si vite que je peux à peine tenir ma prise sur sa crinière –

*Fille pouliche, cramponne-toi*, dit Acorn, et il parvient à accélérer encore –

Bradley galope en tête sur Angharrad, fonçant à travers la neige qui nous enveloppe. Nous approchons des faubourgs de la ville et de ses premières maisons.

– *Bon sang, mais qu'est-ce que...?* hurle Bradley dans son Bruit –

Un petit groupe d'hommes s'avance sur la route. En formation, conduit par le capitaine O'Hare, fusils en main et l'inquiétude monte dans leur Bruit comme la fumée qui s'enroule aux horizons nord et sud.

– REBROUSSEZ CHEMIN !... hurle Bradley en se rapprochant d'eux. VITE ! REBROUSSEZ CHEMIN !

Le capitaine O'Hare s'arrête, son Bruit rempli de perplexité, et les hommes derrière s'arrêtent eux aussi. Nos chevaux freinent des quatre fers.

– Les Spackle ont lancé une attaque, dit le capitaine. J'ai des ordres...

– Ils ont ouvert le barrage ! je crie.

– Il faut remonter en hauteur ! dit Bradley. Il faut dire aux habitants...

– Presque tous sont déjà partis, réplique le capitaine O'Hare, et son Bruit vire au rouge... Ils suivent l'armée sur la route, au pas de course.

– Ils font quoi ? je m'exclame.

Le capitaine O'Hare marmonne, de plus en plus en colère :

– Alors, il *savait* que c'était du suicide…

– Pourquoi est-ce que tous les autres ont pris la route du haut ? je demande.

– Ils rejoignent le plateau des guérisseuses, répond le capitaine d'une voix acide. Pour le *sécuriser*.

Un éclair de son Bruit nous montre ce que *sécuriser* veut dire.

Je pense à Lee sur le plateau. Je pense à Lee aveugle.

– Bradley ! je lance, secouant les rênes d'Acorn.

– Faites monter vos hommes plus haut ! clame celui-ci tandis que nous contournons les soldats. Sauvez autant de gens que vous le pouvez !

Mais alors on entend le *reurr* –

Pas le REURR du Bruit d'un groupe d'hommes –

Le *reurrr* et le *crasssh* du fleuve –

On regarde derrière nous –

Où une gigantesque muraille d'eau efface le sommet de la colline –

[TODD]

La scène change. L'océan disparaît, et d'un coup surgissent les modules de la ville. Le Maire en a pointé un sur la cascade à sec –

*– Le voilà, Todd…*

– Viola, je chuchote paniqué, essayant de la repérer sur les écrans, essayant désespérément de voir si un module la suit à travers la ville –

Mais je vois rien –

Rien qu'un immense mur d'eau qui se projette

par-dessus la crête de la colline, expédiant devant lui un nuage de brume et de fumée grand comme une ville –

– Viola, je chuchote encore –

– *Et la voici...* fait la voix du Maire –

Il sélectionne l'image d'un module qui les montre, elle et Bradley à cheval, galopant dans la grand-rue –

Et il y a des gens qui courent aussi, mais personne nulle part sous le ciel peut courir plus vite que l'eau qui s'écrase au pied des chutes et rebondit en avant, dans la vapeur et le brouillard –

Une vague dirigée droit sur la ville –

– Plus vite, Viola, je chuchote, collant presque le nez à l'écran. *Plus vite.*

[VIOLA]

– Plus vite ! crie Bradley devant.

Mais je l'entends à peine.

Le *reurr* de l'eau derrière nous devient assourdissant –

– PLUS VITE ! hurle Bradley, tournant la tête –

Je tourne la tête aussi –

Mon Dieu –

C'est comme un mur, un solide mur blanc d'eau en furie, plus haut que le plus haut bâtiment de New Prentissville, qui s'écrase dans la vallée, balaye le champ de bataille au pied de la colline en un instant, puis rugit en avant, dévorant tout sur son passage –

– ALLEZ ! je crie à Acorn. ALLEZ !

Je sens la terreur parcourir tout son corps. Il sait parfaitement ce qui arrive derrière nous, ce qui pulvérise en allumettes les premières maisons de New Prentissville et sans doute aussi le capitaine O'Hare et ses hommes –

Et des gens sortent en hurlant de leurs maisons, courent vers les pentes au sud, mais ils sont trop loin, bien trop loin pour y arriver à pied, et tous ces gens vont mourir –

Je détourne les yeux, terrifiée, talonne frénétiquement Acorn, et sa bouche crache de gros flocons d'écume –

– Allez, mon vieux, je lui crie entre les oreilles. *Allez !*

Mais il ne répond rien, il galope et galope de toutes ses forces et nous traversons la place et nous passons devant la cathédrale et nous prenons la grand-rue et je risque un autre coup d'œil par-dessus mon épaule et je vois le mur d'eau se fracasser entre les bâtiments à l'entrée de la place –

– On va jamais y arriver ! je hurle à Bradley –

Il me jette un regard, puis plus loin derrière –

Et son visage dit que j'ai raison.

[TODD]

Du coin de l'œil, je vois un écran qui montre qu'on va atterrir sur le rivage. Je vois de la neige et du sable et de l'eau à l'infini, des vagues qui se brisent et des ombres qui bougent juste sous la surface –

Mais mon attenssion reste rivée au module qui suit Viola et Bradley –

Je les vois traverser la place, laisser les gens derrière, et puis la cathédrale, et prendre la rue qui sort de la ville –

Mais l'eau est trop rapide, trop haute, trop puissante –

Ils vont pas y arriver –

– Non... (Mon cœur me déchire la poitrine.) Allez!... *Allez!!!*

Et le mur d'eau se fracasse contre les ruines de la cathédrale, renversant finalement le clocher qui tenait encore debout –

Qui disparaît dans un éclair d'eau et de briques –

Et puis –

L'eau ralentit –

En balayant New Prentissville, en effaçant New Prentissville, les débris et les construxions l'ont freinée, juste un peu, réduisant un peu son mur, sa hauteur, sa vitesse –

– Mais pas vraiment assez, grince le Maire –

Il est là, dans la chambre derrière moi –

Je pivote pour lui faire face –

– Je suis désolé qu'elle meure, Todd. Sincèrement.

Alors, je le frappe avec un **VIOLA** bourré de tout ce que j'ai en moi.

[VIOLA]

– Non, je m'entends murmurer, alors que tout New Prentissville est balayé en pièces derrière nous, le mur d'eau maintenant chargé de briques et de poutres et d'arbres et de qui sait combien de corps –

Et je tourne la tête –

Et il ralentit –

Il s'étouffe sur ses propres débris –

Mais pas assez –

Il a atteint l'entrée de la route juste derrière nous, il arrive encore très vite, puissant et brutal –

*Todd*, je pense.

– Viola ! crie Bradley, cou et visage tordus –

Et il n'y a plus moyen –

Plus aucun moyen de –

Fille pouliche, j'entends –

– Acorn ?

**Fille pouliche**, il répète, son Bruit déchiqueté par la force qu'il dépense –

Angharrad aussi, je l'entends devant –

**Suis !** dit-elle –

– Comment ça, suis ?

Et je fixe l'eau à même pas cent mètres de nous –

Quatre-vingts mètres –

**Fille pouliche**, répète Acorn.

– Bradley ? j'appelle, mais je le vois agripper la crinière d'Angharrad aussi fort que j'agrippe celle d'Acorn –

Et **Suis !** elle mugit encore –

**Suis !** répond Acorn –

**Cramponne-toi !** ils hurlent ensemble –

Et je suis presque arrachée de son dos par une incroyable explosion de vitesse –

Une explosion de vitesse qui va lui déchirer les muscles des jambes, qui va lui déchirer les poumons –

Mais ça y est –

Je me retourne –

Nous volons plus vite que le flot.

***VIOLA !*** je lui envoie directement –

Le frappe avec toute ma rage de la savoir tellement en danger, de pas savoir ce qui lui est arrivé, de me demander si elle est pas –

Toute cette *rage* –

***VIOLA !***

Et le Maire grimace et vacille en arrière –

Mais il tombe pas –

– Je t'avais bien dit que tu devenais plus fort, Todd, dit-il en reprenant son équilibre avec un sourire. Mais pas assez fort, malgré tout.

Et il y a un éclair de Bruit dans ma tête, tellement violent que je bascule sur un lit puis roule sur le sol, le monde réduit à rien mais le Bruit en écho à travers moi **T'ES RIEN T'ES RIEN T'ES RIEN** et tout se réduit à ce son-là –

Et puis je pense à Viola –

Je pense à elle là-bas –

Et je le repousse –

Je sens mes mains sur le sol –

Je les utilise pour me relever sur mes genoux –

Je lève la tête –

Pour voir le visage surpris du Maire à un mètre seulement, qui se rapproche, quelque chose dans la main –

– Eh bien, eh bien, siffle-t-il presque gaiement. Encore plus fort que je n'aurais cru.

Et je sais qu'un autre souffle se prépare, alors j'adopte la vieille manière avant qu'il ait le temps de se reprendre –

Poussant sur mes pieds, d'un bond je lui saute dessus –

Il s'y attend pas et je le percute à la taille, le projette avec moi contre les écrans –

(où le fleuve fonce toujours dans la vallée –)

(où Viola est nulle part visible –)

Et il se cogne dedans avec un grognement, tout mon poids sur lui, et j'écarte mon poing pour le frapper –

Et je sens un léger contact sur mon cou –

Aussi léger qu'une caresse –

Et quelque chose reste collé et j'y porte la main –

Un pansement –

La chose qu'il avait –

– Dors bien, lâche-t-il avec un sourire –

Et je bascule sur le sol –

Et les écrans remplis d'eau c'est la dernière chose que je vois –

## [VIOLA]

– Acorn ! je crie dans sa crinière –

Mais il m'ignore, continue son galop insensé, et Angharrad aussi, avec Bradley devant –

Et ça y est, nous avons atteint un virage et le fleuve arrive toujours derrière nous, toujours chargé d'arbres et de débris –

Mais il ralentit encore, plus proche de ses berges –

Et les chevaux galopent toujours –

Fuyant sur la route devant le brouillard qui nous rattrape, lance ses tentacules, lèche la queue des chevaux –

Et le fleuve suit –

Mais de plus en plus loin derrière –

– Ça va aller ! me crie Bradley –

– C'est bien, encore un peu, Acorn, je murmure dans ses oreilles. On y est presque…

Il ne répond rien, continue à galoper –

Les arbres s'épaississent le long de la route, la moitié en flammes, et ils ralentissent encore le fleuve, et je reconnais l'endroit où nous arrivons. On approche de la vieille maison de soins où je suis restée si longtemps, la maison d'où je me suis enfuie –

Pour trouver le plateau et la tour de communications –

Le plateau vers où progresse l'armée, quelque part devant nous –

Peut-être même déjà sur place –

– Je connais un raccourci, Bradley !…

Je pointe le doigt plus haut vers une petite ferme sur la droite, surmontée par une forêt que le feu n'a pas encore atteinte.

– … Par là !

**Fille pouliche ?** dit Acorn en signe de compréhension et les chevaux voltent brusquement dans le virage et ils se propulsent vers l'étroit sentier qui se cache dans les bois –

Un immense *crasssh* retentit derrière nous lorsque le fleuve engloutit la route que nous venons juste de quitter, brassant les arbres et les débris, étouffant l'incendie mais noyant tout le reste avec, recouvrant l'allée derrière nous, avalant la petite ferme –

Mais nous sommes dans les bois maintenant et les branches me giflent le visage et j'entends Bradley pousser un cri mais il reste cramponné à Angharrad –

Et la pente mène à un petit plateau –
Puis à une autre pente –
Et à travers des taillis –
Et puis nous volons à travers la clairière, nos sabots tonnent à travers la foule, les gens hurlent et s'écartent en panique, je visualise la scène en un éclair –
Les images des modules toujours projetées sur les toiles de tente –
Ils savent ce qui est arrivé –
Ils savent ce qui va arriver –
– Viola ! résonne un cri alors que nos chevaux traversent le campement au grand galop –
– Éloigne les gens de la piste, Wilf ! Le fleuve… !
– Il y a une eurmée ! crie Jane à côté de lui, pointant vers l'entrée de la clairière –
Où l'on voit le capitaine Tate qui conduit l'armée presque entière –
Escaladant le plateau –
Fusils parés pour l'attaque –
Charrettes d'artillerie prêtes à faire tout sauter.

(LE CIEL)

Le Ciel entend tout.
Je le savais déjà, mais jamais je ne l'avais senti jusqu'à maintenant. Il entend le moindre secret caché dans chaque cœur de la Terre. Il entend chaque détail, important ou absurde, aimant ou meurtrier. Il entend le moindre souhait de chaque enfant, le moindre souvenir de chaque vieillard, le moindre désir et sentiment et opinion de chaque voix de la Terre.
Il est la Terre.
*Je* suis la Terre.

– *Et la Terre doit survivre,* poursuit la Source tandis que nous chevauchons rapidement les collines sur nos oxymares, en direction de l'est.

– *La Terre survit,* je lui montre. *Et elle continuera à survivre sous la direction du Ciel.*

– *Je vois ce que tu prépares et tu ne dois pas...*

Je me tourne sèchement vers lui.

– *Ce n'est pas ta place de dire au Ciel ce qu'il doit faire.*

Le brouillard et la glace se sont alliés pour éteindre plusieurs incendies dans les forêts qui entourent la vallée. Mais ceux du Nord continuent à faire rage et je distingue dans les voix de la Terre qu'ils vont continuer à faire rage malgré le fleuve. À ajouter au nombre des maux infligés par le chef de la Clairière, il y aura un pays noirci et grillé.

Mais le Sud est plus rocheux. Il y a des sentiers parmi les collines, où les arbres sont plus frêles et les broussailles plus clairsemées, où le feu ne peut brûler aussi fort.

Nous avançons donc dans les collines du Sud.

Nous avançons vers l'est.

Nous tous. Tous les membres de la Terre qui ont survécu à la fournaise, chaque Chemin, chaque soldat, chaque mère, père et enfant.

Nous avançons vers l'est, à la poursuite de la Clairière.

Nous marchons vers le plateau lointain.

Nos armes sont prêtes, des armes qui les ont déjà repoussés, des armes qui les ont tués par centaines, des armes qui cette fois vont les détruire –

Alors, j'entends la voix d'un soldat qui chevauche près de moi –

Il m'apporte mon arme personnelle –

Car le Ciel ne doit pas livrer bataille sans arme –

Je remercie le soldat. C'est une arme de la Terre, un

fusil à l'acide, assez semblable à celui que le Couteau portait lui-même.

Assez semblable au fusil que je lui ai promis d'utiliser pour –

J'ouvre ma voix à la Terre.

Je les convoque encore.

Je les convoque tous.

*Nous marchons vers l'est,* je montre. *La Terre qui survit marche vers la Clairière.*

– *Dans quel but ?* demande encore la Source.

Je ne réponds pas.

Et nous pressons le pas.

## [VIOLA]

– Viola ! Arrête-toi ! crie Bradley derrière moi –

Mais je continue sans l'écouter, sans même avoir à pousser Acorn, pourtant exténué –

Nous galopons au milieu du plateau et les gens commencent à fuir en hurlant l'armée qui approche, certains ont empoigné les fusils fournis par la Flèche, les maîtresses courent vers leur stock d'armements –

La guerre arrive ici, en miniature, mais encore plus folle. Le monde tombe en morceaux et les gens vont gâcher leurs derniers instants à se battre les uns contre les autres –

– VIOLA !

C'est Lee, devant la foule, il tourne la tête pour lire le Bruit des hommes autour de lui, essayant d'avoir une image de ce qui se passe, essayant de m'arrêter –

Mais je ne serai pas responsable de la mort

d'une seule autre personne, même si je dois mourir pour ça –

Tout a commencé avec le missile que j'ai tiré, la décision que j'ai prise de nous impliquer dans cette guerre, une décision que j'ai passé tout ce temps à tenter de corriger. Et ce qui me met le plus en colère, encore plus que l'incendie ou l'inondation ou l'enlèvement de Todd par le Maire, c'est que même quand la coopération pacifique est la seule solution évidente, la seule solution qui puisse nous garder en vie –

Il reste encore des gens qui la refusent.

Je tire sur les rênes d'Acorn juste devant les soldats en marche, obligeant le capitaine Tate à s'arrêter.

– POSEZ CE FUSIL ! je me surprends à hurler. TOUT DE SUITE !

Pour toute réponse, il le lève.

Et le pointe sur ma tête.

– Et puis quoi ? je crie. Il n'y a plus de ville en bas et vous allez massacrer les seules gens qui pourraient vous aider à la construire ?

– Écarte-toi de mon chemin, rétorque-t-il avec un léger sourire.

Et mon cœur se plombe quand je vois comme il me tuerait facilement.

Mais je lève mon regard vers l'armée derrière lui, les hommes qui préparent l'artillerie à tirer.

– Et qu'est-ce qui vous attend après, hein ? je leur crie à tous. Vous allez marcher vers l'océan, où vous attend une mort certaine, encerclés par un million de Spackle ? C'est cela, qu'on vous a ordonné ?

– Mais oui, parfaitement, rétorque le capitaine Tate en armant son fusil.

– Êtes-vous venus sur cette planète pour être soldat ? je continue à crier, et en même temps je crie aussi vers le plateau derrière moi, vers la Flèche et ses survivantes, les gens rassemblés ici, qui ont pris leurs propres armes. Vraiment ? C'est ce que vous souhaitiez tous ? Ou bien êtes-vous venus chercher une vie meilleure ?

Je baisse les yeux sur le capitaine Tate.

– … Êtes-vous venus fonder un paradis ? Ou mourir aux ordres d'un seul homme ?

– C'est un grand homme, marmonne le capitaine en fixant le canon de son fusil.

– C'est un tueur. S'il peut contrôler quelque chose, il le détruit. Il a envoyé à la mort le capitaine O'Hare et ses hommes. Je l'ai vu de mes propres yeux.

Des murmures parcourent l'armée en entendant cela, surtout quand Bradley arrive, ouvrant son Bruit vers l'image du capitaine O'Hare et de ses hommes sur la route. Je suis assez proche du capitaine Tate pour voir une goutte de sueur descendre de sa tempe, malgré le froid, malgré la neige.

– Il fera la même chose avec vous, je poursuis. Il fera la même chose avec vous tous.

Le visage du capitaine révèle tout un combat intérieur et je me demande s'il oserait désobéir au Maire, si le Maire n'a pas fait quelque chose pour –

– Non ! clame-t-il. J'ai des ordres !

– Viola ! crie Lee tout près –

– Lee, recule ! je hurle.

– J'AI DES ORDRES ! hurle le capitaine Tate –
Et un coup de feu part.

(LE CIEL)

Le brouillard s'épaissit, entre la fumée et la vapeur qui montent de la vallée en dessous de nous. Mais le brouillard n'arrête pas la Terre. Nous ouvrons simplement nos voix plus largement, franchissant les petites marches devant nous l'une après l'autre, une par une. Alors, devant notre vue physiquement limitée par le brouillard, tout le tableau de notre progression s'ouvre pour en devenir la vision d'ensemble.

La Terre n'est pas aveugle. La Terre est en marche.

Le Ciel à sa tête.

Je sens la Terre qui se rassemble derrière moi, se déverse du Nord et du Sud, cherche son chemin à travers les forêts en feu et les crêtes au-dessus de la vallée, se rejoint par centaines puis par milliers et encore plus. La voix du Ciel s'étend en arrière et en arrière, transmise par les Chemins et la Terre même, à travers des forêts que je n'ai jamais vues, des territoires à jamais inconnus de la Clairière, touchant des voix de la Terre à l'accent étrange et différent –

Mais toujours la même voix, la voix de la Terre –

Le Ciel en appelle à tous, chaque voix aussitôt tendue plus loin qu'un Ciel ne l'a jamais fait –

La voix tout entière de la Terre s'écoule dans notre marche –

Tous marchant ensemble –

Vers la Clairière –

– *Et maintenant ?* montre la Source, toujours sur sa bête, toujours sur mes talons, à me harceler –

– *Je crois qu'il est temps pour toi de nous quitter,* je montre. *Je crois qu'il est temps pour la Source de retourner à son véritable peuple.*

*– Et pourtant, tu ne m'y as pas obligé. À tout moment, tu aurais pu le faire...*

Sa voix monte d'un cran.

*– Mais tu ne l'as* **pas fait**. *Et donc tu sais,* **le Ciel** *sait que je suis dans le vrai, que tu ne peux pas attaquer la Clairière...*

*– La Clairière qui a massacré le Fardeau?* je montre, la colère montant en moi. *La Clairière qui a* **tué le Ciel?** *Et le Ciel ne répondrait pas? Le Ciel rebrousserait chemin et laisserait la Terre se faire massacrer?*

*– Mais le Ciel voudrait-il remporter une victoire qui signifierait plus tard la mort de la Terre?*

Je détourne la tête.

*– Tout ce que tu veux, c'est sauver ton fils.*

*– Bien sûr. Todd est* **ma** *Terre. Il représente tout ce qui vaut d'être sauvé. Tout ce que le futur peut être.*

Et à nouveau, je vois le Couteau dans la voix de la Source, je le vois vivant et réel, et fragile et humain –

Je le coupe. Je rouvre ma voix à la Terre. Je leur dis de presser le pas.

Alors, un son étrange monte de la voix de la Source.

## [VIOLA]

Je fais un bond en entendant le coup de feu, j'attends la même brûlure dans mon milieu que quand Davy m'a tiré dessus –

Mais je ne sens rien –

Je rouvre les yeux, sans avoir réalisé que je les avais fermés –

Le capitaine Tate est au sol, le bras crispé, un trou dans le front –

– Arrêtez! je crie, pivotant pour voir qui a tiré,

mais je ne distingue que des visages confus parmi les femmes et les hommes armés de fusils –

Et Wilf debout près de Lee.

Et Lee avec un fusil dans les mains.

– Je l'ai eu ? demande-t-il. Wilf a dirigé mon tir.

Je reporte immédiatement mon regard sur les soldats, tous lourdement armés, tous brandissant leurs fusils –

– Je ne suis pas sûr qu'ils le suivaient volontairement, dit Bradley.

– Mais était-ce le capitaine Tate ? je demande. Ou bien le Maire *à travers* le capitaine Tate ?

Et on entend monter le Bruit des soldats, plus fort, plus net, tandis qu'ils observent les visages effrayés des gens du plateau, les gens sur qui ils s'apprêtaient à tirer –

Et on entend même l'inquiétude de ceux qui, à l'arrière, sentent la menace du fleuve dans leurs dos.

– Nous avons de la nourriture ! clame Maîtresse Lawson en émergeant de la foule. Et nous allons monter des tentes pour tous les hommes qui ont perdu leur maison ! (Elle croise les bras.) C'est-à-dire nous tous, à présent !

Et je regarde les soldats, et je réalise qu'elle a parlé juste.

Ce ne sont plus des soldats.

D'une certaine manière, ils sont redevenus des hommes.

Lee me rejoint avec Wilf, guidé par le Bruit de Wilf.

– Viola, ça va ?

– Mais oui, je réponds, me voyant dans le Bruit de Wilf puis dans le sien. Merci.

– Je t'ein prie, Viola, grommelle Wilf. Et mainteneint, y se passe quoi ?

– Le Maire est parti vers l'océan. Il faut y aller. Mais vu comme Acorn halète, je l'imagine pas aller jusque-là –

Alors Bradley émet un brusque gémissement, il lâche les rênes d'Angharrad, se serre les tempes à deux mains, ses yeux exorbités –

Et un son, un son très étrange résonne à travers son Bruit, ni une image ni un mot intelligibles, juste un *son* –

– Bradley ? je lance, inquiète.

– *Ils arrivent*, répond-il avec sa voix mais encore plus, parce qu'elle retentit très fort à travers le plateau, ses yeux vagues et noirs, comme aveugles.

– *ILS ARRIVENT !*

(LE CIEL)

– *Qu'est-ce que c'était que ça ?* je demande à la Source. *Qu'est-ce que tu viens de faire là ?*

Je plonge profondément dans sa voix, fouillant pour savoir ce qu'était ce son –

Et je le vois –

Et je suis d'abord trop stupéfait pour être vraiment en colère.

– *Comment ? Comment peux-tu faire cela ?*

– *Je parlais la voix,* répond-il les yeux dans le vague. *La voix du monde.*

En écho à travers lui, ce n'est pas le langage de la Terre, ni tout à fait celui de la Clairière non plus, mais un mélange plus profond du langage parlé de la Clairière et de la voix de la Terre et transmis par les Chemins, par de nouveaux Chemins –

Par des Chemins de la Clairière –

Ma voix se rétrécit.

– *Comment ?*

– *Je crois que c'était en nous depuis toujours,* montre-t-il en respirant bruyamment. *Mais avant que tu ouvres ma voix, nous n'en étions pas capables. Je crois que Bradley est un Chemin naturel...*

– *Alors, tu les as prévenus ?* je montre, furieux.

– *Il le fallait. Je n'avais pas le choix.*

Je pointe mon fusil à acide sur lui.

– *Si me tuer doit assouvir ta vengeance, si cela doit stopper cette marche qui signifie notre mort à tous, alors tue-moi. J'accepterai ce sacrifice avec bonheur.*

Et sa voix dit la vérité. Je le vois penser au Couteau, à Todd, toujours avec le même amour, le même sentiment qui dira au revoir si cela peut sauver le Couteau, je l'entends résonner en lui comme l'information qu'il vient d'envoyer –

– *Non,* je montre en abaissant mon arme, et sa voix se soulève d'espoir. *Non, tu viendras avec nous et tu contempleras leur fin. Tu viendras avec nous et tu regarderas le Couteau mourir.*

[VIOLA]

– Ils arrivent, murmure Bradley.

– Qui ? Les Spackle ?

Il hoche la tête.

– Oui, tous. Jusqu'au dernier.

Un hoquet coupe aussitôt la respiration des gens les plus proches, et le Bruit des hommes s'étend encore plus vite.

– C'était Ben, lâche péniblement Bradley. Il me l'a dit.

– Quoi ? Mais comment… ?

Il secoue la tête.

– Aucune idée. Personne ne l'a entendu ?

– Non, dit Lee. Mais peu importe, si c'est vrai.

– J'en suis sûr, réplique Bradley, regardant la foule sur le plateau. Ils viennent nous attaquer.

– Alors on doit organiser la défense…, dit Lee qui se tourne déjà vers les soldats, la plupart toujours plantés là sans trop savoir quoi faire. Reformez les rangs ! Retournez les canons ! Les Spackle arrivent !

– Lee ! je m'écrie. Comment veux-tu te battre, ils sont bien trop nombreux !

– Et alors, fait-il en se retournant, son Bruit directement projeté sur moi. On pourra au moins les retarder suffisamment pour vous laisser le temps d'atteindre l'océan…

J'en reste muette.

– … Et trouver le Maire, car c'est bien la seule façon d'en finir avec tout ça. Sans oublier que Todd a son rôle à jouer là-dedans, lui aussi.

Je jette un regard désespéré vers Bradley. Je contemple les visages sur le plateau, des visages épuisés et ravagés qui ont malgré tout survécu à toutes ces épreuves et qui se demandent si leur dernière heure est vraiment arrivée. Un épais brouillard monte en spirale de la vallée, étouffant et recouvrant tout d'une gaze blanche, et ils se tiennent là pétrifiés comme des fantômes.

– Livrer le Maire aux Spackle pourrait arrêter tout cela, dit Bradley.

– Mais… je murmure, regardant Acorn qui peine à respirer, ses flancs trempés d'une sueur écumeuse. Les chevaux ont besoin de repos. Ils ne peuvent pas…

**Fille pouliche**, dit Acorn, encolure penchée. **Aller. Aller maintenant.**

**Spackle**, dit Angharrad, haletante elle aussi. **Sauver garçon poulain.**

– Acorn, je chuchote.

**Aller maintenant**, répète-t-il, plus fort.

– Vas-y, dit Lee. Va sauver Todd. Qui sait, peut-être que tu nous sauveras tous, du même coup.

Je le fixe du haut de ma selle.

– Mais tu sauras mener une armée, Lee ?

– Et pourquoi pas ? réplique-t-il avec un sourire. Je ne serai pas le premier.

– Lee…

– T'inquiète, coupe-t-il en tendant la main pour me toucher la jambe, mais sans y arriver tout à fait. Je sais…

Puis il se tourne vers les soldats.

– J'ai dit, REFORMEZ LES RANGS !

Et j'ai peine à y croire, mais ils obéissent vraiment.

– Essaye quand même la paix, dis-je à Wilf. Retarde-les, dis-leur que nous allons leur rapporter le Maire, garde autant de gens en vie que tu le pourras…

Wilf hoche la tête.

– Je le feré. Mais preinds bien soin de toi, tu m'einteinds ?

– Je te promets, Wilf.

Et je jette un dernier regard sur eux, Wilf, Lee, les gens du plateau.

Je me demande si je les reverrai jamais.

– La route est sous l'eau, dit Bradley. Il va falloir prendre par les collines, à travers bois.

Je me penche entre les oreilles d'Acorn.

– Tu es sûr que tu peux le faire ?

*Fille pouliche*, il tousse. *Prêt.*

Et c'est tout. Plus rien d'autre à dire.

Bradley et Angharrad et Acorn et moi nous pénétrons sous les arbres, droit vers l'océan.

Sans savoir ce qu'on y trouvera.

## [TODD]

Je cligne des yeux, mon crâne transpercé par la douleur. J'essaye de me relever, mais je suis trop solidement attaché.

– Il n'y a rien à voir, de toute façon, Todd, dit le Maire tandis que les choses commencent à vaguement prendre forme. Nous sommes dans une chapelle abandonnée, dans un village abandonné, et sur une côte abandonnée. (Je l'entends soupirer.) Ce qui, en gros, correspond à notre histoire sur cette planète, non ?

J'essaye de lever la tête, et cette fois j'y vois plus clair. Je suis allongé sur une table en pierre, ébréchée du côté de mon pied gauche. Il y a un Nouveau Monde tout blanc et ses deux lunes sculptés sur le mur derrière une plate-forme où un prêcheur pourrait se tenir, et un autre mur à moitié effondré qui laisse entrer la neige.

– Tant de choses te sont arrivées dans des églises, poursuit-il, j'ai pensé qu'il serait approprié de te conduire en celle-ci, ton dernier chapitre, en quelque sorte… (Il se rapproche.) Ou ton premier.

– Relâchez-moi, je marmonne en me concentrant

pour essayer de le contrôler, mais ma tête, oh, ma tête est si lourde... Relâchez-moi et repartons d'ici. On peut encore arrêter tout ça.

– Hélas, ce ne sera pas si facile, Todd.

Souriant, il sort une petite boîte en métal, appuie dessus et projette une image, pleine de brouillard blanc et de fumée tourbillonnante.

– Je vois rien du tout, dis-je.

– Un instant, veux-tu, marmonne-t-il avec un sourire.

L'image se déplace et scintille sous le brouillard –

Puis pendant une seconde elle se déchire –

Et voilà les Spackle, en marche sur les collines –

Et il y en a tellement –

Tout un monde –

– Ils marchent vers le plateau, dit le Maire. Où ils découvriront que mon armée a déjà éliminé mes ennemis avant de continuer sa marche jusqu'ici. (Il se tourne vers moi.) Où nous livrerons notre dernière bataille.

– Où est Viola ? je dis, essayant de concentrer ma voix pour lancer une nouvelle attaque avec son nom.

– J'ai bien peur que les modules n'aient perdu sa trace dans le brouillard, dit-il en appuyant sur les boutons pour me montrer différentes vues de la vallée, toutes cachées par la fumée et la brume, les feux occupant les seuls espaces dégagés, des incendies gigantesques qui remontent vers le nord.

– Relâchez-moi.

– Chaque chose en son temps, Todd. Pour l'instant...

Il s'arrête et lève les yeux, son visage vaguement perplexe, mais pas à cause de ce qui se passerait ici. Il se retourne vers la projexion, toujours rien que du brouillard.

*VIOLA !* je lui lance en pensée, espérant qu'il l'a pas entendu venir.

Il sursaute à peine. Reste juste à fixer le vide, plissant le front un peu plus. Et puis il sort de la chapelle par le mur effondré, me laissant là, solidement attaché à la table, frissonnant dans le froid, comme si je pesais une tonne.

Je reste longtemps, plus longtemps que je voudrais, essayant de l'imaginer, elle, là-bas, essayant d'imaginer tous ces gens qui vont mourir si je bouge pas.

Et puis je commence lentement à essayer de me détacher.

(LE CIEL)

Le brouillard est épais comme une nuit blanche maintenant et la Terre ne s'oriente que par sa voix, liée par elle, trouvant le sentier qui approche du plateau, à travers les arbres –

Quand je lui ordonne de faire sonner la trompe de bataille –

Le son se déverse sur le monde et, même à distance, on entend la terreur de la Clairière –

Je pousse mon oxymare à travers la forêt, sentant la Terre presser le pas derrière moi. Je suis à l'avant-garde maintenant, la Source toujours avec moi, devant nos premiers soldats, leurs feux allumés et prêts à tirer, et derrière eux –

Derrière eux la voix entière de la Terre –

Qui accélère sa progression –

– *On y est presque*, je montre à la Source, alors que nous traversons une ferme abandonnée, inondée par les eaux qui reculent, puis grimpons sous des arbres denses –

Nous avançons, plus vite, plus vite encore –

Les voix de la Clairière nous entendent arriver, maintenant, elles entendent notre voix, notre voix innombrable qui se rapproche, notre trompe de bataille qui sonne encore –

Et nous abordons une corniche, puis une nouvelle pente –

Et je crève un mur de feuillages, mon fusil à acide brandi –

Et je suis le Ciel

Je suis le *Ciel* –

Menant la Terre dans sa plus grande bataille contre la Clairière –

Le brouillard est épais et je cherche la Clairière dans la blancheur, préparant mon arme à tirer son premier coup et ordonnant aux soldats de préparer leurs flèches enflammées –

Pour purger le monde de la Clairière une fois pour toutes –

Quand un homme seul apparaît.

– Atteindez, dit-il calmement, sans arme, seul dans une mer de brouillard. J'ai kèk'cheuse à dire.

## [VIOLA]

– Regarde la vallée, dit Bradley, alors que nous filons au galop sous les arbres des crêtes.

Par éclairs sur la gauche, à travers les feuilles et les nappes de brouillard, on aperçoit le fleuve en crue. La première vague de débris est déjà loin et les flots recouvrent maintenant les berges, inondant la route qui mène à l'océan.

– Nous n'y serons jamais à temps ! je crie à Bradley. C'est trop loin…

– On en a déjà fait un bon bout ! répond-il. Et on avance vite !

Trop vite, je pense. Les poumons d'Acorn râlent d'une manière inquiétante.

– Tout va bien, mon vieux ? je lui murmure entre les oreilles.

Il ne répond pas, continue simplement à piocher de la tête, en avant, en avant, et une bave écumeuse vole de sa bouche.

– Bradley ? je lance.

Il sait. Il regarde Angharrad, qui semble mieux qu'Acorn mais pas tant que ça. Il tourne la tête.

– C'est notre seule chance Viola. Je suis désolé.

Fille pouliche, souffle Acorn, très bas, douloureusement.

Et c'est tout ce qu'il dit.

Et je pense à Lee et à Wilf et aux autres sur le plateau.

Et nous continuons.

## (LE CIEL)

– Mon nom est Wilf, dit l'homme seul dans le brouillard, mais j'en entends des centaines derrière lui, je les entends effrayés mais prêts à combattre s'il le faut –

Et il le faut –

Mais quelque chose dans la voix de l'homme –

Même alors que les premiers rangs des soldats sur leurs oxymares s'alignent près de moi, leurs armes tendues, enflammées et parées à tirer –

La voix de l'homme –

Elle est aussi ouverte que celle d'un oiseau, d'un animal de charge, d'une surface de lac –

Ouverte et vraie et incapable de tromperie –

Et c'est un canal, un canal pour les voix derrière lui, ces voix de la Clairière cachées dans le brouillard, pleines de peur, pleines de terreur –

Pleines du souhait que tout cela finisse –

Pleines d'un désir de paix –

*– Vous avez déjà prouvé combien ce désir était faux,* je montre à l'homme appelé Wilf.

Mais il ne répond pas, il reste juste là debout, sa voix ouverte –

Et de nouveau ce sentiment, la certitude que cet homme est incapable d'une fausse vérité –

Il ouvre sa voix encore, et je distingue plus nettement toutes les voix derrière lui, à travers lui, et comment il écarte tous leurs mensonges, comment il les balaye et me donne –

– Je fais juste qu'eucuter, dit-il. Rien qu'eucuter le vrai.

*– Est-ce que tu l'entends ?* montre la Source, à côté de moi.

*– Ne dis rien,* je montre.

*– Mais tu **l'entends**? Tu entends comment est cet homme ?*

*– Je ne vois pas ce que tu veux dire...*

Et puis je l'entends, je l'entends à travers l'homme appelé Wilf, sa voix calme et ouverte, qui parle les voix de tout son peuple.

Comme s'il était leur Ciel.

Et avec cette pensée, j'écoute ma propre voix –

J'écoute la Terre massée derrière moi, se ramifiant vers cet endroit, sur ordre du Ciel –

Mais –

Mais ils parlent aussi. Ils parlent de peur et de regret. De peur de la Clairière et de la Clairière à venir du monde noir au-dessus. Ils voient l'homme Wilf en face de moi, ils voient son désir de paix, ils voient son innocence –

– *Ils ne sont pas tous comme lui,* je montre à la Terre. *Ce sont des créatures violentes. Ils nous tuent, ils nous mettent en esclavage...*

Mais il y a cet homme appelé Wilf et la Clairière derrière lui (et une armée prête, je le distingue dans sa voix, une armée effrayée mais prête et conduite par un homme aveugle). Et il y a le Ciel avec la Terre derrière lui, prête à faire ce que le Ciel veut, prête à marcher en avant et à effacer la Clairière de cette planète, si je leur dis de le faire –

Mais ils ont peur, eux aussi. Ils ont vu la paix de la même façon que l'homme appelé Wilf, comme une chance, une opportunité, une manière de vivre sans menace constante –

Ils feront ce que je leur demande –

Sans hésitation, ils le feront –

Mais ce que je leur dis n'est pas ce qu'ils veulent –

Je le vois maintenant. Je le distingue avec une clarté totale dans la voix de l'homme appelé Wilf.

Nous sommes ici pour ma vengeance. Pas la vengeance du Ciel, mais la vengeance du Retour. J'ai fait de cette guerre un but personnel. Personnel pour le Retour.

Et je ne suis plus le Retour.

– *Un acte et c'est tout,* montre la Source. *Le destin de ce monde, le destin de cette terre repose sur ce que tu vas faire maintenant.*

Je me tourne vers lui.

– *Mais alors, que faire ?* je demande à ma propre surprise. *Comment agir ?*

– *Agis comme le Ciel.*

Je regarde l'homme appelé Wilf, je sens la Clairière

derrière lui à travers sa voix, je sens le poids de la Terre derrière moi, dans ma propre voix.

La voix du Ciel.

Je suis le Ciel.

*Je* suis le Ciel.

Alors j'agis comme le Ciel.

[VIOLA]

Nous allons plus vite que le brouillard, maintenant, mais la neige continue à tomber, plus épaisse ici, même à travers les arbres. Nous laissons la crue à gauche dans la vallée et nous continuons aussi vite que nos chevaux peuvent nous porter.

Les chevaux.

Acorn ne répond plus à ce que je lui demande, son Bruit uniquement concentré sur sa course, malgré la douleur dans ses membres et son poitrail et je sens tout ce que ça lui coûte –

Et je réalise en même temps que je sais qu'il le sait, lui aussi –

Qu'il ne fera pas le voyage de retour.

– Acorn, je chuchote entre ses oreilles. Acorn, mon ami.

Fille pouliche, il répond, presque tendrement, et il continue sa course dans le fracas des branches, une forêt qui s'éclaircit maintenant puis s'ouvre brusquement sur un plateau balayé par des nuages de neige, une épaisse poussière blanche qui s'accumule déjà dessus, et nous traversons un troupeau de bêtes surprises qui se lancent des Ici paniqués, et alors, juste avant de replonger dans les bois –

– Le voilà ! crie Bradley –

Notre première vision, fugitive, de l'océan.

C'est tellement grand que je me sens écrasée –

Dévorant le monde jusqu'à l'horizon nuageux, il semble plus grand que le noir au-delà, exactement comme Maîtresse Coyle me l'avait expliqué, car il cache son immensité –

Et puis nous revoici sous les arbres.

– Il reste encore du chemin, dit Bradley. Mais on y sera avant la nuit…

Et Acorn s'effondre sous moi.

## (LE CIEL)

Il y a un long silence et j'abaisse mon arme. Le monde entier attend de voir ce que mon geste signifie.

Et j'attends de voir, moi aussi, ce qu'il signifie.

Et une fois encore, je vois la Clairière à travers le Bruit de l'homme appelé Wilf, je les vois transportés derrière lui par un sentiment, un sentiment que je connais très mal –

– *C'est de l'espoir,* montre la Source.

– *Mais oui, je sais ce que c'est…*

Et je sens la Terre derrière moi, qui attend aussi –

Et je sens de l'espoir, là aussi –

Et ainsi se fait la décision du Ciel. Le Ciel doit agir dans l'intérêt de la Terre. C'est ce qu'est le Ciel.

Le Ciel *est* la Terre.

Et le Ciel qui l'oublie n'est en aucune façon le Ciel.

J'ouvre ma voix à la Terre et je transmets un message à tous ceux qui se sont joints à l'armée, à tous ceux qui se sont unis derrière moi quand je les ai appelés –

Et qui maintenant s'unissent derrière ma décision de ne pas attaquer –

Parce qu'une autre décision l'accompagne. Une décision

nécessaire pour le Ciel, nécessaire pour la sécurité de la Terre.

– *Je dois trouver l'homme qui nous a agressés,* je montre à la Source. *Et je dois le tuer. Voilà ce qui est le mieux pour la Terre.*

La Source hoche la tête et s'avance, il dépasse l'homme appelé Wilf et disparaît dans le brouillard, et je l'entends parler à la Clairière, leur dire que nous n'attaquerons pas. Leur soulagement est si pur et si fort que sa vague me désarçonne presque de ma monture.

Je regarde les soldats à mes côtés pour voir s'ils acceptent ma décision uniquement par obéissance au Ciel, mais ils tournent déjà leurs voix vers leurs propres vies, les vies de la Terre, les vies qui vont maintenant, inévitablement, impliquer la Clairière d'une façon que personne ne peut prévoir, d'une façon qui devra d'abord passer par le nettoyage des désastres provoqués par la Clairière.

La Clairière, qu'il faudra peut-être même aider à survivre.

Qui sait ?

La Source revient. Je sens son inquiétude quand il approche.

– *Le Maire a emmené le vaisseau à l'océan. Bradley et Viola sont déjà partis le chercher.*

– *Alors le Ciel ira, lui aussi.*

– *J'irai avec toi,* montre la Source, et je vois pourquoi.

– *Le Couteau est avec lui, n'est-ce pas ?*

Il acquiesce.

– *Et tu penses que je tuerai le Couteau. Si j'ai finalement cette chance.*

La Source secoue la tête, mais je vois son incertitude.

– *Je viendrai avec toi,* il répète.

Nous nous dévisageons un instant, puis je me tourne vers les soldats de la Terre en première ligne, et je leur montre mon intention, demandant à dix d'entre eux de m'accompagner.

De nous accompagner, moi et la Source.

Je me tourne vers lui.

– *Mettons-nous en route, alors.*

Et je dis à mon oxymare de galoper vers l'océan, plus vite qu'il n'a jamais galopé de toute sa vie d'oxymare.

## [VIOLA]

Les antérieurs d'Acorn s'effondrent en pleine foulée, et je me retrouve catapultée dans les broussailles, heurtant le sol de la hanche et du bras gauche avec un cri de douleur, et j'entends Bradley hurler «Viola!» et Acorn bascule parmi les taillis –

– ACORN!... je hurle, et je me relève en boitant pour le rejoindre tout tordu et brisé et je me penche sur sa tête, son souffle expulsé en longues vagues rauques, son poitrail soulevé par l'effort.

– Acorn, s'il te plaît!

Bradley et Angharrad s'approchent, Bradley saute à terre et Angharrad plonge son nez tout contre celui d'Acorn –

Fille pouliche, dit-il, la douleur ravageant son Bruit, pas seulement de ses antérieurs manifestement cassés, mais aussi de la déchirure dans son poitrail qui l'a fait s'effondrer en premier, parce que c'était trop, trop dur –

**Fille pouliche**, il dit –

– Chut, je fais. Tout va bien, tout va bien...

Et alors il dit –

Il dit –

**Viola.**

Et puis il reste silencieux, son souffle et son Bruit ensemble arrêtés dans un soupir final –

– Non! je m'écrie, me cramponnant plus fort à lui, poussant mon visage dans sa crinière.

Je sens les mains de Bradley sur mes épaules pendant que je pleure, et j'entends Angharrad dire doucement **Suis!** en frottant son nez contre celui d'Acorn.

– Je suis tellement désolé, murmure Bradley avec sa gentillesse habituelle. Viola, tu t'es blessée?

Je ne peux pas parler, toujours agrippée à Acorn, mais je secoue la tête.

– Je suis désolé, mon cœur, dit-il. Mais il faut continuer. Trop de choses sont en jeu.

– Continuer? Mais comment? je lâche d'une voix brisée.

Bradley marque une pause, puis il dit :

– Angharrad? Peux-tu porter Viola le reste du chemin pour sauver Todd?

**Garçon poulain**, dit-elle, son Bruit plus fort à la mention de Todd. **Garçon poulain, oui.**

– On ne va pas la tuer, elle aussi? je m'insurge.

Mais Angharrad glisse déjà son nez sous mon bras, comme pour me soulever.

**Garçon poulain. Garçon poulain sauver.**

– Mais Acorn…

– Je prendrai soin de lui, dit Bradley. Toi, tu y vas. Tu y vas et tu fais en sorte que tout cela en vaille la peine, Viola Eade.

Je lève les yeux sur lui, sa confiance en moi, sa certitude que le bien reste toujours possible.

Je dépose un dernier, déchirant baiser sur la tête immobile d'Acorn. Puis je me relève, et

Angharrad s'agenouille. Je monte en selle lentement, les yeux brouillés, la gorge sèche.

– Bradley…

– Non, tu es la seule, coupe-t-il avec un sourire triste. Tu es la seule à pouvoir le sauver.

Je hoche la tête et j'essaye de me concentrer sur Todd, sur ce qu'il est en train de vivre en ce moment –

Parce qu'il faut le sauver, nous sauver, une foutue bonne fois pour toutes –

Je n'arrive même pas à dire au revoir à Bradley, mais je crois qu'il comprend quand d'un cri sauvage je lance Angharrad sur le chemin de l'océan.

*Me voici, Todd. Me voici.*

## [TODD]

Je sais pas combien de temps ça me prend pour desserrer juste un peu la courroie qui m'emprisonne un poignet. Le médicament de ce pansement toujours collé sur mon cou, qui me démange et que je peux pas gratter, c'est suffisant pour me ralentir énormément, dans mon corps et même mon Bruit –

Mais je m'obstine encore et encore, et le Maire est sorti je sais pas où, sur ce que je devine être la plage, à travers le mur éventré, un ruban de sable couvert de neige. Je vois aussi une ligne baveuse de vagues et leur fracas, un son qui se mélange continuellement avec un autre derrière, un reurr que je reconnais comme celui du fleuve, fort et plein de cette eau qui finalement retourne à l'océan. Le Maire a dû piloter droit dessus, atterrissant ici pour attendre ce qui est supposé arriver. Les deux armées livrant leur dernière guerre.

Nous tous mourant sous un million de Spackle.

Je force encore sur la courroie de mon poignet droit. Elle cède un peu.

Je me demande comment c'était de vivre ici, de fonder une communauté pour pêcher dans cette grande, grande eau. Viola m'a dit que les poissons de cette planète vous mangent plus vite que vous les mangez, mais on aurait pu trouver moyen de vivre ici, une vie comme celle de la vallée.

Quelle chose triste, les hommes. Peuvent rien faire de bon sans être si faibles qu'ils feutent tout par terre. Peuvent pas construire quelque chose sans le démolir.

C'est pas les Spackle qui nous conduisent à notre perte.

C'est nous.

– Je ne saurais être plus d'accord…, lance le Maire en surgissant dans la chapelle.

Son expression est toute différente, il a l'air étrangement déprimé. Comme si quelque chose allait de travers. Et vraiment, complètement de travers.

– Les événements fuient entre mes doigts, Todd, dit-il sans regarder nulle part, comme s'il entendait quelque chose, quelque chose qui le déçoit au-delà de toute déception. Certains événements sur un plateau lointain…

– Quel plateau ? Viola, il lui est arrivé quoi ?

Il pousse un soupir.

– Le capitaine Tate m'a fait faux bond, Todd. Et les Spackle m'ont déçu, eux aussi.

– Quoi ? Et comment vous le savez ?

– Ce monde, oh, ce monde, Todd ! poursuit-il, ignorant ma question. Ce monde que je croyais pouvoir contrôler et je que je *contrôlais*. (Son regard me lance un éclair.) Jusqu'à ce que je te rencontre.

Je dis rien.

À cause qu'il me flanque une trouille bleue.

– Peut-être que tu m'as transformé, Todd. Mais pas seulement toi.

– Relâchez-moi, et je vous montrerai comment je vais vous *transformer*.

– Tu ne m'écoutes pas, grince-t-il, et une douleur me transperce la tête, assez violente pour me laisser sans voix pendant un instant. Tu m'as transformé, oui, mais j'ai aussi exercé une influence non négligeable sur toi. (Il s'approche de la table.) Et j'ai été également transformé par ce monde...

Je remarque alors à quel point sa voix sonne bizarre, comme s'il était plus complètement lui-même, juste rempli d'échos lointains.

– Ce monde, parce que je l'ai observé, parce que je l'ai étudié, m'a déformé et rendu méconnaissable par rapport à l'homme fier et fort que j'étais. (Il s'arrête devant mes pieds.) La guerre transforme les hommes en monstres, m'as-tu dit un jour, Todd. Eh bien, la connaissance en fait autant. Trop de connaissances sur l'homme, sur sa faiblesse, sa cupidité, sa vanité pathétiques, et sur sa facilité, ô combien risible, à être contrôlé...

Il pousse un ricanement amer.

– Tu sais, Todd, seuls les imbéciles peuvent vraiment supporter le Bruit. Les gens sensibles, les gens *intelligents* comme toi et moi, nous en *souffrons*. Et les gens comme nous *doivent* contrôler les gens comme eux. Pour leur bien comme pour le nôtre…

Il se tait, les yeux perdus. Je tire plus fort sur les lanières.

– Oui, tu m'as vraiment transformé, Todd. Tu m'as rendu meilleur. Mais seulement assez pour que je réalise à quel point j'étais mauvais. Je ne le savais pas, avant de me comparer à toi. Je pensais faire le bien. (Il se penche au-dessus de moi.) Mais tu m'as prouvé le contraire.

– Vous avez toujours été mauvais. J'ai absolument rien fait.

– Oh, mais si, Todd. C'était cela, le *hmm* que tu sentais dans ta tête, le *hmm* qui nous connectait. C'était le bien en moi, le bien que tu m'as fait voir. Et cela, je ne pouvais le voir qu'à travers toi. (Ses yeux noircissent.) Et puis Ben est arrivé, et tu allais partir comme ça. Tu allais me laisser avec un éclair de bonté que jamais je n'avais pu saisir par moi-même, et pour ce péché, Todd Hewitt, pour ce péché de connaissance…

Il se penche encore, et il commence à détacher ma jambe.

– … L'un de nous deux va devoir mourir.

[VIOLA]

Je sens Angharrad différente d'Acorn, plus large, plus puissante, plus rapide, mais je m'inquiète quand même.

– S'il te plaît, ne te fais pas de mal, je murmure, même pas pour elle, sachant que je n'y peux rien.

Parce qu'elle dit juste **Garçon poulain** et accélère encore.

Nous filons à travers bois, et les collines s'adoucissent et se rapprochent peu à peu du fleuve en crue, que j'aperçois de plus en plus souvent à gauche, très large et inondant ses berges.

Mais je ne vois pas d'océan, juste des arbres et encore des arbres. La neige reste épaisse, elle descend en flocons aplatis qui tourbillonnent et commencent à dessiner des monticules, même à travers cette forêt dense.

La lumière du jour faiblit, et la nausée me serre le cœur de ne pas savoir ce qui s'est passé sur le plateau, ce qui est arrivé à Bradley, ce qui est arrivé à Todd là-bas, au bord de l'océan –

Et brusquement, d'un seul coup, je l'aperçois –

À travers une ouverture dans les arbres, je vois les vagues se briser, et les quais d'un petit port aux bâtiments abandonnés, et là, en plein milieu, le vaisseau éclaireur –

Puis tout disparaît derrière les arbres –

Mais on y est presque, oui, on y est presque.

– Tiens bon, Todd. Tiens bon.

[TODD]

– C'est vous, je lance pendant qu'il détache mon autre jambe. C'est vous qui allez crever.

– Et tu sais quoi, Todd ? rétorque-t-il à voix basse. Une partie de moi souhaite que tu dises vrai.

Je reste immobile, le laisse libérer ma main droite et puis je lui envoie un coup de poing mais déjà il a reculé vers la brèche qui donne sur la plage, me regardant détacher mon autre poignet avec un regard amusé.

– Quand tu voudras, Todd, dit-il en passant le seuil.

J'essaye de lui envoyer un *VIOLA*, mais encore bien trop faible, et il se retourne même pas avant de disparaître. J'arrache les derniers nœuds et je saute de la table, et il me faut une bonne minute avant de trouver mon équilibre et puis je m'élance, je m'élance et je fonce par la brèche –

Sur la plage qui s'étend glaciale.

La première chose que j'aperçois, c'est une rangée de maisons délabrées, certaines pas plus qu'une pile de bois et de sable, d'autres en ciment qui comme la chapelle ont mieux résisté. Au nord, je vois une route qui monte dans les bois, la route qui sûrement conduit jusqu'à New Prentissville, mais là, inondée par un fleuve en crue avant même d'atteindre les arbres.

La neige tombe, vraiment épaisse maintenant, et le vent a pris de la force. Le froid tranche dans mon uniforme comme un couteau d'acier et je serre ma veste contre moi.

Alors je me tourne vers l'océan –

Et, oh, bon sang –

C'est feutrement immense.

Plus grand que tout, étendu à perte de vue et pas seulement à l'horizon mais au nord et au sud aussi, comme quelque chose sans fin qui s'est installé là devant votre porte, prêt à vous avaler dès que vous aurez tourné le dos. La neige a pas d'effet sur lui non plus. L'océan continue à remuer et baver, comme toujours à l'attaque, ses vagues comme des coups de poing qui essayent de vous renverser.

Et en plus, il y a des criatures là-dedans. Même dans les eaux troubles et écumeuses qui balayent le rivage, même dans le brouillard et les remous du fleuve qui se déverse au nord de moi, même là, on peut voir des ombres se déplacer dans les flots –

Des grandes ombres –

– C'est quelque chose, hein ?

La voix du Maire.

Je pivote en un éclair. Mais je le vois nulle part. Je me retourne, lentement. Sous mes pieds, je remarque un bout de ciment couvert par le sable, comme une petite place ou un bout de promenade ou je sais pas quoi, quelque chose qui partait de la chapelle il y a longtemps et où les gens pouvaient s'asseoir au soleil.

Sauf que je suis là maintenant et que, purain, je gèle.

– MONTRE-TOI, TROUILLARD ! je crie.

– Allons, Todd, la couardise n'est pas un défaut que tu aies jamais pu me reprocher !

Sa voix encore, mais comme si elle sortait de nulle part.

– ALORS POURQUOI VOUS CACHER ? je crie, me retournant encore, bras serrés contre le froid.

On va crever tous les deux, à rester plantés là.

Puis je vois le vaisseau éclaireur, stationné sur la plage, en attente –

– Oh, je ne m'y risquerais pas si j'étais toi, Todd, reprend la voix. Tu serais mort avant d'y parvenir.

Je me retourne encore une fois.

– VOTRE ARMÉE VIENDRA PAS, HEIN ? je crie. C'EST ÇA QUE VOUS VOULIEZ DIRE ? COMME QUOI M. TATE VOUS A LÂCHÉ ? HEIN, IL VIENDRA PAS !

– Correct, Todd, réplique le Maire, et sa voix sonne différente cette fois.

Comme une vraie voix, partie d'un endroit réel.

Je pivote encore –

Et le voilà, au coin d'une maison en bois effondrée.

– Et vous le savez comment ? je demande, préparant mon Bruit à l'attaque.

– Je l'ai entendu, Todd. Je te l'ai déjà dit, j'entends tout. (Il s'avance lentement vers moi.) C'est venu peu à peu, et puis finalement j'ai tout entendu. Je me suis ouvert à la voix de ce monde. (Il s'arrête au bord de l'esplanade en ciment, sous la neige qui forme un tapis.) Et maintenant, j'entends toutes les informations qu'elle transporte.

Et je vois ses yeux.

Il entend vraiment tout.

Et ça le rend dingue.

– Oh, pas encore, lâche-t-il, les yeux noirs et la voix pleine d'échos. Pas avant que j'en aie fini avec toi. Parce qu'un jour, Todd Hewitt, tu l'entendras aussi.

Je pompe dans mon Bruit, je fais monter sa température, je le rassemble autour d'un mot, je le rends aussi lourd que je peux, sans me soucier qu'il l'entende, parce qu'il le verra venir de toute façon –

– Absolument, acquiesce le Maire –

Qui m'envoie tout droit un souffle de Bruit –

Je m'écarte d'un bond, j'entends son *whoouch* me frôler –

Je roule sur la neige et le sable et je tourne la tête et il se précipite vers moi –

***VIOLA !*** je lui balance –

Et c'est le début de la bataille.

– *Tu as bien fait,* me montre la Source tandis que nous chevauchons à travers bois, vers l'océan.

– *Le Ciel n'a besoin d'approbation d'aucune sorte,* je réplique.

Nous progressons comme l'éclair. Les oxymares sont plus rapides que les animaux de la Clairière, plus habitués aux arbres et à courir en dehors des routes. Le fleuve reflue dans la vallée, et peut-être même qu'il change son cours. Le brouillard reste épais, plusieurs feux brûlent encore sur les pentes derrière nous. Mais nous progressons en direction de notre ennemi, à travers un plateau où nous surprenons une horde d'animaux effrayés –

– *Ralentis !* lance la Source, et je me rends compte qu'il traîne en arrière, et mes soldats aussi.

– *Ralentis !* il répète. J'entends quelque chose...

Je continue mais j'ouvre ma voix devant moi –

Et le voici, entendu avant d'être vu, voix d'homme de la Clairière.

– *Bradley !* appelle la Source, et nous débouchons d'un bosquet pour le trouver qui recule rapidement alors qu'on arrête les oxymares.

– Ben ? dit l'homme appelé Bradley, en me fixant avec inquiétude.

– *Tout va bien,* répond la Source. *La guerre est finie.*

– *Pour l'instant,* je montre. *Et où est passée la une en particulier du Couteau ?*

L'homme appelé Bradley me regarde perplexe, puis la Source lui montre *Viola*.

Alors, nous voyons le corps de l'animal, sous les feuilles et les broussailles, saupoudré de neige.

– Son cheval, explique l'homme. Je l'ai recouvert et j'ai essayé d'allumer un feu...

– *Et Viola ?* montre la Source.

– Partie à l'océan. Aider Todd.

Un torrent de sentiment envahit la voix de la Source, un torrent d'amour et de peur pour le Couteau –

Mais je repars déjà, poussant mon oxymare plus vite et plus vite, plus vite que la Source derrière moi et les soldats derrière lui –

– *Attends !* crie la Source –

Mais j'arriverai le premier à l'océan

J'atteindrai seul l'océan –

Et si le Couteau est là –

Eh bien, on verra ce qu'on verra.

## [TODD]

Je touche le Maire avec le premier ***VIOLA*** que je lui balance, je le vois trébucher sur le côté, pas assez vite pour l'éviter –

Mais il se retourne déjà et m'envoie son Bruit et j'ai beau plonger, je sens le haut de mon crâne s'ouvrir en deux et je bascule à l'extérieur de la plate-forme de ciment et de sable, je roule dans la pente vers les vagues dans le sable et la neige, mais hors de vue du Maire pendant un instant –

– Oh, mais je n'ai pas besoin de te voir, Todd…

Et *bam !*… un autre souffle de Bruit chauffé à blanc, hurlant T'ES RIEN T'ES RIEN T'ES RIEN T'ES RIEN T'ES RIEN…

Et je roule sur moi-même, je me redresse en me cramponnant la tête et je force mes paupières à se rouvrir –

Et je vois le fleuve plus loin qui se déverse dans l'océan, et je regarde les flots et je vois des épaves dériver, ballottées par les vagues, des épaves d'arbres et de maisons et sans doute de gens –

De gens que je connais –

Peut-être même Viola –

Et je sens une rage monter dans mon Bruit –

Et je me redresse sur mes pieds –

***VIOLA !***

Je le pense vers lui, et je me rends compte que j'y arrive sans avoir à le trouver, que je sens instinctivement où il est, et je le lui envoie, et je me tourne pour regarder, et il tombe lourdement en arrière sur le ciment, il se rattrape sur son poignet –

Que j'entends craquer avec un très agréable *crac !* –

Il grogne.

– Impressionnant, souffle-t-il d'une voix éteinte par la douleur. Vraiment, Todd, ton contrôle s'améliore à chaque instant…

Il se redresse péniblement, utilisant son bras valide.

– … Mais le contrôle a un prix. Entends-tu la voix du monde qui se rassemble derrière toi ?

***VIOLA !*** je lui lance encore –

Il vacille à nouveau –

Mais ne tombe pas, cette fois –

– Parce que moi, je l'entends, dit-il. Oui, j'entends tout…

Et ses yeux lancent un éclair, et je me pétrifie –

Et il est à l'intérieur de ma tête, avec le *hmm*, connecté à moi –

– … Tu l'entends ? répète-t-il –

Et –

Et oui –

Je l'entends –

Là comme un reurr derrière le reurr des vagues, le reurr du fleuve –

Un reurr de tout ce qui vit sur cette planète –

Parlant d'une voix unique et incroyablement forte –

Qui me submerge le temps d'une seconde –

Et c'est tout ce qu'il lui faut –

L'éclair dans ma tête est si violent, je perds conscience –

Tombe sur les genoux –

Mais seulement un instant –

À cause que dans le reurr des voix –

Même si c'est pas possible –

Même si elle a pas de Bruit –

Je jure que je l'entends –

Je jure que je l'entends arriver –

Et donc sans même ouvrir les yeux –

*VIOLA !*

Et j'entends un nouveau grognement de douleur –

Et je me relève.

[VIOLA]

La route commence à descendre en pente raide et je vois tout le temps l'océan, maintenant –

– Ça y est presque, je murmure, à bout de souffle. Presque…

Garçon poulain, dit Angharrad –

Et d'un bond, nous franchissons la dernière haie d'arbres avant la plage, les sabots d'Angharrad soulevant la neige et le sable alors qu'elle dérape pour virer à gauche, vers le port abandonné, vers le fleuve –

Vers Todd et le Maire –

– Les voilà ! je crie, et Angharrad les aperçoit, elle aussi, accélérant dans le sable mou –

**GARÇON POULAIN!** crie-t-elle –

– TODD ! je hurle –

Mais les vagues se brisent trop fort et trop énormes –

Alors je jure que j'entends quelque chose, un Bruit venant de l'océan, et je distingue vaguement des formes sombres, sous l'eau et l'écume –

Mais je garde les yeux fixés devant moi, criant « TODD ! » encore et encore –

Et je les vois –

Il se bat contre le Maire, sur une espèce de plate-forme couverte de sable, devant ce qui ressemble à une chapelle –

Et mon estomac se noue en pensant aux choses terrifiantes qui nous sont arrivées, à Todd et à moi, dans des églises –

– TODD ! j'appelle encore une fois.

Et je vois l'un d'eux vaciller en arrière, sans doute touché par une attaque de Bruit –

Et puis l'autre qui s'écarte d'un bond mais serre son crâne entre ses mains –

Mais je ne peux pas les distinguer l'un de l'autre à cette distance –

Ils portent toujours ces uniformes ridicules –

Et je réalise à quel point Todd a grandi –

Tellement grandi qu'on ne voit plus tellement la différence avec le Maire –

Et l'angoisse me serre la poitrine encore plus fort –

Angharrad la sent, elle aussi –
**Garçon poulain!** elle appelle –
Et galope encore plus vite.

## [TODD]

*Recule*, je pense vers le Maire, et je le vois faire un pas en arrière, mais juste un, quand un nouvel éclair de Bruit me frappe.

Je gémis de douleur, trébuche sur le côté et puis je vois un gros morceau de béton dans le sable. Je l'attrape et pivote pour le lui balancer –

– Lâche-le, il *buzze*.

Et je le lâche –

– Pas d'arme, Todd. Tu vois bien que je ne suis pas armé, non?

Effectivement, je m'en aperçois maintenant, il n'a pas de pistolet et le vaisseau éclaireur est trop loin pour qu'il puisse s'en servir. Non, il veut qu'on se batte uniquement avec nos Bruits –

– Exactement, dit-il. Et que le meilleur gagne.

Et il me frappe encore –

Je lâche une plainte, réplique avec un ***VIOLA***, puis me précipite vers l'une des maisons en ruine, dérapant sur la neige et le sable –

– Ah, non, je ne pense pas… *buzze* le Maire.

Et mes pieds s'immobilisent –

Mais alors j'en soulève un –

Et puis l'autre –

Et je me remets à courir –

J'entends le Maire rire derrière moi.

– Bien joué! dit-il.

Je me glisse derrière une pile de vieilles planches et m'aplatis pour qu'il me voie pas, même si ça n'a aucun effet, mais j'ai besoin d'une seconde pour réfléchir –

– Nous sommes parfaitement assortis !... dit le Maire.

Je l'entends malgré les vagues qui déferlent, malgré le fleuve, malgré tout ce qui devrait faire écran. Il me parle en plein dans la tête.

Comme d'habitude.

– ... Tu as toujours été mon meilleur disciple, Todd !

– VOUS ALLEZ LA FERMER, UN PEU ! je réplique, cherchant autour du tas de bois s'il y a quelque chose, n'importe quoi, qui pourrait m'aider –

– Tu contrôles ton Bruit mieux que tout homme au monde, Todd. À part moi, bien sûr, poursuit-il en se rapprochant. Tu contrôles les autres hommes. Tu l'utilises comme une arme. Dès le début, je t'ai dit que ton pouvoir dépasserait le mien, un jour.

Et il me frappe plus fort cette fois que jamais, non jamais, et le monde devient tout blanc. Mais je continue à penser *Viola* dans ma tête et j'agrippe une planche et je me hisse sur mes pieds et je pense, avec le plus lourd *buzz* que je peux concentrer, *EN ARRIÈRE !*

Et il recule.

– Whaou !... Todd, siffle-t-il, comme impressionné.

– Je prendrai pas votre place, je dis en sortant de derrière la pile. Quoi qu'il arrive.

Et il recule encore, alors que je lui ai pas dit de le faire.

– Mais quelqu'un devra bien s'y mettre,

réplique-t-il. Quelqu'un doit contrôler le Bruit, dire aux gens comment l'utiliser, leur dire quoi faire...

– Personne n'a rien à dire à personne, je coupe en avançant d'un pas.

– Tu n'as jamais été vraiment poète, Todd, dit-il en reculant d'un autre pas.

Il est au bord de la plate-forme en ciment, maintenant, et il tient toujours son poignet cassé, sa peau percée par un os sanglant, mais il a pas l'air du tout de sentir la douleur. Derrière lui, il y a plus que la longue pente vers les vagues et les ombres noires qui rôdent sous la surface.

Et je vois comme ses yeux sont noirs, comme sa voix se remplit d'échos –

– Ce monde me dévore vivant, Todd. Ce monde et toute son information. C'est trop. Trop à contrôler.

– Alors, arrêtez *d'essayer*, je dis, et je lui expédie un ***VIOLA***.

Il sursaute, mais sans tomber.

– Je ne peux pas, continue-t-il avec un sourire. Ce n'est pas dans ma nature, vois-tu. Mais toi, Todd, tu es plus fort que moi. Toi, tu pourrais y parvenir. Tu pourrais gouverner ce monde.

– Ce monde n'a pas besoin de moi, je rétorque. Et pour la dernière fois, *je suis pas vous*.

Il contemple mon uniforme.

– En es-tu bien sûr ?

Une poussée de colère m'envahit et je le frappe très fort encore avec un nouveau ***VIOLA***.

Il grimace, mais ne recule pas, et il m'expédie

son propre souffle. Je serre les dents et j'en prépare un autre, que je vais balancer dans son sourire stupide de tête à claques –

– Nous pourrions passer ici tout l'après-midi à nous dévaster et nous réduire à l'état d'épaves humaines, dit-il. Alors laisse-moi t'expliquer les enjeux, Todd.

– Fermez-la !

– Si *tu* gagnes, tu t'empares du monde…

– Je veux *pas*…

– Mais si *je* gagne…

Et brusquement il me montre son Bruit –

Pour la première fois je le vois, je le vois *tout entier*, et c'est la première depuis je sais pas quand, peut-être depuis Old Prentissville, peut-être depuis jamais –

Et c'est froid, plus froid même que cette plage glaciale –

Et c'est *vide* –

La voix du monde l'encercle, comme si le noir au-delà descendait l'écraser sous un poids insupportable –

Me connaître l'a aidé à supporter ça pendant un temps, mais maintenant –

Il veut le détruire, tout détruire –

Et je comprends ce qu'il veut –

Ce qu'il veut plus que toute autre chose –

Plus rien entendre –

Et la *haine* de ça, la *haine* dans son Bruit, *de* son Bruit, elle est si forte, je sais pas si je vais pouvoir la vaincre, il est plus fort que moi, il a toujours été plus fort, et je fouille dans son vide, ce vide qui le laisse détruire et détruire et je sais pas si –

– Todd !

Je tourne la tête et le Maire pousse un cri comme si je venais de lui arracher quelque chose –

*– TODD !*

Et là, à travers la neige, sur mon cheval, sur mon merveilleux, mon fabuleux cheval –

Viola –

Et le Maire me frappe avec tout ce qu'il a –

## [VIOLA]

– TODD ! je hurle, et il tourne la tête –

Et il pousse un cri de douleur sous l'attaque du Maire, et il vacille en arrière, et le sang jaillit de son nez, et Angharrad hurle Garçon poulain ! et se rue vers lui, et je l'appelle encore, je l'appelle de toute ma voix –

*– TODD !*

Et il m'entend –

Il lève les yeux vers moi –

Et je n'entends toujours pas son Bruit, juste ce qu'il utilise pour se battre –

Mais je vois l'expression dans son regard –

Et je répète –

*– TODD !*

Parce que c'est comme ça qu'on bat le Maire –

On ne le bat pas seul –

Il faut être deux –

*– TODD !*

Et il se retourne vers le Maire et je vois l'inquiétude sur le visage du Maire quand j'entends mon propre nom rugi aussi fort qu'un coup de tonnerre –

[TODD]

# VIOLA

À cause qu'elle est là –

Elle est venue –

Elle est venue pour *moi* –

Et elle crie *mon* nom –

Et je sens sa force courir dans mon Bruit comme un incendie –

Et le Maire titube en arrière comme s'il avait pris un immeuble en pleine figure –

– Ah, oui, il souffle. Ta force de frappe est arrivée.

– Todd ! elle appelle encore une fois.

Et je la prends et je l'utilise

À cause que je la sens là, chevauchant jusqu'au bout du monde pour me trouver, pour me sauver si j'avais besoin d'être sauvé –

Et j'en avais besoin –

Et –

# VIOLA

Le Maire trébuche encore, tenant son poignet cassé, et je vois un filet de sang lui sortir des oreilles –

– Todd ! elle répète, mais cette fois d'une manière qui me demande de la regarder, et elle arrête Angharrad au bord de la plate-forme et elle me regarde, elle me regarde droit dans les yeux –

Et je la lis –

Et je sais exactement ce qu'elle pense –

Et mon Bruit et mon cœur et ma tête se

remplissent à éclater, se remplissent comme si j'allais exploser –

À cause qu'elle dit –

Elle dit avec ses yeux et son visage et tout son être –

– Je sais, je lui réponds d'une voix rauque. Moi aussi.

Et alors je me tourne vers le Maire et je suis rempli d'elle, de son amour pour moi et de mon amour pour elle –

Et ça me rend aussi énorme qu'une feuttue montagne –

Et je le prends et je le balance tout entier dans le Maire.

[VIOLA]

Projeté en arrière dans la pente, le Maire trébuche, glisse vers les vagues avant de s'arrêter, recroquevillé –

Todd tourne la tête vers moi –

Et mon cœur me saute à la gorge –

Je n'entends toujours pas son Bruit, même si je sais qu'il le prépare pour une nouvelle attaque contre le Maire –

Mais il a dit : « Je sais, moi aussi. »

Et il me regarde, souriant, une étincelle dans l'œil –

Et même si je ne l'entends pas –

Je le connais –

Je sais ce qu'il pense –

Là maintenant, en ce moment précis, je peux lire Todd Hewitt sans entendre son Bruit –

Et il me voit le faire –

Et pendant un instant –

Nous nous connaissons de nouveau –

Et je sens notre force à tous deux quand il se tourne vers le Maire –

Et il ne le frappe pas avec du Bruit –

Il envoie un *buzz* sourd dans l'air –

– Reculez, dit-il au Maire qui s'est lentement relevé, tenant son poignet –

Et il se met à reculer –

Dos aux vagues –

– Todd ? je demande. Que fais-tu ?

– Tu ne les entends pas ? Tu n'entends pas comme ils ont faim ?

Et je jette un regard vers les vagues –

Je vois les ombres, les ombres énormes, grandes comme des maisons, qui se déplacent lentement, même sous les rouleaux –

Et j'entends Mange –

Aussi simple que cela –

Mange –

Et ils parlent du Maire –

Ils se rapprochent de l'endroit où il recule –

Où Todd le fait reculer –

– Todd ? je demande –

Et le Maire dit –

– Attends.

[TODD]

– Attends, dit le Maire.

Et c'est pas un truc de contrôle qu'il essaye, ni un *buzz* pour répondre à celui que je lui envoie, celui qui l'a fait reculer vers l'océan, pour qu'il se noie, pour qu'il soit dévoré par les criatures qui nagent de plus en plus près, impatientes de pouvoir l'attraper. Il dit juste « Attends », presque poliment.

– Je vous épargnerai pas, je dis. Je le ferais si je pensais que je pouvais vous sauver, mais je peux pas. Je suis désolé, mais vous pouvez pas être sauvé.

– Je sais…

Il sourit, plein de tristesse cette fois, une tristesse que je sens réelle.

– Tu m'as quand même changé, Todd. Dans une petite mesure, et pour le meilleur. Assez pour reconnaître l'amour quand je le vois.

Ses yeux se tournent vers Viola, puis reviennent sur moi.

– Assez pour que je te sauve maintenant.

– Me sauver, moi ?

Et je pense *Recule*, et il recule d'un pas supplémentaire.

– Oui, Todd, dit-il, et sa lèvre se mouille de sueur dans son effort pour me résister. Je veux que tu cesses de m'obliger à reculer…

– Alors là, vous rêvez…

– Parce que je vais entrer de moi-même dans les vagues.

Je plisse les paupières.

– Assez joué, je dis en le forçant à reculer d'un petit pas. C'est fini, maintenant.

– Mais, Todd Hewitt, tu es le garçon qui ne pouvait pas tuer…

– Je suis plus un garçon. Et je vais vous tuer.

– Je sais. Mais alors, tu me ressemblerais encore un peu plus, non ?

Je m'arrête, le retenant là pendant une seconde,

avec les vagues qui se fracassent dans son dos, les criatures qui commencent à se battre entre elles, et, bon sang, elles sont vraiment énormes –

– Je ne t'ai jamais menti sur ton pouvoir, Todd, dit-il. Tu étais assez fort pour être le nouveau moi, si tu l'avais voulu…

– Je ne…

– Ou pour être comme Ben.

Je fronce les sourcils.

– Qu'est-ce que Ben vient faire là-dedans ?

– Il entend la voix de la planète, lui aussi. Tout comme moi. Tout comme toi, un jour. Mais il sait vivre au-dedans, il sait lui appartenir, et chevaucher son courant sans se perdre lui-même.

La neige tombe toujours, collant par petites plaques à ses cheveux. J'ai horriblement froid.

– Tu pourrais être moi, continue-t-il. Ou tu pourrais être lui…

Il fait un pas en arrière.

Je ne lui ai pas demandé de reculer.

– … Si tu me tuais, ce serait un pas de plus qui t'éloignerait de lui. Mais si ta bonté m'a changé suffisamment pour que je t'empêche de devenir moi, alors je devrai m'en contenter.

Il se tourne vers Viola.

– … Le remède pour les bracelets fonctionne vraiment.

Viola me jette un coup d'œil.

– Quoi ?

– Je les avais enduits d'un poison à action lente pour exterminer toutes les femmes. Et les Spackle aussi.

– QUOI ? je crie.

– Mais le remède est réel. Je l'ai fait pour Todd.

J'ai laissé mes recherches à bord du vaisseau. Maîtresse Lawson pourra facilement les vérifier. (Il hoche la tête vers Viola.) C'est mon cadeau d'adieu pour toi, Viola…

Il me regarde à nouveau, avec son sourire affreusement triste.

– Ce monde va être modelé par vous deux pendant les années à venir, Todd.

Il pousse un long soupir.

– … Et en tout cas, je suis heureux de ne pas avoir à le vivre…

Il pivote brusquement, fait un grand pas vers les déferlantes, puis un autre, puis un autre encore –

– Attendez ! crie Viola.

Mais il s'arrête pas, il continue à marcher, il court, presque, et j'entends Viola glisser d'Angharad et tous les deux viennent près de moi et on regarde le Maire, ses bottes pataugent dans l'eau, et il entre plus profond, une vague le renverse presque, mais il se tient bien droit –

Il se contorsionne pour nous regarder –

Son Bruit silencieux –

Son visage indéchiffrable –

Et l'une des ombres brise la surface en grognant, bouche béante, les dents noires et écailles et pourriture, elle se jette sur le Maire –

Tournant la tête de côté pour lui attraper le torse –

Et le Maire n'émet aucun son quand l'immense créature le fait claquer sur le sable –

Puis l'entraîne sous l'eau –

Et en une seconde –

Il a disparu.

– Il est parti, dit Todd, et je partage toute l'incrédulité qui envahit sa voix. Il y est allé en marchant. Simplement en marchant.

Il semble avoir du mal à retrouver son souffle, épuisé, stupéfié par ce qui vient de se passer.

Puis il me voit, il me voit *vraiment*.

– *Viola*, dit-il –

Et je le prends dans mes bras, et il me prend dans les siens. On n'a besoin de rien dire, rien du tout.

On sait.

– C'est fini, je chuchote. Je ne peux pas y croire. C'est fini.

– Je crois qu'il voulait vraiment partir, dit Todd sans me lâcher. Je crois que ça le détruisait, à la fin, d'essayer de tout contrôler.

Nous regardons l'océan. Les énormes créatures continuent à faire des ronds, attendant de voir si Todd ou moi serons les prochains à nous offrir. Angharrad pointe son nez entre nous deux, elle cogne la figure de Todd, elle dit **Garçon poulain** avec tellement d'affection que j'en ai les larmes aux yeux. **Garçon poulain.**

– Salut, fifille, fait Todd en lui caressant le chanfrein, mais toujours serré contre moi, puis son Bruit devient triste quand il entend son Bruit à elle… Et Acorn ?

– J'ai laissé Bradley derrière, dis-je, d'un coup déchirée. Wilf et Lee aussi, mais je ne sais pas ce qui s'est passé…

– Le Maire a dit que M. Tate l'avait trahi. Il a

dit que les Spackle l'avaient déçu, aussi. C'est forcément bon signe.

– Il faut rentrer... (Je me retourne dans ses bras, regardant le vaisseau éclaireur.) Il ne t'a pas appris comment le faire voler, je suppose ?

Et puis Todd lance « Viola », d'une façon qui me fait me retourner vers lui.

– Viola... Je veux pas être comme le Maire.

– Tu ne seras jamais comme lui. C'est impossible.

– C'est pas ce que je veux dire.

Et il me regarde droit dans les yeux.

Et je la sens venir, je sens la force jaillir de lui, enfin libérée de la présence du Maire –

Il ouvre son Bruit.

Il l'ouvre et l'ouvre et l'ouvre encore –

Et le voilà, tout entier lui-même, ouvert à moi, me montrant tout ce qui lui est arrivé, tout ce qu'il a ressenti –

Tout ce qu'il ressent –

Tout ce qu'il ressent pour moi –

– Je sais... Je te lis, Todd Hewitt.

Et il me décoche son petit sourire de travers –

Et alors nous entendons un son plus haut sur la plage, là où les arbres rejoignent le sable.

(LE CIEL)

Mon oxymare fait son premier bond sur la plage et pendant un instant je reste étourdi par l'océan, sa seule énormité remplissant ma voix –

Mais ma monture poursuit sa course, virant vers la colonie abandonnée de la Clairière –

Et j'arrive trop tard –

La une en particulier est là avec son cheval –

Mais le Couteau reste invisible –

Seulement le chef de la Clairière, qui agrippe la une en particulier du Couteau, son uniforme une tache sombre sur la neige et le sable, et il tient la une en particulier du Couteau contre lui, il l'emprisonne dans ses bras –

Alors le Couteau doit être mort –

Le Couteau est parti –

Et je ressens un creux étrange alors, une sorte de vide –

Parce que même l'être haï laisse une absence quand il part –

Mais ce sont les sentiments du Retour –

Et je ne suis pas le Retour –

Je suis le Ciel –

Le Ciel qui a fait la paix –

Le Ciel qui doit tuer le chef de la Clairière afin d'assurer la paix –

Alors je pousse ma monture, et les silhouettes au loin se rapprochent –

Et je lève mon arme –

## [TODD]

Je plisse les yeux à travers la neige qui s'épaissit toujours plus –

– C'est quoi ? je demande.

– Pas un cheval, dit Viola en s'écartant de moi. Non, c'est un oxymare.

– Un oxymare ? Mais je croyais…

Et l'air s'arrache de mes poumons.

## (LE CIEL)

Il repousse la fille, me voit venir, et j'ai le champ libre –

J'entends une voix derrière moi qui crie au loin –

Une voix qui crie *« Attends ! »* –

Mais c'est l'hésitation qui nous a détruits par le passé, nous empêchant d'agir au moment d'agir –

Ce qui n'arrivera pas maintenant –

Le Ciel agira –

Le chef de la Clairière se tourne vers moi –

Et je vais agir –

(mais –)

Je tire.

## [VIOLA]

Todd lâche un son comme l'effondrement du monde et il se serre la poitrine –

Sa poitrine sanglante, brûlante et fumante –

– TODD ! je hurle et bondis vers lui –

Et il bascule en arrière sur le sable, sa bouche ouverte par la douleur –

Mais aucun souffle n'en sort, juste un raclement asphyxié –

Et je me jette sur lui, pour parer un autre tir s'il venait, palpant ses vêtements brûlés qui se désintègrent, se vaporisent sur sa poitrine –

– TODD !

Et il me fixe terrifié, son Bruit tournoyant follement, virevoltant de terreur et de douleur –

– Non, je halète. *Non, non, oh, non* –

Et j'entends à peine le tambour des sabots de l'oxymare qui galope toujours vers nous –

À peine le deuxième martèlement de sabots derrière –

La voix de Ben qui retentit à travers les sables –

– *Attends!* il hurle.

– *Todd?* je crie, déchirant les habits fondus sur sa poitrine, découvrant l'horrible, l'épouvantable brûlure en dessous, la peau qui saigne et bouillonne et toujours cet atroce son asphyxié qui sort de sa gorge, comme si les muscles de sa poitrine ne fonctionnaient plus, comme s'il ne pouvait plus faire l'effort d'inspirer de l'air –

Comme s'il mourait d'asphyxie –

Comme s'il mourait là, maintenant, sur cette plage enneigée, glacée –

– *TODD!*

Et les oxymares se rapprochent –

Et j'entends le Bruit de 1017, j'entends que c'est lui qui a tiré –

Je l'entends réaliser son erreur –

Qu'il croyait tirer sur le Maire –

Mais non, *mais non* –

Et Ben chevauche derrière lui –

Son Bruit propulsé par la peur –

Mais tout ce que je vois c'est Todd –

Tout ce que je vois c'est lui qui me regarde –

Les yeux grands ouverts –

Son Bruit disant Non, non, pas maintenant, pas MAINTENANT –

Et puis il dit – Viola?

– Je suis là, Todd, je crache d'une voix brisée, étranglée de désespoir. *Je suis là!*

Et il répète – Viola?

Il demande –

Il demande, comme pas sûr que je sois là –

Et puis son Bruit devient total silence –

Et il cesse de lutter –

Et me regardant droit dans les yeux –

Il meurt.

Mon Todd meurt.

## 13 *L'avenir du monde*

[VIOLA]

– TODD ! je crie –

Non –

Non –

Non –

Il ne peut pas être mort –

Il ne peut pas –

– TODD !

Comme si clamer son nom pouvait changer la réalité, faire revenir le temps en arrière –

Relancer le Bruit de Todd –

Rouvrir ses yeux sur moi –

– TODD !

Je le crie encore, mais comme si ma voix était sous l'eau, et tout ce que j'entends c'est mon propre souffle dans mes tympans et ma voix qui s'éraille sur son nom –

– TODD !

D'autres bras enserrent les miens, Ben, qui tombe sur le sable à côté de moi, sa voix et son

Bruit déchiquetés, en lambeaux, répétant le nom de Todd –

Et il se met à prendre la neige par poignées pour l'entasser sur la blessure de Todd, essayant de la geler, d'arrêter le saignement –

Mais c'est trop tard –

Il est parti –

Il est parti –

*Todd est parti.*

Et tout brusquement bouge si lentement –

Angharrad appelant Garçon poulain –

Ben plaquant son visage contre celui de Todd, écoutant son souffle, sans le trouver –

– *Todd, s'il te plaît !* je l'entends appeler –

Mais comme d'une très grande distance –

Comme très loin, hors de portée –

Et j'entends d'autres pas derrière moi, des pas que j'entends comme s'il n'y avait aucun autre son dans l'univers –

1017 –

Descendu de son oxymare, son Bruit désorienté par son erreur –

Son Bruit qui se demande si c'était vraiment une erreur –

Et je me retourne face à lui.

(LE CIEL)

Elle se retourne vers moi –

Et même si elle n'a pas de voix, j'en vois assez pour reculer d'un pas –

Elle se relève –

Je recule encore, lâchant mon arme sur le sable enneigé, réalisant seulement que je la tenais toujours –

– Vous !... elle crache en s'avançant vers moi, les cliquetis de sa bouche produisant un son terrible, un son de rage, un son de *chagrin*.

– *Je ne savais pas,* je montre, toujours en m'éloignant d'elle. *Je croyais que c'était le chef de la Clairière...*

(vraiment ?)

– Menteur ! elle hurle. Je vous entends ! Vous n'étiez pas sûr ! Vous n'étiez pas sûr et vous avez quand même tiré !

– *C'est une blessure d'arme de la Terre... La médecine de la Terre pourrait le sauver...*

– C'est trop tard ! Vous l'avez *tué* !

Je vois derrière elle la Source qui tient le Couteau dans ses bras, empilant plus de glace sur la poitrine du Couteau, sachant que cela ne sert plus à rien, sa voix effondrée de chagrin, sa voix humaine gémissant hors de sa bouche –

Et je vois que c'est vrai –

J'ai tué le Couteau –

J'ai tué le Couteau –

– TAISEZ-VOUS ! elle crie –

– *Je ne voulais pas,* je montre, réalisant trop tard que c'est vrai, je ne le **voulais** pas.

– Eh bien, vous l'avez *fait* ! elle me crache encore –

Et alors elle voit mon arme sur le sable, là où je l'ai lâchée.

## [VIOLA]

Je vois l'arme, le bâton blanc du Spackle sur le sable, blanc sur la neige blanche –

J'entends Ben pleurer derrière moi, répétant le nom de Todd encore et encore et mon cœur me fait mal dans ma poitrine, tellement mal que je peux à peine respirer –

Mais je vois l'arme –

Et je me penche et je la ramasse –

Et je la pointe sur 1017 –

Il ne recule plus, me regarde simplement la pointer –

– *Je suis désolé,* dit-il, relevant légèrement les mains en l'air, ces mains trop longues qui ont tué mon Todd –

– *Désolé*, ça le ramènera pas..., je grince entre mes dents serrées et même si l'eau me brouille les yeux, une terrible clarté m'illumine.

Je sens le poids de l'arme entre mes mains. Je sens dans mon cœur l'intention de l'utiliser.

Mais je ne sais pas comment.

– Montre-moi ! je lui crie. Montre-moi, que je puisse te tuer !

– *Viola*, j'entends derrière moi la voix de Ben étouffée de chagrin. *Viola, attends...*

– Je n'attendrai pas, j'articule d'une voix de pierre, mon bras toujours levé avec l'arme. ALLEZ, MONTRE-MOI !

– *Je suis désolé,* répète 1017.

Et même dans ma rage folle je vois qu'il est sincère, je vois qu'il est vraiment désolé d'avoir fait ça, que son horreur grandit encore et encore, pas seulement pour ce qu'il a fait à Todd mais pour tout ce que cela signifie à l'avenir, que son erreur va bien au-delà de nous, ici, que cette erreur il donnerait tout pour l'effacer –

Je vois tout cela –

Et je m'en moque éperdument.

(LE CIEL)

– Montre-moi ! elle crie. Ou je jure que je te battrai à mort avec cette chose !

– *Viola,* dit la Source derrière elle, tenant toujours le Couteau entre ses bras, et j'entends sa voix –

Et le cœur de la Source est brisé –

Tellement brisé qu'il imprègne tout, gagnant le monde au-delà –

Parce que quand la Terre pleure, nous pleurons tous ensemble –

Et son chagrin me submerge, il devient le mien, il devient celui de la Terre –

Et je vois toute l'étendue de mon erreur –

Une erreur qui a peut-être ruiné la Terre, qui nous a peut-être coûté la paix, qui pourrait même détruire la Terre, après tout ce que j'ai fait pour la sauver –

Une erreur que le Ciel n'aurait jamais commise –

J'ai tué le Couteau –

J'ai enfin tué le Couteau –

Depuis si longtemps je le voulais –

Et je n'y ai rien gagné –

Sauf le savoir de la perte que j'ai causée –

Que je vois écrite sur le visage de la Sans-Voix –

La Sans-Voix pointant une arme qu'elle ne sait pas utiliser –

Alors j'ouvre ma voix et je lui montre –

[VIOLA]

Son Bruit s'ouvre devant moi et il me montre exactement comment utiliser l'arme, où placer mes doigts et comment les serrer pour envoyer l'éclair blanc –

Il me montre comment le tuer –

– *Viola,* j'entends Ben encore. *Viola, tu ne peux pas.*

– Et pourquoi ça ? je réplique sans me retourner, gardant les yeux fermement fixés sur 1017. Il a tué Todd.

– *Et si tu le tues, où tout cela s'arrêtera-t-il ?*

Là, je me retourne.

– Comment peux-tu dire ça ? Avec Todd dans tes bras ?

Le visage de Ben est défait, dévasté, son Bruit lâchant tellement de douleur que j'ai du mal à le regarder –

Pourtant, il le dit –

– *Tue le Ciel, et la guerre va reprendre. Et nous mourrons tous. Et la Terre mourra par milliers. Et quand les colons atterriront, les survivants de la Terre les attaqueront. Et il y aura...*

Pendant un instant, il n'arrive plus à continuer, puis il se reprend dans sa propre voix –

– *Ce sera sans fin, Viola,* souffle-t-il en berçant Todd contre sa poitrine.

Je jette un regard sur 1017, qui n'a pas bougé.

– Il veut que je le fasse, dis-je. Il le veut.

– *Il ne veut pas vivre avec son erreur,* réplique Ben. *Il veut arrêter cette souffrance. Mais il sera un Ciel infiniment meilleur, avec cette erreur en lui pour le restant de ses jours.*

– Comment peux-tu parler comme ça, Ben ?

– *Parce que je les entends,* dit-il avec son Bruit. *Je les entends tous. La Terre, les hommes, j'entends chacun d'entre eux. Et nous ne pouvons pas les laisser mourir, Viola. C'est exactement ce que Todd a empêché aujourd'hui. Ce qu'il...*

Et il ne peut plus continuer. Il serre Todd plus fort contre lui.

– *Oh, mon fils. Oh, mon fils...*

(LE CIEL)

Elle se retourne vers moi, l'arme toujours pointée, ses mains parfaitement placées pour tirer –

– Tu me l'as pris, dit-elle avec des mots cassés. Nous avons fait tout ce chemin, *tout ce chemin*, et nous avons vaincu ! Nous avons *VAINCU*, et tu l'as pris !

Et elle ne peut plus rien ajouter –

– *Je suis désolé,* je montre encore –

Et ce n'est pas seulement l'écho du chagrin de la Source –

C'est aussi le mien –

Pas seulement parce que j'ai failli en tant que Ciel, parce que j'ai mis la vie de toute la Terre en danger après l'avoir sauvée –

Mais pour la vie que j'ai prise –

La première vie que j'aie jamais prise, jamais –

Et je me souviens –

Je me souviens du Couteau –

Et du couteau qui lui a donné son nom –

Le couteau qu'il a utilisé pour tuer la Terre au bord d'un fleuve, un membre de la Terre qui ne faisait que pêcher, qui était innocent, mais que le Couteau a pris pour un ennemi –

Que le Couteau a tué –

Et que le Couteau a toujours, continuellement regretté d'avoir tué depuis –

Un regret étalé sur lui jour après jour dans ce camp de travail, chaque jour qu'il passait avec la Terre, ce regret qui le rendait fou de colère quand il m'a cassé le bras –

Ce regret qui l'a fait me sauver quand le Fardeau a été entièrement massacré –

Ce regret qui est maintenant le mien et que je devrai porter –

Porter en moi pour toujours –

Et si ce toujours ne dure pas plus que mon prochain souffle –

Eh bien tant mieux –

La Terre mérite mieux.

[VIOLA]

1017 se souvient de Todd –

Je le vois dans son Bruit, je le vois et l'arme tremble dans ma main –

Je vois Todd poignarder le Spackle avec le couteau quand nous l'avions découvert au bord du fleuve –

Quand Todd a tué le Spackle, alors que je lui hurlais de ne pas le faire –

Et 1017 se rappelle combien Todd en a *souffert* –

Une souffrance que je vois 1017 commencer à ressentir lui-même –

Une souffrance que je me rappelle avoir ressentie, moi aussi, après que j'ai poignardé Aaron dans la gorge, sous la cascade –

C'est une chose terrifiante de tuer quelqu'un –

Même quand on croit qu'il le mérite –

Et maintenant 1017 le sait aussi bien que Todd et moi –

Que Todd le savait –

Mon cœur est brisé, brisé d'une manière qui

jamais ne se guérira, brisé comme si j'allais en mourir aussi, là sur cette saleté de plage glacée –

Et je sais que Ben a raison. Je sais que si je tue 1017, on ne pourra plus revenir en arrière. Nous aurons tué un deuxième chef spackle, et avec l'avantage du nombre, ils tueraient jusqu'au dernier d'entre nous. Et quand les colons arriveront –

Une guerre sans fin, une mort sans fin –

Et j'ai de nouveau le choix –

Nous plonger plus profondément dans la guerre, ou bien nous en sortir –

Je me suis trompée une première fois –

Est-ce donc le prix à payer pour avoir fait le mauvais choix ?

C'est trop cher –

Bien trop *cher* –

Mais si j'en fais à nouveau une affaire personnelle –

Si je fais payer 1017 –

Alors le monde –

Le monde finira –

Et je m'en moque –

Je m'en moque éperdument –

Todd –

Oh, s'il te plaît, Todd –

Et Todd ? je pense –

Alors je réalise –

Le cœur brûlé –

Si je tue 1017 –

Et que la guerre recommence –
Et que nous sommes tous tués –
Qui se rappellera Todd ?
Qui se souviendra de ce qu'il a fait ?
Todd –
*Todd* –
Et mon cœur se brise encore plus –

Se brise pour toujours –

Et je tombe sur les genoux dans la neige et le sable –
Et je pousse un hurlement, vide, sans parole –

Et je laisse tomber l'arme.

(LE CIEL)

Elle laisse tomber l'arme.
Qui tombe sur le sable sans avoir tiré.
Et donc je suis encore le Ciel.
Je suis toujours la voix de la Terre.

– Je ne veux pas vous voir, dit-elle sans lever les yeux, la voix cassée. Je ne veux plus jamais vous voir.

– *Non,* je montre. *Non, je comprends...*

– *Viola ?* montre la Source –

– Je ne l'ai pas fait, lui dit-elle. Mais si je le revois un jour, je ne sais pas si je pourrai m'en empêcher une nouvelle fois. (Elle lève les yeux mais sur le côté, incapable de me regarder en face.) Fichez le camp d'ici, dit-elle. Fichez-le camp !

Je jette un regard vers la Source, mais il ne me voit pas non plus –

Toute sa douleur et son chagrin, toute son attention fixés sur le corps de son fils –

– PARTEZ ! crie-t-elle –

Et je me retourne, et je rejoins mon oxymare et je lance un dernier regard derrière moi, la Source toujours prostré contre le Couteau, la fille appelée Viola rampant lentement vers lui –

M'excluant, s'obligeant à ne pas me voir.

Et je comprends.

Je remonte sur ma bête. Je vais retourner à la vallée, retourner à la Terre.

Et nous verrons ce que l'avenir nous réserve à tous. À la Terre comme à la Clairière.

Sauvées aujourd'hui d'abord par les actes du Ciel.

Puis sauvées encore par les actes de la une en particulier du Couteau.

Et maintenant, nous allons devoir faire en sorte que ce monde mérite d'avoir été sauvé.

– *Viola ?* la Source montre encore.

Et je remarque une note d'étonnement dans son chagrin –

## [VIOLA]

– *Viola ?* répète Ben.

Je me rends compte que je ne peux pas me relever, alors je rampe vers lui et Todd, je rampe tout près des sabots d'Angharrad qui déambule tristement, répétant Garçon poulain, garçon poulain, inlassablement.

Je me force à regarder le visage de Todd, ses yeux encore ouverts.

– *Viola,* répète Ben, les joues sillonnées de larmes –

Mais ses yeux sont ouverts, grands ouverts –

– Quoi ? Qu'y a-t-il ?

Il ne répond pas tout de suite, plaque juste son visage contre celui de Todd, le scrutant, puis regardant où sa propre main repose, toute la glace entassée sur la poitrine de Todd –

– *Est-ce que tu... ?* demande-t-il, puis il s'arrête encore, concentré.

– Quoi ? Est-ce que *quoi*, Ben... ?

Il me regarde.

– *Est-ce que tu entends ?*

Je plisse les yeux, écoutant mon propre souffle, le fracas des vagues, les plaintes d'Angharrad, le Bruit de Ben –

– Entendre quoi ?

– *Je crois...* (Et il s'arrête encore pour écouter.) *Je crois que je l'entends...*

Il me fixe.

– *Viola... J'entends Todd.*

Et il se redresse déjà, portant Todd dans ses bras –

– Je l'entends ! crie-t-il par sa bouche, soulevant son fils à bout de bras. *J'entends sa voix !*

# HUITIÈME PARTIE

# *J'ARRIVE*

*« Et il y a un coup de froid dans l'air, mon fils, et je ne parle pas seulement de l'hiver qui arrive. Je commence un peu à m'inquiéter pour les jours qui viennent... »*

Je lève les yeux. Todd est toujours là, les yeux fixes, sans changement.

Mais de temps en temps, régulièrement, son Bruit s'ouvre et un souvenir fait surface, un souvenir de moi et de lui quand nous avons rencontré Hildy, ou de lui avec Ben et Cillian, où Todd est plus jeune que je ne l'ai jamais connu, et tous les trois vont pêcher dans le marais à la sortie d'Old Prentissville, et le Bruit de Todd étincelle de bonheur –

Et l'espoir fait battre mon cœur un peu plus fort –

Puis son Bruit s'efface et le silence retombe –

Je pousse un soupir et je me renfonce dans ma chaise spackle, à l'abri d'une tente spackle, à côté d'un feu spackle, autour de la table en pierre spackle où Todd repose, et il repose là depuis que nous l'avons ramené de la plage.

Sur sa poitrine, une couche d'onguent spackle recouvre la plaie brûlée –

Mais qui cicatrise.

Et nous attendons.

J'attends.

J'attends de voir s'il nous reviendra.

À l'extérieur de la tente, un cercle de Spackle nous entoure sans bouger, et leur Bruit forme une sorte de bouclier. Le Terme des Chemins, m'a expliqué Ben, lui qui a dormi là pendant tous ces mois, tout ce temps passé hors de portée des vivants, à l'extrême bord de la mort, cette balle qui aurait dû le tuer sans l'intervention des Spackle.

Todd était mort. J'en étais sûre. Et je le suis toujours.

Je l'ai regardé mourir, je l'ai regardé mourir dans mes bras, et encore maintenant je ne supporte pas d'y penser et je ne veux plus en parler –

Mais Ben a empilé de la neige sur sa poitrine, refroidissant très vite la plaie, refroidissant les horribles brûlures qui le paralysaient, refroidissant un Todd déjà froid, déjà épuisé par son combat contre le Maire, et Ben dit que le Bruit de Todd a dû s'arrêter parce qu'il avait l'habitude de ne pas le diffuser, mais qu'il n'était sans doute pas complètement mort, juste *fermé* par le choc et le froid, et le froid supplémentaire de la neige l'a conservé, conservé juste assez pour qu'il ne soit pas tout à fait mort –

Je n'y crois pas.

Je sais qu'il nous a quittés, je sais qu'il ne le

voulait pas, qu'il s'est cramponné à moi autant qu'il a pu, mais je sais qu'il nous a quittés.

Je l'ai vu partir.

Enfin, peut-être qu'il n'est pas parti trop loin.

Peut-être que je l'ai tenu, peut-être que Ben et moi nous l'avons tenu assez fort pour qu'il ne s'en aille pas trop loin.

Peut-être pas si loin qu'il ne puisse pas revenir.

– *Fatiguée ?* demande Ben en pénétrant dans la tente.

– Ça va...

Je repose le journal de la mère de Todd, que je lui ai lu chaque jour ces dernières semaines, espérant qu'il m'entende.

Chaque jour espérant qu'il reviendra d'où il est parti.

– *Comment va-t-il ?* questionne Ben en s'approchant de Todd, posant la main sur son bras.

– Pareil.

– *Il reviendra, Viola. Il reviendra.*

– Espérons...

– Je suis bien revenu à la vie, moi, et je ne t'avais pas à mes côtés pour m'appeler...

Je détourne les yeux.

– Tu es revenu changé.

C'est 1017 qui a proposé le Terme des Chemins, et Ben était d'accord. Comme New Prentissville n'est plus qu'un nouveau lac au pied de nouvelles chutes, et que la seule autre solution consistait à enfermer Todd dans le vaisseau éclaireur en attendant l'arrivée du convoi – l'idée de Maîtresse Lawson, qui dirige maintenant presque tout, assistée par Lee et Wilf –, j'ai finalement accepté la solution de Ben, à contrecœur.

– *Je suppose qu'il aura changé, lui aussi,* poursuit Ben, puis avec un sourire : *Mais je ne m'en sors pas trop mal, quand même.*

J'observe Ben ces jours-ci et je me demande si c'est l'avenir de Nouveau Monde que je vois, si chaque homme se livrera finalement tout entier à la voix de la planète, conservant son individualité mais accueillant toutes les autres individualités en même temps, et rejoignant volontairement les Spackle, rejoignant le reste du monde.

Tous les hommes n'accepteront pas, je le sais, pas tant qu'ils attacheront une telle valeur au remède contre le Bruit.

Et les femmes, là-dedans ?

Ben est convaincu que les femmes ont le Bruit, et que si les hommes peuvent faire taire le leur, les femmes devraient pouvoir donner une voix au leur.

Il se demande si je serais prête à tenter l'expérience.

Je ne sais pas.

Et pourquoi ne pas essayer de vivre comme on est ? En acceptant les choix des autres ?

De toute façon, nous allons avoir bientôt cinq mille occasions de le découvrir.

– *Le convoi vient de me l'annoncer,* dit Ben. *Les vaisseaux sont entrés en orbite il y a une heure. La cérémonie d'atterrissage aura bien lieu cet après-midi comme prévu.* (Il hausse un sourcil.) *Tu viendras ?*

Je souris.

– Bradley peut très bien me représenter. Et toi, tu y vas ?

Il jette un regard vers Todd.

– *Je dois y aller. Je dois les présenter au Ciel. Je suis le canal entre les colons et la Terre, que je le veuille ou non.* (Il écarte une mèche du front de Todd.) *Mais je reviendrai tout de suite après.*

Je n'ai pas quitté Todd depuis que nous l'avons amené ici, et je ne le ferai pas avant qu'il se réveille, même pour les nouveaux colons. J'ai fait venir Maîtresse Lawson pour qu'elle me confirme ce qu'a dit le Maire sur le remède. Elle l'a testé en long et en large, et il a dit la vérité. Toutes les femmes sont en bonne santé, maintenant.

Mais pas 1017.

L'infection semble se propager plus lentement chez lui, et il refuse de prendre le remède, disant qu'il subira la souffrance du bracelet jusqu'au réveil de Todd, en souvenir de tout ce qu'on a vécu, de tout ce qu'on a failli vivre, et de tout ce que nous ne devrons plus jamais vivre.

Je ne peux pas m'en empêcher, mais je ne suis pas mécontente qu'il souffre.

– *Le Ciel aimerait passer,* jette Ben d'un ton léger, comme s'il pouvait déjà lire le Bruit que je n'ai pas.

– Non, Ben.

– *Mais c'est lui qui a organisé tout ça, Viola. Si nous ramenons Todd...*

– « *Si* » nous le ramenons…

– *Ça va marcher. Il le faut...*

– Très bien. À ce moment-là, nous pourrons demander à Todd s'il veut voir le Spackle qui l'a mis dans cet état.

– *Viola...*

Je souris pour couper court à cette discussion que nous avons déjà eue une bonne dizaine de fois. Sur le fait que je ne peux pas encore pardonner complètement à 1017.

Et que je ne lui pardonnerai peut-être même jamais.

Je sais qu'il attend souvent à l'extérieur du Terme des Chemins, pour demander à Ben comment va Todd. Je l'entends, parfois. Mais là, celle que j'entends, c'est Angharrad qui broute son herbe, veillant patiemment avec nous sur son garçon poulain.

– *Tout cela fera du Ciel un meilleur chef, dit Ben. Nous pourrions même vraiment vivre avec eux en paix. Peut-être dans le paradis dont nous avons toujours rêvé.*

– Si Maîtresse Lawson et le convoi corrigent le remède pour le Bruit, dis-je. Si les hommes et les femmes qui atterrissent ne se sentent pas menacés par une si forte majorité indigène. Si la nourriture est suffisante pour alimenter tout le monde…

– *Essaye de garder un peu d'espoir, Viola.*

Ce mot, encore.

– J'en garde. Mais je le donne tout entier à Todd, pour l'instant.

Ben baisse les yeux sur son fils.

– *Il nous reviendra.*

Je hoche la tête, mais nous n'en sommes pas sûrs, pas vraiment.

Alors je me tais.

Et j'attends.

Et j'espère.

– *À quel endroit es-tu rendue ?* demande Ben en désignant le journal.

– Presque à la fin, une fois de plus.

Il s'écarte de Todd et s'assied sur l'autre chaise spackle, à côté de moi.

– *Continue jusqu'au bout,* dit-il. *Et puis reprends à l'endroit où sa maman est remplie d'optimisme.*

Il me lance un sourire tellement plein d'espoir et de tendresse que je ne peux m'empêcher de lui sourire aussi.

Et nous regardons Todd, allongé sur la table en pierre, chauffé par le feu, les onguents spackle étalés sur sa poitrine, son Bruit inaudible allant et venant comme un rêve à moitié oublié.

– Todd, je chuchote. Todd ?

Et je reprends le journal.

Et je continue à lire.

C'est réel?

Je cligne des yeux et me voici dans un souvenir, dans une salle de classe d'Old Prentissville avant que le Maire Prentiss ferme l'école, et nous apprenons comment les colons sont arrivés ici –

Et me voilà, dans cet autre souvenir, elle et moi allongés dans un moulin abandonné, juste après avoir quitté Farbranch, et les étoiles montent et elle me demande de coucher dehors parce que mon Bruit l'empêche de dormir –

Et puis là, avec Manchee, avec mon super, super petit chien, quand il prend le tison brûlant dans sa gueule et part mettre le feu, le feu qui me permettra de sauver –

De sauver –

Tu es là ?

Tu es *là* ?

(*Viola ?*)

Et puis quelquefois des souvenirs de choses que j'ai jamais vues –

Des familles spackle sous leurs huttes, dans un vaste désert, je savais même pas qu'il existait mais j'y suis maintenant, et c'est à l'autre bout de Nouveau Monde, aussi loin qu'on peut aller, mais je suis à l'intérieur des voix spackle et j'entends ce qu'ils disent, je le *vois*, je le *comprends*, même si ce langage n'est pas le mien, et je vois qu'ils connaissent les hommes de l'autre côté de la planète, qu'ils savent tout sur nous et sur ce que font les Spackle près de nous, que la voix de ce monde encercle le monde, en atteint le moindre recoin et si on pouvait juste –

Et puis ici, où me voilà sur un plateau près de quelqu'un que je reconnais presque (Luke ? Les ? Lars ? Son nom est là, presque là, juste à ma portée –) et je reconnais ses yeux aveugles et je reconnais le visage de l'homme à côté de lui, je sais qu'il voit pour lui d'une certaine façon et ils enlèvent leurs armes à des soldats et ils les scellent dans une mine et ils préféreraient tout détruire mais les voix autour d'eux veulent que les armes restent là, au cas où les choses tourneraient mal, mais l'homme voyant dit à l'aveugle qu'il y a de l'espoir quand même –

Ou là, perché sur un plateau, je vois un immense vaisseau, plus grand qu'une ville, voler au-dessus de moi et se préparer à atterrir –

Et en même temps j'ai le souvenir d'être à côté d'un ruisseau et il y a un bébé spackle qui joue et il y a des hommes qui sortent des bois et ils emportent la mère, et le bébé pleure et les hommes reviennent et ils le prennent et le placent dans une charrette avec d'autres bébés et je sais que ce souvenir il est pas à moi et que le bébé spackle est, le bébé spackle est –

Et quelquefois c'est juste obscur –

– quelquefois rien sauf des voix que j'entends pas vraiment, juste hors de portée et je suis seul dans les ténèbres et j'ai l'impression que je suis là depuis très, très longtemps et je –

Je peux pas me rappeler mon nom quelquefois –

*Tu es là ?*

*Viola ?*

Je me rappelle plus qui est Viola –

Seulement que je dois la retrouver –

Qu'elle est la seule qui me sauvera –

Elle est la seule qui *peut* –

Viola ?

*Viola ?*

*« … mon garçon, mon beau garçon… »*

Et là !

Comme ça !

Parfois ça vient en plein milieu des ténèbres, au milieu des souvenirs, au milieu de n'importe où que je sois, à faire ce que je fais, quelquefois même au milieu des millions de voix qui créent le sol où je marche –

Quelquefois j'entends –

*« J'aimerais tant que ton papa soit là pour te voir, Todd... »*

Todd –

Todd –

C'est moi –

(Je crois –)

(Oui –)

Et cette voix,
cette voix qui dit ces mots –

*« … dis "c'est pas" tant que tu voudras, Todd, je promets de ne pas te corriger… »*

C'est la voix de Viola ?

C'est elle ?

(C'est toi ?)

Parce que je l'entends plus souvent ces derniers temps, plus souvent avec les jours qui passent, alors que je vole à travers ces souvenirs et ces espaces et ces ténèbres –

Je l'entends plus souvent parmi les autres millions de voix –

*« … Tu m'appelles, et je vais te répondre… »*

Je vais te répondre –

Todd va te répondre –

Viola ?

Tu m'appelles ?

Tu continues à m'appeler –

Tu continues à le faire,
tu continues à me sauver –

À cause que chaque jour tu viens plus près –

Je t'entends presque –

Presque –

C'est toi ?

C'est *nous* ?

C'est ce qu'on a fait ?

Viola ?

Continue à m'appeler –

Et je continuerai à te chercher –

Et je te trouverai –

Oh, ça, tu peux me croire –

Je te trouverai –

Continue à m'appeler, Viola –

À cause que j'arrive.

# *Table des matières*

*Découvrez un autre roman de Patrick Ness, dans le formidable hymne à l'amour d'un fils à sa mère :*

## QUELQUES MINUTES APRÈS MINUIT

d'après une idée originale de Siobhan Dowd

Depuis que sa mère est malade, Conor redoute la nuit et ses cauchemars. Quelques minutes après minuit, un monstre apparaît, qui apporte avec lui l'obscurité, le vent et les cris. C'est quelque chose de très ancien, et de sauvage.
Le monstre vient chercher la vérité.

Poignant mais tendrement ironique, réaliste et fantastique à la fois, un livre original et attachant qui touche le coeur et l'esprit.

National Book Award 2011
The Red House Book Award 2011

« Un singulier chef-d'œuvre »
Publishers Weekly

« Fascinant... Puissant et remarquable. »
Philip Pullman

**PATRICK NESS** est né aux États-Unis, dans l'État de Virginie. Après des études de littérature anglaise aux États-Unis, il s'installe à Londres en 1999, où il vit actuellement, et enseigne pendant trois ans l'écriture à Oxford. Il écrit également pour la radio et, comme critique littéraire, pour le journal britannique The Guardian. Avec *La Voix du couteau*, le premier volume du Chaos en marche, Patrick Ness fait une entrée fracassante dans la littérature jeunesse. Il se voit décerner, en Grande-Bretagne les prix littéraires les plus importants (Prix Guardian 2008, Booktrust Teenage Prize 2008, Costa Book Award 2009, Carnegie Medal 2011).

Retrouvez Patrick Ness sur son site internet :
**http://www.patrickness.com/**

Dans la collection

# Pôle fiction

## filles

**Ce que j'ai vu et pourquoi j'ai menti,**
Judy Blundell
**Quatre filles et un jean**
**Le deuxième été**
**Le troisième été**
**Toi et moi à jamais,**
Ann Brashares
**LBD**
**1. Une affaire de filles**
**2. En route, les filles !,**
Grace Dent
**Cher inconnu**, Berlie Doherty
**Qui es-tu Alaska ?**, John Green
**13 petites enveloppes bleues**, Maureen Johnson
**15 ans, Welcome to England !**, Sue Limb
**Les confidences de Calypso**
**1. Romance royale**
**2. Trahison royale**
**3. Duel princier,**
Tyne O'Connell
**Jenna Fox, pour toujours**, Mary E. Pearson

**Le journal intime de Georgia Nicolson**
**1. Mon nez, mon chat, l'amour et moi**
**2. Le bonheur est au bout de l'élastique**
**3. Entre mes nungas-nungas mon cœur balance**
**4. À plus, Choupi-Trognon...**
**5. Syndrome allumage taille cosmos,**
Louise Rennison
**Code cool**, Scott Westerfeld

## fantastique

**Interface**, M. T. Anderson
**Genesis**, Bernard Beckett
**Le Cas Jack Spark**
**Saison 1 Été mutant,**
**Saison 2 Automne traqué**
Victor Dixen
**Eon et le douzième dragon**, Alison Goodman
**Menteuse**, Justine Larbalestier
**Felicidad**, Jean Molla
**Le chagrin du Roi mort,**
**Le Combat d'hiver,**
Jean-Claude Mourlevat
**Le Chaos en marche**
**1 - La Voix du couteau**
**2 - Le Cercle et la Flèche,**
Patrick Ness
**La Forêt des Damnés**
**Rivage mortel**, Carrie Ryan

Le papier de cet ouvrage est composé de fibres naturelles, renouvelables, recyclables et fabriquées à partir de bois provenant de forêts plantées et cultivées expressément pour la fabrication de la pâte à papier.

Maquette: Dominique Guillaumin
Photo de l'auteur © D.R.

ISBN : 978-2-07-064580-0
Loi n° 49-956 du 16 juillet 1949 sur les publications destinées à la jeunesse
Dépôt légal : avril 2012.
N° d'édition : 239893 – N° d'impresssion : 172567.
Imprimé en France par Maury Imprimeur - 45330 Malesherbes